GOLDMANN

Buch

Die attraktive Camilla ist auf der Flucht: Nach einem heftigen Streit mit ihrem Ex-Ehemann irrt sie verzweifelt durch ein einsames Waldgebiet – und trifft ausgerechnet ihre Jugendliebe Reid Sayers. Erinnerungen werden wach, und beide fühlen sich unwiderstehlich zueinander hingezogen. Doch obwohl einer Liebesbeziehung nichts im Wege stünde, gestaltet sich der Neuanfang schwieriger, als gedacht. Die Vergangenheit überschattet ihr Glück, und immer wieder keimt Mißtrauen auf. Erst als Camillas Ex-Mann tot aufgefunden wird und auch Camillas Leben bedroht scheint, wendet sich das Blatt dramatisch. Nun endlich wagen es Camilla und Reid, ihre Gefühle gegen die Vernunft sprechen zu lassen ...

Autor

Jennifer Blake wurde in der Nähe von Goldonna, Louisiana, auf der Farm ihrer Großeltern geboren. Mit fünfzehn heiratete sie, mit zwanzig begann sie, Romane zu schreiben. Heute gehört sie zu den beliebtesten und erfolgreichsten Autorinnen romantisch-feuriger Liebesromane. Jennifer Blake lebt mit ihrer Familie in der Nähe von Quitman, Louisiana.

Bei Goldmann liegen von Jennifer Blake bereits vor:

Bitteres Paradies (9812); Der Kreole (9463); Brennende Glut (41466); Ein Hauch von Paradies (9752); Feuerlilien (9997); Im Sturm erobert (41281); Mitternachtswalzer (9675); Nacht über Louisiana (9684); Ruchloser Engel (42128); Serenade der Leidenschaft (9998); Strom der Sehnsucht (9814); Träume des Südens (9467); Wie Feuer auf meiner Haut (41250); Wie Feuer im Blut (9830); Wilder Jasmin (42221); Willkür meines Herzens (41366); Zärtliche Betrügerin (42032); Zur Liebe verdammt (41246); Taumel der Sinne (42624)

JENNIFER BLAKE

Verheißung der Nacht

ROMAN

Aus dem Amerikanischen
von Elke Iheukumere

GOLDMANN VERLAG

Originaltitel: Shameless
Originalverlag: Ballantine Books, New York

Umwelthinweis:
Alle bedruckten Materialien dieses Taschenbuches
sind chlorfrei und umweltschonend.
Das Papier enthält Recycling-Anteile.

Der Goldmann Verlag
ist ein Unternehmen der Verlagsgruppe Bertelsmann

Ungekürzte Taschenbuchausgabe Oktober 1996

Umschlaggestaltung: Design Team München
Umschlagillustration: Daeni/Schlück, Garbsen
Druck: Elsnerdruck, Berlin
Verlagsnummer: 42940
Lektorat: SK
Redaktion: Elke Bartels
Herstellung: Stefan Hansen
Made in Germany
ISBN 3-442-42940-4

3 5 7 9 10 8 6 4 2

1. Kapitel

Camilla Greenley Hutton stand mitten auf dem schlammigen Weg im Wildreservat, einen Revolver vom Kaliber .357er Magnum in der ausgestreckten Hand. Der kühle Frühlingsregen von Louisiana strömte in langen, silbernen Schwaden hernieder. Dicke Tropfen, beinahe so groß wie Vierteldollarstücke, fielen in die Pfützen in den ausgefahrenen Wagenspuren. Sie prasselten auf die Äste der Bäume, die ein dichtes Dach über dem Weg bildeten, perlten vom Lack des Cadillac Seville, der am Wegesrand stand, und ließen Cammies grüne Seidenbluse wie eine zweite Haut an ihrem Körper kleben. Der Wind wehte ihr lange Strähnen ihres feuchten, goldbraunen Haares ins Gesicht, trotz des grünen Seidenbandes, mit dem sie es zusammengebunden hatte. Sie kniff die Augen zusammen, um in dem dichten Regen und dem langsam schwindenden Licht des Abends noch etwas sehen zu können. Sie wartete.

Cammie hörte den Motor des Landrovers, noch ehe sie den Wagen sah. Keith kam mit überhöhter Geschwindigkeit hinter ihr her. Er war so sehr entschlossen, sie in dem Gewirr der Wege nicht aus den Augen zu verlieren, daß es ihm ganz gleich war, wen oder was er dabei überfuhr. Das war typisch. Cammie hatte damit gerechnet.

Ihr Mann verfolgte sie nicht etwa, weil er sie leidenschaftlich liebte oder weil er Sehnsucht nach ihr hatte. Bei ihm ging es um Stolz. Er konnte es nicht ertragen, daß sie ihm vielleicht entkommen könnte, er haßte schon allein den Gedanken daran. Doch was ihn hauptsächlich antrieb, war die Tatsache, daß es ihr ohne jedes Problem gelungen war, auch ohne ihn auszukommen, seit die Scheidung lief. Und das empfand er als persönliche Beleidigung.

Dabei war er es gewesen, der die Ehe hatte beenden wollen. In den ersten Monaten nach Einleitung der gesetzlichen Schritte schien er seine neue Freiheit zu genießen; er lebte offen mit seiner Freundin zusammen, einem neunzehnjährigen, schwangeren Mädchen, das er in einem Wohnmobil am Rande der Stadt untergebracht hatte. Cammie hatte jeden Tag damit gerechnet, von seinen Hochzeitsplänen zu hören. Dann aber war Keith vor drei Wochen plötzlich mit seinem Koffer in der Hand und einem schiefen Grinsen im Gesicht vor ihrer Tür aufgetaucht. Er habe seine Meinung geändert, hatte er erklärt. Er wollte wieder ihr Ehemann sein.

Cammie hatte gelacht; sie konnte nicht anders. Doch unter ihrer vordergründigen Belustigung verbarg sich die schmerzliche Ironie, daß der Mann, der sechs lange Jahre ihr Leben geteilt hatte, so sehr versagte, wenn es darum ging, sie zu verstehen. Sie mußte dem Mann in ihrem Leben Liebe und Vertrauen entgegenbringen können. Doch Keith hatte beides in ihr getötet. Ohne diese Voraussetzung ging es nicht.

Und dann hatten die Belästigungen begonnen.

Cammie hatte genug davon. Sie war es leid, daß Tag und Nacht ihr Telefon läutete, sie wollte nicht länger jede ihrer Verabredungen und jede ihrer Handlungen erklären müssen. Sie hatte keine Lust, unerwünschte Blumen zurückschicken zu müssen, und konnte nicht noch einen Besuch ihrer Schwiegermutter ertragen, die ihren Sohn zu verteidigen versuchte. Doch was sie am meisten verärgerte, war die Tatsache, daß Keith ihr nachspionierte und ihr folgte, wo auch immer sie hinging.

Wieder und wieder hatte sie versucht, ihm zu erklären, daß sie nicht länger seine Frau sein wollte, daß sie es kaum erwarten konnte, bis ihre Ehe in fünf Wochen endlich vorüber sein würde. Sie hatte ihm offen gesagt, daß ihr seine Methoden, sie zurückzugewinnen, nicht gefielen, doch er schien sie nicht ernst zu nehmen. Es gab nur noch eine Möglichkeit, es ihm begreiflich zu machen.

Cammies Vater hatte ihr den großkalibrigen Revolver gegeben, als sie ans College ging, und er hatte ihr auch gezeigt, wie sie damit umgehen mußte. Endlich würde das Training zu etwas nutze sein.

Der Landrover bog um die Kurve vor ihr. Cammie wartete, bis sie sicher war, daß Keith sie gesehen hatte, und es für ihn keinen Zweifel mehr geben konnte, wer sie war und was sie vorhatte. Dann holte sie tief Luft, zielte sorgfältig und drückte ab.

Der Rückschlag riß ihren Arm in die Höhe, und sie fühlte seine Wucht bis in die Schultern. Der Knall des Schusses war ohrenbetäubend.

Glas splitterte am Scheinwerfer des Landrovers. Sie beobachtete, wie Keith weit die Augen aufriß. Alle Farbe wich aus seinem Gesicht, und er öffnete den Mund und fluchte. Wieder zielte sie sorgfältig, drückte ab und zerschoß auch noch den linken Scheinwerfer.

Bremsen quietschten. Der Landrover schlingerte wild auf dem schlammigen Weg, Lehm und kleine Steinchen flogen hoch. Der rechte vordere Reifen blockierte in der Spurrinne, und der Wagen rutschte halb herum. Mit aufheulendem Motor schlitterte er in den Graben neben dem Weg, und man hörte das Knirschen von Metall, als er gegen einen Baum stieß. Dann war alles still.

Cammie ließ den Revolver sinken und ging langsam rückwärts bis zu ihrem Wagen. Aber dann blieb sie abrupt stehen, als sie sah, daß Keith über dem Lenkrad zusammengesunken war.

Er machte ihr etwas vor, das wußte sie. Es konnte nicht anders sein. Doch es sah aus, als bilde sich ein roter Fleck vorn auf seinem Hemd.

Sie konnte ihn nicht einfach hier zurücklassen, auch wenn

er ihr noch so schlimme Dinge angetan hatte, auch wenn sie ihn kannte und wußte, wie schwach und hinterhältig er war.

»Idiot«, murmelte sie und meinte sich selbst damit. Dann biß sie die Zähne zusammen und ging langsam auf den Landrover zu.

Vorsichtig öffnete sie die Tür der Fahrerseite. Keith atmete noch, sie sah es am leichten Heben und Senken seiner Brust. Ein paar Blutstropfen rannen aus seiner Nase. Noch immer hielt sie die Magnum in der rechten Hand, mit der anderen Hand rüttelte sie ihn sanft an der Schulter.

Mit einem Satz fuhr Keith hoch und umklammerte ihr Handgelenk. Sein Gesicht verzog sich zu einem teuflischen Grinsen, und seine gelbbraunen Augen blitzten befriedigt. »Wieder mal reingefallen«, sagte er und lachte hämisch, als er aus dem Wagen kletterte. »Du hattest schon immer ein mitfühlendes Herz für alles, was verletzt ist.«

Der Ausdruck, mit dem sie ihn bedachte, war nicht gerade ein Kompliment.

»Ach ja?« Er zog ein Taschentuch hervor und wischte sich das Blut von der Nase. »Nun, ich bin noch immer dein Mann, und ich denke, es ist an der Zeit, daß du dich daran erinnerst. Mir scheint, das hier ist gerade der richtige Ort dafür. Das sollte diese dumme Scheidungsklage aus der Welt schaffen und mir außerdem noch dabei helfen, den Schaden am Rover zu verschmerzen.«

Cammie fühlte sich ganz krank, ihr Herz hämmerte gegen ihre Rippen. Der Regen war plötzlich eisig kalt. Sie machte gar nicht erst den Versuch, sich aus Keiths Griff zu befreien. Nervös leckte sie sich über die Lippen. »Wenn dein Rover jetzt kaputt ist, ist das ganz allein deine Schuld«, meinte sie.

»Ach, wirklich?« Verächtlich verzog er das Gesicht, und in seinen Augen erkannte sie einen Anflug perverser Erregung. »Ich würde sagen, es ist deine Schuld. Wenn du nicht so störrisch wärst, dann hätten wir unsere Versöhnung in einem hübschen weichen Bett feiern können. Aber wie es aussieht ...«

Er spreizte die Beine und schob seine Hüften vor, damit sie seine Erregung sehen konnte. Gleichzeitig umfaßte er ihren Arm fester und zog sie näher zu sich.

»Laß mich los«, befahl sie. Sie hob die Pistole und drückte den Lauf gegen seine Brust.

Er schnaufte verächtlich. »Glaubst du etwa, du kannst mir damit angst machen? Du bist viel zu sanftmütig, um eine Klapperschlange zu erschießen, geschweige denn einen Menschen.«

»Sei nicht so sicher«, warnte sie ihn leise.

Ein Anflug von Unsicherheit huschte über sein Gesicht, doch dann lachte er und griff nach dem Revolver.

Im gleichen Augenblick zog Cammie ihr Knie hoch, um es ihm zwischen die gespreizten Schenkel zu stoßen. Er sah es und versuchte hastig, auszuweichen. Doch es gelang Cammie trotzdem, ihm einen gehörigen Stoß zu versetzen. Keith stöhnte auf, er ließ sie los und krümmte sich vor Schmerzen.

Sie wich ein paar Schritte zurück, dann wirbelte sie herum und lief auf den Cadillac zu.

Keith schrie ihr etwas nach. Sie hörte seine Schritte, zögernd zuerst, dann immer rascher. Das Wasser der Pfützen spritzte auf. Sie lief schneller, ihr Atem ging keuchend. Er kam näher. Er würde sie eingeholt haben, noch ehe es ihr gelang, die Autotür zu öffnen. Es gab nur einen Ausweg.

Cammie schlug einen Haken und sprang in den Graben neben dem Weg. Als sie die ersten Bäume erreicht hatte, hob sie den Revolver. Die Kugeln flogen, als seien sie lebendig, die Rückschläge rissen ihr den Arm hoch und ließen ihre Zähne klappern. Lehm und Wasser spritzten vor Keiths Füßen empor.

Er schrie, dann warf er sich zur Seite und fiel der Länge nach hin. Sie blickte nicht zurück, ob sie ihn getroffen hatte, sondern kletterte aus dem Graben und rannte los.

Der Wald nahm sie auf, naß, dunkel und schützend. Die Zweige, die sie beiseite schob, schlossen sich hinter ihr wie ein grünes Tor. Sie hörte, wie Keith rief, sie solle zurückkommen, doch sie rannte immer weiter. Nie wieder würde er sie anrühren, weder aus Leidenschaft noch aus Rache, und ganz sicher nicht aus Wut. Nie wieder.

Sie hörte seine Schritte. Oder waren es vielleicht ihre eigenen, ihr eigener keuchender Atem und das Blut, das in ihren Ohren rauschte? Sie lief schneller.

Ihre Ehe war vorüber. Das Glücksgefühl, das sie bei diesem Gedanken verspürte, war so groß, daß sie am liebsten laut gejubelt hätte. Vielleicht hatte Keith es ja jetzt endlich begriffen.

Bäume. Sie schienen von allen Seiten auf sie einzudringen. Riesige Kiefern mit einem Kranz dichter Nadeln um ihre Wurzeln. Flüsternde Zedern, von einem so dunklen Grün, daß sie beinahe schwarz aussahen. Massive Gummibäume mit riesigen grünen Blättern. Zitternde Ahornbäume mit rotgeäderten Blättern und grauen, silbrig schimmernden Flechten auf der Rinde. Knorrige alte Schwarzeichen. Große, ausladende weiße und rote Eichen. Hickorybäume mit Blättern wie Speerspitzen und winzigen grünen Blüten.

Die ausladenden Äste über ihr hielten auch noch das letzte, schwindende Licht ab und hüllten alles in ein grünes Dämmerlicht. Dichtes Unterholz wuchs zwischen den Bäumen; Wildblumen, Unkraut, wilder Wein und Dornensträucher machten es unmöglich, mehr als nur ein paar Meter weit zu sehen. Doch genauso unmöglich war es, gesehen zu werden.

Cammie liebte Bäume, schon seit sie ein Kind war – ein Erbteil der mütterlichen Seite ihrer Familie. Die Frauen der Greenleys liebten Pflanzen jeglicher Art, doch ganz besonders Bäume.

Ihre Großmutter war es gewesen, die Cammie mit in den Wald genommen hatte, in das Wildreservat, das bis an den Rand ihres Grundstückes reichte. Die ältere Frau hatte ihrer Enkelin alle Arten von Bäumen gezeigt, als stelle sie ihr alte, liebgewordene Freunde vor.

Als Cammie größer wurde, hatte sie an den biegsamen

Ästen des Sassafras geschaukelt, war in den kühlen Schatten der Bäume geklettert, um dort einen Platz zu finden, an dem sie ungestört lesen konnte. Manchmal, wenn niemand sie sah, preßte sie die Hände an die Rinde einer Eiche, eines Lorbeerbaumes, einer Esche oder einer Kiefer und glaubte, sie könne das Leben unter der Rinde fühlen.

Nie zuvor hatte sie sich im Wald verlaufen.

Als sie schließlich atemlos stehenblieb, stellte sie fest, daß Keith ihr nicht länger folgte. Der Wald um sie herum war still und grenzenlos.

Ein leiser Wind fuhr durch die Wipfel der Bäume. Cammie erschauerte. Sie rieb sich Arme und Schultern und sah sich um. Besorgt erkannte sie, daß sie keine Ahnung hatte, wie sie den Weg zur Straße finden sollte; sie wußte nicht einmal, in welcher Richtung ihr Wagen stand.

Es schien beinahe, als hätte der Wald, den sie so liebte, sich gegen sie gewandt, genau wie der Mann, den sie geheiratet hatte.

Natürlich war das lächerlich. Die dichten Wälder des Wildreservates erstreckten sich über mehr als dreißigtausend Morgen, und sie kannte davon nur den kleinen Teil, der an ihr Grundstück grenzte.

Das Reservat nahm einen großen Teil der Gemeinde ein, in der Cammie lebte. Hinter der Papierfabrik erstreckte es sich fast um die ganze Stadt Greenley herum. Der Ort, an dem Cammie sich im Augenblick befand, war sicher nur wenige Meilen von ihrem Zuhause entfernt, doch quer durch den Wald würde sie höchstens zwei oder drei Meilen gehen müssen. Wenn sie die Richtung wüßte, könnte sie den Weg leicht finden. Es gab einige Straßen, die das Gebiet durchschnitten, es standen sogar Häuser dort. Sie mußte nach Südosten gehen, dann traf sie bestimmt auf eine der Straßen. Und sicher fand sie dann auch jemanden, der sie nach Hause fahren konnte.

Die grauen Schatten unter den Bäumen wurden langsam dunkler, und es gab keine Möglichkeit festzustellen, in welche

Richtung sie gehen mußte. Sie konnte im Kreis laufen, bis sie vor Erschöpfung zusammenbrach. Also war es vielleicht besser, wenn sie blieb, wo sie war, und auf den Morgen wartete. Sicher würde es ihr dann leichter fallen, sich zu orientieren. Aber der Gedanke, die Nacht hier im Wald zu verbringen, war nicht gerade sehr verlockend.

Sie ging langsam weiter. Ihre nasse Bluse klebte ihr am Körper, und die Äste der Dornensträucher und der Büsche verfingen sich in der dünnen Seide. Ihre Jeans waren schwer vor Nässe, das Wasser tropfte in ihre Schuhe. Der Regen floß in einem ständigen Strom von ihrem nassen Haar über den Rücken.

Cammie fror, und sie war müde. Sie rutschte auf dem nassen Boden aus, stolperte über Wurzeln und Ranken. Einmal fiel sie der Länge nach hin, und die Magnum flog ihr aus der Hand. Sie suchte in dem dichten Unterholz, zwischen Tannennadeln und Kräutern, doch in dem schwachen Licht fand sie sie nicht wieder.

Mittlerweile konnte sie kaum noch etwas sehen, doch sie gab nicht auf. Die Temperatur sank, als es dunkler wurde. Sie fühlte, wie die Kälte in ihr aufstieg und sich ihr vom Laufen erhitzter Körper abkühlte. Sie mußte weitergehen, sie mußte nach Hause. Niemand ahnte, wo sie war, niemand wußte, wo man nach ihr suchen sollte.

Langsam trottete sie weiter, dann blieb sie plötzlich wie angewurzelt stehen, als hätte sie eine unsichtbare Schranke erreicht. Sie war nicht allein, jemand oder etwas war in ihrer Nähe, sie wußte es so sicher, wie sie nie zuvor in ihrem Leben etwas gewußt hatte.

Langsam wandte sie sich um und versuchte, die Dunkelheit zu durchdringen. Sie konnte nichts erkennen, keine Bewegung, nicht das leiseste Geräusch. Und dennoch war sie sicher, daß sie sich nicht geirrt hatte.

Furcht stieg in ihr auf, als wäre dort irgendwo ein wildes Tier oder ein Teufel in Menschengestalt, der sie verfolgte, der leise immer näher schlich. Unter normalen Umständen war Cammie nicht sehr phantasievoll, aber dies hier waren auch keine normalen Umstände.

Ein Ast bewegte sich, Laub raschelte.

Plötzlich rannte sie los, sie wand sich durch das Unterholz, wich den Ästen aus, sprang über umgestürzte Baumstämme. Sie lief zwischen den dunklen, gewaltigen Stämmen hindurch, bis ihre Lungen schmerzten und ihr Atem nur noch stoßweise ging. Dornen zerrissen ihre Bluse und ritzten ihre Haut, doch sie spürte es kaum. Sie stieß mit dem Arm gegen die Stämme und lief weiter unter einem Regen von Rindenstückchen.

Er kam aus dem Nichts. Im einen Augenblick noch war sie allein, dann trat plötzlich die dunkle Silhouette eines Mannes hinter einem Baum hervor und verstellte ihr den Weg.

Sie prallte gegen seine Brust; es war, als stieße sie gegen eine Mauer. Er schlang die Arme um sie und hielt sie fest, obwohl er unter dem Aufprall ihres Körpers schwankte. Sie schubste ihn von sich, nutzte die Chance, um sich aus seinem Griff zu befreien. Zwei Schritte machte sie, drei. Dann wurde sie von hinten festgehalten. Sie stolperte und verlor die Balance. Ihre Beine stießen gegen die muskulösen Schenkel des Mannes. Er fluchte leise, und sie fühlte seinen warmen Atem an ihrem nassen Haar, dann fielen sie beide nach vorn, in die nasse Dunkelheit.

Noch im Fallen zog er sie an sich und drehte sich. Sie landeten in einer beinahe komischen Umarmung, ihre Wange preßte sich gegen seine Schulter. Sekundenlang lag sie bewegungslos da, während sie langsam begriff, daß dieser Mann nicht Keith war.

Sie holte tief Luft und versuchte, sich aus den starken Armen, die sie noch immer festhielten, zu lösen.

»Halt still«, kam der leise Befehl. »Oder ich lasse dich weiter im Wald herumirren.«

Beim Klang dieser Stimme läutete eine Alarmglocke in ihrem Inneren. Sie kannte die Stimme, sie glaubte sie noch immer in ihren Gedanken zu hören, auch noch nach all den langen Jahren. Wie viele Jahre waren vergangen? Beinahe fünfzehn.

Sie hatte gewußt, daß er wieder zu Hause war, jeder in Greenley wußte es. Er war zur Beerdigung seines Vaters gekommen, natürlich. Doch Cammie war nicht auf der Beerdigung gewesen. Selbstverständlich nicht.

»Reid Sayers«, flüsterte sie.

Er schwieg so lange, daß sie schon glaubte, er hätte sie nicht gehört. Dann begann er zu sprechen. »Ich fühle mich geschmeichelt, oder sollte ich vielleicht sagen, ich bin überrascht? Ich war nicht sicher, ob du mich nach all den Jahren noch erkennen würdest.«

»Unsere letzte Begegnung war dieser hier zu ähnlich«, sagte sie gepreßt. »Wirst du mich jetzt loslassen?«

»Nein.«

Seine Antwort erschien ihr doppeldeutig, seine Stimme hatte einen scharfen Klang, der bei ihrem letzten Streit noch nicht dagewesen war. »Du hast dich schon immer gern ein wenig geheimnisvoll gegeben«, meinte sie. »Doch leider bin ich im Augenblick dafür nicht in der Stimmung. Wirst du mir jetzt den Weg nach Hause zeigen, oder müssen wir die Nacht hier im Wald verbringen?«

Er bewegte sich leicht, und im nächsten Augenblick fühlte Cammie, wie ein weiter Regenponcho um sie gelegt wurde. Sie erschauerte, als sie die Wärme unter dem wasserdichten Material fühlte. Reid umarmte sie noch fester, als er ihre Reaktion spürte. »Was hältst du von dem Vorschlag, da weiterzumachen, wo wir damals aufgehört haben?« fragte er.

»Dafür ist es zu spät.«

Hatte er den Anflug von Angst in ihrer Stimme gehört? Aber wie war das möglich, wenn sie selbst nicht sicher war, was sie fühlte? Sie fürchtete sich nicht vor ihm. Eine Menge verwirrender Gefühle strömten auf sie ein, von Verachtung bis hin zu Haß, und auch ein bestürzendes Aufflackern von Sehnsucht, aber Angst hatte sie nicht.

»Vielleicht«, meinte er nachdenklich. »Vielleicht aber auch nicht. Eine Frau, die gerade erst versucht hat, ihren Mann umzubringen, ist zu allem fähig.«

»Woher weißt du ...«, begann sie, aber dann hielt sie inne, weil sie ahnte, wie es gewesen sein mußte.

»Ich habe den ersten Schuß gehört und kam gerade rechtzeitig, um auch die anderen Schüsse mitzubekommen. Ja, ich bin dir gefolgt. Und du hast recht, ich hätte dich schon vor einer ganzen Weile aufhalten können.«

Seine Stimme war tief und verwirrend, Cammie bemühte sich, nicht darauf zu achten, sondern sich auf seine Worte zu konzentrieren. »Aber du hast es nicht getan. Du hast so lange gewartet, bis du glaubtest, ich sei in einer ausweglosen Situation. Was du dir allerdings davon erhofft hast, begreife ich nicht.«

»Wirklich nicht?« Er zog sie noch enger an sich. »Eigentlich hatte ich geglaubt, es sei gar nicht nötig, mich in deine erfolgreiche Flucht einzumischen. Aber meine Bemühungen, mich herauszuhalten, schienen mir ein wenig übertrieben, denn das hätte bedeutet, dich die ganze Nacht in deinen nassen Sachen im Wald herumlaufen zu lassen.«

»Und außerdem wolltest du dir die Gelegenheit nicht entgehen lassen, über mich zu triumphieren.«

»Der Gedanke ist mir allerdings nicht gekommen«, meinte er gedehnt. »Doch jetzt, wo du es erwähnst, finde ich das gar nicht so abwegig.«

Der Klang seiner Stimme alarmierte sie. Sie versuchte, ihn von sich zu stoßen und sich aus seiner Umarmung zu befreien.

Doch das war ein Fehler. Ohne große Mühe rollte er sich herum, zog sie unter seinem Poncho mit sich und begrub sie unter sich. Einer ihrer Arme war zwischen ihre Körper eingeklemmt, den anderen hielt er fest, zwar schmerzlos, aber dennoch eisenhart.

Ein Schauer lief durch Cammies Körper, als sie die Wärme fühlte, die von seinem Körper ausging. Ihre nasse Kleidung schien plötzlich zu dampfen, ihre Brüste wurden gegen seinen muskulösen Oberkörper gepreßt, er hatte ein Bein zwischen ihre Schenkel geschoben, und sie fühlte seine harte Männlichkeit gegen ihren Unterleib drücken.

Sie spannte ihre Muskeln an, grub die Füße in den weichen Waldboden und versuchte, ihn von sich zu schieben. Doch diese Bewegung brachte sie ihm nur noch näher, ihr Körper kam in noch engeren Kontakt mit seinem. Sie fühlte, wie er erstarrte, hörte, wie er scharf den Atem einzog, und hielt mitten in der Bewegung inne.

In ihrem Inneren stieg ein süßes, schmerzliches Verlangen auf, das sie schon seit Jahren nicht mehr gefühlt hatte. Um genau zu sein, schon seit fünfzehn Jahren nicht mehr. Ein Verlangen, das Keith nie hatte stillen können.

Es machte sie wütend, es erstaunte sie und machte ihr gleichzeitig angst.

Unter dem Ansturm dieser widerstreitenden Gefühle ging sie auf den Mann los, der sie gezwungen hatte, sich diesen Gefühlen zu stellen. »Du hast es schon immer verstanden, deinen Vorteil zu nutzen, genau wie all die anderen männlichen Mitglieder deiner Familie.«

Sie fühlte die Bewegung in seiner Brust, als er seufzte, seine kräftigen Muskeln spannten sich an. Es fiel ihr schwer, sich auf seine nächsten Worte zu konzentrieren.

»Du reitest also noch immer auf dieser alten Geschichte herum? Ich habe geglaubt, du seist mittlerweile alt genug, um ein wenig toleranter zu sein.«

»Tolerant gegen die Untaten deines Urgroßvaters?« fragte sie schnippisch. »Aber dann müßte ich meine Toleranz ja auch auf dich ausdehnen. Und du kennst ja das Sprichwort: Der Apfel fällt nicht weit vom Stamm.«

»Wie gut, daß mein Urgroßvater kein Baum war«, antwortete er belustigt.

»Aber er hat meine Urgroßmutter betrogen, und er hat sie auch noch auf andere Weise übervorteilt.«

»Ich habe nie gehört, daß sie sich beklagt hätte. Nur ihr Ehemann war nicht einverstanden – und ihre Nachkommen nicht.«

Reid Sayers' Urgroßvater war vor beinahe hundert Jahren als Holzfäller in den Süden gekommen, um hier sein Glück zu machen. Er hatte sein Glück gefunden, als er Cammies Urgroßmutter kennenlernte, Lavinia Greenley, die damals verheiratet war und auch schon ein Kind hatte. Justin Sayers hatte die arme Frau bezaubert und eine heftige Affäre mit ihr begonnen. Und als die Affäre dann vorüber war, hatte Justin von Cammies Urgroßmutter dreihundert Morgen des besten Landes erschwindelt, und Lavinias Ehemann war tot.

Es war damals ein riesiger Skandal gewesen, und noch heute wurde in Greenley davon gesprochen. Nicht zuletzt, weil Justin Sayers damals in der Stadt geblieben, ein reicher Mann geworden war und eine große Nachkommenschaft hinterlassen hatte. Man konnte zwar die Feindseligkeit zwischen den Familien Sayers und Greenley nicht gerade eine Fehde nennen, aber die beiden Familien verkehrten noch immer nicht miteinander.

»Lavinia Greenley war keine Frau, die klagte«, erklärte Cammie jetzt gepreßt.

»Offensichtlich nicht. Ich habe oft darüber nachgedacht.« Reids Stimme klang nachdenklich. »Ich habe mich gefragt, ob sie dir wohl ähnlich war und was du an ihrer Stelle getan hättest.«

Cammie stockte der Atem. Nie hätte sie sich träumen lassen, daß Reid Sayers an sie dachte. Es war ein beunruhigender, ja beinahe schmerzlicher Gedanke, sich vorzustellen, daß er sie mit Lavinia verglich. Ohne nachzudenken, fragte sie: »Hast du dich selbst etwa auch als Justin gesehen?«

»Als wen denn sonst?«

Seine Stimme schien die regenfeuchte Nacht zu durchdringen, sein Gesicht war nur einen Hauch von ihrem entfernt. Sie fühlte seinen warmen Atem an ihrer Wange, sein Duft stieg in ihre Nase. Es war eine Mischung aus frischer Nachtluft, einem Hauch von After-shave und überwältigender Männlichkeit, eine Ahnung von Wildheit, auf die ihr Körper heftig reagierte.

Die Muskeln in seinem Bauch spannten sich an, sie fühlte, wie an seinem Arm, der unter ihrem Nacken lag, die Muskeln hervortraten. Er zog scharf den Atem ein, bemüht, nicht die Kontrolle über seinen Körper zu verlieren.

Über ihnen wehte der Wind durch die Baumwipfel, Regentropfen prasselten auf die Blätter und auch auf den wasserundurchlässigen Stoff des Ponchos. Sie glänzten in Reids dunklem Haar und tropften warm von seinem Gesicht auf ihre Stirn. Ihre Berührung war beinahe wie ein zärtliches Streicheln.

Cammie wußte plötzlich mit absoluter Sicherheit, daß er den Kopf zu ihr beugen würde, um sie zu küssen, wenn sie auch nur eine winzige Bewegung machte. Wenn sie noch mehr tat, wenn sie ihren Arm um seinen Hals schlang, ihre Schenkel seinem Druck nur ein wenig mehr öffnete, dann würde er sie gleich hier auf dem weichen Untergrund von feuchten Blättern nehmen.

Sie spielte mit dem Gedanken; es war verlockend, sich vorzustellen, was geschehen würde, wenn sie sich voller Lust gegen ihn drängte. Und wenn ihr Gedankengang sie auch erschreckte, so war sie doch so unerträglich bezaubert von dieser Möglichkeit, daß ihr der Atem stockte.

Irgendwo hinter ihnen stürzte ein toter Ast mit lautem Knacken zu Boden.

Ein Schauer lief durch Reids Körper. Er holte tief Luft, dann hob er sich mit einer schnellen Bewegung von ihr und stand auf. Er streckte Cammie die Hand entgegen und zog sie hoch, dann nahm er den Poncho, legte ihn um sie und schloß ihn über ihrer Brust.

»Laß uns gehen«, befahl er tonlos. »Ehe ich etwas tue, was wir beide später bereuen würden. Wieder einmal.«

Schnell und sicher führte er sie durch den dunklen Wald. Nie zögerte er, er wurde nicht langsamer und blieb nur dann stehen, wenn er ihr über einen umgestürzten Baum half oder einen der zahllosen Bäche. Er war in diesem Wald hier genauso zu Hause wie in seinem eigenen Wohnzimmer.

Der Poncho um Cammies Schultern war so lang, daß er beinahe bis auf den Boden hing. Mehrere Male stolperte sie darüber, doch dann raffte sie mit einer Hand den schweren Stoff zusammen und hielt ihn hoch.

Immer wenn sie stolperte, hielt Reid Sayers sie fest, es war beinahe so, als könne er in der Dunkelheit sehen oder als hätte er einen sechsten Sinn, was sie betraf. Aber jedesmal ließ er sie auch sofort wieder los.

Cammie war sich seiner Gegenwart beunruhigend bewußt. Irgendwo, tief in ihrem Inneren, erwartete sie seine Berührung, wenn sie stolperte, vermißte sie, wenn er sie wieder losließ. Sie wehrte sich gegen dieses Gefühl. Es war alles so verwirrend.

Es hatte einmal eine Zeit gegeben, da hatte sie mit einer heimlichen Leidenschaft an Reid Sayers gedacht, die genauso dumm wie intensiv gewesen war. Sie hatte ihn beobachtet, hatte sein sonnengebleichtes blondes Haar bewundert und seinen Sinn für Humor, der immer ein Lächeln auf sein Gesicht zu zaubern schien. Sie hatte die kleinen Fältchen geliebt, die sich in den Winkeln seiner strahlend blauen Augen bildeten, wenn er lächelte, seine geschmeidigen Bewegungen, das Spiel der Muskeln unter der gebräunten Haut seiner Arme und Schultern, seine kräftigen Schenkel unter den abgeschnittenen Jeans.

Er war etwa drei Jahre älter als sie und viel erwachsener als die Jungen, die sie zu einem Kinobesuch einluden, zum Eislaufen oder einem Picknick. Er war ihr so viel aufgeklärter und erfahrener erschienen, außerdem hatte ihn der Hauch des Verbotenen unweigerlich interessanter gemacht.

Es hatte Augenblicke gegeben, da hatte Cammie sich selbst

und Reid als unglückliche Liebende in einer alten Legende gesehen. Sie hatte sich vorgestellt, daß sie sich eines Tages begegnen würden, wenn sie allein waren, und dann sofort wissen würden, daß sie füreinander bestimmt waren. Sie würden heiraten und so der Zwietracht, die seit beinahe hundert Jahren zwischen ihren beiden Familien bestand, ein Ende bereiten. Was waren das nur für dumme Tagträume gewesen.

Es war nicht so gekommen, wie sie es sich vorgestellt hatte. Sie war im Wochenendhaus ihrer Familie am See gewesen und hatte am Bootsanleger geschwommen. Reid hatte mit ein paar Freunden im Wochenendhaus nebenan gewohnt, Cammie hatte davon gewußt. Sie hatte allerdings nicht erwartet, daß er plötzlich neben ihr im Wasser auftauchen würde, so nahe, daß sein Gesicht dicht vor ihrem war und ihre Beine in dem warmen Wasser einander berührt hatten.

»Was tust du hier?« hatte sie gekeucht, erschrocken, weil sie noch nie ein Mann so berührt hatte.

Seine Antwort hatte ganz plausibel geklungen. »Ich habe dich hier im Wasser gesehen und konnte dem Wunsch nicht widerstehen, mit dir zu schwimmen. Oder das hier zu tun.«

Er hatte die Arme sanft um sie gelegt. Sein Haar hatte in der Sonne golden aufgeleuchtet, als er sich zu ihr beugte und ihr die Wassertropfen von den Augenlidern küßte. Dann hatte er seine Lippen auf ihre gelegt, sein Kuß war warm und süß gewesen, zärtlich, suchend und doch voller Zweifel.

Sekundenlang hatte sie sich seinem Kuß hingegeben, hatte sich zu ihm hintreiben lassen, und ihre Reaktion war so stark und selbstverständlich gewesen wie das Bedürfnis zu atmen. Ihre Körper hatten sich aneinandergeschmiegt, hatten zueinander gepaßt wie zwei Skulpturen, die von einem Meister geschaffen worden waren, zu dem einzigen Zweck, sich miteinander zu vereinen.

Er hatte sie fester in seine Arme gezogen. Wieder hatte er seine Lippen auf ihre gepreßt, während er ihre Weichheit erforschte und ihre Umrisse. Seine Zungenspitze hatte sich vorgewagt, hatte sich sanft zwischen ihre Lippen geschoben und sich Einlaß in ihren Mund erzwungen. Er hatte gesucht, bis er ihre Zungenspitze fand, hatte dann sanft daran gesaugt. Dabei hatte er ihre Brust durch den dünnen, nassen Stoff ihres Badeanzugs gestreichelt. Seine Hand hatte sich um die zarte Rundung geschlossen und sie sanft geknetet.

Heißes, ungezügeltes Verlangen war wie ein Blitz durch Cammies Körper gefahren. Sie war auf so etwas nicht vorbereitet gewesen, hatte nie geahnt, daß solche Gefühle überhaupt möglich waren. Im gleichen Augenblick hatte sie seine Erregung gefühlt, die sich hart gegen ihren Schenkel drängte, sie hatte gespürt, daß er sich nur noch mit Mühe zurückhielt.

Sie war in Panik geraten.

Voller Angst hatte sie ihn von sich gestoßen, hatte ihn angeschrien, auch wenn sie in ihrer Erregung gar nicht wußte, was sie gesagt hatte, und sich auch später nicht daran erinnern konnte. Sie war abrupt herumgewirbelt und mit langen Stößen zum Anlegesteg geschwommen. Dann war sie die Leiter zum Steg hinaufgeklettert und zum Haus gelaufen, als sei der Teufel hinter ihr her.

Ihre Eltern hatten mit Gästen auf der Veranda an der Nordseite des Hauses gesessen. Es war Cammie gelungen, unbemerkt ins Haus zu schlüpfen. In ihrem Zimmer hatte sie den nassen Badeanzug ausgezogen und ein Handtuch um sich geschlungen. Dann hatte sie sich auf ihr Bett geworfen und geschluchzt, weil sie sich so erniedrigt, verwirrt und völlig verzweifelt fühlte. Sie haßte sich, weil sie ihm ihre Unerfahrenheit gezeigt hatte, sie haßte sich, weil sie wie ein verängstigter Hase vor ihm davongelaufen war. Sie haßte ihn, weil er ihr die Fassung geraubt hatte. Doch am meisten haßte sie ihn, weil er ihre phantasievollen Träume zerstört hatte.

Reid erinnerte sich daran, seine Worte bewiesen es ihr. Selbst jetzt war ihr der Gedanke daran unangenehm. Irgendwo in ihrem Inneren lebte die Erinnerung an die Bestürzung und die Erniedrigung dieses Tages noch immer fort.

Bedauerte er wirklich, sie vor all diesen Jahren geküßt zu haben? Aber warum? Vielleicht war es für einen jungen Mann auf der Höhe seiner sexuellen Energie ein ganz natürlicher Impuls gewesen. Schließlich war sie diejenige, die eine Szene gemacht hatte, die die ganze Episode zur Tragödie hochgespielt hatte.

Bisher hatte sie nie die Möglichkeit gehabt herauszufinden, was Reid damals gefühlt hatte. Er war kurz darauf in die Armee eingetreten, sie hatte gehört, daß er sich als Ranger qualifiziert hatte, als Mitglied der Elitetruppe der beinahe übermenschlichen Soldaten, deren Aufgabe es war, die Reihen der Feinde zu infiltrieren, noch ehe das Heer zuschlagen konnte. Später hatte es Gerüchte gegeben, daß er für den CIA arbeitete, in einer geheimen Operation in Zentralamerika und dann im Mittleren Osten. Vor ein paar Wochen war Reids Vater gestorben, und er war nach Hause zurückgekommen.

Cammie war so mit den Gedanken an die Vergangenheit beschäftigt gewesen, daß sie den Lichtschimmer zwischen den Bäumen nicht bemerkt hatte. Erst als sie nahe genug waren, erkannte sie, daß es die erleuchteten Fenster eines Hauses waren. Sie blieb stehen, der Regen lief ihr über das Gesicht, perlte ab auf dem Poncho, den sie noch immer trug.

Als Reid sich zu ihr umwandte, sah sie ihn vorwurfsvoll an. »Das ist nicht mein Wagen.«

»Das Haus war näher.« Seine Worte klangen ein wenig ungeduldig, als hätte er erwartet, daß sie protestieren würde. Dennoch schien es ihn zu stören.

»Ich kann nicht in dieses Haus gehen.«

»Mach dich doch nicht lächerlich. Du brauchst dringend trockene Kleidung und etwas Heißes zu trinken. Ich verspreche dir, ich werde dich nicht belästigen.«

»Das habe ich auch nicht angenommen!« Ärger und ein Anflug von Verlegenheit schwangen in ihrer Stimme mit.

»Nicht? Das erstaunt mich. Was hast du denn erwartet? Es ist doch nur ein Haus, es wird dich schon nicht verseuchen.«

Es war nicht nur ein Haus. Lavinia Greenley, so wurde erzählt, war in diesem Haus verführt worden. Seit dieser Zeit hatte nie wieder ein Greenley einen Fuß in dieses Haus gesetzt.

Es war ein rechteckiges, zweistöckiges Gebäude, ganz aus Baumstämmen gefertigt, mit einem ausgebauten Dachboden. Jeder dieser großen Stämme war mehr als einen Fuß dick. An beiden Seiten des Hauses war ein Kamin aus handgefertigten Ziegeln angebaut, die hohen, schmalen Fenster konnten von innen mit festen Läden verschlossen werden. Mit schmalen Dachrinnen und einer geraden Front – ohne Veranda oder den säulenüberdachten Eingang der Häuser weiter im Norden – erweckte das Haus den Eindruck, daß es gegen alle Eindringlinge verteidigt werden konnte.

Das Haus war in den frühen neunziger Jahren des letzten Jahrhunderts von Justin Sayers gebaut worden. Er hatte darin gelebt wie ein Einsiedler, hinter einem acht Fuß hohen Staketenzaun aus Baumstämmen. Dieser Zaun war nach und nach zusammengefallen, vor Jahren schon hatte man die Überreste weggeräumt, doch für die Leute aus der Stadt Greenley hieß dieses Haus nur das Fort.

Jeder einzelne Baumstamm, den Justin Sayers für dieses Haus gebraucht hatte, war vom Land Lavinia Greenleys gestohlen worden. Jedes Brett in dem Haus hatte er in der Sägemühle zugeschnitten, die er ein paar Meilen weiter aufgebaut hatte.

Die Sägemühle war ungeheuer ertragreich gewesen und hatte ihn zu einem reichen Mann gemacht. Doch ein paar Jahre nach Beginn des neuen Jahrhunderts hatte Justin einen Partner in sein Geschäft aufgenommen, einen Mann namens Hutton. Hutton hatte im Norden in einer Papierfabrik gearbeitet, er kannte diesen neu aufblühenden Wirtschaftszweig. Sayers besaß das Land, das Holz, den finanziellen Rückhalt und die Kontakte. Die beiden Männer kauften die Maschinen, und das Sägewerk wurde durch die Papierfabrik ersetzt.

Die Papierfabrik, die sich mittlerweile stark vergrößert hatte, existierte noch immer am Rande der Stadt, sie gehörte inzwischen den Nachkommen der Sayers und der Huttons. Reid Sayers und Cammies Mann, Keith Hutton, führten sie jetzt, zusammen mit Keiths älterem Bruder Gordon. Reid hatte das Land geerbt und den Anteil seines Großvaters an der Fabrik. Ihm gehörte der größere Teil, daher war er jetzt nach dem Tode seines Vaters der verantwortliche Leiter der Firma.

Cammie warf dem Mann neben ihr einen schnellen Blick von der Seite zu. Er trug ein Hemd in der Farbe der Baumrinde, dazu verwaschene Jeans. Licht und Schatten spielten auf seinem Gesicht. Cammie leckte sich über die Lippen, ehe sie sprach.

»Wenn du mich nur einfach zu meinem Wagen fahren könntest …«

»Sobald du warm und trocken bist«, stimmte er ruhig zu. »Das verspreche ich dir.«

Sie schüttelte den Kopf. »Mir wäre lieber, wenn du es jetzt gleich tun könntest. Es geht mir gut, wirklich.«

Er sah sie lange schweigend an, während der Regen ihm aus den Haaren rann und über seine Wangen und seinen Hals lief. Dann holte er tief Luft und zuckte die Achseln, als wolle er jede Verantwortung ablehnen. Im nächsten Augenblick schon hatte er eine Hand unter Cammies Knie geschoben und die andere Hand in ihren Rücken gelegt. Mühelos hob er sie hoch, zog sie an seine Brust und trug sie auf das Haus zu.

»Nein!« rief sie, aber es war schon zu spät.

Sie zappelte und wand sich, doch er hielt sie so fest, daß ihr der Atem aus den Lungen wich und ihr Gesicht an seinen Hals gepreßt wurde. Cammie hatte das Gefühl zu ersticken, erst jetzt wurde ihr klar, wie sanft er zuvor mit ihr umgegangen war, als er sie im Wald festgehalten hatte.

Sie hörte auf, sich zu wehren, und entspannte sich, denn sie hatte ja doch keine andere Wahl. Sein Griff lockerte sich ein wenig.

Mit der Schulter stieß Reid die Hintertür auf und ging durch die Küche in einen großen Flur, bis zum Fuß einer rustikalen Treppe mit einem handgeschnitzten Geländer. Als er einen Augenblick innehielt, meinte Cammie: »Wenn du vorhast, mich mit deinem groben Machobenehmen zu beeindrucken, dann hast du dich in mir getäuscht. Ich ziehe einen Mann vor, der sich zurückhaltender benimmt. Und ich mag Männer, die vorher fragen, ehe sie zupacken.«

»Wirst du dich selbst ausziehen?« brachte er zwischen zusammengebissenen Zähnen hervor. »Oder soll ich das für dich tun? Wie du bemerkst, frage ich vorher, obwohl ich es auch ohne weiteres selbst tun könnte.«

Cammie suchte verzweifelt nach den richtigen Worten, um ihm ihre Verachtung deutlich zu machen. »Und auch noch entgegen deinen schlimmsten Neigungen. Jetzt bin ich es, die erstaunt ist.«

»Ich habe noch nie in meinem Leben eine Frau zu etwas gezwungen, aber es gibt ja immer ein erstes Mal«, antwortete er grob.

»O ja«, stimmte sie ihm zu. »Und dann kannst du wieder Kinder und Tiere mißhandeln, das gefällt dir doch sicher.«

Sie fühlte, wie ein Schauer durch seinen Körper lief, verursacht durch den Schock, den ihre Worte bewirkt hatten. Es war, als hätte sie ihm einen Schlag mit der Peitsche versetzt. Hätte sie nicht den Arm um seinen Hals gelegt und sich mit der anderen Hand an seinem Hemd festgehalten, er hätte sie fallen lassen. Ihre Füße kamen so hart mit dem Boden in Berührung, daß der Schmerz bis in ihre Knie zog. Sie schwankte, als er einen Schritt von ihr weg machte, hielt sich im letzten Augenblick am Treppenpfosten fest.

Sein Blick war ausdruckslos, nach innen gerichtet, auf einen Schrecken, der nur ihm allein sichtbar war. Sein Gesicht hatte alle Farbe verloren, seine Sonnenbräune wirkte auf einmal fahl. Eine weiße Linie erschien um seinen Mund. Cammie verstand ihn kaum, als er sprach: »Das Badezimmer ist am Ende der Treppe, hinter der Tür hängt ein Bademantel. Komm runter, wenn du fertig bist.«

Einen kurzen Augenblick hielten ihre Blicke einander gefangen, dann wandte Reid sich ab und ging in die Küche.

Cammie starrte ihm nach, bis ihre Augen brannten und ihre Finger, die noch immer den Treppenpfosten umklammert hielten, taub waren.

Sie hatte ihm weh tun wollen, und das war ihr auch gelungen. Aber wie sie das geschafft hatte, wußte sie nicht. Einer Sache war sie sich sicher, ihre Worte hatten ihn wie ein Pfeil mitten ins Herz getroffen. In seinen Augen hatte ein solch unerträglicher Schmerz gelegen, daß ihr ganz übel wurde, wenn sie daran dachte.

Nie wieder wollte sie diesen Ausdruck in seinen Augen sehen.

2. Kapitel

Die Temperatur in der Küche war um einige Grade höher als zuvor, und der Duft von frisch aufgebrühtem Kaffee lag in der Luft. Zwei Teller standen auf dem Tisch, dazu Gabeln und Servietten. Auf jedem der Teller lag ein großes Stück Kuchen, und mitten auf dem Tisch, neben der Zuckerdose und dem Kännchen mit Milch, stand eine Flasche Courvoisier.

Reid saß am Tisch und starrte auf seine verschränkten Hände. Sein Haar sah dunkler aus, als Cammie es in Erinnerung hatte, doch es war noch naß. Da ihr eigenes langes Haar schon fast trocken war, hatte er sicher gewartet, bis sie fertig war mit ihrem Bad, ehe er geduscht hatte. Er trug jetzt ein weiches, verwaschenes Chambray-Hemd und Jeans, die noch heller waren. Im Vergleich dazu hatten seine Augen die Farbe von leuchtendem Türkis, doch blickten sie hart wie Stein.

Reid stand auf, als Cammie ins Zimmer kam; er rückte ihr einen Stuhl zurecht, dann ging er zur Anrichte und füllte zwei Keramiktassen mit Kaffee. Eine davon stellte er vor Cammie, dann griff er nach der Flasche mit dem Brandy.

»Nein, danke, nicht für mich«, wehrte Cammie schnell ab. »Fang doch nicht schon wieder damit an.«

Er sprach, ohne sie dabei anzusehen, und er hielt auch in seinem Vorhaben nicht inne. Der Ton seiner Stimme erstickte jeden Protest, und Cammie sah ihm schweigend zu, während er eine ansehnliche Menge des Alkohols in ihre Tasse goß. Sie griff nach der Kaffeesahne und rührte sie unter die Mischung, während sie darauf wartete, daß er sich wieder setzte.

Schwierige Dinge sollte man gleich in Angriff nehmen, ohne lange zu zögern. Cammie biß sekundenlang auf ihre Unterlippe, dann sprach sie: »Es tut mir leid, wenn ich dich mit meiner Bemerkung von vorhin verletzt habe. Anscheinend ist es mir zur Gewohnheit geworden, jemandem mit Worten an die Kehle zu gehen.«

»Das war es schon immer.« Er verzog ein wenig den Mund, als er sich wieder setzte. »Du warst auch schon mit sechzehn so gefährlich mit deinen Worten.«

»Du meinst ... eigentlich erinnere ich mich gar nicht mehr so gut an diesen Tag.« Eine heiße Röte stieg ihr in die Wangen.

Als er sie ansah, blitzte etwas in seinen Augen auf. »Wirklich nicht? Ich könnte dir noch den genauen Wortlaut von dem wiederholen, was du mir damals gesagt hast, aber ich habe das meiste davon erfolgreich verdrängt. Endlich. Du hast meine Vorfahren beleidigt, hast behauptet, ich sei ein eingebildeter Dummkopf, mein Kuß sei viel zu feucht und ich hätte Mundgeruch.«

»Das kann nicht wahr sein«, behauptete sie erschrocken.

»Doch, es stimmt«, antwortete er. »Du hast auch gesagt, wenn ich dich noch einmal anrühren würde, würdest du alles zusammenschreien – oder dich übergeben.«

Cammie blickte in ihre Tasse, ihre Hände zitterten ein wenig, als sie die Tasse an ihre Lippen hob. »Der Grund dafür war, daß du mich überrascht hattest.«

»Du hast mich auch überrascht, und ich habe mir geschworen, daß mir so etwas nie wieder passieren würde. Deshalb war ich vorhin vielleicht auch ein wenig grob.«

»Verstehe. Dann war es also eher so eine Art Selbstschutz.«

»Ich bin schon einmal zur Armee gegangen, um von hier wegzukommen, oder vielmehr, um den Dingen zu entfliehen, die du an diesem Tag gesagt hattest, und der Art, wie du mich angesehen hast. Es hat sich als reichlich drastische Maßnahme erwiesen, ich möchte das nicht noch einmal tun müssen.«

»Du machst doch Spaß«, wehrte Cammie ab, doch dann wurden ihre Augen ganz groß. »Oder etwa nicht?«

»Glaubst du?« forderte er sie heraus, und sein Blick hielt ihren gefangen.

Cammie wußte es nicht, und es beunruhigte sie noch mehr, wenn sie daran dachte, wie sie möglicherweise sein Leben beeinflußt hatte. Sie holte tief Luft. »Wenn du glaubst, daß ich mich noch einmal dafür entschuldige, ganz besonders nach all den Jahren noch, dann muß ich dich leider enttäuschen. Du ... du bist damals viel zu schnell auf mich losgegangen.«

»Und ich habe bekommen, was ich verdient hatte. Laß die Sache ruhen. Ich hatte noch viele andere Gründe, um aus Greenley zu verschwinden, aber all das ist jetzt nicht mehr so wichtig.« Er griff nach seiner Tasse, die langen, goldbraunen Augenwimpern verbargen seine Blicke vor ihr.

Für sie waren seine Gründe wichtig, sogar sehr, wie ihr plötzlich bewußt wurde. Doch sie konnte ihn nicht noch weiter bedrängen, nicht nach dem, was er gesagt hatte. Sie nahm noch einen Schluck von ihrem Kaffee und verzog das Gesicht, als der Brandy in ihrem Hals brannte. Eine angenehme Wärme breitete sich in ihrem Körper aus. Sie trank einen weiteren Schluck, bevor sie erneut sprach.

»Diese anderen Gründe, hatten sie vielleicht etwas mit der Papierfabrik zu tun?«

Reids Blick war nachdenklich. »Ich glaube, es war damals kein Geheimnis, daß ich auf keinen Fall dort arbeiten wollte.«

»Und jetzt? Nachdem dein Vater gestorben ist? Wirst du seinen Platz in der Fabrik übernehmen?«

»Das erwartet man anscheinend von mir.«

»Aber nicht alle«, antwortete sie. »Keith hat immer gehofft, daß du nicht zurückkommen würdest. Immerhin ist er zum stellvertretenden Geschäftsführer befördert worden, als sein Bruder die Leitung der Fabrik übernahm.«

Reid nickte. »Gordon hat noch nicht davon gesprochen, ob die beiden ihren Posten behalten wollen.«

»Das wird er wohl auch nicht tun. Keiths Bruder ist ein guter Diplomat.«

»Er ist aalglatt«, stimmte Reid ihr zu.

»Natürlich ist er ein guter Geschäftsmann«, gab sie brummend zu. »Ich nehme an, er wird abwarten, wie du dich entscheidest.«

Cammie hatte sich nie sehr viel aus Gordon Hutton gemacht. Er schien zu glauben, seine unterwürfige Frau sei ein Musterbeispiel ihrer Art. Immer wieder hatte er Keith geraten, wie er mit Cammie umgehen müßte, damit auch sie in das Bild der perfekten Ehefrau paßte. Manchmal, wenn Cammie besonders unverblümt war, schien es, als könnte Gordon sich nur mit Mühe davon abhalten, ihr zu demonstrieren, wie man mit einer ungehorsamen Frau umging.

»Keith war ein netter Junge«, meinte Reid jetzt. »Damals, als wir noch zusammen Football spielten. Lizbeth hatte mir von eurer Heirat geschrieben. Und von ihr habe ich auch erfahren, daß ihr euch getrennt habt.«

Seine Meinung von Keith war sehr großzügig; Cammie erinnerte sich nur zu gut an diese Footballspiele. Reid war der Quarterback gewesen, er wurde von Keith gedeckt. Keith war sehr schnell und geschmeidig, doch war er auch ein riesengroßer Aufschneider, immer darum bemüht, den anderen die Schau zu stehlen.

»Lizbeth?« fragte Cammie vorsichtig.

Reid deutete auf den Kuchen, den sie beide noch nicht angerührt hatten. »Sie ist seit dreißig Jahren Köchin und Haushälterin für die Sayers. Nachdem meine Mutter gestorben war, hat sie an mir die Mutterstelle vertreten. Sie hat mich über alles in Greenley auf dem laufenden gehalten, während ich weg war.«

Cammie wußte, wen er meinte, sie hatte die Frau schon oft in Greenley gesehen. Lizbeth war eine stattliche Schwarze mit langem Haar, das sie geflochten zu einem Kranz um den Kopf trug. Ihre Haut hatte die Farbe goldenen Tabaks, unter ihresgleichen galt sie als hellhäutig. Cammie wartete darauf, daß Reid weitersprach, doch als sie aufblickte, merkte sie, daß er sie beobachtete.

Schnell blickte er weg, rieb verlegen mit dem Finger über den Henkel seiner Kaffeetasse. »Und, was ist geschehen?« fragte er.

»Mit meiner Ehe?« Ein spöttisches Lächeln spielte um Cammies sinnlichen Mund. »Sie war von Anfang an ein Fehler. Während meines letzten Collegejahres fingen Keith und ich an, miteinander auszugehen, und alle schienen zu glauben, daß wir das perfekte Paar seien. Eines Tages schenkte er mir einen Ring, und mir fiel kein plausibler Grund ein, sein Geschenk zurückzuweisen. Und dann erinnere ich mich nur noch, daß ich mir den Reis aus dem Haar bürstete und die Pille nahm.«

Cammie warf Reid einen verstohlenen Blick zu, doch sein Gesicht war nach wie vor ausdruckslos. Natürlich hatte sie ihm längst nicht alles erzählt. Manchmal hatte sie das Gefühl, als hätte sie seit Jahren in der Versenkung gelebt und nur darauf gewartet, daß ihr Leben endlich begann. Die Heirat mit Keith war ein schwacher Versuch gewesen, sich aus dieser Umklammerung zu befreien. Es hatte nicht geklappt, und das war nicht allein Keiths Fehler.

Cammie erzählte weiter. »Nach meiner Eheschließung fand ich irgendwann heraus, daß man von mir erwartete, in den Hintergrund zu treten und mich weder sehen noch hören zu lassen.«

»Und das hast du nicht getan.« Es war eher eine Feststellung, weniger eine Frage.

»Unsere Streitereien über dieses Thema sind schon zur Legende geworden. Aber Keith hat ein dickeres Fell als du.« Sie hatte eigentlich nicht mehr von damals sprechen wollen, doch wahrscheinlich hatte der Brandy ihre Zunge gelöst. Schnell sprach sie weiter, noch ehe Reid etwas sagen konnte. »Aber wie steht es mit dir? Warum hast du eigentlich nie geheiratet?«

Reid bewegte die Schultern, als wolle er die Muskeln in seinem verspannten Nacken lockern. »Ich habe geheiratet. In Colorado, kurz nachdem ich die Armee verlassen hatte. Meine Ehe hat genau einen Monat gedauert.«

»Einen ganzen Monat?«

Er lächelte ein wenig spöttisch. »Ich habe versucht, sie zu warnen, daß das Ranger-Training, das ich in Zentralamerika und der Karibik hatte anwenden müssen, dazu gedacht war, aus Männern Tiere zu machen, die nur nach ihrem Instinkt handeln. Sie glaubte, sie könnte all das ändern. Wir waren gerade zwei Wochen lang verheiratet, als sie im Bad plötzlich hinter mich trat. Ich rasierte mich gerade mit einem elektrischen Rasierapparat, deshalb hatte ich sie nicht gehört. Sie legte mir von hinten einen Arm um den Hals, und ich handelte instinktiv. Zwei Wochen lang hat sie im Krankenhaus gelegen, sie hatte Glück, daß sie überhaupt überlebt hat. An dem Tag, als sie das Krankenhaus verließ, hat sie die Scheidung eingereicht.«

»Wie schrecklich«, flüsterte Cammie. »Ich meine, wie schrecklich für dich.«

»Für sie war es auch nicht gerade großartig.«

»Und du hast es nie wieder versucht?«

Er sah sie eindringlich an. »Ich bin nicht handzahm, ich bin wohl kaum der richtige Ehemann, ganz gleich für welche Frau auch immer.«

Sekundenlang sah Cammie ihn so, wie er wohl auf andere Frauen wirken mußte. Er besaß eine kräftige Figur, eine breite Stirn und einen festen Mund; der kleine Höcker auf seiner geraden Nase zeugte von einer früheren Fraktur. Ein goldener Schatten auf seinen schmalen Wangen bewies, daß er sich heute noch nicht rasiert hatte, unter einer Augenbraue verbarg sich eine Narbe. Seine Hände waren groß und sonnengebräunt, seine Fingernägel kurz und gepflegt. Selbstsicherheit schien ein Teil von ihm zu sein, selbstverständlich und angeboren. Und dann waren da noch seine Augen. Klar und unerschütterlich blickten sie, ein wenig spöttisch, doch Cammie glaubte auch einen Anflug von Schmerz darin zu entdecken. Auf keinen Fall waren es jedoch die Augen eines Tieres.

»Ich glaube, du unterschätzt dich«, meinte sie schließlich.

»Du irrst dich.«

Seine Stimme klang ausdruckslos. Wollte er sie warnen? Wenn es so war, so fühlte Cammie sich dennoch nicht betroffen.

»Das war aber noch nicht die ganze Geschichte – vom Ende deiner Ehe, meine ich.« Sie legte den Kopf ein wenig schief und sah ihn nachdenklich an. »Da muß doch noch etwas anderes geschehen sein.«

Er war so schnell aufgestanden, daß sein Stuhl beinahe umfiel. »Trink deinen Kaffee, ich werde dich nach Hause fahren.«

»Du meinst, du bringst mich zu meinem Wagen.« Sie senkte den Blick, als sie merkte, daß sie über und über rot geworden war. Sie war es nicht gewöhnt, so einfach abgespeist zu werden, obwohl sie seine Reaktion wahrscheinlich herausgefordert hatte. Einen Augenblick lang hatte sie vergessen, wer er war.

»Ich meine, ich bringe dich nach Hause«, gab er zurück. Und als sie ihn fragend ansah, wandte er ihr den Rücken zu, nahm ihre Brieftasche und ihre Wagenschlüssel und warf sie auf den Tisch. »Ich bin noch einmal zurückgegangen, um nach Keith zu sehen. Es hätte ja sein können, daß er verletzt war. Und dann wollte ich auch deinen Wagen hierherbringen, um dir Zeit zu sparen. Aber das ging nicht, jemand hatte alle Reifen aufgeschnitten.«

Der Gedanke, daß er in Kälte und Regen den ganzen Weg noch einmal zurückgegangen war, nur um ihr die Mühe zu ersparen, weckte ein eigenartiges Gefühl in ihr. Doch sie verdrängte es schnell und sagte verächtlich: »Das kann nur Keith getan haben.«

Reid nickte, er griff nach seiner Tasse und trank sie in einem großen Schluck leer. »Ich habe seine Spuren gesehen. Wahrscheinlich ist er nicht sehr glücklich über die Scheidung.«

»Das kann man wohl sagen.« Sie erzählte ihm, wie Keith sie ständig unter Druck gesetzt hatte.

»Jemand sollte mal mit ihm reden.« Aus seiner Stimme klang unterdrückte Wut.

Cammie warf ihm einen schnellen Blick zu, dann schob sie ihren Stuhl zurück und stand auf. Sein Gesicht verriet nichts von seinen Gedanken, sie ahnte nicht, was er vorhatte oder was er dachte. »Ich hoffe, nach dem heutigen Abend wird das nicht mehr nötig sein«, meinte sie.

Er lächelte ein wenig schief, sagte jedoch nichts mehr.

In der Garage im Fort standen ein Jeep Cherokee und eine Lincoln-Limousine. Da der Weg zwischen dem Fort und Cammies Haus unbefestigt war, holte Reid den Jeep aus der Garage.

Cammie saß steif neben ihm im Wagen, zog den verwaschenen, dunkelblauen Morgenmantel, den sie noch immer trug, so gut es ging über ihre Knie. Der Morgenmantel muß ein Relikt aus den Tagen sein, als Reid noch zur High-School gegangen ist, dachte sie, weil er so kurz war und so abgetragen. Der Gedanke, daß es eines seiner bevorzugten Kleidungsstücke war, das sie jetzt trug, daß er es vielleicht überall in der Welt mit sich genommen hatte, gab ihr ein eigenartiges Gefühl.

Und dennoch wollte sie lieber nicht darüber nachdenken, was die Leute sagen würden, wenn sie sie so sahen. Die Klatschtanten hätten ihren großen Tag bei einer solchen Neuigkeit. Cammies Besorgnis um möglichen Tratsch war jedoch nicht stark genug gewesen, um wieder in ihre feuchte Unterwäsche zu schlüpfen und in ihre nasse Bluse und die Jeans. Wenn sie den Leuten keine interessanten Neuigkeiten verschaffte, dann würden die einfach etwas erfinden, was sich weiterzuerzählen lohnte.

Auf der Fahrt zu ihrem Haus sprach sie nur wenig mit Reid. Der Regen trommelte auf das Dach des Jeeps, die Scheibenwischer quietschten laut in der Stille. Einmal bemerkte sie, daß Reid zu ihr hinsah, dann wieder auf den Weg vor ihnen blickte und sie noch einmal ansah. Das schwache Licht des Armaturenbrettes verlieh seinem Gesicht einen grünlichen Schein, doch seine Augen lagen im Schatten. Er blickte auf ihr Haar, das ihr über die Schultern fiel, seine Augen ruhten sekundenlang auf ihren Brüsten, die sich gegen den dünnen Stoff des Morgenmantels drängten, und verweilten dann an der Stelle, wo der Morgenmantel von ihren Knien gerutscht war. Als er den Blick wieder hob, hielten ihre Augen einander fest.

Cammie fühlte seine Blicke auf ihrer Haut, sie waren beinahe wie eine zärtliche Liebkosung. Sie wollte wegsehen, wollte seinen Blicken ausweichen, doch es war, als sei sie in einer unsichtbaren Schlinge gefangen. Nie in ihrem Leben war sie sich der Anwesenheit eines Mannes neben ihr so sehr bewußt gewesen, seines muskulösen Körpers und seiner Kraft. Er hatte etwas so Urtümliches an sich, so unvergänglich wie die mit Pinien bewachsenen Hügel des Wildreservates. Doch gleichzeitig fühlte sie die Mauer, die er um sich herum errichtet hatte, eine Mauer, so stark und undurchdringlich wie die Bäume in diesem Reservat, Barrieren, die man als Schutz benutzen konnte, aber auch als Hinterhalt für die Unvorsichtigen.

Im Grunde mußte sie ihm zustimmen, wenn er sich als animalisch beschrieb. Reid schien so etwas Unbezähmbares und Gefährliches an sich zu haben, wie der seltene Puma in diesen Wäldern, den man auch Sumpfpanther nannte. Und dennoch fürchtete sie sich nicht vor ihm, ganz im Gegenteil. Zu gern hätte sie herausgefunden, ob er sie angreifen würde, wenn sie ihm zu nahe kam, oder ob er ihr erlauben würde, ihn zu berühren, ob er bereit war, ihr seine ungezügelte, wilde Leidenschaft zu zeigen.

Sie brauchte ihre ganze Willenskraft, um ihre Blicke von ihm loszureißen. Sie wandte den Kopf ab und starrte durch die Windschutzscheibe in die Dunkelheit. Mit zusammengebissenen Zähnen wartete sie darauf, daß dieser verrückte Augenblick vorüberging.

Das Haus, in dem Cammie wohnte, tauchte dunkel und einsam vor ihnen auf, als Reid in die Einfahrt einbog und dann den Hügel hinauf zu dem Haus fuhr. Es war einige Jahrzehnte älter als das Fort; im Grundbuch hatte es den Namen Evergreen, auch wenn die meisten Leute es das Greenley-Haus nannten. Es war im georgianischen Stil erbaut und zwei Stockwerke hoch. Große Fächerfenster befanden sich zu beiden Seiten der Eingangstür, die übrigen Fenster waren hoch und symmetrisch angeordnet; eine überdachte Veranda umgab das ganze untere Stockwerk, ihre Säulen trugen den Balkon im oberen Stockwerk. Es war ein Haus, wie es die Plantagenbesitzer in Louisiana vor dem Bürgerkrieg gebaut hatten. Im Laufe der Jahre war es modernisiert und vergrößert worden und besaß jetzt einen anmutigen Charme, der von besinnlichen und weniger hektischen Zeiten zeugte.

Während seiner Blütezeit war das Haus von einigen tausend Hektar Baumwollfeldern umgeben gewesen. Die weiter entfernten Felder hatte man nach und nach verwildern lassen, der Wald hatte sich dieses Land zurückgeholt. Die Felder in der Nähe des Hauses waren eines nach dem anderen verkauft worden, um Hypothekenzinsen bezahlen zu können oder um Bargeld für Anschaffungen zur Hand zu haben. Jetzt umgaben das Haus weniger als acht Morgen Land, obwohl Cammie fand, daß es im Sommer immer noch reichlich Gras zu mähen und Hecken zu schneiden gab.

Keith hatte dieses alte Haus gehaßt. Er hatte es baufällig genannt und muffig und hatte sich darüber beklagt, daß immer etwas repariert werden mußte. Er wollte das Haus verkaufen und ein modernes, hübsches Haus bauen mit viel Glas und offenen Terrassen, wenn möglich am See im Osten der Stadt.

Doch Cammie hatte sich geweigert. Sie hatte Evergreen nach dem Tod ihrer Eltern geerbt, und sie liebte dieses Haus.

Natürlich hatte Keith recht, wenn er sich über die Reparaturen beklagte, das Haus schien das Geld dafür zu verschlingen. Aber die hohen, geräumigen Zimmer, die Möbel, die schon seit Generationen in der Familie waren, und der Garten mit den vielen alten Bäumen und Pflanzen, die die Frauen der Greenleys gepflanzt hatten, gaben Cammie immer wieder Anlaß zur Freude. Sie konnte sich nicht vorstellen, irgendwo anders zu leben.

Reid ging mit ihr durch den leichten Nieselregen zur Hintertür. Cammie sah seinen bewundernden Blick, als er das Haus betrachtete, und sie fragte sich, ob er es insgeheim wohl mit dem Fort verglich.

Doch sie bemerkte auch, wie er mit schmalen Augen die Dunkelheit zu durchdringen versuchte und sich wachsam umschaute. Aber sie konnte beim besten Willen nichts erkennen; außer dem stetig fallenden Regen war kein Geräusch zu hören. Zweifellos war seine Wachsamkeit für ihn schon zur Gewohnheit geworden, sie war einer dieser Instinkte, von denen er ihr erzählt hatte. Es gab ihr ein eigenartig beruhigendes Gefühl, das zu wissen.

Als sie im Schutz der Veranda standen, wandte Cammie sich zu ihm um. »Ich fürchte, ich habe dir noch gar nicht dafür gedankt, daß ... daß du mich heute abend gerettet hast«, meinte sie übertrieben höflich. »Ich weiß das sehr zu schätzen.«

»Gern geschehen«, sagte er nur, und seine Stimme war tief und so ausdruckslos wie ihre.

Sie lächelte, doch es war nur eine Bewegung ihrer Lippen, ihre Augen blickten ernst. »Nun, ich denke, wir werden uns sicher noch einmal sehen.«

Er streckte die Hand aus, um sie auf ihren Arm zu legen, doch sie wich ihm aus.

Mit gerunzelter Stirn sah Reid sie an, dann nickte er nur und wies mit einer Kopfbewegung auf den dunklen Garten. »Keith ist dort drüben. Er beobachtet dich.«

»Du meinst, er ist irgendwo da hinten? Jetzt im Augenblick?« Sie warf einen schnellen Blick über ihre Schulter.

Reid nickte. »Sein Landrover steht eine halbe Meile die Straße hinunter, versteckt hinter der Kirche. Ich habe ihn gesehen, als wir vorbeigefahren sind. Er ist ungefähr fünfzig Yards rechts von uns, hinter den Kamelien.«

Der Gedanke, daß Keith ihr dort hinten irgendwo auflauerte, sie bespitzelte und einen Weg suchte, um ungestört ins Haus und in ihr Leben einzudringen, machte Cammie wütend, doch schlich sich gleichzeitig auch ein Anflug von Angst ein. »Ich kann das nicht glauben«, meinte sie gepreßt.

»Sheriff Deerfield ist doch ein Cousin von dir, nicht wahr? Vielleicht solltest du ihn anrufen.« Reids Stimme verriet, daß es seiner Ansicht nach nicht gerade die beste Lösung war.

Auch Cammie gefiel dieser Vorschlag nicht. Wenn sie jetzt den Sheriff anrief, würde morgen die ganze Stadt davon wissen. Außerdem könnte Keith zu seiner Verteidigung die Ereignisse dieser Nacht zu seinen Gunsten verfälschen. Gar nicht auszudenken, was für eine schreckliche Geschichte dabei herauskommen würde, wenn beide Versionen die Runde gemacht hätten.

Sie schüttelte den Kopf. »Vielleicht wird das gar nicht nötig sein. Ich weiß auch gar nicht, was der Sheriff tun würde, denn bis jetzt hat Keith mir ja noch nichts getan, er hat mich nur bedroht.«

Reids Stimme ließ keinen Zweifel daran, daß ihm das nicht gefiel. »Du mußt aber etwas tun, wenn du ihn davon abhalten willst, dir weiter nachzuspionieren.«

»Es muß doch auch noch einen anderen Weg geben.« Cammie verzog unglücklich das Gesicht.

Er sah sie durchdringend an. »Du hast nur zwei Möglichkeiten, entweder du kämpfst oder du gibst nach.«

»Immerhin habe ich schon versucht, einen Revolver zu benutzen, wenn du dich recht erinnerst«, meinte sie scharf.

»Es war ein Fehler, Gewalt anzuwenden, da du ja offensichtlich nicht die Absicht hattest, sie bis zum Ende zu führen. Wenn du die Polizei nicht zu Hilfe rufen willst, dann bleibt dir nichts anderes übrig, als ihn zu überlisten.«

»Du meinst, ich sollte versuchen, ihn hinzuhalten? Ich sollte ihn glauben lassen, daß ich wieder zu ihm zurückkomme, und dann warten, bis die Scheidung rechtskräftig geworden ist?«

»Ich dachte eher daran, daß du deinen Cousin vielleicht morgen zum Essen einlädst und ihn bittest, in seinem Dienstwagen zu kommen«, antwortete Reid. »Oder vielleicht solltest du dir einen Dobermann anschaffen oder ein Zimmer an einen Lehrer für Taekwondo untervermieten.«

»Ich habe eine viel bessere Idee«, sagte sie langsam, als ihr ein alarmierender, unausgegorener Gedanke durch den Kopf schoß.

»Und die wäre?«

Sie dachte gar nicht über den Ursprung dieses Gedankens nach, auch nicht über die Folgen, die ihr Tun vielleicht haben würde, sie handelte ganz einfach.

Sie machte ein paar zögernde Schritte auf Reid zu, dann stellte sie sich auf Zehenspitzen und schlang die Arme um seinen Hals. Mit großen Augen sah sie ihn an, ihre Lippen zitterten bei ihren nächsten Worten. »Küß mich.«

Reid begriff sofort. Er erstarrte nur kaum merklich, ehe er den Kopf zu ihr beugte und sie in seine Arme zog. Sie preßte ihre Lippen auf seinen vollen, festen Mund und schmiegte sich an ihn, drängte ihre Brüste gegen seinen muskulösen Oberkörper und ihre Hüften gegen seine.

Reid holte tief Luft und drückte sie noch ein wenig fester an sich, dann übernahm er die Führung.

Ihre Lippen öffneten sich willig seiner suchenden Zunge, ein heißes Glücksgefühl stieg in ihr auf. Überall dort, wo sein Körper den ihren berührte, schien ihre Haut zu brennen. Ihr Herz begann zu rasen, Wärme breitete sich langsam in ihrem Inneren aus. Sie genoß das Gefühl, wie seine Zunge sich kühn zwischen ihre Lippen drängte, und sie erwiderte seinen Kuß mit fiebriger Leidenschaft.

Verloren, sie war verloren in der Erinnerung an Gefühle, von denen sie immer geglaubt hatte, sie existierten nur in ihrer Einbildung. Ein Schauer durchlief ihren Körper und hinterließ ein schmerzlich süßes Ziehen in ihrer Brust. Mit einem tiefen Seufzer vergrub sie die Finger in dem seidigen Haar in seinem Nacken und schlang die Arme um seinen Hals.

Reid streichelte ihren Rücken, ließ seine Hand langsam tiefer gleiten, zu der sanften Rundung ihrer Hüften. Dort ließ er sie liegen, streichelte sie zart, als wolle er sich jede Einzelheit ihres Körpers für immer einprägen. Langsam zog er sie enger an sich, bis sie seinen harten Schaft gegen ihren Schoß drücken fühlte und merkte, daß er Mühe hatte, an sich zu halten, sie nicht gleich hier und jetzt zu nehmen.

Und dann kehrte mit unangenehmer Plötzlichkeit ihre Vernunft zurück, wie ein Schauer durchlief es ihren Körper. Sie konnte nicht glauben, daß sie sich so weit hatte gehenlassen, noch vor wenigen Stunden hätte sie das nie für möglich gehalten. Es mußten die Ereignisse dieses Abends sein, die so ungewöhnlich gewesen waren, und die Erinnerung an die Vergangenheit.

Aber das war nicht der einzige Grund. Mit schmerzlicher Ehrlichkeit gestand Cammie sich ein, daß es noch etwas anderes gab, das sie zu dieser Handlung gedrängt hatte. Irgendwo in ihrem Inneren verspürte sie das Bedürfnis, ein für allemal herauszufinden, ob das, was vor so langer Zeit zwischen ihnen geschehen war, wirklich so überwältigend gewesen war, wie sie es noch immer in ihrer Erinnerung hatte. Und ja, es war auch das Verlangen, den Panther zu streicheln, mit der Gefahr zu spielen.

Sie keuchte leise auf, dann zog sie sich langsam von ihm zurück. Ihre Stimme klang ein wenig rauh, als sie versuchte, ihm ihre Beweggründe zu erklären.

»Ich dachte ... es schien mir ... wenn Keith vielleicht

glaubt, daß es jetzt einen anderen Mann in meinem Leben gibt, wird er vielleicht aufgeben und mich in Ruhe lassen.«

»Das dachte ich mir.« Reids Antwort war sehr leise, und seine Stimme klang nicht sehr fest.

Sie hatte gehofft, er würde sie verstehen, aber sie wollte ganz sicher sein, deshalb sprach sie schnell weiter. »Daß ausgerechnet du dieser Mann bist, macht die ganze Geschichte nur noch besser. Du bist ein Mann, der andere einschüchtert, obwohl Keith das niemals zugeben würde. Er war schon immer eifersüchtig auf dich – und jetzt, wo du in der Führung der Papierfabrik mitarbeitest, ist es nur noch schlimmer geworden.«

»Verstehe.«

Sie fühlte, wie sie der Mut verließ und Verwirrung die Oberhand gewann. Hastig fügte sie hinzu: »Der ... Trick wäre vielleicht noch viel besser, wenn du mit ins Haus kommen würdest. Natürlich verpflichtet dich das zu nichts, das verspreche ich dir. Und es wäre auch nur für einen kurzen Augenblick.«

Ihr war sofort klar, daß sie eine ganze Menge von ihm verlangte. Die Tatsache, daß Reid nicht mehr verheiratet war, bedeutete noch lange nicht, daß er nicht irgendwo eine Frau hatte, an die er gebunden war.

»Nur für einen kurzen Augenblick«, wiederholte er beinahe mechanisch.

Cammie schluckte, als sie dann neben ihm zum Hintereingang ging. Ihre Hände zitterten, als sie versuchte, den Schlüssel ins Schloß zu stecken. Sie hielt ihn ganz fest und hoffte nur, Reid würde nichts davon bemerken.

Im Haus knipste sie das Licht an, während Reid die Tür hinter ihnen schloß und den Schlüssel im Schloß drehte. Sie wandte sich zu ihm und bemerkte, daß er sie beobachtete, vorsichtig und abschätzend, mit genau dem gleichen Ausdruck auf dem Gesicht, den auch sie auf ihrem fühlte.

Reid stieß hart den lang angehaltenen Atem aus. Er hatte das Gefühl, als hätte man ihm eine Bombe gereicht, die gerade in seiner Hand explodiert war. Die Detonation hatte ihn bis auf den Grund seines Wesens erschüttert, hatte ihm all seine Kraft und seinen Verstand genommen und sein Inneres zu einem heißen Brei geschmolzen. Und er war noch nicht sicher, ob er die Explosion überlebt hatte.

Seine Stimme klang bei weitem nicht so fest, wie er es beabsichtigt hatte. »Du steckst voller Überraschungen.«

»Das ist aber nicht meine Absicht.«

Sie warf ihm einen schnellen Blick zu, dann wandte sie sich um und ging vor ihm her durch den Raum, der ein Wohnzimmer zu sein schien und der am Ende des langen Flurs lag. Reids Blick verweilte für einen Augenblick auf dem bronzefarbenen Schimmer ihres Haares, auf der sanften Rundung ihrer Schenkel, dem Schwung ihrer Hüften unter seinem alten Morgenmantel. Das Bewußtsein, daß sie unter dem verwaschenen Stoff nackt war, brannte sich in sein Gedächtnis ein. Er wußte, daß sie nackt war, er hatte es gefühlt, als er sie in seinen Armen hielt. Ihm wurde ganz schwach bei dem Gedanken; ungläubig schüttelte er den Kopf, um diese Gedanken zu vertreiben, dann ging er hinter ihr her.

Sie betraten eine große, luftige Küche mit weiß gestrichenen Schränken und gelben Fliesen. Pflanzen standen vor den Fenstern, die auf die Rückseite des Hauses hinausgingen. Diese Küche war um so vieles größer und heller als ihr Gegenstück im Fort, daß er sich allen Blicken ausgesetzt fühlte, noch bevor Cammie das helle, fluoreszierende Licht anknipste. Der Raum lag zwar zu hoch, als daß Keith von draußen hereinsehen konnte, dennoch war Reid wachsam.

Cammie kehrte ihm den Rücken zu und fragte über ihre Schulter hinweg vorsichtig: »Wenn ich schon deine Zeit in Anspruch nehme, möchte ich dir wenigstens etwas zu essen anbieten. Wie wäre es mit Steak und Salat?«

»Fein«, antwortete er gepreßt.

Sie versucht, sich zu beschäftigen, dachte er, damit alles ganz normal aussieht. Ich sollte ihr dabei helfen. Er ging zu ihr hinüber, lehnte sich gegen die Anrichte und schob beide Hände in die Taschen seiner Jeans.

Cammie ging hin und her, holte Steaks aus dem Gefrierschrank und legte sie zum Auftauen in die Mikrowelle, suchte Salat, Tomaten, Brokkoli und Möhren zusammen. Reid sah ihr zu und dachte, wie unwirklich es war, hier zusammen mit ihr in ihrem Haus zu sein.

Es war komisch, auf grimmige Art erheiternd, daß es seine Verbindung zur Papierfabrik war und seine anrüchige Vergangenheit im Geheimdienst, die ihn auf einmal für Cammie so nützlich machten. Genau das waren die Dinge, von denen er erwartet hätte, daß sie sie abschreckten. Davon abgesehen war Dankbarkeit im Augenblick das stärkste der Gefühle, die in seiner Brust tobten.

Es war schon sehr lange her, seit er einer Frau nahe gewesen war. Frauen waren viel zu zerbrechlich und leicht zu verletzen. Er traute sich selbst nicht, wenn er in ihrer Nähe war, schon seit langem nicht mehr.

Cammie hatte auf ihn reagiert. Er hatte den süßen, brennenden Schmerz gefühlt, als ihre Körper einander berührt hatten, hatte den Puls an ihrem schlanken, biegsamen Hals pochen sehen, den süßen Anflug von Leidenschaft auf ihren Lippen geschmeckt. Es war wie ein Wunder für ihn gewesen.

Er sollte gehen, das wußte er ganz sicher, ohne jeden Zweifel. Es wäre gefährlich, wenn er blieb, gefährlich für sie beide. Wenn er sie verletzte, dann würde ausgerechnet diese Frau es vielleicht nie verkraften.

Er konnte nicht gehen. Nicht nach dem, was draußen auf der Veranda geschehen war. Er schuldete ihr etwas dafür, daß er sich für ein paar kurze Augenblicke nicht mehr wie der Ausgestoßene gefühlt hatte, der er zu sein glaubte, nicht wie eine Maschine mit tierischem Instinkt. Er würde tun, was auch immer sie wollte, wenn sie ihm nur ein wenig länger das Gefühl geben würde, ein ganz normaler Mann zu sein.

Er starrte Cammie an, betrachtete ihr Haar, das über ihre

Schultern fiel, und die Art, wie sich das Licht in den rotgoldenen Strähnen spiegelte. Seine Blicke ruhten auf dem sanften Schwung ihres Mundes und auf ihrer schmalen Taille, als sie in der Küche hin und her ging. Er wußte, daß er sie anstarrte, aber er konnte nicht anders. Sie war unwiderstehlich, obwohl es sie wahrscheinlich abschrecken würde, wenn sie wüßte, wie sie auf ihn wirkte.

Er brauchte dringend Ablenkung, so schnell wie möglich.

»Wie kann ich dir helfen?« fragte Reid.

Sie warf ihm einen schnellen Seitenblick zu, als wäre er der erste Mann, der ihr eine solche Frage stellte. »Gar nicht, ich schaffe das schon allein.«

Er ging zu ihr, nahm eine der Möhren, die neben der Spüle lagen. Mit ausdrucksloser Stimme fragte er: »Hast du einen Kartoffelschäler?«

Sie holte das Messer aus der Schublade und reichte es ihm. Sie beobachtete ihn wie ein Kind, das mit einem scharfen Messer spielt, als er begann, die Möhre zu schälen. Offensichtlich zufrieden mit dem Ergebnis, wandte sie sich wieder dem Salat zu, den sie unter fließendem Wasser wusch.

»Hat Keith denn nicht in der Küche geholfen?« fragte er.

Cammie verzog den Mund zu einem etwas schiefen Lächeln, das er schon an ihr kannte. »Genau wie du haben wir eine Haushälterin, die jeden Tag kommt. Keith betrachtete es als seinen Beitrag zur Haushaltsführung, ihr Gehalt zu bezahlen.«

»Vielleicht wäre er später eher bereit gewesen zu helfen, wenn erst einmal Kinder da wären. Die meisten Männer tun das.«

»Vielleicht.«

»Gab es eigentlich einen Grund dafür, daß ihr keine hattet? Kinder, meine ich.« Es war eine Frage, die er ihr schon seit einiger Zeit hatte stellen wollen. Die ganzen Jahre über hatte er immer damit gerechnet zu hören, daß sie Mutter geworden war.

Mit gerunzelter Stirn sah sie ihn an, dann griff sie nach

einem Papiertuch, um den Salat zum Abtropfen darauf zu legen. »Zuerst meinte Keith, wir sollten noch warten, er wollte nicht gebunden sein. Und später habe ich aus verschiedenen Gründen entschieden, daß er recht hatte.«

Reid fragte sich, wie sie wohl aussehen würde, wenn sie schwanger war. Wahrscheinlich bezaubernd, nahm er an, genauso wie jetzt und noch mehr. Ihm gefiel ihr Mund, großzügig, wie geschaffen für ein Lächeln, und er glaubte, er könne sich noch eine ganze Weile damit beschäftigen, den Schwung ihrer Augenbrauen zu bewundern. Ihre Hexenaugen, die Sprenkel von Blau und Grün, Gold und Grau aufwiesen, faszinierten ihn; er hätte gern ihr Gesicht in beide Hände genommen, um diese Augen zu betrachten. Ihre Wangen waren ein wenig hohl, und sie hatte Schatten unter den Augen; sie brauchte dringend ein paar Pfund mehr Gewicht und auch mehr Schlaf. Dennoch war sie wunderschön, ganz zweifellos. Und eine Schwangerschaft würde diese Schönheit nur noch verstärken.

Reid legte eine besonders sorgfältig geschälte Möhre auf die Anrichte und nahm sich eine andere, ehe er dann abrupt das Thema wechselte. »Ich wollte es dir schon vorher sagen, ich werde morgen nach deinem Wagen sehen und neue Reifen aufziehen. Wirst du so gegen neun Uhr zu Hause sein?«

»Das ist nicht nötig.« Cammie warf ihm einen erstaunten Blick zu. »Ich kann einen Mann von der Werkstatt rausschicken.«

»Ich würde es lieber selber tun. Könnte ja sein, daß Keith noch eine andere kleine Überraschung für dich bereithält.«

Sie hielt mitten in der Bewegung inne und sah ihn zweifelnd an. »Du meinst, er hätte noch mehr kaputtgemacht? Glaubst du das wirklich?«

Glaubte er das? Er war nicht sicher, aber es war ein guter Vorwand. »Darüber kann ich dir mehr sagen, wenn es erst einmal hell ist. Bis dahin kann ich dir den Jeep hierlassen, falls du morgen früh irgendwo hinfahren mußt.«

»Und wie willst du nach Hause kommen?«

»Zu Fuß.« Er zuckte mit den Schultern. »Durch den Wald ist es nicht weit.«

Die Mikrowelle läutete, als die Zeituhr abgelaufen war. Sie schwiegen beide, während Cammie die Steaks herausholte und die Folie aufriß. Sie legte die Steaks auf eine Platte, holte Worcestersoße aus dem Schrank und griff nach einem Topf mit Knoblauchzehen. Sie hielt eine der Zehen in der Hand und sagte: »Es gibt noch eine andere Lösung.«

Beim Klang ihrer Stimme sah Reid alarmiert von seiner Arbeit auf. »Und die wäre?«

»Du könntest heute nacht hierbleiben.«

Er legte die Möhre und das Messer hin und stützte beide Hände auf die Anrichte. Die Fliesen waren kühl unter seinen Händen, doch sie halfen nicht, das Feuer, das plötzlich in ihm brannte, zu löschen. Langsam drehte er den Kopf, um sie anzusehen, dabei hatte er das Gefühl, als wehrte sich jeder einzelne Knochen in seinem Nacken gegen diese Bewegung.

»Was soll ich tun?« fragte er ungläubig.

Sie leckte sich mit der Zungenspitze über die Lippen. »Du hast mich ganz gut verstanden.«

Das hatte er. Und genau das war das Problem.

Draußen strömte der Regen in stetigem Rauschen nieder. Reid zählte den Schlag seines Pulses, der das sanfte Geräusch zu übertönen schien.

»Natürlich würdest du in einem der Gästezimmer schlafen«, beeilte sie sich zu versichern.

Er wandte den Blick ab und betrachtete statt dessen das Spiegelbild seines eigenen, blassen Gesichts im Fenster über der Spüle, vor dem Hintergrund der dunklen Nacht. Seine Stimme klang eisig, als er sprach. »Das kann ich nicht.«

»Warum denn nicht? Es ist doch nur eine einzige Nacht und keine lebenslange Bindung. Du gehst damit keinerlei Verpflichtung ein.«

»Das ist mir klar.« Zumindest hatte er das angenommen.

»Also, wo ist dann das Problem? Es sei denn ... ich verstehe.« Sie wandte ihm den Rücken zu.

»Das bezweifle ich«, antwortete er, und seine Stimme war lauter, als er es beabsichtigt hatte, doch er konnte nichts daran ändern. »Es ist mir verdammt gleichgültig, wenn ich als Mittel zum Zweck benutzt werde – das ist gar nicht so ungewöhnlich. Es würde mir große Befriedigung verschaffen, als Puffer zwischen dir und Keith zu dienen, wenn du das gern möchtest. Mir ist es auch gleichgültig, was die klatschsüchtigen Nachbarn sagen, solange es dir nichts ausmacht. Und ich habe auch nicht das Bedürfnis, deine Bitte aus irgendeinem völlig unangebrachten Rachegefühl wegen der Fehden zwischen unseren beiden Familien abzuschlagen.«

»Aber was ist es dann? Schlafwandelst du? Oder fürchtest du, daß ich mitten in der Nacht von Lust befallen werde und zu dir ins Bett krieche?«

Er lachte kurz auf. »Das ist meine geringste Befürchtung.«

»Nun?« Sie drehte sich zu ihm um und sah ihn unverwandt an.

»Angenommen«, meinte er und richtete den Blick jetzt auf ihr Spiegelbild im Fenster, »ich würde dich verletzen?«

»Das würdest du nicht tun. Das könntest du gar nicht.« Doch ihr Blick schien nicht so sicher zu sein. Sie verstand ihn nicht, auch nicht nach dem, was er ihr erzählt hatte.

Er bewegte sich schon, noch ehe er sich dazu entschieden hatte, so war das immer bei ihm. Noch ehe sie einen Laut ausstoßen konnte, noch ehe sie überhaupt ahnte, was er vorhatte, hatte Reid schon die Arme um sie geschlungen, in einer tödlichen Umklammerung, die er nur zu gut gelernt hatte. Er tat ihr nicht weh, aber sie konnte sich nicht bewegen, ohne sich selbst Schmerzen zuzufügen. Und noch weniger konnte sie sich aus seinem Griff befreien, wenn man davon absah, daß sie bei weitem nicht so stark und so erfahren war wie er.

In diesem Bruchteil einer Sekunde, als er seine Arme um Cammie schlang, fühlte er einen ungewohnten Anflug von

Zweifel. Sein Motiv für diese Zurschaustellung seiner Kräfte war bei weitem nicht edelmütig. Ihren sanften, zerbrechlichen Körper an sich zu fühlen, zu wissen, daß sie ihm nicht entkommen konnte, auch wenn er ihr seine Kraft nur für einen kurzen Augenblick zeigte, dafür war ihm jede Entschuldigung recht.

Er bewegte sich ein wenig und legte dann seine Finger auf die zarte Biegung ihres Halses unter ihrem Ohr. Seine Stimme war nicht mehr als ein Flüstern, als er sprach: »Ist dir klar, daß ich dich in einer Sekunde umbringen könnte, ohne daß du auch nur einen Ton von dir gibst, einfach indem ich genau hier zudrücke?«

»Ich bezweifle das keinen Augenblick«, sagte sie ernst.

»Ist dir klar, daß ich alles mit dir tun könnte und daß du absolut keine Möglichkeit hättest, mich davon abzuhalten?«

Die Pupillen ihrer Augen verengten sich, und als sie tief Luft holte, preßten sich ihre Brüste gegen ihn. Sie sah ihn sekundenlang eindringlich an, dann ließ sie die angehaltene Luft wieder aus ihren Lungen entweichen. »Ich begreife, daß das möglich wäre«, antwortete sie ihm.

»Dann begreifst du also auch, warum ich nicht bleiben kann.«

Irritiert blickte sie zu ihm auf. »Ich begreife nur eines: Wenn du mich nicht augenblicklich losläßt, dann werde ich dich dorthin treten, wo es dir weh tut, genau wie ich es mit Keith getan habe.«

Er grinste, er konnte nicht anders. Und dabei hatte er doch so bedrohlich auf sie wirken wollen. Sie konnte ihm nur dann weh tun, wenn er es zuließ, doch das war nicht der Grund, warum er jetzt lachte. Es war ihr Feuer, ihr reiner, unbekümmerter Trotz.

Wenn es eine Frau auf der Welt gab, die überleben konnte, was immer an gewalttätigen Instinkten in ihm stecken mochte, was immer er ihr unabsichtlich antun könnte, dann war sie es womöglich.

Möglich war es schon, aber dennoch nicht sehr wahrscheinlich.

3. Kapitel

Schweigend aßen sie ihre Steaks und den Salat. Cammie war sich während der ganzen Zeit nur zu deutlich bewußt, daß Reid ihrem Vorschlag weder zugestimmt noch ihn völlig abgelehnt hatte. Deshalb zögerte sie jetzt, irgend etwas zu sagen, das ihn in seiner Entscheidung beeinflussen würde.

Nur einmal blickte sie von ihrem Teller auf und bemerkte, daß er auf einen Punkt unterhalb ihres Kinns starrte. Der Gürtel des Morgenmantels war verrutscht, wie sie jetzt feststellte, der Ausschnitt klaffte auseinander und enthüllte die sanften Rundungen ihrer Brüste.

Ich hätte mich umziehen sollen, dachte sie, dann hätte ich mich sicher wohler gefühlt. Doch nachdem sie den Morgenmantel die ganze Zeit über im Fort getragen hatte, wäre ihr das dumm vorgekommen und auch ein wenig albern.

So unauffällig wie möglich griff sie unter der Serviette auf ihrem Schoß nach dem Morgenmantel und zog ihn zusammen. Als sie Reid danach wieder anschaute, widmete er seine ungeteilte Aufmerksamkeit seinem Steak, und die Ränder seiner Ohren waren rosarot angelaufen.

Seine Hände erregten ihr Interesse, als er ein Stück Fleisch abschnitt. Sie waren ihr schon vorher aufgefallen. Er hatte große, breite und dennoch wohlgeformte Hände. Seine Finger waren lang und hatten kleine weiße Narben. Es lag Präzision und kontrollierte Kraft in der Art, wie er seine Hände benutzte. Sie fragte sich, wie es wohl wäre, diese Hände auf ihrem Körper zu fühlen, zwischen ihren Schenkeln.

Sie holte tief Luft und fühlte, wie eine eigenartige Wärme bei diesem Gedanken in ihr aufstieg. Schnell griff sie nach ihrem Glas und nahm einen hastigen Schluck von dem Burgunder.

Sie war wohl kurz davor, den Verstand zu verlieren oder einen Nervenzusammenbruch zu erleiden, anders konnte sie sich ihre Handlungsweise an diesem Abend nicht erklären, angefangen damit, daß sie auf Keith geschossen hatte. Das war gar nicht ihre Art, es war absolut nicht ihre Art.

Es wäre einfach zu behaupten, daß ihr Mann sie dazu getrieben hatte, doch sie war nicht sicher, ob sie diese Entschuldigung vor sich selbst würde gelten lassen können. Es war, als hätte sie eine unsichtbare Grenze in sich selbst überschritten, und jetzt benahm sie sich aus einem primitiven Instinkt heraus. Es machte ihr angst, doch gleichzeitig verschaffte es ihr auch ein seltsames Hochgefühl. Vielleicht war es ähnlich jenen gefährlichen Instinkten, die Reid ihr zu erklären versucht hatte. Der Gedanke, von etwas anderem als reiner Vernunft geleitet zu werden, hatte etwas Verführerisches.

Es kann natürlich auch sein, daß ich die Situation völlig überschätze, sagte Cammie sich. Was hatte sie denn schon getan? Sie hatte einen Mann in ihr Haus eingeladen, hatte ihn gebeten, sie die Nacht über zu beschützen. Das war doch sicher nicht so ungewöhnlich.

Bis auf die Tatsache, daß es nicht nur irgendein Mann war. Sondern Reid Sayers.

Sie fühlte sich von ihm angezogen, na und? Immerhin war sie kein Teenager mehr, der mehr Hormone hatte, als für seine Selbstkontrolle gut war. Daß Reid in ihrem Haus war, falls er wirklich zu bleiben beschloß, würde nichts daran ändern, wie gut sie in dieser Nacht schlief.

Und selbst wenn es einen Unterschied machte, dann wären die Probleme nicht unüberwindbar. Sie würde in ihrem Bett bleiben und er in seinem. Der männliche Körper barg für sie nur wenige Geheimnisse und auch keinen großen Zauber. Wie groß konnte schon der Unterschied zwischen zwei Männern sein?

Wie groß war er wirklich?

Sie würde nicht länger darüber nachdenken. Was auch immer geschehen würde, würde geschehen.

Sie räumten zusammen das Geschirr ab und stellten alles in die Spülmaschine. Danach ließ Cammie Reid im Wohnzimmer allein, während sie sich für ein paar Minuten entschuldigte.

Oben bezog sie schnell das Bett im blauen Zimmer, das üblicherweise als Gästezimmer benutzt wurde, und legte Handtücher und Seife in das angrenzende Bad. Sie war nicht sicher, ob Reid davon überhaupt Gebrauch machen würde, aber sie hatte herausgefunden, daß Keith manchmal ein Fait accompli akzeptierte, wenn man ihm keine andere Wahl ließ.

Sie hielt einen Augenblick inne, als sie eine neue Zahnbürste aus dem Schrank holte. Sie glaubte zu hören, wie eine Tür geschlossen wurde, die Hintertür. Das Geräusch war sehr leise gewesen, doch sie kannte jedes Knarren und jedes Quietschen in diesem alten Haus.

War Reid gegangen? Sie konnte sich nicht vorstellen, daß er ohne ein Wort des Abschieds verschwinden würde. Doch trotz allem war er für sie noch immer ein Fremder.

Cammie fand Reid schließlich im Sonnenzimmer, einem gemütlichen Raum mit großen Fenstern, an der Südseite des Hauses. Mit den Korbmöbeln mit rosa und grau gestreiften Kissen, dem riesigen Philodendron in einem Terrakottatopf und den Usambaraveilchen auf der Fensterbank war dieser Raum Cammies Lieblingszimmer. Sie verbrachte die meiste freie Zeit hier, las, stickte und häkelte in diesem Zimmer oder malte Blumenbilder mit Wasserfarben.

Reid stand vor dem großen Kamin mit graugeädertem Marmor, der die Wand an einer Seite des Zimmers einnahm. Er hatte die Hände in die rückwärtigen Taschen seiner Jeans geschoben und starrte auf das Porträt von Cammie, das über dem Kaminsims hing.

Cammie blieb an der Tür stehen und betrachtete den Ausdruck von versunkener Nachdenklichkeit in seinem Gesicht, ehe sie einen Schritt nach vorn machte. »Es wurde nach einer Fotografie gemalt«, sagte sie mit einer unbeteiligt klingenden Stimme. »Keith hat es zu unserem fünften Hochzeitstag in Auftrag gegeben. Ein wenig zu herrschaftlich, findest du nicht auch?«

»Vielleicht«, meinte er, und sein Gesicht entspannte sich zu einem Lächeln, als er sich zu ihr umwandte. »Aber es paßt trotzdem zu dir.«

Cammie ignorierte das Gefühl der Freude, das seine Bemerkung in ihr geweckt hatte. Statt dessen sagte sie: »Dein Zimmer ist fertig.«

Er bewegte sich nicht, sein Gesicht allerdings verhärtete sich, bis es aussah wie der polierte Marmor des Kamins hinter ihm. »Ich habe mich noch nicht bereit erklärt zu bleiben.«

»Ich weiß.« Kühn fügte sie hinzu: »Wirst du bleiben?«

Bewunderung für ihre Offenheit und noch etwas mehr las sie in seinen blauen Augen. Möglicherweise war es sein Sinn für Humor, der ihn rettete.

Er nahm etwas vom Kaminsims. Als er sich wieder zu ihr umdrehte, hielt er ihre Magnum in der Hand. »Ich wollte dir das eigentlich schon früher geben, aber irgendwie habe ich es wohl vergessen.«

Sie nahm den Revolver und wog ihn in der Hand, dann sah sie zu ihm auf. Sein Hemd hatte an den Schultern feuchte Flecken vom Regen, Regentropfen glänzten in dem goldbraunen Haar auf seinen nackten Unterarmen. Sicher ist er wegen meines Revolvers aus dem Haus gegangen, dachte sie. Er hat ihn aus dem Jeep geholt.

»Du hast ihn die ganze Zeit über gehabt?«

Er nickte kurz. »Ich habe gesehen, wie er dir im Wald hingefallen ist. Ich hatte das Gefühl, du würdest ihn vielleicht noch einmal brauchen.«

»Das könnte schon sein«, meinte sie.

Er zögerte einen Augenblick, dann sprach er mit schneidender Stimme weiter. »Wegen heute nacht ... Keith abzuschrecken ist eine Sache, aber was würde das für Auswirkungen auf deine Scheidung haben? Wenn er nun die Tatsache, daß ein Mann hier übernachtet hat, vor Gericht gegen dich verwendet?«

»Das würde er nicht wagen«, widersprach sie. »Sein eigener Ehebruch ist so offensichtlich, daß das völlig lächerlich wäre. Außerdem habe ich von ihm nichts verlangt, es gibt also nichts, was er damit gewinnen könnte. Das gemeinsame Land, das wir besitzen, ist so mit Hypotheken belastet, daß wir uns höchstens die Schulden dafür teilen könnten.«

»Dieses Haus auch?« fragte Reid und runzelte die Stirn.

Cammie schüttelte den Kopf. »Evergreen habe ich geerbt, es gehört mir allein. Keith wollte es verkaufen, er ist sogar so weit gegangen, daß er hinter meinem Rücken versucht hat, einen Verkauf zu arrangieren, doch ich habe mich geweigert, die notwendigen Papiere zu unterschreiben.«

»Ich habe vom Tod deiner Eltern gehört«, meinte Reid gepreßt. »Es ist ein wenig spät, dir zu kondolieren, aber es tut mir sehr leid.«

Ihr Vater war ein Jahr nach Cammies Hochzeit bei einem Frontalzusammenstoß mit einem Lastwagen umgekommen. Ihre Mutter, die schon damals unter Brustkrebs litt, hatte ganz einfach aufgehört, gegen die Krankheit anzukämpfen, und war kurz darauf gestorben. Cammie dankte mit einer leisen Neigung des Kopfes für sein Mitgefühl, dann sprach sie weiter. »Nun, unser gemeinsamer Besitz besteht aus unseren beiden Autos und dem Silber und dem Porzellan, das wir zur Hochzeit geschenkt bekommen haben.«

»Ich weiß, daß sein Anteil an der Papierfabrik unter einer Verfügungsbeschränkung steht, er kann also nicht an die Mittel heran, aber er bekommt ein sehr gutes Gehalt. Kann er denn so schlecht mit Geld umgehen?«

Reid wartete angespannt auf ihre Antwort auf diese sehr

persönliche Frage. Aber er hatte sicher ein Recht, ihr diese Frage zu stellen. Ein stellvertretender Direktor, der seine privaten Geschäfte nicht im Griff hatte, war wohl kaum der geeignete Mann, um die Finanzen einer Firma wie die der Sayers-Hutton Tüten- und Papierfabrik zu überwachen. Dennoch fand Cammie es falsch, ihm ausführlich über Keiths finanzielle Gewohnheiten zu berichten.

Nach einem kurzen Zögern sagte sie nur: »Man könnte sagen, daß Keith das gute Leben zu schätzen weiß.«

Ein kleines Lächeln umspielte Reids Mundwinkel. »Ich hatte schon beinahe vergessen, daß es eine solche Diskretion überhaupt noch gibt. Ich nehme an, deine Mutter hat dir beigebracht, daß es unhöflich ist, über Geldprobleme zu sprechen.«

»So könnte man es sagen.«

»Du mußt wirklich die perfekte Ehefrau gewesen sein. Keith ist ein Idiot.«

Sie wandte sich ab und ging zu ihrer Staffelei hinüber, auf der ein halbfertiges Bild einer lila Schwertlilie stand. Sie legte den Revolver auf einen Tisch in der Nähe und berührte dann das seidige Papier, um zu fühlen, ob die Farbe schon getrocknet war.

Über ihre Schulter hinweg sagte sie: »Ich habe versucht, perfekt zu sein. Ich habe Unterricht im Kochen von Feinschmeckermenüs genommen, habe Kochbücher studiert und Einrichtungsbroschüren. Ich habe gelernt, Tischdekorationen zu machen und eine gute Gastgeberin zu sein. Ich bin in all die richtigen Clubs eingetreten und habe in den Gruppen mitgearbeitet, die sich darum kümmern, unser gemeinsames Leben zu verbessern. Ich habe Sport getrieben und mich richtig ernährt, um meine gute Figur zu behalten, ich habe Stunden damit verbracht, meine Haut, mein Haar und meine Fingernägel zu pflegen. Ich habe viel gelesen, um meine Allgemeinbildung zu erweitern, ich bin sogar in eine andere Stadt gefahren, um mir dort Schriften über Sexualität zu besorgen, um herauszufinden, was mit unserem Liebesleben nicht stimmte. Ich habe alle Artikel in allen Zeitschriften gelesen, in denen stand, ich müsse endlos verständnisvoll sein, nie über meine eigenen Probleme oder Schmerzen reden, doch meinen Mann dazu ermutigen, mir seine Probleme anzuvertrauen. Und weißt du, was passiert ist?«

»Ich kann es mir denken«, meinte Reid. »Keith wußte es nicht zu schätzen.«

Sie wandte sich zu ihm um und sah ihn an, ihre Augen waren ganz dunkel. »Er hat das als selbstverständlich hingenommen. Er war der Ansicht, daß es meine Pflicht war, all diese Dinge zu tun. Seiner Meinung nach hatte er nichts anderes als Perfektion verdient.«

»Und jetzt ist er also davon überzeugt, du hättest kein Recht, ihm seine perfekte Welt zu verweigern, nachdem er sich entschieden hat, daß er sie zurückhaben will.«

»Für ihn ist es viel mehr eine Frage des Stolzes. Er glaubt, wenn er mich anruft und mich bittet und anfleht, wenn er mich verfolgt und mir das Leben zur Hölle macht, dann müßte ich glauben, daß er mich wirklich liebt, und müßte nachgeben. Doch er irrt sich. Die Wartefrist von sechs Monaten, ehe die Scheidung rechtskräftig wird, ist bald vorüber. Wenn sich dann an den Umständen nichts geändert hat, wenn es keine Versöhnung gegeben hat und wir auch nicht mehr zusammengelebt haben, dann wird die Scheidung sofort für rechtskräftig erklärt werden.«

»Und du glaubst also, er gerät langsam in Panik?«

Sie war dankbar, daß Reid ihr die Worte aus dem Mund genommen hatte. »Ich würde ihn gern davon überzeugen, daß seine Bemühungen keinen Zweck mehr haben«, meinte sie. »Ich werde nie wieder zu ihm zurückgehen.«

»Und dabei soll ich dir helfen?«

»Wenn es dir nichts ausmacht.«

Als ihre Blicke sich trafen, dachte Cammie wieder an das, was sie ihm gesagt hatte, gerade eben und auch schon vorher.

Es verwunderte sie, daß sie nie zuvor daran gedacht hatte, mit Keith so zu reden. In den ganzen sechs Jahren ihrer Ehe hatte ihr Mann nie geahnt, daß sie Schriften über Sexualität gelesen hatte, er hätte sich nie träumen lassen, daß ihre vorsichtigen Vorschläge aus dieser Lektüre stammten. Genützt hatten sie sowieso nichts.

Reid Sayers war ganz anders. Sie hatte das Gefühl, ihm alles sagen zu können, er würde nie schockiert sein oder geringschätzig reagieren, nicht einmal überrascht würde er sein. Er war zu enormer Toleranz fähig, mehr vielleicht als alle anderen Männer. Sie war gewachsen aus all dem, was ihm zugestoßen war, was er gesehen und getan hatte. Er würde es sich nicht anmaßen, einen Menschen zu verurteilen, er würde jeden so akzeptieren, wie er war, mit all seinen Fehlern. Er hatte den Glauben an die Perfektion verloren.

»Hast du eigentlich einen Job?« fragte er ernst.

Sie lächelte ein wenig, als sie begriff, daß er eher ein praktischer Mensch war, so ganz anders als sie. »Du willst wohl wissen, wie ich lebe. Ich habe etwas Geld aus einer Erbschaft, außerdem gehört mir ein Teil eines Antiquitätenladens. Keines von beiden erlaubt mir wilde Extravaganzen, aber ich komme ganz gut zurecht. Außerdem habe ich ein Diplom in Französisch, und ich habe bei einer Reihe von CODOFIL-Projekten mitgearbeitet. CODOFIL ist der Rat für die Entwicklung der französischen Sprache in Louisiana. Zufällig werde ich ausgerechnet morgen zu einer Wochenendkonferenz der CODOFIL nach New Orleans fahren. Wahrscheinlich könnte ich durch meine Verbindungen dort einen Job als Französischlehrerin bekommen, wenn es sein müßte. Und wenn alles andere fehlschlägt, könnte ich noch immer Evergreen zu einem Hotel garni umbauen.«

Reid zog belustigt einen Mundwinkel hoch. »Irgendwie kann ich mir nicht vorstellen, daß du Touristen willkommen heißt und um sechs Uhr am Morgen aufstehst, um ihnen Croissants und Kaffee zu servieren.«

»Ich werde das schon schaffen. Ich bin nicht eine dieser hilflosen Frauen, die noch nie eine Rechnung bezahlt oder eine Versicherungspolice abgeschlossen haben. Um diese Angelegenheiten habe ich mich schon immer selbst gekümmert.«

»Perfekt, wie ich schon sagte. Also ist das einzige, was du im Augenblick noch brauchst, um deine Zukunft zu sichern, ein Mann – in deinem Gästezimmer.«

Seine Stimme klang gleichmütig, ganz und gar nicht ermunternd, dennoch verspürte Cammie bei seinen Worten ein eigenartiges Hochgefühl. Ihr wurde ganz warm, doch ihr Gesichtsausdruck verriet nichts von ihren Gefühlen, als sie sprach. »Ja.«

Lange sah Reid sie nur an, dann wandte er sich ab und nahm die Hände aus den Hosentaschen. Er hob einen Arm und stützte das Handgelenk auf den Kaminsims, seine Finger ballten sich langsam zur Faust. »Falls – und ich meine wirklich falls – ich dir zustimmen würde, dann gibt es einige Regeln, die einzuhalten sind. Glaubst du, daß du das kannst?«

Ihr war es ganz gleich, wie das klang. Sie legte den Kopf ein wenig schief und fragte: »Und was wären das für Regeln?«

»Sie sind ziemlich einfach, aber sehr wichtig. Tritt nie von hinten an mich heran. Bewege dich nicht zu schnell in meiner Nähe, es sei denn, ich beobachte dich. Und komme um Himmels willen nie im Dunkeln auf mich zu, ohne mich vorher zu warnen. Wenn du eine dieser Regeln vergißt, dann werden wir das beide bereuen. Aber dann könnte es schon zu spät sein.«

Sie stand da und lauschte dem Echo seiner Worte und auch der Verzweiflung in seiner Stimme, und sie hätte am liebsten geweint. Es war tragisch, wenn ein Mann sich so sehr vor dem menschlichen Kontakt fürchtete – nicht um seiner selbst willen, sondern der anderen wegen –, daß er sich mit einer solch rücksichtslosen Entschlossenheit diesem Kontakt entzog. Der Drang, ihm zu helfen, war übermächtig.

»Wie kommt es«, sagte sie leise, »daß du unter Leute gehst

und daß du daran denkst, mit ihnen in der Papierfabrik zusammenzuarbeiten, wenn du dir selbst nicht trauen kannst?«

»Ich bin nicht sicher, daß ich es kann. Ich denke, ich werde es ganz langsam angehen lassen und immer dafür sorgen, daß ich mit dem Rücken zur Wand stehe.«

»Du hast mich doch da draußen im Wald auch überwältigt, ohne mir weh zu tun. Ich kann mir gar nicht vorstellen, daß es ein so großes Problem für dich sein könnte.«

Er biß die Zähne zusammen, sie sah es daran, wie die Muskeln in seinem Kinn arbeiteten. »Das war etwas, was man als einen geplanten Angriff bezeichnen würde. Ich wußte ganz genau, was ich tat, ich hatte die Kontrolle darüber.«

Das konnte sie allerdings nicht abstreiten. Sie versuchte es noch einmal. »Und was war draußen auf der Veranda? Da bin ich doch auch im Dunkeln auf dich zugekommen, und du hast mir nichts getan.«

»Da habe ich dich gesehen, ich wußte, daß du auf mich zukamst. Es fehlte das Überraschungsmoment.«

»Ich glaube, ein wenig überrascht warst du schon«, meinte sie nüchtern. Sekundenlang zögerte sie, dann sprach sie weiter. »Also gut, zu meinem eigenen Schutz möchte ich es noch einmal klarstellen. Solange du siehst, was auf dich zukommt, sollte es keine Probleme geben. Stimmt das?«

»Im allgemeinen schon. Es gibt keine ... Reaktion, normalerweise, wenn es den Überraschungseffekt nicht gibt und keine offensichtliche Bedrohung.«

»Es gibt eine ganze Menge verschiedener Bedrohungen.« Sie sprach ganz leise, beinahe wie zu sich selbst.

»Ich meinte körperliche Bedrohungen«, erklärte er scharf.

Ihre Augen waren ganz groß, als sie in seine blauen Augen sah. »Ich auch.«

Ein sichtbarer Schauer lief durch seinen Körper und hinterließ eine Gänsehaut auf seinen Armen. Schnell wandte er den Blick ab. Mit rauher Stimme meinte er: »Also gut, wo ist das Bett?«

Eine Weile später lag Cammie wach im Bett, starrte in die Dunkelheit und sah dem Spiel des Wetterleuchtens auf den Gardinen des Schlafzimmers zu. Der Wind wurde immer stärker, er heulte um das alte Haus. Zu dem Regen schien sich jetzt ein Frühlingsgewitter zu gesellen.

Sie überlegte, ob Reid wohl schlief, zwei Türen weiter. Oder lag er hellwach in dem alten Bett mit den dicken Bettpfosten und fragte sich, warum er sich hatte überreden lassen zu bleiben?

Im ganzen Haus hatte Cammie keinen Männerschlafanzug finden können. Die Kleidungsstücke ihres Vaters hatte sie schon vor langer Zeit einer wohltätigen Organisation gespendet, Keiths Sachen hatte sie zusammengepackt und zum Wohnmobil seiner Freundin geschickt. Aber Keiths Kleidung hätte Reid sowieso nicht gepaßt. Ihr Mann hatte mit den Jahren an Gewicht zugelegt, besonders um die Taille, und er war auch mindestens fünf Zentimeter kleiner als Reid.

Sie fragte sich, ob Reid wohl in seiner Unterhose schlief oder ob er es vorzog, nackt zu schlafen. Er schien kein Mann zu sein, der sich Beschränkungen irgendwelcher Art auferlegte.

Cammie rutschte unruhig in ihrem Bett hin und her, sie legte einen Arm über den Kopf und rollte sich auf die Seite. Ihr Nachthemd aus pfirsichfarbener Seide war ihr zu schwer und engte sie ein. Sie dachte daran, es auszuziehen, doch das erschien ihr fast, als würde sie jegliche Zurückhaltung aufgeben.

Zurückhaltung – wovor? Das war hier die Frage.

Aber nein, das war unehrlich. Sie wußte durchaus, welche Sehnsüchte sie in Versuchung führten. Das Problem, das ihr die meiste Zeit ihres Lebens zu schaffen gemacht hatte, war, daß sie sich selbst nur zu gut verstand. Ihre Vorlieben und Impulse einfach zu ignorieren, war noch nie eine annehmbare Entschuldigung für sie gewesen.

War es vielleicht ein eigenartiges Bedürfnis der Selbstaufopferung, das sie mit dem Gedanken spielen ließ, aus dem Bett aufzustehen und so schnell sie konnte den Flur hinunter zu laufen? War es eine rein weibliche Widerspenstigkeit, eine Sehnsucht nach etwas, das man ihr absichtlich verwehrt hatte? Oder war es die uralte weibliche Sehnsucht, Trost zu spenden?

War es die schlichte Lust einer Frau, die schon seit Monaten ohne Mann war? Oder war es der Drang nach gegenseitiger Heilung?

War es vielleicht ein Bedürfnis, sich für erlittene Kränkungen zu rächen?

Es konnte all das sein. Aber viel eher war es wie eine Sehnsucht, die sie nach Hause rief.

Reid Sayers bedeutete ihr nichts. Wie sollte er auch? Sie kannte ihn kaum, und das wenige, was sie in den letzten zehneinhalb Jahren über ihn erfahren hatte, war nicht gerade ermutigend.

Er war nicht der Mann, mit dem sie Umgang gepflegt hätte, wäre er in der Stadt geblieben; die Differenzen zwischen ihren beiden Familien bedeuteten, daß sie einander gesellschaftlich nicht sehr oft begegnet wären. Doch selbst wenn sie einander von Zeit zu Zeit gesehen hätten, hätte wahrscheinlich der Zwischenfall am See sie getrennt.

Und falls diese Gründe noch nicht genügt hätten, so hätten es seine Herkunft und seine offensichtlichen Absichten getan. Er mochte der Eigentümer der Papierfabrik sein, doch seine Erziehung war offensichtlich vernachlässigt worden, während er in der Armee war. Seine Kleidung schien nur aus Jeans und Tarnkleidung zu bestehen. Er lebte im Wildreservat und fuhr einen Jeep. All das zusammengenommen machte ihn zum König der Primitiven. Er war all das, was sie an einem Mann verachtete.

Warum reagierte ihr Körper dann auf ihn wie noch auf keinen anderen Mann zuvor?

Cammie trat die Decke weg und rollte sich auf den Rücken.

Das hier war nur ein vorübergehender Augenblick des Irrsinns, sie würde darüber hinwegkommen.

Weniger als alles andere konnte sie jetzt noch eine weitere Verwicklung in ihrem Leben gebrauchen. Wie auch immer, eine Frau warf sich nicht einem Mann in die Arme.

Sie verlangte nach ihm mit einer tiefen, inneren Sehnsucht, die mit körperlichem Verlangen nichts zu tun hatte. Es war, als würde ihr innerstes Wesen die Arme nach ihm ausstrecken.

Reid würde sie für verrückt halten oder womöglich verdorben. Vielleicht stimmte das ja. Warum sonst würde sie daran denken, sich dem Schmerz und der Gefahr auszusetzen, die ihr dieser Mann bringen würde?

Sie setzte sich auf und glitt aus dem Bett, ging zum Fenster hinüber, zog die Gardine beiseite und sah hinaus. Die Bäume im Garten erstrahlten in einem silbrigen Grün unter dem Licht der Blitze, die Unterseite der Blätter zeigte sich hellgrau, als die Äste im Wind heftig hin und her wehten. Donner grollte warnend in der Ferne und entlud sich dann in einem lauten Krachen.

Cammie griff nach dem Verschluß des Fensters und öffnete ihn. Das Geräusch des Regens erfüllte den Raum, der Wind trug einen Hauch frischer, feuchter Luft ins Zimmer. Wie ein Aphrodisiakum wirkte er auf sie. Der Donner wurde lauter, die Blitze greller. Als sie sich aus dem Fenster beugte, zuckte der silberne Speer eines Blitzes über den Himmel, gleich danach erfolgte ein krachender, explodierender Donner, der den Boden unter ihren Füßen beben ließ.

Und dennoch tobte in ihrem Inneren ein viel größerer Sturm, ein wüster Konflikt zwischen inneren Werten und Instinkt.

Über letzteres hatte sie an diesem Abend viel nachgedacht und auch darüber geredet. Warum also sollte sie sich Gedanken darüber machen, sich jetzt davon leiten zu lassen?

Sie wandte sich von dem Fenster ab, ließ es offen und ging durch das Schlafzimmer in den Flur. Sie zögerte sekundenlang und schloß die Augen, dann öffnete sie sie weit und drehte sich zu dem Schlafzimmer am anderen Ende des langen Flurs um.

Als sie mit entschlossenen Schritten zu diesem Zimmer strebte, schien es ihr, als stände sie selbst abseits und beobachtete sich mit einer Mischung aus Ungläubigkeit und Zustimmung. Es war unheimlich, als gehorchten ihre Beine nicht länger, als könnte sie den Füßen, die sich langsam über den dicken Orientteppich auf dieses Zimmer zubewegten, nicht länger Einhalt gebieten. Sie wurde unwiderstehlich angezogen von einer Macht, die sie nicht kontrollieren konnte.

Stimmte das oder war es nur eine Entschuldigung? Wie auch immer, sie konnte sich nicht zurückhalten. Sie war auch nicht sicher, ob sie es überhaupt wollte.

Doch ihr Selbsterhaltungstrieb funktionierte noch. Sie streckte die Hand aus nach der Türklinke des blauen Zimmers und drückte sie vorsichtig hinunter. Als sie die Tür dann behutsam aufstieß, rief sie leise den Namen des Mannes und versuchte, ihn nicht zu erschrecken, falls er noch schlief.

Aber er schlief nicht.

Er seufzte so tief und so nahe neben ihr, daß sie seinen warmen Atem auf ihrem Gesicht fühlte. Im gleichen Augenblick schloß sich seine Hand fest im ihr Handgelenk und zog sie nach vorn. Es war nur ein kleiner Ruck, beinahe sanft, doch er hatte genügend Kraft, sie bis mitten in das Zimmer zu wirbeln. Sie hielt sich am Bettpfosten fest und setzte sich abrupt auf das Bett.

Reid stieß die Tür heftig zu, dann drehte er sich zu ihr um.

»Wolltest du meine Reflexe testen?« fragte er voll unterdrückter Wut.

Sein Fenster war auch geöffnet, genau wie ihres. Hinter den Gardinen, die sich im Wind bauschten, zuckten Blitze über den dunklen Nachthimmel. In dem schwachen blauen Licht konnte sie die kräftige männliche Schönheit seines nackten Körpers erkennen. Und auch die Qual in seinem Gesicht.

»Nein«, antwortete sie leise. »Ich wollte sie eher in Versuchung führen.«

»Du hast wohl Mitleid mit der armen Bestie. Ist es das?«

An seiner Stimme hörte sie, daß er sich von ihr zurückzog, bis in die hinterste Ecke des Zimmers. Mit dem Rücken zur Wand blieb er dort stehen.

»Es sollte wohl eher ein gemeinsamer Trost sein«, meinte sie, als sie sicher war, daß er nicht beabsichtigte, das Schlafzimmer zu verlassen.

»Und zum Teufel mit all den Regeln.«

Sie schüttelte den Kopf, ihr Haar fiel ihr über das Gesicht. »Das hier soll nicht für ewig sein. Du kannst es, wenn du willst, als eine schlichte menschliche Begegnung betrachten. Und dafür habe ich die Regeln eingehalten.«

»Indem du mitten in der Nacht hierherkommst?« fragte er ungläubig.

»Du hast nicht geschlafen, denn sonst hättest du mich nicht gehört. Ich habe versucht, mich dir von vorn zu nähern, und ich habe dich gewarnt, indem ich deinen Namen gerufen habe. Ich habe mich so langsam wie möglich bewegt, und ich glaube, wenn du fair bist, kannst du nicht behaupten, daß mein Kommen eine Bedrohung für dich ist.«

»Das ist Ansichtssache«, behauptete er knapp.

»Vielleicht habe ich dich mißverstanden.« Sie stand auf und kam mit fließenden Schritten auf ihn zu. »Sag mir, wenn ich auf dich zukommen würde wie jetzt, wenn ich die Hand ausstrecken würde, um dich zu berühren, wäre das noch innerhalb der Regeln?«

Der Wind wehte ins Zimmer und drückte das Nachthemd eng an ihren Körper. Als ein Windstoß ihr langes Haar erfaßte und ihre Locken Reids Haut streiften, blieb Cammie stehen. Sie hob eine Hand und legte die Fingerspitzen eine nach der anderen gegen seine Brust. Langsam und vorsichtig ließ sie sie durch das goldbraune krause Haar auf seiner Brust gleiten.

»Tu das nicht!« Sein Befehl klang rauh.

Sie hielt inne. Bis zu diesem Augenblick hatte Mut und Sehnsucht sie aufrechterhalten und ein eigenartiges Gefühl, das ihr sagte, daß es richtig war, was sie tat. Doch jetzt verschwanden diese Gefühle.

Sie zog die Hand zurück und schlang die Arme um ihren Oberkörper. In einem Ton, der ihr Verlangen und auch ihre Verzweiflung ausdrückte, sagte sie: »Ich bemitleide dich nicht, das tust du schon selbst zur Genüge. Aber ehe du uns beide opferst, denkst du vielleicht einmal darüber nach, daß es Menschen gibt, die Probleme haben, die menschliche Nähe genausosehr brauchen, wie du sie ablehnst. Und auch sie fühlen Schmerz.«

Er hörte ihr zu, schien die Wahrheit in ihren Worten zu begreifen. Leise sagte er: »Das einzige, was ich verletze, ist dein Stolz. Und Stolz heilt.«

Sie ließ sich seine Antwort durch den Kopf gehen, doch es entging ihr auch nicht, daß ein Schauer durch seinen Körper lief. Er preßte die Arme hinter sich gegen die Wand, als wollte er sie beiseite schieben, um Platz zu haben für seinen Rückzug. Ihre Stimme klang vorsichtig, aber sie gab sich noch nicht geschlagen. »Sag mir, daß du mich nicht willst, und ich werde gehen.«

»Das wäre eine offensichtliche Lüge.«

Das wäre es wirklich. Das zuckende Licht der Blitze verriet ihr, wie erregt er war.

»Warum ist es denn so kompliziert?« fragte sie.

»Oh, das ist es nicht«, nahm er ihre Herausforderung an. »Nicht wenn das, was du von mir willst, reiner Sex ist. Irgendwie hatte ich geglaubt, du erwartest Mondschein und Blumen und Versprechen für die Zukunft.«

»Das hatte ich schon einmal«, wehrte sie ab, und ihre Augen waren ganz groß in der Dunkelheit. »Es hat nicht lange angehalten.«

»Das wird dies hier auch nicht. Und ich werde dir weh tun«, fügte er noch hinzu, Verzweiflung in der Stimme. »Wenn nicht jetzt, dann irgendwann, wenn du Freundlichkeit am nötigsten brauchst und wenn du es am wenigsten erwartest.«

»Ich brauche nur die heutige Nacht«, flüsterte sie schmerzlich.

Der Wind heulte um das Haus, der Regen rauschte. Die Blitze zuckten in regelmäßigen Abständen, wie eine abgenutzte Neonreklame.

Als er dann endlich sprach, hatte seine Stimme den beißenden Ton von unterdrückter Wut. »Das«, sagte er, »brauche ich auch.«

Er griff nach ihr, als wolle er ihr jeden einzelnen Knochen im Körper brechen, als wünschte er sich, sie würde ihren Wagemut bedauern. Sie wich nicht zurück, dennoch konnte sie nicht verhindern, daß ein Schauer durch ihren Körper lief, als er seine Hände auf sie legte. Er hob sie auf seine starken Arme und trug sie zum Bett.

Sie hatte erwartet, er würde sie aufs Bett werfen, doch statt dessen sank er mit ihr auf den Armen auf die Matratze. Die Finger, mit denen er sie berührte, mit denen er sie noch näher an seinen starken Körper zog, waren sanft und bemühten sich, sie nicht zu verletzen. Und sein Kuß, als ihre Lippen sich fanden, war zärtlich, trotz des Verlangens, das er ausdrückte.

Cammies Hals wurde eng, als sich ihre Anspannung beinahe schmerzlich löste und ein heißes Glücksgefühl sie durchströmte. Sie schluckte und legte dann beide Hände auf seine Schultern, schlang sie um seinen Hals. Voller Hingabe und Sanftheit schmiegte sie sich an ihn.

Das war ihre letzte bewußte Tat. Seine Lippen verwischten alle anderen Gedanken, seine streichelnden, kräftigen Hände schoben alle hindernden höflichen Umgangsformen beiseite, als er ihr das seidene Nachthemd auszog. Wenn sie einander einmal fremd gewesen waren, so war das jetzt vorüber.

Sein warmer Atem strich über ihre Brustspitze, die sich unter dieser Berührung aufrichtete. Er streichelte die süße, gekräuselte Knospe mit seiner Zungenspitze, umfuhr den zartrosafarbenen Hof und die blasse, cremig-zarte Haut, die im Takt ihres Herzschlages erzitterte. Dann nahm er die Brustspitze in seinen Mund und saugte zart daran, streichelte sie mit Lippen und Zunge.

Cammie preßte die Hände gegen seine Schultern, fühlte die kräftigen Muskeln, während eine heiße, triumphierende Woge des Glücks sie überströmte. Gleichzeitig erfaßte sie eine überwältigende Mattigkeit. Sie wünschte sich, dieser Augenblick, diese Nacht des Frühlingsgewitters, würde niemals enden.

Lebendig, sie konnte sich nicht erinnern, sich je so lebendig gefühlt zu haben. Tief holte sie Luft und genoß die Erregung, die in ihrem Körper erwachte. Mit jeder einzelnen Faser ihres Wesens war sie sich des Mannes bewußt, der sie in seinen Armen hielt, seiner herrlichen Kraft in diesem sehnigen Körper, seines frischen, männlichen Duftes, des seidig gelockten Haares in seinem Nacken und seiner geschmeidigen Haut.

Er bedeckte das Tal zwischen ihren Brüsten mit vielen kleinen, feuchtheißen Küssen, bis hin zu ihrem Nabel und dann noch tiefer. Seine Lippen streichelten ihren flachen Bauch, seine Zungenspitze hinterließ kleine feuchte Muster, dann fühlte sie seinen warmen Atem in dem gelockten Haar zwischen ihren Schenkeln. Sie versank in einem Taumel der Ekstase, erschauernd fühlte sie ein schmerzliches Verlangen tief in ihrem Unterleib.

Es war eine Sehnsucht, die er mit einer solch vollendeten und andauernden Kunstfertigkeit anzufachen wußte, daß sie es schon beinahe als Qual empfand. Tief sog er ihren Duft ein, als sei es der Duft einer exotischen Blume, dann tauchte er in sie ein, schmeckte sie und liebkoste ihre empfindsamste Stelle mit seiner Zunge, trank den Nektar, den sie für ihn fließen ließ.

Die Muskeln in ihrem Unterleib zogen sich zusammen, ein leises Stöhnen drang aus ihrer Kehle. Er hörte es nicht, er nahm ihre Hüften in beide Hände und hob sie noch näher zu sich.

Draußen rauschte der Regen, aber Cammie und Reid vergaßen alles um sich herum. Mit eifrigen Lippen und suchenden Händen, von verzehrendem Verlangen und unerfüllter Sehnsucht getrieben, erforschten sie einander. Im Schein der silbernen Blitze ertasteten sie die federnde Härte und die nachgiebige Sanftheit ihrer Körper, lernten sie einander kennen, und fanden heraus, wie sie einander die größtmögliche Verzückung schenken konnten.

Sie sprachen nur im Flüsterton. Voller Anteilnahme und Zärtlichkeit suchte jeder in seinem Herzen nach einem Weg, um dem anderen kurze Augenblicke vergänglichen Glücks zu schenken. Und dabei weckten sie eine Sehnsucht füreinander, die in ihrer Kraft Gefühle freisetzte, die so weit über bloße Lust hinausgingen, daß sie für diese eine Nacht als Ersatz für Liebe dienten.

Cammie strich über seine Seite, streichelte die verblaßten Spuren einiger alten Narben. Dann glitt ihre Hand tiefer und schloß sich um Reids Hüfte, kratzte zart mit den Fingernägeln darüber. Er erschauerte und keuchte leise. Sie küßte seine Schulter, biß sanft zu und leckte dann über die Stellen, an denen sich ihre Zähne in sein Fleisch eingegraben hatten, schmeckte seine salzige Haut. Er streichelte sie mit diesen langen, schlanken Fingern, nach denen sie sich gesehnt hatte, die sie auf ihrer nackten Haut hatte fühlen wollen. Mit einem unverständlichen Murmeln spannte sie sich an in seinen Armen und drängte sich gegen ihn, gefangen in einem wilden, alles auslöschenden Verlangen.

Er brauchte kein weiteres Zeichen mehr. Er schob ein Knie zwischen ihre glatten Schenkel, spreizte sie weit auseinander und drängte seinen harten Schaft in ihren sanften, feuchten Schoß.

Cammie erschauerte unter dem Ansturm des heißen Glücksgefühls, das ihre wilde Vereinigung in ihr weckte. Sie wollte ihn tief in sich fühlen, deshalb öffnete sie sich ihm ganz, voll zitternder Freude. Er erfüllte ihren Wunsch, langsam drang er noch tiefer in sie ein, zog sich zurück, neckte sie und führte sie höher und höher, zum Gipfel der Ekstase, ließ sie eine Verzückung erleben, wie sie sie nie zuvor gekannt hatte.

Sie bäumte sich ihm entgegen, bewegte sich im gleichen Rhythmus wie er. Noch tiefer drang er in sie ein, schneller und immer schneller. Sie kam seinen Stößen entgegen, fühlte sich unter seinem Ansturm wie geschmeidiger Ton, der sich zum perfekten Behältnis für seine stürmische Lust formte. Ihre Körper glühten vor Hitze, wurden feucht vor Schweiß. In der schwarz-silbernen Welt des Gewitters starrten sie einander an, voll wildem, beinahe verzweifeltem Verlangen.

Die Erlösung kam unerwartet, plötzlich, in einer berauschenden Erfüllung. Es schien, als schwebten sie auf Schwingen der Lust, von allem losgelöst, pulsierten im Takt dieser vollendeten Herrlichkeit, die der Pulsschlag des Lebens selbst ist. Sie hielten sie fest und kosteten sie aus bis zum Ende.

Lange danach lagen sie benommen beieinander, schwer atmend und erschöpft, mit zitternden Körpern. Schließlich stützte Reid sich auf und hob sich von ihr. Er strich Cammies langes Haar von seiner Schulter und aus ihrem Gesicht. Dann nahm er eine Strähne ihres Haares und zog sie über ihren Rücken, als wolle er ausprobieren, wie lang sie war, dann ließ er seine Hand auf ihrem Rücken ruhen, dort, wo die Haarsträhne endete.

Draußen trommelte der Regen noch immer herab, in einem Rhythmus, der wie ein Echo ihres Herzschlages war. Die Blitze waren nur noch ein entferntes, schwaches Wetterleuchten.

Reid spreizte die Finger und rieb mit der Handfläche sanft über ihren Rücken. »Es tut mir leid«, sagte er leise. »Ich wollte dich nicht so sehr drängen.«

»Hast du das getan?« fragte sie mit leiser, zweifelnder Stimme.

Er lachte, und sie fühlte seinen warmen Atem auf ihren Brüsten, und ihre Brustspitzen richteten sich auf unter dieser

Berührung. »Ein wenig«, gab er zu. »Es ist schon sehr lange her für mich.«

»Für mich auch«, gestand Cammie. Sie bewegte sich ein wenig und legte den Zeigefinger auf seine flache Brustwarze. Sanft rieb sie darüber und betrachtete mit schläfrigem Blick, in dem sich noch die Erinnerung an das soeben erlebte Entzücken widerspiegelte, wie sie sich zusammenzog. Sie hielt mitten in der Bewegung inne. »Es ist mehr als ein Jahr vergangen, seit ... aber das andere, das Beste, das habe ich noch nie erlebt.«

Er hob den Kopf, seine Stimme klang gepreßt. »Noch nie?«

Sie schüttelte leicht den Kopf. »Keith ...«

»... war ein selbstsüchtiger Schuft«, beendete er den Satz für sie. »Und er war ein Dummkopf.«

»Er glaubte zu wissen, was er tat, aber er wußte es nicht. Du weißt es.« Sie barg ihr errötendes Gesicht in seiner Halsbeuge, versteckte es dort. Dies war ein Geheimnis, das sie noch niemandem zuvor anvertraut hatte.

»Beim nächsten Mal wird es noch besser sein«, sagte er leise.

»Wirklich?« fragte sie ungläubig.

»Ich glaube, das ist möglich.« Humor und gleichzeitig auch Verwunderung schwangen in seiner Stimme mit. Er legte seine Hand an ihre Wange und hob ihr Gesicht zu sich hoch, bis ihre Lippen einander berührten. »Sollen wir es ausprobieren?«

4. Kapitel

Reid wachte nur wenige Sekunden nach dem Zeitpunkt auf, den er sich selbst gesetzt hatte, zwei Stunden, nachdem er die Augen geschlossen hatte. Es hatte aufgehört zu regnen, das einzige, was von dem Gewitter geblieben war, war das unregelmäßige Tropfen von den Bäumen vor dem Fenster.

Er lag lange still und genoß die kühle Luft nach dem Regen, fühlte die glatten Laken unter sich, die weiche Matratze und das seidige Haar, das über seinen Arm gebreitet war. Cammie lag eng an ihn geschmiegt, ihre Hüften drängten sich gegen seinen Bauch. Gott, es fühlte sich so gut an, so richtig.

Er lag bewegungslos da, prägte sich das Gefühl unauslöschlich in sein Gedächtnis ein, diese Frau in seinen Armen zu halten, während er in der Erinnerung noch einmal diese Nacht durchlebte. Ihre Süße, die Art, wie sie auf alle seine Berührungen und Ermunterungen reagiert hatte, die kleinen Geräusche der Lust und des Verlangens, die sie von sich gegeben hatte, all diese Dinge waren wie ein herrlicher Traum. Diese Frau, die er in seinen Armen hielt, hatte nichts Schüchternes an sich und nichts Vulgäres, sie bestand ganz aus Zärtlichkeit und Fürsorge und offener Sinnlichkeit. Daß sie zu ihm gekommen war, war eine Ehre für ihn, und das wußte er auch. Er hatte nicht anders gekonnt, als in der kurzen Zeit so viel Vorteil aus dieser Tatsache zu ziehen, wie es nur möglich war.

Er war ganz sicher, daß er niemals in seinem Leben vergessen würde, was er gefühlt hatte, als ihm bewußt wurde, daß er der erste Mann war, der ihr zu einem Orgasmus verholfen hatte. Dieses Wissen hatte ihn so tief berührt, daß er versucht hatte, ihr doppelt soviel Lust zu schenken für jedes Mal, wenn sie ihm Lust bereitete. Was seine eigene Verzückung noch um ein Vielfaches verstärkt hatte.

Die Erinnerung daran würde ihn wärmen in den kalten Nächten, die noch vor ihm lagen. So wie sie ihn jetzt bereits wärmte. Unglaublich.

Selbstbeherrschung war absolut notwendig, selbst wenn es dafür schon ein wenig spät war. Er schloß die Augen und kämpfte gegen die Reaktion seines Körpers an. Es dauerte länger als nötig, sie zu unterdrücken.

Er schob sich von Cammie fort und legte das Laken und die Decke über sie, dann stand er auf. Er hatte seine Kleidung auf einen Stuhl neben der Tür gelegt, auf seinem Weg aus dem Zimmer nahm er sie mit.

Augenblicke später ging er vollständig angekleidet, mit den Stiefeln in der Hand, die dunkle Treppe hinunter und durch den langen Flur. Als er an dem Sonnenzimmer vorbeikam, hielt er inne, dann betrat er den Raum.

Das Porträt über dem Kamin wurde schwach erleuchtet von dem Licht draußen neben der Einfahrt. Reid trat näher heran und legte dann den Kopf in den Nacken, um zu dem Bild aufzusehen.

Es war ein lebensgroßes Bild von Cammie, in einem mit dunkelgrünen Brokat bezogenem Sessel. Sie trug ein Kleid aus weichem grauen Samt mit einem breiten Spitzenkragen, der mit silbrigen, spinnwebartigen Strichen wiedergegeben war. Das gemalte Haar war füllig, mit geschickt gesetzten Lichtreflexen, die ihm beinahe eine Art Heiligenschein verliehen. Das Gesicht war wunderschön getroffen, die ovale Form, das energische Kinn und die gerade, aristokratische Nase, der sanft geschwungene Mund mit dem selbstsicheren Lächeln. Doch es waren ihre Augen, die die Aufmerksamkeit des Betrachters anzogen. Sie waren groß, eine sanfte Mischung aus Grün,

Blau und Braun mit einem grauen äußeren Ring; und sie waren geheimnisvoll, rätselhaft.

Reid begriff, als er zu ihnen aufblickte, daß in ihnen die empfindsame Traurigkeit des Träumers lag. Es waren die Augen eines Menschen, der die imaginäre Welt, die er sich selbst aufgebaut hat, der häßlichen Wirklichkeit vorzog, auch wenn er wußte, daß seine Traumwelt falsch war.

Das war ein Teil von Cammie, den sie geschickt zu verbergen wußte. Er hätte es vielleicht nie herausgefunden, hätte er es nicht selbst bemerkt, als sie über ihre Ehe sprach und seine Hilfe auszuschlagen versuchte. Ihre schärfsten, gefährlichsten verbalen Angriffe dienten dem Schutz ihres Innersten. Diese Grenze zu überschreiten erlaubte sie niemandem.

Dabei wünschte er sich diesen Zugang zu ihr mehr als alles andere. Doch sie würde ihm diese Nähe nicht gestatten, dessen war er sich so sicher wie der Tatsache, daß er irgendwann einmal sterben mußte.

Er fragte sich, ob Keith Hutton je die Mauer der Abwehr durchbrochen hatte, die seine Frau um sich herum errichtet hatte. Oder hatte sie diese Mauer nur deshalb errichtet, um ihn von sich fernzuhalten?

Wenn er jetzt zurückblickte, schien es ihm allerdings, als ob es diese Mauer schon immer gegeben hätte. Teenager hatten normalerweise immer ein weiches Herz, doch Cammie war empfindsamer gewesen als die meisten Mädchen in ihrem Alter. Sie war ein Mädchen, das auf Befehl in Tränen ausbrechen konnte, nicht etwa aus einem einfachen Trick heraus, sondern aus dem Schmerz, in einer Welt leben zu müssen, wo andere absichtlich grausam waren. Sie war ein Mädchen, das immer sofort den poetischen Sinn einer Sache erfaßte, ein Mädchen, das um die Blumen im Gras herumging, anstatt auf sie zu treten, das immer kranke Tiere herbeischleppte und sich für die Unterdrückten einsetzte.

Sie hatte sich seit den Tagen ihrer Jugend nicht verändert. Er, Reid, hatte sich verändert.

Ihm gefiel der Gedanke nicht, daß er in ihren Augen vielleicht das kranke Tier oder der Unterdrückte war. Aber wenn es wirklich so war, dann war er noch gefährlicher für sie. Er würde nie ein Teil ihrer inneren Welt sein, selbst wenn sie es zuließe. Er würde diese innere Welt zum Einsturz bringen, anders ging es nicht. Dazu war er ausgebildet worden: zum Zerstören.

Es konnte durchaus sein, daß er ihr schon die größtmögliche Verletzung beigebracht hatte. Ganz unabsichtlich hatte er ihr bereits bewiesen, daß die Mauer ihrer inneren Welt durchbrochen werden konnte. Cammie hatte ihm den Zugang erlaubt, das stimmte, aber er hätte es ablehnen sollen, ablehnen müssen. Wenigstens besaß er noch genügend Integrität und Kraft, um leise zu verschwinden und die Tür hinter sich zu schließen.

Oder vielleicht tat er das ja auch nur aus einem Anflug von Selbstschutz. Er könnte es nicht ertragen, Cammie weh zu tun. Niemals würde er das wissentlich tun, aber die Dinge hatten ihre eigene Art, ob es nun seine Absicht war oder nicht. Das hatte er aus schmerzlicher Erfahrung gelernt.

Seine Frau war in vielen Dingen genau wie Cammie gewesen, oder wenigstens hatte er das einmal geglaubt. Sie hatte die gleiche, herrliche Haarfarbe, die gleichen Augen, auch wenn Joannas Augen mehr grün als braun gewesen waren. Doch was er bei seiner Frau als Feingefühl ausgelegt hatte, hatte sich schließlich als Ängstlichkeit herausgestellt. Ihre Anteilnahme und ihre liebevolle Zuwendung hatte sie nur dazu benutzt, Schuldgefühle in ihm zu wecken, weil er sich nicht mehr aus ihr machte. Und ihre Leidenschaft war nur gespielt gewesen, eine Tarnung für eine verzweifelte Gefühlsarmut.

Joanna war so auf ihre eigenen Gefühle konzentriert gewesen, auf ihre eigene, beschränkte Sicht dessen, wie eine Ehe zu sein hatte, daß sie Reid niemals auch nur im Ansatz verstanden hatte. Sie hatte einfach nicht begreifen können, was wirklich geschehen war, als er sie an diesem Morgen im Bad angegriffen hatte. Sie konnte nicht glauben, daß es nur das Resultat seiner animalischen Reflexe gewesen war, sie bestand darauf, daß er bewußt Gewalt gegen sie hatte anwenden wollen. Er könnte sie nicht lieben, behauptete sie, könnte nicht wirklich wollen, daß sie verheiratet blieben, wenn er sie so verletzen konnte.

Vielleicht hatte sie sogar recht gehabt, er wußte es nicht. Wenn sie fähig gewesen wäre, ihm zu vergeben, dann hätte er mit ihr gelebt und sein Bestes getan, ihnen ein gemeinsames Leben zu ermöglichen. Doch so war es nicht gekommen. Und als sie weg war, als die Scheidung ausgesprochen war und ihre Habseligkeiten nicht mehr überall verstreut lagen, hatte Reid sich der Erleichterung geschämt, die er gefühlt hatte. Wie es schien war Joanna nicht die einzige gewesen, die bereit gewesen war, einen Ersatz für Liebe und ein normales Leben zu akzeptieren.

Er fragte sich, was Cammie wohl an Joannas Stelle getan hätte. Er stellte sich diese Frage, aber auf keinen Fall wollte er die Antwort darauf wirklich herausfinden. Es wäre viel zu gefährlich, für sie beide.

Er konnte den Gedanken nicht ertragen, daß ihr jemand so nahe kommen könnte, um für sie eine Bedrohung zu bedeuten. Auch nicht ihr Mann, ganz besonders nicht ihr Mann.

Sie brauchte jemanden, der sie beschützte. Jemanden, der sie aus der Entfernung beobachtete – aus einer großen Entfernung – und der dafür sorgte, daß ihr kein Leid mehr geschah.

Er hatte nichts Besseres zu tun.

Draußen war von Keith Hutton nichts zu sehen. Reid war nicht überrascht. Weder Cammies Mann noch sein Landrover waren zu sehen gewesen, als er nach draußen in den Regen gegangen war, um Cammies Brieftasche und den Revolver aus seinem Wagen zu holen.

Das hatte er ihr natürlich nicht verraten. Er hätte es ihr sagen müssen, er hätte es ihr sicher auch gesagt, wenn er geahnt hätte, daß es wichtig war. Er war so sicher gewesen, daß nichts ihn davon abbringen könnte, gegen sein besseres Wissen zu handeln, doch er war nicht auf einen Frontalangriff vorbereitet gewesen.

Er war nicht stolz auf seine Kapitulation, ganz gleich, was für Gründe es dafür gegeben hatte. Doch er bedauerte sie auch nicht.

Eine knappe halbe Stunde nachdem er das Fort erreicht hatte, schlich Reid schon wieder durch die feuchten Wälder, lief die wenigen Meilen, die das alte Holzhaus von dem Greenley-Anwesen trennte. Wasser tropfte von den Bäumen, und die Bäche und Rinnsale, die er überquerte, waren vom Regen angeschwollen, doch schaffte er die Entfernung in kurzer Zeit. Das war nicht schwer, denn er kannte jeden Hügel, jede Schlucht, jede Fichte und jeden umgestürzten Baumstamm auf seinem Weg, schon seit er zehn Jahre alt gewesen war und Camilla Greenley zum ersten Mal bewußt bemerkt hatte.

Es war dumm gewesen, sich anzuschleichen, sich im Wald zu verstecken und das Haus zu beobachten, in der Hoffnung, einen Schimmer von ihr zu entdecken. Neun lange Jahre hatte er sie bewacht, neun Jahre, in denen sie nicht einmal bemerkt hatte, daß es ihn überhaupt gab.

Einmal hatte Reid sie am Fenster ihres Schlafzimmers gesehen, in einem duftigen, kurzen Babydoll. Wochenlang hatte er die Erinnerung daran mit sich herumgetragen. Hoffnungslos. Doch selbst jetzt noch ließ ihn die Erinnerung daran lächeln.

Man konnte einem Jungen viel nachsehen, der sich das hübscheste Mädchen in der ganzen Schule in den Kopf gesetzt hatte. Doch bei einem erwachsenen Mann würde das Urteil nicht so milde ausfallen. Er mußte vorsichtig sein.

Das würde er auch, obwohl es ihm nichts ausmachte, was die anderen über ihn dachten. Der einzige Mensch, der das Recht hatte, seine Motive zu hinterfragen, war Cammie selbst, und ausgerechnet sie würde nie davon erfahren.

Seine Gedanken beschäftigten ihn so sehr, daß er an Cammies Haus angelangt war, beinahe ohne es zu bemerken. Alles war ruhig und gestaltlos in dem Dämmerschein, der sich gerade erst von Schwarz zu Grau wandelte. Er sah den Schein des Lichts auf der anderen Seite des Hauses, doch die Fenster waren noch alle dunkel.

Sein Blick schweifte zu dem Fenster des Gästezimmers. Er dachte daran, daß Cammie dort lag, wo er sie verlassen hatte, weich und warm in ihrer Nacktheit. Der Schmerz, den er in sich verborgen trug, erwachte bei diesem Gedanken sofort zu neuem Leben. Er unterdrückte ihn, wie er es schon zuvor getan hatte, so heftig, wie er beinahe jede sanftere Gefühlsregung in den letzten zwölf Jahren unterdrückt hatte.

Was würde sie fühlen, wenn sie aufwachte und feststellte, daß er gegangen war? Vielleicht war sie böse, vielleicht fühlte sie sich auch hintergangen. Oder sie war erleichtert. Es war sogar möglich, daß sie froh darüber war. Reid fragte sich, ob er das je wissen würde, es schien ihm plötzlich unerträglich, daß er es nicht herausfinden konnte.

Ein Schatten bewegte sich in der Dunkelheit direkt am Haus entlang. Reid beobachtete die Stelle, all seine Sinne waren zum Zerreißen gespannt. Diese Bewegung hatte nichts Natürliches, es war kein Spiel des Lichts, kein Schatten eines Baumes, der sich im Wind bewegte, und auch kein Busch, der sich unter dem Anflug eines Vogels bog.

Die dunkle Gestalt war ein Mann. Und er machte sich an den Fenstern zu schaffen.

Ein unhörbares Summen vibrierte in Reids Brust. Er hatte mit seinem Gefühl recht behalten.

Lautlos bewegte er sich aus dem Schatten der Bäume, in einem großen Bogen ging er um den Schatten herum. Während er dem Mann leise folgte, fühlte er, wie eine heiße Wut in ihm aufstieg, als er daran dachte, daß Keith vielleicht versuchte, in das Haus einzubrechen. Welches Recht besaß er überhaupt, sich in ihre Nähe zu wagen?

Das Recht des Ehemannes, der er noch eine Woche oder etwas mehr sein würde. Das war ein unangenehmer Gedanke, unangenehm und gleichzeitig unvermeidlich.

Verbissen machte Reid sich an die Verfolgung des Mannes. Gleichzeitig jedoch war er verwirrt. Er war so sicher gewesen, daß Keith schon seit langer Zeit verschwunden war; er hätte schwören können, daß er den Motor des Landrovers gehört hatte, gleich nachdem Cammie ihn auf der Veranda geküßt hatte. Einer der Gründe, warum er sich aus dem Haus geschlichen hatte, solange Cammie noch schlief, war, um sicherzugehen. Aber warum sollte Keith jetzt wie ein Einbrecher versuchen, sich ins Haus zu schleichen? War er verärgert darüber, daß Cammie sich mit einem anderen Mann eingelassen hatte?

Hier schien es um mehr zu gehen als nur um die Aufmerksamkeit eines abgewiesenen Ehemannes. Reid war entschlossen, genau herauszufinden, was es war. Doch um das zu erreichen, mußte er Keith schnappen und ihn nicht verscheuchen.

Der Mann verschwand um die Ecke des Hauses, in Richtung auf die Hintertür. Reid lief los.

Im Haus flackerte sekundenlang ein schwaches Licht auf, dann war es wieder dunkel. Anscheinend war Cammie von einem Geräusch des Einbrechers aufgeweckt worden und hatte eine Taschenlampe gefunden. Reid bereitete sich schon auf ihren Schrei vor.

Das laute Krachen eines Schusses aus dem Magnum-Revolver durchbrach die Nacht. Der Klang hallte wider aus den Wäldern.

Der Mann stieß einen überraschten Fluch aus, dann hörte man schnelle Schritte.

Reid lief um das Haus herum. Er blieb wie angewurzelt stehen, als er Cammie in einem langen weißen Hausmantel auf der Veranda stehen sah. Die Umrisse der Magnum waren gegen die helle Farbe des Stoffes deutlich auszumachen.

Bewunderung und Wut stiegen in ihm auf. Sie hatte sich

ohne seine Hilfe schützen können, doch dabei hatte sie die Sicherheit des Hauses verlassen, hatte sich der Gefahr ausgesetzt. Sie hatte den Eindringling vertrieben, doch sie hatte auch verhindert, daß er sich den Mann hatte schnappen können.

Er könnte es vielleicht noch schaffen, wenn er hinter ihm herlief. Doch dazu mußte er den Schatten der Bäume verlassen und genau vor Cammie herlaufen. Das war ein Risiko, das er lieber nicht eingehen wollte.

Im nächsten Augenblick schon war seine Chance vorbei. Irgendwo auf dem Highway wurde ein Motor angelassen, dann fuhr mit quietschenden Reifen ein Wagen davon.

Der Wagen hatte sich nicht wie ein Landrover angehört. Reid stand mit gerunzelter Stirn im Schatten der Bäume und fragte sich, ob er dabei war, den Verstand zu verlieren, oder ob der feuchte Nebel des frühen Morgens sein Gehör beeinträchtigt hatte.

Cammie wandte sich um und kehrte ins Haus zurück. In der Küche wurde Licht angeknipst. Reid ging um das Haus herum, bis er von außen in die Küche sehen konnte. Sie ging zwischen dem Schrank und der Spüle hin und her, er konnte gerade ihren Kopf und ihre Schultern sehen. Einmal blieb sie stehen und legte die Hand an die Schläfe. Sie rieb darüber, dann fuhr sie sich mit beiden Händen durch das Haar und strich es sich aus dem Gesicht.

Sie war blaß und hatte tiefe Schatten unter den Augen. Ihre Lippen waren rosig und ein wenig geschwollen. Zerzaust und ein wenig zerknautscht sah sie aus, mit schweren Lidern, als hätte sie eine lange Nacht hinter sich.

»Es tut mir leid«, flüsterte Reid. Und er blieb vollkommen bewegungslos stehen, während er mit dem schmerzlichen Wunsch kämpfte, in das Haus einzudringen, sie in seine Arme zu nehmen und ihren Schmerz zu lindern. Oder ihn noch zu vermehren.

Nie zuvor war sie ihm schöner erschienen.

Der Duft von Kaffee drang bis nach draußen in die frische Luft des frühen Morgens. Zwischen den Bäumen hindurch kroch die Morgendämmerung. Es würde nicht mehr lange dauern, bis es hell genug war, um etwas erkennen zu können und um gesehen zu werden. Cammie ging es gut.

Es war an der Zeit, daß er verschwand. Höchste Zeit.

Cammie war atemlos und keinesfalls in der Stimmung, jemanden willkommen zu heißen, als sie die Hintertür öffnete. Persephone war in der Waschküche, sie hatte nicht hören können, daß jemand an die Tür klopfte. Cammie war dabei, ihre Sachen für ihre Reise nach New Orleans zusammenzupacken, sie wollte innerhalb der nächsten Stunde abreisen. Als sie das laute Klopfen an der Tür gehört hatte, war sie gezwungen gewesen, ihre Arbeit zu unterbrechen und nach unten zu laufen.

Die junge Frau, die auf der Veranda stand, war groß und schlank, mit einem nicht gerade hübschen Gesicht, das sicher viel ansprechender ausgesehen hätte, hätte sie ein wenig Make-up benutzt. Ihr blondes Haar war dünn und strähnig, sie trug es in einem Stil frisiert, der in den siebziger Jahren modern gewesen war. Ihre Jeans waren ausgeblichen, beinahe weiß, und die Hosenbeine waren ausgefranst. Zu den Jeans trug sie ein Männerhemd, das über die Hose hing. Es war nicht zu übersehen, daß sie schwanger war.

Cammie hatte das Mädchen schon zuvor gesehen, aus der Entfernung, dennoch erkannte sie Keiths Freundin sofort wieder. Mit Überraschung in der Stimme fragte sie: »Ja?«

Die blassen Lippen des Mädchens verzogen sich zu einem nervösen Lächeln. »Sie sind Cammie – Mrs. Hutton, nicht wahr? Keith hat mir immer erzählt, daß sie großartig aussehen. Ich bin Evie Prentice.«

Das Kompliment und auch das Lächeln waren entwaffnend, wahrscheinlich hatte sie das auch beabsichtigt. »Ich weiß, wer Sie sind.«

»Ich möchte Ihnen keine Schwierigkeiten machen«, sprach

das Mädchen schnell weiter. »Es ist nur so – nun ja, da gibt es einige Dinge, die ich nicht verstehe, und ich dachte, nach dem, wie Keith über Sie spricht, hätten Sie sicher nichts dagegen, wenn ich Ihnen einige Fragen stelle.«

»Ich bin überrascht, daß er über mich gesprochen hat.«

Evie Prentice zuckte mit den Schultern. »Nun ja, man kann ja nur eine gewisse Zeit damit verbringen, sich miteinander zu beschäftigen, nicht wahr. Und ich bin eine gute Zuhörerin. Ich glaube, das ist es, was die Männer an mir so mögen.«

Cammie dachte, daß sie wahrscheinlich auch ihre Einfältigkeit liebten und ihren schlanken Körper mit den langen Beinen, der in normalen Zeiten dem der Wonder-Woman nicht ganz unähnlich war. Doch sie hielt sich zurück und sprach ihre Vermutungen lieber nicht laut aus. Unfreundlich zu diesem Mädchen zu sein wäre genauso, als würde sie ein trächtiges Reh auf dem Highway überfahren. Sie trat einen Schritt zurück. »Ich denke, es ist besser, wenn Sie ins Haus kommen.«

Cammie führte sie in die Küche und deutete auf einen Stuhl. Sie bot Evie Kaffee an, doch die lehnte ab und bat statt dessen nur um ein Glas Wasser. Cammie stellte es vor sie hin und setzte sich dann ihr gegenüber. Das Mädchen nahm das Glas und hielt es in der Hand. Als sie schließlich aufblickte, lag in ihren blaßblauen Augen ein Ausdruck von Verzweiflung.

»Sie wollen Keith doch gar nicht zurückhaben, nicht wahr?« fragte sie gepreßt. »Ich meine, Sie versuchen doch nicht, ihn zurückzubekommen?«

Cammie war nicht sicher, was sie eigentlich erwartet hatte, aber mit diesem Frontalangriff hatte sie nicht gerechnet. »Nicht, daß ich wüßte«, antwortete sie.

»Ich wußte es, ich wußte, daß er mir nur etwas vormacht.« Das Mädchen atmete erleichtert auf. »Ich habe ihm gesagt, Sie würden ihn nicht zurückhaben wollen, denn dafür hätten Sie viel zuviel Stolz.«

»Das will ich hoffen«, antwortete Cammie ruhig und legte den Kopf ein wenig schief.

»Aber ich mußte es herausfinden, das verstehen Sie doch sicher. Ich mußte sicher sein, damit ich weiß, was ich von seinen Versprechungen halten soll, wenn er mir an einem Tag erklärt, daß er mich heiraten will, und am nächsten Tag behauptet, daß er zu Ihnen zurückgehen will. Ich habe versucht, seine Beweggründe dafür herauszufinden, und er hat mir dann endlich gestanden, daß er zu Ihnen zurückkehren will, weil Sie ihm leid tun. Er meinte, Sie vermißten ihn so sehr, daß Sie daran zugrunde zu gehen drohten. Ich habe ihm das nicht geglaubt, weil ich gehört habe, wie er mit Ihnen telefoniert hat, und da klang es ganz so, als würde er Sie anflehen, seine Frau zu bleiben. Ich habe ihm das gesagt, und er hat mich dafür verflucht.«

»Er ist immer ein wenig empfindlich, wenn man ihn bei einer solchen Sache erwischt«, meinte Cammie.

Ein besorgtes Lächeln erschien auf Evies Gesicht. »Ich verstehe noch immer nicht, was er sich dabei gedacht hat. Ich meine, ich möchte, daß er glücklich ist, und wenn er mich nicht mehr haben will, dann könnte ich das verkraften, aber so ist es gar nicht. Und dennoch läßt er Sie keinen Augenblick in Ruhe. Das ergibt doch keinen Sinn.«

»Da muß ich Ihnen zustimmen.«

»Ich habe versucht ihm zu erklären, daß er mit seinem Benehmen alles nur noch viel schlimmer macht, doch er meinte, ich hätte keine Ahnung, wovon ich überhaupt rede, aber das stimmt nicht. Es hat da einen Mann gegeben, mit dem ich vor einiger Zeit zusammen war, ein feiner Mann, eine aufrechte Stütze der Gemeinde. Als ich mit ihm Schluß machte, hat er mich beinahe zum Wahnsinn getrieben, weil er mich immer wieder gedrängt hat, zu ihm zurückzukommen. Aber je mehr er mich bedrängte, desto wütender wurde ich, bis ich schließlich damit gedroht habe, seine Frau anzurufen.«

»Und das hat ihn dazu gebracht, Sie in Ruhe zu lassen?« wollte Cammie wissen.

»Nun, immerhin hat es ihn ein wenig gebremst.«

Es war eigenartig, hier mit diesem Mädchen zu sitzen und über diese Dinge zu reden, und dabei gleichzeitig eine Art Verwandtschaft mit ihr zu fühlen. »Schade, daß das nicht auch bei mir geklappt hat.«

»Ja«, stimmte Evie ihr zu. »Ich nehme an, Sie könnten ihm nicht einfach sagen, er solle aufhören, sich wie ein Dummkopf zu benehmen?«

»Das habe ich schon versucht.«

»Das dachte ich mir. Aber was ist nur los mit ihm? Meinen Sie vielleicht, daß er wütend darüber ist, daß Sie nicht zusammengebrochen sind, als er Sie verlassen hat? Einige Männer können es absolut nicht vertragen, wenn sie sehen, daß man auch ohne sie auskommen kann.«

»Schon möglich«, erwiderte Cammie zweifelnd. »Obwohl ich mir kaum vorstellen kann, daß er wegen eines so nichtigen Grundes einen solchen Aufwand betreibt.«

»Richtig.« Evie seufzte. »Genau das denke ich auch.«

Jede weitere Antwort, die Cammie vielleicht noch eingefallen wäre, wurde durch ein schrilles Läuten zunichte gemacht, das durch das ganze Haus tönte. Es war die antike Türglocke über der Haustür, die diesen Ton hervorgebracht hatte.

»Sie bekommen Besuch«, sagte Evie, und ihre Augen waren ganz groß, als sie den Stuhl zurückschob und aufstand. »Ich gehe besser.«

»Das ist wirklich nicht nötig.« Cammie stand auf, doch sie blieb stehen, weil sie gesehen hatte, daß Persephone durch den Flur zur Haustür ging.

»Es könnte vielleicht Keith sein, und ich möchte nicht, daß er herausfindet, daß ich mit Ihnen gesprochen habe.«

»Ich nehme an, es ist mein Onkel, er ist der einzige Mensch, der durch die Haustür kommt«, meinte Cammie, und als sie Evies fragenden Blick sah, erklärte sie: »Reverend Jack Taggart. Es ist unter seiner Würde als ein Mann der Kirche, die Hintertür zu benutzen wie alle anderen.«

Evie ging langsam zum Flur. »Dann werde ich Ihnen nur im Weg sein. Ich werde durch die Hintertür hinausschlüpfen ...«

Doch dazu war es schon zu spät. Man hörte schwere Schritte, dann erschien die große Gestalt von Cammies Onkel an der Türschwelle zur Küche. Er lächelte salbungsvoll und begrüßte Cammie dann herzlich, ehe er der anderen jungen Frau einen Blick zuwarf.

»Evie«, begann Cammie automatisch, »das ist ...«

»Nicht nötig«, unterbrach der Reverend sie und ging mit ausgestreckter Hand auf die junge Frau zu. »Ich dachte mir, daß das dein Wagen war, den ich in der Einfahrt gesehen habe, Evie. Wir haben dich in der Kirche vermißt, ganz besonders im Chor.«

»Ja, nun ja, ich hatte viel zu tun«, wich die junge Frau ihm mit einem verlegenen Gesichtsausdruck aus.

»Das ist keine Entschuldigung, das weißt du.« Der Reverend betrachtete Evie von Kopf bis Fuß, sein Blick ruhte länger als nötig auf ihrem gewölbten Leib, dann ließ er ihre Hand los und trat einen Schritt zurück. »Wir würden uns freuen, dich wieder bei uns begrüßen zu können.«

»Irgendwann vielleicht«, wich Evie ihm aus. »Jetzt muß ich mich aber beeilen.« Sie wandte sich so schnell um, daß ihr blondes Haar ihr ins Gesicht wehte, dann ging sie zur Tür. Der Reverend mußte einen Schritt zur Seite treten, damit sie nicht mit ihm zusammenstieß.

Cammie schob sich an ihrem Onkel vorbei und folgte Evie durch die Hintertür bis auf die Veranda. »Ich wünschte, ich hätte Ihnen weiterhelfen können«, sagte sie leise.

»Ach, das macht nichts«, antwortete Evie gepreßt. »Ich hätte gar nicht kommen sollen. Ich wußte, es war ein Fehler, aber ich dachte ... nun ja. Es tut mir leid, daß ich Sie gestört habe.«

»Machen Sie sich deshalb keine Gedanken, bitte.« Cammie hielt inne, dann sprach sie weiter. »Ich hoffe, daß sich für Sie alles zum Guten wendet.«

»Das ist nett von Ihnen, wirklich.«

Das junge Mädchen sah Cammie noch einmal an, dann wandte es sich ab und ging schnell die Treppe der Veranda hinunter. Cammie sah ihr nach, bis sie in ihren klapprigen Wagen stieg. Als sie dann zurück ins Haus ging, war ihre Stirn gerunzelt.

Ihr Onkel wartete in der Küche auf sie, die Hände in die Hüften gestützt. Seine Stimme klang mißbilligend, als er sprach. »Was um Himmels willen wollte dieses Mädchen hier?«

Cammie fühlte eine wohlbekannte Entrüstung in sich aufsteigen. Seine Einmischungen in ihr Leben seit dem Tode ihrer Eltern wurden immer schwerer zu ertragen, auch wenn er es vielleicht gut mit ihr meinte. Sie ging zur Anrichte, auf dem noch ein Rest Kaffee in der Kaffeemaschine stand, und goß eine Tasse davon ein. Zusammen mit Milch und Zucker stellte sie alles vor ihn hin. »Evie wollte sich nur mit mir über Keith unterhalten, das ist alles«, meinte sie über ihre Schulter hinweg.

»Warum? Wollte sie etwa herausfinden, was seine Lieblingsspeisen sind oder wie er seine Hemden gebügelt haben möchte?« Ihr Onkel ging mit dem Kaffee zum Küchentisch hinüber, blieb aber abwartend stehen, bis sie sich schließlich zuerst hinsetzte.

Cammie wußte, er würde erst Ruhe geben, bis er die ganze Geschichte gehört hatte. So knapp wie möglich erzählte sie ihm alles.

Ihr Onkel schürzte seine vollen Lippen. »Das ist ja alles gut und schön, aber ich glaube, du solltest dieses Mädchen nicht dazu ermuntern, dich zu besuchen. Es ist nicht recht.«

Sein Benehmen war typisch, er war ein sehr selbstgerechter Mann. Streunende Schafe, die in den Schutz der Kirche zurückkehrten, waren eine Sache, doch in seinem eigenen Heim waren sie eine ganz andere Sache. »Ich bezweifle, daß Evie meine Busenfreundin sein möchte«, wehrte Cammie ab, und noch ehe er etwas darauf sagen konnte, sprach sie schnell weiter. »Aber sag mir, was bringt einen Pastor schon so früh hier heraus?«

Das Gesicht ihres Onkels verzog sich unwillig. »Wirklich, Camilla, du weißt doch, daß ich es vorziehe, wenn du mich Reverend nennst.«

»Tut mir leid«, sagte sie, doch das stimmte nicht. Sie hatte sich absichtlich in der Wortwahl vergriffen, denn sie war davon überzeugt, daß er vielleicht ein besserer Mensch werden würde, wenn seine Überheblichkeit ab und zu einen Dämpfer bekam.

»Eigentlich«, begann er entschlossen, »hat mich deine Tante geschickt. Sie machte sich Sorgen wegen einer Geschichte, die sie im Lebensmittelladen gehört hat.«

»Wirklich? Aber warum ist Tante Sara dann nicht selbst gekommen?«

»Du weißt doch, wie weinerlich sie wird, wenn sie sich aufregt. Außerdem, sagt sie, ist es nicht unsere Aufgabe, unsere Nase in deine Angelegenheiten zu stecken. Ich habe ihr gesagt, das sei Unsinn, daß wir die Menschen sind, die dir am nächsten stehen. Wer sonst sollte sich denn um dich kümmern, jetzt, wo Keith … das heißt, jetzt, wo du allein bist.«

Cammie fühlte, wie ihr Zorn noch ein wenig größer wurde, als sie begriff, welche Beweggründe ihr Onkel für seinen Besuch hatte. Mit Mühe beherrschte sie sich, als sie jetzt weitersprach. »Tante Sara hat recht. Es gibt überhaupt keinen Grund dafür, daß du dir über meine Probleme den Kopf zerbrichst.«

»Den Kopf zerbrechen? Es ist nicht mehr als unsere Pflicht, wenn wir uns um dich kümmern, ganz besonders, wenn man hört, daß hier aus diesem Haus Schüsse abgegeben worden sind, um drei Uhr am Morgen.«

»Das hat mit diesem kleinen Problem mit Keith zu tun, von dem ich dir erzählt habe. Er kann es einfach nicht in seinen Kopf bekommen, daß dies nicht mehr sein Haus ist.«

»Du hast also auf ihn geschossen?« Die Stimme ihres Onkels drückte offen seine Mißbilligung darüber aus.

»Mir schien es zu diesem Zeitpunkt das einzig Richtige zu sein.«

»Du hättest doch mit ihm reden können, hättest versuchen können, die Dinge mit ihm zu klären.« Über der hohen Stirn ihres Onkels leuchtete sein weißes, stoppeliges Haar silbern im Morgenlicht, als er den Kopf senkte, um den lauwarmen Kaffee zu trinken.

»Ich möchte mich nicht mit ihm einigen«, widersprach Cammie grimmig.

»Die Ehe ist, wie du weißt, Camilla, eine geheiligte Institution, von Gott gesegnet, sie ist nicht nur ein Vertrag, den man brechen kann. Du solltest in deinem Herzen nach Vergebung suchen, die es dir ermöglicht, deinen rechtmäßigen Platz als Ehefrau wieder einzunehmen.«

»Danke für deine Bemühungen«, meinte sie. »Aber ich brauche keine Vergebung. Und ich habe festgestellt, daß ich lieber allein lebe, als einen Mann zu haben, der das Wort ›Treue‹ genausowenig kennt wie das Wort ›geheiligt‹.«

Er schien ihren Sarkasmus überhaupt nicht zu bemerken. Sein Gesicht rötete sich, und seine hervorstehenden grauen Augen blitzten, als er weitersprach. »Du wagst es, dich über mich lustig zu machen, nachdem du nur halb angezogen durch die ganze Stadt gelaufen bist? Nachdem du die Nacht mit Reid Sayers verbracht hast?«

»Ich denke kaum ...«, begann sie.

Doch Reverend Taggart unterbrach sie mit dröhnender Stimme, die er normalerweise nur bei seinen Predigten benutzte. »Nein, offensichtlich denkst du gar nicht! Das Auto des Mannes stand auf der Einfahrt deines Hauses, bis in die frühen Morgenstunden, alle konnten es sehen, Camilla. Du solltest ein wenig vorsichtiger sein, denn sonst gerätst du noch in große Schwierigkeiten. Sayers kann man nicht trauen. Du würdest gar nicht glauben, was alles über ihn erzählt wird.«

»Ich bin sicher, du glaubst es, und du wirst mir sicher auch alles erzählen.«

»Da ich deinen Mangel an Verstand kenne, ganz zu schweigen von Reue, habe ich das Gefühl, daß das meine Pflicht ist. Sayers ist gefährlich, er ist ein Psychopath. Man hat ihn ausgebildet, um zu töten, in einer Spezialeinheit. Ich selbst war auch in der Armee, ich weiß also, wovon ich rede. Er hat eine Menge Menschen umgebracht, und hätte beinahe eine Frau auf dem Gewissen gehabt, irgendwo im Westen. Er war im Mittleren Osten, bis zum Hals war er in dieses Durcheinander mit den Israelis verwickelt, und wer weiß, was er sonst noch alles getan hat. Jetzt hat er sich im Wildreservat verkrochen, in diesem alten Haus, ohne Freunde, ohne Besucher.«

Cammie warf ihm einen vernichtenden Blick zu. »Dann möchtest du doch sicher, daß ihm irgendwie geholfen wird. Wo ist denn deine christliche Nächstenliebe geblieben?«

Das dickliche Gesicht ihres Onkels wurde über und über rot. »Versuche nicht, mir zu sagen, wie ich meine Arbeit zu tun habe, Camilla. Sayers ist mit irdischer Hilfe nicht mehr zu retten. Es heißt, er hätte in seinem Haus eine elektronische Ausrüstung, Gewehre aller Sorten, Handgranaten, ein ganzes Arsenal. Wer weiß, was geschieht, wenn er sich dazu entschließt, es zu benutzen.«

»Das ist doch lächerlich«, fuhr Cammie auf. Doch noch im Sprechen dachte sie daran, welch gefährlichen Eindruck Reid selbst auf sie gemacht hatte. Aber in diesem Augenblick war sie viel zu wütend auf ihren Onkel, um das in Betracht zu ziehen.

»Du wirst anders von ihm denken, wenn er sich eines Tages gegen dich wendet. Vielleicht erinnerst du dich dann daran, daß ich versucht habe, dich zu warnen.« Er trank in einem großen Schluck den Rest seines Kaffees und stellte die Tasse dann klirrend auf die Untertasse zurück.

»Ich bezweifle, daß das je geschehen wird«, wehrte Cammie ab. »Aber wenn du nichts dagegen hast, ich muß jetzt meine

Sachen fertig packen. Sag Tante Sara, sie soll sich keine Sorgen um mich machen, es geht mir gut.«

Cammie sprang auf und zwang ihn so, ebenfalls aufzustehen. Sie wandte sich zur Hintertür am Ende des Flurs.

Er schob sich an ihr vorbei, als sie die Tür für ihn weit aufhielt. An der Schwelle drehte er sich noch einmal um und sah sie mit gerunzelter Stirn an. »Mir ist klar, daß du kein junges Mädchen mehr bist, Camilla. Aber ich weiß auch, daß du bis jetzt ein nettes, einfaches Leben geführt hast. Du bist viel zu vertrauensselig, du hast keine Ahnung von Männern wie Sayers. Ich möchte nur, daß du vorsichtig bist.«

Sie zog die Stirn kraus, als ihr klar wurde, daß wenigstens ein Teil seiner Besorgnis echt zu sein schien. Aber es war auch möglich, daß er schon gar nicht mehr anders konnte, als ihr eine Predigt zu halten, genausowenig, wie er seine Überheblichkeit im Zaum halten konnte. Er und seine Frau hatten keine Kinder, und das war schade, dachte Cammie oft. Wenn er ein halbes Dutzend oder mehr Kinder gehabt hätte, dann hätte er weniger Zeit, sich um seine Nichte zu kümmern.

»Ja«, gab sie nach. »Ich werde versuchen, daran zu denken.«

»Tu das. Und ich wünschte, du würdest Keith noch eine Chance geben. Er hat Fehler gemacht, aber die machen die meisten von uns.« Als er sah, daß sie wieder eine abweisende Miene aufsetzte, fuhr er hastig fort: »Es würde mich glücklich machen, wenn du dich in dieser schwierigen Zeit von mir leiten lassen würdest, wenn du zu mir kommen würdest, um mit mir zu beten.«

Cammie lächelte, ohne auf seine Bemerkung einzugehen, sie wiederholte nur ihre Botschaft an ihre Tante. Es war für ihren Onkel eine Quelle der Verärgerung, daß sie und ihre Eltern nie seine Kirche betreten hatten. Die Greenley-Familie hatte sich schon seit Generationen aktiv in der kleinen Kirche ein Stück die Straße hinunter engagiert, auf dem Land, das einmal den Greenleys gehört hatte. Cammie sah keinen Grund, das jetzt zu ändern.

Sie sah ihrem untersetzten Onkel nach, als er die Treppenstufen der Veranda hinunterging und zu seinem Wagen eilte. Erst als er weggefahren war, schaute sie zur Garage hinüber.

Ihr Cadillac stand in der Garage, mit vier einwandfreien Reifen mit dicken Radkappen und strahlend weißen Seiten.

Reid. Wie hatte er das nur geschafft? In diesem Augenblick erst öffnete die Werkstatt des örtlichen Reifengeschäftes. Er war wirklich ein erstaunlicher Mann. In vieler Hinsicht.

Ich brauche nur die heutige Nacht.

Das Echo seiner Worte, an die sie sich plötzlich wieder erinnerte, ließ sie schmerzlich zusammenzucken.

Er hatte sie beim Wort genommen, warum auch nicht? Sie hatte ihre Worte ernst gemeint, als sie sie ausgesprochen hatte. Oder wenigstens hatte sie das geglaubt.

Im Endeffekt war es dumm gewesen, so etwas zu sagen.

Eine heiße Röte stieg in ihr Gesicht, als sie an all die anderen Dinge dachte, die sie ihm in dieser Nacht gesagt hatte, an die Dinge, die sie mit ihm getan hatte.

Was war nur in sie gefahren? Was mochte er nur von ihr denken?

Er war so ganz anders als Keith. Es war nicht nur sein muskulöser, perfekter Körper, auch nicht seine Erfahrung, obwohl diese Dinge natürlich auch eine Rolle spielten. Viel eher war es seine Konzentration und Hingabe an die Dinge, die er gerade tat. Es war so, als hätte für ihn nichts anderes existiert als nur sie beide und der Augenblick. Nichts anderes war für ihn wichtig als die Freude, die er an ihrem Körper fand und die er ihr schenkte. So viele verschiedene Gefühle hatte er in ihr geweckt, erstaunliche, unvorstellbare Gefühle, doch vor allem hatte sie sich … geachtet gefühlt.

Und sie wollte mehr davon. Wie von einer gefährlichen Droge konnte sie leicht abhängig werden von seiner Berührung, seiner Nähe neben ihr in der Dunkelheit.

Persephone kam aus der Waschküche, mit einem Stapel frisch gefalteter Küchentücher in der Hand. Ihre klugen Augen in ihrem braunen Gesicht blickten aufmerksam. »Haben Sie dem Pastor nicht ein Stück von meinem Pfirsichkuchen angeboten?«

»Daran habe ich gar nicht gedacht«, antwortete Cammie.

»Gut so«, kam die Antwort, doch sofort folgte schon die nächste schlagfertige Bemerkung. »Er hatte es ja auch sehr eilig.«

Cammie lächelte und schüttelte leicht den Kopf. »Er muß sich immer um die Angelegenheiten anderer Menschen kümmern.«

»Sie sagen es.« Persephone lachte leise. Ihre dunklen Augen blitzten. »Mr. Reid war aber in der letzten Nacht noch spät auf.«

Cammie sah ihre Haushälterin alarmiert an. »Woher wissen Sie das?«

»Lizbeth, die für ihn arbeitet, ist eine Cousine von mir.«

»Das wußte ich gar nicht.« Es schien ihr ein Makel zu sein, daß sie das nicht gewußt hatte. Wenn sie jetzt darüber nachdachte, so hatten beide Frauen die gleiche hellbraune Hautfarbe und das gleiche lange Haar. Persephone war ein wenig zierlicher gebaut, dennoch besaß sie eine beinahe drahtige Kraft in dem kleinen Körper. Ihr Haar hatte graue Strähnen, es war streng zurückgekämmt, und oben auf dem Kopf war es zu einem Knoten zusammengebunden.

Ihre Haushälterin zuckte die Achseln. »Ich habe beinahe so viele Cousins und Cousinen wie Sie, vielleicht sogar noch mehr. Auf jeden Fall hat mir Lizbeth erzählt, daß Mr. Reid noch ganz spät unterwegs war, und nachdem er dann nach Hause kam, ist er gleich wieder im Wald verschwunden. Er hat mehr nasse und schmutzige Kleidung zurückgelassen als früher, als er noch ein Junge war. Dabei ist er sonst ein so ordentlicher und sauberer Mann, wie man selten einen sieht.«

Reid hatte auch vor Lizbeth seine Geheimnisse, soviel war klar. Cammie dachte resigniert, daß sie wohl vor Persephone überhaupt keine Geheimnisse mehr hatte. Sie zögerte, ihre

Unterhaltung zu beenden, es gab ihr ein eigenartig freudiges Gefühl, einige intime Einzelheiten aus Reids Leben zu erfahren.

»Aber er hat es ohne Probleme geschafft, wieder nach Hause zu kommen?« fragte sie.

»O ja, das hat er. Er sah allerdings ein wenig niedergeschlagen aus. Und Lizbeth sagte, daß er, sobald es hell wurde, sofort damit begonnen hat, Telefongespräche zu führen. Es sieht so aus, als würde er eine Reise vorbereiten.«

»Oh?«

In Persephones dunklen Augen lag ein Anflug von Mitgefühl. »Er hat nicht gesagt, wohin er will, aber er schien sehr entschlossen, dorthin zu kommen.«

Die ersten Stunden ihrer fünfstündigen Fahrt nach New Orleans plagten Cammie die Neuigkeiten, die sie über Reid herausgefunden hatte, und sie betrachtete sie in Gedanken von allen Seiten. Er hatte ihr nichts davon gesagt, daß er verreisen wollte. Natürlich hatte er dazu auch nicht die Möglichkeit gehabt, doch sie fand, er hätte es ihr sagen können, als er hörte, daß sie das Wochenende über nicht zu Hause sein würde.

Gab es einen Grund dafür, daß er es ihr verschwiegen hatte? Traf er sich mit einer anderen Frau? Hatte er vielleicht mit einer Gruppe verrückter Rechtsextremisten zu tun, die die Macht in irgendeinem Land übernehmen wollte und dazu sein Arsenal an Waffen brauchte? Oder war er von der CIA gerufen worden, auf eine gefährliche Mission in Osteuropa oder China?

Ich mache mich genauso lächerlich wie mein Onkel, sagte sie sich. Reid hatte natürlich das Recht, überall hinzufahren, wohin er wollte, und dort zu bleiben, solange es ihm gefiel. Sie hatte kein Recht auf ihn, und das wollte sie auch gar nicht. Er schuldete ihr nichts, ganz besonders nicht einen detaillierten Plan seiner Termine, nicht für seine Tage und erst recht nicht für seine Nächte.

Sie fuhr in die Crescent City, und sie würde sich dort amüsieren. Sie würde Keith und seine unerwünschten Aufmerksamkeiten vergessen, sie würde Greenley vergessen und auch Reid und den Klatsch und alles andere. Sie würde gut essen, würde ein wenig Wein trinken und vielleicht sogar ein wenig tanzen. Oder auch viel. Sie mußte einmal raus, mußte versuchen, sich zu entspannen. Wenn sie das nicht in der Stadt tun konnte, die die Sorgen vergaß – The City that Care Forgot –, dann würde sie es nirgendwo tun können.

Sie fühlte sich schon besser, als sie Alexandria erreichte und von der schmalen, zweispurigen 167 auf die Interstate 49 wechselte. Sie begann zu lächeln, als sie bei Baton Rouge über die riesige Brücke über den Mississippi fuhr und dann das Ostufer erreichte. Nachdem sie erst einmal den Bonne-Carré-Abflußkanal überquert hatte, auf die Interstate 10 bog und dann über die riesige braune Wasserfläche des Lake Pontchartrain blickte, war sie begeistert.

New Orleans war immer wieder etwas Besonderes für sie, und das würde auch immer so bleiben. Hier war die Luft sanfter, der Lebensrhythmus langsamer, die Musik heißer, die Atmosphäre lockerer. Die süßen Oliven blühten in New Orleans früher und parfümierten mit ihrem altmodisch-süßen Duft die Straßen. Das reiche Aroma siedender Meeresfrüchte regte die Geschmacksnerven an und weckte sie auf. Die wilde Mischung von Hautfarben und Rassen, von Gruppen und Typen war ein ständiges und faszinierendes Puzzle. Die alten Gebäude, wie das Beauregard-Haus und das Cabildo, vermittelten ihr eine Ahnung von außerordentlicher Beständigkeit, genauso wie der Fluß, der sich wie eine Riesenschlange durch die Stadt wand. New Orleans war sowohl eine Herausforderung als auch eine Erholung. Hier war sie viel mehr sie selbst und nicht länger eine Greenley aus Greenley. Cammie liebte dieses Gefühl.

Das Hotel, in dem die CODOFIL-Konferenz stattfand, war das französischste unter den Hotels von New Orleans, das

Royal Orleans. Es war auf dem Grund und Boden des berühmten alten St. Louis Hotels gebaut worden, das in den Tagen vor dem Bürgerkrieg von den aristokratischen Kreolen des Vieux Carré bevorzugt wurde, es lag mitten im French Quarter, an der Kreuzung der Royal und der St. Louis Street. Cammie würde dort zwar nicht wohnen, aber sie konnte das Hotel in nur wenigen Minuten zu Fuß erreichen. Ein Freund der Familie, ein Anwalt aus Baton Rouge, hatte ihr sein Apartment angeboten, das er dort als Ausgangsbasis für seine Geschäfte und auch für Vergnügungsreisen in die Stadt besaß.

Der Verwalter dieser Wohnung, ein älterer Mann und seine Frau, die schon seit Jahren für den Anwalt arbeiteten, ließen Cammie ein. Sie drückten ihr einen Drink in die Hand und schickten sie hinaus in den Garten, um sich von ihrer Reise auszuruhen, während sie ihre Koffer auspackten.

Die Sonne war schon untergegangen, lange Schatten sammelten sich zwischen den alten Ziegelmauern. Cammie saß auf der Veranda, nippte an dem Glas mit kühlem Weißwein und genoß die weiche, warme Luft und die leichte Brise, die vom Fluß wehte. Der Lärm des Verkehrs auf den Straßen hinter den dicken Mauern war nur noch ein entferntes Murmeln. Allmählich fühlte sie, wie sich ihre Anspannung löste, sie wurde vertrieben von dem Duft des Jasmins, der an der Mauer emporrankte, von dem sanften Rascheln der Bananenblätter und dem musikalischen Geplätscher eines Brunnens, um den herum Springkraut in allen Schattierungen von Rot bis Pink gepflanzt war.

Wenn sie die Augen schloß, konnte sie Reid fast neben sich fühlen. Wäre er hier, so würden sie vielleicht beide jetzt hier sitzen, in dieser erholsamen Stille. Oder sie würden sich vielleicht leise unterhalten, über Nichtigkeiten, während das Bewußtsein einer langen Nacht, die noch vor ihnen lag, in ihnen schlummerte, einer Nacht voller Liebe. Er würde ihre Hand nehmen und sie so festhalten, daß selbst die Zwischenräume zwischen ihren Fingern angefüllt wären mit ihm. Vielleicht würde er sie auch an seine Lippen ziehen und einen Kuß in ihre Handfläche drücken, sanft mit der Zungenspitze darüber streichen …

Tagträume.

Sie hatte immer geglaubt, daß sie dafür mittlerweile zu alt war, daß sie sie nicht mehr brauchte. Offensichtlich hatte sie sich geirrt. Und was machte es denn schon aus, wenn sie hier saß und träumte, solange sie nur wußte, wo diese Träume endeten und die Realität begann.

Es kostete Cammie einige Mühe, aus dem Sessel aufzustehen und ins Haus zu gehen. Aber es half alles nichts, sie mußte sich fertigmachen für die Cocktailparty, mit der die Konferenz eröffnet werden sollte.

Cammies Mutter war entfernt verwandt gewesen mit den Barrows aus Südlouisiana, die wiederum von den Barrows aus Virginia abstammten. Ihre Mutter hatte dieser verwandtschaftlichen Bindung nie große Bedeutung beigemessen, dennoch hatte sie aus dieser Blutsverwandtschaft einige unverrückbare Lebensregeln geerbt. Es war schon immer eine ihrer Maximen gewesen, daß altes Geld keinen Moderichtungen folgte. Qualität war nach Ansicht ihrer Mutter das einzig wichtige Kriterium, ob es sich dabei um Autos handelte, um Möbel, Kleidung oder etwas so Unwichtiges wie Gartenscheren.

Sie glaubte nicht an Designermarken. Für die Kleidung gab es einige wenige klassische Stilformen, einige sanfte, natürliche Stoffe, die immer richtig waren, ob es sich nun um ein Abendkleid handelte oder um einen Regenmantel. Alles andere war modischer Schnickschnack und paßte nur zu den Neureichen, die es für nötig hielten, ihren Wohlstand zu zeigen, oder für Teenager, die das Bedürfnis hatten, anders zu sein.

Cammie neigte dazu, den Prinzipien ihrer Mutter zu folgen, denn es war schlicht und auch einfach. Das Kleid für die Cocktailparty war ein klassisch schwarzes, enganliegendes Kleid aus Seidencrêpe, das an der linken Schulter gehalten wurde und eine weite fließende Plisseefalte an der Seite hatte.

Auch ihr Schmuck stammte von ihrer Mutter. Er bestand aus einer goldenen, mit Diamanten besetzten Nadel in Form einer Schwertlilie, einem Paar klassischer Diamantohrringe und einigen mit Diamanten besetzten Kämmen, mit denen sie ihr Haar hielt, das in reichen, schimmernden Wellen über ihren Rücken fiel. Die lange Plisseefalte an ihrem Kleid war unten offen, bis einige Zentimeter über ihrem Knie, und erlaubte einen provozierenden Blick auf ihre langen, schlanken Beine, wenn sie ging, aber im allgemeinen bestach es durch seine elegante Schlichtheit.

Sie war gerade dabei, die Unterseite ihres Haares mit Haarspray zu besprühen, damit die kleinen Locken um ihr Gesicht besser hielten, als es an der Tür läutete. Es überraschte sie, denn nur einige wenige Menschen wußten, wo sie wohnte, und sie hatte sich vor der Party mit niemandem verabredet. Sie stand von dem Hocker vor der Frisierkommode auf und ging durch das mit Antiquitäten überfüllte Schlafzimmer in das Wohnzimmer.

Der Verwalter stand kerzengerade und förmlich an der Tür, dann verbeugte er sich, ließ den Besucher herein und verschwand diskret.

Der Mann wandte sich zu Cammie um. Er schob den Aufschlag seiner schwarzen, maßgeschneiderten Smokingjacke beiseite und steckte die Hand in die Hosentasche. Diese Bewegung hob das blütenweiße weiche Hemd hervor mit den goldenen Knöpfen und dem schwarzen Kummerbund, der sich um seine schlanke Taille schmiegte. Die blauen Augen, die auf Cammie ruhten, blitzten voller Bewunderung auf, dann wartete er.

Alle Männer sahen in einem Abendanzug gut aus, attraktive Männer waren manchmal atemberaubend, wenn sie ihn trugen. Aber nur wenige Männer trugen ihn mit wirklicher Ungezwungenheit. Dieser Mann hier war einer von ihnen.

Als er den Kopf zur Begrüßung ein wenig neigte, ließ das Licht des Kronleuchters über ihm sein blondes Haar golden aufleuchten. Ein leises Lächeln umspielte seinen Mund, als er ihren ungläubigen Gesichtsausdruck sah. »Ich bin gekommen«, sagte er mit leiser Stimme, »um zu sehen, ob du vielleicht eine Begleitung brauchst. Nur für heute abend.«

Der Mann war Reid.

5. Kapitel

Um den französischen Aspekt des Konferenzthemas zu unterstreichen, hatte man Vorbereitungen getroffen, um die Cocktailparty in einem alten Haus im French Quarter abzuhalten, in der Nähe des Jackson Square. Die Dekoration des Hauses war hauptsächlich in französischem Blau gehalten und beinhaltete auch die französische Trikolore, gepaart mit der Staatsflagge von Louisiana, dem Pelikan auf blauem Grund.

Der französische Botschafter war da mit seiner charmanten Frau, die beiden blickten gelangweilt, aber dennoch bemüht freundlich. Der Gouverneur bewegte sich in rascher Folge hierhin und dorthin, bedachte jeden mit seinem strahlenden Lächeln und verbreitete Bonmots, wobei ihn ein Fluidum von Cajun-Großzügigkeit umgab. Einige Senatoren und Mitglieder der Regierung schüttelten einander die Hände und flüsterten miteinander in den ruhigen Ecken des Raumes. Die Neville Brothers waren auch da und genossen die Gesellschaft. In der Nähe der großen Fenster hielt Harry Connick jr. Hof, nicht weit von der Tür entfernt, falls es sich ergab, daß er schnell wieder verschwinden mußte. Die bekannten Gesichter örtlicher Fernsehgrößen waren in der Menge zu entdecken. Es wurde erzählt, daß auch Anne Rice kommen würde, und eine ein wenig berauschte Matrone der Gesellschaft nahm Wetten darauf an, ob sie schwarz gekleidet sein würde. Die Leute von der CODOFIL, die meisten von ihnen Staatsbeamte und Lehrer oder Leute mit Verbindungen zu den alten französischen Emigranten, fielen auf durch ihre Unauffälligkeit.

Da man in New Orleans war, lag der Schwerpunkt auf dem Essen. Es bestand aus den üblichen riesigen und wunderschön arrangierten Fruchtkörben, den silbernen Schüsseln mit Crudités mit dazu passenden Dips, und dazu gehörten natürlich auch die Küchenchefs mit ihren hohen Mützen, die Fleisch von riesigen Keulen mit Roastbeef schnitten und es in winzige Brötchen schoben. Es gab auch gekochte neue Kartoffeln, aufgeschnitten und mit Sauerrahm bedeckt, der mit Kaviar besprenkelt war, Austern in halben Schalen, gebackene Austern, mit Speck umwickelt, herzhaft gewürzte gekochte Shrimps, kleine Krabbenröllchen und noch mindestens ein Dutzend andere Köstlichkeiten.

Wein und härtere Getränke wurden großzügig von weißgekleideten Kellnern ausgeschenkt. Eine Jazzband spielte draußen im Garten eine Mischung aus langsamen und schnellen Stücken, während im Haus ein Streichquartett Verdi und Mozart zum besten gab.

Diese Party unterschied sich nur wenig von den Hunderten anderer Partys, die Cammie in New Orleans mitgemacht hatte. Das Erstaunlichste jedoch war, wie Reid sich in dieser Gesellschaft verhielt. Er ging zusammen mit ihr durch den Raum, ohne befangen zu wirken, er machte auch keine Anstalten, sich mit dem Rücken zur nächsten Wand zu stellen und dort stehenzubleiben, eine Angewohnheit der meisten Männer aus den Südstaaten, wenn sie sich einer unangenehmen Situation gegenübersahen. Er lächelte und wirkte entspannt, ganz gleich, wem er begegnete, er regte Unterhaltungen an und vertrat sicher seinen Standpunkt. Die wenigen Worte Französisch, die man hier und da unvermeidlich zu hören bekam, verstand er nicht nur mühelos, bei verschiedenen Gelegenheiten benutzte er sie sogar selbst.

Die Veränderung in ihm verwirrte Cammie. Immer wieder mußte sie ihn ansehen, insgeheim verglich sie ihn mit dem Mann aus den Wäldern. Sie war so sicher gewesen, daß er eher ein Prolet war, nicht gänzlich ungebildet oder gesellschaftlich unpassend, aber doch sicher ohne das geringste Interesse oder die Kenntnis der Sprache der Diplomatie.

Reid, der ihre verstohlenen Blicke wohl bemerkt hatte, als sie zur Abwechslung einmal allein in der Nähe der offenen Terrassentüren standen, die die Nachtluft in den Raum ließen, warf ihr sekundenlang einen fragenden Blick zu. Dann aber umspielte seinen Mund ein mildes Lächeln.

»Botschaftspartys«, meinte er und zuckte mit den Schultern, als wäre nichts dabei, daß er ihre Gedanken gelesen hatte. »Ich war mehrere Jahre lang oft in Washington. Ein guter Freund von mir ist Franzose aus Tel Aviv, jetzt lebt er in New York.«

»Hast du mit ihm während der Intifada zusammengearbeitet?« fragte sie.

Sein Lächeln verschwand, sein Gesicht war völlig bewegungslos, und seine Augen nahmen eine blaugraue Farbe an, wie polierter Stahl. Als er dann sprach, klang seine Stimme so rauh und so scharf, als würde man ein Schwert aus der Scheide ziehen.

»Woher weißt du das?«

»Aus der Gerüchteküche«, beeilte sie sich ihm zu versichern. »Ist das falsch?«

Er wich ihrem Blick aus. »Nein«, antwortete er nach einer Weile, und seine Stimme klang tonlos. »Nein, aber manchmal vergesse ich, wie genau sie sein kann.«

Etwas lag in seiner Stimme, das ihre Neugier weckte. Sie legte ihren Kopf ein wenig schief und fragte: »Warst du lange in Israel?«

»Lange genug.«

Es schien, als klappte in seinem Kopf ein Visier herunter und verwehrte Cammie den Zugang zu ihm. Es wäre nutzlos, würde sie jetzt noch weiter versuchen, in ihn einzudringen; er würde ihr sowieso kein einziges Wort mehr verraten, als er sie wissen lassen wollte.

Es war eigenartig, aber diese inneren Schranken, dieser harte innere Kern, zu dem ihr der Zugang verwehrt wurde, erweckte Respekt in ihr, und auch wenn sie den Wunsch verspürte zu testen, wie weit sie gehen konnte, so besaß sie doch genug Stil, um sich zurückzuhalten.

Schnell wechselte sie von diesem heiklen Thema zu einem anderen. »Warum bist du heute abend hierhergekommen?« wollte sie wissen. »Ich meine, warum wirklich?«

Er blickte auf das Glas Bourbon mit Soda in seiner Hand, als hätte er es erst gerade entdeckt. »Mir schien es eine gute Möglichkeit, mein Wochenende zu verbringen.«

»Ich begreife noch immer nicht, wie du es geschafft hast, eine Einladung zu bekommen.«

»Kontakte.«

Wenigstens das schien zu stimmen. Sie hatte gesehen, wie er den verschiedensten Leuten zugenickt hatte, einer weiblichen Verbindungsbeamtin aus der Französischen Botschaft und anderen Bekannten, zweifellos aus seiner Zeit in Washington. Auch Senator Grafton aus ihrem Distrikt, ein einflußreicher Mann auf dem Capitol Hill, hatte Reid angesprochen, sich ganze fünfzehn Minuten lang mit ihm unterhalten.

Der Gedanke, daß er nach New Orleans gekommen war, um mit ihr zusammenzusein, war natürlich sehr schmeichelhaft. Aber es machte sie auch nervös. Erwartete er etwa, ihre Übereinkunft der letzten Nacht hier fortzusetzen? Wollte sie selbst das überhaupt?

»Ich glaube, du hast mir noch nicht gesagt, wo du überhaupt wohnst.« Cammie hatte noch gar nicht daran gedacht, ihn danach zu fragen. Sie war so erstaunt gewesen, als er plötzlich vor ihr stand, daß er überhaupt gewußt hatte, wo er sie finden konnte, daß sie mit ihm zu der Party gegangen war, so fügsam wie ein Lamm zur Schlachtbank geht.

»Windsor Court«, antwortete er mit einer leisen Belustigung in seinem Blick. »Wie du siehst, habe ich es nicht als selbstverständlich hingenommen, daß ich bei dir willkommen sein würde.«

Ihr Lächeln war nur flüchtig. Sex ohne feste Bindung, ohne jegliche Erwartung zwischen zwei beinahe Fremden, das war es, was sie ihm angeboten hatte, und er hatte ihr Angebot angenommen.

Dieser Gedanke hatte einen tiefen erotischen Aspekt, ganz besonders, wenn der Mann so attraktiv war wie Reid Sayers. Nie in ihrem Leben hatte sie sich jemals so sehr als Frau gefühlt. Seine heißen Blicke, die er ihr von Zeit zu Zeit zuwarf, wenn er alle Vorsicht vergaß, waren wie eine Liebkosung. Sie hatte gesehen, wie er tief Luft geholt hatte, als er neben ihr stand, und wie er dann gelächelt hatte, als genösse er den Duft ihres Gardenienparfüms und auch ihre Anwesenheit. Sie fühlte, wie ihr Körper sich anspannte, wie er an anderen Stellen nachgiebiger wurde, wenn Reid sie zufällig berührte. Auf eine Art war es beängstigend, aber gleichzeitig war es auch erregend. Und verlockend.

Doch noch immer war sie nicht sicher, daß es zwischen ihnen eine Beziehung geben könnte, die über diese eine überwältigende Nacht hinausging. Es gab viel zu viele Fallstricke, zu viele Unbekannte, zu viele Differenzen zwischen ihnen. Es waren viel zu viele Leute verstrickt in diese Sache, und sie hatten nicht genug Möglichkeiten, sich zurückzuziehen.

Sie zweifelte nicht daran, daß die Neuigkeit ihres gemeinsamen Wochenendes in New Orleans bereits in Greenley die Runde machte. Sie konnte förmlich hören, wie die Telefone heiß liefen, konnte sehen, wie man im Lebensmittelmarkt mit den Einkaufswagen zusammenstand und flüsterte. Die außergewöhnliche Vorstellungskraft der Menschen, die sich ihre Stimulation aus den Sensationsmeldungen im Fernsehen holten, war beinahe unbegrenzt. Wahrscheinlich berichteten die neuesten Klatschnachrichten schon, daß sie genau in diesem Augenblick nackt in irgendeinem Hotelbett lagen, Champagner tranken und schlimme, unzüchtige Dinge miteinander trieben und mit dem, was in der Flasche noch übrig war.

»Woran denkst du gerade?« fragte Reid, und seine Stimme war voller Neugier, als er sah, daß sie über und über rot wurde.

Sie wandte sich ihm zu und sah ihn mit großen, nachdenklichen Augen an. Ihre Stimme klang rauh, als sie sprach. »An die menschliche Natur.«

Der Abend nahm seinen Lauf. Cammies Füße in den schwarzen Seidenschuhen, die zu ihrem Kleid paßten, begannen zu protestieren, ihr Lächeln wurde immer gequälter. Die weibliche Verbindungsbeamtin, besonders schick in ihrem YSL-Kleid aus gelber Seide, das ihre wohlgeformten Knie frei ließ, hatte Reid entführt, um ihn einigen ihrer Freunde vorzustellen.

Die beiden standen jetzt in einer Ecke des Raumes, lachten zusammen und unterhielten sich so leise, daß Reid seinen Kopf fast bis zu ihren Lippen herunterbeugen mußte, um sie verstehen zu können.

Die Französin war nicht die einzige Frau in dem Raum, die Reid bemerkt hatte. Es gab noch einige junge Lehrerinnen, die schon mindestens dreimal mit ihrem verführerischsten Lächeln an ihm vorbeimarschiert waren. Eine Frau in Rot, mit einem Haarwust in unnatürlich gefärbtem Schwarz, betrachtete ihn mit hungrigem Blick. Und eine rothaarige Frau in einem Kleid, das ganz mit glitzernden, tropfenförmigen Perlen besetzt war, warf ihm über die Schulter ihres kahlköpfigen Ehemannes hinweg schwüle Blicke zu.

Auf eine Art war das alles sehr komisch. Es wäre noch viel unterhaltsamer gewesen, wenn Cammie sich nicht hätte sicher sein können, daß Reid nichts von dem entging. Es war gut möglich, daß es so etwas wie zuviel Wachsamkeit gab.

Es war Zeit zu gehen.

Es gab Paare, wie Cammie festgestellt hatte, die meisten von ihnen schon lange verheiratet, die sich mit einem Blick über eine große Entfernung hinweg verständigen konnten, die einander wissen lassen konnten, wann sie genug hatten. Solch eine nützliche Methode würde zwischen ihr und Reid wahrscheinlich nicht funktionieren, dennoch wollte sie es versuchen. Sie blickte in seine Richtung.

Reid sah auf, bedachte sie mit einem Lächeln und nickte beinahe unmerklich. Sie fühlte, wie ihr der Atem stockte.

In diesem Augenblick verspürte sie eine sanfte Berührung an ihrem Ellbogen. »Mrs. Hutton, ich versuche schon den ganzen Abend, eine Gelegenheit zu finden, um mit Ihnen zu reden. Aber immer, wenn ich Sie sah, waren Sie von anderen Menschen umgeben. Könnte ich Sie dazu überreden, mir einen Augenblick Ihrer Zeit zu schenken?«

Cammie wandte sich um und erkannte Senator Grafton. Er war groß und hielt sich ein wenig gebeugt, er besaß das lange Gesicht, das glatte Haar und den melancholischen Gesichtsausdruck, den man aus den späten Porträts von Jefferson Davis kannte. Senator Grafton war wirklich entfernt mit dem früheren Präsidenten der Konföderierten verwandt, eine Tatsache, die er mit beachtlichem Geschick herunterzuspielen wußte, da er Demokrat und somit von den Stimmen der schwarzen Bevölkerung abhängig war. Cammie reichte ihm die Hand und begrüßte ihn freundlich, dann wartete sie darauf, was er wohl von ihr wollte. Sie brauchte nicht lange zu warten.

»Ich weiß sehr wohl, daß Sie als ein wichtiges Mitglied der jüngeren Generation in Greenley einen gewissen Einfluß haben«, begann der Senator mit einem etwas schwermütigen Lächeln. »Ich wollte Sie um Ihre Unterstützung bitten, um den Abschluß mit der Papierfabrik zu beschleunigen. Die schwedische Firmengruppe ist sehr bemüht, auf dem amerikanischen Markt Fuß zu fassen, aber sie wollen keine Schwierigkeiten. Ich weiß, daß die alte Garde in der Stadt ziemlich rückständig ist und vielleicht versuchen wird, den Verkauf zu verhindern, aber ich bin sicher, Sie werden mir zustimmen, wenn ich behaupte, daß zweitausend neue Arbeitsplätze wesentlich wichtiger sind als alte Traditionen.«

Cammie starrte ihn an. »Sie meinen … wollen Sie damit

etwa sagen, daß eine schwedische Gesellschaft die Papierfabrik kaufen will?«

»Sie wußten das nicht? Ich nahm an, da Sie mit Sayers hier sind ...« Der Senator zögerte, sein Unbehagen über seinen Fehler war ihm deutlich anzusehen.

»Nein, das habe ich nicht gewußt«, antwortete Cammie aufrichtig. »Und ich bin auch nicht sicher, daß mir dieser Gedanke gefällt, auf jeden Fall nicht, wenn es bedeutet, daß die Papierfabrik vergrößert werden soll.«

»Der Nutzen für die ganze Gegend wird außergewöhnlich sein. Ich spreche natürlich von dem finanziellen Aspekt.«

Cammies Vater war auf seine Art ein Konservativer gewesen; eine Diskussion über die Vorteile der industriellen Nutzung von Land gegenüber den ökologischen Gesichtspunkten war ihr also nicht unbekannt. Ihre eigene Liebe zu dem Land um Evergreen hatte ihr Interesse für diese Probleme geschärft. Sie legte den Kopf ein wenig schief und sah ihn mit nüchternem Blick an. »Aber die Papierfabrik, so wie sie im Augenblick arbeitet, hält eine gesunde Balance zwischen dem umgebenden Waldland und der Wasserscheide aufrecht. Was wird geschehen, wenn die Kapazität der Fabrik erhöht wird?«

Senator Grafton berührte den Knoten seiner Krawatte, sein mageres Gesicht nahm einen Ausdruck äußersten Unbehagens an. »Ich fürchte, dafür bin ich nicht zuständig, aber ich bin sicher, daß man jede Anstrengung unternehmen wird, um alle gesetzlichen Vorschriften einzuhalten.«

»Die gesetzlichen Vorschriften sind ja auch in Ordnung, aber sie kontrollieren nicht immer die Qualität des Wassers, das die Leute trinken, und der Luft, die sie einatmen. Und dann gibt es da auch noch die Wildtiere. Zweitausend neue Jobs würden, glaube ich, die Produktion der Fabrik beinahe verdoppeln. Das bedeutet, daß doppelt so viele Bäume geschlagen werden müssen, daß doppelt soviel Land gerodet werden muß. Hat man schon Pläne ausgearbeitet, die zeigen, wie sich so etwas auswirken würde?«

»Ich bin sicher, aber genau weiß ich es nicht. Mein Teil an der ganzen Sache ist, wie Sie wohl wissen, die Industrieansiedlung in Louisiana zu fördern, sei es nun die heimische oder auch ausländische Industrie, um die Einnahmen zu erhöhen und die Lebensqualität für die Menschen zu fördern.« Der Senator, der sah, daß Reid auf sie zukam, machte einen Rückzieher. Bevor er ging, meinte er noch: »Den Menschen gilt meine Fürsorge, zuerst und vor allem. Wegen all der anderen Dinge sprechen Sie wohl besser mit Sayers. Da er der Mann ist, der den Hauptanteil an der Fabrik besitzt, wird er es wohl auch sein, der die endgültige Entscheidung trifft.«

Der Senator nickte ihnen beiden noch einmal förmlich zu, dann ging er auf einen seiner Adjutanten zu, der auf ihn gewartet hatte. Reid sah ihm nachdenklich nach, ehe er sich dann zu Cammie wandte.

»Ich nehme an, du kannst dir denken, was er von mir wollte«, meinte sie.

»Ich fürchte, ja.«

Leise, doch voll unterdrücktem Ärger, sagte sie: »Warum hast du mir nichts davon erzählt?«

Es dauerte lang, ehe Reid ihr antwortete. »Ich hatte andere Dinge, die mich beschäftigten. Außerdem gibt es jetzt noch nicht viel zu erzählen. Ich werde dir gern alles darüber berichten, aber nicht hier. Vielleicht beim Abendessen?«

Ein Restaurant, dachte Cammie, wäre ein neutraler Boden und demnach viel besser als ihr Apartment. Im Augenblick schien es kein sehr guter Gedanke, mit ihm allein zu sein. »Wo?« war alles, was sie fragte.

Er schob den Ärmel seines Hemdes ein wenig zurück, um auf die flache goldene Uhr an seinem Handgelenk zu blicken. »Wir haben eine Tischreservierung im Louis Sixteen, ungefähr für diesen Augenblick.«

Das Louis XVI, schlicht und elegant, ganz in Rot und Gold eingerichtet, war eine der vielen Bastionen der französischen Kontinentalküche der Stadt. Die Kellner gehörten dieser professionellen, entschieden nicht unterwürfigen Tradition an, die man auf dem nordamerikanischen Kontinent nur an zwei Orten fand, in New York und in New Orleans. Cammie freute sich darüber, daß Reid diesen Abend offensichtlich mit Besonnenheit geplant hatte. Sie genoß, wenn auch abgelenkt, die verschiedenen Gänge des ausgezeichneten Mahles, die ihnen vorgesetzt wurden. Doch ihr größtes Interesse galt der Papierfabrik.

Was Reid ihr erklärte, stimmte offensichtlich, der Verkauf war noch nicht abgeschlossen. Vertreter der schwedischen Firmengruppe hatten die Fabrik als Beobachter besucht und waren durch das Land gefahren, um sich die Baumbestände anzusehen, die der Sayers-Hutton Tüten- und Papierfabrik direkt gehörten, abgesehen von den viel größeren Beständen, die sie auf neunundneunzig Jahre gepachtet hatten. Sie hatten Vorbereitungen getroffen, damit eine unabhängige Wirtschaftsprüfungsgesellschaft die finanziellen Transaktionen der Fabrik untersuchen konnte, der Termin dafür war in zwei Wochen. Doch bis jetzt war noch kein formelles Angebot erfolgt, und keine Seite hatte bis jetzt eine bindende Erklärung abgegeben.

Cammie hörte sich Reids Version der ganzen Geschichte an, konzentrierte sich nicht nur auf das, was er sagte, sondern auch auf seine Stimme. Als er fertig war, lehnte sie sich in ihrem Stuhl zurück. »Deshalb bist du nach Hause gekommen, nicht wahr?« fragte sie ihn. »Um die Papierfabrik zu verkaufen.«

»Ich bin nach Hause gekommen, weil mein Vater mich gerufen hat und mich gebeten hat zu kommen, das ist alles. Er hatte einen schweren Herzanfall in dieser Nacht, und ich frage mich, ob seine Sorge um den Verkauf diesen Herzanfall nicht vielleicht ausgelöst hat. Ich will nicht behaupten, daß die Aussicht auf den Verkauf nicht verlockend wäre, denn das ist sie. Und das weißt du sicher auch.«

Ja, das wußte Cammie. Sie wußte aber auch, daß er ihr von

diesem Verkauf hätte erzählen können, als sie sich darüber unterhielten, ob er die aktive Leitung der Fabrik übernehmen wollte. Er hatte nichts gesagt. Warum? Wollte er Stillschweigen bewahren, bis der Verkauf abgeschlossen war, damit es keine Opposition geben konnte? Oder hatte er einfach nur geglaubt, daß dieser Verkauf lediglich seine Privatangelegenheit war?

Um fair zu sein, eigentlich ging die ganze Sache sie überhaupt nichts an. Abgesehen von dem Teil der Fabrik, der Keith und seinem Bruder Gordon gehörte, war es Reids Fabrik. Er konnte damit machen, was er wollte. Er war nicht verpflichtet, mit ihr darüber zu reden, so wie er es heute abend getan hatte. Doch letzten Endes ging es hier um viel umfassendere Sachverhalte, es ging um das Leben der Menschen und ihr Auskommen.

Sie legte die Finger um ihr Weinglas, drehte es und sah zu, wie die Kerze auf dem Tisch den Wein golden aufleuchten ließ. »Hast du überhaupt schon einmal darüber nachgedacht, wie sich die ganze Angelegenheit auf Greenley auswirken wird und auf den Rest der Gemeinde?«

»Ich habe an kaum etwas anderes gedacht«, versicherte er ihr sofort. »Greenley ist eine sterbende Stadt – hast du das vielleicht noch nicht bemerkt? Die Hälfte der Läden auf der Main Street hat schon geschlossen. Zwei von drei der örtlichen Autohändler haben ihr Geschäft schon aufgegeben. Es gab einmal drei Kinos in Greenley, sieben oder acht Cafés, drei oder vier Herrenfriseure. Jetzt existiert keiner mehr von ihnen. Wo sind sie denn alle abgeblieben?«

Cammie zuckte mit den Schultern. »Viele Geschäfte haben geschlossen, nachdem der Wal-Markt gebaut wurde – der Five-and-Dime, der Dollar Store und einige der Warenhäuser –, aber der Wal-Markt beschäftigt doppelt so viele Menschen wie sämtliche andere Läden zusammen, die zugemacht haben. Die Cafés haben geschlossen, als die Fast-food-Läden aufmachten, und die Herrenfriseure bedienen jetzt auch Frauen. Abgesehen davon ist das Problem heutzutage, daß die

Menschen viel beweglicher sind als früher, sie fahren in die größeren Städte, wo sie viel mehr Auswahl haben, wenn sie sich ein Auto kaufen wollen oder neue Kleidung, oder auch, wenn sie einfach nur essen gehen wollen. Es ist nicht so, daß die Menschen Greenley verlassen.«

»Aber sie gehen doch«, bestand Reid auf seiner Meinung. »Auch wenn die Papierfabrik alles getan hat, um die Arbeitsplätze zu erhalten, so mußten wir doch automatisieren, um konkurrenzfähig zu bleiben. Und das bedeutet, daß wir jetzt weniger Menschen beschäftigen als noch vor zehn Jahren.«

»Es werden aber auch weniger Kinder geboren«, betonte Cammie.

»Richtig, aber das ist nicht der Punkt, bis auf die Tatsache, daß mehr Geld da ist, um es für die Ausbildung der Kinder zu verwenden. Die Kinder machen ihren Abschluß an der Universität, sie haben Diplome, mit denen sie in Greenley nichts anfangen können. Deshalb ziehen sie nach New Orleans oder nach Baton Rouge, nach Atlanta und L. A. So muß es aber nicht unbedingt sein.«

»Vielleicht. Was wir brauchen, ist eine vielfältige Industrie, nicht noch mehr der gleichen Fabriken. Greenley war schon immer eine Stadt, die nur von einem Industriezweig abhängig war, von der Papierindustrie, und das schon viel zu lange.«

»Da stimme ich dir zu«, meinte Reid ernst. »Aber ehe wir nicht besseren Zugang zu nationalen Märkten haben, wird sich daran auch nichts ändern, und das würde bedeuten, wir müssen einen vierspurigen Highway bauen, bis hin nach Nord-Louisiana. Aber das wird nicht möglich sein, ehe nicht mehr Geld im Staatssäckel ist. Und das Geld wird nicht hereinkommen, wenn sich die Wirtschaft nicht verändert und mehr Geld verdient. Wir reden hier von Jahren, aber die schwedische Firmengruppe will jetzt handeln.«

Cammie preßte die Lippen zusammen und lehnte sich in ihrem Stuhl vor. »Sie werden zu viel Holz schlagen, auch wenn sie nicht die ganzen Flächen kahlschlagen, was gut möglich wäre. Und wenn es keine Baumwurzeln mehr gibt, die die Erde festhalten, dann werden die Überschwemmungen die Bäche und die Ströme, die Bayous und die Flüsse und Seen mit Schlamm anfüllen. Eine Menge dieser Wasserwege sind gerade erst dabei, sich von den Verschmutzungen der vierziger und der fünfziger Jahre zu erholen, sie werden eine neue Verschmutzung nicht überstehen. Die Gemeinde wird das Geld, das sie durch die Vermehrung der Jobs einnimmt, für Umweltschutzmaßnahmen wieder ausgeben müssen.«

»Die Forstwirtschaftsbehörde unterhält die Wasserwege«, warf Reid mit einem Anflug von Ungeduld in der Stimme ein. »Sie würde nie zulassen, daß die Bedingungen sich so weit verschlechtern.«

»Schon möglich, aber sie scheinen es gar nicht so schlimm zu finden, wenn sie einen kleinen Fluß hier und da abschreiben müssen. Doch das wird sich summieren.«

»Inzwischen werden zweitausend neue Jobs geschaffen. Das sind zweitausend Familien, die hierbleiben werden oder neu hierher ziehen werden, einige tausend Menschen, die einen besseren Lebensstandard haben werden.«

»Das ist noch ein neuer Gesichtspunkt«, meinte Cammie. »Der einzige Platz, an dem sich der Ort noch ausdehnen kann, ist hinter der Papierfabrik, wie sie jetzt noch besteht. Das Land ist unberührter Wald, eines der letzten zusammenhängenden Waldgebiete, die in diesem Staat noch existieren. Man hat dort noch nie etwas verändert, noch kein Baum ist dort geschlagen worden, man hat den Wald nur geöffnet für einige Wanderwege und ein paar Picknick- und Campingplätze.«

Reid preßte die Lippen zu einem dünnen Strich zusammen. »Das weiß ich ziemlich gut, denn mein Vater und sein Großvater vor ihm haben sich immer bemüht, es als Wildreservat zu erhalten.«

»Weißt du auch, daß dieses Land eines der wichtigsten Brutgebiete für den Schwarzspecht im nördlichen Teil unseres

Landes ist? Wußtest du überhaupt, daß der Schwarzspecht eine bedrohte Tierart ist?«

»Es ist nicht das einzige Brutgebiet.«

Cammie hörte den abwehrenden Ton seiner Stimme sehr wohl.

Ihre Stimme klang fest, als sie weitersprach. »Nein, das ist es nicht, aber es ist das wichtigste. Alle Spechte brauchen altes Holz, das natürlich verwittern kann, aber ganz besonders der große Schwarzspecht braucht es. Sie können keine Nester für ihre Brut bauen, wenn sie nur junge, kräftige Bäume zur Verfügung haben wie in den Schonungen, die die Forstverwaltung anlegt. Und auch die vielen Insekten gibt es dort nicht. Sie brauchen Hartholzbäume, nicht die endlosen Wälder mit weichen Fichten, die es jetzt überall gibt, ganz besonders nicht die ausgedehnten Fichtenfarmen, die heranwachsen, wenn die alten Wälder abgeschlagen werden, um schnelle Holzerträge zu schaffen.«

»Seit wann«, fragte er gereizt, »hast du dich zur Expertin für Spechtansiedlung gemausert?«

»Ich habe diese Tiere schon mein ganzes Leben lang beobachtet. Mein Dad war Amateurvogelschützer, er nannte die großen Schwarzspechte ›Indianerkopfspechte‹.«

»So nannte mein Vater sie auch«, sagte Reid. »Und ich habe ganz sicher Mitgefühl für die Spechte und auch die Absicht, sie zu schützen, wo es möglich ist. Aber ich muß dir leider sagen, daß Menschen wichtiger sind als Vögel.«

»Du zitierst den Senator«, meinte sie voll empörter Herablassung. »Wenigstens könntest du deine eigenen Ansichten vertreten.«

Er warf ihr einen offenen Blick zu. »Vielleicht überlegst du einmal, ob der Senator vielleicht mich zitiert hat.«

Lange sah sie ihn an. Ihre Hände zitterten vor Ärger und Aufregung, sie verschränkte sie unter dem Tisch. »Es ist ganz gleich, wer das zuerst gesagt hat«, meinte sie, und ihre Stimme klang nicht mehr so sicher wie zuvor. »Es ist trotzdem ein

Vorwand, um das zu tun, was das beste für dich ist – und das, was richtig ist, zum Teufel zu wünschen.«

»Ich denke, in diesem speziellen Fall ist das reine Ansichtssache«, meinte Reid.

»Oh, sehr schön. Das macht es dir ja noch viel einfacher, dein Gewissen zu erleichtern, während du dir das Geld nimmst und damit verschwindest.«

Wut blitzte wie blaues Feuer in seinen Augen auf. »Leicht ist an der Sache gar nichts!«

»Nein, ganz sicher nicht«, stimmte sie ihm bitter zu. »Dafür werde ich schon sorgen. Ich werde Komitees bilden, Petitionen losschicken, die Presse informieren. Ich werde so viel Lärm machen und Opposition auf den Plan rufen, daß du nicht anders kannst, als zuzuhören. Du wirst dir wünschen, nie von Schweden gehört zu haben, geschweige denn von schwedischen Käufern für deine Papierfabrik.«

Er schob den Teller weg und beugte sich über den Tisch. Er streckte die Hand aus, als wolle er sie berühren, doch als er sah, daß sie zurückzuckte, hielt er inne. »Hör mir zu, Cammie«, begann er ernst. »Wenn du das nur wegen der Sache tust, die letzte Nacht passiert ist ...«

»Das hat damit gar nichts zu tun!«

»Wirklich nicht?« gab er zurück. »Ich glaube, du hast Angst. Ich denke, du hast entschieden, daß du mich in deinem Leben nicht haben willst, und die Sache mit der Papierfabrik kommt dir jetzt als Entschuldigung sehr gelegen.«

Cammie reckte sich zu ihrer vollen Größe, ihre Fingernägel bohrten sich in ihre Handfläche. Mit gepreßter Stimme sagte sie: »Wenn ich dich loswerden wollte, dann brauchte ich dafür keine Entschuldigung!«

»Es würde dir vielleicht schwerer fallen, als du es dir vorstellen kannst. Aber kein Problem, ich verschwinde.«

»Ich habe dir doch gesagt ...«

»Das hast du«, unterbrach er sie. »Aber ich glaube ganz einfach nicht, daß irgend jemand Spechte so sehr mag!«

Der Kellner wählte ausgerechnet diesen Augenblick, um hinter Reid zu treten und ihn zu fragen, ob er ihnen noch etwas bringen sollte.

»Ja, die Rechnung«, erklärte Reid, und seine Worte waren so gefährlich ruhig, seine Augen so undurchsichtig, daß sich dahinter nur Gefühle verbergen konnten, die zu gewalttätig waren, um sie zu zeigen.

Das Gesicht des Kellners wurde kreidebleich, er legte die Serviette über den Arm und verschwand, um so schnell wie möglich aus seiner Reichweite zu kommen.

Reid brachte Cammie zu ihrem Apartment zurück, aber er kam nicht mit ihr ins Haus. Sie lud ihn nicht dazu ein, obwohl sie sicher war, daß eine Einladung, mit goldenen Lettern auf Büttenpapier gedruckt, ihn nicht doch in Versuchung gebracht hätte. Eigentlich bin ich froh darüber, dachte sie grimmig. Immerhin war sie keine Frau, die durch Wut sexuell erregt wurde. Und außerdem machte sie sich nichts aus einem Mann, dem Geld mehr bedeutete als die Schönheit der Natur, die ihn umgab. Mit einem solchen Mann war sie verheiratet gewesen.

Doch als ihre Wut sich langsam abkühlte, überfiel sie eine tiefe Depression. Ein paar Stunden lang hatte sie geglaubt, daß Reid anders war als alle anderen Männer. Es schmerzte, sich einzugestehen, daß sie sich geirrt hatte.

Der Rest der CODOFIL-Konferenz verging wie in einem Nebel. Sie nahm an den Versammlungen teil, arbeitete in den Ausschüssen mit, aber sie wußte kaum, worüber diskutiert wurde, welche Entscheidungen getroffen wurden. Sie traf sich mit vielen Menschen, verabredete sich zum Drink mit Freunden, und später konnte sie sich nicht mehr daran erinnern, wer was zu wem gesagt hatte.

Sie machte Spaziergänge im French Quarter, bewunderte die Kunstwerke, die von den verschiedensten Künstlern rund um den Jackson Square ausgestellt wurden, sie machte Rast im Café du Monde, um einen Café au lait zu trinken und Beignets zu essen, in einem Geschäft für antiken Schmuck auf der

Royal Street kaufte sie ein Granatarmband. Einem Freund, der noch nie im Garden District gewesen war, zeigte sie die alten Häuser dort, und am Canal Place kaufte sie sich ein Sommerkleid. Sie verbrachte einen Abend im Pat O'Brien's und bemühte sich nach Kräften, bis zum Boden des riesigen Glases durchzudringen, in dem sich ein Drink befand, der Hurricane genannt wurde. Alles war ganz nett, nichts aber durchdrang mehr als die Oberfläche ihres Bewußtseins.

In ihrer freien Zeit machte sie sich Notizen von den Dingen, die sie tun würde, wenn sie nach Hause kam, und gab so der Drohung an Reid Form und Struktur. Er würde eine Oppositionskampagne erleben, wie er sie noch nie in seinem Leben gesehen hatte. Vielleicht würde es ihr nicht gelingen, seine Meinung zu ändern, aber wenn es vorbei war, würde er wissen, wie ein Kampf aussah.

Sie war erleichtert, als die Konferenz endlich zu Ende war und sie wieder den langen Weg nach Hause antreten konnte.

Das letzte, was sie sich gewünscht hatte, als sie am späten Sonntagnachmittag in die Einfahrt zu ihrem Haus einbog, war, Keiths Landrover dort zu sehen. Ärger mischte sich mit Bestürzung, als sie feststellte, daß der Landrover ihr den Weg zu ihrer Garage verstellte. Offensichtlich hatte er sich selbst Einlaß zu ihrem Haus verschafft. Er war in der Küche. Er stand vor dem Kühlschrank und aß Pfirsichkuchen gleich vom Blech, dazu trank er Milch aus dem Karton.

»Hey, ich bin hungrig geworden, als ich auf dich gewartet habe«, sagte er und lächelte sie jungenhaft an, als er den Ausdruck von Abscheu in ihrem Gesicht entdeckte. »Außerdem macht niemand so guten Pfirsichkuchen wie Persephone.«

Cammie stellte ihre Reisetasche ab, dann nahm sie den Riemen ihrer Tasche von der Schulter und stellte sie auf die Anrichte. »Wie bist du ins Haus gekommen?« fragte sie mühsam beherrscht.

Er stellte das Blech mit dem Pfirsichkuchen in den Kühlschrank zurück und nahm einen großen Schluck Milch, ehe er antwortete. »Zufällig habe ich gesehen, wie Persephones Mann ins Haus gehen wollte, um das Essen für dich zu bringen. Ich habe ihm gesagt, ich würde es für ihn ins Haus tragen.«

Er wollte damit sagen, daß er Persephones Mann beschwatzt und eingeschüchtert hatte, einen Kriegsveteranen, der zweimal so alt war wie er und der ein künstliches Bein hatte, damit er ihm den Schlüssel der Haushälterin gab. Sie fragte sich, wie lange er wohl schon hier gewartet hatte, ehe Persephones Mann aufgetaucht war.

»Wenn die Schlösser in diesem Haus nicht schon über hundert Jahre alt wären, würde ich sie sofort auswechseln lassen. Aber da ich das lieber nicht tun möchte, verlange ich von dir, daß du mir sofort Persephones Schlüssel zurückgibst.«

Er griff in seine Tasche, doch dann zögerte er und sah sie eindringlich an. Er klimperte mit dem großen Schlüssel an dem Schlüsselring in seiner Tasche. »Ich mache einen Handel mit dir«, schlug er vor.

»Wie meinst du das?«

Er zog die Hand wieder aus der Tasche, trank noch den letzten Schluck Milch, dann schloß er die Tür des Kühlschrankes und warf den Löffel, den er benutzt hatte, auf die Anrichte. Er zog ein gelbes Blatt Papier aus seiner Tasche und schob es über die Anrichte zu ihr. »Ich habe den Kostenvoranschlag für den Rover mitgebracht.«

Cammie nahm sich vor, den Rest des Pfirsichkuchens wegzuwerfen und einen neuen Karton Milch zu kaufen. Ohne das Stück Papier anzurühren, sagte sie: »Und wieso habe ich die Ehre, ihn lesen zu dürfen?«

»Also, Baby, sei doch nicht so. Du weißt, daß du mich ein paar Scheinwerfer gekostet hast, ganz zu schweigen von der neuen Motorhaube.«

Sie war absolut nicht in Stimmung für so etwas. »Ich bin nicht dein Baby«, erklärte sie entschieden. »Und wie du weißt, verabscheue ich Männer, die Frauen kindische Namen geben.

Wenn du Probleme mit deinem Rover hast, so habe ich damit nichts zu schaffen. Ich bin in keiner Weise für deine Schulden verantwortlich.«

»Aber ich habe das Geld nicht!« rief er und breitete beide Arme aus.

»Und ich habe es, ist es das?«

»Und abgesehen davon, bist du für den Schaden verantwortlich, das weißt du ganz genau.«

»Ich hatte gute Gründe dafür.«

Eine verschlagene Arroganz überzog sein Gesicht. »Hey, ich bin doch hier derjenige, der wütend sein sollte, derjenige, auf den geschossen wurde. Und alles, was ich getan habe, war, eine Straße entlangzufahren.«

»Du hast mich verfolgt, mich bedroht.«

»Du hast mich so verrückt gemacht, daß ich vielleicht ein wenig überreagiert habe. Das hätte jeder Mann getan. Du mußt das einfach ignorieren.«

Sie sah ihm direkt ins Gesicht. »Ich denke, ich werde wohl eher nach draußen gehen zur Schießanlage und werde versuchen, meine Zielgenauigkeit mit dem Revolver zu verbessern.«

»Ich würde mir wirklich Sorgen machen«, meinte er und zog eine Augenbraue hoch. »Wenn ich nicht genau wüßte, daß du keiner Fliege etwas zuleide tun könntest, geschweige denn mir.«

Ihre Stimme klang warnend, als sie weitersprach: »Ich würde dir nicht raten, dich darauf zu verlassen.« Und es dauerte mindestens zwei Sekunden, ehe ihr klar wurde, wo sie diesen Tonfall schon einmal gehört hatte. Reid. Es waren Reids leise und gefährlich eindrucksvolle Warnungen.

Keiths Augen wurden ganz groß, dann aber legte er den Kopf in den Nacken. »Du mußt aber ein tolles Wochenende hinter dir haben, mein Schatz, wenn du so schlecht gelaunt bist. Was ist denn passiert? Hat Sayers deine Erwartungen nicht erfüllt?«

Sie hatte gewußt, daß Keith ein oberflächlicher, engstirniger, egoistischer Mann war, doch bis jetzt hatte sie nicht gewußt, wie einfältig er wirklich war, bis sie Reid Sayers besser kennengelernt hatte. Dieses Wissen half ihr nicht, ihre schlechte Laune zu vertreiben.

Mit gefährlich leiser Stimme sagte sie: »Verschwinde.«

»Nun hab dich nicht so, mein Schatz. Während ich hier auf dich gewartet habe, mußte ich wieder an deine kleine Episode mit Reid denken. Ich meine, ich weiß, daß du neugierig bist, weil du außer mir nie einen anderen Mann gehabt hast. Ich kann das verstehen, wirklich.«

»Ist das auch der Grund, warum du dir eine andere Frau gesucht hast? Neugier?«

»Nun ja, Teufel, ein Mann braucht gelegentlich eine Abwechslung. Vielleicht braucht eine Frau das ja auch, ich habe keine Ahnung.«

»Ich nehme an, dir ist es ganz gleichgültig, wer dabei verletzt wird, nicht wahr? Zum Beispiel Menschen wie Evie Prentice?«

Ein grimmiges Lächeln spielte um seinen Mund. »Wir wollen doch Evie aus dem Spiel lassen, wenn du nichts dagegen hast.«

»Ich habe gar nichts dagegen. Geh zu ihr zurück, denn dort gehörst du hin.«

»Das ist doch nicht dein Ernst, du bist ganz einfach eifersüchtig. Du willst doch, daß wir beide wieder zusammensein können, ich weiß das. Denn wenn du das nicht wolltest, hättest du schon längst dein Testament geändert.«

Ihr gemeinsames Testament, das sie gegenseitig zu Erben einsetzte, war ihr logisch und praktisch erschienen, als sie noch jung verheiratet gewesen waren; zusammen mit einer Lebens- und Krankenversicherung hatten sie geplant, wie ihr Besitz aufgeteilt werden sollte. Cammie hatte seit einer Ewigkeit nicht mehr daran gedacht. Mit einem sarkastischen Lächeln meinte sie jetzt: »Das ist wirklich die Höhe, Keith. Aber danke, daß du mich daran erinnert hast, ich werde mich gleich morgen darum kümmern.«

»Ach, komm schon, Cammie.« Er runzelte die Stirn. »Was soll ich denn noch tun? Soll ich auf die Knie fallen und dich anflehen?«

»Nein, danke, obwohl das zur Abwechslung vielleicht einmal ganz nett wäre.«

»Ich versuche, großzügig zu sein und deinen kleinen Flirt mit Sayers zu übersehen. Beweist dir das denn nicht, wie sehr ich dich wiederhaben möchte?«

Ihr leises Lachen überraschte Cammie selbst, auch wenn es zynisch klang. »Vielleicht. Aber es zeigt mir auch, daß du nicht die leiseste Ahnung hast, was ich überhaupt fühle. Ich möchte, daß du aus diesem Haus hier verschwindest. Sofort. Sonst werde ich den Sheriff anrufen.«

»Das würdest du nicht tun.« Als sie sich von ihm abwandte und auf das Telefon zuging, sagte er schnell: »Also gut, also gut. Warte einen Augenblick.« Er biß sich auf die Unterlippe, während sie schon die Hand zum Telefonhörer ausgestreckt hatte. Schließlich zuckte er mit den Schultern. »Also gut, gib mir das Geld für die Rechnung, und ich gebe dir den Schlüssel. Dann sind wir quitt.«

Es wäre vielleicht das Geld wert, dachte sie. Aber sie war nicht so dumm, ihm das Geld bar in die Hand zu geben. Er würde in einer Woche wiederkommen, das Geld wäre weg und die Rechnung noch immer nicht bezahlt.

»Gib mir den Schlüssel und den Kostenvoranschlag«, sagte sie. »Ich werde mich darum kümmern.«

»Himmel«, meinte er. »Dabei warst du früher immer ein so süßes, vertrauensvolles kleines ...«

»Das war, ehe ich dich geheiratet habe.«

Er verzog unwillig das Gesicht. »Wie man hört, ist Sayers ein wirklicher Ladykiller. Du solltest dich in seiner Nähe besser vorsehen.«

Sie sah ihn an, ganz plötzlich kam ihr die Erinnerung wieder. Mit langsamen Bewegungen nahm sie den Schlüssel entgegen und streckte dann die Hand nach dem Kostenvoranschlag aus. »Sag mal, wußtest du eigentlich, daß es da eine Firma gibt, die die Papierfabrik kaufen will?«

Ein vorsichtiger Ausdruck trat in seine Augen. »Woher weißt du das denn?«

»Das tut jetzt nichts zur Sache. Du wußtest es, aber du hast kein einziges Wort davon verlauten lassen – denn sonst hätte es die ganze Stadt gewußt. Ich frage mich, warum du so verschwiegen warst.«

»Das ging nur die Leute in der Fabrik etwas an. Außerdem ist ja noch nichts entschieden, es war nur ein vorläufiges Angebot. Ich hätte ja ausgesehen wie ein Dummkopf, wenn ich darüber gesprochen hätte und es hätte hinterher nicht geklappt.«

Seine Worte klangen gerade berechnend genug, um wahr zu sein, obwohl sie noch immer vermutete, daß es da etwas gab, das er ihr verschwieg. »Ich nehme an, du glaubst, es ist eine gute Idee«, meinte sie nüchtern.

»Warum nicht? Gordon und ich würden zwar nicht so viel bekommen wie Sayers, aber es wäre noch immer ein ganz hübsches Sümmchen.«

Ihr kam ein Gedanke. »Aber wenn wir beide uns wieder versöhnen, wenn wir zum Zeitpunkt des Verkaufs wieder zusammenleben, dann würde ich doch die Hälfte von dem Geld abbekommen. Ich hätte gedacht, dieser Gedanke würde dir nicht gefallen.«

Er machte einen schnellen Schritt auf sie zu und blieb erst stehen, als er sah, daß sie vor ihm zurückwich. Er streckte ihr eine Hand entgegen. »Es würde mich nicht stören. Bei Gott nicht. Es würde alles zwischen uns wiedergutmachen, denn dann wärst nicht nur du es, die Geld hat.«

»Dein Geld hättest du in höchstens einem Jahr ausgegeben.« Cammie schüttelte den Kopf. »Und dann wären wir wieder genau da, wo wir angefangen haben.«

»O Cammie«, sagte er leise, und seine Augen waren ganz groß. »Wäre das denn so schlecht?«

6. Kapitel

Der Gestank der Papierfabrik, diese ranzige Mischung nach gekochtem Kohl und Faulschlammgas, war für Reid immer eine Belästigung gewesen, als er aufwuchs. Er hatte sich persönlich dafür verantwortlich gefühlt, da seiner Familie die Papierfabrik gehörte. Sein Vater, ein sehr praktischer Mann, hatte immer behauptet, für ihn dufte die Fabrik nach Geld. Das hatte sicher gestimmt, das meiste Geld, das in dieser Gegend zirkulierte, roch genauso.

Reid stand im Büro seines Vaters und ließ die Luft mit einem leisen Schnaufen entweichen. Alles in diesem Raum hatte den bekannten Geruch, der lederne Bürosessel, die Papiere in den Aktenschränken, die Bilder an den Wänden, die das Fabrikgebäude in den verschiedensten Stadien über die Jahre hinweg zeigten, sogar die Vorhänge vor dem Fenster, neben dem er stand. Er mochte diesen Geruch noch immer nicht, obwohl er sich sicher mit der Zeit wieder daran gewöhnen würde. Dem Büro hing auch ein schwacher Duft nach den Zigaretten an, die sein Vater bis vor fünf Jahren noch geraucht hatte, und nach den kubanischen Zigarren, die sein Großvater sich geleistet hatte. Dieser Duft weckte Erinnerungen in ihm, mit denen er ohne Probleme leben konnte.

Er lehnte sich gegen den Fensterrahmen und blickte über den Gebäudekomplex hinweg. Dabei verspürte er ein eigenartiges Ziehen in seiner Brust. Es gab größere Papierfabriken im Süden, aber nur wenige, die erfolgreicher waren. Die Sayers-Hutton Tüten- und Papierfabrik besaß eine eigene dampfbetriebene

Energieversorgung, sie war nicht abhängig von dem örtlichen Stromnetz. Der Holzplatz war ein Vorzeigeprojekt, angefangen von den großen, gut bewachten Toren, wo sich die Lastwagen sammelten, um ihre schweren Lasten an Stämmen und Weichholz abzuladen, bis hin zu den großen, schwenkbaren Kränen, die das Holz in die Entrindungs- und Zerkleinerungsmaschinen luden. Die Digestoren, wo starke chemische Mittel zu dem zerkleinerten Holz hinzugegeben wurden, stießen ihre umweltfreundlichen, aber noch immer schädlichen Dämpfe nach einem genauen Zeitplan in die Atmosphäre. Die großen Papiermaschinen rumpelten und dröhnten in einem ständigen Tempo, sie verschlangen den weichen, gereinigten Brei, der aus den Digestoren und den Dampfkesseln kam, trockneten ihn und rollten ihn aus, in langen Bahnen braunen Packpapiers. In der Tütenherstellung wurden einige der riesigen Rollen zu Tüten und Papiertaschen verarbeitet, aber das meiste Papier wurde in riesigen Lastwagen wegtransportiert, die in langen Reihen auf ihre Lasten warteten, wie große graue Frachtwaggons.

Es hatte einmal eine Zeit gegeben, da war das meiste Papier in Eisenbahnwaggons verladen worden, als die Fabrik noch einen eigenen Eisenbahnanschluß gehabt hatte und ihre eigenen Waggons. Das war in den frühen Tagen nach der Gründung der Fabrik gewesen; die Fabrik und die Eisenbahn waren etwa zur gleichen Zeit in die Stadt gekommen, einer war damals noch vom anderen abhängig gewesen. Die alten Gleisanlagen gab es noch immer auf dem Fabrikhof, eine Erinnerung an eine andere Zeit.

Die Fabrik war gewachsen, hatte sich ausgedehnt und sich mit der Zeit verändert. Sie würde sich weiter verändern, das war Reid klar, selbst wenn aus dem Geschäft mit den Schweden nichts werden würde. Dennoch sah er in dem möglichen Verkauf der Fabrik und der riesigen Expansion eine Form des Fortschritts. Der einzige Unterschied war, daß die Huttons nicht mehr direkt damit in Verbindung stehen würden.

Es wäre eine Schande, dachte er, wenn die Familientradition

der Fabrik mit mir endete. Sein Vater und sein Großvater und vor ihm der alte Justin Sayers waren stolz gewesen auf das, was sie erreicht hatten, und stolz auf ihren Beitrag zum industriellen Wachstum im Süden und der Erhöhung des Lebensstandards der Bevölkerung von Greenley. Und das war Reid auch, auf seine Weise. Er war nur nicht sicher, ob er sein Leben dem braunen Packpapier widmen wollte.

Vor dem Bau der Papierfabrik war die Gegend um Greenley, wie der größte Teil des nördlichen Louisiana, Farmland gewesen. Es hatte nur wenige große Besitzungen wie Evergreen gegeben, das in den späten vierziger Jahren des neunzehnten Jahrhunderts gegründet wurde; die meisten Farmen hatten gerade genug abgeworfen, daß ihre Besitzer davon leben konnten. Das Leben auf diesen Farmen war erdnah gewesen, angenehm in guten Jahren, wenn genug Regen fiel und Krankheiten und Schädlinge nicht übermäßig auftraten, aber in den schlechten Jahren war es ein hartes Leben gewesen.

Rinder und Schweine waren frei in den Wäldern herumgelaufen, die Leute hatten Milchkühe gezüchtet und Hühner, auf den Feldern war Gemüse gewachsen und Früchte, die Farmer hatten ihr eigenes Mehl gemahlen, ihren eigenen Zuckerrohrsirup gekocht, Baumwolle und Wolle geerntet und gesponnen, sie gewebt und ihre eigene Kleidung hergestellt. Baumwolle anzubauen war am ertragreichsten gewesen, aber der Ertrag genügte gerade dazu, Fässer mit Mehl zu kaufen, Lederschuhe, Gewehre, Messer, Medizin und ab und zu ein Stück hübschen Stoffes für ein Sonntagskleid.

Einige wenige Farmer nur hatten Sklaven besessen. Und die, die Sklaven hielten, konnten sich meistens auch nur ein paar leisten, die auf den Feldern halfen oder der Hausfrau bei ihren endlosen Arbeiten im Haus, beim Nähen, Kochen und der Konservierung von Lebensmitteln – und natürlich auch, um auf die Babys aufzupassen, die jedes Jahr oder alle zwei Jahre geboren wurden, in regelmäßiger Folge.

Der Krieg zwischen den Staaten, wie er bis ins Jahr 1950

in dieser Gegend noch genannt wurde, änderte nur sehr wenig. Hauptsächlich nahm er den Menschen die Illusion des ›Gelobten Landes‹, die noch in der ersten und zweiten Generation Einwanderer aus den Slums und den elenden Bauernhöfen von England, Irland, Schottland und Wales waren. Später hatten Farmer und auch freigelassene Sklaven sich abgemüht, ihren Lebensunterhalt auf einem Boden zu verdienen, der von Anfang an nicht sehr fruchtbar gewesen war. Tiefer und tiefer waren sie jedes Jahr in eine geistige und wirtschaftliche Depression versunken, die sie nie wieder verließ. Und das war noch bis heute so.

Die Papierfabrik hatte ihnen das Leben ein wenig leichter gemacht. Die Farmer hatten ihr Land verlassen für einen gesicherten Lohn, mit dem sie sich Kleider aus dem Laden kaufen konnten, Autos, Waschmaschinen und Weihnachtsgeschenke für ihre Kinder. Die Menschen waren in die Stadt gezogen, um näher an ihrer Arbeitsstelle zu sein. Das ganze Land, das einmal bewirtschaftet gewesen war, hatte der Wald sich zurückgeholt, so vollständig, daß es heute selbst für die alten Leute im Ort schwierig war, genau zu sagen, wo die Farmen einmal gelegen hatten.

Das Land, das man immer ganz besonders hatte bearbeiten müssen, um Baumwolle darauf wachsen zu lassen, hatte ohne große Mühe Bäume hervorgebracht. Die lange Wachstumsperiode von neun Monaten im Jahr und Wurzelwachstum in den verbleibenden drei Monaten hatte mehr Kubikmeter Holz pro Morgen geliefert und in kürzerer Zeit als irgendwo anders auf der Welt. In den letzten zwanzig Jahren war Holz die Haupteinkommensquelle Louisianas gewesen, es hatte einundsechzig Prozent des Einkommens aus der Landwirtschaft ausgemacht. Der Staat produzierte siebzehn Prozent mehr Holz, als jedes Jahr geschlagen wurde, kein Wunder, daß die Schweden ihre Papierfabrik ausgerechnet hier ansiedeln wollten.

Hinter Reid öffnete sich die Tür des Büros. Gordon Hutton, ein großer, kräftiger Mann mit einem fülligen Gesicht und dünnem, braungrauem Haar, trat in den Raum. Mit seinem Aktenkoffer in der Hand, dem dreiteiligen Anzug und einem Anflug von Wichtigtuerei schien er in einem Sitzungszimmer geboren worden zu sein.

Er kam auf Reid zu und streckte ihm die Hand entgegen, mit ein wenig übertriebener Herzlichkeit meinte er: »Meine Sekretärin hat mir gesagt, daß du gekommen bist. Ich habe dich schon seit dem vergangenen Monat erwartet. Ich lasse gleich meine Sachen aus dem Zimmer schaffen.«

Reids erster Gedanke war, ihm zu sagen, daß er sich diese Mühe nicht zu machen brauchte. Aber das würde nicht gehen. Er mußte doch irgendwann einmal damit beginnen, sich in der Firma umzusehen, warum also nicht gleich? Außerdem hatte es ihm einen unangenehmen Schock versetzt, die Sachen eines anderen Mannes auf dem Schreibtisch seines Vaters zu sehen, zu wissen, daß jemand anderer in diesem Schreibtischsessel gesessen hatte. Eigenartig. Er war nie sehr besitzergreifend gewesen, doch jetzt schien das anders geworden zu sein. Seit er wieder nach Hause gekommen war, hatte er die Anzeichen schon gespürt. Vielleicht seit dem Zeitpunkt, als er Cammie im Wildreservat überwältigt hatte.

»Das wäre nett«, meinte er und lächelte. Er lächelte noch immer, als der andere Mann seine Hand schüttelte.

»Ich habe einige Probleme, die ich gleich heute morgen in Angriff nehmen möchte«, sagte Gordon Hutton. »Sobald ich frei bin, werde ich dich herumführen und dir zeigen, was wir alles getan haben, seit du weggegangen bist.«

Hinter der Leutseligkeit dieses Mannes verbarg sich eine gewisse Herablassung, das gefiel Reid nicht. Nüchtern antwortete er: »Du brauchst dich nicht zu beeilen, ich nehme an, ich finde mich auch ganz gut selbst zurecht. Ich bin in dieser Fabrik praktisch aufgewachsen, das weißt du doch.«

Gordon Huttons Lächeln verschwand. »Das ist wahr. Mein Alter Herr hat mich und Keith nie in die Nähe der Fabrik gelassen, bis wir ins College gingen. Er wollte nicht, daß wir hier störten, während er arbeiten mußte. Sehr kurzsichtig von ihm, würde ich sagen.«

»Aber jetzt bist du ja hier, und dir gefällt dein Job. Und ich bin auch hier und finde den Job entsetzlich.«

Gordon Hutton schürzte die Lippen. »Da du gerade davon sprichst, ich muß sagen, ich hätte nie erwartet, dich einmal hier zu sehen. Alle haben geglaubt, daß das gute alte Greenley viel zu klein für dich sein würde, nachdem du erst einmal als Globetrotter die ganze Welt gesehen hast.«

Reid sah seinem Gegenüber fest in die Augen. »Komisch, wie die Dinge sich manchmal entwickeln.«

»Wirklich«, meinte Gordon ausdruckslos. »Nun ja, ich lasse dich jetzt allein, dann kannst du dich hier häuslich einrichten.« Er wandte sich schwerfällig um und ging dann aus dem Zimmer, leise fiel die Tür hinter ihm ins Schloß.

Cammie hatte recht gehabt, Gordon Hutton war wirklich nicht begeistert über seine Rückkehr. Reid starrte ihm hinterher und fragte sich, ob ihm das wohl auch aufgefallen wäre, wenn Cammie nicht davon gesprochen hätte. Wahrscheinlich nicht.

Gordon war nie ein besonders liebenswürdiger Mensch gewesen. Schon als Junge war er dick gewesen, doch er hatte seine Körperfülle dazu benutzt, die kleineren Kinder herumzuschubsen, und seine Stellung als Sohn des Chefs hatte er ausgenutzt, die anderen Kinder einzuschüchtern. Sein größter Ärger war gewesen, daß er Reid damit nicht einschüchtern konnte, obwohl dieser einige Jahre jünger war als er. Dennoch hatte er es immer wieder versucht, und wie es schien, versuchte er es heute noch immer.

Reid wartete ein paar Minuten, daß jemand kommen würde, um das Büro auszuräumen. Als niemand kam, suchte er die Papiere auf dem Schreibtisch zusammen und legte dann alles, was er nicht brauchen konnte, zu einem Stapel auf dem Fußboden zusammen. Dann holte er einen Stift und einen Notizblock aus einer der Schubladen, legte sie zurecht und ging dann in eine Ecke des Zimmers, wo ein großer schwarzer Stahltresor stand, ein Relikt aus den zwanziger Jahren. Er kniete vor dem Tresor nieder, streckte die Hand aus und strich mit den Fingern über die roten und goldenen Buchstaben auf der Tür.

Der Tresor war für ihn das Faszinierendste an der ganzen Papierfabrik gewesen, als er noch ein Kind war. Er war nicht älter als vier Jahre gewesen, als sein Großvater es ihm zum ersten Mal erlaubt hatte, ihn zu öffnen. Eine Schachtel mit Karamellutschern hatte in dem Tresor gestanden, und sein Großvater hatte getan, als sei er außerordentlich überrascht darüber. Die Lutscher hatten nach Zigarrenrauch gerochen und nach der Papierfabrik, aber geschmeckt hatten sie herrlich. Danach war es immer Reids ganz persönliches Vorrecht gewesen, den Tresor zu öffnen, wenn sein Großvater am Morgen die Geschäftsbücher daraus hervorholte oder sie am Nachmittag wieder wegschloß.

Ein Lächeln lag um Reids Mund, als ihm die Zahlenkombination des Schlosses mühelos wieder einfiel, in der Sekunde, in der er seine Hand auf das Schloß legte. Und als er dann fühlte, wie sich das große Rad drehte, wie die Schlösser klickten, da schien es ihm zum ersten Mal, daß er doch hierhergehörte.

Die Bilanzen und auch die Produktionslisten waren genau dort, wo er es erwartet hatte, wo die Männer der Sayers sie schon immer aufgehoben hatten. Der einzige Unterschied war, daß es jetzt Computerausdrucke in Plastikordnern waren anstatt der großen ledernen Geschäftsbücher. Er nahm die Unterlagen der letzten sechs Monate, schloß den Tresor wieder und breitete alles auf dem Schreibtisch aus.

Zwei Stunden später blätterte er noch immer in den Unterlagen, machte sich Notizen und fuhr sich mit beiden Händen durch das Haar. Er hatte gewußt, daß die Fabrik in den letzten fünfzehn Jahren gewachsen war, doch den genauen Umfang hatte er nicht ahnen können. Er war erstaunt.

Die einzige Möglichkeit, einen Sinn aus den vielen Zahlen zu lesen, war, die Prozentsätze mit den Ratios zu vergleichen. Dennoch war er ein wenig verwirrt von dem, was er herausfand.

Er vergrub sich noch tiefer in die Unterlagen, kontrollierte und rechnete. Gerade glaubte er, daß er eines Tages die ganze Sache in den Griff bekommen könnte, als er Schritte hörte, die auf sein Büro zukamen. Die Tür wurde mit einem solchen Schwung aufgerissen, daß sie gegen die Wand schlug.

In weniger als einer halben Sekunde war Reid aufgesprungen. Er war bereit, stand mit dem Rücken zur nächsten Wand und hatte die bestmögliche Waffe in der geballten Faust, einen Brieföffner.

Keith Hutton kam mit großen Schritten in das Zimmer. Er griff nach der Türklinke und schlug die Tür hinter sich zu. Seine Stimme klang rauh, mit einem verächtlichen Unterton. »Seit drei Tagen will ich schon mit dir reden, Sayers! Es wird langsam Zeit, daß du dich hier sehen läßt.«

Reid entspannte sich ein wenig, er zuckte mit den Schultern und warf dann den Brieföffner auf den Schreibtisch. Er kam um den Schreibtisch herum und lehnte sich dann dagegen. »Wenn du mich wirklich hättest sprechen wollen, dann hättest du mich auch sicher finden können.«

»Das hätte dir gefallen, nicht wahr?« spottete Keith. »Nun, ich bin kein so großer Dummkopf, um zu dir ins Fort zu kommen. Zu viele Männer haben schon da draußen im Wildreservat einen Unfall gehabt.«

Er sprach von Jagdunfällen im Herbst und von Morden, die von Zeit zu Zeit in diesem riesigen Gelände geschehen waren. Seine Bemerkung war eine Entgegnung nicht wert. Alles, was Reid sagte, war: »Ich habe nichts gegen dich.«

»Nun, aber ich habe eine Menge gegen dich. Ich weiß, daß du mit meiner alten Dame geschlafen hast. Teufel, jeder in der Stadt weiß es schon. Aber ich will, daß das aufhört, hier und jetzt. Verstanden?«

Sekundenlang wünschte sich Reid nichts mehr, als seinem Gegenüber die Zähne einzuschlagen, wegen der Art, wie er über Cammie gesprochen hatte. Es wäre nicht schwer; Keith Huttons einmal gutaussehendes Gesicht und sein athletischer Körper waren schlaff geworden. Seine Augen waren blutunterlaufen, und seine Hand, die er jetzt in die Hüfte gestützt hatte, zitterte, als könne er sie nicht ruhig halten. Der Geruch nach Alkohol lag über seinem Atem.

Er lohnt einfach nicht die Mühe, ihn zusammenzuschlagen, dachte Reid. Verächtlich, mit einem Unterton von Mitleid, meinte er: »Ich denke, Cammie kann ganz gut allein entscheiden, was sie tun will. Und sie kann sich auch ihre eigenen Freunde suchen.«

»Und was für Freunde. Du hast nicht das Recht, dich in ihrer Nähe sehen zu lassen.« Keith stieß Reid mit dem Finger gegen die Brust. »Sie ist noch immer meine Frau, bis die Scheidung rechtskräftig ist.«

»Wie ich gehört habe, hast du sie verlassen.«

»Jeder macht mal einen Fehler.« Keith wich seinem Blick aus.

»Bei einer Frau wie Cammie bekommt man keine zweite Chance.« Reids Stimme klang ausdruckslos. Was Cammie betraf, so hatte er seine eigene Abbitte zu leisten, für einige Dinge schon seit langen Jahren, für andere erst seit dem letzten Wochenende. Er hätte es nie zulassen dürfen, daß sie ihn so weit brachte, aufzubrausen. Natürlich hätte er sich zurückhalten können, aber er fürchtete, daß sie recht hatte, wenn es um seine Motive ging, die Papierfabrik zu verkaufen. Doch all das zählte jetzt nicht mehr.

Mit zusammengezogenen Augen sah Keith ihn an. »Willst du mir mit anderen Worten etwa sagen, daß du sie jetzt übernimmst?«

Reid stand langsam auf. »Ich sage dir nur, daß du ein Idiot warst, sie überhaupt gehen zu lassen. Und ich sage dir auch, da du das Thema schon einmal angeschnitten hast, daß du sie endlich in Ruhe lassen solltest. Ich habe nichts übrig für Männer, die Frauen verfolgen.«

»Ich möchte sehen, was du tun willst, um mich davon abzuhalten.« Keith schob trotzig sein Kinn vor, wie ein Teenager bei einer Prügelei auf dem Schulhof.

»Mach weiter so, dann wirst du es erfahren.«

Etwas in Reids Stimme oder vielleicht auch der Ausdruck seiner Augen ließ sein Gegenüber heftig blinzeln. Er machte einen schnellen Schritt zurück und zog finster die Augenbrauen zusammen. »Hat Cammie dir etwa gesagt, daß du mich warnen sollst?«

Reid verzog den Mund zu einem schwachen Lächeln. »Das war meine eigene Idee.«

»Ja, das dachte ich mir. Ich denke, du siehst auch nicht gerade sehr glücklich aus, vielleicht gefällt es dir ja auch nicht, was sie jetzt für ein Durcheinander anrichtet. Vielleicht muß ich mir ja doch keine so großen Sorgen machen.«

»Cammie gefällt der Gedanke vielleicht nicht, daß die Papierfabrik verkauft werden soll, aber nichts, was sie tut, wird etwas an meinen Gefühlen ändern.«

Ein eigenartiger Ausdruck erschien auf Keiths Gesicht. »Glaubst du nicht, wie? Du denkst, du wirst verkaufen und alles ist in Ordnung. Einfach so. Nun, alter Junge, es geschehen eigenartige Dinge.«

Reid betrachtete den Mann aufmerksam. »Gibt es ein Problem in der Fabrik? Rechnest du damit, daß die Arbeiter oder die Gewerkschaften etwas gegen den Verkauf einzuwenden haben?«

»Du bist doch jetzt der Boß. Das mußt du ganz allein rausfinden.« Keith lachte meckernd. Er stolperte ein wenig, als er sich umwandte und das Büro verließ.

Reid blieb noch lange am gleichen Fleck stehen. Seine Gedanken arbeiteten fieberhaft und präzise, obwohl ihm die Schlußfolgerungen nicht gefielen, zu denen er gelangte. Er strich sich mit der Hand übers Haar und rieb sich den Nacken, dann wandte er sich wieder seinem Schreibtisch zu. Er nahm seinen Stift und warf noch einen Blick auf die Computerausdrucke. Die langen Zahlenkolonnen ergaben keinen Sinn.

Der Stift gab ein protestierendes Geräusch von sich, als sich sein Griff darum anspannte. Er warf ihn auf den Tisch und verließ dann sein Büro. Vielleicht würde er sich draußen besser fühlen. Viel schlechter konnte er sich wohl kaum noch fühlen.

Um sieben Uhr an diesem Abend stand Reid unter der Kiefer hinter Cammies Haus, die mittlerweile schon zu seinem Lieblingsbaum geworden war. Er lehnte sich gegen den Stamm und sah zu, wie immer mehr Autos in die Einfahrt einbogen. Heute abend fand die Gründungsversammlung statt für die Gruppe, die gegen den Verkauf der Papierfabrik protestieren sollte. Er kannte einige der Männer und Frauen, die aus ihren Wagen stiegen, aber viele hatte er noch nie gesehen. Doch das machte nichts, sein Informationsdienst arbeitete gut. Persephone hatte Lizbeth eine ziemlich genaue Liste der Gäste gegeben.

Der Besitzer der Lokalzeitung, der heute abend sein eigener Reporter war, würde kommen, auch die Besitzerin und Managerin des Radiosenders. Wie auch immer sie über die Ziele dieser Gruppe denken mochten, die Versammlung war eine Nachricht wert, außerdem waren beide Freunde von Cammie. Der Sprecher an diesem Abend war ein schlanker, bärtiger Mann, der die Umweltschutzgruppe in dieser Gegend leitete. Auch Frederick Mawley würde anwesend sein. Mawley war der Anwalt in der Stadt, der sich auf Skandalprozesse spezialisiert hatte, auf strittige Scheidungen und auf Konkursverfahren. Seine Praxis war sehr ertragreich, obwohl er von der Geschäftswelt heftig abgelehnt wurde.

Überraschenderweise würde auch der Sheriff anwesend sein. Die meisten gewählten Staatsbeamten hätten sich davor gehütet, sich in eine solch strittige Angelegenheit einzulassen.

Sheriff Bud Deerfield jedoch war nicht nur Cammies Cousin, er war offensichtlich auch besorgt über den Anstieg des Verbrechens, der von einem solchen Zuzug neuer Bewohner in dieses Gebiet zu erwarten war. Abgesehen davon war er liberalen Dingen gegenüber aufgeschlossen. Er war ein fanatischer Verfechter der Kontrolle von Waffen zur Vermeidung von Verbrechen, eine ziemlich unbeliebte Einstellung in diesem Teil des Landes, wo die meisten Haushalte mindestens ein Gewehr oder häufig noch mehr besaßen. Doch die Leute sahen darüber hinweg, denn sie wußten, daß seine jüngste Tochter umgekommen war, als sie mit einem Gewehr gespielt hatte, seine Frau war durch diese Tragödie zur Alkoholikerin geworden.

Die restlichen Gäste waren meistens Frauen der Gesellschaft, junge und alte, Frauen, die sich in der DAR engagierten, im Gartenclub und einem halben Dutzend anderer Organisationen. Sie bildeten die Gruppe, die sich hauptsächlich um die Wohltätigkeitsarbeit in der Gemeinde kümmerte, sie hatten auch die ›Pink Ladys‹ gegründet, die Freiwilligen im Krankenhaus, sie unterhielten das Gemeindemuseum, sammelten für die Herzstiftung, den March of the Dimes und andere wohltätige Organisationen. Man könnte sie auch, wenn man wollte, das ›blaue Blut der Gemeinde‹ nennen. Die meisten sahen sich allerdings nicht so, höchstens diejenigen, die nicht zu der Gruppe gehörten. Man konnte sich darauf verlassen, daß fast alle jeglichen Veränderungen gegenüber abgeneigt waren, aus Prinzip, es sei denn, diese Veränderungen hätten einen direkten Einfluß auf das Leben ihrer Kinder und Enkel.

Die Nacht war klar und feucht, es war nicht warm und auch nicht kalt. Reid roch den flüchtigen Duft der wilden Azaleen in den Wäldern und auch den der blassen George-Tabor-Orchideenazaleen, die gerade erst unter den hohen Fichten an einer Seite des Gartens zu blühen begannen. Er glaubte auch einen Hauch der süßen Oliven zu riechen, die in großen Büschen neben der Seitentür des Hauses wuchsen, an der gleichen Seite, an der auch der kleine Pavillon stand.

Ihm schien nach einiger Zeit, daß er gleichzeitig alles beobachten und es sich dabei auch noch ganz bequem machen könnte, wenn er sich in dem halb geschlossenen Pavillon verbarg. Der schmiedeeiserne Tisch und die Stühle dort würden bequemer sein.

Aus dem achteckigen Pavillon, dessen Seitenwände mit blühender Clematis bewachsen waren, konnte er den Duft des Kaffees riechen, der zu den Erfrischungen serviert wurde. Das Küchenfenster stand weit auf und ließ die klare Nachtluft hinein, auch ein oder zwei Fenster des Wohnzimmers waren offen.

Er lehnte sich bequem in dem weißen schmiedeeisernen Stuhl zurück und fragte sich, welchen Kuchen Persephone wohl heute gebacken hatte, während er dem stetig an- und abschwellenden Geräusch der Stimmen aus dem Haus lauschte. Er fühlte sich ausgestoßen. Und er war bitter eifersüchtig auf all die Menschen, die in Cammies Haus willkommen waren und kommen und gehen konnten, wie es ihnen gefiel.

Er war zuvor auch auf Keith Hutton eifersüchtig gewesen. Auf ihren Mann.

Die Art und Weise, wie Hutton sie noch immer als seine Frau betrachtete, hatte ihn die Zähne zusammenbeißen lassen. Der Gedanke, daß dieser Mann einmal wirklich ein Recht auf Cammie gehabt hatte und daß er dieses Recht so einfach weggeworfen hatte, erstaunte ihn. Wenn er an Keiths Stelle gewesen wäre, wenn ihm je das Privileg gegeben worden wäre, sie zu beobachten, während sie badete, sie in seinen Armen zu halten, während sie schlief, tief in ihre weiche Sanftheit einzudringen, wann immer er es wollte, dann hätte er eher einen Mord begangen, als dieses Privileg zu verlieren.

Reid blickte über die Fenster des Hauses und beobachtete auch die Tür. Er würde alle Zugänge zum Haus kontrollieren, wenn die Gäste erst einmal gegangen waren, wenn Cammie alle Lichter im Haus ausgemacht hätte. Es war ein ziemlich nutzloses Unterfangen, die alten Schlösser waren kein sehr großes Hindernis. Er würde nicht länger als fünfzehn Sekunden brauchen, wenn er ins Haus gelangen wollte, an jeder Stelle, die er sich aussuchte. Und dennoch würde er sich besser fühlen, wenn er wüßte, daß alles in Ordnung wäre.

Er hatte überlegt, ob er warten sollte, bis Cammie schlief, um sich dann einen Platz innerhalb des Hauses zu suchen. Sie würde nicht wissen, daß er da war, das könnte er ohne jedes Problem bewerkstelligen. Zur Verteidigung wäre es viel effektiver, wenn er einen Platz im Haus hätte.

Es sei denn, er war eine der Gefahren, vor denen Cammie geschützt werden mußte. Wenn das so war, dann war seine Taktik gewagt.

Doch an so etwas war er gewöhnt.

Er hätte nie nach New Orleans fahren dürfen. Diese Tatsache war ihm in den letzten beiden Tagen und Nächten klargeworden. Er selbst hatte den Maßstab für das gesetzt, was zwischen ihnen geschehen war, und Cammie hatte ihn akzeptiert und ihn auch benutzt. Danach hatte er versucht, die Regeln zu ändern, doch das war falsch gewesen.

Warum also hatte er es getan?

Lust? Ja. Himmel, ja.

Das Bedürfnis, die nicht zu leugnende körperliche Anziehungskraft zwischen ihm und dieser Frau zu testen, die wußte, was sie tun mußte, um in seiner Gegenwart in Sicherheit zu sein? Auch das war sein Motiv gewesen.

Aber da war noch mehr. Die Antwort, die er gefunden hatte, nachdem er tief in sich gegangen war, war sein Ego. Er wußte, wie sie ihn sah – grob, ohne Eleganz –, und er wollte ihr einen ganz anderen Mann zeigen.

Er hatte schließlich nur bewiesen, daß er doch nichts anderes war.

Und er hatte herausgefunden, daß sie ihm nicht vertraute. Ganz gleich, was für ein Mann er war.

Er hatte absolut keinen Grund, deswegen verblüfft zu sein. Nicht, wenn er sich selbst nicht traute.

Die Versammlung schien eine Ewigkeit zu dauern. Reid nutzte die Zeit, indem er ein- oder zweimal etwa fünf Minuten schlief, damit er hinterher nicht müde war, weil er ja die meiste Zeit damit verbringen würde, das Haus zu bewachen. Er stand auf, als der erste Gast das Haus durch die Hintertür verließ. Schon bald folgte ein allgemeiner Aufbruch, und die Einfahrt wurde immer leerer.

Der letzte Gast, der nach Hause ging, war Mawley, der Anwalt. Eine Ewigkeit stand er an der Tür und erzählte Cammie irgendeine Geschichte, die immer wieder erforderte, daß er die Hand ausstreckte und ihren Arm berührte. Reid, der den Pavillon mittlerweile verlassen hatte und zur Hinterseite des Hauses gegangen war, beobachtete ihn aus dem Schatten neben der Garage. Der Mann war groß, er hatte von Silberfäden durchzogenes schwarzes Haar und ein schmales, aristokratisches Gesicht. Er trug eine schwarz eingefaßte Brille und hatte das ungezwungene Benehmen eines Mannes, der gut lebt und glaubt, er hätte es noch besser verdient.

Seinem Äußerem nach schien er eher den Namen Frederick verdient zu haben anstatt Fred. Reid, dem er nie vorgestellt worden war, mochte ihn auf Anhieb nicht.

Er fragte sich, ob Mawley wohl Cammies Scheidung in die Hand genommen hatte. Das würde natürlich diese lange Unterhaltung rechtfertigen. Doch es gab diesem Mann noch lange nicht das Recht, sich so nahe zu ihr zu beugen und so vertraulich mit ihr zu reden.

Cammie, offensichtlich bemüht, ihn loszuwerden, ging vor ihm von der Veranda hinunter zu seinem Wagen. Der Anwalt hatte noch immer etwas, das er ihr unbedingt sagen mußte, und er redete ununterbrochen.

Cammies Stimme klang, als versuchte sie das Gespräch zu beenden, ohne allzu unhöflich zu sein. Sie bat ihn, sie anzurufen, wenn das neue Testament fertig war, dann machte sie ein paar Schritte auf das Haus zu. Der Anwalt streckte die Hand aus, legte sie auf ihren Arm und hielt sie zurück.

Reids Geduld war zu Ende. Er trat aus dem Schatten heraus und ging leise pfeifend über den Hof zur Einfahrt.

Über die Schulter des Anwaltes hinweg sah Cammie ihn. Ihr Mund öffnete sich sekundenlang, dann schloß sie ihn wieder, ihr Gesicht wurde ganz ausdruckslos.

»Eine schöne Nacht«, meinte Reid, als er nahe genug herangekommen war.

Der Anwalt wirbelte herum. Im Schein der Lampe über der Garage sah er überrascht aus, doch keineswegs erfreut.

Cammies Stimme klang gepreßt. »Was tust du hier?«

»Ich gehe spazieren.« Reid bemühte sich, seiner Stimme einen leichten, ungezwungenen Klang zu geben.

»Das ist unerlaubtes Betreten.«

Reid antwortete ihr nicht, er blieb neben ihr stehen und sah ihren Gast voller Erwartung an.

Cammies gutes Benehmen gewann die Oberhand über ihren Ärger, ganz, wie er erwartet hatte. Sie stellte die beiden Männer einander vor.

»Ja, natürlich«, meinte Mawley und streckte Reid die Hand entgegen. »Ich habe schon viel von Ihnen gehört. Es freut mich, Sie endlich persönlich kennenzulernen.«

Reid schüttelte ihm die Hand, und es gelang Mawley, seinen Sarkasmus zurückzuhalten. Es wäre nicht klug für einen Anwalt, unhöflich zu dem Mann zu sein, dem der größte Industriebetrieb in der ganzen Gegend gehörte.

Er wandte sich wieder zu Cammie. »Ich werde Sie später in der Woche anrufen, ja? Dann können wir alles noch einmal ganz genau besprechen. Inzwischen halten Sie mich bitte auf dem laufenden.«

Sie stimmte zu und verabschiedete sich von ihm, ohne Reid auch nur eines Blickes zu würdigen. Der Anwalt stieg in seinen grauen Porsche und fuhr davon.

»Du wolltest meine Versammlung ausspionieren«, sagte

Cammie und stützte beide Hände in die Hüften, als sie sich zu Reid umwandte.

Ihre schnelle Bewegung und eine leichte Brise ließen Reid den Duft nach Gardenien und einem warmen, sauberen Frauenkörper in die Nase steigen. Das Verlangen, das abrupt in ihm erwachte, traf ihn wie ein Schlag in den Magen. Seine Augen wurden feucht, jeder einzelne Muskel seines Körpers spannte sich an, und das Herz hämmerte gegen seine Rippen. Verwundert fragte er sich, ob sie die plötzliche Hitze fühlen oder riechen konnte, die wie eine Woge über ihn hereingebrochen war.

»Ich?« fragte er betont harmlos. »Warum sollte ich so etwas tun?«

»Du hast Angst davor, daß ich dir einen Knüppel zwischen die Beine werfen könnte, und du möchtest mich davon abhalten.«

Lange sah er sie an, ehe er dann leise sprach: »Wenn ich mich dazu entscheide, die Papierfabrik zu verkaufen, Cammie, dann werde ich das auch tun. Was du tust, hat auf meine Entscheidung keinen Einfluß, ich beuge mich grundsätzlich keinem Druck.«

»Das werden wir ja sehen«, meinte sie und verschränkte die Arme vor der Brust. »Aber du hast trotzdem spioniert.«

Er ließ seinen Blick für einen Augenblick auf ihrem Gesicht ruhen, dann wanderte er weiter über die sanfte Rundung ihrer Brüste, die sie durch ihre verschränkten Arme hochgeschoben hatte. Der Wunsch, ihr die Wahrheit zu sagen, war so groß, daß sich sein ganzer Körper anspannte. Er war so abgelenkt von ihrem Anblick, daß er keinen Grund sah, sich zurückzuhalten.

Er lachte leise. »Ich bin überrascht, daß du mich erst jetzt entdeckt hast.«

»Du gibst es also zu!« Sie senkte die Arme, und ihre Augen wurden ganz groß und dunkel in dem schwachen Schein der Lampe über der Einfahrt.

»Ich habe dir schon seit Jahren nachspioniert«, sagte er rauh. »Stundenlang habe ich dir zugesehen, wie du dort hinten im Wald gespielt hast, wie du durch den Bach gewatet bist, Veilchen gepflückt oder Krebse gefangen hast oder wie du an den Lianen geschaukelt hast, die ich abgeschnitten und für dich dorthin gehängt hatte. Einmal lag ich einen ganzen Nachmittag lang nur etwa zwei Meter von dir entfernt, während du auf einem Holzstapel gesessen und ein Buch gelesen hast. Das einzige, was uns damals voneinander trennte, waren ein paar Kiefernsetzlinge, etwas Riedgras und ein paar Dornensträucher, aber du hattest keine Ahnung, daß ich dir so nahe war.«

Die Verwirrung und die heiße Röte, die ihr bei seinen Worten ins Gesicht stieg, halfen ihr nicht gerade dabei, die Fassung zu bewahren. Steif und ein wenig zögernd fragte sie: »Warum?«

Er hätte auf diese Frage vorbereitet sein müssen, doch das war er nicht. Er war auch nicht bereit, ihr die ganze Wahrheit zu sagen. Er zuckte nur die Achseln. »Warum sollte ein Junge in meinem Alter so etwas tun? Nun, ich nehme an, ich habe es getan, um auszuprobieren, ob ich es konnte. Um festzustellen, ob du mich bemerken würdest. Du warst für mich immerhin ein Eindringling in meine Wälder, meine Jagdgründe, da mußte ich dich doch beobachten.«

»In deine Wälder?«

»Ich war zuerst dort. Nach einer Weile wurde es für mich eine Art Hobby oder ein Sport, dich zu beobachten, etwa so, wie man die Lebensgewohnheiten eines Eichhörnchens beobachtet oder eines Tieres, das man jagen will.«

»Ein Sport«, wiederholte sie gepreßt, und ein Schauer rann bei diesen Worten über ihren Rücken. »Du willst sagen, du hast mich beobachtet, weil es dir Spaß gemacht hat, weil es dir ein Hochgefühl verschaffte? Das stellte dich auf die gleiche Stufe mit einem Voyeur!«

Die Wut, die in ihm aufstieg, war so groß, daß sie wie eisige

Nadelspitzen in seinem Kopf schmerzte, dennoch kühlte sie seinen erhitzten Körper nicht ab. Er wollte sie hier auf dem Gras mit sich zu Boden reißen, wollte, daß sie diese Worte zurücknahm, die etwas beschmutzten, das niemals schmutzig oder unanständig gewesen war, wie sie es dargestellt hatte. Er wollte diese Worte mit seinem Mund und seiner Zunge in ihren Mund zurückstoßen, wollte sie dazu bringen, sich zu entschuldigen, indem er jeden sexuellen Trick anwandte, den er je gelernt hatte. Er kämpfte so heftig an gegen diesen Drang, daß ihm der Schweiß auf der Stirn stand, doch er antwortete ihr nicht.

»Nun, ich hoffe, du hattest deinen Spaß daran«, fuhr sie ihn mit verletzender Wut an. »Denn nachdem ich das jetzt weiß, werde ich die Polizei rufen, wenn ich dich noch einmal in der Nähe meines Hauses sehe.«

Sie wirbelte herum und ließ ihn einfach stehen, als sie auf das Haus zulief. Mit einem lauten Knall fiel die Tür hinter ihr ins Schloß.

Leise und nachdenklich sprach Reid vor sich hin. »Oh, das hatte ich. Es hat mir sehr viel Spaß gemacht. Und jetzt gefällt es mir sogar noch besser.«

7. Kapitel

Die Beachtung in den Medien, die Cammies Anliegen in der Woche nach der Versammlung fand, war ihrer Meinung nach recht gut. Die örtliche Zeitung nahm eine etwas ironische Haltung ein, da der Eigentümer ein überzeugter Konservativer des rechten Flügels war, aber das hatte sie erwartet. Was aber viel wichtiger war, auch die Tageszeitungen in den größeren Städten des Umkreises hatten über die Versammlung berichtet. Es beeindruckte die Leute viel mehr, wenn ein Vorfall in die Schlagzeilen außerhalb der Lokalpresse geriet.

Im Staat selbst schien sich die Einstellung zu Umweltschutzfragen zu ändern. Jahrzehntelang hatten derartige Fragen nur eine sehr untergeordnete Bedeutung für den Fortschritt oder die Geschäftswelt gehabt. Doch in den letzten ein oder zwei Jahren war der Wasserverschmutzung, der Lagerung chemischer Abfälle und dem Verlust von Feuchtgebieten, die vielen Arten von Zugvögeln als Brutgebiete dienten, größere Beachtung geschenkt worden. Cammie glaubte, daß ihre Unterstützung für die Spechte und ihre Bedenken gegen die unkontrollierte Ausbeutung von Wasser und Land genau in diesem Trend lagen.

Ein weiteres Anzeichen dafür, daß sie etwas erreichte, waren die Anrufe in den letzten Tagen gewesen. Es hatte etwa ein halbes Dutzend Anrufe von Leuten gegeben, die ihren Einsatz begrüßten, vier von ihnen hatten sogar ihre Hilfe angeboten. Einige Anrufer hatten ihr aber auch zu bedenken gegeben, wie kurzsichtig sie wäre mit ihrer Kampagne.

Als Cammie das Haus verließ, um zu einer Versammlung des Pine-Tree-Festival-Komitees in der Stadt zu fahren, fragte sie sich, ob Reid wohl die Zeitungen gelesen oder die Kommentare in den Nachrichten gehört hatte. Hoffentlich erstickte er daran. Er würde schon herausfinden, wie ernst sie es mit ihrer Ankündigung gemeint hatte, gegen ihn kämpfen zu wollen.

Sie war noch immer wütend auf ihn, weil er am Abend der Versammlung einfach in ihrem Haus aufgetaucht war. Das war beinahe genauso unverschämt wie sein Vorwurf, sie benutze die Bäume und die Vögel dazu, ihn von sich fernzuhalten. Wie konnte er behaupten, daß ihre Überzeugung nur ihrem persönlichen Vorteil diente? Sie hatte sich schon um ihre Umgebung gesorgt, lange bevor sie ihm in dieser Nacht im Wald begegnet war.

Und was seine Behauptung betraf, sie verstecke sich hinter der Sache mit der Papierfabrik, um ihm aus dem Weg zu gehen, so fand sie das lächerlich. Warum sollte sie so etwas tun? Sie hatte ihn doch praktisch verführt, oder etwa nicht? Es hätte gar keine Beziehung zwischen ihnen gegeben, nicht einmal eine unpersönliche, wenn sie es nicht gewollt hätte.

Sie fürchtete sich nicht vor ihm. Wenn sie sich nach dieser einen Nacht von ihm fernhalten wollte, so hätte sie das auch auf andere Weise tun können, ohne ein solch aufwendiges Drumherum.

Und wenn er glaubte, sie sei enttäuscht, weil ihre Beziehung sich auf eine rein körperliche Seite beschränkte, wenn er meinte, sie hätte etwas gegen die Beschränkungen, die er ihnen gesetzt hatte, so irrte er sich gewaltig. Sie wollte weder etwas von ihm noch von einem anderen Mann. Es gab in ihrem Leben im Augenblick keinen Platz für etwas anderes als ihr Engagement für die Umwelt.

Der Gedanke, frei zu sein, das tun zu können, was sie wollte, wann sie es wollte, gefiel ihr. Sie fand es wundervoll, kommen und gehen zu können, ohne daß ihr jemand Fragen stellte oder spöttische Kommentare abgab. Es war ein herrliches Gefühl, sich nicht um das Essen für einen anderen Menschen sorgen zu müssen oder um seine Kleidung, keinen Gedanken daran verschwenden zu müssen, was sie mit ihren Abenden anfangen sollte. Cammie hatte das Gefühl, zum ersten Mal seit Jahren die Kontrolle über ihr eigenes Leben zu haben.

Sie brauchte keinen Mann. Und ganz bestimmt nicht Reid Sayers.

Cammie runzelte die Stirn und starrte durch die Windschutzscheibe ihres Cadillacs. Ein älterer Mann in einem Pickup winkte ihr zu, als sie an ihm vorbeifuhr. Sie hob automatisch die Hand und winkte zurück, obwohl sie im nächsten Augenblick feststellte, daß sie keine Ahnung hatte, wer dieser Mann überhaupt war.

Nun gut, gab sie in einem Anflug von Selbsterkenntnis zu, sie hatte Reid vermißt. Immer wieder ertappte sie sich dabei, daß sie in den unpassendsten Augenblicken an ihn dachte, an Dinge, die er gesagt hatte, Stimmungen, die sich auf seinem Gesicht widergespiegelt hatten, an die Art, wie das Licht und sein Lachen seine Augen zum Leuchten brachten. Es gab Augenblicke, da glaubte sie seinen Mund auf ihrem zu fühlen, seine Hände auf ihrem Körper. Es kostete sie viel Mühe, nicht an die Stunden zu denken, die sie in seinen Armen verbracht hatte.

Abgesehen davon traf sie die Erkenntnis, daß sie das Gefühl der Sicherheit vermißte, das er ihr Tag und Nacht vermittelt hatte. Wenn Reid bei ihr war, hatte sie sich vollkommen geborgen gefühlt. Mit ihm in ihrem Bett hatte sie besser geschlafen als seit ihrer Kindheit.

Es war eigenartig. Evergreen war ihr ans Herz gewachsen, sie kannte es und hatte sich sehr selten in ihrem Leben wirklich gefürchtet. Und dennoch mußte sie auf eine unterschwellige Art wohl immer auf der Hut gewesen sein. Selbst als Keith noch bei ihr war, hatte sie sich nicht sicher gefühlt. Ihr Mann hatte sich nur selten vergewissert, ob die Türen und Fenster im Haus verschlossen waren, außerdem schlief er so fest, daß er nie diese eigenartigen Geräusche im Haus gehört hatte, die Cammie unruhig machten. Bei Reid war das ganz anders gewesen. In seiner Gegenwart hatte sie in ihrer Wachsamkeit nachlassen können, und das war ein wunderbares Gefühl.

Einen Beschützer zu vermissen war allerdings nicht das gleiche, wie sich nach einem Geliebten zu sehnen. Absolut nicht.

Oh, sie konnte sogar vor sich selbst zugeben, daß ihr guter Schlaf wahrscheinlich mit der Intensität der körperlichen Befriedigung zusammenhing, die sie erreicht hatte. Sicher war Reid auf diesem Gebiet wesentlich rücksichtsvoller gewesen, als Keith es je für nötig gehalten hatte.

Reid war darüber hinaus noch vieles andere gewesen: stark, großzügig, liebevoll, gebildet. In seinen Armen hatte sie Zärtlichkeit erfahren und auch eine wilde Verzauberung.

Das plötzliche, intensive und pulsierende Verlangen, das Cammie bei diesem Gedanken fühlte, überraschte sie. Mit Mühe zwang sie sich, an andere Dinge zu denken. Was hatte es für einen Zweck, diesem Gefühl freien Lauf zu lassen oder sich in Erinnerungen zu verlieren?

Es war besser, sich auf ihren Zorn zu konzentrieren. Allein der Gedanke, daß er versucht hatte, ihre Versammlung auszuspionieren – als wäre sie einer dieser Terroristen oder eine umstürzlerische Bedrohung für ihr Land –, versetzte sie in Wut. Was glaubte er denn überhaupt, wo er hier war, etwa in Israel? Er hatte weder das Recht, in ihr Privatleben oder in das ihrer Gäste einzudringen, noch sich unbefugt auf ihrem Grundstück aufzuhalten.

Obwohl sie vor sich selbst zugeben mußte, daß es einen Bruchteil einer Sekunde gegeben hatte, in dem sie erleichtert gewesen war, ihn zu sehen.

Fred Mawley konnte auf seine aalglatte, beharrliche Art sehr anmaßend sein. Sie hatte sich bemühen müssen, ihn aus dem Haus zu bekommen, nachdem all die anderen schon gegangen waren. Er schien zu glauben, daß er ein Geschenk Gottes war für all die geschiedenen Frauen von Greenley und daß sie besonders froh sein sollte, ein solches Geschenk zu erhalten und es auszupacken. Die Gerüchte sagten, daß er immer bereit war, über einen Teil seines Honorars zu verhandeln, wenn eine Frau auch nur annähernd attraktiv war. Und nach den Andeutungen, die er ihr gegenüber geäußert hatte, nahm Cammie an, daß diese Gerüchte stimmten.

Eingebildete Männer konnte sie auf den Tod nicht ausstehen. Das war auch eine Eigenschaft, die sie Reid nicht vorwerfen konnte. Dabei hatte sie überhaupt kein Interesse daran, seine guten Eigenschaften aufzuzählen, er hatte mehr als genug schlechte, mit denen sie sich beschäftigen konnte.

Sie mußte immer daran denken, daß Reid sie vor so vielen Jahren im Wald beobachtet hatte. Sie war damals so sicher gewesen, daß sie allein war, so sicher, daß ihre kindlichen Spiele, wenn sie mit einem Bettlaken um die Schultern hierhin und dorthin lief und vor sich hin summte, unbeobachtet blieben. Zu wissen, daß Reid all das beobachtet hatte, nahm ihren Spielen die Unschuld und ja, auch einiges von ihrem Vergnügen.

Wie die meisten Kinder war auch Cammie sehr erfindungsreich gewesen. Wahrscheinlich war sie einsam, obwohl sie so sehr daran gewöhnt gewesen war, daß es ihr nie bewußt geworden war. Als sie größer wurde, hatte sie Spielgefährten erfunden, manchmal Kinder aus der Schule oder auch Cousins, die sie bei Familienfesten gesehen hatte. Manchmal aber hatte sie sich auch völlig andere Menschen oder auch Tiere als ihre Freunde vorgestellt. In dem Sommer, in dem sie dreizehn wurde, hatte sie einen Jungen erfunden, groß, stark und blond. Sie hatten Nachlaufen gespielt, Brombeeren gepflückt. Sie hatte ihr Essen mit ihm geteilt, er hatte den Kopf in ihren Schoß gelegt, während sie mit dem Rücken gegen einen Baumstamm saß. Sie hatte ihm ihre Träume erzählt und ihre Ziele im Leben und davon gesprochen, wie sehr sie diese Wälder liebte. Er hatte ihr zugehört und war unendlich verständnisvoll gewesen.

War das der Sommer gewesen, in dem Reid ihr so nahe gekommen war, als sie im Wald gelesen hatte? War es möglich, daß sie seine Anwesenheit gefühlt hatte? Oder hatte sie einen Schimmer von ihm entdeckt, ohne zu wissen, daß er es war, und hatte ihn dann in ihre Traumwelt mit einbezogen? Hatte er all diese dummen, einfältigen Dinge gehört, die sie gesagt hatte, die Pläne, die sie für ihre Zukunft gemacht hatte?

Sie bekam eine Gänsehaut, wenn sie nur daran dachte. Irgendwo in ihrem Unterbewußtsein fürchtete sie sich davor, er würde ihr eines Tages sagen, daß er damals dagewesen war und alles gehört hatte.

Als sie fünfzehn gewesen war, war sie nicht mehr so oft in den Wald gegangen. Ihre Mutter, die ihre Ausflüge immer besorgt beobachtet hatte, hatte sie zur Seite genommen und ihr von den Gefahren für ein junges Mädchen erzählt. Danach hatte sie ihre Ausflüge in den Wald auf kurze Spaziergänge beschränkt.

Wenn sie jetzt darüber nachdachte, war das wahrscheinlich besser gewesen.

Nein, eigentlich glaubte sie das nicht. Trotz ihrer Wut auf ihn glaubte sie nicht, daß Reid ihr etwas zuleide getan hätte.

Was wäre geschehen, wenn er sich ihr gezeigt hätte? Hätte sie seine Gesellschaft akzeptiert, sich vielleicht sogar darüber gefreut? Oder hätte die alte Feindschaft zwischen ihren Familien sie ihm gegenüber so vorsichtig gemacht, daß sie vor ihm davongelaufen wäre, wie damals am See? Sie hatte keine Ahnung.

Voyeur.

Das Wort, mit dem sie ihn beschimpft hatte, verfolgte sie. Sie glaubte nicht wirklich, daß er sie aus Begehrlichkeit beobachtet hatte. Sie war nur so erschrocken gewesen, als er ihr davon erzählte, daß sie sich hatte wehren müssen. Und dieses Wort war das erste gewesen, was ihr eingefallen war.

Es hat seinen Zweck erfüllt, dachte sie. Sie hatte gespürt, daß sie ihn wütend gemacht hatte, wie ein heißer Wind hatte seine Wut sie getroffen. Es hatte sogar einen Sekundenbruchteil gegeben, da hatte ihre Haut geprickelt, als hätte etwas Gefährliches sie gestreift. Sie war sicher, daß er am liebsten zurückgeschlagen hätte, aber ihre eigene Wut war so groß gewesen, daß sie das in Kauf genommen hatte. Jetzt wünschte sie sich beinahe, er hätte es getan.

Und was hatte sie getan, als er nicht gewalttätig wurde? Sie hatte Reid einfach auf der Einfahrt stehenlassen und war wieder einmal vor ihm davongelaufen.

Vielleicht, nur vielleicht, fürchtete sie sich ja wirklich vor ihm. Oder wenigstens vor dem, was er ihr antun könnte, wenn sie ihm einen Platz in ihrem Leben einräumte.

Sie schüttelte den Kopf und versuchte, diesen Gedanken weit von sich zu schieben. Nach einem Moment stellte Cammie fest, daß sie vor dem Restaurant stand, in dem sie sich verabredet hatte. Sie war in Selbstgespräche vertieft gewesen und hatte das Lenkrad umklammert, als sei es ein Rettungsring. Ein Mann und eine Frau waren gerade an ihrem Wagen vorbeigegangen und hatten sie eigenartig angesehen, während ein älterer farbiger Mann extra einen Umweg machte, um ihr nicht zu nahe zu kommen. Mit einem schwachen Lächeln und einem Seufzer griff sie nach ihrer Tasche und stieg aus.

Das Essen, das sie serviert bekam, war nicht besser und auch nicht schlechter, als sie es erwartet hatte, es bestand aus einem undefinierbaren Fleischgericht, übergarem Gemüse, das mit Zucker gewürzt war, und zum Nachtisch gab es einen Cremepudding, der die Konsistenz von Papierleim hatte. Wenigstens der Tee war trinkbar.

Die Besprechung nach dem Essen war kurz und ergiebig. Die Vorsitzende, Wen Marston, machte einige Vorschläge für das Fest, das in zwei Monaten anstand. Niemand widersprach, doch es meldete sich auch niemand freiwillig, der die Arbeit tun wollte. Die Vorsitzende blickte einen nach dem anderen an und suchte sich dann ihre Opfer aus. Sobald sie diese dazu gebracht hatte, die verschiedenen Ausschüsse zu leiten, wurde die Besprechung beendet, und der gesellige Teil begann.

Cammie unterhielt sich eine Weile mit Angelica Emmons, einer attraktiven Farbigen, die Rektorin der Mittelschule war und außerdem Persephones Tochter. Als Angelica die Versammlung verließ, um ihren Sohn abzuholen, ging Cammie zu der Anrichte, auf der Kannen mit Kaffee und Tee standen. Sie füllte ihre Tasse und nahm gerade einen Schluck von ihrem Kaffee, als sie eine Stimme hinter sich hörte.

»Was habe ich da gehört über deine plötzliche Liebe für Hacker?«

Cammie verschluckte sich und hustete, schnell legte sie eine Hand vor den Mund, um nicht den Kaffee wieder auszuspucken. Sie wandte sich mit vorwurfsvollem Blick und feuchten Augen zu der Frau um, die gesprochen hatte.

Wen Marston war eine Cousine vierten oder fünften Grades von Cammie. Eigentlich hieß sie Gwendolyn, aber sie haßte diesen Namen leidenschaftlich und drohte jedem körperlichen Schaden an, der dumm genug war, sie damit anzureden. Sie war groß und dick, mit einem runden Gesicht und trug ihr Haar in einem Knoten auf ihrem Kopf. Sie war laut und energisch, manchmal sogar ein wenig schlüpfrig in ihrer Ausdrucksweise, aber sie hatte ein Herz, so weich wie Butter. Wen kannte jeden in der Stadt, teilweise weil sie sich aktiv um die Belange der Gemeinde kümmerte, teilweise aber auch, weil sie ein ungeheures Interesse an den Menschen hatte und daran, über sie zu reden. Sie war Cammies Partnerin in dem Antiquitätengeschäft. Sie war auch ein überaktives Mitglied jedes Teams, dem sie sich anschloß, und normalerweise verschaffte sie sich durch Einschüchterung Zugang zu den Posten. Die Pine-Tree-Festival-Gesellschaft führte sie mit eiserner Hand.

Cammie versuchte, sich zwischen Husten und den herzhaften Schlägen der anderen Frau auf ihren Rücken verständlich zu machen. »Spechte, Wen, Spechte.«

»Ach, Unsinn. Ich hätte wissen müssen, daß es nichts Aufregendes war, nicht hier in Greenley. In New Orleans allerdings ...«

»Es ist nichts passiert in New Orleans«, unterbrach Cammie sie schnell.

»Habe ich das etwa behauptet? Himmel, du bist aber empfindlich.« Wens Stimme troff vor Zweideutigkeit. »Wie ich höre, ist der alte Keith stinksauer über deine kleine Eskapade drüben in New Orleans. Das wird den Schuft lehren, hinter jungen Dingern herzulaufen – und sich dabei erwischen zu lassen.«

»Mit ihm hat das gar nichts zu tun«, protestierte Cammie.

»Nicht? Dann weiß ich wirklich nicht mehr weiter. Wenn du nicht mit Reid Sayers nach New Orleans gefahren bist, um dich an Keith zu rächen, dann wohl deswegen, weil dir etwas an dem Kerl liegt. Und wenn das so ist, warum zum Teufel verbündest du dich dann jetzt zusammen mit den Spechten gegen ihn?«

»Ich habe doch gar nicht ... so ist das alles nicht gewesen.«

Wen rollte mit den Augen. »Richtig. Behalte du deine Geheimnisse nur für dich, als ob mir das was ausmacht.«

»Zwischen mir und Reid ist nichts Persönliches«, erklärte Cammie entschlossen. »Ich habe lediglich Partei gegen ihn ergriffen, weil er die Papierfabrik verkaufen will.«

»Ach, komm schon, Cammie, das brauchst du mir doch nicht zu erzählen. Ich bin die alte Wen. Du siehst großartig aus, du bist frei – nun ja, fast –, und er ist ein ungebundener Mann, der besser aussieht als viele andere. Da ist so etwas doch nur natürlich.«

»Was ist natürlich?«

»Eine Bettgeschichte, was denn sonst? Und ich würde dir noch nicht einmal einen Vorwurf deswegen machen. Ich habe ihn mir bei der Versammlung gestern abend ganz genau angesehen, zum ersten Mal, seit wir zusammen in der High-School waren. Er war damals schon ein toller Kerl, aber Liebling, laß dir sagen, heute ist er noch großartiger. Er kann jederzeit seine Stiefel unter mein Bett stellen.«

Sekundenlang durchzuckte Cammie ein unangenehmes Gefühl, beinahe so etwas wie Eifersucht. Doch sie verdrängte es schnell. »Versammlung?« fragte sie. »Was denn für eine Versammlung?«

»Wußtest du nichts davon? Reid hat alle Angestellten der Papierfabrik und ihre Familien zu einem großen Fischessen auf dem Grundstück der Fabrik am See eingeladen, mein kleiner Bruder Stevie hat mich mitgenommen. Er arbeitet in der Werkzeugabteilung, das weißt du doch. Nun ja, und Reid ist aufgestanden und hat allen reinen Wein eingeschenkt, genau wie sein alter Herr es zu tun pflegte.«

Cammie umklammerte die Kaffeetasse. Sie nahm noch einen Schluck, dann fragte sie: »Was hat er denn gesagt?«

»Nur, daß er wüßte, daß alle die Gerüchte mittlerweile gehört hätten, und daß er die Dinge klarstellen wollte. Er gab zu, er hätte ein Angebot für die Fabrik bekommen, doch er hat auch gesagt, daß noch lange keine Entscheidung getroffen werden könnte. Er erwähnte Studien über die Durchführbarkeit, umfangreiche Buchprüfungen und eine Menge Papierkram, der noch erledigt werden muß, ehe überhaupt etwas Konkretes gesagt werden kann. Inzwischen, so meinte er, würde er dafür sorgen, daß im besten Interesse aller gehandelt werden würde, und er versprach, daß alle Arbeitsplätze erhalten würden, ganz gleich, was auch geschieht.«

»Dieser … dieser Schuft!« rief Cammie.

Wen starrte sie verständnislos an. »Also gut, raus damit. Was hat er getan? Ich weiß, daß er eine Nacht in deinem Haus verbracht hat, denn Keith hat es Steve gesagt, und Steve konnte noch nie in seinem Leben ein Geheimnis für sich behalten, wenigstens nicht vor seiner großen Schwester. Hat er dich sitzenlassen?«

Cammie legte eine Hand an die Stirn, weil ihr Kopf zu schmerzen begann. »Ist es wirklich so, daß alle glauben, es ginge hier nur darum, daß ich mich an ihm rächen will?«

»Das habe ich nicht gesagt, mein Schatz«, widersprach Wen und legte ermutigend eine Hand auf Cammies Arm. »Soweit ich weiß, hat dieser Mann dich ausgenutzt, und du bist viel zu nett, um dich auf andere Weise an ihm zu rächen.«

»O Gott!« stöhnte Cammie, als ihr klar wurde, wie die Leute in der Stadt ihre Aktion einschätzten. »Aber so war es doch gar nicht. Warum, um alles in der Welt, können sich die Menschen nicht um ihre eigenen Angelegenheiten kümmern?«

»Schon gut, ich verstehe, was du mir damit sagen willst.« Wen tat so, als sei sie gekränkt. »Wir wechseln also besser das Thema. Ich wollte sowieso mit dir reden wegen dieser Versammlung und der Presse und alldem. Ich bin dir wirklich böse, daß du nicht gewartet hast, bis ich zurück war, um dir zu helfen.«

Wen war ein paar Tage nicht in der Stadt gewesen, sie war auf einer ihrer üblichen Reisen zu einer Ausstellung für antiken Schmuck, um dort einzukaufen und zu verkaufen und so ihre persönlichen Einkünfte aufzubessern. Cammie betrachtete aufmerksam das Gesicht ihres Gegenübers, um festzustellen, ob ihre Worte ernst gemeint waren oder ob sie einen Spaß gemacht hatte. »Ich hätte sicher auf dich gewartet, wenn ich gewußt hätte, daß dich das wirklich interessiert.«

»Ich interessiere mich für alles, das weißt du doch. Nichts freut mich so sehr, als wenn ich jemandem Schwierigkeiten machen kann. Wie ich höre, hast du einen ziemlichen Wirbel veranstaltet.«

»Habe ich das?« Der Kaffee schmeckte plötzlich bitter. Cammie sah sich nach einem Platz um, an dem sie ihre Tasse abstellen konnte.

Wen nahm ihr die Tasse aus der Hand und stellte sie einfach auf den nächsten Stuhl. »Die Stadtväter machen sich in die Hose, mein Schatz, weil sie fürchten, daß du das Geschäft verhindern wirst, das ihnen allen ein hübsches Sümmchen einbringen wird. Sie sehen sich schon die Schecks für all die Extrasteuern kassieren, die die Firma zahlen muß, wenn sie expandieren will. Erst gestern habe ich gehört, wie einer von ihnen dich eine verrückte Kuh genannt hat. Das bedeutet, sie haben Angst.«

»Vor mir?«

»Warum nicht? Du hast doch alles: Geld, Verbindungen, Herkunft, Aussehen. Teufel, du könntest für das Amt des Bürgermeisters kandidieren und würdest wahrscheinlich sogar gewählt.«

»Ich will aber gar nicht Bürgermeister werden.«

»Aber ich, doch das tut jetzt nichts zur Sache. Eigentlich bin ich wegen dieser ganzen Sache noch immer geteilter Meinung. Auf der einen Seite denke ich, es wäre gut, wenn Greenley nicht zu groß würde, denn in einem solchen Fall gibt es immer einen Mann, der glaubt, er müsse der Boß sein. Wenn der Ort klein bleibt, dann denken die Männer, es sei die Sache nicht wert, und ich hätte die Möglichkeit, Bürgermeister zu werden.«

»Ich versuche doch gar nicht, Greenley klein zu halten«, widersprach Cammie mit gerunzelter Stirn.

»Nicht? Aber das wird passieren, wenn du mit deiner Aktion Erfolg hast.«

»Außerdem«, sprach Cammie weiter, »brauchst du doch gar nicht darauf zu warten, bis sich kein Mann mehr für das Bürgermeisteramt meldet. Meine Stimme bekommst du jeden Tag.«

Wen lächelte schwach. »Na ja, wenigstens wäre es mir lieber, wenn du mir deine Stimme gibst, als daß du sie an diese Spechtsache verschwendest.«

»Verstehe«, sagte Cammie langsam. »All das war also nur deine Art, mir zu sagen, ich solle meine Energien besser anderweitig einsetzen.«

Wen seufzte, und es klang beinahe so, als würde eine

Dampfmaschine abgestellt. »Siehst du, meine Süße, je größer die Papierfabrik wird, desto größer wird die Stadt. Je größer die Stadt wird, desto größer wird das Pine Tree Festival. Je größer das Festival wird, desto größer werde ich – nun ja, dick genug bin ich ja schon, aber du weißt, was ich meine. Ich möchte ganz sicher Bürgermeister werden, aber Bürgermeister von etwas, nicht Bürgermeister von nichts. Und das wird Greenley sein, wenn wir nicht aufpassen.«

»Und wenn Greenley nun zu einem Ort wird, in dem niemand mehr leben kann?« Cammies Stimme klang gepreßt. Sie haßte es, bevormundet zu werden, ganz besonders von einem Menschen, von dem sie erwartet hatte, daß er sie verstand.

»Greenley wird schon überleben.«

»Nichts ist unzerstörbar. Liest du denn keine Zeitungen? Hast du denn die Zahlen nicht gesehen, die sagen, wie sehr wir auf die Bäume angewiesen sind, wie sehr die Zerstörung des Regenwaldes uns betrifft? Die Bäume hier sind für uns genauso wichtig wie die Bäume in Südamerika. Und genauso ist es mit der Tierwelt.«

»Das streite ich ja gar nicht ab, aber was wir hier haben, ist keine Anhäufung exotischer Bäume und Vögel, die für immer für die Nachwelt verloren sind, wenn wir sie nicht retten. Das hier sind ganz einfach Kiefern und Spechte.«

»Du bist ein hoffnungsloser Fall«, meinte Cammie.

»Ich bin nur ein Realist. Und du bist romantisch. Aber im Augenblick braucht man in Greenley gerade keine Romantiker. Da gibt es etwas anderes, wonach die Menschen hungern, etwas, wovon sie in letzter Zeit nicht genug bekommen haben.«

»Und das wäre?«

»Geld, mein Schatz.«

»Es gibt Wichtigeres als Geld«, versuchte Cammie sich zu verteidigen.

»Ja, Macht zum Beispiel. Die man mit Geld kaufen kann, und laß dir von niemandem etwas anderes einreden. Und du stehst beidem im Weg, für eine ganze Anzahl von Leuten, meine Süße. Sei sehr vorsichtig, denn sonst könntest du etwas abbekommen, wenn mit härteren Bandagen gekämpft wird.«

Es gab nicht viel, das Cammie darauf hätte antworten können. Sie sprachen noch eine Weile von anderen Dingen, von der bevorstehenden Versteigerung eines Hauses, die sie besuchen wollten, um zu sehen, ob etwas für ihren gemeinsamen Laden zu kaufen war, und auch von dem Familientreffen, das an diesem Wochenende stattfinden sollte. Offiziell war es ein Treffen der Mitglieder der Familie Bates, dem mütterlichen Zweig der Familie, aber die Hälfte der Menschen aus Greenley würde anwesend sein, da die Familienbande in dieser Gegend ein endlos ineinandergreifender Zyklus war. Als die Versammlung sich langsam auflöste, gingen Cammie und Wen zusammen zum Parkplatz.

Wens Warnungen gingen Cammie auf dem Weg nach Hause nicht aus dem Kopf. Noch deutlicher wurden sie, als sie feststellte, daß jemand rohe Eier gegen ihre Haustür geworfen hatte.

Der Geruch stieg ihr in die Nase, als sie durch die Hintertür das Haus betrat. Ihr wurde beinahe übel davon, sie mußte sich zusammenreißen, um sich nicht zu übergeben, als sie mechanisch durch den Flur zur Haustür ging. Sie machte zuerst das Licht über der Haustür an, dann öffnete sie zögernd die Tür.

Es mußten mindestens ein Dutzend Eier gewesen sein, wie sie bemerkte, ein weiteres Dutzend hatte man gegen das Fächerfenster über der Tür geworfen, das die Form einer aufgehenden Sonne hatte, und auch auf die beiden großen Fenster neben der Tür. Nur die Dicke des alten Glases und die kleinen Scheiben hatten verhindert, daß die Fenster zerbrochen waren. Doch die dicken gelben schleimigen Eidotter waren über die Fenster gelaufen und klebten in den Ritzen und Nuten um das Glas.

Cammie stand im Schein der Lampe, die an einer Kette über der Tür leicht schwankte und ihr Licht über die Veranda ergoß, und fühlte, wie sich ihr die Haare im Nacken sträubten. Ihr Magen drehte sich um bei dem Gedanken, daß jemand sie und ihr Handeln so sehr verabscheute, um so etwas zu tun. Gleichzeitig fühlte sie sich, als stände sie im hellen Scheinwerferlicht und alle könnten ihren Schmerz sehen, als stände jemand da draußen in der Dunkelheit, der sie beobachtete und über sie lachte.

Entschlossen hob sie das Kinn. Sollten doch alle lachen. Sie würde sich von ein paar Eiern nicht in die Knie zwingen lassen. Nein, und auch nicht durch freundliche Ratschläge, offene Hinweise oder unterschwellige Drohungen. Sie hatte gerade erst begonnen zu kämpfen.

Greenley hatte bis jetzt noch nichts gesehen.

Und auch Reid Sayers nicht.

8. Kapitel

Reid war ebenfalls auf dem Familientreffen der Bates-Familie. Genau wie Keith.

Cammie, die die beiden beim Aussteigen aus ihrem Wagen entdeckte, wäre beinahe wieder eingestiegen und weggefahren. Doch es war ihr Stolz, der sie zurückhielt, und die Gewißheit, daß die Hälfte der Anwesenden sie aus den Augenwinkeln beobachtete und darauf wartete, was sie wohl tat.

Keiner der beiden Männer hatte eine Verbindung zur Familie Bates, soweit sie wußte. Keith war wahrscheinlich wegen des kostenlosen Essens gekommen und auch, weil er wußte, daß sie sich darüber aufregen würde. Es war natürlich möglich, daß Reid aus den gleichen Gründen hier war, doch das bezweifelte sie. Jemand hatte ihn eingeladen, zweifellos, aber die Frage war, wer? Und warum?

Reid stand unter einer ausladenden Eiche und lehnte sich mit dem Rücken gegen den Stamm. Ein Strahl Sonnenlicht fiel durch die Blätter des Baumes, ließ einige Strähnen seines Haares in einem dunklen Gold aufleuchten und gab seinen Augen ein strahlendes Blau. Seine Haltung war lässig und entspannt, eine Hand hatte er in die Hosentasche geschoben. Er sah aus, als fühle er sich hier zu Hause, mühelos paßte er sich den anderen Menschen um ihn herum an in seiner hellbraunen Hose und dem gelben Hemd, dessen Ärmel er bis zu den Ellbogen aufgerollt hatte. Als ihre Blicke sich trafen, glaubte Cammie Herausforderung in seinen Augen zu lesen.

Das Familientreffen, soviel sah Cammie gleich auf den ersten Blick, würde nicht so fröhlich werden, wie sie es erwartet hatte.

Keith grüßte sie mit einer spöttischen Verbeugung, als er sie sah. Er verließ den Mann, mit dem er sich unterhalten hatte, und kam zu ihr hinüber. »Dieses Kleid habe ich schon immer sehr an dir gemocht«, meinte er.

Sie trug ein blaßrosa Hemdblusenkleid mit einem gestreiften Gürtel in Rosa, Grün und Aquamarin und dazu passende Espandrillos. Erst einen Monat zuvor hatte sie alles zusammen gekauft, und soweit sie wußte, hatte Keith sie noch nie damit gesehen. Sie wandte sich von ihm ab, öffnete die rückwärtige Tür ihres Wagens und holte den gebackenen Schinken heraus, den sie mitgebracht hatte. Über ihre Schultern hinweg fragte sie ihn, nicht gerade freundlich: »Was tust du hier?«

Sein Lächeln verschwand, er preßte die Lippen zusammen. »Ich schütze meine Interessen.«

»Und was willst du damit sagen?«

»Ich habe Wen getroffen, in der Dairy Queen. Sie sagte, sie hätte Sayers eingeladen. Da schien es mir ganz angebracht, auch hier zu erscheinen.«

Cammie warf ihm einen vernichtenden Blick zu, dann reichte sie ihm den Schinken. »Du bist sicher der letzte, der herausgefunden hat, daß Reid und ich in der Sache mit der Papierfabrik auf entgegengesetzten Seiten kämpfen.«

Er lachte einmal kurz auf. »Ich habe es gehört, aber ich wollte es mit eigenen Augen sehen. Was hat er denn falsch gemacht?«

»Überhaupt nichts.«

»Was du nicht sagst. Dann hast du also etwas gegen Schweden?«

»Es ist die Expansion, die mich stört, nicht etwa, wem die Papierfabrik gehört. Mir wäre lieber, die Firmenpolitik würde im Sinne von Reids Vater weitergeführt.«

»Kontrolle der Umweltverschmutzung? Überprüfung der

Emissionen? Umweltschützer in die Wälder schicken, um herauszufinden, wo die Spechte nisten? Ganze Teile des Landes absperren, bis die Brutzeit vorüber ist?«

»All das hat er getan?« Sie hielt inne und holte den Kokoskuchen aus dem Wagen, den sie als Beitrag zu dem Fest beisteuern wollte.

»Sicher.« Keith zuckte mit den Schultern. »Die Fabrikarbeiter und die Holztransporteure dachten, er sei verrückt, aber er war immerhin der Boß.«

»Das wußte ich gar nicht.« Sie blickte zu Reid hinüber. Er beobachtete sie, wie sie feststellte, obwohl er schnell wegsah, als er bemerkte, daß sie in seine Richtung blickte.

»Es gibt da eine ganze Menge Dinge, die du nicht weißt«, antwortete Keith.

»Ich bin gar nicht sicher, ob ich sie überhaupt wissen will«, entgegnete sie heftig. Sie sah, daß Wen in ihrem Wagen auf der anderen Seite des Parkplatzes parkte, und winkte ihrer Cousine zu, doch sie ging nicht zu ihr hinüber. Statt dessen nahm sie Keith den Schinken wieder aus der Hand und ließ ihn dann einfach stehen, als sie zu den Tischen hinüberging, wo die Speisen aufgebaut worden waren.

Es war ein wunderschöner Tag, die Sonne schien, der leichte Wind war warm, und das Gras war so strahlend grün, daß es in den Augen schmerzte. Kinder spielten auf den alten Schaukeln, die älteren Frauen saßen in Gartenstühlen im Pavillon, erzählten einander die neuesten Neuigkeiten und sprachen über den Stammbaum der Familie, die älteren Männer standen in Gruppen zusammen und sprachen über Politik und Sport. Das Essen stand im Schatten, auf langen schmalen Tischen. Die Platten, Schüsseln und Tabletts bedeckten jeden Zentimeter der Tische, dazwischen standen Krüge mit Tee und Fruchtpunsch und genug Teller und Becher, um eine ganze Armee zu versorgen. Der Duft, der von den vielen Speisen aufstieg, lag warm und köstlich in der Luft.

Cammie fand einen Platz, an dem sie ihren Beitrag zu den

Köstlichkeiten unterbringen konnte. Als sie ihre Lieblingstante Beck auf die Tische zukommen sah, ging sie ihr entgegen.

Die ältere Frau, deren Verstand noch immer messerscharf arbeitete, war schon beinahe hundert Jahre alt und sah noch immer so ansehnlich aus wie eine Pusteblume. Sie war mit ihrer verwitweten Tochter gekommen, die gerade eine riesige Platte voller gebratener Hühnchen mit Sauce auf einen der Tische stellte. Tante Beck mühte sich mit einer riesigen Schüssel Kartoffelsalat ab, die beinahe so groß war wie sie selbst.

Cammie begrüßte ihre Tante und umarmte sie dann, eine Begrüßung, die nur Familienmitgliedern oder engen Freunden vorbehalten war. Dann griff sie nach der großen Schüssel.

Die Plastikschüssel mit dem Deckel war warm. »Sollte das nicht auf Eis stehen?« fragte sie zweifelnd und sah die ältere Frau an.

Ihre Großtante mit dem kurzgeschnittenen weißen Haar, das in weichen Wellen frisiert war und so duftig aussah wie die Federn eines Engelsflügels, sah sie mit ihren schwarzen Augen an. »Was glaubst du eigentlich, mit wem du redest, Mädchen? Seit siebzig Jahren schon bringe ich zu Familienfeiern Kartoffelsalat mit, und bis jetzt habe ich noch niemanden damit vergiftet. Ich habe diesen Salat aus neuen Kartoffeln gemacht, ich habe sie mit der Schale gekocht und dann Zwiebeln und Pickles dazugetan, aber keine Eier und auch keine Mayonnaise. Joghurt ist drin, und das ist gut für dich. Probier einmal, und du wirst sehen, es ist der beste Kartoffelsalat, den du je gegessen hast.«

»Jawohl, Ma'am«, antwortete Cammie bescheiden, doch ihre Augen blitzten belustigt auf. Tante Beck hatte schon immer für sich selbst sorgen können, und das würde sie auch in Zukunft tun. Noch nie hatte sie etwas vergessen, und so schnell ließ sie sich nichts vormachen. Sie kam sehr gut zurecht, im Winter züchtete sie Orchideen und Bromelien in ihrem kleinen Gewächshaus, sie harkte ihren Garten, grub Blumenbeete um und pflanzte in jedem Frühjahr Stecklinge und

Samen. Voller Zuversicht plante sie die Party zu ihrem hundertsten Geburtstag, und es gab keinen Grund anzunehmen, daß sie ihn nicht mehr erleben würde.

»Was habe ich da über dich und diesen Sayers-Jungen gehört?«

Den dunklen alten Augen entging nichts, sie waren klar und wachsam und gaben Cammie das Gefühl, wieder sieben Jahre alt zu sein. »Nichts Wichtiges«, antwortete sie verlegen.

»Hmph. Sein Großvater war ein feiner Mann, Aaron hieß er. Ich bin ein- oder zweimal mit ihm ausgegangen, ehe ich meinen Henry geheiratet habe.«

»Tante Beck!« Cammie tat so, als sei sie schockiert.

Die ältere Frau legte den Kopf schief und betrachtete Cammie. »Denkst du etwa noch immer an diesen Familienunsinn? Ich habe dem nie irgendwelche Bedeutung beigemessen. Außerdem ist es dumm, wenn man jungen Leuten vorschreiben will, daß sie einander nicht ansehen dürfen, es ist so, als wolle man einem Kätzchen verbieten zu kratzen. Andererseits ist Aarons Enkel anders, er ist eher wie der alte Justin Sayers. Und wie man hört, war Justin ein sehr netter Mann, sofern man ihm nicht in die Quere kam. Dann war er ein wahrer Teufel.«

»Wirklich?« fragte Cammie nüchtern.

»Was ich damit sagen will, ist, daß du vorsichtig sein sollst.« Tante Beck nickte ihr zu.

»Ich glaube, du brauchst dir deswegen keine Sorgen zu machen.«

»Hmph«, sagte die alte Frau noch einmal, ihre dunklen Augen blickten skeptisch.

Der Morgen verging. Immer mehr Autos kamen an, mehr lachende Männer und Frauen, mehr schreiende Kinder, mehr Essen. Eine Band, bestehend aus zwei Gitarrenspielern, einem Keyboardspieler und einem Spieler mit einer Baßgeige, stellte sich auf der behelfsmäßig gezimmerten Bühne auf und spielte die bekanntesten Country- und Westernlieder. Ein Volleyballnetz wurde aufgehängt, und die Teenager begannen ein Spiel. Einige Holzkohlengrills wurden angezündet und Hühnchen und Rippchen, die schon zu Hause gegrillt worden waren, wurden darauf warm gemacht. Der Rauch und der köstliche Duft hingen wie ein blauer Nebel über der Versammlung.

Cammie ging hierhin und dorthin, redete mit einigen ihrer Verwandten, frischte alte Bekanntschaften auf und erforschte einige Verwandtschaftsverhältnisse. Irgend jemand hatte einen Computerausdruck eines Stammbaums erstellt, den sah sie sich an und bestellte dann, wie die meisten der anderen auch, einen Ausdruck davon für sich.

Reid, so stellte sie fest, hatte kaum seinen Platz unter der großen Eiche verlassen, er stand nur am Rand der Gruppe der Männer und so weit von den Frauen entfernt wie nur möglich. Einige der verheirateten Frauen und die meisten der jüngeren Frauen sahen oft zu ihm hin, und es war nicht schwer festzustellen, daß er das Thema einiger Unterhaltungen war.

Keith mischte sich mehr unter die Leute, er war in der Vergangenheit schon auf mehreren dieser Treffen gewesen, und er fühlte sich in der großen Gruppe von Menschen wohl. Jedesmal, wenn Cammie merkte, daß er auf sie zukam, ging sie schnell weg, umgab sich mit Kindern und versteckte sich in der Gruppe der älteren Frauen. Das letztere war am wirkungsvollsten, nur wenige Männer gingen das Risiko ein, sich in Gespräche über Kaiserschnitte und Hitzewallungen einzumischen, darüber, wer mit wem schlief und für wen in der Kirche gebetet wurde, weil er an einer unheilbaren Krankheit litt.

Einen gab es allerdings, dem es nichts ausmachte, sich in den Hühnerhof zu wagen. Als Geistlicher war er daran gewöhnt, sich mit den ganz auf die Familie konzentrierten und unumschränkt herrschenden Frauen auseinanderzusetzen, die in den meisten Kirchen und auch in den Familien alle Fäden in der Hand hielten.

»Nun, Camilla«, sagte Reverend Taggart leise und vertraulich, als er hinter sie trat. »Es freut mich, daß du die Weisheit meines guten Rates angenommen hast.«

»Welcher gute Rat …«, begann Cammie, dann hielt sie inne, als ihr Onkel mit dem Kopf in Reids Richtung deutete. »Oh, ich glaube, das war weniger dein guter Rat als die Umstände.«

»Was auch immer es war«, erklärte der Geistliche entschlossen. »Ich glaube, du wirst herausfinden, daß es so das beste ist. Ich kann zwar nicht sagen, daß ich völlig damit einverstanden bin, was du jetzt wegen der Papierfabrik unternimmst, aber wenigstens bist du jetzt auf dem rechten Weg, jegliche außerehelichen Affären zu vermeiden. Keuschheit ist für jede Frau der rechte und anständige Weg. Jetzt mußt du in deiner Seele forschen und um die rechte Führung bitten für eine Versöhnung mit Keith.«

Cammie sah den großen Mann mit dem silbernen Haar offen an. »Ich habe dir doch gesagt, daß ich keine Versöhnung mit Keith will. Und das mit der Keuschheit will mir auch nicht so recht einleuchten.«

Die Augen des Reverends wurden ganz groß. »Camilla! Achte darauf, was du sagst. Ich verstehe ja, daß du dir mit mir einen Spaß erlauben willst, aber die anderen kennen dich nicht so gut wie ich.«

»Dem Himmel sei Dank, auch für kleine Gaben.«

»Du sollst nicht lästern«, erklärte er ernst. »Ich sage dir noch einmal, eine Scheidung ist etwas Verabscheuungswürdiges. Nichts kann das trennen, was Er zusammengefügt hat.«

Der Tadel ihres Onkels weckte in Cammie den beinahe unwiderstehlichen Wunsch, heftig mit Reid zu flirten. Aber das ist wohl kein so guter Gedanke, dachte sie, als sie zu Reid blickte. Er hatte ihre Unterhaltung beobachtet, obwohl er seine Aufmerksamkeit auf den großen, ernsten Mann zu richten schien, der neben ihm stand.

»Dummes Zeug, Jack!« ertönte eine scharfe Stimme hinter ihnen. Tante Beck, die hoch aufgerichtet auf einem mit Plastik bezogenen Aluminiumstuhl in ihrer Nähe saß, beugte sich zu ihnen, um dem Geistlichen mit ihrem knochigen Finger in den Rücken zu stoßen. Als er sich zu ihr umwandte, sprach sie weiter. »Zeig mir, wo in der Bibel steht, daß eine Scheidung etwas Verabscheuungswürdiges ist. Und wenn du schon einmal dabei bist, erkläre mir, wieso es dich etwas angeht, was Cammie tut oder mit wem sie es tut.«

Das Gesicht des Reverends spannte sich so sehr an, daß seine feisten Backen zu zittern begannen. »Es ist meine Pflicht als Mann Gottes ...«, begann er.

Die alte Frau schnaufte verächtlich. »Du mischst dich nur zu gern in anderer Leute Angelegenheiten ein, das ist alles. Das hast du schon immer getan, seit du laufen gelernt hast. Du bist immer mit deiner Mama und deinem Daddy zu mir gekommen. Und wenn sie dich aus den Augen ließen, hast du meine Schränke durchwühlt, unter mein Bett geschaut und in meinen Kühlschrank. Aufdringlich bist du, das ist es.«

»Ich glaube«, begann Reverend Taggart mit nur mühsam unterdrückter Verärgerung, »daß du mich mit einem anderen Kind verwechselst.«

»Nein, ganz sicher nicht. Das warst du.« Die aufmerksamen braunen Augen mit dem Gitterwerk feiner Fältchen drumherum blitzten belustigt auf. »Und wenn du dich nicht irgendwo eingemischt hast, dann hast du Dingen zugehört, die nicht für deine Ohren bestimmt waren. Ich habe nie gewußt, warum du ausgerechnet Geistlicher werden wolltest, wahrscheinlich nur aus Neugier über die Sünden und Lebensweise der anderen Menschen.«

Sara Lou Taggart, Reverend Taggarts Frau, die sich mit einer Freundin unterhalten hatte, kam mit zögernden Schritten auf die Gruppe zu. Mit einer schnellen, nervösen Geste strich sie sich das braune Haar mit den silbernen Strähnen aus dem Gesicht. »Also wirklich, Tante Beck, wie kannst du so etwas zu Jack sagen. Er versucht doch nur, Cammie auf den rechten Weg zu führen.«

»Was weiß er denn schon von Cammie und von dem, was sie tut?« Der Mund der alten Frau verzog sich. »Und was weiß er überhaupt von Führung?«

Eine heiße Röte stieg in Jack Taggarts Gesicht. Seine Frau warf ihm einen schnellen, ängstlichen Seitenblick zu. »Er ist ein Mann Gottes. Was soll er denn sonst tun?«

»Er könnte sich um seine eigenen Angelegenheiten kümmern und das Wort Gottes verkünden, das könnte er tun«, erklärte Tante Beck entschieden. »Und er könnte die Leute in Ruhe lassen.«

»Komm, Sara«, meinte der Reverend. »Du weißt doch, es hat keinen Zweck, mit ihr zu streiten.«

Seine Stimme klang tadelnd, als hätte seine Frau die ganze Verwirrung angestiftet. Sie besagte aber auch, daß die ältere Frau viel zu senil war, um sich überhaupt die Mühe zu machen, sich mit ihr auseinanderzusetzen.

»Blödmann«, murmelte Tante Beck und sah ihm verärgert nach.

Cammie, die versuchte, ein Lächeln zu unterdrücken, überlegte, von welchem ihrer Ururgroßenkel sie dieses Wort wohl übernommen hatte. Sie legte eine Hand auf die schmale, knochige Schulter ihrer Tante. »Danke, daß du zu mir gehalten hast.«

»Ha!« sagte die Frau mit dem silbernen Haar. »Ich habe keine Geduld mit Dummköpfen, auch nicht mit solchen, die glauben, es gut zu meinen.«

Cammie, die nicht so genau wußte, wen die alte Dame als Dummkopf sah, und die es lieber auch gar nicht erst herausfinden wollte, hatte das Gefühl, es sei am besten, wenn sie darauf gar nicht antwortete.

Als einige schon zu glauben begannen, inmitten all der Köstlichkeiten verhungern zu müssen, entschieden die Frauen, daß es an der Zeit war zu essen. Jemand begann, die Teller für die jüngeren Kinder zurechtzumachen. Eine andere Frau rief die Männer zum Essen. Bruder Taggart nahm gern die

Einladung an, das Tischgebet zu sprechen, danach setzte der allgemeine Ansturm auf die Tische ein.

Einem Außenseiter wäre es wohl so vorgekommen, als würden Männer und Kinder zuerst bedient, während die Frauen abwarteten. Doch ganz so war es nicht. Tatsache war, daß die Frauen diesen Tag, die Zusammenkunft und auch die Verteilung des Essens überwachten. Sie entschieden, wann gegessen wurde und was, und niemand hätte gewagt, das Essen anzurühren, ehe sie das Signal dazu gegeben hätten.

Das Ganze ging auch viel geordneter von sich, als es den Anschein hatte. Viele der Männer hatten bereits von ihren Frauen ihre Teller gefüllt bekommen. Sie brauchten nur noch ihr Essen und ihre Getränke abzuholen und sich dann einen ruhigen Platz zu suchen. Die Männer, die keine Frau hatten, um ihnen die besten Leckerbissen auf den Teller zu legen, warteten, bis die Frauen sich bedient hatten, und stellten sich dann erst in die Schlange vor dem Tisch. Der gut-erzogene Mann der Südstaaten, der aus der Küche seiner Mutter verbannt worden war, seit er alt genug war, Forderungen zu stellen, lernte schon sehr früh, daß er warten mußte, bis er an der Reihe war, und daß er nehmen mußte, was man ihm vorsetzte.

Reid hielt sich zurück, noch immer lehnte er mit der Schulter am Stamm der Eiche. Einige andere unverheiratete Männer warteten mit ihm, während sie sich ausgiebig über den Fang von Seebarsch unterhielten. Sheriff Bud Deerfield gehörte zu ihnen, er trug heute zwar keine Uniform, seine Schußwaffe steckte allerdings in dem Halfter an seiner Hüfte. Keith gehörte auch zu der Gruppe.

Cammie, die half, Krautsalat und Hähnchenstücke mit Klößen zu verteilen, beobachtete Reid aus den Augenwinkeln.

Ein kleines Mädchen, vielleicht fünf oder sechs Jahre alt, balancierte einen vollbeladenen Teller mit einer Gabel obendrauf, in der anderen Hand ein randvolles Glas mit Punsch.

Als sie an Reid vorbeiging, verlor die Kleine die Kontrolle über den Teller. Er neigte sich gefährlich, und sie schrie auf.

Reid bewegte sich blitzschnell. Er fing den Teller auf und nahm dem Kind das Glas ab, noch ehe der Punsch über seine weiße Schürze laufen konnte. Das Lächeln, mit dem das Mädchen ihn bedachte, war strahlend, voller Bewunderung sah sie ihn an. Sie hätte nicht mehr beeindruckt sein können, wäre er ihr persönlicher Schutzengel gewesen.

Cammie war zu weit weg, um hören zu können, was das kleine Mädchen sagte. Aber sie sah Reids Gesicht.

Seine Augen waren wie ein tiefer See voller Schmerz. Doch schon im nächsten Augenblick war jeder Ausdruck, jegliches Gefühl wie weggewischt von seinem Gesicht. Er gab dem Kind ganz vorsichtig den Teller und das Glas zurück, äußerst bemüht, es dabei nicht zu berühren. Dann zog er sich so schnell von ihr zurück, wie er sich zuvor auf sie zubewegt hatte. Er nahm seinen Platz unter dem Baum wieder ein und preßte den Rücken so fest gegen den Baumstamm, als müsse er mit seiner Kraft allein die Eiche aufrechterhalten.

Cammies Hals wurde ganz eng, sie verspürte das schmerzliche Verlangen zu weinen, obwohl sie nicht wußte, warum. Sie schluckte, dann griff sie nach einem der Plastikteller und füllte ihn, goß süßen Tee in einen Plastikbecher mit Eiswürfeln und brachte beides zu Reid.

Keith, der in der Schlange vor den Tischen stand, sah Cammie in seine Richtung kommen. Er begann zu lächeln und streckte die Hände aus, als nähme er an, das Essen sei für ihn.

Cammie sah Keith, und ihr wurde klar, daß sie ihm hätte aus dem Weg gehen müssen. Doch jetzt war es zu spät. Er hatte nicht das Recht zu erwarten, daß sie ihn versorgen würde, es gab keinen Grund anzunehmen, daß sie das tun würde. Sie hob ihr Kinn, ging um Keith herum zu der Stelle, an der Reid stand. Sie wußte, daß Keith ihr einen bösen Blick nachschickte, doch das störte sie nicht.

»Was ist das?« fragte Reid und runzelte leicht die Stirn, nahm dann aber den Teller, den sie ihm reichte.

»Ich hatte den Eindruck, du wolltest warten, bis alles aufgegessen ist, ehe du dir etwas zu essen holen würdest.«

»Aber du hast doch auch noch nicht gegessen.« Er wollte ihr den Teller und den Becher zurückgeben.

»Das werde ich tun. In einer Minute.«

Sein Blick war nicht mehr so unfreundlich, jetzt sah er eher nachdenklich aus. »Ich werde auf dich warten.«

Sie zögerte. »Also gut, aber nur, weil ich etwas beweisen möchte.«

Überraschung und auch Zweifel blitzte in seinen Augen auf. Er öffnete den Mund, um ihr eine Frage zu stellen, doch sie war schon weg, noch ehe er etwas sagen konnte.

Er nippte an seinem Tee und sah ihr entgegen, als sie zu ihm zurückkam. Irgendwie war es ihm gelungen, zwei Gartenstühle zu ergattern. Er hielt ihr den Stuhl, als sie sich setzte, und setzte sich dann in den anderen.

»Nun?« fragte er.

Sie hatte sich in der Zwischenzeit überlegt, was sie sagen wollte, jetzt antwortete sie gefaßt: »Ich wollte damit nur demonstrieren, daß unsere Meinungsverschiedenheit nicht persönlich ist.«

»Verstehe«, sagte er und hielt einen Augenblick inne. »Ist sie das nicht?«

»Nicht, soweit es mich betrifft.« Unter halb geschlossenen Lidern warf sie ihm einen schnellen Blick zu.

»Es ist nett, das zu wissen.«

Sein etwas ironischer Unterton beunruhigte sie. Sie sah ihn unsicher an. »Es macht dir doch nichts aus, oder?«

»Du meinst, daß ich mich durch schmutzige Gerüchte mundtot machen lasse, daß ich abgeurteilt und … für unzulänglich befunden werde? Aber wieso denn? Du kannst mich jederzeit für so etwas benutzen. Oder auch für andere Dinge, ganz wie du möchtest.«

»Ich glaube«, sagte sie mit einer leisen Röte auf ihren Wangenknochen, »es ging hier eher darum, daß eine Frau für unzulänglich befunden wurde.«

Es dauerte einen Augenblick, ehe er weitersprach. »Und das hat dich gestört?«

Sie nahm ein Stück Hähnchen, sah es an und legte es auf den Teller zurück. »Mir wäre es lieber, wenn die Leute nur etwas vermuten.«

»Kein Problem«, gab er zurück. »Wir könnten doch in der Öffentlichkeit streiten und heimlich eine Affäre haben.«

Sie preßte die Lippen zusammen, doch dann zwang sie sich, sich zu entspannen. Mit nicht sehr fester Stimme sagte sie: »Oder umgekehrt.«

»Ein heimlicher Streit und eine öffentliche Affäre? Ich bin erstaunt, aber nicht abgeneigt. Möchtest du gleich hier beginnen, mit einem leidenschaftlichen Kuß, oder sollen wir lieber hinunter zum See gehen und uns vor aller Augen befummeln?«

Sekundenlang trafen sich ihre Blicke, und sie war nicht sicher, ob es Spott war, was sie in seinen Augen las, verwegene Kühnheit oder eine Mischung aus beidem.

»Weder noch«, antwortete sie und zog scharf den Atem ein.

»Nein? Wie schade.«

»Würdest du bitte ernst sein?«

»Oh«, meinte er ernüchtert. »Aber das bin ich doch.«

Sie schloß sekundenlang die Augen. Mit angespannter Stimme sagte sie: »Also gut, ich sehe ein, daß du mir nicht zuhören wirst, ehe du nicht Genugtuung gehabt hast. Es tut mir leid, daß ich dich einen Voyeur genannt habe. Bist du jetzt glücklich?«

»Nein«, sagte Reid, und aus seiner Stimme klang seine Verärgerung.

Dieser Mann war wirklich vollkommen unvernünftig. Und undankbar obendrein, denn sein Essen hatte er noch nicht angerührt. Cammie machte Anstalten aufzustehen.

Reid streckte eine Hand aus und hielt sie fest. »Ich bin nicht glücklich«, meinte er, »weil ich nach sorgfältigem Nachdenken zu dem Schluß gekommen bin, daß du vielleicht recht hast.«

Das war das letzte, womit sie gerechnet hatte. Sie starrte ihn an, gefangen von dem tiefen Blau seiner Augen und seinem aufrichtigen Blick. Seine Finger, die noch immer auf ihrem Arm lagen, waren warm und fest, sie riefen eine solch lebhafte Erinnerung an das hervor, was sie hatte vergessen wollen, daß sie sich verwirrt fühlte und nicht wußte, was sie sagen sollte. Es war eine Erleichterung, als er das Schweigen brach.

»Ich hatte nicht daran gedacht, wie es dir vielleicht vorkommen müßte, daß ich – nun ja, daß ich dir nachspioniert habe, ein besseres Wort fällt mir nicht ein. Ich hätte nicht so herumschleichen dürfen. Oder wenigstens hätte ich nicht darüber sprechen sollen.«

Sie lachte, sie konnte nicht anders, als sie seine etwas gequälte Stimme hörte und sah, wie er den Mund verzog. Es war so offensichtlich, daß er nichts von dem bedauerte, was er getan hatte. »Und dir wäre es lieber, wenn ich davon gewußt hätte.«

»So könnte man es sagen«, stimmte er ihr zu.

Sein Blick war eindringlich. Sein Griff um ihren Arm hatte sich ein wenig gelockert, es dauerte einen Augenblick, bis Cammie bemerkte, daß er mit dem Daumen über ihr Handgelenk strich. Er streichelte sanft ihren Puls und fühlte das heftige Klopfen ihres Herzens.

Wie einfach wäre es doch, dachte sie, mit Reid Sayers eine Affäre zu beginnen, öffentlich oder nicht. Sie hätte das nie geglaubt. Wie war es so schnell dazu gekommen? Was war geschehen, daß ausgerechnet dieser Mann sie so leicht erregen konnte?

Doch das reichte ihr nicht. Er hatte ihr deutlich gesagt, daß er ihr nichts zu bieten hatte. Und sie glaubte ihm. Sex ohne eine feste Bindung war für eine Nacht ganz in Ordnung, aber sie würde mehr als nur diese eine Nacht brauchen, irgendwann, wenn sie wieder frei war.

Zu schade.

Sie entzog ihm entschlossen ihren Arm. Er versuchte nicht, sie festzuhalten, und sie wußte das zu schätzen. Sie nahm sich zusammen und bemühte sich, für ihre Zuschauer eine Art höfliches Interesse zu zeigen, dann begann sie die Art von belangloser Unterhaltung, die sie selbst im Schlaf zustande bringen würde.

Die Unterhaltung war jedoch keinesfalls einseitig. Reid stellte ihr Fragen und hörte ihren Antworten mit offensichtlichem Interesse zu. Sie erzählte ihm von den Preisen, die sie für ihre Aquarellmalerei bekommen hatte, von der rosenüberwachsenen Pergola, die sie von ihrem Haus auf Evergreen bis zum Pavillon bauen wollte, von dem Porzellanbehälter für Hutnadeln, den sie heute morgen in ihrem Antiquitätenladen verkauft hatte, und von ihrem Wunsch, auf einem Frachtschiff rund um die Welt zu fahren.

Im Gegenzug erfuhr sie, daß er Lasagne mochte, doch daß er sich aus Spaghetti nichts machte. Er erzählte ihr, daß sein französischer Freund in New York Jude war und daß sie beide an den Wochenenden Computerschach spielten, daß er Telefone aus Kunststoff verabscheute, aber trotzdem eines besaß, und daß er sich immer Geschwister gewünscht hatte. Sie fand auch heraus, daß er ein besonderes Interesse für Musik hatte. Er sammelte alte 78er Platten mit klassischem Jazz, die er auf einem alten Motorola-Phonographen abspielte, doch für die Platten seines Lieblingskomponisten Haydn benutzte er eine herkömmliche Stereoanlage. Und er benutzte sehr oft ein Midi-Interface-System mit einem angeschlossenen Keyboard an seinem Computer, um seiner Lieblingsbeschäftigung nachzugehen, in seiner Freizeit Countrymusik zu komponieren.

»Du meinst, richtige Musik zum Biertrinken?« fragte sie mit einem kleinen Lächeln.

»Songs über gebrochene Herzen und auch über die Liebe zu einer guten Frau«, erwiderte er. »Magst du diese Musik nicht?«

»Wie könnte ich sie nicht mögen? Es ist die einzige Musik, die eine erkennbare Melodie besitzt und Texte, die kein Angriff auf den guten Geschmack sind, von Anstand ganz zu schweigen. Außerdem«, meinte sie ein wenig schnippisch, »gibt es so viele gutaussehende Sänger, die diese Musik singen.«

»Das sind die Troubadoure der modernen Zeit, die in ihren Liedern Geschichten erzählen – Poesie für den arbeitenden Menschen, der einzige Ausdruck, der ihm für seine Gefühle erlaubt wird.«

»Er könnte sie mit der Frau in seinem Leben teilen«, meinte Cammie ein wenig schief.

Reid schüttelte den Kopf. »Viel zu riskant. Wenn sie ihn nun nicht versteht? Oder wenn sie ihn zu gut versteht und ihn danach verabscheut? Oder ihn bemitleidet?«

Cammie begegnete seinem Blick, angerührt durch seine unerwartete Empfindsamkeit. Oder vielleicht war es gar nicht so unerwartet. Sie schüttelte langsam den Kopf. »Du bist ein erstaunlicher Mann.«

Sekundenlang blitzte in seinen Augen etwas hell und brennend auf, wie ein Blitz im Frühling. Im nächsten Augenblick schon war es wieder erloschen, und er wandte sich ab. Dennoch fühlte sie den Schein und spürte, wie er an ihr Herz rührte.

Reid Sayers, so stellte sie fest, war ein Mann, der viel von seinem Wesen, seinen Gedanken und Gefühlen verbarg. Er besaß einen festen Schutzwall in seinem Inneren, war immun gegen jegliche Art von Schnüffelei und eigensinniger Neugier. Sie fragte sich, was wohl nötig war, damit er sich einem anderen Menschen öffnete und ihm erlaubte, sein innerstes Selbst anzurühren. Es schien nicht sehr wahrscheinlich, daß sie es jemals herausfinden würde.

Es war wirklich eine Schande.

9. Kapitel

»Wahrscheinlich erinnern Sie sich nicht mehr an mich«, sagte die junge Frau. Sie hockte nervös auf der Kante des Sofas mit dem blassen Muster aus lachsfarbenen, blauen und gelben Blumen auf dem cremefarbenen Untergrund.

Das stimmt, dachte Cammie, obwohl sie in Gedanken nach einer Verbindung zu dieser Frau suchte. Ihr Familienname, Baylor, war einer der alten Namen in und um Greenley, doch sie konnte sich an Janet Baylor nicht erinnern. Das Gesicht ihres Gegenübers kam ihr zwar bekannt vor mit der blassen Haut und den sanft geschwungenen Zügen unter dem aschbraunen, beinahe mausgrauen Haar. Doch ihr Eindruck war nicht mehr als nur eine Familienähnlichkeit.

»Wirklich, es gibt auch keinen Grund, warum Sie sich ausgerechnet an mich erinnern sollten«, meinte Janet Baylor. »Ich war in der Schule vier Klassen unter Ihnen. Sie wissen doch, wie es ist, die jüngeren Schüler erinnern sich an die älteren, aber die wiederum nahmen von den jüngeren kaum Notiz. Aber am lebhaftesten erinnere ich mich an Sie, weil Sie damals in dem Wagen hinter dem Truck waren, der den kleinen Hund überfuhr, den mein Daddy mir gerade erst zum Geburtstag geschenkt hatte. Sie haben angehalten und haben Rocky aufgehoben und mich dann mit ihm zum Tierarzt gefahren.«

»O ja«, meinte Cammie, als die Erinnerung zurückkam. »Das muß aber schon viele Jahre her sein. Ist eigentlich alles in Ordnung gekommen damals?«

Janet Baylor lächelte und nickte zustimmend mit dem Kopf.

»Rocky ist jetzt zehn und wird sicher schon bald einem anderen Hund Platz machen. Aber er würde nicht mehr leben, wenn Sie nicht gewesen wären, und ich habe Ihnen nie vergessen, wie nett und mitfühlend Sie an diesem Tag gewesen sind. Deshalb habe ich mir auch solche Sorgen gemacht, als ich diese Dinge im Gericht herausgefunden habe. Alle haben gesagt, ich solle den Mund halten, aber das erschien mir nicht richtig. Schließlich wurde mir klar, daß ich zu Ihnen kommen mußte, um es Ihnen zu sagen.«

Persephone kam in das Wohnzimmer mit einem kleinen Tablett, auf dem ein Glas Wasser stand, das einzige, das Janet Baylor hatte haben wollen. Cammie hatte ihr Kaffee oder Limonade angeboten und Kuchen, doch sie hatte alles andere abgelehnt. Sie bedankte sich bei ihrer Haushälterin und reichte das Glas Wasser und die mit Brüsseler Spitze besetzte kleine Leinenserviette der anderen Frau. Erst, als sie damit fertig war, sprach sie.

»Ich verstehe nicht, worauf Sie überhaupt hinauswollen. Was haben Sie im Gericht herausgefunden?«

Ihr Gegenüber nahm einen kleinen Schluck Wasser. Sie sah Cammie an, blickte dann aber schnell wieder weg. »Nun ja, es ist so. Ich arbeite in der Stadt als Anwaltsgehilfin im Anwaltsbüro Lane, Endicott und Lane. Meistens besteht meine Aufgabe nur aus Routinearbeiten: Hypotheken bearbeiten, Urteile überprüfen, Erben suchen und Testamente überprüfen und noch mehr solcher Sachen. Und dann bekamen wir vor ein paar Wochen den Auftrag der Papierfabrik, nach dem Rechtstitel der Fabrik zu suchen, den alten Pachtvertrag mit Justin Sayers ausfindig zu machen und auch das Original der Urkunde, das die Eigentümerschaft an dem Land beweist, auf dem die Papierfabrik steht.«

Cammie fühlte, wie ein Schauer durch ihren Körper lief, etwas wie Erregung in ihr aufstieg. Janet Baylor sprach über das Land, das angeblich ihre Urgroßmutter Lavinia dem alten Justin geschenkt hatte. Sie hatte schon immer geahnt, daß mit dieser Transaktion etwas nicht stimmte.

»Bis jetzt kann ich Ihnen folgen«, sagte sie und lächelte ihr Gegenüber aufmunternd an.

Janet Baylor nickte. »Ich habe den Pachtvertrag gefunden, mit dem Justin Sayers der Sayers-Hutton Tüten- und Papierfabrik das Land für neunundneunzig Jahre verpachtet hat, unterschrieben und notariell beglaubigt, alles ist in Ordnung damit. Aber ich konnte beim besten Willen keinen Beweis dafür finden, daß Lavinia Anne Wiley Greenley Justin Sayers das Land geschenkt hat. Nichts. Absolut nichts. Es hätte doch irgendwo aufgeführt sein müssen oder beurkundet, mindestens an drei verschiedenen Orten. Aber wo ich auch gesucht habe, ich habe es nicht gefunden.«

»Wollen Sie damit sagen, die Unterlagen sind irgendwann in den letzten hundert Jahren verlegt worden – oder gestohlen?« Cammie kniff nachdenklich die Augen zusammen.

»Nein, so war es nicht.« Die junge Frau sah beunruhigt aus. »Ich denke eher, die Urkunden sind vielleicht in den zwanziger Jahren zerstört worden, als das Gerichtsgebäude brannte.« Sie runzelte die Stirn. »Aber selbst dann hätte man irgendwo in den Registern der Jahre um 1890 etwas davon finden müssen – das alte Buch ist durch das Feuer nicht in Mitleidenschaft gezogen worden. Aber es gibt auch noch zwei andere Möglichkeiten.«

Sie hielt inne und leckte sich mit der Zungenspitze über die Lippen, als seien sie plötzlich sehr trocken. Cammie konnte sich schon denken, was Janet Baylor sagen würde. Sie beobachtete sie angespannt. »Ja?«

Janet Baylor holte tief Luft, dann reckte sie die Schultern und hob das Kinn. »Die erste Möglichkeit ist die, daß die Urkunde nie abgeheftet wurde, aus welchem Grund auch immer, daß sie noch immer irgendwo liegt oder vielleicht in einem Safe irgendwo aufbewahrt wird. Die andere Möglichkeit ist, daß es diese Urkunde nie gegeben hat.«

Daß es diese Urkunde nie gegeben hat …

Cammie starrte auf den marmornen Kaminsims ihr gegenüber und hörte das Echo der Worte in ihrem Kopf. Wenn es die Urkunde nie gegeben hatte, dann gehörte das Land, auf dem die Papierfabrik stand – und vielleicht sogar auch die Gebäude –, den Erben der Greenleys, den Nachkommen von Lavinia Greenley und ihrem Mann Horace. Das bedeutete ...

»Aber da war noch etwas.«

Cammie wandte abrupt den Kopf, als die Stimme der jungen Frau in ihr Bewußtsein drang. »Ja?«

Janet Baylor drehte das Glas in ihrer Hand, dann stellte sie es auf das Tablett zurück, das auf dem kleinen Tisch vor ihnen stand. Ihre Finger zitterten so sehr, daß sie etwas von dem Wasser verschüttete, das wie flüssiges Kristall auf dem silbernen Tablett aussah. »Oh, das tut mir leid.«

»Das macht nichts«, wehrte Cammie ab. »Sprechen Sie weiter.«

Ihre langen, dünnen Wimpern flatterten, die junge Frau preßte die Hände im Schoß zusammen. »Nun ja, ich habe in den alten Abstammungsurkunden der Greenleys nachgesehen, weil ich dachte, ich würde die Urkunde vielleicht dort finden. Es hätte ja sein können, daß sie irrtümlich dort abgelegt wurde oder daß es Komplikationen gegeben hat, vielleicht frühere Hypotheken oder eine Verbindung zu einer anderen, vielleicht noch größeren Grundstückstransaktion. Und dort habe ich dann die Scheidungsurkunde gefunden.«

»Welche? Meine?« fragte Cammie und zog verwirrt die Augenbrauen zusammen.

Janet Baylor schüttelte den Kopf. »Die von Horace und Lavinia Greenley.«

»Sie müssen sich irren. Es hat nie eine Scheidung gegeben. Das wäre damals ein schrecklicher Skandal gewesen.«

»Aber es hat sie dennoch gegeben, 1890, zwei Jahre bevor Horace Greenley gestorben ist. Ich habe sie mit eigenen Augen gesehen. Sie ist von Horace unterschrieben, und das ist ganz sicher, denn die Unterschrift stimmte mit einem halben Dutzend anderer Unterschriften in den alten Akten vollkommen überein. Aber die Scheidungspapiere waren in einem versiegelten Umschlag, und Lavinia Greenley hatte sie nicht unterschrieben. Ich denke, es ist möglich, daß …« Sie hielt inne und versuchte es dann noch einmal. »Es gibt keine Anzeichen dafür, daß Lavinia davon überhaupt etwas gewußt hat.«

Cammie schüttelte den Kopf. »Das kann nicht möglich sein. Die beiden lebten wie Mann und Frau zusammen, als Horace starb. Erst ein paar Monate zuvor hatten sie noch ein Kind bekommen.«

»Ich weiß.« Die andere Frau nickte zustimmend. »Ich habe es nachgesehen.«

»Aber das würde ja bedeuten …«, begann Cammie, doch dann hielt sie inne. Ihr war der Gedanke gekommen, daß ihr eigener Urgroßvater, Jonathan Wiley Greenley, das erstgeborene Kind von Horace und Lavinia, fast fünf Jahre alt gewesen war, als Horace starb. Horace und Lavinia hatten noch eine Tochter gehabt, die geboren worden war, nachdem die beiden sich nach Lavinias Affäre wieder versöhnt hatten. Von diesem zweiten Kind gab es eine ganze Reihe Nachkommen, Menschen, die sie seit Jahren als ihre Cousins und Cousinen angesehen hatte – einschließlich Wen Marston und Sheriff Bud Deerfield. Wenn aber Lavinia und Horace sich 1890 hatten scheiden lassen, dann war das Kind, das später geboren worden war, unehelich. Die Nachkommen waren zwar Blutsverwandte von ihr, natürlich, aber gesetzlich waren sie nicht mit ihr verwandt. Sie hatten nie einen gesetzlichen Anspruch auf das Erbe der Greenleys gehabt, so schien es.

Eigenartig. Aber es machte wohl keinen großen Unterschied. Das alles war schon so lange her; jetzt noch die gesetzlichen Komplikationen aufklären zu lassen, würde viel mehr kosten, als die ganze Sache einbringen würde, selbst wenn jemandem heute noch daran lag. Ihr war es ganz sicher gleichgültig.

»Und somit«, sprach Janet Baylor weiter, »ist es eigentlich ganz gleich, ob es eine Urkunde über die Schenkung des Landes gibt oder nicht. Es bedeutet, daß Lavinia Greenley, als sie das Land verschenkte, gar nicht das Recht dazu hatte. Als Witwe besaß sie kein Verfügungsrecht über den Besitz ihres früheren Ehemannes. Sie hätte das Erbe höchstens für ihren minderjährigen Sohn verwalten können, für Ihren Urgroßvater Jonathan Wiley Greenley.«

Janet Baylor sah Cammie erwartungsvoll an. Doch Cammie starrte sie nur an und versuchte zu verstehen, was die andere Frau ihr damit sagen wollte. Sie begriff die Zusammenhänge zwar in groben Zügen, aber ihr Verstand weigerte sich, den Umfang des Gesagten zu begreifen.

Die blasse, braunhaarige Frau beugte sich zu ihr. »Verstehen Sie denn nicht? Horaces und Lavinias Sohn und ihr einziger gesetzlicher Erbe, Jonathan Wiley Greenley, hatte zwei Söhne und eine Tochter. Die Tochter ist schon sehr jung an Kinderlähmung gestorben. Der älteste Sohn hat mit dreiundzwanzig Jahren während des Zweiten Weltkrieges geheiratet, aber er wurde in Guadalcanal getötet; er hatte keine Kinder. Das einzige überlebende Kind war Ihr Vater. Sie sind sein einziges Kind, der einzige gesetzliche Nachkomme. Das Land, auf dem die Papierfabrik steht, gehört Ihnen. Und die Pacht von neunundneunzig Jahren läuft in weniger als zwei Jahren ab.«

Es gehörte ihr. Das Land, auf dem die Papierfabrik stand, und wahrscheinlich sogar die Fabrik selbst gehörten rechtmäßig ihr. Die Worte dröhnten in Cammies Kopf und begannen langsam Gestalt anzunehmen.

»Die schwedische Gesellschaft ist nicht daran interessiert, den Pachtvertrag zu erneuern«, meinte sie. »Sie wollen das Land kaufen.«

Janet Baylor nickte zustimmend. »Wenn Sie den Verkauf verhindern wollen, dann brauchen Sie sich nur zu weigern, das Land zu verkaufen.«

Der Jubel, der bei diesem Gedanken in Cammie aufstieg, war überwältigend. Sie konnte all die Bäume retten, das Land und auch die Schwarzspechte. Der Kampf war vorüber, ehe er richtig begonnen hatte. Als Eigentümerin der Fabrik konnte sie die Ökologie der Gemeinde so umstrukturieren, wie sie es wollte. Nichts und niemand würde ihr im Wege stehen. Die Erleichterung, das reine, herrliche Glücksgefühl, prickelte in ihren Adern wie Champagner. Das Lächeln, das ihren Mund umspielte, ließ ihre Augen hell aufleuchten.

Doch dann begann das überschäumende Glücksgefühl zu schwinden.

Wenn die Stadt starb, dann würde sie ganz allein dafür verantwortlich sein, auf eine Art, wie sie es nicht gewesen wäre, wenn noch andere Menschen mit ihr zusammen gegen den Verkauf der Fabrik protestiert hätten. Es war ein ernüchternder Gedanke.

»Es gibt da noch einen anderen Gesichtspunkt«, meinte Janet Baylor. »Er ist mir erst gestern abend eingefallen – und das war ein wesentlicher Grund mehr, warum ich mich entschieden habe, heute morgen zu Ihnen zu kommen. Wenn Ihnen das Land wirklich gehört und wenn Sie wirklich der einzige Erbe sind, dann hätten Sie all die Jahre das Geld für die Pacht bekommen müssen. Die Jahrespacht, die Justin Sayers festgelegt hat, ist zwar nicht sehr hoch, nur ein Dollar pro Morgen und Jahr. Aber wenn man das für den Zeitraum von über hundert Jahren zusammenrechnet und mit einem durchschnittlichen Zinssatz verzinst – wie ein Gericht es wahrscheinlich nach einem Rechtsstreit festlegen würde –, dann ergibt es schon eine beträchtliche Summe. Das ist die Summe, die die Besitzer der Papierfabrik Ihnen schulden würden, ob Sie sich nun zum Verkauf entschließen würden oder nicht.«

Cammie starrte die andere Frau an, während ihre Worte in ihrem Kopf Form annahmen, zusammen mit einem wachsenden Mißtrauen. Sie zögerte, dann begann sie vorsichtig: »Ich glaube, Sie haben gesagt, daß Sie das alles vor ein paar Wochen herausgefunden haben. Ist das Ergebnis Ihrer Nachforschungen weitergegeben worden an denjenigen aus der Papierfabrik, der um diese Untersuchung gebeten hat?«

»Ja, natürlich.«

»Und würden Sie mir vielleicht sagen – wenn Sie das überhaupt wissen –, wer es war, der sich mit Lane, Endicott und Lane in Verbindung gesetzt hat?«

Wieder nickte Janet Baylor. »Soweit ich das weiß, kam die Anfrage von Gordon Hutton.«

Cammie hatte gar nicht gewußt, daß sie die Luft angehalten hatte, ehe sie sie mit einem leisen Seufzer wieder ausstieß. Reid war kaum lange genug zu Hause gewesen, um diese Nachforschungen in Auftrag zu geben, aber es wäre möglich gewesen, daß sein Vater diesen Auftrag noch erteilt hatte. In diesem Fall hätte er wahrscheinlich vom Ergebnis der Nachforschungen gewußt. Wenn Gordon allerdings dahintersteckte, war es ganz gut möglich, daß er keine Ahnung hatte.

Es gab jedoch einen Menschen, der ganz sicher davon wußte. Und dieser Mensch war ihr Exmann.

Verachtung stieg in Cammie auf. Der Grund für Keiths plötzliches Interesse daran, die Scheidung zu annullieren und seinen Platz als ihr Ehemann wieder einzunehmen, war jetzt offensichtlich. Die Eigentumsgesetze im Staate Louisiana besagten, daß die Hälfte des in der Ehe hinzugewonnenen Vermögens gesetzlich dem Ehepartner gehörten. Wenn die Fabrik verkauft wurde und das Gericht ihr die Besitzrechte übertrug, dann würde die Hälfte des Geldes ihm gehören. Selbst wenn der Verkauf nicht zustande kam, würde Keith immer noch seinen Anteil an der riesigen Summe bekommen, die sich aus dem alten Pachtvertrag ergab.

Wenn die Scheidung jedoch rechtskräftig würde, ehe alles gerichtlich geregelt war, dann würde ihm dieser honigsüße Segen entgehen. Er würde gar nichts bekommen. Überhaupt nichts.

Dafür werde ich schon sorgen, dachte Cammie, daß er genau das bekommt, was er verdient hat.

Doch dann konzentrierte sie ihre Gedanken wieder auf die Frau, die neben ihr saß. »Ich kann Ihnen gar nicht sagen, wie dankbar ich Ihnen dafür bin, daß Sie zu mir gekommen sind. Aber ich hoffe, Sie werden deshalb keine Schwierigkeiten bekommen, oder?«

Janet Baylor preßte die Lippen zusammen, ehe sie antwortete. »Das weiß ich noch nicht so genau. Ich denke, Sie werden das, was ich Ihnen gesagt habe, benutzen wollen, denn sonst hätte es ja keinen Sinn. Aber wenn Sie das tun, könnten Sie dann vielleicht ... vergessen, daß ich es war, der Ihnen die Informationen geliefert hat?«

»Ich bin ganz sicher, daß ich das könnte«, stimmte Cammie ihr zu und legte ihre Hand auf die der Frau.

Sie lächelten einander verständnisvoll an.

Am späten Nachmittag des nächsten Tages entschied Cammie sich, mit Reid zu sprechen. Sie hatte mehr als vierundzwanzig Stunden über das nachgedacht, was sie erfahren hatte. Doch je mehr sie darüber nachdachte, desto mehr Aspekte waren zu bedenken, desto mehr Möglichkeiten und unbeantwortete Fragen gab es. Sie war es müde, weiterhin völlig nutzlose Gedankengänge zu verfolgen. Noch weniger gefielen ihr die Zweifel, die sie dabei überkamen.

Abgesehen davon war der neue Aspekt, den der Streit zwischen ihr und Reid bekommen hatte, nicht das einzige, was sie beschäftigte. Es gab noch andere Zweifel, die langsam alle anderen Überlegungen verdrängten.

Sie hatten mit Reids Geständnis zu tun, daß er sie am Abend der Versammlung beobachtet hatte und auch während der Zeit, als sie auf Evergreen aufwuchs. Ganz gleich, wie oft sie sich seine Worte wieder ins Gedächtnis rief, sie konnte sich nicht daran erinnern, daß er behauptet hatte, dies wären die einzigen Gelegenheiten gewesen, wo er sie beobachtet hatte. Und sie erinnerte sich auch nicht daran, daß er ihr versprochen hatte, es nicht wieder zu tun.

Diese Auslassungen erschienen ihr wichtig. Sie hatte die Absicht, selbst herauszufinden, was sie davon zu halten hatte.

Sie bereitete sich früh genug vor. Nicht, daß sie viel Vorbereitung brauchte, doch sie wollte nicht erst bis zum letzten Augenblick warten.

Sie suchte sich eine Garderobe heraus, die aus einer dunkelgrauen Windjacke bestand, einer schwarzen Reithose, einem langärmeligen Strickhemd, Socken und Schuhen. Ein paar Minuten später, noch während am Himmel ein schwacher Schimmer von Tageslicht stand, schlüpfte sie aus dem Haus.

Cammie blieb einen Augenblick im Garten neben dem Haus stehen, hob den Kopf und atmete tief den Duft der süßen Oliven und der Azaleen ein, der ihr mit dem Abendwind zuwehte. Sie glaubte, auch einen Hauch von Geißblatt zu riechen und auch den schwachen, ein wenig scharfen Duft von Liguster. In der Nähe des Hauses gab es keinen der verwünschten Sträucher, doch ihr Großvater hatte in den dreißiger Jahren einmal eine Ligusterhecke gepflanzt. Sie war herausgerissen und zerstört worden, aber noch immer wuchsen Ableger davon wild in den Wäldern der Umgebung; Vögel hatten dafür gesorgt, daß der Samen verbreitet wurde. Mit schnellen, leisen Schritten ging sie in Richtung des Duftes.

Als Versteck wählte sie einen großen alten Ligusterstrauch. Er war dick genug, um darin nicht entdeckt zu werden, doch er hatte weder Dornen noch stachelige Blätter. Der Stamm war niedrig genug, um sich darauf hocken zu können, und doch stark genug, um ihr Gewicht auszuhalten. Der größte Vorteil jedoch war, daß der Duft der Blüten jeden Geruch ihres Parfüms überdeckte.

Sie wollte kein Risiko eingehen. Nur zu deutlich erinnerte sie sich an Reids Demonstration, wie schnell und wie gut er reagierte.

Das Warten fiel ihr nicht leicht. Tausende von Dingen raschelten, knarrten, zwitscherten und lockten, als die Dunkelheit sich langsam über den Wald legte. Die zarten, weichen Blätter des Ligusters wehten im Wind und raschelten bei jeder ihrer Bewegungen, sie strichen über ihre Haut, als wären es winzige Spinnen oder andere Krabbeltiere. Mücken fanden sie, schwirrten um ihre Augen, und ab und zu hörte sie das eindringliche Sirren eines Moskitos, der nach einem Platz auf ihrer nackten Haut suchte.

Sie hatte im Haus einige Lichter brennen lassen. Als die Nacht herniedersank, bildete der Schein der Lampen aus dem Haus helle Rechtecke auf dem Gras und schickte seine Strahlen bis hinüber zum Wald. Sie beobachtete die Lücken zwischen den Bäumen und versuchte, ihre Augen an die natürlichen Schatten zwischen den Bäumen zu gewöhnen, damit ihr auffiel, wenn sich dort etwas Unnatürliches bewegte.

Der Ast, auf dem sie saß, schnitt ihr in die Beine. Sie verlagerte leicht ihr Gewicht und ermahnte sich immer wieder, geduldig zu sein.

Etwa eine halbe Stunde später sah sie einen Schatten, der sich bewegte. Ihr stockte der Atem, und sie strengte die Augen an, um den Schatten zwischen den Bäumen hindurch zu verfolgen. Er war sehr niedrig, klein und schlich völlig geräuschlos näher. Er hielt sich im Unterholz, knapp außerhalb des Lichtscheines aus dem Haus, doch er bewegte sich schnell und entschlossen.

Es war eine Katze.

Cammie entspannte sich und lehnte den Kopf gegen den Stamm des Busches. Eine Spinnwebe klebte an ihrer Wange und verfing sich in ihren Wimpern. Sie wischte sie weg und seufzte leise.

In der einen Minute war die Öffnung zwischen dem Gummibaum und der Zeder noch leer, doch schon in der nächsten erschienen dort die breiten Schultern eines Mannes.

Cammie blinzelte, um sicherzugehen, daß sie sich nicht irrte. Der Schatten, breit, massig und kräftig, löste sich auf, verschwand und erschien wieder.

Reid.

Sie wagte kaum zu atmen, als sie ihn dabei beobachtete, wie

er das Haus umschlich, geräuschlos, in einem großen Bogen. Er hätte genausogut ein Geist sein können oder eine größere Version der Katze, die sie zuvor gesehen hatte, oder sogar ein Panther, mit dem sie ihn einmal verglichen hatte. Offensichtlich zufrieden, daß alles in Ordnung war, kehrte er an seinen Platz zurück, ungefähr fünfundzwanzig Meter entfernt, in direkter Linie zu ihrem Schlafzimmerfenster. Er hockte sich hin und bezog seinen Wachtposten, und Cammie mußte sich die Augen reiben und ganz genau hinsehen, um überhaupt feststellen zu können, daß er noch da war.

Sie hatte recht gehabt. Dieses Wissen wirkte eigenartig auf sie. Sie war sich über ihre Gefühle nicht im klaren. Fühlte sie sich bedroht oder beschützt, fürchtete sie sich oder war sie dankbar? Sie wußte es nicht.

Sie fühlte nur etwas wie Hingabe in sich aufsteigen, als würde ihr innerstes weibliches Wesen auf die Nachtluft reagieren und auf die ruhige Kraft des Mannes, der das Haus beobachtete. Das war gar nicht das, was sie sich wünschte, aber sie konnte nicht anders.

Und was jetzt?

Sie hatte Reid einiges zu sagen. Das heißt, wenn sie ihm nahe genug kommen konnte, ohne daß er sie massakrierte. Sie öffnete den Mund, um ihm eine Warnung zuzurufen, doch schon im gleichen Augenblick schloß sie den Mund wieder.

Der schattenhafte Umriß der Gestalt dort drüben in der milchigen Dunkelheit hatte etwas an sich, was sie beunruhigte. War er zu groß, zu kompakt? Oder hatte sie die Art, wie er sich hinhockte, mißtrauisch gemacht?

Es mußte Reid sein; wer sonst hätte es sein können?

Es sei denn, es war Keith.

Doch das schien unwahrscheinlich, Keith hatte nie viel für die Jagd übrig gehabt. Außerdem war er viel zu dünn, um einen solch großen Schatten abzugeben.

Und dennoch mußte es einer von beiden sein. Oder etwa nicht?

Der sanfte Nachtwind strich über ihr Gesicht. Das bedeutete, daß sie in Windrichtung desjenigen saß, wer auch immer es sein mochte. Es war möglich, daß jedes kleinste Geräusch, das sie machte, vom Wind weggetragen wurde. Sie konnte versuchen, sich näher an ihn heranzuschleichen, bevor sie sich bemerkbar machte.

Ganz vorsichtig schob sie sich von dem Ast herunter, dann duckte sie sich und trat leise aus dem Strauch heraus. Dabei war sie gezwungen gewesen, ihre Augen von der Stelle abzuwenden, wo Reid sich versteckte. Als sie wieder hinsah, konnte sie ihn nicht mehr entdecken.

War er fortgeschlichen oder lag es an ihrem veränderten Blickwinkel, daß sie ihn im Schatten der Bäume nicht mehr erkennen konnte? Cammie wußte es nicht. Sie biß die Zähne zusammen, ein nervöser Schauer lief durch ihren Körper. Mit einem Fuß in der Luft blieb sie unentschlossen stehen.

Es war unmöglich, so die ganze Nacht stehenzubleiben. Auf jeden Fall war es keine Garantie, daß sie in Sicherheit war, nicht, wenn der Mann gesehen hatte, daß sie hier draußen war, wer immer er auch sein mochte.

Sie machte einen kleinen Schritt vorwärts, stellte ihren Fuß vorsichtig auf den Boden und belastete ihn nur ganz allmählich, damit kein Ast oder kein trockenes Blatt ein Geräusch machte. Schritt für Schritt zog sie sich langsam in den Wald zurück, weg vom Haus und von dem Mann, der es beobachtete.

Es war vielleicht eine Stunde später, oder auch zwei Stunden, als Cammie das schwache Licht von Evergreen wieder zwischen den Zweigen der Bäume erkennen konnte. Sie schob sich an den unteren Zweigen einer Kiefer vorbei, während sie versuchte, mit den Augen die Dunkelheit zu durchdringen.

Das Ganze war verrückt, ja sogar dumm. Sie wußte nicht mehr, wie sie auf die Idee gekommen war, ihren Hals zu riskieren, nur um herauszufinden, ob Reid ihr Haus beobachtete. Sie war es müde, dieses hochkarätige Versteckspiel noch weiter zu spielen, müde, all ihre Muskeln anzustrengen, um nur kein Geräusch zu machen. Wenn sie nur in die Nähe ihrer Hintertür gelangen könnte, ohne überfallen zu werden, dann würde sie ins Haus laufen, schneller als eine Katze blinzeln konnte.

Sie konnte nichts sehen, nur Bäume und silberbetautes Gras und die Schatten, die das Mondlicht warf und die sich im Wind leicht bewegten. Sie würde es versuchen. Vorsichtig trat sie aus der Deckung.

Ein starker Arm legte sich um ihre Taille und zog sie zurück, gegen einen Körper, der so hart und fest war wie der Stamm eines Hickorybaumes. Ihr erschrockenes Aufkeuchen wurde gedämpft durch eine warme Hand, die sich auf ihren Mund legte.

»Wenn Keith oder sonstjemand beginnt, Gardenienparfüm zu benutzen«, brummte Reid mit grimmiger Verärgerung, »dann bin ich in großen Schwierigkeiten.«

10. Kapitel

»Wie lange bist du schon hier draußen, genau an dieser Stelle hier?« fragte Cammie, als es ihr gelang, seine Hand von ihrem Mund zu schieben.

Reid erstarrte mitten in der Bewegung. »Hast du sonst noch jemanden gesehen?«

»Das versuche ich ja gerade herauszufinden.«

Er traf seine Entscheidung sofort. »Bleib hier«, sagte er, und seine Stimme war so leise, daß sie ihn kaum hörte. »Lehn dich mit dem Rücken gegen diesen Kiefernstamm hinter uns. Und bewege keinen Finger, nicht einmal einen Millimeter. Huste nicht, niese nicht, mach kein Geräusch, flüstere nicht einmal. Ich bin gleich wieder da.«

Noch ehe sie antworten konnte, war er schon verschwunden. Sie blieb genauso stehen, wie er sie verlassen hatte, lange Sekunden, und versuchte, das Zittern ihrer Knie zu unterdrücken. Lieber Himmel, dieser Mann verstand es, sie aufzuregen. Und dabei war sie nicht einmal sicher, ob es Angst war oder zügellose weibliche Sehnsucht. Aber was auch immer es sein mochte, es gefiel ihr nicht.

Doch nach einem Augenblick trat sie langsam zurück, so wie er es ihr gesagt hatte. Dabei war es nicht einmal Gehorsam, sondern eher eine Frage von Selbstschutz. Sie wollte ihm keine Entschuldigung liefern, wenn er einen Fehler machte bei seiner Verfolgung.

Wenige Minuten später war Reid zurück. Sie bemerkte nur deshalb etwas von seiner Anwesenheit, weil er es so wollte.

Im einen Augenblick war nur Dunkelheit vor ihr, im nächsten schon konnte sie ihn klar im Licht aus dem Haus erkennen. Er machte kein Geräusch, er stand ganz still, bis er sicher war, daß sie ihn gesehen hatte. Dann nahm er Cammies Hand und zog sie mit sich, weg vom Haus. Erst nachdem er eine gute halbe Meile entfernt inmitten eines Waldstückes voll hoher Kiefern stehenblieb, wurde ihr klar, wie willig sie ihm gefolgt war.

Der Gedanke machte sie wütend, denn sie hatte sehr wenig Grund, ihm zu vertrauen.

Sein Tempo war nicht sehr schnell gewesen, dennoch war sie atemlos, als sie so nahe neben ihm stand. Ihre Hand in seiner war warm, beinahe so, als berührte sie eine Energiequelle. Seine Körperhaltung war wachsam, seine Aufmerksamkeit richtete sich auf den Weg, den sie gekommen waren. Sie wartete, bis er sich zu ihr wandte und sich sichtlich entspannte, bevor sie leise sprach.

»Du hast nichts gefunden, dort hinten?«

»Einige Spuren«, sagte Reid achselzuckend. »Das hätten auch deine sein können, es war schwer festzustellen in der Dunkelheit.«

»Es war noch jemand dort, es sei denn, du spielst ein Spielchen mit mir.« Sie versuchte gar nicht erst, ihr Mißtrauen vor ihm zu verbergen.

»Das tue ich nicht«, meinte er, »aber wenn du es gern möchtest, ich bin bereit.«

»Aber ich nicht! Ich habe mehr als genug davon herumzuschnüffeln.«

»Fein. Den Weg zurück findest du ja auch ohne mich.«

Ein eisiger Schauer lief über ihren Rücken. »Das könnte ich, ob du es nun glaubst oder nicht«, antwortete sie gepreßt. »Aber da ich hierhergekommen bin, weil ich mit dir reden wollte, würde ich mir damit wohl keinen guten Dienst erweisen.«

»Ich dachte, du wolltest die Polizei rufen, wenn ich das nächste Mal in deine Nähe komme.«

»Der Gedanke gefällt mir immer besser«, antwortete sie verärgert.

»Aber nicht, solange du mich gebrauchen kannst«, schlug er mit unversöhnlicher Stimme vor. »Warum schleichst du dazu durch die Dunkelheit? Warum rufst du mich nicht einfach an?«

»Ich dachte mir, daß du nicht zu Hause sein würdest, da du mir ja freundlicherweise verraten hast, wo ich dich finden kann.« Sie wartete beinahe atemlos auf seine Antwort.

»Vielleicht«, sagte er leise, »habe ich dir zuviel verraten.«

»Oder nicht genug«, gab sie zurück, als sie den ausweichenden Ton seiner Stimme hörte. »Du hättest mir zum Beispiel verraten können, daß es keine Unterlagen darüber gibt, daß das Gelände der Papierfabrik Justin Sayers gehört hat.«

Er schwieg so lange, daß Cammie sicher war, er suchte nach einer Ausrede. Doch als er dann endlich sprach, klang seine Stimme leise und ungläubig. »Würdest du das vielleicht noch einmal wiederholen?«

Ohne ihre Informationsquelle zu verraten, erzählte Cammie ihm so genau wie möglich, was Janet Baylor ihr gesagt hatte. Als sie fertig war, hielt sie einen Augenblick inne, dann fügte sie hinzu: »Ich bin nicht sicher, was das alles für gesetzliche Komplikationen nach sich ziehen wird, aber der Kernpunkt der ganzen Sache ist doch, daß deine Fabrik mir gehört.«

»Meinen Glückwunsch«, meinte Reid.

Cammie hörte den ironischen Unterton in seiner Stimme, doch die Tatsache, daß er sich nicht ärgerte, ließ ihre Freude schwinden. Sie runzelte die Stirn. »Wirst du denn keinen Einspruch dagegen erheben?« fragte sie.

»Warum? Der Gedanke, daß der Besitz unserer Familie auf der Großzügigkeit einer Frau basiert, hat mir eigentlich noch nie so recht gefallen.«

Es gab etwas, was Cammie nicht so recht verstand. In dem Bemühen, Klarheit zu schaffen, fragte sie: »Und wenn meine Information nun nicht stimmt?«

»In diesem Fall bleibt die schwierige Entscheidung wieder an mir hängen.«

»Ich verstehe dich nicht«, meinte sie mit starrem Gesicht.

»Das ist gar nicht so schwer«, antwortete er. »Ich würde bis zum Tode kämpfen, um etwas zu schützen, das mir gehört, aber ich würde keinen einzigen Schweißtropfen für etwas vergießen, das mir nicht gehört.«

Ein kleines Lächeln umspielte ihren Mund. »Ich bezweifle, daß deine Partner genauso denken.«

Er begriff schnell, das mußte sie ihm lassen. Es verging nur der Bruchteil einer Sekunde, nachdem sie zu Ende gesprochen hatte, als er zu lachen begann.

»Keith weiß Bescheid? Und Gordon auch?«

»Es scheint so.«

»Ich glaube kaum«, meinte er nachdenklich, »daß es Keith nur um das Geld geht.«

Flüchtig kam ihr der Gedanke, daß er das vielleicht nur deshalb sagte, weil sie es hören wollte. »Nein«, antwortete sie. »Er will die Macht. Es würde ihm außerordentliche Genugtuung verschaffen, sowohl dich als auch seinen Bruder unter sich zu haben, und wenn es auch nur durch mich wäre.«

»Ich habe nie behauptet, ich würde nicht gegen Keith ankämpfen«, meinte Reid.

Seine Stimme klang stahlhart. Sie warf ihm einen schnellen Blick zu, doch sein Gesicht, das im Schatten lag, verriet nichts von seinen Gefühlen und Gedanken.

Dann sprach er noch einmal, versuchte es auf gut Glück. »Du hast Keith doch nicht gesagt, daß du davon weißt, oder?«

»Noch nicht.«

Er schwieg, in der Ferne rief eine Eule, es war ein sehr einsamer Ton. Schließlich wandte er den Kopf, als hätte er ihren prüfenden Blick gefühlt. »Bist du müde?« wollte er wissen.

»Nein – eigentlich nicht.« Sie zögerte, weil sie nicht wußte, worauf er hinauswollte.

Er wandte sich ab, zog seine Jacke aus und legte sie auf den

Boden. Dann berührte er sanft ihre Schulter und drückte sie hinunter. Als sie auf der Jacke saß, ließ er sich neben sie fallen.

In der Stille, die sie jetzt umgab, hörte Cammie das leise Rauschen des Nachtwindes in den Zweigen über ihnen, fühlte den kühlen Hauch auf ihrem Gesicht. Die Fichtennadeln unter ihnen waren federnd, ein elastisches Bett. Ein modriger und dennoch harziger Geruch stieg von ihnen auf und mischte sich mit dem frischen Duft des Frühlings. Sie und Reid saßen nebeneinander, ohne einander zu berühren, und dennoch fühlte sie die Wärme, die von seinem Körper ausging, und der ein wenig holzige Duft seines After-shave stieg in ihre Nase. Sie dachte an das, was er über ihr Parfüm gesagt hatte, und fragte sich, ob er es wohl noch immer riechen konnte.

»Ja«, meinte er, als hätte er ihre Gedanken erraten, und lachte leise, als sie ihn irritiert anstarrte. »Es ist in deinem Haar, glaube ich. Wie machst du das, wäschst du es damit?«

Sie blickte schnell weg, als könne er sonst sehen, daß sie rot wurde. »Ich sprühe es in die Luft und gehe dann darunter her.«

Er nickte. »Nachdem du gebadet hast und ehe du dich anziehst.«

»Wie bitte?«

Er wandte den Kopf ab. »Laß nur. Ich wollte nur ... diese großartige Affäre zwischen Justin und Lavinia macht mich wirklich neugierig. In meiner Familie wurde nie darüber gesprochen.«

»Weil sie zu schändlich war?«

Reid dachte darüber nach. »Es war wohl eher so, daß Justin ein Mann war, der zurückgezogen lebte, und seine Frau, meine Urgroßmutter, tat ihr Bestes, um die Sache zu verschleiern. Sie heiratete Justin, soviel ich weiß, nur ein paar Monate, nachdem die Affäre beendet war, als hätte man Justin bei einem Rückfall erwischt. Ich habe ein- oder zweimal gehört, daß meine Mutter mit ihren Freundinnen darüber sprach, aber sie haben immer schnell das Thema gewechselt, wenn sie vermuteten, daß ich zuhörte.«

»Ich bin nicht sicher, ob ich alles über die Sache weiß«, meinte Cammie zögernd. »Ich habe es auch immer nur bruchstückweise erfahren. Meine Großmutter, die Mutter meines Vaters, war immer sehr in Abwehrstellung, wenn davon gesprochen wurde, sie war eine gute, christliche Frau, pflichtbewußt und solchen Sachen gegenüber natürlich voller Abneigung. Meine Mutter war da schon toleranter, aber es ging dabei ja auch nicht um ihre Seite der Familie. Auf jeden Fall scheint des Pudels Kern zu sein, daß Lavinia in ihrer Ehe nicht glücklich war. Sie war zehn oder zwölf Jahre jünger als Horace, und sie tanzte und sang für ihr Leben gern. Er war der Meinung, daß ein Mann – oder auch eine Frau – nur nach harter Arbeit zu beurteilen war und daß die Kirche für jeden genügend Abwechslung bot. Sie hatten einen kleinen Sohn, den Lavinia über alle Maßen liebte und mit dem sie spielte wie mit einer Puppe. So war die Lage, als die Holzfäller in die Gegend kamen.«

Als Reid nun verständnisvoll nickte, sprach Cammie weiter. »Die Holzhandelsfirmen kamen aus dem Osten, wo man den Wert des Holzes kannte. Die Farmer in der Gegend hier waren froh, daß jemand anderer für sie die riesigen Bäume fällte und das Holz mit Ochsengespannen wegschaffte, ihnen waren die Bäume nur im Weg. Leute wie Horace Greenley boten den Holzfällern ihre Gastfreundschaft an, das war zu diesen Zeiten selbstverständlich, denn es gab keine Hotels, und die Gasthäuser waren schon sehr schnell überfüllt. Justin Sayers war einer der Männer, die auf Evergreen wohnten.«

»Ich glaube, ich beginne zu verstehen, was passiert ist«, meinte Reid.

»Ich denke, es war nur natürlich«, stimmte Cammie ihm zu. »Greenley behandelte die Holzfäller wie die Könige. Es gab Tanzabende, Boxkämpfe und alle Arten von Volksfesten; alle machten mit bei dem Vergnügen, sogar die Geistlichen. Die Holzfäller unterschieden sich so sehr von den Farmern, die die jungen Frauen kannten. Es gab eine oder zwei ungewollte

Schwangerschaften und auch ein paar überstürzte Hochzeiten. Und dann waren die großen Bäume alle geschlagen, bis auf einige wenige in den Sümpfen, die man nur schwer erreichen konnte, oder auf einigen Flächen, die Menschen wie zum Beispiel Horace aus anderen Gründen nicht abholzen wollten. Die Holzfäller zogen weiter. Und als sie gingen, verließ Lavinia die Stadt mit Justin.«

»Einfach so?«

Cammie runzelte die Stirn. »Oh, ich bezweifle, daß das einfach war oder daß sie keinen Schmerz dabei empfand. Ich weiß, daß es ihr nicht leichtfiel, denn nach einem Jahr des Herumziehens mit Justin nach New York, Chicago und Saratoga und nach einem kurzen Aufenthalt bei seiner Familie in Vermont kehrte sie nach Greenley zurück. Horace nahm sie wieder auf, und alle fanden, es wäre sehr edelmütig von ihm. Obwohl sich erst später herausstellte, daß es eine hinterhältige Rache von ihm war, denn er hatte sich heimlich bereits von ihr scheiden lassen.«

»Und dann kam Justin auch zurück«, sagte Reid, als Cammie nicht weitersprach.

»Ja«, stimmte sie ihm zu. »Ich habe mich immer gefragt, warum er das wohl getan hat.«

»Lavinias wegen natürlich. Er hatte sie schon einmal dazu gebracht, mit ihm wegzugehen, und er glaubte vielleicht, es würde ihm noch einmal gelingen.«

Reids Sicherheit bei diesen Worten ist wirklich interessant, überlegte Cammie. Würde er auch so handeln, wenn er eine Frau haben wollte?

»Nun, Justin ist nie wieder weggegangen«, sprach sie weiter. »Auch später nicht, als er mit einer anderen verheiratet war.«

»Über einen Grund für sein Bleiben habe ich die Leute reden hören«, meinte Reid. »Wie es schien, gefiel ihm das milde Klima und die leichtfertige Lebensart der Menschen im Süden. Außerdem war noch immer eine ganze Menge Holz in dieser

Gegend übrig, und er war schließlich Holzfäller, ganz zu schweigen davon, daß ihm die Geschäftstüchtigkeit der Yankees im Blut lag und er nichts dagegen hatte, Geld zu verdienen.«

Sie starrte in dem schwachen Licht auf seine Silhouette. »Ich wollte nicht andeuten, daß etwas damit nicht in Ordnung gewesen wäre oder damit, eine Gelegenheit zu ergreifen, wenn sie sich einem bietet.«

Reid gab ein kleines Geräusch von sich. »Justin war ein empfindlicher Mann, wenigstens habe ich das immer gehört. Genau wie sein Urenkel.« Er hielt inne. »Wo waren wir doch gleich?«

Es dauerte einen Augenblick, ehe Cammie weitersprach. »Und das ist der Zeitpunkt, an dem die Ereignisse ein wenig verschwommen werden. Lavinia war schwanger, als Justin nach Greenley zurückkam, und offensichtlich zählten alle Leute an den Fingern ab, wer wohl der Vater des Kindes war. Vielleicht hat sie sich einfach geweigert, ihr kleines Kind noch einmal zu verlassen, oder sie versuchte nur, das Richtige zu tun. Auf jeden Fall suchte Justin sich eine andere Frau und heiratete sie dann auch. Ein paar Wochen später brachte Lavinia ein kleines Mädchen zu Welt.«

»Und diejenigen, die nachgezählt hatten, zu welchem Schluß sind sie gekommen?« fragte Reid. »Ich frage nur, weil ich gern wissen möchte, ob einige meiner Cousins vielleicht gar nicht meine Cousins sind.«

»Niemand weiß das«, antwortete Cammie. »Ich nehme an, es war wohl zu knapp, um es genau festzustellen. Auf jeden Fall haben die folgenden Ereignisse die Leute auch nicht weiter darüber spekulieren lassen. Als das Baby erst ein paar Wochen alt war, fand man Horace tot auf dem Baumwollfeld, mit einer Kugel im Kopf. Er hatte eine Pistole in der Hand, aber alle behaupteten, er sei ein viel zu gottesfürchtiger Mann gewesen, um sich das Leben zu nehmen. Die meisten Leute nahmen an, daß Lavinia ihn erschossen hatte.«

Reid pfiff leise durch die Zähne. Nach einem Augenblick sagte er: »Sie ist aber nie dafür verhaftet worden, soweit ich weiß.«

Cammie zog die Knie an und schlang die Arme darum, dann schüttelte sie den Kopf. »Sie war die trauernde Witwe, und sie hatte gerade erst ein Kind bekommen; ihre Familie war gesellschaftlich bedeutend, und es gab keine Beweise. Wie es scheint, schafften es Frauen wie sie in den alten Tagen sogar manchmal, mit einem Mord davonzukommen. Vielleicht, weil sie selten ohne triftigen Grund handelten.«

»Glaubst du, sie hat es getan? Ich meine, glaubst du, sie ist einfach so davongekommen?« Reids Stimme klang neugierig, dennoch war ein nachdenklicher Unterton herauszuhören.

»Ich bin nicht sicher«, meinte Cammie langsam. »Es scheint so unwahrscheinlich. Und dennoch, was wäre passiert, wenn sie herausgefunden hätte, was Horace getan hat? Wenn sie nun erfahren hätte, daß sie bereits frei war, als Justin zu ihr zurückkommen wollte, daß Horace es ihr aber verschwiegen hatte? Ich glaube, an ihrer Stelle hätte ich auch daran gedacht, einen Mord zu begehen.«

»Vielleicht hat ja Justin Horace aus den gleichen Gründen umgebracht«, bemerkte er. »Vielleicht hat Lavinia herausgefunden, daß er es getan hat, aber sie konnte nicht damit leben, und deshalb sind die beiden nicht wieder zusammengekommen.«

»Du glaubst, sie hätte ihn gedeckt, weil sie wußte, daß man sie nicht für den Mord verurteilen würde?«

»Der Gedanke gefällt mir nicht sehr, aber es wäre schon möglich«, stimmte er zu.

»Aber das erklärt noch lange nicht, warum sie ihm das Land gegeben hat. Warum hat Lavinia das Grundstück Justin überschrieben?«

Reid wandte ihr den Kopf zu. »Du bezweifelst also nicht, daß sie es getan hat?«

»Eigentlich nicht. Justin war offensichtlich all die Jahre fest davon überzeugt, daß das Land ihm gehört, denn sonst hätte er doch nie die Sägemühle dort gebaut.«

»Vielleicht waren die beiden ja stille Partner?« schlug er vor. »Es geschehen manchmal die eigenartigsten Dinge.«

»Es kann aber auch sein, daß Lavinia sich schuldig fühlte, als Justin Horace erschoß, weil sie ihn dazu getrieben hatte.«

Reid neben ihr erstarrte. »Keiner meiner Urgroßväter hat sich je für so etwas bezahlen lassen, wenn du das meinst.«

»Nein, so habe ich das nicht gemeint«, lenkte Cammie vorsichtig ein. »Aber wenn nun die beiden zusammen ...«

»Nein. Ich glaube nicht, daß sie kaltblütig jemanden umgebracht haben. Vielleicht in einem Streit über die ganze Sache, das wäre möglich, aber nicht, um Lavinias Mann loszuwerden. Justin war ein regelrechter viktorianischer Patriarch, aufrecht, stolz, störrisch, nicht sehr flexibel ...«

»Eigentlich genau wie Horace, nur jünger und besser aussehend«, warf Cammie belustigt ein. Und als Reid fragend den Kopf neigte, fügte sie hinzu: »Ich habe ein Bild von Justin gesehen, im Stadtarchiv. Du siehst ihm sehr ähnlich.«

»Ich würde ja sagen, danke schön, aber ich bin mir nicht sicher, daß es ein Kompliment sein sollte.«

Sie war sicher, aber es schien ihr besser, es nicht zuzugeben. Während er von ihr wegsah, verlagerte sie ihr Gewicht, und ihre Schultern berührten einander. Durch ihre Windjacke hindurch fühlte sie die Wärme, die von seinem Körper ausging, und auch die festen Muskelstränge an seinem Arm. Es schien, als erwiderte er den Druck ihres Armes, als stütze er sie wortlos.

Cammie wich leicht zurück und leckte sich mit der Zungenspitze über ihre plötzlich trockenen Lippen, dann sagte sie: »Nun ja, ich denke, wir werden die genauen Einzelheiten wohl nie herausfinden. Lavinia könnte vielleicht sogar versucht haben, Justin in der Nähe zu behalten, oder vielleicht hat sie ihm das Land gegeben im Tausch dafür, daß er Holz für sie geschlagen hat. Oder vielleicht hat sie es sogar für Greenley getan, aus ihrem guten Herzen heraus, weil sie glaubte, die Stadt könnte die Industrie gut gebrauchen. Offensichtlich war sie ein selbstloser Mensch. Wußtest du eigentlich, daß sie einige Jahre später dreihundert Morgen Land dem Staat zur Verfügung gestellt hat, als Grundstock für das Wildreservat?«

»Und die Sayers-Hutton Tüten- und Papierfabrik hat seit dieser Zeit dem Reservat immer wieder noch mehr Land zur Verfügung gestellt. Wußtest du das?«

Sie runzelte die Stirn. »Das habe ich nicht gewußt.«

»Eine Familientradition. Das Land summierte sich schließlich auf dreißigtausend Morgen – abzüglich der dreihundert Morgen von Lavinia und der Anzahl, die von anderen Landbesitzern dazugekommen ist, natürlich.« Er lachte kurz auf. »Der Staat mag das Land zwar nicht besitzen, sondern nur für die Verwaltung des Reservates zuständig sein, aber ich möchte mal sehen, was passieren würde, wenn es jemand wagen sollte, auch nur einen Zentimeter dieser Fläche aus dem Programm herauszulösen.«

»Ich würde das nie tun, selbst wenn ich es könnte. Niemand wird versuchen, die Spechte im Reservat auszurotten.«

»Ich werde ganz sicher nicht versuchen, Spechte auszurotten«, sagte Reid mit Nachdruck.

Sie sah nicht einmal zu ihm hin. »Das hörte sich neulich aber ganz anders an.«

»Himmel, Cammie, du bringst mich dazu, daß ich mir wünsche …« Er hielt inne und zog scharf die Luft ein.

Die Spannung zwischen ihnen hatte schon die ganze Zeit existiert. In der plötzlichen Stille schien sie ein Eigenleben zu entwickeln. Cammie fühlte, wie sie über ihre Haut strich, in ihre Adern drang. Die Muskeln ihres Bauches zogen sich zusammen, und ihre Schenkel spannten sich an. Ihr Mund prickelte wie bei einer plötzlichen vermehrten Blutzufuhr, die ein Kuß hervorrief. Sie wußte instinktiv, daß Reid die Hand nach ihr ausstrecken würde, wenn sie sich bewegte, wenn sie nur ein Wort sagte. Es traf sie wie ein Schock, als ihr klar wurde, wie sehr sie sich wünschte, seine nur mühsam aufrechterhaltene Kontrolle zu durchbrechen, wie schwer es ihr fiel, sich zurückzuhalten.

Als er wieder sprach, schien seine Stimme von weit her zu kommen. »Ich möchte, daß du mir einen Gefallen tust«, sagte er.

»Was für einen?« Ihre Stimme klang nicht sehr fest.

»Gestatte mir, mit Keith über diese Sache mit dem Land zu reden, ehe du ihm sagst, was du herausgefunden hast. Ich weiß, es ist eine ganze Menge, was ich von dir verlange, aber ich möchte gern wissen, welche Ausrede er dafür findet, daß er es mir nicht gesagt hat.«

»Warum sollte ich das tun?« fragte sie und legte den Kopf ein wenig schief.

»Lediglich, um meine Neugier zu befriedigen«, meinte er mit einem Anflug von Humor. »Wirst du es tun?«

Wenn er mit ihr gestritten oder es ihr befohlen hätte, hätte sie sich geweigert. Aber wie die Dinge standen, schien seine Bitte gar nicht so abwegig zu sein.

»Warum nicht?« fragte sie.

Reid kam am nächsten Morgen eine Stunde früher in der Papierfabrik an. Es wurde ihm langsam zur Gewohnheit; er hatte herausgefunden, daß er in der ersten Stunde genausoviel Arbeit erledigen konnte wie den Rest des Morgens. Immer öfter kamen die Aufseher der Fabrik oder auch das andere Personal mit ihren Problemen und Vorschlägen zu ihm, weil sie feststellten, daß man mit ihm gut reden konnte und daß er der Sohn seines Vaters war.

Reid war stolz auf das wachsende Vertrauen, das man ihm entgegenbrachte. Und gleichzeitig fühlte er sich schuldig, weil er daran dachte zu verkaufen.

Das stimmte natürlich nicht ganz. Es würde Garantien geben, die Fabrik würde so weiterarbeiten wie zuvor, sie würde nur noch größer und profitabler werden. Doch es gab immer wieder Momente, da blickte er zu den Bildern seines Vaters, seines Großvaters und seines Urgroßvaters Justin auf und fragte sich, ob sie die Dinge wohl genauso gesehen hätten, wie er es tat.

Heute morgen schaffte er nicht sehr viel von seiner Arbeit. Er hatte die Gewinn- und Verlustrechnung und auch die Betriebsbilanz aus dem Tresor geholt und ging sie mittlerweile mindestens zum zehnten Mal durch. Es gab da noch immer ein paar Zahlen, die ihn störten. Buchhaltung war zwar nicht sein Fachgebiet, aber er hatte herausgefunden, daß das Problem im Einkauf lag. Der unterlag der Verantwortung von Keith. Sobald seine Sekretärin kam, würde er sie bitten, ihm die Kopien der für die Einkäufe ausgestellten Schecks und auch der Rechnungen der letzten sechs Monate zu bringen.

Er konnte sich nicht konzentrieren, weil er immer wieder an die letzte Nacht denken mußte. Die Erinnerung, wie er Cammie im Wald gefunden hatte, wie sie auf ihn gewartet hatte, schob sich ständig störend in seine Gedanken. Die Vorstellung dessen, was hätte geschehen können, quälte ihn. Immer wieder fragte er sich, was sie wohl getan hätte, wenn er sie in der Dunkelheit mit sich auf die weichen Piniennadeln gezogen hätte, ihre zarte Haut mit Händen und Lippen liebkost hätte.

Er sollte sich eigentlich langsam an den schmerzlichen Druck des Verlangens gewöhnt haben, den er immer dann fühlte, wenn er sie sah, und erst recht, als er neben ihr gesessen und ihre Schulter an seiner gefühlt hatte. Wenn er die Augen schloß, glaubte er, ihren Duft riechen zu können, ihren Duft nach Gardenien und nach Kleidung, die in der Sonne getrocknet worden war.

Himmel, er war vor seinem verzehrenden Verlangen nach ihr noch nicht einmal in seinem eigenen Büro sicher.

Manchmal fühlte er sich wie ein Verhungernder, dem man nur eine einzige winzige Kostprobe eines riesigen Banketts erlaubt hatte, ehe er gezwungen wurde, über die verbotenen Schätze zu wachen. Daß er sich selbst in diese Lage hineinmanövriert hatte, machte es nur noch schlimmer.

Und dennoch war all das ein bittersüßes Glück. Cammie begann, ihn als Teil ihres Lebens zu akzeptieren, selbst wenn es nicht ein wichtiger Teil ihres Lebens war; die letzte Nacht hatte das bewiesen. Sie hatte ihm geglaubt, daß er nichts von den gesetzlichen Verwicklungen über die Eigentümerschaft des Fabrikgrundstückes wußte, dessen war er ganz sicher. Obwohl es kaum möglich war, sich bei ihr überhaupt irgendeiner Sache sicher zu sein. Cammie verstand es gut, ihre wahren Gefühle zu verbergen. Zu gut.

Wenigstens hatte sie nicht getobt und gewütet, hatte ihn nicht mit Worten angegriffen. Er hatte das Gefühl, aus diesen Stunden der Nähe mit relativ wenig blutenden Wunden hervorgegangen zu sein. Aber wer wußte das schon? Wenn nichts geschah, was diese Beziehung zerstörte, könnten sie es vielleicht eines Tages sogar schaffen, eine ganze Unterhaltung durchzustehen, ohne einander zu beleidigen. Obwohl er sich da nicht so sicher war.

Seine morgendliche Ungestörtheit war vorüber, er hörte, wie die anderen Angestellten zur Arbeit kamen. Irgendwo waren sogar laute Stimmen zu hören, jemand ließ Dampf ab. Er konnte genausogut gleich nachsehen, ob Keith schon zur Arbeit gekommen war, konnte mit ihm reden und es hinter sich bringen, damit er den Kopf frei hatte für andere Dinge. Wenn sich die Gelegenheit ergab, konnte er ihm vielleicht sogar ein paar Fragen stellen über die riesigen Beträge, die für bestimmte Lieferungen ausgegeben worden waren, zum Beispiel für die Unmengen von Tinte, die die Fabrik zu verbrauchen schien, als hätte sie eine direkte Pipeline zum Verkäufer.

Als Reid aus seinem Büro trat, um den Flur zu Keiths Büro hinunterzugehen, öffnete sich am anderen Ende eine Tür, zwei Männer kamen aus einem der Büros.

Reid ging langsamer, sein gut geschärfter Instinkt erwachte.

Bei dem harten, unerbittlichen Aussehen der beiden Männer, den abschätzenden, beinahe unverschämten Blicken, die sie ihm zuwarfen, zogen sich seine Bauchmuskeln zusammen. In diesem Augenblick vermißte er das beruhigende Gefühl, eine Waffe zu tragen. Es war das erste Mal seit Wochen, daß ihm dieser Gedanke kam, das erste Mal, seit er nach Greenley zurückgekehrt war.

Die beiden Männer, Fremde, soweit er es beurteilen konnte, nickten ihm höflich zu, dann gingen sie schnell den Flur hinunter zum Ausgang des Gebäudes. Reid sah ihnen mit gerunzelter Stirn nach, als ihm klar wurde, daß es Keiths Büro war, aus dem sie gekommen waren. Sein Gesichtsausdruck verhärtete sich, als er schnell den Flur hinunterging. Er klopfte einmal und öffnete dann die Tür, ohne auf eine Antwort zu warten.

Keith saß zusammengesunken hinter seinem Schreibtisch, eine Hand auf seinen Bauch gepreßt. Er drückte ein blutverschmiertes Taschentuch an seinen Mundwinkel und sah sich dann das Ergebnis an. Als er hörte, wie die Tür sich öffnete, sah er auf und zeigte dabei ein blutunterlaufenes Auge, das sehr schnell blau wurde.

»Was willst du?« fragte er undeutlich.

»Nichts, das nicht warten kann. Brauchst du einen Arzt oder jemanden, der dich ins Krankenhaus fährt?« Der angerichtete Schaden sah eher schmerzhaft aus als lebensbedrohlich, doch es bestand ja noch immer die Möglichkeit, daß er auch innere Verletzungen davongetragen hatte.

»Ich brauche gar nichts – ganz besonders nicht von dir«, murmelte Keith; es fiel ihm sichtlich schwer zu sprechen, während er die Hand auf seine Rippen preßte. »Mach, daß du rauskommst, und laß mich allein.«

Es war offensichtlich, daß Keith nicht über den Vorfall reden wollte. Es war auch nicht schwer, sich den Grund dafür vorzustellen. Man hatte ihn zusammengeschlagen, und die Männer, die das getan hatten, waren nicht unbedingt Freunde von ihm. Reid nahm an, daß es sich um professionelle Schläger gehandelt hatte. Cammies Klagen über den verschwenderischen Lebensstil ihres Mannes und die Schlüsse, zu denen er selbst gekommen war, ergaben einen sehr interessanten Sinn.

Langsam kam wieder Farbe in Keiths Gesicht, wahrscheinlich war es die Wut, die seine Wangen erröten ließ. Reid starrte auf den schwachen, genußsüchtigen Mann, der mit Cammie verheiratet gewesen war, und war erstaunt, wie wenig Mitleid er für ihn fühlte. Aus Gründen, die er gar nicht weiter untersuchen wollte, wünschte er, daß er selbst auch einige der Schläge ausgeteilt hätte, die das Gesicht seines Gegenübers verunstaltet hatten.

Einen Augenblick noch betrachtete Reid den Mann vor sich, dann meinte er mit harter Stimme: »Wenn du so weit wiederhergestellt bist, um reden zu können, Hutton, dann wirst du vielleicht auch noch eine andere Warnung verstehen können, ob sie nun schmerzhaft ist oder nicht. Um Evergreen herumzuschleichen, kann ganz schön gefährlich werden. Ein Mann könnte ernsthaft dabei verwundet werden, wenn er nicht vorsichtig ist.«

Cammies Mann warf ihm einen höhnischen Blick zu. »Du bist gerade der Richtige – um so etwas zu sagen.«

»Das könnte man sagen«, stimmte Reid ihm zu und gab Keiths Worten eine ganz andere Bedeutung als die, die er beabsichtigt hatte. »Und ich würde dir raten, gut aufzupassen.«

»Cammie ist ... meine Frau. Sie wäre zu mir zurückgekommen, wenn ... wenn du nicht überall herumgeschnüffelt hättest.«

»Wenn du das glaubst, bist du ein noch größerer Dummkopf, als ich angenommen habe. Und da wir gerade davon sprechen, vielleicht kannst du mir eine Frage beantworten. Es würde mich wirklich interessieren zu erfahren, warum mir niemand etwas von dem Problem mit dem Eigentumsrecht für das Land erzählt hat, auf dem dieses Gebäude hier steht.«

Keith Hutton starrte ihn mit großen, glasigen Augen an,

ehe er sie schloß und dann aufstöhnte. »Jesus, was für ein … Zeitpunkt, um jetzt damit anzukommen.«

»Dann weißt du also davon, das dachte ich mir. Was hattest du denn vor? Irgendwann einmal mußte ich es sowieso erfahren.«

»Du … du solltest mit Gordon darüber reden. Ja, genau, er kann dir alles darüber sagen.«

»Worüber?« Die Frage, herrisch, scharf und dennoch voll Sorge, kam von der offenen Tür. Gordon Hutton trat in das Zimmer. Als er den Zustand seines Bruders sah, preßte er die Lippen zu einer dünnen Linie zusammen. Er wirbelte herum und schloß die Tür hinter sich. »Was ist hier los?«

Keith sah seinen Bruder mit einem Anflug von Angst in seinen wäßrigen Augen an. Er ließ das Taschentuch sinken und schlang beide Hände um seine schmerzenden Rippen. »Sayers ist sauer … weil niemand ihm etwas davon gesagt hat, daß die Eigentumsurkunde über das Grundstück nirgendwo zu finden ist.«

Gordon Huttons Gesicht war ganz blaß, seine Augen blickten kalt, als er Reid ansah. »Und du hast meinem Bruder gegenüber die Fäuste sprechen lassen? Wenn das deine Art ist, Geschäftsverhandlungen zu führen, dann ist es gut, daß du aus der Fabrik herauskommst!«

Reid zog eine Augenbraue hoch, doch noch ehe er etwas sagen konnte, sprach Keith: »Laß es gut sein, Gordie. Ich … ich habe wahrscheinlich auch einige Dinge gesagt, die ich besser für mich behalten hätte. Auf jeden Fall hat Sayers doch auch etwas bei diesem Geschäft zu verlieren. Du kannst ihm doch sagen, wie es war, nicht wahr?«

Keith wollte offensichtlich vermeiden, daß sein Bruder erfuhr, was sich wirklich in seinem Büro abgespielt hatte. Reids erster Impuls war, die Dinge richtigzustellen. Doch als er dann darüber nachdachte, erschien es ihm eher als Vorteil, wenn Keith ihm etwas schuldig war, wenigstens so lange, bis er herausfand, warum er zum Bösewicht gemacht worden war.

Mit einem Blick auf Keiths Bruder sagte er: »Vielleicht habe ich meine Fragen ja auch nur dem falschen Mann gestellt.«

Gordon Hutton brummte: »Ich habe in einer halben Stunde eine Besprechung, und vorher muß ich noch eine ganze Menge Unterlagen durcharbeiten, aber ich kann fünf Minuten für dich erübrigen. Komm in mein Büro.«

Der gebieterische Befehl mochte eine Möglichkeit sein, Zeit herauszuschlagen, doch Reid glaubte eher, daß es um ein Spiel der Macht ging, um einen Versuch, die Oberhand zu gewinnen, indem Gordon Reid zwang, auf seinem eigenen Territorium mit ihm zu reden. Reid hatte dieses Spiel schon so oft bei Militärexperten erlebt, er hatte genug davon gesehen, für sein ganzes Leben. Mit ausgesucht höflicher Stimme und unnachgiebigem Blick meinte er: »Mein Büro ist näher, ich werde dich nicht länger als unbedingt nötig aufhalten.«

Mit schnellen Schritten ging Gordon vor ihm her über den Flur. Es war offensichtlich, daß er dem Drang widerstehen mußte, hinter den Schreibtisch zu gehen und seinen üblichen Platz dort einzunehmen, als sie Reids Büro betraten. Er hielt sich zurück, indem er sich hinter den Besucherstuhl stellte und die Lehne umklammerte.

Reid, der seine Übermacht damit hätte demonstrieren können, indem er seinen Platz hinter dem Schreibtisch einnahm, zog es vor, sich auf die Schreibtischkante zu hocken. Er machte sich nicht die Mühe, die Diskussion zu beginnen, sondern wartete und zwang somit Gordon, eine Erklärung abzugeben. Sekundenlang glaubte er, Gordon würde endlich Farbe bekennen. Sein Gesicht war angespannt, sein Benehmen überheblich. Er preßte die Lippen zusammen und zog die Mundwinkel nach unten, dann begann er zu sprechen.

»Die Geschichte mit der Besitzurkunde zieht sich schon seit einiger Zeit hin, zu lange schon, wenn du mich fragst. Wir haben einen vorläufigen Bericht bekommen, aber mir schien es das beste, ihn erst einmal zu überprüfen. Ich wollte sichergehen, daß der ganzen Sache nicht irgendein idiotischer Fehler des Mädchens zugrunde liegt, das die Untersuchungen angestellt hat. Du mußt verstehen, daß wir mit diesen Ergebnissen nichts anfangen können, bis wir wirklich sicher sind.«

Der Klang von Gordons Stimme ging Reid auf die Nerven. »Dann warst also du derjenige, der sich mit dem Anwaltsbüro in Verbindung gesetzt und die Suche nach der Urkunde angeregt hat?«

»Das war Teil der normalen Routine, als die Möglichkeit eines Verkaufs erwogen wurde, ja.«

Reid nickte.

»Aber du hast die Ergebnisse nicht meinem Vater mitgeteilt.«

Gordon lächelte dünn. »Was man herausgefunden hatte, war so unwahrscheinlich, daß es dumm gewesen wäre, sich darüber aufzuregen. Gutes Geschäftsgebaren erfordert eine gründliche Wertung der Dinge, ehe man eine Entscheidung treffen kann, und dann langsames, vorsichtiges Erwägen ...«

»Du brauchst mich nicht so gönnerhaft zu behandeln, Hutton«, sagte Reid, nur mühsam beherrscht. »Mir ist sehr wohl klar, daß man die gesetzlichen Wege einhalten und Vorsorge treffen muß, um sich gegen mögliche Fehler zu schützen. Aber mir ist auch klar, daß man den vorläufigen Bericht schon vor Wochen hätte offenlegen sollen. Mich interessiert, warum das nicht geschehen ist.«

Hutton biß die Zähne zusammen. »Und ich möchte wissen, wie du dahintergekommen bist. Ich werde keine undichten Stellen in meinem Betrieb dulden ...«

»In unserem Betrieb«, korrigierte Reid ihn. »Und wie ich es herausgefunden habe, ist jetzt nicht wichtig, ich bin sogar extrem dankbar für diese besondere undichte Stelle.«

»Schon gut, schon gut, aber alles, was ich getan habe, war, deine Interessen zu schützen, so wie meine und auch die von Keith. Ich glaube kaum, daß du dir ein Multimillionen-Dollar-Geschäft entgehen lassen willst, nur weil ein dummes

Mädchen, das eine Urkunde nicht von seiner rechten Titte unterscheiden kann, irgend etwas behauptet. Du wärst nicht nach Hause zurückgekommen, hättest dich nicht in die Führung der Fabrik eingemischt, die du seit Jahren überhaupt nicht beachtet hast, wenn du kein Interesse daran hättest, das zu schützen, was dir gehört.«

Reid fühlte, wie seine Wut immer größer wurde, obwohl er sich noch immer unter Kontrolle hielt. »Du glaubst wohl, du hast mich durchschaut, nicht wahr?«

»Richtig.« Gordons Gesichtsausdruck zeigte kalte Verachtung. »Du bist es leid, deinen Hals für ein paar Dollar in gottverlassenen Löchern zu riskieren. Du hast gedacht, du könntest nach Hause zurückkehren, wo das Leben einfach ist, und da weitermachen, wo dein lieber alter Dad aufgehört hat. Der Zeitpunkt dafür ist einfach erstklassig, wo gerade der Verkauf vor der Tür steht; du kannst deinen Teil vom Erlös einstreichen, dich zurücklehnen und brauchst nie wieder einen Finger zu krümmen. Fein, meinetwegen. Aber erspar mir bloß den Bockmist darüber, was passiert, bis der Verkauf abgeschlossen ist.«

»Angenommen«, meinte Reid ruhig, »es stellt sich heraus, daß die Fabrik Cammie gehört?«

»Zu schade. Wir sind nicht bereit, sie einer verdammten Frau zu überlassen, die nie etwas damit zu tun hatte, nur wegen eines Stücks Papier, das nicht aufzufinden ist.«

»Warum nicht, wenn die Sache mit dem Landbesitz sich als gesetzmäßig herausstellt?«

Gordon Hutton starrte ihn lange an, dann fluchte er leise. »Dieses Biest. Ich hätte es wissen müssen. Sie hat dich um den Finger gewickelt, wie all die anderen auch, genau wie sie Keith eingewickelt hatte, bis er Manns genug war, sich von ihr zu befreien. Ich weiß zwar nicht genau, was sie da zwischen den Beinen hat, daß sie damit einen erwachsenen Mann in eine schwache Niete verwandeln kann, aber es muß mächtig heiß sein.«

Mit einer geschmeidigen Bewegung, die all seine Kraft zeigte, stand Reid vom Schreibtisch auf. Mit zwei Schritten hatte er den Abstand zwischen sich und seinem Gegenüber überbrückt. Er schob den Stuhl zwischen ihnen beiseite, dann streckte er die Hand aus und griff nach Gordon Huttons Hemd. Er zog den schweren Mann daran in die Höhe.

»Diese Dame«, sagte er leise und doch sehr betont, »ist eine wunderschöne und intelligente Frau. Es stört mich, wenn von ihr in dem Ton gesprochen wird, wie du ihn gerade benutzt hast. Und wenn mich jemand verärgert, habe ich manchmal den unwiderstehlichen Drang, gewalttätig zu werden. Glaubst du, daß du das verstehen kannst?«

Huttons Augen waren glasig und quollen ein Stück hervor. Er versuchte zu sprechen, doch nur ein erstickter Laut kam aus seiner Kehle. Reid lockerte seinen Griff ein wenig.

»Ja, schon gut, ich verstehe«, keuchte Hutton.

»Gut.« Reid ließ ihn los und strich über die Falten im Hemd und auf der Jacke des anderen Mannes. »Vielleicht geht dir dann ja auch auf, daß du mich nicht so gut kennst, wie du glaubst. Du hast nicht die geringste Ahnung, was ich fühle oder was ich will. Und du bist weder geistig noch moralisch dazu gerüstet, es zu vermuten.«

Er trat einen Schritt zurück. Mit Nachdruck fügte er hinzu: »Eines werde ich dir sagen, und ich hoffe, du prägst es dir ein. Ich möchte auf keinen Fall, daß bei diesem Verkauf etwas nicht mit rechten Dingen zugeht. Ich möchte nicht, daß Cammie in irgendeiner Weise belästigt wird. Und ich möchte von jeder einzelnen neuen Entwicklung informiert werden. In der Tat würde ich sogar vorschlagen, daß Lane, Endicott und Lane ihre Berichte in Zukunft direkt an mich leiten. Das würde mir ein besseres Gefühl geben, und ich brauchte mir nicht mehr so viel Gedanken darüber zu machen.«

Der Blick, mit dem Gordon Hutton ihn bedachte, war voll brennenden Hasses und verletztem Stolz, aber er antwortete nicht. Er strich seine Kleidung glatt und reckte dann die Schultern. »Das wird dir noch einmal leid tun.«

»Vielleicht«, stimmte Reid ihm zu. »Aber das bezweifle ich. Und du wirst feststellen, daß es sich auszahlt, auf seine Worte zu achten – wenn wir nämlich eine Klage an den Hals bekommen für die Zahlung von Pacht für einhundert Jahre, zusätzlich der Zinsen.«

»Das würde sie nicht wagen.«

Reids Lächeln war ein wenig anzüglich. »Glaubst du nicht? Ich behaupte zwar nicht, die Dame sehr gut zu kennen, aber ich würde nicht sagen, daß sie große Vorliebe für einen von uns hegt. Und insofern halte ich es für sehr wahrscheinlich, daß sie das tut.«

11. Kapitel

Der Country-Club auf dem Berg mit der herrlichen Aussicht über den See war einst ein Herrenhaus gewesen. Der mit Säulen überdachte Eingang war noch immer ziemlich eindrucksvoll. Was damals ein Ballsaal gewesen war, diente jetzt als hübscher Rahmen zum Essen und Tanzen. Die vielen großen Fenster und die Flügeltüren zum See und zur Terrasse, die sich auf mehreren Ebenen bis zum Wasser hin erstreckte, gaben dem Raum einen Anflug von Anmut und Geschmack.

Das zumindest stimmte mit dem Club. Das Haus selbst mußte dringend angestrichen werden, die Vorhänge im Haus waren zerschlissen, das Essen, das serviert wurde, war kaum angemessen. Der Swimmingpool und der Golfplatz waren zwar erhalten, aber es war schon Jahre her, seit die Tennisplätze einen neuen Belag erhalten hatten. Die Mitgliederzahl in diesem Club war schon seit einigen Jahren rückläufig, doch niemand schien sich daran zu stören. Die Tage, da es ein Statussymbol gewesen war, diesem Club anzugehören, schienen vorbei zu sein.

Es war gut möglich, daß die Mentalität, einem Country-Club angehören zu müssen, mit der Generation des Zweiten Weltkrieges ausstarb, die diese Art von Clubs hervorgebracht hatte. Doch noch eher war der langsame Abstieg des Clubs das Anzeichen einer stagnierenden Wirtschaft, einer sterbenden Stadt.

Cammie stand auf der überdachten Veranda des alten Wochenendhauses ihrer Familie auf der anderen Seite des schmalen Seitenarms des Sees, dem Club gegenüber, und sah den Aktivitäten dort drüben zu. Sie sah die Laternen, die am Ufer entlang aufgehängt worden waren, und hörte die Musik, die über den See zu ihr herüber tönte. Dort drüben wurde eine Hochzeit gefeiert. Sie hatte der Trauung in der Kirche beigewohnt und war auch für einige Zeit aus Höflichkeit auf dem Hochzeitsempfang im Country-Club gewesen. Doch sie hatte sich schon früh wieder weggeschlichen. Es war eine nette Feier gewesen, aber sie stand weder der Braut noch dem Bräutigam nahe genug, um auf die Abfahrt der beiden zur Hochzeitsreise warten zu müssen. Da sie sowieso am See bleiben wollte, hatte sie ein paar Sachen eingepackt und sich für die Nacht im Wochenendhaus eingerichtet.

Sie und Keith hatten ihren Hochzeitsempfang auch im Country-Club gefeiert. Es war eine der schöneren Erinnerungen aus ihrer Ehe. Die Musik war sehr sentimental gewesen, und der Champagner war ihr zu Kopf gestiegen. Ihr Kleid war ein Traum aus Seide und Spitze gewesen, mit Pailletten besetzt, in der Farbe des Kerzenlichtes, und Keith hatte ausgesehen wie ein Bräutigam von einer Hochzeitstorte. Er war so stolz und so glücklich gewesen. Über allem hatte die Erregung eines Neubeginns gelegen, wenigstens hatte sie das damals geglaubt.

Doch auch das Ende einer Ehe, so überlegte sie jetzt, war nicht unbedingt nur schrecklich. Die guten Zeiten, auch wenn sie nur kurz und flüchtig gewesen waren, blieben als Erinnerung im Herzen und verursachten noch immer Unbehagen.

Es gab da noch den goldenen Topasring, den Keith ihr auf ihrer Hochzeitsreise nach Mexiko gekauft hatte. Er hatte gewußt, daß er ihr gefiel, als sie ihn im Geschäft gesehen hatte, und er hatte gewartet, bis sie ihren Mittagsschlaf machte, war zu dem Geschäft zurückgegangen und hatte ihn gekauft. Er versteckte ihn auf dem Boden eines Glases mit einem Cocktail. Sie mochte den Drink nicht sehr, sie hatte ein paarmal daran genippt und wollte schon den Rest über den Balkon ihres Hotelzimmers am Strand schütten. Keith hatte beinahe einen Herzanfall bekommen.

Und dann hatte es den Tag gegeben, etwa ein Jahr später, als Keith sein Fischerboot verkauft hatte, um die Anzahlung für den Sportwagen bezahlen zu können, von dem er glaubte, sie wolle ihn haben. Sie konnten sich den Wagen gar nicht leisten, sie hatte ihn nur bewundert, weil er das von ihr erwartete. Dennoch war es lieb von ihm gewesen, ihn ihr zu schenken. Sie hatte den Wagen mit der Knüppelschaltung und den Sitzen, in denen man beinahe auf dem Boden saß, gehaßt, doch es hatte Monate gedauert, bis Keith etwas davon gemerkt hatte.

Keith hat eine andere Art von Frau gebraucht, dachte sie, eine Frau, die viel frivoler war als sie, weniger nüchtern und gefühlsmäßig, nicht so anspruchsvoll – eine Frau, die begeistert gewesen wäre über einen Sportwagen oder voller überschwenglicher Begeisterung über einen Ring in einem Cocktail. Er brauchte eine Frau, die materielle Geschenke als den einzigen Ausdruck von Liebe und Zuneigung, dessen Keith fähig war, akzeptiert hätte. Ich bin diese Frau nie gewesen, dachte sie, auch wenn ich es damals noch so sehr versucht habe.

Cammie wandte sich um und starrte über den See, als sie plötzlich aus den Augenwinkeln eine Bewegung auf dem Wasser sah. Es war ein Fiberglasboot, das über die Wellen glitt, der Bootsführer saß im Heck des Bootes. Das leise Brummen des Motors schallte zu ihr hinüber, und Augenblicke später stellte sie fest, daß das Boot auf den Anleger ihres Hauses zufuhr.

Sie blickte an sich hinunter und erkannte, daß sie in ihrem weißen T-Shirt und dem cremefarbenen Rock deutlich auf der überdachten Veranda sichtbar war. Sie trat einen Schritt zurück, bereit, im Haus zu verschwinden. Ein Besucher war jetzt das letzte, was sie gebrauchen konnte.

»Lauf nicht weg, meine Süße, ich bin's doch nur!«

Der Ruf vom Wasser ließ sie innehalten. Wen Marston. Die Stimme voller Humor erkannte sie sofort.

Mit einem tiefen Aufatmen wich die Anspannung von Cammie. Lächelnd öffnete sie die Tür der Veranda und ging den Kiesweg zum See hinunter. Als das Boot an den Anleger stieß, fing sie die Leine auf, die Wen ihr zuwarf, dann trat sie zurück, als ihre Cousine die Leiter zum Anleger hochkletterte.

»Was tust du hier draußen, so spät am Abend?« erkundigte Cammie sich.

»Ich besuche dich, mein Schatz. Ich habe die Hochzeit ausfallen lassen, und zu dem Empfang dort drüben war ich zu spät – die alte Mrs. Connelly hat mich gerufen, damit ich mir die diamantene Anstecknadel ihrer Großmutter noch einmal ansehe. Dabei hat die Frau überhaupt nicht die Absicht, sie zu verkaufen. Nun ja, jemand sagte, er hätte dich gesehen, wie du hierhergefahren bist. Und da dachte ich, ich komme zu dir und erzähle dir die großartige Geschichte, die ich gerade gehört habe.«

Cammie unterdrückte ein Lächeln, als Wen ununterbrochen redete, während sie auf das Haus zugingen. »Komm rein, dann mache ich dir einen Drink.«

»Das läßt sich hören.«

Cammie goß Wen einen steifen Bourbon mit Cola ein und für sich ein Glas Weißwein. Sie nahmen ihre Gläser mit auf die Veranda, da es draußen angenehm warm war. Sie setzten sich in zwei Gartenstühle aus Zypressenholz, lehnten sich zurück und atmeten tief die sanfte Nachtluft ein. In dem schwachen Licht, das aus der Küche auf die Veranda fiel, konnten sie einander kaum erkennen.

»Ich weiß nicht, warum du nicht hierherziehst«, meinte Wen und nahm einen großen Schluck von ihrem Drink. »Wenn das mein Haus wäre, würde ich das sofort tun.«

»Ich habe ab und zu schon einmal daran gedacht.«

Das Wochenendhaus mit den beiden Schlafzimmern und einem einzigen großen Raum, der zugleich als Küche, Eßzimmer und Wohnzimmer diente, war zwar nicht sehr groß, aber gemütlich. Das niedrige Dach, das auch die umlaufende Veranda überdachte, die hohen Bäume und der große Kamin mit seiner Holzverkleidung gaben ihm ein viel geräumigeres Aussehen, als es von außen den Anschein hatte. Es machte einen friedlichen Eindruck und erinnerte an lange, verträumte Sommer, ruhige Winterabende und unendliche Gemütlichkeit. Aber es lag beinahe fünfzehn Meilen außerhalb der Stadt, und es war nicht Evergreen.

Die beiden unterhielten sich eine Weile über dies und das, dann fragte Cammie: »Also, was ist mit deiner Geschichte? Laß mich nicht länger zappeln.«

Wen warf Cammie, die entspannt in ihrem Gartenstuhl lehnte, einen skeptischen Blick zu, dann nahm sie noch einen Schluck von ihrem Drink. »Also gut«, begann sie. »Da ist dieses Mädchen, das für Arthur Lane arbeitet – ein ruhiges kleines Ding, ein wenig mausgrau. Sie hieß Reese, ehe sie den Jungen der Baylors geheiratet hat. Im letzten Jahr haben sie sich scheiden lassen, erinnerst du dich?«

»Janet Baylor.« Ein eisiger Schauer lief Cammie über den Rücken, der nichts mit dem Glas mit kühlem Wein in ihrer Hand zu tun hatte. Janet war die Anwaltsgehilfin, die herausgefunden hatte, daß es die Besitzurkunde für das Land der Papierfabrik nicht gab.

»Richtig«, meinte Wen und warf ihr in dem schwachen Licht einen eindringlichen Blick zu. »Wie es scheint, hat sie in dem Apartment draußen auf der alten Friedhofstraße gewohnt, seit sie sich von ihrem Mann getrennt hat. Nun ja, und gestern morgen ist sie nicht zur Arbeit gekommen. Eines der anderen Mädchen aus dem Anwaltsbüro hat bei ihr angerufen, doch sie hat sich nicht gemeldet. Niemand hat sich etwas dabei gedacht, aber heute morgen ist sie auch nicht zur Arbeit gekommen. Und als niemand sie erreichen konnte, hat man bei ihrer Mutter angerufen. Sie ist in ihre Wohnung gegangen, um nach ihr zu sehen. Aber Janet war weg.«

»Einfach … weg?«

»Ihre Schränke waren leer, nichts war mehr im Bad, ihre Handtasche und ihr Wagen waren auch nirgendwo zu finden. Es sieht ganz so aus, als hätte sie all ihre Sachen gepackt und sei verschwunden. Ihr Frühstücksgeschirr stand noch auf dem Tisch, im Kühlschrank waren noch Lebensmittel, ihre Fotoalben sind noch da und eine Schublade voller Andenken, die ein Mädchen so aufhebt – getrocknete Blumen, leere Pralinenschachteln vom Valentinstag, die Gläser, mit denen sie bei ihrer Hochzeit angestoßen hatten. Alles sah aus, als wäre sie in aller Eile verschwunden. Aber sie hat niemandem gesagt, wohin sie gefahren ist oder wann sie zurückkommt.«

»Und niemand hat sie wegfahren sehen?«

Wen schüttelte den Kopf. »Ihren Wagen haben sie heute am späten Nachmittag gefunden, er stand auf dem Parkplatz des St. Francis Hospitals in Monroe. Sie denken, daß sie von dort aus vielleicht zur Bushaltestelle gegangen ist, denn die ist in der Nähe, aber niemand kann sich daran erinnern, sie gesehen zu haben. Soweit man weiß, ist sie ganz einfach verschwunden.«

Cammie blickte mit gerunzelter Stirn über den See. Der Mond stieg gerade hinter den Bäumen hervor. Sie sah, wie er einen silbernen Strahl über das Wasser warf. »Warum sollte sie so etwas tun? Hat denn niemand eine Ahnung?«

»Es gibt nicht viele Anhaltspunkte«, meinte Wen und zuckte mit den Schultern. »Janet war kein Mädchen, das viele Männerfreundschaften hatte. Sie hat nicht getrunken und ist auch nie außerhalb der Stadt durch die Kneipen gezogen. Das einzig Ungewöhnliche ist, daß sie am Abend vor ihrem Verschwinden einen männlichen Besucher hatte. Aber das hat auch nur eine einzige Frau beobachtet, eine Witwe, die in der gleichen Straße wie sie wohnt. Es war schon beinahe dunkel, und die Frau sieht auch nicht mehr so gut wie früher, deshalb hat sie den Mann nicht erkennen können.«

»Hat es denn irgendwelche Anzeichen eines Kampfes gegeben?«

»Es deutet jedenfalls nichts darauf hin. Wie es scheint, hat Janet ihre Wohnung aus freien Stücken verlassen. Einige glauben, daß sie zusammen mit ihrem Besucher verschwunden ist und daß ihr Wagen vielleicht später gestohlen wurde. Entweder das, oder die beiden haben sich abgesprochen, sich außerhalb der Stadt zu treffen, damit man sie nicht miteinander sieht, und haben dann ein Taxi zum Flughafen genommen, für ein romantisches Treffen irgendwo. Auf der anderen Seite besteht natürlich auch die Möglichkeit, daß irgendein Verrückter sie dazu überredet hat, mit ihm zu gehen, und man ihren Körper irgendwann einmal im Straßengraben findet.«

Cammie schwieg nachdenklich. Vielleicht hatte Janet Baylors Verschwinden ja wirklich nichts mit ihrer Entdeckung im Gericht zu tun, aber immerhin bestand diese Möglichkeit. Wenn es eine Verbindung gab, dann war es vielleicht wichtig, daß der Sheriff erfuhr, worum es hier überhaupt ging. Es beunruhigte Cammie, daß sie die Sache an die Öffentlichkeit bringen mußte, aber es würde wohl nicht anders gehen.

»Janet hat mich in der letzten Woche besucht«, sagte sie. Seufzend stellte sie ihr Weinglas auf den Stuhl neben sich, dann fuhr sie sich mit den Fingern durchs Haar und stützte den Kopf in die Hand. Sie erzählte Wen die Geschichte, die die Anwaltsgehilfin ihr berichtet hatte.

»Das erklärt einiges«, meinte Wen grimmig, als Cammie geendet hatte. »Nancy Clemens, eine der Frauen im Büro des Gerichtssekretärs, hat mir erzählt, daß sich jemand vor ein paar Tagen mit dem Messer an einigen der Bücher zu schaffen gemacht hat. Sie sagte, einige große Seiten wären aus den Büchern herausgeschnitten worden, obwohl sie nicht genau weiß, wann das passiert ist.«

»Es würde ja einen Sinn ergeben, wenn es sich dabei um die Scheidungsurkunden handeln würde«, meinte Cammie mit gerunzelter Stirn. »Aber ich kann nicht glauben, daß Janet so etwas tun würde. Sie scheint gar nicht der Typ dafür zu sein.«

Wen schnaufte verächtlich. »Die Menschen tun Dinge, die du nie für möglich halten würdest, wenn man ihnen dafür nur die richtige Summe Geldes bietet.«

»Aber jeder weiß doch, daß sie an diesen Büchern gearbeitet hat, alle wissen, wann sie gekommen und wann sie gegangen ist. Da ist es doch viel zu offensichtlich, wenn sie so etwas tun würde.«

»Jemand, der dort arbeitet, wird meistens als letzter verdächtigt. Natürlich könnte sich auch jemand an den Büchern zu schaffen gemacht haben, der von ihrer Entdeckung gewußt hat, jemand, der gehofft hat, daß es lange dauert, bis man feststellt, daß die Seiten in den Büchern fehlen. Nancy Clemens ist ein besonders ordentlicher Mensch. Sie hat ein Stückchen Papier vom Boden aufgehoben und hat sofort erkannt, daß es nur aus einem der alten Bücher stammen konnte.«

»Ich muß nach Hause fahren und Bud anrufen«, sagte Cammie. Im Wochenendhaus gab es kein Telefon, das war einer der Vorzüge, wenn man hier draußen war.

»Er wird froh sein, wenn er einen Anhaltspunkt hat«, stimmte Wen ihr zu. »Obwohl ich gar nicht so sicher bin, ob ich mich darüber freuen sollte, wenn er Janet und die fehlenden Papiere erwischt. Dir ist doch wohl klar, daß damit gerade meine Seite der Familie rückwirkend als unehelich erklärt worden ist?«

Cammie wandte sich ihr in dem schwachen Licht zu. »Ich weiß, und es tut mir leid. Aber das macht doch sicher jetzt nichts mehr aus.«

»Dir vielleicht nicht. Du hast den Namen und das große Haus – und vielleicht sogar die Fabrik.« Der Unterton von Neid, auch wenn er von Humor überdeckt war, war offensichtlich in Wens Stimme.

»Aber doch nur durch den Zufall der Geburt«, widersprach Cammie. »Ich kann doch nicht behaupten, daß das mein Verdienst ist, und demnach kann man mich auch nicht dafür verantwortlich machen.«

»Und nett bist du auch noch.« Wen stöhnte. »Und siehst so großartig aus, daß die Männer sich um dich prügeln. Ich kann es nicht ertragen.«

»Mach dich doch nicht lächerlich.« Cammie griff nach ihrem Weinglas.

»Weißt du das etwa nicht? Durch meine nie abreißende Verbindung zur Gerüchteküche habe ich erfahren, daß Keith und Reid vor ein paar Tagen in Keiths Büro eine ziemliche Auseinandersetzung hatten. Keith hat ordentlich etwas abbekommen.«

»Was willst du damit sagen?« fuhr Cammie auf.

»Ein blaues Auge, eine blutige Nase und zwei angeknackste Rippen«, erklärte Wen knapp.

»Reid würde das nie ...«, begann Cammie, doch dann hielt sie inne. Er hatte etwas davon gesagt, daß er mit Keith reden wollte. Vielleicht war ihm die Unterhaltung entglitten. »Wer hat denn so etwas erzählt? Etwa eine der Sekretärinnen aus der Fabrik?« fragte sie.

»Ich glaube, es war Vona Hutton. Gordon kam nach Hause und war wütend darüber, und er hat seine ganze Wut an der armen Vona ausgelassen. Natürlich mußte sie mit jemandem darüber reden, wenigstens um ihre verletzten Gefühle ein wenig zu beruhigen. Und sie war ausgerechnet an diesem Tag an der Reihe, um bei der Dekoration der Kirche zu helfen. Und da ist es wohl passiert.«

Die Quelle des Gerüchts schien unanfechtbar zu sein, dennoch war Cammie sehr nachdenklich. Die ganze Sache paßte nicht zu dem, was sie über Reids außergewöhnliche Selbstkontrolle erfahren hatte. Es war natürlich möglich, daß er sich gar nicht hatte zurückhalten wollen.

Wen blieb nur so lange, bis sie ihren Drink ausgetrunken hatte und die Lichter im Club auf der anderen Seite des Sees langsam ausgingen. Während sie sich noch über die Neuigkeiten unterhielten, die Wen mitgebracht hatte, wurde Cammie klar, daß ihre Freundin gern noch ein wenig mehr über den Hintergrund der ganzen Geschichte erfahren hätte. Sie war sich nicht sicher, warum Wen sich mit ihren Fragen zurückhielt, aber Diskretion war bestimmt nicht der Grund dafür.

Cammie begleitete Wen bis zum Anlegesteg. Dort verabschiedete sie sich, Wen kletterte wieder die Leiter hinunter in ihr Boot und startete den Motor. Cammie machte die Leine los und warf sie ins Heck des Bootes. Als Wen gerade die Hand zum Gashebel ausstrecken wollte, hielt sie noch einmal inne.

»Also, was wirst du tun, wenn die Urkunden nicht wieder auftauchen und du nicht beweisen kannst, daß die Fabrik dir gehört?« wollte sie wissen.

»Ich weiß nicht«, antwortete Cammie. »Ich habe nie einen Beweis dafür gesehen, daß die Fabrik wirklich mir gehört.«

Inzwischen war das Boot schon ein Stück auf das Wasser hinausgetrieben, der Motor brummte leise. Wen mußte lauter sprechen, damit Cammie sie noch verstehen konnte. »Ja. Nun, ich kann mir eine Menge Leute denken, die gern dafür sorgen würden, daß die Beweise nie gefunden werden, schon deshalb nicht, weil du dich gegen eine Vergrößerung der Fabrik ausgesprochen hast. Außerdem gibt es sicher auch viele Leute außer mir, die es nicht gern sehen würden, wenn aus ihrem Stammbaum Feuerholz gemacht wird. Sei sehr vorsichtig, hast du gehört?«

Cammie hob nur eine Hand und winkte Wen noch einmal zu. Wen lenkte das Boot in einer weiten Kurve auf das offene Wasser, dann fuhr sie über den See in Richtung des Country-Clubs davon.

Cammie sah ihr nach, bis das Boot in der Dunkelheit verschwand. Sie glaubte noch zu erkennen, wie es zum Steg des Clubs fuhr, dann hörte sie, wie der Motor abgestellt wurde. Eine Weile blieb sie noch auf dem Anlegesteg stehen und dachte über das nach, was Wen gesagt hatte.

War es wirklich möglich, daß jemand Janet Baylor etwas angetan hatte wegen dem, was sie herausgefunden hatte? Und wenn Janet Baylor wirklich für jemanden eine solche Bedrohung darstellte, was war dann mit ihr selbst?

Cammie wünschte sich, sie wäre in Evergreen. Als sie von dort weggefahren war, hatte sie sich gefühlt, als sei sie aus einem Goldfischglas entkommen. Sie hatte sich davor zu fürchten begonnen, bei Nacht durch das Haus zu gehen, immer mit dem Gefühl, daß sich vielleicht jemand in den dunklen Fluren versteckte oder sie von draußen beobachtete. Jetzt allerdings kam ihr das große Haus wie eine Zuflucht vor.

Der Mond war höher gestiegen und erhellte die Nacht mit seinem blassen Schein. Vom See wehte ein leichter Wind und brachte ein wenig Kühle mit sich. Er trug den Geruch des Wassers zu ihr hin, eine etwas faulige Mischung aus Fisch und Vegetation. Gleich am Wasser reckte eine kahle Zypresse flehend ihre bemoosten Äste in den Himmel. Von weitem hörte man den Schrei eines Nachtvogels, ein klagendes Gegengewicht zu dem Chor der Pfeiffrösche und der schwirrenden Insekten.

Sie blickte über das glitzernde Mondlicht, das sich auf dem dunklen Wasser widerspiegelte, bis zu der Stelle, an der das Wasser leise gegen die Pfosten des Stegs unter ihren Füßen plätscherte. Genau an dieser Stelle, etwa einen oder zwei Meter vom Ende des Anlegers entfernt, war Reid vor all den Jahren vor ihr aufgetaucht. Vielleicht war es ja die Erinnerung daran, die sie heute hierhergetrieben hatte. Zu den ungewöhnlichsten Zeiten stieg diese Erinnerung wieder in ihr auf, so eindringlich wie eine alte, unbestimmte Trauer. Sie hatte das Gefühl, daß ihr etwas an dieser Sache entgangen war, etwas, das sie eigentlich hätte wissen sollen.

Was auch immer es war, es entzog sich ihr. Verwirrt wandte sie sich um und wollte zum Haus zurückgehen.

Ein Schatten bewegte sich an der Seite des niedrigen Hauses. Cammie blieb abrupt stehen. Sie strengte ihre Augen an, um in der Dunkelheit etwas sehen zu können.

Die Bewegung wiederholte sich nicht. Es hätte ein Busch sein können, der sich im Wind bewegt hatte, oder auch eine streunende Katze oder ein Hund, der sich vor Menschen fürchtete und jetzt weggelaufen war.

Es könnte, es könnte alles mögliche gewesen sein, aber das war es nicht. Dessen war Cammie sich ziemlich sicher.

Angst stieg in ihr auf, floß durch ihre Adern und schmerzte wie eine ätzende Säure. Ihr Herz klopfte wie wild, sie konnte hören, wie das Blut in ihren Ohren rauschte.

Der Drang, ihren Rock zu heben und so schnell wie möglich ins Haus zu laufen wie damals, als sie noch ein verängstigtes Kind gewesen war, war so groß, daß ein Schauer durch ihren Körper lief. Das Licht aus der Küche warf einen goldenen Schein durch die offene Tür auf die Veranda, doch es ließ den hinteren Teil des Hauses nur noch dunkler erscheinen. Sie hatte nicht daran gedacht, die Tür zu schließen oder das Haus sogar abzuschließen, als sie mit Wen zum See hinunterging, sie hatte gar keinen Grund dazu gehabt.

Es war natürlich möglich, daß der Schatten, der sich bewegt hatte, Reid war.

Wut stieg bei diesem Gedanken in ihr auf. Die Wut war so groß, daß sie ihr die Kraft verlieh, auf das Haus zuzugehen. Sie zwang sich weiterzugehen, einen Fuß vor den anderen zu setzen. Wenn er ihr wieder nachspionierte, wenn er es wagen würde, sich ihr zu zeigen, nachdem er ihr einen solchen Schrecken versetzt hatte, würde sie ihn umbringen. Oder sie würde die Arme um ihn schlingen und ihn nie wieder weggehen lassen.

Ja, oder vielleicht würde sie so schnell sie könnte vor ihm davonlaufen.

Derjenige, der sich den meisten Gewinn davon versprach, die Dokumente im Gericht verschwinden zu lassen – und auch die Frau, die sie gefunden hatte –, war Reid Sayers. Cammie hatte es bis jetzt vermieden, diesen Gedanken zu Ende zu denken, doch jetzt konnte sie ihm nicht länger ausweichen.

Der schmale Kiesweg, der durch jahrelanges Hinauf- und

Heruntergehen zum See ausgetreten worden war, schien nicht enden zu wollen. Das Geräusch der kleinen Steine unter ihren Füßen schien überlaut. Sie fühlte das harte Gras, das jetzt feucht vom Tau war, an ihren Fußknöcheln. Durch die Bäume konnte sie ein Licht erkennen, das vom Nachbarhaus herüberschien, doch es war viel zu weit weg, um dorthin zu laufen und um Hilfe zu bitten.

Der rechteckige Schatten, den das Haus und das tief heruntergezogene Dach warfen, hüllte sie ein. Noch ein paar Schritte, und sie konnte die Hand auf die Türklinke der Tür zur Veranda legen. Sie öffnete die Tür schnell und zog sie lautlos hinter sich ins Schloß.

Die lange Veranda war leer, der Eingang zum Haus wie ein schwarzes Loch. Cammie brauchte ihre gesamte Willenskraft, um darauf zuzugehen.

Schnell trat sie ins Haus und streckte die Hand nach dem Lichtschalter aus. Das Zimmer mit seinen rustikalen Schaukelstühlen im Landhausstil, den bunten, gesteppten Überwürfen, dem kleinen Tisch vor der weich gepolsterten Couch, der voller Bücher lag, erstrahlte im hellen Licht.

Nichts war zu sehen, es war niemand da. Sie griff nach der Tür und schlug sie hinter sich zu, schob den Riegel vor. Dann lehnte sie den Kopf gegen den Türrahmen und seufzte erleichtert auf.

Cammies Hände zitterten noch immer, als sie sich langsam zu ihrer vollen Größe aufrichtete. Sie dachte an die Gläser, die sie und Wen benutzt hatten, als sie auf der Veranda saßen. Sie konnten warten bis zum Morgen. Sie wandte sich zu ihrem Schlafzimmer. Ein heißes Bad würde ihre verkrampften Muskeln entspannen und die eisige Kälte in ihrem Inneren vertreiben; es war genau das, was sie jetzt brauchte.

Und es half ihr auch, sogar beinahe zu gut. Sie war erhitzt, ihr Gesicht gerötet und ihr Haar feucht, als sie schließlich aus der Wanne kletterte. Sie trocknete sich mit einem großen Handtuch ab, dann cremte sie ihr Gesicht ein. Sie griff nach der Bürste und zog sie durch ihr feuchtes Haar, ließ ihren Körper ein wenig abkühlen, ehe sie in das weiße, bestickte Batistnachthemd schlüpfte.

Der Stoff dieses Nachthemds war früher einmal frisch und glatt gewesen; Alter und vieles Tragen hatten den Stoff weich und anschmiegsam gemacht, vom vielen Waschen war das Nachthemd eingelaufen, so daß der Saum nur noch bis zu ihren Knöcheln reichte. Kühl und sanft schmiegte es sich an ihren Körper, als Cammie es über den Kopf zog. Dann ging sie in das angrenzende Schlafzimmer.

Ganz plötzlich blieb sie wie angewurzelt stehen, ihr Instinkt sagte ihr, daß etwas nicht stimmte. Im nächsten Augenblick schon wußte sie, was es war. Das Licht war aus. Sie wußte genau, daß sie es angelassen hatte.

Sie wandte sich zum Bett. Ein langer dunkler Schatten war auf dem hellen Laken zu erkennen. Der Schatten bewegte sich.

»Himmel, Baby, ich dachte schon, ich müßte ins Bad kommen und dich da rausholen«, sagte Keith, als er sich aufsetzte.

Wie eine feurige Woge traf sie der Schock, dann ergriff sie eine eiskalte Wut.

Der Lichtschalter war an der anderen Seite des Zimmers, gleich neben der Tür. Cammie machte ein paar Schritte darauf zu. Ihr Exmann rollte sich von dem Bett und stellte sich ihr in den Weg.

Sie blieb stehen. Mit vor der Brust verschränkten Armen fragte sie: »Was willst du? Hast du etwa wieder eine Rechnung bekommen, die du nicht bezahlen kannst?«

»Wenn du zufällig etwas Bargeld hättest, ich hätte nichts dagegen, wenn du es mir geben würdest, aber nein, deshalb bin ich nicht hier.« Er stützte eine Hand in die Hüfte. »Ich dachte, du würdest dich vielleicht hier draußen einsam fühlen und könntest ein wenig Gesellschaft gebrauchen.«

»Du hast dich geirrt.« Ihre Stimme klang schneidend, eine Reaktion auf die Andeutung, die sie aus seinen Worten hörte.

In dem Licht, das aus dem Badezimmer fiel, sah sie, daß seine Augen aufblitzten, doch sie wußte nicht, war es ein boshaftes Vergnügen, weil er sie nervös gemacht hatte, oder waren seine lüsternen Absichten der Grund dafür.

Er legte den Kopf schief. »Was ist geschehen mit dir, Cammie? Du warst doch früher immer so sanft, so vernünftig.«

»Ich habe dich geheiratet.«

»Schon gut, schon gut.« Er trat einen Schritt näher. »Vielleicht bin ich ja wirklich zum Teil auch schuld daran. Manchmal tun Männer dumme Sachen, sie können einfach nicht anders. Aber ich werde es wiedergutmachen, wenn du mich nur läßt.«

Sie beobachtete ihn ganz genau, lauschte mehr auf den Klang seiner Stimme als auf das, was er sagte. Als er nicht weitersprach, ergriff sie das Wort. »Ich kann einfach nicht glauben, daß du's schon wieder versuchst. Nein, nicht noch einmal.«

»Warum denn nicht? Ich möchte doch nur, daß zwischen uns alles wieder in Ordnung kommt.« Er machte noch einen Schritt auf sie zu.

»Das ist gar nicht nötig, weißt du das denn nicht? Janet Baylor ist verschwunden und auch die ganzen Beweise. Du hast also gar keinen Grund, es noch einmal zu versuchen.«

Die Verwirrung in seinem Gesicht war echt, auch wenn sie nur für eine Sekunde zu erkennen war. Seine Stimme war ganz leise und ein wenig rauh. »Ich weiß gar nicht, wovon du überhaupt sprichst, und es ist mir auch egal. Das hier ist etwas zwischen dir und mir. Gib nicht alles auf, was wir zusammen hatten, Cammie, bitte. Laß mich nicht im Stich.«

Das Licht aus dem Badezimmer lag auf seinem Gesicht, als er näher kam, sie sah die blaugelbe Verfärbung unter seinem Auge und auch die Schwellung auf seinem Nasenrücken. Cammie nahm jedoch kaum Notiz von diesem Beweis für die Schläge, die er hatte einstecken müssen, sondern fühlte nur den Drang, vor ihm zurückzuweichen, als er immer näher kam. Er griff nach ihr, legte einen Arm um ihren Hals und zog sie an sich, um sie zu küssen, so wie er es früher immer getan hatte. Cammie hob den Arm und stieß seine Hand weg.

»Nicht!«

»Verdammt, Cammie, hör doch auf, so störrisch zu sein. Du mußt zu mir zurückkommen!«

»Oh? Und was ist mit dem Mädchen, das dich in Kürze zum Vater machen wird? Glaubst du etwa, du kannst uns beide glücklich machen – oder hast du die Absicht, sie fallenzulassen?«

Sein Gesicht verzog sich ärgerlich. »Sie hat nichts damit zu tun.«

»Komisch, ich dachte, sie hätte eine ganze Menge damit zu tun«, sagte Cammie und wandte ihm die Schulter zu, als sie versuchte, ihm zu entkommen. »Ich dachte, sie sei der Grund dafür, daß du deine Freiheit wolltest.«

Er griff nach ihrem Arm und drehte sie zu sich herum. »Es war ein Fehler, daß ich mich mit ihr eingelassen habe. Sie hat mir das Gefühl gegeben, großartig zu sein, ein wichtiger Mann, aber sie konnte dir nie das Wasser reichen.«

Cammie sah seinen arglistigen Blick, und die junge Frau, die Keiths Kind erwartete, tat ihr plötzlich leid. Ihre Wut verschwand, ganz ruhig sagte sie: »Geh zu ihr zurück, Keith. Sie will dich haben. Ich nicht.«

Er fluchte, und seine Finger krallten sich in ihren Arm. Er riß sie an sich, seine Stimme war ein rauhes, heißes Flüstern an ihrem Ohr. »Ich habe versucht, es dir leichtzumachen, aber du willst es nicht. Jetzt werden wir es so machen, wie ich es schon im Wildreservat tun wollte, auf die harte Tour.«

Sie fühlte, wie er sich gegen sie drängte, fühlte seine heiße, geschwollene Erregung und wußte voller Abscheu, was er vorhatte. Wenn der eheliche Verkehr wiederaufgenommen wurde, unter Zwang oder nicht, würde die Scheidung annulliert werden. Keith brauchte nur vor Gericht zu erklären, daß sie als Mann und Frau zusammengewesen waren. Wenn sie das unter Eid nicht ableugnete, dann hätte er gewonnen.

Ihre Chancen standen schlecht. Schreien würde ihr nichts nützen, denn es war niemand in der Nähe, der sie hören konnte. Sie hatte keine Waffe, es blieb ihr also nichts anderes übrig, als ihn mit Worten davon abzuhalten oder gegen ihn zu kämpfen.

»Vergewaltigung ist ein häßliches Wort«, begann sie mit harter Stimme. »Aber ich werde dich deswegen anzeigen.«

Er versetzte ihr einen heftigen Stoß, und sie stolperte in Richtung auf das Bett. »Tu das ruhig. Mein Wort wird gegen deines stehen. Wir werden sehen, wem die Jungs im Büro des Sheriffs glauben.«

»Ich denke doch, daß Bud mir glauben wird.« Wieder griff er nach ihrem Arm, und sie versuchte, sich aus seinem Griff zu befreien, doch er hielt sie ganz fest, seine Finger gruben sich in ihr Fleisch.

»Vielleicht, vielleicht auch nicht. Ich bin nicht so sicher, daß er sich in einen schmutzigen Ehestreit einmischen möchte. Und ganz sicher möchtest du nicht, daß jeder in der Stadt genüßlich mit den Lippen schmatzt, wenn er die Einzelheiten erfährt.«

Sie stieß mit den Kniekehlen gegen das Bett, und er beugte sich über sie. Sein Atem roch übel, der Mundgeruch wurde überdeckt von dem Geruch nach Bourbon, mit dem er sich Mut angetrunken hatte, und nach Pfefferminz, das er gelutscht hatte, um den Alkoholgeruch zu vertreiben.

Cammie schluckte, weil ihr übel wurde. Ihre Stimme klang unnatürlich gepreßt. »Vielleicht sollte ich Reid rufen. Du bist sicher nicht so sehr darauf aus, ihm noch einmal gegenüberzutreten.«

Das zu sagen war ein Fehler gewesen. Keiths Gesicht verzog sich vor Wut, und er murmelte ein obszönes Wort. Er griff nach ihrem Nachthemd, seine Fingerknöchel stießen in das weiche Tal zwischen ihren Brüsten. Er keuchte vor Anstrengung, dann stieß er sie auf das Bett. Er warf sich über sie und schob das Knie zwischen ihre Beine.

Sie wand sich unter ihm und schlug mit den Fäusten auf ihn ein. Es gelang ihr, mit dem Fuß nach ihm zu treten und ihn ein Stück von sich wegzuschieben, weit genug, um ihr Knie zwischen seine Beine zu stoßen.

Mit einer Bewegung seines Körpers wehrte er ihren Stoß ab, dann warf er sich mit seinem ganzen Gewicht auf sie, daß der Atem aus ihren Lungen wich und sie die Beine nicht länger bewegen konnte. Noch ehe sie sich von dem Schlag erholen konnte, stützte er sich auf und setzte sich rittlings auf sie. Er hielt ihre Arme fest, so daß sie sich nicht länger wehren konnte, dann drängte er sich gegen den weichen Hügel über ihrer Scham.

Wut und Ekel stiegen in ihr auf, sie biß die Zähne zusammen und riß einen Arm in einer heftigen Bewegung nach hinten. Es gelang ihr, ihn aus seinem Griff zu befreien, sie ballte die Hand zur Faust und schlug nach seiner Nase.

Keith heulte auf und fluchte zwischen zusammengebissenen Zähnen, während er sich vor Schmerzen krümmte. Dann aber riß er sich zusammen. Sein Gesicht verzog sich voller Wut, dann packte er ihre Handgelenke. Er nahm beide Handgelenke in eine Hand und preßte sie so fest zusammen, daß Cammie vor Schmerz aufschrie. Mit der anderen Hand holte er aus und schlug so fest er konnte in ihr Gesicht.

Ein stechender Schmerz durchzuckte ihr Gesicht, bis hin zu ihrem Kinn. Ihr stockte der Atem, Tränen traten in ihre Augen, und ihre Ohren dröhnten. Noch ehe sie etwas sagen konnte, holte er noch einmal aus.

Doch der Schlag traf sie nicht mehr.

Sein Körper löste sich plötzlich von ihrem, wurde über sie hinweggezogen. Ein rauher Schrei entrang sich seinem Mund, als seine Füße den Boden berührten und er durch das ganze Zimmer stolperte. Er schlug gegen die Wand und rutschte dann daran herunter. Fluchend und schreiend, mit einer Hand an seinen verletzten Rippen, lag er auf dem Boden.

In der Dunkelheit des Zimmers bewegte sich ein Schatten, geschmeidig, kräftig und gefährlich in jeder seiner Bewegungen. Er glitt zu dem gefallenen Mann und beugte sich über ihn.

Der Schatten war Reid.

12. Kapitel

Reid kannte nur zu gut die kalte Feindseligkeit, die ihn gefangenhielt, als er auf den wimmernden Mann am Boden blickte. Es war diese gleichgültige Objektivität, die es ihm erlaubte zu töten, wenn es sein mußte, ohne einen Anflug von Bedauern.

Seine Verachtung für Männer, die ihre körperliche Überlegenheit dazu benutzten, Frauen einzuschüchtern, war übermächtig. Ein Mann, der Cammie so etwas antat, hatte verdient, was mit ihm geschah. Er wartete und betete insgeheim, daß Keith Hutton eine Waffe hatte und bereit war, sie zu benutzen.

»Reid?«

Cammies Stimme schien aus weiter Ferne zu kommen. Sie kam langsam auf ihn zu, sorgfältig darauf bedacht, in seinem Gesichtsfeld zu bleiben. Ihre Vorsicht und ihre offensichtliche Angst vor ihm rührte an sein Gewissen und drang durch die Mauer, die er zu seiner Verteidigung um sich errichtet hatte, wie es nichts anderes vermocht hätte.

Sein Blick glitt von ihrem zerzausten, seidigen Haar bis hin zu ihren hochroten Wangen und dann noch tiefer, zu ihren sanften Rundungen und dem Heben und Senken ihrer Brust unter dem dünnen weißen Stoff ihres Nachthemds. Wie Nebel, der sich allmählich lichtete, spürte er, wie das Gefühl, von seiner Seele getrennt zu sein, schwand. Er bedauerte es. Er wollte es nicht, er konnte dieses drängende, sinnliche Bewußtsein nicht gebrauchen, das sich statt dessen einstellte.

Cammie streckte die Hand aus und berührte mit den Fingerspitzen sanft seine Schulter. Wie ein elektrischer Schlag traf ihn diese Berührung. Der Drang, sie jetzt gleich hier zu nehmen, in ihre verführerische Sanftheit einzudringen und die ganze Welt auszuschließen, traf ihn mit gewaltiger Kraft. Er ließ seinen Atem stocken, und jeder Muskel in seinem Körper spannte sich an in dem Versuch, nicht die Beherrschung zu verlieren.

»Tu es nicht«, flüsterte sie.

Bring Keith nicht um?

Nimm sie nicht?

Halte dich nicht zurück, um vielleicht sogar beides zu tun?

Der Wunsch, genau zu wissen, was sie wollte – und warum –, ließ seinen Verstand wieder arbeiten. Mit Mühe entspannte Reid sich, rückte langsam ein wenig von Keith ab und auch von ihr, so daß ihre Hand von seiner Schulter fiel.

Es gab einige Dinge, auf die er nicht verzichten würde. Er war sich nicht sicher, wann er diesen Entschluß getroffen hatte, aber er würde nicht dagegen ankämpfen. Er hatte nicht die Absicht, diese Frau, die vor ihm stand, schon bald wieder aus den Augen zu lassen, wenigstens nicht in den nächsten Stunden und auch nicht für den Rest der Nacht.

Er beugte sich über Keith und zog ihn hoch. Er ignorierte das Stöhnen und die Flüche des anderen Mannes, als er ihn mit nur mühsam unterdrückter Brutalität aus dem Zimmer schob. Er wußte, Cammie folgte ihnen, doch das störte ihn nicht. Er schob ihren Mann durch das große Zimmer, hinaus auf die Veranda, schob die Tür zur Veranda auf, dann stieß er Keith in die Dunkelheit hinaus.

Keith stolperte nach vorn, fing sich jedoch wieder. Er wirbelte herum, spreizte die Beine und ballte die Hände zu Fäusten. »Was glaubst du eigentlich, wer du bist?« schrie er Reid an.

»Der Mann, der dich umbringen wird, wenn du noch einmal so etwas versuchst«, antwortete Reid mit tonloser Stimme. Er machte einen Schritt nach vorn und war nicht überrascht, als Keith zurückwich. Mit einer Stimme, die keinen Zweifel an seinen Absichten ließ, sagte er: »Ich weiß, wo dein Rover steht, und es wird besser sein, wenn ich in den nächsten fünf Minuten höre, daß du davonfährst, denn sonst komme ich hinter dir her.«

Cammies Mann wollte kämpfen, er wollte voller Leidenschaft verhindern, daß Reid zurückblieb und den Sieg davontrug, auch den Sieg über diese Frau. Aber er kannte seine Grenzen, und er hatte auch nicht den Mut, sie zu ignorieren und Reid dennoch anzugreifen. Keith Hutton blieb noch einen Augenblick stehen, sein Gesicht verzerrt zu einer Grimasse, beinahe so, als wolle er zu weinen anfangen. Dann wirbelte er herum und verschwand in der Dunkelheit.

Reid wartete. Nach einer Weile hörte man das kräftige Dröhnen des Motors des Landrovers. Der Gang wurde eingelegt, Reifen quietschten, als der Wagen in der Nacht verschwand.

Erst jetzt wandte Reid sich um, trat auf die Veranda und schloß die Tür hinter sich. Cammie hatte das Licht in dem großen Raum angeknipst. Als er sich umwandte, entdeckte er sie an der Tür, wie sie ihn beobachtete. Ihr Gesicht war ausdruckslos, ihre Augen groß und dunkel. Reid bemühte sich, auf eine Stelle oberhalb ihres Schlüsselbeines zu starren, doch aus den Augenwinkeln sah er dennoch deutlich die perfekte Silhouette ihres Körpers in dem weißen Nachthemd durch den Lichtschein hinter ihr.

Er war nicht so dumm, sich dieses Vergnügen entgehen zu lassen, indem er es ihr sagte. Er machte noch ein paar Schritte nach vorn, genug, um seine Sicht noch zu verbessern, doch nicht genug, sie zu zerstören, dann sprach er mit ruhiger Stimme. »Es tut mir leid, daß ich nicht früh genug hier war, ehe er dir weh getan hat.«

»Du bist Keith gefolgt, nicht wahr?«

Er hörte das Zittern in ihrer Stimme und merkte auch, daß

sie es zu unterdrücken versuchte. Ihre innere Stärke rührte ihn mehr als alles andere. Es war alles sein Fehler. Wäre er nicht so bezaubert gewesen von ihrem Anblick im Mondlicht zuvor, dann hätte er Keith nicht aus den Augen verloren. Wenn er ihren Exmann weiter beobachtet hätte, hätte er nicht um das Haus herumlaufen müssen, um seine Spuren wiederzufinden, er hätte auch nicht das Schloß aufbrechen müssen, nachdem er festgestellt hatte, daß Keith mit Cammie zusammen im Haus war.

Er blickte auf seine Hände, die noch immer zu Fäusten geballt waren, und öffnete sie dann langsam. »Ich habe ihn in Evergreen gesehen. Als er feststellte, daß du nicht zu Hause warst, ist er plötzlich blitzschnell verschwunden, als ob er wüßte, wo er dich finden konnte. Also bin ich ihm gefolgt. Das wäre alles nicht nötig gewesen, wenn du mir gesagt hättest, wohin du gingst.«

»Ich hatte keine Ahnung, daß ich dir über jede meiner Bewegungen Rechenschaft ablegen mußte«, meinte sie, wandte sich ab und machte ein paar Schritte in das Zimmer hinein.

Er folgte ihr mit seinem Blick, betrachtete ihren Rücken und ihre Hüften. Dann schloß er die Tür ab und schob den Riegel vor. Er sah, daß Cammies Schultern sich strafften, sie mußte wissen, was er getan hatte, doch sie widersprach nicht. In seinen Augen hatte er eine Art Sieg errungen.

»Das mußt du auch nicht«, sagte er und ging an ihr vorbei in die Küche. »Und nach der heutigen Nacht sowieso nicht mehr. Ich habe mich nämlich entschlossen, von jetzt an ein wenig mehr in deiner Nähe zu bleiben.«

»Soll ich mich jetzt vielleicht geehrt fühlen?«

Er hielt inne, während er eine Handvoll Eiswürfel aus dem Gefrierfach des Kühlschrankes holte. Er sah die Mischung aus Verärgerung und Interesse auf ihrem Gesicht. »Ein wenig Dankbarkeit würde mir schon genügen«, meinte er und sah dann fasziniert zu, wie ganz langsam von ihrem Hals aufwärts eine leichte Röte in ihre Wangen stieg.

»Oh, schon gut«, fuhr sie auf und hob ergeben beide Hände. »Ich danke dir wirklich sehr. Ich freue mich, dich zu sehen. Ich weiß nicht, was ich getan hätte, wenn du nicht plötzlich hier aufgetaucht wärst. Ist es das, was du hören wolltest?«

Er antwortete nicht, doch er lächelte, während er in einer Schublade nach einer Plastiktüte suchte. Als er sie gefunden hatte, tat er die Eiswürfel hinein.

»Falls die für mich bestimmt sind«, meinte sie, ein wenig abgelenkt durch das, was er tat, »ich brauche so was nicht.«

»Wie du willst, aber dann mußt du allen erklären, woher du den blauen Fleck hast«, antwortete er und verschloß die Plastiktüte.

Ihre Lippen preßten sich zusammen, dann gab sie ihren Widerstand auf. »Du verstehst es wirklich, mich immer wieder schrecklich wütend zu machen. Ich schwöre, du wärst so schnell wie möglich weggelaufen, wenn ich dir um den Hals gefallen wäre, um dir zu danken, als ich dich sah.«

»Wahrscheinlich hast du sogar recht.« Natürlich hatte sie recht, obwohl er nicht bereit war, das ehrlich zuzugeben.

»Und du hast nicht einmal den Anstand, es abzustreiten, damit ich wenigstens wütend sein kann.«

»Vielleicht möchte ich nicht, daß du wütend bist.«

Ihre Augen blitzten. »Das glaube ich doch. Oder ich habe es wenigstens geglaubt. Du magst es, wenn mein Blutdruck steigt. Nun, wenn du glaubst, daß du mich wütend machen mußt, nur um mich von der winzigen Tatsache abzulenken, daß ich beinahe vergewaltigt worden wäre, dann denkst du besser noch mal darüber nach.«

»Ich glaube«, meinte er und preßte den Eisbeutel auf ihre hochrote Wange, »daß du vernünftig genug bist, um zu wissen, warum ich die meisten Dinge tue. Und daß du auch entsprechend darauf reagierst.«

Mit düsterem Blick starrte Cammie auf den zweiten Knopf seines tarnfarbenen Hemdes, das er zu seinen Jeans trug. »Ich bin es leid, immer vernünftig zu sein«, sagte sie.

Er hielt mitten in der Bewegung inne und fühlte, wie sein Puls schneller schlug. »Könnte es sein«, fragte er vorsichtig, »daß dein Sieg den Edelmut in dir geweckt hat?«

Sie hob den Blick, und er sah, wie ihre Hexenaugen ganz dunkel wurden. Ihre Lippen, die sich leicht öffneten, waren so sanft und von einem so zarten Rosa, daß sie zum Küssen einluden. Ihre Brüste drängten sich gegen den dünnen Stoff des Nachthemds, er sah, wie sich ihre Brustspitzen unter seinen Blicken langsam aufrichteten. Jeder einzelne Nerv seines Körpers reagierte auf diesen Anblick, und er versuchte, sich gegen das schmerzliche Verlangen zu wehren, das in ihm aufstieg.

Abrupt griff sie nach seiner Hand und nahm ihm den Eisbeutel weg. Sie hielt ihn an ihr Gesicht und wandte sich ab, ging zur Couch hinüber, setzte sich und legte den freien Arm über ihre Brust.

Sie hatte gerade bewiesen, daß sie ihn recht gut verstand, wie Reid bewußt wurde. Sein Wunsch, sie wäre nicht dazu fähig, war pervers. Er hätte gern eine Entschuldigung dafür gefunden, mit ihr zu schlafen, jede Entschuldigung wäre ihm recht gewesen. Es war nicht nur simples Verlangen – wenn Verlangen überhaupt je als simpel bezeichnet werden konnte –, es war der Wunsch, sie zu trösten und ihren Schmerz zu lindern. Und das war wirklich die Höhe der Einbildung, zu glauben, daß seine Männlichkeit die Kraft hätte zu heilen!

»Was für einen Sieg soll ich denn errungen haben?« fragte sie, und ihre Stimme klang gedrückt. »Die Anwaltsgehilfin, die das mit der Scheidung herausgefunden hat, hat die Stadt verlassen, und die Beweise, die besagen, daß die Papierfabrik mir gehört, sind auch verschwunden. Du bist derjenige, der jetzt wieder die Oberhand hat.«

»Ich habe davon gehört. Die Firma Lane, Endicott und Lane hat mich angerufen. Glaubst du, daß ich etwas mit dem Verschwinden des Mädchens zu tun hatte?«

»Wer sonst hätte ein Interesse daran gehabt?«

»Eine ganze Menge Leute, würde ich sagen«, antwortete er.

»Keith wußte nichts davon, sonst hätte er keinen Grund gehabt, hierherzukommen und zu tun, was er tun wollte.«

»Das ist Ansichtssache«, meinte Reid und sah sie eindringlich an. »Er hätte ja auch einen anderen Grund dafür haben können als Geld.«

»Das bezweifle ich.«

»Glaub mir«, meinte er. »Es wäre möglich.«

Ihre Augen wurden ganz groß, als sie ihn ansah, dann wandte sie schnell den Blick ab. »Du scheinst dir gar keine Gedanken darüber zu machen, daß die Leute vielleicht glauben, du wärst derjenige, der Janet Baylor hat verschwinden lassen.«

»Die Leute – oder du?«

»Beides«, antwortete sie und wich so seiner persönlichen Frage aus.

Seine Gedanken gingen in eine andere Richtung, deshalb war er nicht ganz bei der Sache, als er antwortete. »Warum sollte ich mir etwas daraus machen?«

»Warum nicht?« antwortete Cammie ernst.

Ihre Blicke trafen sich und hielten einander gefangen. »Ich habe genausoviel Stolz wie jeder andere Mann auch, vielleicht sogar noch mehr. Da ist es mir lieber, wenn man glaubt, ich sei schuldig, als daß ich meine Unschuld beweisen muß.«

»Du erwartest, daß man dich nach deiner eigenen Wertbestimmung beurteilt. Das ist gut und schön, aber die meisten Menschen wollen mehr.«

»Glaubst du wirklich, ich wäre so verzweifelt, daß ich die Frau beseitige, nur um in den Besitz der Fabrik zu kommen?« wollte er von ihr wissen. Es dauerte eine Weile, bis sie ihm antwortete, mit einem eigenartigen Gefühl der Enge in der Brust wartete er auf ihre Antwort.

»Nein«, meinte sie schließlich. »Aber ich weiß nicht, was ich eigentlich glauben soll.«

Er konnte das Lächeln nicht unterdrücken, das um seine Mundwinkel spielte. »Du vertraust mir.«

»Nur bis zu einem gewissen Punkt«, lenkte sie schnell ein.

Das genügte ihm für den Augenblick. Oder doch nicht?

Er stand vor ihr, beobachtete sie und fühlte sich dabei so ärmlich wie ein kleiner Junge. Doch das Verlangen, das ihn in heißen Wogen durchflutete, hatte gar nichts Jungenhaftes. In ihrem Gesicht lag eine düstere Niedergeschlagenheit, als sie seinen Blick erwiderte, eine unbewußte Sehnsucht, die die Quelle der Leidenschaft widerspiegelte, die in ihr verborgen war. Einmal hatte er sie bereits entfesselt, und die Erinnerung daran verfolgte ihn. Er wußte, daß es Bereiche gab, die er noch nicht erreicht hatte, die noch kein Mann je erreicht hatte und vielleicht auch nie erreichen würde. Dennoch nagte die Versuchung, es zu probieren, wie ein ständiger Schmerz an ihm, ein Schmerz, so glaubte er, der ihn bis an sein Lebensende begleiten würde.

Es war möglich, daß sich etwas von seinen Gedanken in seinem Blick widerspiegelte. Cammie blinzelte, dann mied sie seinen Blick. Sie stand auf und ging von ihm weg.

Er machte ein paar schnelle Schritte hinter ihr her, doch dann zwang er sich stehenzubleiben. Seine Stimme klang leise und drückte viel mehr von seinen Gefühlen aus, als er beabsichtigt hatte. »Hab keine Angst. Das brauchst du nicht.«

Ihr Haar glänzte im Schein der Lampe, als sie den Kopf drehte, um ihn anzusehen. »Du schleichst um mein Haus herum, dringst ein, wann immer du willst. Du ziehst die Fäden. Du willst die Dinge zerstören, die mir ans Herz gewachsen sind. Du verprügelst Menschen. Du erscheinst aus dem Nichts, mitten in der Nacht. Angst? Ich sollte schreiend durch den Wald davonlaufen. Der Himmel allein weiß, warum ich es nicht tue.«

»Mut.« Nach einem Augenblick fügte er noch hinzu: »Fairneß.«

»Das glaube ich nicht.« Sie schüttelte den Kopf.

»Was dann?«

Ein schiefes Lächeln spielte um ihren Mund. »Neugier. Ist

das nicht die Sünde, wegen der Eva aus dem Paradies verbannt wurde, wenn man alles bedenkt, was geschehen ist?«

Er fühlte, wie ihn so etwas wie Hemmung überkam, doch er konnte nichts dagegen tun. Er wandte sich ab, ging zum Schrank und begann, darin herumzusuchen. Als er gefunden hatte, was er suchte, brachte er zwei Gläser und goß in jedes einen Fingerbreit Scotch. Er nahm einen großen Schluck aus seinem Glas, ehe er ihr das andere reichte.

Erst dann wagte er, sie zu fragen. »Bist du zufrieden? Ich meine, hast du deine Neugier befriedigt?«

Sie antwortete ihm nicht gleich. Es war nicht so, daß sie nicht wußte, was sie sagen sollte, sie war mißtrauisch, wie er seine Frage gemeint hatte. Und das war sie sicher zu Recht. Denn gegen allen Anstand und gegen jede Vernunft versuchte er die Grenzen dessen zu testen, was zwischen ihnen lag.

Sie nahm einen Schluck, er sah, wie sich ihr Hals bewegte, als sie schluckte. Ein kleiner Schauer rann durch ihren Körper, als der Alkohol ihren Magen erreichte. »Ich habe noch ein paar Vorbehalte«, meinte sie.

»Zum Beispiel, was ich damit zu gewinnen hoffe?« Er schwenkte die bernsteinfarbene Flüssigkeit in seinem Glas und sah, daß Cammie genauso aufgewühlt war wie er.

»Damit könnte man beginnen.«

»Und du glaubst nicht, daß dein wundervoller Körper der Grund dafür ist?«

Sie lachte leise. »Wohl kaum.«

»Gut.« Er trank sein Glas leer und stellte es dann auf den Tisch, langsam kam er auf sie zu. »Dann glaubst du wenigstens nicht, ich wollte eine Belohnung einlösen ...«

Sie blieb ganz still stehen, während er immer näher kam, die Pupillen in ihren Augen weiteten sich, ihre Lippen waren leicht geöffnet. Er beugte ganz langsam seinen Kopf zu ihr, dabei hielten ihre Blicke einander gefangen. Er war bemüht, sie nicht zu erschrecken, achtete auf jedes kleinste Anzeichen des Widerstandes von ihrer Seite.

Ihr Mund war warm, als sich seine Lippen darauf legten, er schmeckte berauschend süß nach einer Mischung aus Whiskey und dem Pfefferminzgeschmack ihrer Zahnpasta. Er fühlte den Ruck, der durch ihren Körper ging, als er seine Arme um sie schlang, dann lag sie bewegungslos an seiner Brust. Ihre Lippen gaben nach, schmiegten sich an seine. Die Anspannung verließ ihren Körper, er zog sie noch näher an sich, preßte ihren sanften, duftenden Körper gegen seinen, bis sie so nachgiebig wurde wie warmer Ton.

Sein Mund strich über ihren, er genoß das Gefühl und auch die Art, wie sie darauf reagierte. Mit der Zungenspitze zeichnete er die Umrisse ihrer Lippen nach, schmeckte ihre feuchte Süße und drängte sie gegen ihre Mundwinkel. Ihre Haut war so sanft, so glatt, daß er glaubte, den Pulsschlag darunter fühlen zu können.

Mit einem unverständlichen Murmeln drängte sie sich noch näher an ihn. Mit den Fingerspitzen strich sie über seine Schultern, bis hin zu seinem Nacken. Ein prickelndes Gefühl des Wohlbehagens lief über seine Wirbelsäule, und sein Mund preßte sich noch fester auf ihren.

Die Berührung ihrer Zunge war sanft, voller Feingefühl. Sie verriet ihm ihre Anstrengung, sich zurückzuhalten, und das bezauberte ihn mehr, als es ihre heiße, ungezügelte Leidenschaft hätte tun können. Sie lud ihn ein zu erforschen, versprach ihm wundervoll üppige Ausschweifungen, wenn er nur geduldig genug sein konnte, um sie zu entdecken. Er war bezaubert, sollte es sein, doch kümmerte ihn das nicht. Er hatte die Wollust schon einmal entdeckt und sehnte sich verzweifelt danach, sie wiederzufinden. Blind, taub und ohne einen klaren Gedanken zu fassen, ließ er sich nur von seinen Sinnen leiten.

Bis er fühlte, daß Cammie in seinen Armen erstarrte und dann ganz vorsichtig begann, sich von ihm zurückzuziehen, so langsam, wie sie in seinen Armen nachgegeben hatte.

Sekunden, kurze Sekunden nur. Das war alles, was sie benötigt hatte, um seine Abwehr zu durchdringen.

Er war gefährlich nahe am Rande seiner Beherrschung, das wußte er. Tief in seinem Inneren fühlte er ein heftiges Zittern, als er ganz langsam begann, die Reaktionen seines Körpers wieder unter Kontrolle zu bringen.

Sie zog sich von ihm zurück, ihre Augen waren ganz weit, ihr Blick verschwommen. Mit rauher Stimme sagte sie: »Ich mag dich nicht.«

»Du hast mich noch nie gemocht«, stimmte er ihr mit unsicherer Stimme zu.

»Ich hasse es, was du dieser Stadt antust, dieser Gemeinde.«

»Ich weiß.« Er berührte mit den Lippen die Stelle zwischen ihren Augenbrauen, an denen der sanfte Schwung ihrer Augenlider begann.

»Aber als ich glaubte, die Fabrik würde mir gehören, habe ich begriffen, wie schwer es sein kann, die Menschen zu enttäuschen.«

Er versuchte, seine Gedanken zusammenzunehmen, um zu begreifen, was sie sagte, doch gleichzeitig hörte er auch die sanfte Verführung ihrer Stimme und das leichte Vibrieren, das ihre Stimme in seiner Brust hervorrief. Es war nicht einfach, denn gleichzeitig bemühte er sich darum, seine aufgewühlten Gefühle in Schach zu halten. »Hast du das wirklich?« fragte er und stellte unangenehm berührt fest, daß seine Worte kaum zu verstehen waren.

»Selbst wenn die Beweise dafür verschwunden sind, daß ich an der Papierfabrik vielleicht beteiligt bin, brauchst du dich nicht für mich verantwortlich zu fühlen.«

Reid lehnte sich zurück und betrachtete sie eindringlich. »Tue ich das denn?«

Sie runzelte die Stirn. »Du hast gesagt, das müßte ich ganz allein herausfinden.«

»Es war dumm von mir, so etwas zu sagen.«

Sie löste sich aus seinen Armen. Sie stieß ihn nicht von sich – er konnte sich nicht erinnern, sie aus freien Stücken losgelassen zu haben –, doch im einen Augenblick war sie noch in seinen Armen, im nächsten schon stand sie ein paar Meter von ihm entfernt. »Es hat völlig vernünftig geklungen«, sagte sie. »Und das tut es noch immer.«

Er sah ihr nach, als sie sich umwandte und zur Tür des Schlafzimmers ging. Als sie schon fast im Schlafzimmer verschwunden war, fragte er: »Bedeutet das, daß du aufhörst, gegen mich anzukämpfen – und gegen den Verkauf der Fabrik?«

Sie lächelte ihn an, doch das Lächeln erreichte ihre Augen nicht. »Niemals.«

»Gut«, meinte er. »Ich habe mir nämlich schon Sorgen gemacht.«

Cammie stützte eine Hand gegen den Türrahmen und sah ihn über ihre Schulter hinweg an. »Du kannst jetzt nach Hause gehen.«

»Du weißt doch ganz genau, daß ich das nicht tun werde.« Er lächelte ein wenig schief.

War es Erleichterung, die er auf ihrem Gesicht las, oder Resignation? Was hätte er darum gegeben, es zu wissen. Sie wandte sich ab, noch ehe er sich sicher sein konnte, und verschwand in der Dunkelheit des Zimmers.

Reid stand lange bewegungslos dort, wo sie ihn verlassen hatte. Schließlich lief ein heftiger Schauer durch seinen Körper, bis hin zu seinen Zehen. Er wandte sich mit einer geschmeidigen Bewegung ab und verließ das Haus.

Er streifte um das Haus, bis hinunter zum See. In der Nähe des Anlegestegs hielt er an. Er holte tief Luft und starrte über das Wasser. Dann wandte er sich um, zu dem silbernen Schein, den das Mondlicht auf das Wasser warf, und ließ das Licht auf sein Gesicht scheinen, als wäre es eine Liebkosung. Und er versuchte, die Erinnerung auszulöschen.

Doch es gelang ihm nicht. Dort, am Ende des Stegs, hatte er zum ersten Mal den Abstand zwischen sich und Cammie überbrückt. Es hatte nicht geklappt; er war zu aggressiv gewesen, zu plötzlich, er hatte sich zu sehr von seinen Hormonen leiten lassen, die völlig außer Kontrolle geraten waren, als er diese Frau zum ersten Mal berührt hatte. Selbst jetzt noch erschrak er, wenn er an seine Ungeschicklichkeit dachte.

Er war nicht mehr dieser Junge. Oder vielleicht doch?

Vielleicht versuchte er ja noch immer, seine Erlösung zu finden, wenigstens in seinen Gedanken. Vielleicht mußte er etwas beweisen, vielleicht gab es eine schwärende Wunde, die erst aufgeschnitten werden mußte, damit sie heilen konnte.

Sex, als ein Messer, um altes Gift, alte Wunden aus dem Körper zu schneiden? Nun, das war eine unheimliche Vorstellung. Sie ließ weder ihn noch die Frau, die als diese Waffe dienen sollte, im besten Licht erscheinen. Aber was gab es sonst noch für ihn?

Gründe.

War er wirklich so verzweifelt, daß er jede Entschuldigung gelten ließ, nur um Cammie noch einmal in seinen Armen zu halten? Konnte er das Morgen ignorieren, nur um das Heute zu genießen? Selbst wenn er das könnte, wäre es auch fair? Oder richtig? Oder auch nur halbwegs intelligent?

Der Reihe nach waren die Antworten auf seine Fragen: Ja. Ja. Und nein. Nein. Himmel, nein.

Würde er es trotzdem tun?

Er reckte seine Schultern und spreizte die Beine ein wenig, dann stützte er die Hände in die Hüften und hob sein Gesicht dem blassen Schein des Mondes entgegen. Wie magisch angezogen, wandte er ganz langsam den Blick zu dem dunklen Wochenendhaus. Er ließ die Hände sinken. Mit entschlossenen Schritten ging er den Abhang hinauf.

Was er tat, würde zu einem großen Teil von Cammie abhängen.

Aber nicht vollständig.

13. Kapitel

Cammie sah aus dem Fenster ihres Schlafzimmers, wie Reid vom See her zum Haus zurückkam. Seine langen Schritte, seine schwingenden Arme und die Art, wie er die Schultern gestrafft hatte, weckten in ihr ein eigenartiges Gefühl der Verletzlichkeit. Sein ausdrucksloses Gesicht war dunkel und ein wenig einschüchternd. Der Mond warf einen silbernen Schein auf sein Haar und auf sein Gesicht und ließ ihn so unversöhnlich aussehen und so entschlossen, sein Ziel zu verfolgen, wie ein mittelalterlicher Ritter auf einer tollkühnen Mission.

Sie hatte keine Gewissensbisse, ihn zu beobachten, ohne daß er etwas davon wußte. Sie sollte auch einmal das Recht dazu haben.

Sie ließ die lang angehaltene Luft entweichen, als er aus ihrem Blickfeld entschwand und das Haus betrat. Wie spielerisch leicht seine Kraft zu sein schien, wie ruhig und selbstsicher seine Bewegungen, wie er lächelte und seine Augen verständnisvoll aufblitzten.

Wie gern wüßte sie, was sie von ihm halten sollte. Instinkt und Logik, Gewohnheit und Recht, Wut und Anziehungskraft, all diese verwirrenden Gefühle kämpften in ihrem Inneren miteinander, und sie war ihnen hilflos ausgeliefert.

Sie hörte ihn nicht, fühlte ihn auch nicht, sie wußte nicht, daß er da war, bis sie seine starken Arme um sich fühlte und seinen warmen Körper an ihrem Rücken. Sie keuchte leise auf und versuchte, sich zu ihm herumzudrehen, wollte sich aus seinen Armen befreien. Er bewegte sich, und im nächsten Augenblick schon preßte er ihre Arme gegen ihre Seiten, und sie war gefangen. Sie konnte sich nicht von ihm wegbeugen, konnte sich nicht umdrehen, sich nicht befreien, sie konnte sich nicht einmal bewegen. Ihre kurzen schnellen Atemzüge preßten ihre Brüste gegen seine Arme, die er vor ihrem Körper verschränkt hatte. Seine Umklammerung war nicht übermäßig fest, sie schmerzte auch nicht, doch sie zeigte ihr seine Stärke.

Das Verlangen, gegen ihn anzukämpfen, war übermächtig. Sie unterdrückte es mit aller Kraft, strengte sich dabei so sehr an, daß kleine Schweißtropfen auf ihrer Stirn standen. Sich gegen diesen Mann zu wehren wäre nicht nur würdelos, es würde auch nichts nützen. Das war eine Lektion, die sie bereits gelernt hatte.

Das Bewußtsein ihrer Hilflosigkeit schickte ein eigenartiges Gefühl der Erregung durch ihren Bauch bis in ihren Unterleib. Mit gepreßter Stimme sagte sie: »Laß mich los.«

»Das glaube ich nicht.« Seine Stimme klang leise und tonlos.

»Was tust du? Du hast gerade erst Keith verprügelt für das, was du jetzt vorhast.«

»Ich habe nicht die Absicht, dich zu zwingen, wenn du davor Angst haben solltest.«

Cammie biß die Zähne zusammen, als ein Gefühl des Schwindels sie erfaßte, das mit Angst nichts zu tun hatte. »Nicht? Was denn?«

»Freundliche Überredung.«

»Ich fühle mich absolut nicht freundlich!« fuhr sie ihn an.

»Nein?« Er hob seinen Arm ein wenig, so daß er über ihre Brustspitze strich. Die Reaktion ihres Körpers kam sofort, und sie konnte sie ihm gegenüber auch nicht verleugnen.

»Nicht«, sagte sie, und ihre Stimme war leise, mit einem etwas rauhen Unterton.

»Dann hör mir zu.«

Das konnte doch nicht so schlimm sein. Zögernd nickte sie ihre Zustimmung.

Er hielt sie noch fester, so daß sie noch enger gegen seinen Körper gepreßt wurde. »Ich habe mich gefragt«, begann er leise, mit dem Mund an ihrem Ohr, »ob du mich wohl zu der Kategorie der gefährdeten Arten zählen könntest? Ich könnte so tun, als sei ich ein Specht, und du kannst mich dann bedauern.«

»Ich habe noch nie einen Mann gekannt, der weniger Bedauern brauchte«, antwortete sie genauso leise.

»Mitleid dann. Ich bin nicht stolz.«

Aber das war er, und sie wußte es. Sie wußte auch, wieviel es ihn kostete, diese Bitte auszusprechen und seine Stimme so ruhig und voller Humor klingen zu lassen.

Sie verspürte einen dicken Kloß in ihrem Hals. »Nur für einen Augenblick, eine einzige Nacht?«

»So ist es nun einmal, eine einzige Nacht, ohne Garantie.« Seine Lippen legten sich auf das Haar an ihrer Schläfe, als wollte er sich bei ihr entschuldigen.

Sie traute ihm nicht, ganz gleich, was er dachte. Es gab so viele Dinge, für die sie keine Erklärung hatte. Und dennoch, ihr Körper war es leid, gegen die unverhüllte Anziehungskraft ankämpfen zu müssen, die zwischen ihnen lag. Die Gefühle für ihn, die sie nicht abstreiten konnte, überwältigten sie und ließen sie glauben, daß Zweifel und Mißtrauen nur flüchtige Dinge waren, verglichen mit dem Wunder des Verlangens, das in ihrem Blut floß.

»Was soll ich dazu sagen?« fragte sie erschöpft.

»Ja, das ist alles«, sagte er. »Einfach – ja.«

Sie starrte in die Nacht, es dauerte einen Augenblick, ehe sie antwortete. »Würdest du mich zuerst küssen?«

»Dreh deinen Kopf zu mir«, sagte er, als vermutete er einen Trick und fürchtete sich davor, seine Umarmung zu lockern.

Cammie tat noch mehr als nur das. Sie lehnte sich zurück, gegen seine breiten Schultern, entspannte sich und schmiegte sich gegen seinen harten Körper. Sie bewegte sich ein wenig, wandte den Kopf und drehte ihm das Gesicht zu.

Er beugte sich zu ihr und berührte federleicht ihre Lippen, strich zart mit der Zunge über ihre seidige Oberfläche und genoß ihre Kapitulation. Er ließ sich Zeit, als gäbe es nichts anderes auf der Welt als diesen Augenblick, als wäre ein einziger Kuß alles, was ihm blieb.

Mit zärtlicher Sorgfalt legte er seine Lippen auf ihre, dann bewegte er den Kopf hin und her, verstärkte durch diese sanfte Reibung den Druck und streichelte dann mit der Zungenspitze über ihre Lippen, bis sie ihm Einlaß gewährte. Er strich über die weiche innere Haut und ihre glatten weißen Zähne, dann stieß seine Zunge vor, suchte die ihre und umspielte sie.

Sie konnte ihm nicht entkommen, aber das wollte sie auch nicht. Jeder einzelne Nerv in ihrem Körper bebte voller Entzücken, so süß, als hätte ein Virtuose einen Akkord angeschlagen. Sie fühlte, wie dieser Akkord anschwoll, wie er sie mit seiner sinnlichen Melodie erfüllte. Sie ließ sich von ihm führen, erwiderte seinen Kuß. Der Geschmack nach Scotch und heißer Männlichkeit schmolz auf ihrer Zunge und regte all ihre Sinne an. Sie gab sich diesem herrlichen Gefühl hin, erwiderte seinen Kuß und erforschte die seidige innere Glätte seines Mundes, gab ihm all das zurück, was er ihr schenkte.

Schock und Lust mischten sich in ihrem Inneren, als sich seine Hand um ihre Brust schloß. Sie fühlte, wie ihre Brust schwer wurde, wie sie sich seinen streichelnden Bewegungen entgegenreckte. Er rieb mit dem Daumen über ihre Brustspitze, bis sie sich unter seiner Berührung hart aufrichtete. Seine starke Hand und ihr sanftes Fleisch, seine vitale Kraft und ihr wehrloser Hunger vibrierten im Gleichklang dieser Melodie. Sie erzitterte unter dem Ansturm der Gefühle, unter der klaren, klingenden Harmonie.

Reids Herz schlug hart in seiner Brust, sie fühlte es an ihrer Schulter. Er küßte sie auf den Mundwinkel, bedeckte dann ihr Kinn und ihr Ohr mit vielen kleinen Küssen. Er nahm ihr Ohrläppchen sanft zwischen seine Zähne, knabberte und saugte daran, und ihre Brüste wurden schwer bei seiner Liebkosung.

»Zieh dein Nachthemd aus für mich«, flüsterte er, und sein warmer Atem strich über ihr Ohr.

Sie hätte ihm so gern gehorcht, aber sie war nicht sicher, ob sie allein stehen konnte. »Zieh du es aus«, flüsterte sie rauh. »Bitte?«

Er holte tief und etwas zittrig Luft. Seine Hände jedoch waren ruhig, als er langsam einen der kleinen Knöpfe nach dem anderen öffnete. Dann schob er den Ausschnitt des Nachthemdes weit auseinander. Seine Brust dehnte sich unter einem tiefen Atemzug, als das Mondlicht durch die Fenster auf die sanften Rundungen ihrer Brüste fiel. Er schob den störenden Stoff noch weiter beiseite und strich dann mit den Fingerspitzen über die cremig-sanfte Haut, fuhr ihren Umrissen nach und umschloß sie dann fest mit seinen langen Fingern.

Lange hielt er sie so, zupfte sanft an ihren Brustspitzen, bis sie sich hart seinen streichelnden Fingern entgegenreckten. Dann drehte er Cammie in seinen Armen zu sich um. Er küßte ihre Augenbrauen, ihre Nasenspitze, ihre Lippen und ihr Kinn, dann senkte er den Kopf und nahm erst eine Brustspitze und dann die andere in seinen Mund und saugte sanft daran.

Heißes Verlangen rann durch ihre Adern, sie war bezaubert von seiner vollendeten Erfahrung und von der Art, wie er sie einsetzte. Irgend etwas in ihrem Inneren, das sich noch nie der Gewalt gebeugt hatte, das sich gegen jede Grobheit gewehrt hatte, sank unter dem Ansturm seiner unmittelbaren Zärtlichkeit zusammen.

»Reid ...« Unbewußt flüsterte sie rauh seinen Namen, es war eher eine sanfte Bitte als ein Protest.

Er hob den Kopf. Zweifel und Leidenschaft mischten sich in dem Blick, der eindringlich über ihr errötetes Gesicht und die halb gesenkten Augenlider glitt. Seine Stimme war nicht mehr als ein rauhes Flüstern. »Möchtest du, daß ich aufhöre?«

Das Lächeln, das in ihren Augen lag, war angespannt, doch

es ließ ihre Augen voller Genugtuung aufleuchten, ehe sich ihre Lider senkten. Er preßte sein Gesicht in das Tal zwischen ihren Brüsten, streichelte sie mit Lippen und Zunge. Sein warmer Atem strich über ihre Haut, und ein wohliger Schauer lief durch ihren Körper.

Er schob ihr das Nachthemd über die Schultern hinunter. Es verfing sich für einen Augenblick an ihren Hüften. Wie eine lebendige, nackte Statue stand sie vor ihm, der Stoff fiel in sanften Falten um ihre Schenkel und ihre Knöchel. Er zog sich ein wenig von ihr zurück, sein Blick erfaßte die Gestalt, auf der sich Licht und Schatten spiegelten. Langsam folgten seine Hände seinen Blicken. Als er über ihre schlanke Taille und ihre sanft gerundeten Hüften strich, fiel das Nachthemd mit einem leisen Rascheln zu Boden.

Reids Gesicht war beinahe schmerzlich verzerrt, es rührte sie eigenartig an. Sie fühlte eine tiefe Zärtlichkeit, während sie bewegungslos vor ihm stand, die Hände an ihren Seiten. Nie zuvor war sie so bewundert worden, nie hatte sie sich so erhaben gefühlt, nie in ihrem Leben hatte sie den überwältigenden Wunsch gehabt, ihm alles zu schenken. Sie wollte ihn, wollte all das tun und sein, was er von ihr brauchte. In diesem Augenblick schien es ihr, als sei sie nur zu dem Zweck auf der Welt, ihm alles zu schenken, als Erfüllung ihrer eigenen unerträglichen Sehnsucht.

Seine starken Hände umfaßten sie, während er vor ihr auf die Knie sank und sie an sich zog. Sie legte die Hände auf seine Schultern, schloß die Augen und beugte den Kopf zurück, ihr Haar fiel schimmernd und ungebändigt über ihren Rücken. Seine feuchte heiße Zunge umfuhr ihren Nabel, und ihr stockte der Atem. Die feuchte Spur seiner Zunge auf ihrem flachen Bauch entzündete sie, und als er dann sein Gesicht in das Dreieck ihres weichen, krausen Haars zwischen ihren Schenkeln drückte, begannen ihre Beine zu zittern. Sein warmer Atem an dem geheimsten Eingang zu ihrem Körper machte sie schwindlig und führte sie in nie zuvor erlebte Höhen der Lust.

Gründlich und ohne zu zögern preßte er seine Lippen auf die feuchten Falten, erforschte ihre hauchzarte Beschaffenheit und ihre Essenz. Er wartete auf die Reaktion ihres Körpers, ermutigte sie und genoß sie. Als sich ihre Hände in sein Haar gruben, fand sein Mund die köstliche Knospe am Quell ihrer Weiblichkeit, und er widmete sich ihr mit äußerster Sorgfalt.

Das leise Aufstöhnen, das sich ihrer Brust entrang, hatte einen beinahe verzweifelten Klang. Ihre Hände krallten sich in die Haut unter seinem Hemd, mit einem letzten Rest von Verstand zwang sie sich, sie zu entspannen. Er umfaßte ihre Hüften fester, knetete die sanften Rundungen, als wolle er sie formen, damit sie nur noch seinen Händen gehorchten. Dann löste er eine Hand, schob sie zwischen ihre Körper, über die Innenseite ihrer Schenkel. Mit den Fingerspitzen schob er das krause Haar und das feuchte weiche Fleisch zur Seite und schob einen Finger tief in die weiche Höhlung.

Das heiße Glücksgefühl kam so plötzlich, mit solcher Macht, daß es ihr den Atem nahm. Sie bog sich ihm entgegen, ihre Hände lösten sich von seinem Körper, sie streckte die Finger aus unter einem plötzlichen, unkontrollierbaren Verlust ihrer Anspannung. Sie fühlte, wie ihre Beine unter ihr nachgaben, doch sie konnte nichts dagegen tun.

Er hielt sie fest, als sie vor ihm auf die Knie sank. Seine Augen leuchteten mit einem eindringlichen blauen Feuer, als er sie in seine Arme zog. Hungrig und voller Leidenschaft preßte sich sein Mund auf ihren und verlangte von ihr, seinen Kuß zu erwidern. Sie öffnete ihm willig ihre Lippen, stöhnte leise auf, als sich seine Zunge tief in ihren Mund schob, sich wieder zurückzog und noch einmal in ihn eindrang. Während er sie küßte, glitt seine Hand über ihren Körper bis hin zu der erhitzten Sanftheit, die sich ihm willig öffnete. Unablässig preßte er sich wieder und wieder in sie hinein.

Ihr Körper empfing ihn, reagierte mit einem rhythmischen, inneren Pulsieren. Er folgte diesem Rhythmus, schob auch noch einen zweiten Finger in sie hinein, als sich ihre Muskeln weit genug entspannten und ihm den Weg in die heiße Feuchtigkeit erlaubten.

Wahnsinn. Sie würde wahnsinnig werden unter dem Ansturm der Gefühle, die in Wogen über ihr zusammenschlugen. Sie konnte es nicht ertragen, konnte ihren Körper und ihren Geist nicht zügeln und dabei geistig und körperlich unversehrt bleiben. Sie mußte Erlösung finden, er mußte zu ihr kommen, sonst würde sie vergehen. Blindlings griff sie nach seinem Hemd, riß an den Knöpfen.

Er half ihr, riß mit einem Ruck das Hemd auf und zog es aus seinen Jeans, während sie nach seinem Gürtel griff. Er schob ihre zitternden Hände beiseite, löste ihn mit einer Hand, öffnete seine Jeans und zog dann den Reißverschluß herunter.

Er hielt sie nicht auf, als ihre suchenden Finger dann endlich seine harte, heiße Erregung umschlossen und sie von dem störenden Stoff seiner Unterhose befreiten. Doch zog er scharf den Atem ein, als sie voller Genuß den hart aufgerichteten Schaft zu streicheln begann.

Als wolle er sich ablenken, umfaßte er sanft ihre Brüste mit beiden Händen. Atemlos beobachtete er, wie sich die zartrosa Spitzen mit ihren rosigen Höfen unter seinen streichelnden Berührungen aufrichteten.

»Du bist so wunderschön«, flüsterte er verwundert, so leise, daß sie es fast nicht hörte.

»Du auch.« Ihre Worte waren nur ein sanfter Hauch, wie die Berührung der Nachtluft.

Er umfaßte sie fester, sie klammerte sich an ihn.

Abrupt ließ er seine Hände zu ihrer Taille gleiten, er hob sie hoch und schob sie dann über sich, während er sich auf dem Boden ausstreckte. Sie lag zwischen seinen muskulösen Schenkeln, auf seiner Brust. Sekundenlang preßte sie ihr Gesicht in das krause goldene Haar auf seinem Oberkörper, rieb ihre Wange daran und lauschte dem kräftigen Schlag seines Herzens.

»Wann immer du willst«, sagte er und zog sie noch ein Stück höher, so daß sich seine heiße Erregung gegen den Quell ihrer Weiblichkeit drängte.

Sie hob sich ein wenig, schob sich über ihn und beobachtete sein Gesicht, als sie ganz langsam einen kleinen Teil von ihm in sich aufnahm. Der Ausdruck seines Gesichts war voll wilder Lust. Sein heftiger Atem und das schnelle Schlagen seines Herzens verrieten ihr den Aufruhr in seinem Inneren, den er zu verbergen versuchte, das Zittern seiner Augenlider war das einzige Anzeichen dafür, wie sehr er sich beherrschte.

Der Wunsch, ihm einiges der Ekstase zurückzugeben, die er ihr geschenkt hatte, war beinahe schmerzlich. Tränen traten in ihre Augen, als sie langsam auf ihn hinuntersank und ihn in sich aufnahm.

Sie fühlte, wie ein Schauer durch seinen Körper lief. »Himmel«, hauchte er rauh. Dann spannte er seinen Körper an und stieß zu, mit einer einzigen Bewegung seiner Hüften drang er tief in sie ein.

Cammie schrie auf, sie klammerte sich an seine breiten Schultern, preßte die Augen zusammen und bewegte kreisend ihre Hüften, während sie ihn noch tiefer in sich aufnahm. Sie wollte ihn fühlen, tief, fest und eingebettet in ihr.

Er hob sich ihr entgegen, um ihr das zu geben, wonach sie sich sehnte. Bis auch das nicht länger genügte.

Sie bewegten sich im Gleichklang, kamen zusammen in einer Beziehung, die viel tiefer war, als zwei Körper einander nahekommen konnten, tiefer als erhitzte Haut an erhitzter Haut, tiefer als leises Keuchen und geflüsterte Bitten und die leisen Geräusche beinahe unerträglicher Lust.

Nichts hatte Cammie auf die Großartigkeit dessen vorbereitet, was sich zwischen ihnen abspielte. Zuvor war sie sich immer der beinahe lächerlichen Würdelosigkeit der körperlichen Vereinigung bewußt gewesen. Nie hatte sie etwas von der beinahe überirdischen Anmut geahnt, die eine Vereinigung zu etwas Erhabenem erheben konnte.

Höher und höher stiegen sie, hinauf zu dem markerschütternden Höhepunkt, den sie beide ahnten, sie bewegten sich im Gleichklang, zu der ewigen und elementaren Musik der Liebe. Es war eine schweigende Vereinigung ihrer Seelen, zwei Teile eines Ganzen, die sich in perfekter Harmonie trafen, die die zarte Symmetrie von Bewegung und Gefühl gefunden hatten. Sie hielt sich nicht zurück, genausowenig wie er. Atemlos vor Anstrengung, fiebrig vor Verlangen, strebten sie höher und höher.

Und stürzten dann schließlich in einen Schlußakkord der ekstatischen, durchdringenden Klarheit. Er durchströmte sie beide, so fein und doch so mächtig, fast unerträglich, er führte sie zusammen, und beinahe verzweifelt klammerten sie sich aneinander.

Es war ein Höhepunkt, der ihrer beider Herzen zerbrechen konnte, wenn sie nicht vorsichtig waren.

14. Kapitel

Cammie war immer der Ansicht gewesen, daß Frauen, die gleich von einer unglücklichen Beziehung in eine andere hineinschlitterten, keinen Verstand besaßen. Jetzt begann sie zu begreifen, daß Gefühle sich nicht in feste Begriffe wie richtige Zeit und richtiger Ort einpassen ließen.

Nie zuvor war sie ihren Gefühlen so ausgeliefert gewesen. Während ihrer Ehe hatte sie eine Objektivität entwickelt, die es ihr erlaubte, ihre Aktionen zu beurteilen und ihre Haltung zu korrigieren, um sich nicht mit anderen Männern einzulassen oder sich in riskante Situationen zu verstricken. Sie hatte immer geglaubt, ihre moralische Erziehung und auch ihre wenigstens halbwegs intelligenten Entscheidungen seien dafür verantwortlich. Jetzt mußte sie sich die Frage stellen, ob es nicht ganz einfach Angst gewesen war. Oder ob die Versuchungen nie so unwiderstehlich gewesen waren.

Diese Gedanken gingen ihr durch den Kopf, als sie im hellen Morgenlicht in ihrem Bett lag und Reid entgegensah, der auf sie zukam, nur mit einem Handtuch um die Hüften und mit einer Tasse Kaffee in jeder Hand. Ihr Verstand hätte sie eigentlich dazu bringen müssen, vor ihm davonzulaufen, wie ein Hase.

»Milch und kein Zucker, stimmt's?« fragte er, als er ihre Tasse auf den Nachttisch neben dem Bett stellte. Sein Blick ruhte anerkennend auf der zarten Haut, die das Laken nicht bedeckte, doch seine Stimme klang nur höflich.

Ihm entging wenig. Sie hatte keine Zweifel, daß er genau

wußte, wie unbehaglich sie sich in seiner Nähe fühlte. Sie nickte zustimmend, vermied es jedoch, ihn anzusehen.

Er verließ das Zimmer wieder und kam einen Augenblick später zurück, mit einem Tablett mit gebuttertem Toast. Er stellte das Tablett mitten auf das Bett, kletterte neben sie und lehnte sich in die Kissen zurück. Er schlug seine langen Beine übereinander, dann griff er nach einer Scheibe Toast und biß voller Appetit hinein.

Während Cammie auf seinen Arm blickte, auf dem die kleinen Härchen golden im Sonnenlicht aufleuchteten, erinnerte sie sich wieder daran, wie sie in dieses Bett gekommen war. Er hatte sie vom Boden aufgehoben, auf dem sie benommen gelegen hatte, nachdem sie einander geliebt hatten. Nachdem er sie auf das Bett gelegt hatte, hatte er noch einmal begonnen. Er hatte es ohne große Ankündigung getan, ohne um Erlaubnis zu bitten, doch mit einer so eindringlichen Verlockung, daß jeder Protest unmöglich war.

Das bedeutete nicht, daß er unersättlich war, doch sein Verlangen war nicht nur oberflächlicher Art. Es war, als müsse er Jahre der Entsagung aufholen. Allein daran zu denken, ließ einen Schauer durch ihren Körper rinnen.

War er wirklich so erstaunlich, wie sie glaubte, oder hatte mit ihrer Ehe noch mehr nicht gestimmt, als sie bis jetzt angenommen hatte? Ihre begrenzte Erfahrung machte es ihr unmöglich, das zu beurteilen.

Sie griff nach ihrer Tasse und nippte an dem Kaffee. Perfekt. Sie hätte es wissen müssen.

Mit bemüht ausdrucksloser Stimme fragte sie: »Und was tun wir jetzt?«

»Was möchtest du tun?« fragte er, und seine Augen leuchteten strahlend blau, sein Mund verzog sich zu einem spöttischen Lächeln, das ihr genau sagte, daß er sich an alles erinnerte.

Diese Frage hatte sie sich in dieser Nacht mehrfach beantwortet. Sie warf ihm einen vorwurfsvollen Blick zu, konnte aber nicht verhindern, daß ihr eine heiße Röte in die Wangen stieg.

Er versuchte, nachdenklich auszusehen, doch das war nicht leicht, denn seine Augen blitzten vergnügt. »Wir könnten das Mittag- und das Abendessen im Bett einnehmen, mit einem Snack oder zwei – oder etwas anderem – zwischendurch.«

»Du weißt ganz genau, was ich meine.«

»Ja, aber die einzigen Antworten, die ich habe, sind die, die mich interessieren«, antwortete er leicht ernüchtert.

»Wir können nicht ewig im Bett bleiben.«

»Dann stimmt etwas mit der Welt nicht.«

»Du würdest dich zu Tode langweilen«, behauptete sie und nahm noch einen Schluck Kaffee.

Jetzt grinste er wieder. »Himmel, das hoffe ich.«

Sie verschluckte sich und hustete, um ihren Hals frei zu machen. »Du bist unmöglich!«

»Ein wenig außergewöhnlich vielleicht, aber nicht unmöglich.«

Cammie schwieg. Sie versuchte, sich die Zukunft vorzustellen, während Reid sie zu verleugnen versuchte. Sie hatte keine Ahnung, ob der Grund dafür nur eine augenblickliche Unlust war, sich anzustrengen, oder ob er wußte, daß es keine Zukunft für sie gab.

Sie hatte keine Versprechen erwartet, daran wollte sie lieber gar nicht denken.

Er seufzte tief auf, dann warf er den Rest seines Toastes auf das Tablett zurück. »Ich würde dich gern mit zum Fort nehmen und dich dort behalten. Wenigstens so lange, bis du sicher bist.«

Sicherheit. Einen anderen Grund hatte er nicht.

»Ich bezweifle, daß Keith es noch einmal versuchen wird«, meinte sie fest.

Die ganze Sache wäre weniger beschämend, so dachte sie, wenn man behaupten könnte, daß Keith voller Leidenschaft für mich entflammt war. Sie berichtete ihm die schlichten Tatsachen, dann schwieg sie.

»Ich hätte ihn umbringen sollen.« Seine Worte hatten einen Unterton mühsam unterdrückter Gewalttätigkeit.

Wens Neuigkeit, daß Reid Keith in seinem Büro in der Fabrik verprügelt hatte, kam Cammie wieder in den Sinn. Es mußte wahr sein, denn sie hatte am Abend zuvor bemerkt, daß das Auge ihres Exmannes blau angeschwollen war und daß seine Rippen verletzt waren. Und sie hatte beobachtet, wie Reid mit ihm umgegangen war, und Keiths Angst.

»Das ist eine große Versuchung«, meinte sie ernst. »Aber so etwas möchte ich nicht auf meinem Gewissen haben.«

»Dann machen wir also genauso weiter wie zuvor.«

»Ist das ein Vorschlag oder eine Frage?«

Er sah sie an. »Sieh es lieber als eine Bemühung meinerseits herauszufinden, was du dir vorstellst.«

»Nichts«, antwortete sie erbittert. Was sie interessierte, war, was er vorhatte, was er von der Zukunft erwartete. Ob es nun Vorsicht war oder List oder nur ein männlicher Instinkt, sich selbst zu schützen – er verriet es ihr nicht.

»Dann werden wir also gar nichts tun«, meinte Reid mit einem leisen Lächeln.

Ganz so einfach war es natürlich nicht. Sie lasen alte Illustrierte, uralte National Geographics, während sie im Bett hin und her rutschten und die verschiedensten Teile der Anatomie des anderen als Kissen benutzten. Sie lauschten der Musik von Mozart auf Cammies tragbarem CD-Spieler. Mit nackten Füßen gingen sie in die Küche. Sie waren einander ständig im Weg, als sie Thunfischsalat machten mit gekochten Eiern und Eistee. Und sie liebten sich, langsam und voller Genuß, dann duschten sie, liebten sich noch einmal, schnell und hart, und duschten noch einmal. Später aßen sie im Bett zu Abend – Apfelkuchen und Eis –, und das Essen hatte nicht unbedingt Vorrang.

Erst am Morgen stand wieder diese peinliche Verlegenheit

zwischen ihnen. Sie erinnerten sich daran, daß sie früh in die Stadt mußten, sie beide hatten Jobs und auch Verpflichtungen. Nachdem sie gefrühstückt und sich angezogen hatten, nahm das immer wieder verdrängte Bewußtsein um ihre unterschiedlichen Standpunkte enorme Ausmaße an. Weder Humor noch Vernunft konnte ihre Verbindung zu etwas Normalem machen, geschweige denn zu etwas Dauerhaftem.

Reid schlug vor, Cammie nach Evergreen zu bringen, und sie stimmte zu, denn das war einfacher. Sie hatte nicht den Wunsch, noch länger in dem Wochenendhaus zu bleiben. Schon immer hatte es hier viel zu viele unangenehme Erinnerungen gegeben, jetzt waren noch neue dazugekommen.

Dennoch, als sie an dem großen Haus auf dem Hügel angekommen waren, wollte sie nicht, daß er schon ging. Als sie ihm nachsah, wie er davonfuhr, fühlte sie sich verlassen und verzweifelt. Es war, als hätte er ihre Sicherheit mitgenommen.

Der Morgen ging voran. Um ihre Gedanken abzulenken, rief Cammie Fred Mawley an. Er schien ihren Anruf als persönliches Kompliment aufzufassen und plauderte ungezwungen mit ihr. Es dauerte lange, bis sie ihm die Frage stellen konnte, die sie schon die ganze Zeit über beschäftigt hatte. Nein, er hatte ihr Testament noch nicht abgeändert, er hätte ja nicht ahnen können, daß sie es damit so eilig hatte – immerhin war sie doch viel jünger als die meisten seiner Mandanten, die sich die Mühe machten, ihre Besitztümer durch ein Testament zu verteilen. Sie wüßte doch sicher auch, daß die meisten Frauen diese Mühe erst gar nicht auf sich nähmen, ganz besonders nicht die Frauen in Louisiana, wo der Erbteil gerecht verteilt wurde. Ja, er hätte das gemeinsame Testament, daß er damals für sie und Keith ausgearbeitet hatte, irgendwo auf seinem Schreibtisch und auch die Änderungen, die sie jetzt vornehmen wollte. Er wollte sich gleich damit beschäftigen. Und wie wäre es, wenn sie am Samstag mit ihm zu Abend aß? Sie konnten in den Tower Club in Monroe gehen. Dort war es ruhig und sehr exklusiv. Da er das Geld für die Mitgliedschaft aufgebracht hätte, müßte er sich öfter dort sehen lassen, um auch etwas von seinem Geld zu haben.

Sie lehnte das gemeinsame Abendessen dankend ab. Glücklicherweise konnte sie sich damit herausreden, daß ausgerechnet an diesem Abend ein Treffen der Gruppe stattfand, die gegen den Verkauf der Fabrik protestierte. Sie wollten weitere Pläne ausarbeiten, wie sie kostenlose Werbung für ihre Sache machen könnten.

Als sie an dieses bevorstehende Treffen dachte, wurde Cammie klar, daß sie ihre Pläne für diesen Tag weiter verfolgen mußte. Sie war schon im Hintertreffen mit ihrer Arbeit, diese Organisation auf feste Beine zu stellen.

Sie holte ihr Adreßbuch hervor und rief einige Leute in der Hauptstadt das Staates an, die vielleicht wissen würden, wie sie vorgehen könnte, oder die vielleicht sogar daran interessiert waren, ihr zu helfen. Sie war stolz darauf, daß sie bei diesen Leuten so viel Interesse wecken konnte, angefangen von dem bekannten Naturfotografen bis hin zu der Witwe des Ölmagnaten aus Shreveport, die ihre Zeit damit verbrachte, nützliche Projekte zu unterstützen. Cammie setzte sich auch mit einer alten Freundin in Verbindung, die im Natur- und Fischereiamt arbeitete, und lud sie ein, vor der Gruppe einen Vortrag über die Auswirkungen des Holzschlages auf die Wasserwirtschaft zu halten. Sie brauchte nicht viel Überredungskunst, um die Zustimmung dazu zu bekommen.

Weniger erfolgreich war sie allerdings, als sie die Leute in ihrer Umgebung anrief, sie an die Versammlung erinnerte und sie bat, der Gruppe beizutreten. Frauen, die sie schon jahrelang kannte, waren außergewöhnlich unhöflich oder legten sogar den Hörer einfach auf. Ein Mann bedachte sie mit einigen sehr wenig schmeichelhaften Schimpfworten und erklärte, sie brauchte einen Stall voller Kinder, die sie beschäftigen würden, damit sie sich nicht in Dinge einmischte, die sie nichts angingen. Ihr letzter Anruf galt einer älteren Freundin von Tante Beck, die ihr erklärte, sie sei eine Schande für ihre Eltern und ihre Großeltern.

Cammie saß noch lange nach diesem Anruf vor dem Telefon und starrte vor sich hin, eine Hand noch immer auf dem Hörer. Sie hatte gewußt, daß einige Leute in der Stadt sich über ihren Standpunkt aufregten, aber sie hatte nicht geahnt, wie hoch die Emotionen gingen. Bei dem Gedanken, auf derartig viel Feindseligkeit zu treffen, wurde ihr ganz übel. Daß Freunde und Nachbarn, Menschen, die sie schon ihr ganzes Leben lang kannte, sich gegen sie wenden würden, machte ihr angst.

Es fiel ihr schwer zu verstehen, wie wenig Menschen sich Gedanken darüber machten, was mit dem Land geschah. Sie schienen zu glauben, daß nichts und niemand ihm etwas anhaben konnte. Teil dieser Einstellung war die Beschaffenheit des Landes in Louisiana. Es war so ertragreich und fruchtbar, beinahe unerschöpflich.

Der Regen füllte die Bäche und Flüßchen, die Ströme und die Sümpfe, die Auffangbecken für die Flut waren. Erde, die nicht durch Terrassen oder Wurzeln von Bäumen und Pflanzen gehalten wurde, wurde weggespült, doch meistens nicht weit, weil das Land zu eben war, um dem Wasser zuviel Geschwindigkeit zu geben. Hitze und Regen waren Ursache üppigen Wachstums, allein die Straßenränder freizuhalten war in jedem Jahr eine immer wiederkehrende, kaum zu bewältigende Aufgabe, da Schößlinge, Büsche und Gräser so schnell wuchsen, daß sie in Kurven und an unübersichtlichen Stellen Sichtbehinderungen bildeten. Baumschößlinge, die um unbewohnte Häuser herum in die Höhe schossen, schienen beinahe über Nacht zu wachsen. Wenn man sie nicht entfernte, wuchsen sie zu Bäumen heran, die wiederum das Wachstum von Ranken förderten, Schatten gaben für Dornengestrüpp, für Pilze und Moose, Schimmel und Mehltau, die Dächer, Wände und Grundmauern zerstörten. Ein verlassenes Haus konnte in wenigen Jahren vom Gewicht der Ranken, von totem Laub und Ästen und den Organismen, die sich davon ernährten, zum Einsturz gebracht werden.

Der Zyklus von Leben und Veränderung war immerwährend. Die meisten Menschen schienen zu glauben, daß ein wenig kontrollierte Zerstörung nicht schlecht sei und auch nicht viel Schaden anrichten könnte. Sie irrten sich natürlich, doch es schien keinen Weg zu geben, ihnen das klarzumachen.

Das Telefon, auf dem noch immer ihre Hand lag, läutete. Cammie zuckte zusammen, als hätte man ihr einen Schlag versetzt, dann schüttelte sie irritiert den Kopf.

»Cammie, bist du das? Ich habe schon eine Ewigkeit versucht, dich zu erreichen. Ist alles in Ordnung?«

Diese Stimme mit dem jammernden, klagenden Ton eines Menschen, der ständig unterdrückt wurde, gehörte ihrer Tante, Sara Taggart, der Schwester ihrer Mutter. Cammie antwortete ihr so freundlich sie nur konnte.

»Dein Onkel meinte, daß ich dich anrufen sollte, und wirklich, ich denke, daß er diesmal sogar recht hat«, meinte ihre Tante, nachdem sie einander begrüßt hatten. »Ich weiß wirklich nicht, was ich davon halten soll. Aber ich kann es dir auch nicht vorenthalten, nicht nach all dem, was geschehen ist.«

»Was ist denn, Tante Sara?« fragte Cammie. Sie versuchte, nicht ungeduldig zu klingen.

»Es geht um diese junge Frau, die plötzlich vermißt wird, dieses Baylor-Mädchen. Eine der Damen aus unserer Kirchengemeinde hat einen Bruder, der an Krebs erkrankt ist. Er war im St.-Francis-Krankenhaus zur Bestrahlung. Seine Schwester fährt ihn immer dorthin, weil seine Frau arbeiten muß ...«

»Was ist denn mit dem Mädchen, Tante Sara?« fragte Cammie scharf. Ihre Hand, die den Hörer umklammerte, war ganz taub.

»Ich komme ja gleich dazu, Cammie. Wie es scheint, hat die Dame gesehen, wie dieses junge Mädchen aus ihrem Wagen gestiegen und in den Wagen eines Mannes eingestiegen ist. Sie hat sie erkannt, weil Janets Familie früher in ihrer Nähe gewohnt hat, ehe Janet heiratete. Sie schwört, daß es ein Jeep war, in den Janet eingestiegen ist, und daß der Fahrer des Jeeps Reid Sayers war.«

Daß irgend jemand in Greenley etwas beobachtete, was ein anderer zu verbergen versuchte, überraschte Cammie nicht. Es gab keinen Ort in der näheren Umgebung, der sicher genug war, um heimlichen Tätigkeiten nachzugehen, angefangen von zwielichtigen Geschäften bis hin zu einem Nachmittag unerlaubter Freuden. Die Leute aus der Stadt waren zu mobil, zu aktiv und viel zu sehr an ihren Freunden oder Nachbarn interessiert. Irgend jemand sah immer etwas. Und irgend jemand erzählte es dann auch weiter. Und so verbreiteten sich die Gerüchte.

Was hat Reid getan? fragte sich Cammie. Hatte er die Anwaltsgehilfin in einem Motel in Monroe untergebracht? Hatte er sie zu einem Busbahnhof gefahren? Hatte er sie weit genug von der Stadt weggebracht, damit sie einen Wagen mieten und den Staat verlassen konnte? Oder hatte er sie mit genügend Geld versorgt, damit sie ein neues Leben beginnen konnte?

Oder, diese Möglichkeit bestand auch, würde ihre vergrabene Leiche in einem oder zwei Jahren irgendwo in einem Versteck entdeckt werden?

Nein, das konnte Cammie nicht glauben, sie wollte auch gar nicht an eine solche Möglichkeit denken.

»Cammie? Bist du noch da, Liebes? Ich wollte dich nicht aufregen.«

»Was wolltest du dann?« Sie hörte den unterdrückten Ärger in ihrer Stimme, doch sie konnte sich nicht zurückhalten.

»Jack meinte, daß du die Wahrheit wissen solltest. Es wäre nicht gut, meinte er, wenn du dich mit diesem Mann einlassen würdest. Ich meine, du weißt doch, wer Reid Sayers ist – du weißt, aus welcher Familie er kommt. Und er war so lange von hier weg, daß er jetzt zum Außenseiter geworden ist. Man hört die eigenartigsten Geschichten über ihn – man kann sich gar nicht vorstellen, wozu er alles fähig ist. Das darfst du nicht vergessen.«

»Ich bezweifle, daß das überhaupt möglich ist.« Selbst wenn sie es schaffte, es gäbe immer jemanden, der es ihr wieder in Erinnerung rufen würde.

»Vielleicht sollte ich deinen Onkel zu dir rüberschicken, damit er mit dir reden kann. Du weißt, auch er hat Enttäuschung und Schmerz ertragen müssen. Sein Einsatz in Vietnam, die Kämpfe, als der liebe Gott ihn prüfte für sein Kirchenamt, hat in ihm ganz besonderes Verständnis geweckt für den Kummer, den wir alle ertragen müssen. Er verbringt viele Stunden – manchmal sogar Tag und Nacht – damit, den Menschen Hilfe und Trost zu spenden.«

Cammie hatte die Geschichte über die Berufung ihres Onkels zum Kirchenamt und seine Aufopferung in Ausübung seiner Pflichten schon oft gehört. »Es gibt nichts, womit ich nicht fertig werden könnte, Tante Sara. Ich bin dir dankbar, daß du mir das alles erzählt hast, aber du brauchst dir um mich keine Sorgen zu machen.«

Der Ton ihrer Stimme sagte ihrer Tante, daß die Unterhaltung damit beendet war. Ihre Tante akzeptierte es ohne Widerspruch. »Nun, dann will ich dich nicht länger aufhalten. Laß von dir hören, und ruf uns an, damit wir wissen, daß es dir gutgeht. Und komm uns mal besuchen.«

Cammie stimmte zu und sprach ihrerseits auch eine Einladung aus, die genauso bedeutungslos war wie die, die sie gerade bekommen hatte. Dann legte sie den Hörer auf.

Was diese Frau da gesehen zu haben glaubte, war falsch, es mußte ganz einfach falsch sein. Oder jemand mit einer übergroßen Phantasie hatte dieses häßliche Gerücht in Umlauf gesetzt. Janet Baylor mochte zusammen mit einem Mann gesehen worden sein – das war sogar ziemlich wahrscheinlich –, aber das bedeutete noch lange nicht, daß dieser Mann Reid war.

Immerhin hatte er ihr ziemlich deutlich erklärt, daß er mit Janets Verschwinden nichts zu tun hatte. Oder doch?

Sie konnte sich nicht mehr an seine genauen Worte erinnern. Es war möglich, daß er in ihr nur den Eindruck erweckt hatte, daß es keine Verbindung zu der jungen Frau gab.

Nein, es konnte nicht sein. Er würde so etwas Hinterhältiges nie tun.

Oder vielleicht doch?

Was wußte sie eigentlich wirklich von ihm? Wenn man mit einem Mann ins Bett ging, bedeutete das noch lange nicht, daß man auch seinen Charakter kannte.

Und trotzdem, wo sonst war ein Mensch so sehr er selbst? Wenn man jemanden nicht nach seiner Rücksichtnahme und seiner zärtlichen Besorgnis beurteilen konnte, die er beim Liebesakt zeigte, wie sollte es denn möglich sein herauszufinden, wie sein innerstes Selbst beschaffen war?

Sie war so verwirrt, daß sie sich nicht konzentrieren konnte, daß es ihr nicht gelang, sich auf ihre Arbeit vorzubereiten. Sie mußte noch ihre Reisetasche auspacken, doch sie brachte es nicht über sich, die Sachen und das Nachthemd anzusehen, das sie in der letzten Nacht getragen hatte. Persephone hatte eine Einkaufsliste gemacht, doch das letzte, was Cammie jetzt wollte, war, einkaufen zu gehen. Sie überlegte, ob sie zu ihrem Antiquitätenladen fahren sollte. Aber was hatte es für einen Zweck, sie würde sich sowieso nicht auf ihre Arbeit konzentrieren können.

In ihrem Blumengarten zu arbeiten hatte sie schon immer beruhigt. Sie holte ein paar alte Gartenhandschuhe hervor, nahm ihre Gartenschere und verließ das Haus.

Eine Stunde ungefähr verbrachte sie im Garten, schnitt einen Strauß Azaleen für ihr Wohnzimmer, entfernte verwelkte Blüten, düngte die Kamelien und zupfte Unkraut aus den Beeten. Es war ein warmer, schöner Tag, sie konnte langsam damit beginnen, die Sommerpflanzen zu setzen. Sie entschied sich, ins örtliche Gartencenter zu fahren, um zu sehen, was dort angeboten wurde.

Cammie ging ins Haus, um Geld zu holen. Auf dem Weg

nach draußen fiel ihr Reids Morgenmantel ins Auge, den sie getragen hatte, als er sie vor Tagen vom Fort nach Hause gebracht hatte. Persephone hatte ihn gewaschen und ihn dann auf den Tisch im Flur gelegt, damit sie ihn dem Eigentümer zurückgeben konnte. Sie konnte ihn auf ihrem Weg bei Reid vorbeibringen, es wäre nur ein kleiner Umweg.

Reid war nicht zu Hause, doch er würde bald zurückkommen, erklärte seine Haushälterin. Lizbeth bot ihr Kaffee und Kuchen an, wenn Cammie warten wollte, doch Cammie lehnte ab und erklärte, wohin sie unterwegs war. Sie reichte Lizbeth den Morgenmantel.

»Ich habe mich schon gewundert, wo dieses Ding geblieben sein könnte; es ist Mr. Reids liebstes Kleidungsstück, der alte Lumpen«, sagte Lizbeth. Die große, dunkelhäutige Frau, die ihr Haar zu einer Krone aus Zöpfen aufgesteckt hatte, strich mit ihren langen, schlanken Fingern über den weichen Stoff.

»Ich wußte ja nicht ...«

»Machen Sie sich keine Sorgen. Er wußte wohl, wo er danach hätte suchen müssen, denke ich, wenn er ihn hätte wiederhaben wollen.«

Cammie stimmte ihr zu, akzeptierte resigniert, daß Lizbeth ganz genau zu wissen schien, was vorgefallen war. Sie verabschiedete sich und wollte gehen.

»Wegen dieser Sache mit der Fabrik, Mrs. Hutton ...« Die Haushälterin hielt inne, als sei sie nicht sicher, ob es klug wäre weiterzusprechen.

Cammie drehte sich zu ihr um und betrachtete das besorgte Gesicht der Frau. »Ja? Was ist damit?«

»Ich habe mir gewünscht, mit Ihnen darüber sprechen zu können. Mr. Reid macht sich schreckliche Sorgen, weil er bemüht ist, das Richtige zu tun – und das ist nicht immer so leicht, wie einige Leute zu glauben scheinen. Sein Daddy, müssen Sie wissen, hat ihm schon früh beigebracht, die Dinge von allen Seiten zu betrachten, und das versucht er jetzt. Aber die Sorge, was das beste für die Menschen ist, bereitet ihm großen Kummer.«

»Ja, das weiß ich«, stimmte Cammie Lizbeth aufmunternd zu, als diese nicht weitersprach.

»Sehen Sie, er weiß, daß mein Mann Joseph und meine beiden ältesten Söhne ihren Lebensunterhalt mit Holztransporten verdienen. Sie haben zwei Trucks angeschafft für den Transport von Holzbrei. Mein jüngster Sohn Ty dagegen macht Karriere in der Armee, der wird also nicht davon betroffen sein. Aber die anderen müssen Holz fällen, solange das Wetter gut ist, denn es ist wirklich schwierig, es im Winter, wenn es so stark regnet, aus dem Wald zu holen. So wie die Dinge jetzt stehen, kann die Fabrik nicht immer alles Holz aufkaufen, das sie im Sommer schlagen, also spüren sie das in ihrem Geldbeutel. Oh, sie verdienen genug, um davon leben zu können, solange ich noch mitarbeite, reicht unser Geld. Aber sie können sich nicht genug zurücklegen, um auch über schwere Zeiten hinwegzukommen. Die einzige Möglichkeit, das zu schaffen, ist, wenn die Fabrik erweitert wird und mehr Holz braucht. Sie sind alle stolz, weil sie nicht auf die Wohlfahrt angewiesen sind, sie fühlen sich wie richtige Männer. Aber es ist traurig, wenn man bedenkt, daß es für sie keine Zukunft geben wird.«

»Das tut mir leid, aber es würde noch viel schlimmer sein, wenn es schließlich keine Bäume mehr gibt, die gefällt werden könnten.«

»Joseph und meine Jungen sind sehr vorsichtig. Sie lassen die jungen Bäume stehen, genauso, wie es der Daddy von Mr. Reid immer gesagt hat. Sie wissen, wie sie einen Baum ansägen müssen, damit er keine anderen Bäume mit umreißt, wenn er fällt. Sie sind gute Arbeiter – Josephs Daddy und auch sein Großvater haben bei den Holzfällermannschaften mitgearbeitet, als es noch keine Kettensägen gab. Sie wissen, daß ihre Jobs davon abhängen, daß sie vorsichtig mit dem Wald umgehen.«

»Und was ist mit der Natur? Die beste Zeit, Bäume zu fällen, ist genau die Zeit, in der die Vögel brüten.«

»Sie passen auf, daß auf den Bäumen, die sie fällen, keine Eulennester oder Nester von Spechten sind. Manchmal machen sie allerdings auch einen Fehler, und dann sind sie immer ganz unglücklich. Es ist traurig, aber solche Dinge passieren eben im Leben.«

Cammie sah in die sanften, dunklen Augen der Frau. »Manchmal sind diese Dinge aber auch mehr, als die Menschen – und die Bäume und Tiere – ertragen können. Dann muß etwas getan werden.«

»Der liebe Gott weiß, daß Sie recht haben«, sagte Lizbeth und schüttelte dabei den Kopf. »Aber wenn alle gutherzigen Menschen sich zusammensetzen würden, dann könnten sie es schon schaffen. Glauben Sie nicht?«

»Es wäre schön, wenn das möglich wäre«, meinte Cammie und lächelte ein wenig schief. »Es wäre sogar noch besser als schön, es wäre wundervoll. Aber nicht alle haben ein so gutes Herz.«

»Nun, das ist die Wahrheit, das kann ich nicht ableugnen.«

Die Haushälterin hatte gesagt, was zu sagen war, und sie wollte Cammie nicht länger aufhalten. Doch als Cammie dann in ihrem Wagen saß, gingen ihr die Worte der Frau nicht aus dem Kopf. Der persönliche Einblick in die Probleme der Menschen, den sie gerade bekommen hatte, war beunruhigend. Es war eine Sache, über derartige Verhältnisse im allgemeinen Bescheid zu wissen; es war jedoch eine völlig andere, unmittelbar damit konfrontiert zu werden.

Mitleid war in einem solchen Fall nicht angebracht. Sie durfte sich davon nicht leiten lassen, doch sie durfte auch nicht feige sein, weil nicht alle mit ihrem Tun einverstanden waren. Das zu wissen machte es ihr nicht leichter.

Wie üblich fand Cammie im Gartencenter mehr, als sie brauchte. Sie kaufte ein halbes Dutzend Pflanzschalen mit Fleißigen Lieschen, dazu noch eine pinkfarbene Mandevilla-

Ranke für ihren Pavillon und ein paar rosafarbene Hibiskussträucher, die sie zu beiden Seiten der Hintertreppe pflanzen wollte. Es wurde schon dunkel, als sie mit ihrer Last in die Einfahrt zu ihrem Haus einbog.

Persephone hatte einen Topf Gemüsesuppe gekocht und dazu frisches Brot gebacken. Cammie aß früh an diesem Abend, sie war nicht wirklich hungrig, aber sie wußte, sie mußte etwas essen, weil sie schon das Mittagessen hatte ausfallen lassen.

Sie räumte gerade das schmutzige Geschirr in die Spülmaschine, als es an der Tür klopfte. Sie knipste das Licht auf der Veranda an und sah erst aus dem Fenster, ehe sie die Hintertür öffnete. Der Sheriff stand vor der Tür, schwer und kräftig.

»Tut mir leid, wenn ich dich störe, Cammie.« Bud Deerfield legte einen Finger an die Hutkrempe. »Wir haben einen Anruf bekommen, daß ein Mann um dein Haus herumschleicht.«

»Heute abend?« Überraschung stand in ihrem Gesicht.

»Gerade vor ein paar Minuten. Ich war in der Nähe, als die Durchsage über Funk kam, da dachte ich mir, ich sehe gleich einmal nach.«

Reid, natürlich. Oder doch nicht? Sie hatte das Gefühl, er war viel zu erfahren, um gesehen zu werden. Es könnte Keith sein, in dem Fall war sie dankbar dafür, daß ein neugieriger Nachbar sich eingemischt hatte.

Sie trat einen Schritt zurück und öffnete die Tür, um ihren Cousin hereinzulassen. »Ich bin dir dankbar, wenn du nachsehen willst, aber ich habe weder etwas gesehen noch gehört.«

»Dann hast du Glück gehabt.« Bud trat die Füße auf der Fußmatte ab, dann kam er ins Haus. Er ging vor ihr her durch den Flur. »Wie es scheint, hat es in der letzten Zeit hier in der Gegend eine Menge Vagabunden gegeben. Mindestens drei alleinstehende Frauen machen uns das Leben zur Hölle, sie sehen Männer zu jeder Tages- und Nachtzeit um ihre Häuser schleichen.«

»Habt ihr denn schon jemanden erwischt?« Mit gerunzelter Stirn folgte Cammie ihm.

»Bis jetzt noch nicht. Ich würde ja behaupten, daß es diese Geschichte mit dem Baylor-Mädchen ist, daß diese Frauen so aufgeregt reagieren, doch sie haben schon bei uns angerufen, ehe das Mädchen verschwunden war.« Er trat ins Wohnzimmer, sah sich um und ging dann weiter in den Wintergarten.

»Glaubst du, daß es da eine Verbindung gibt?«

»Wer weiß?« Seine Stimme klang wie ein Echo, während er aus dem Wintergarten wieder zurück in den Flur kam und dann die Treppe hinaufmarschierte.

Er fand nichts, obwohl er in allen Schränken und auch in den Badezimmern nachsah. Er ließ sich sogar auf die Knie nieder, um unter die Betten zu sehen. Dann ging er nach draußen, riet ihr, die Tür hinter ihm abzuschließen und alle Fenster fest zu verriegeln, wenn er weg war. Sie sah, wie er um das Haus herumeilte und den Garten absuchte. Auch im Pavillon und in der Garage sah er nach.

Zehn Minuten später stand er wieder vor ihrer Tür. Auch wenn er niemanden entdeckt hätte, so bedeutete das doch nicht, daß der Anrufer sich geirrt hätte, erklärte er ihr. Falls sie etwas hörte, sollte sie ihn gleich anrufen. Es würde sofort jemand rauskommen, er würde dasein, noch ehe sie den Hörer aufgelegt hatte, versicherte Bud beruhigend.

Cammie wartete, bis sie seinen Wagen nicht mehr sehen konnte, dann stellte sie sich an den Fuß der Treppe. »Also gut, du kannst jetzt herauskommen«, rief sie hinauf.

Nichts. Sie kam sich ein bißchen dumm vor, aber das war nicht so schlimm, wenn tatsächlich niemand im Haus war. Doch irgendein Instinkt verriet ihr, daß sie nicht allein war. Und sie wußte nicht, was beunruhigender war, das Wissen, daß sie nicht allein war, oder der Gedanke, daß sie so sehr auf Reid eingestellt war, daß sie seine Anwesenheit fühlen konnte. Langsam wandte sie sich um und lauschte auf Schritte von oben.

»Reid?«

Er tauchte plötzlich aus dem Wintergarten auf, ein Schatten, der sich aus dem Dämmerlicht löste. Seine Schritte waren geräuschlos auf den alten Dielen, seine Bewegungen lässig und dennoch wachsam. Zwei Meter vor ihr blieb er stehen und wartete.

Sie schluckte, ein dicker Kloß saß in ihrem Hals. »Wie lange bist du schon hier?«

»Lange genug«, meinte er knapp. »Ich wollte dich gerade besuchen kommen, als der Sheriff vorfuhr. Ich habe gesehen, wie du ihn ins Haus gelassen hast, und ich dachte, ich komme auch rein, ehe er mich entdeckt.«

»Wie bist du ... warum hat Bud dich nicht gesehen?«

»Ihr habt beide genug Krach gemacht, um den Rückzug einer ganzen Armee zu übertönen. Ich brauchte nur immer ein oder zwei Zimmer vor euch zu bleiben.«

»Aber wenn du das tun konntest, dann ...«

»Es ist niemand sonst hier im Haus, darauf gebe ich dir mein Wort.« Er lächelte, doch als er sprach, schwand sein Humor sehr schnell wieder. »Und wen auch immer deine Nachbarn draußen zu sehen geglaubt hatten, ich war das nicht.«

»Bist du sicher? Ich meine, ich zweifle nicht daran, daß das stimmt, aber jeder kann einmal einen Fehler machen.«

»Solche Fehler sind dein Tod, dort wo ich in den letzten Jahren gewesen bin«, erklärte er mit ausdrucksloser Stimme.

Wenn es nicht Reid gewesen war vor ihrem Haus, wer war es dann? Nicht Keith, ganz sicher nicht, nicht nach dem letzten Abend. Aber da war noch dieser andere Mann, den sie in der letzten Woche zu sehen geglaubt hatte. Sie war schon beinahe davon überzeugt gewesen, daß es Keith war, aber ganz sicher war sie noch immer nicht.

Wenigstens wußte sie, daß Reid die Wahrheit sagte. Es gab keinen Grund für ihn, sie anzulügen. Es war nicht so wie beim Verschwinden von Janet Baylor, dafür gab es genug Gründe.

Seine blauen Augen waren ganz dunkel, als er ihr besorgtes Gesicht sah, eindringlich blickte er sie an. »Was ist los? Hast du noch mehr meiner alten Sünden aufgedeckt, die mich jetzt verfolgen?«

Der Wunsch, ihm zu wiederholen, was ihre Tante ihr erzählt hatte, und zu erfahren, wie er sich verteidigen würde, war beinahe übermächtig. Doch statt dessen fragte sie nur: »Gab es denn da so viele?«

»Einige.« Sein Gesicht verriet nichts von seinen Gedanken, als er sie ansah. »Doch wenn du die blutigen Einzelheiten erfahren willst, dann mußt du es irgendwo anders versuchen.«

»Nein, danke«, wehrte sie ab.

Cammie wandte sich um und ging durch den Flur in die Küche. Reid zögerte, dann kam er hinter ihr her. In Gedanken versuchte sie zu entscheiden, was sie jetzt tun sollte.

»Lizbeth hat gesagt, daß du bei mir warst.« Er lehnte sich gegen die Anrichte und schob beide Hände in die Hosentaschen. »Du hättest dir die Fahrt sparen können, ich wollte sowieso zu dir kommen.«

Sie vermied es, ihn anzusehen. »Ich habe nicht daran gedacht, dir den Morgenmantel zu geben, als du hier warst.«

»Sehr ermutigend.« Er lächelte, dann sprach er weiter. »Eigentlich hatte ich geglaubt, es gäbe etwas Besonderes, über das du mit mir reden wolltest.«

Sie wischte gerade über die Anrichte, jetzt hielt sie inne und sah zu ihm auf. »Und das wäre?«

Er verzog irritiert das Gesicht. »Ich weiß nicht, Cammie. Es gibt da eine ganze Menge Dinge: Keith, die Papierfabrik, die verschwundenen Dokumente, alles, was dich beschäftigt. Oder auch gar nichts, es könnte ja sein, daß du mich einfach nur sehen wolltest. Teufel, ab und zu kann ich ziemlich optimistisch sein.«

»Das würde ich dir aber nicht raten«, meinte sie und preßte die Lippen zusammen.

Er fuhr sich mit der Hand durchs Haar. »Also gut, was ist los? Was habe ich jetzt schon wieder getan oder nicht getan, das dich in eine solche Laune versetzt?«

»Nichts«, versicherte sie ihm, auch wenn es nicht stimmte.

»Nein? Aber warum muß ich denn jedesmal, wenn wir uns sehen, wieder ganz von vorn anfangen?«

Sie wandte sich zu ihm um. »Was hast du denn erwartet? Daß ich in deine Arme sinken werde? Daß ich dich in mein Bett zerre?«

»Das wäre eigentlich ganz nett gewesen.«

»Vergiß es.«

»Aber ich wäre auch schon mit einem Begrüßungskuß zufrieden.«

In seinen Augen blitzte etwas auf, das sie beunruhigte. »Ich bin gar nicht so sicher, ob du überhaupt willkommen bist«, wehrte sie ab.

»Zu schade. Aber ich bin hier, willkommen oder nicht.«

»Warum?« wollte sie wissen. »Warum bist du gekommen, wenn du doch weißt, daß ich dich nicht will?«

Sein Lächeln war grimmig. »Wenigstens bin ich beharrlich.«

In seinen Worten lag eine Zweideutigkeit, die sie nicht ganz begriff. Aber sie war auch nicht sicher, ob sie sie überhaupt begreifen wollte.

Sie sah ihn abschätzend an und erinnerte sich wieder an den Augenblick, als sie am Morgen in seinen Armen aufgewacht war. Sie hatte an ihn geschmiegt gelegen, mit dem Rücken an seiner Brust. Er hatte nicht geschlafen, vielleicht hatte er sogar die ganze Nacht wach gelegen. Einen Arm hatte er schützend um sie gelegt, seine andere Hand hatte mit ihrem Haar gespielt. Sorgfältig hatte er die seidige Masse ihres Haares glattgestrichen und Strähne für Strähne auf dem Kissen ausgebreitet.

Sie hatte sich in diesem Augenblick so beschützt gefühlt, so unglaublich zufrieden. Es war ihr alles so richtig erschienen, wie noch nie zuvor etwas in ihrem Leben. Sie hatte sich gewünscht, für den Rest ihres Lebens so liegen zu bleiben, ohne sich zu rühren.

Doch das würde nicht noch einmal so sein. Er hatte ihr zu verstehen gegeben, daß er unfähig war zu einer Beziehung. Was blieb ihr anderes übrig, als ihm zu glauben? Und war es nicht vielleicht sogar besser so, wenn sie ihn in ihren dummen Träumen zu etwas gemacht hatte, was er nie gewesen war, zu etwas, was er nie sein könnte?

Ein nachdenklicher Ausdruck trat in seine Augen. »Vielleicht wolltest du ja wirklich nicht mit mir reden«, begann er leise. »Aber ich wollte dir etwas sagen. Wenn ich dir eine Möglichkeit zeigen könnte, wie wir beide unsere Vorstellungen bei der Erweiterung der Papierfabrik verwirklichen könnten, würdest du dann wenigstens darüber nachdenken?«

»Sicher«, antwortete sie eisig. »Ich bin schließlich nicht unvernünftig.«

Ein Muskel in seiner Wange zuckte, doch er entgegnete nichts. »Es ist möglich, in den Kaufvertrag Klauseln aufzunehmen, die garantieren würden, daß gewisse Umweltschutzauflagen eingehalten werden. Die Schweden könnten zwar Widerspruch dagegen einlegen, aber ich glaube, sie sind so sehr darauf aus, in diesem Teil des Landes Fuß zu fassen, daß sie schließlich zustimmen werden. Es war schon immer mein Wunsch, gewisse Sicherheiten einzubauen. Ich möchte, daß du mit mir zusammen daran arbeitest, dann könnte der Vertrag aufgesetzt werden. Unter der Voraussetzung natürlich, daß ich im Besitz der Fabrik bin. Wenn sie wirklich dir gehören sollte, dann kannst du natürlich damit machen, was du willst. Aber es wäre immerhin ein Weg, das zu schützen, was für dich wichtig ist, während die Gemeinde gleichzeitig davon profitiert.«

Sie sah ihn mit großen Augen an, während sie über seinen Vorschlag nachdachte. Dann wandte sie sich abrupt ab. »Was weiß ich denn schon von Vertragsabschlüssen und Klauseln?«

»Mehr als die meisten anderen Menschen, denke ich, und du kannst es auch lernen. Ein Anwalt wäre natürlich nötig, um den Vertrag aufzusetzen.«

»Natürlich«, stimmte sie ihm zu. »Warum tust du das? Und warum hat es so lange gedauert, bis du damit herausgerückt bist?«

»Ich tue es, weil ... weil es Sinn hat. Und zum anderen, ich wollte erst mit den Schweden reden, wollte herausfinden, wie sehr sie an dem Geschäft interessiert sind, ehe ich ihnen mit Problemen komme.«

Cammie lachte freudlos. »Das heißt, du kannst noch immer die Klauseln wieder streichen, wenn bei den Vertragsverhandlungen etwas nicht so läuft, wie du es dir vorgestellt hast.«

»Ich werde für die Dinge kämpfen, an die du glaubst«, versicherte er ihr, ohne mit der Wimper zu zucken. »Aber ich werde diese Stadt und die Jobs der Menschen hier nicht für ein paar Vögel aufs Spiel setzen.«

Er schien es so ernst zu meinen, er wirkte so vertrauenerweckend. Und dennoch war er mit Janet Baylor gesehen worden, an dem Tag ihres Verschwindens. Es widersprach sich irgendwie.

Sie öffnete den Mund, um ihn um eine Erklärung zu bitten. Doch im gleichen Augenblick runzelte Reid plötzlich die Stirn und lauschte aufmerksam. Sie folgte seinem Blick und sah durch das Fenster, wie die Scheinwerfer eines Autos den Garten neben dem Haus erhellten. Das Licht kam von einem Wagen, der auf der Einfahrt wendete.

Reid zog fragend eine Augenbraue hoch; Cammie schüttelte den Kopf, sie erwartete niemanden.

Kurz darauf klopfte jemand an die Hintertür, es war noch einmal Bud Deerfield.

Als sie ihm die Tür öffnete, überlegte Cammie, ob wohl jemand Reid ins Haus hatte schlüpfen sehen und daraufhin die Polizei angerufen hatte. Doch dann schob sie den Gedanken schnell wieder von sich. Es hatte keinen Zweck, sich verrückt zu machen.

»Himmel, Bud, was ist denn jetzt passiert?« Sie hatte bemerkt, daß Reid in der Küche verschwunden war.

Das Gesicht des Sheriffs war sorgenvoll verzogen, er nahm seinen breitkrempigen Hut ab und drehte ihn in beiden Händen. »Cammie, es tut mir leid, daß ausgerechnet ich dir das sagen muß.«

»Was ist denn?« Sie trat noch einen Schritt vor, um besser sein Gesicht sehen zu können. Der silberne Stern auf seiner Brust glänzte im schwachen Licht der Lampe auf der Veranda.

»Es geht um Keith, Liebling.«

»Ist er verletzt?«

»Mehr als das. Er ist von uns gegangen, Liebling. Sie haben ihn gerade gefunden, im Wildreservat. Der amtliche Leichenbeschauer meint, der Tod wäre irgendwann am heutigen Nachmittag eingetreten.«

Cammie zog scharf den Atem ein. »Ein Autounfall?« fragte sie.

Bud schüttelte den Kopf. »Er ist erschossen worden. Mit einer .357 Magnum. Sie haben die Waffe neben ihm gefunden.«

»Er hat doch nicht … es war doch kein … Selbstmord?« In ihrem Kopf wirbelten die Gedanken, es gab so viele Gründe für ihre Verwirrung, sie hatte so viele Fragen und Ängste, daß sie nicht mehr klar denken konnte.

Das Gesicht ihres Cousins verhärtete sich, er wurde plötzlich ganz förmlich. »Auf keinen Fall. Es war Mord, schlicht und einfach Mord.«

15. Kapitel

Cammie stand noch immer an der Tür, die Hände auf der Türklinke, nachdem Bud gegangen war. Er hatte dafür sorgen wollen, daß jemand bei ihr blieb oder daß der Arzt ihr ein Beruhigungsmittel verschrieb, doch sie hatte ihm erklärt, beides sei nicht nötig. Dennoch fühlte sie sich eigenartig, als hätte sie völlig die Orientierung verloren. Sie war zu keinem klaren Gedanken fähig, wußte nicht, was sie tun sollte.

Ihr erster Impuls war, zum Haus von Keiths Mutter zu fahren. Ihr Schwiegervater war vor einigen Jahren gestorben, aber eigentlich kam sie mit ihrer Schwiegermutter recht gut aus – sie wußte, es würde die ältere Frau schwer treffen. Doch war es gut möglich, daß ihre Anwesenheit dort jetzt eher unerwünscht war, es wäre eine schmerzliche Erinnerung an die Dinge, die besser vergessen werden sollten.

Keith, erschossen. Und Janet Baylor war verschwunden. Was ging hier vor? Sicher, die Stadt hatte immer ihren Anteil an Familienstreitigkeiten, an tragischen Unfällen und Verzweiflungstaten wegen tödlicher Krankheiten gehabt. Aber ein solcher Vorfall war noch nie zuvor passiert.

Keith. Erschossen. Im Wildreservat.

Cammie wandte sich um und stieg langsam die Treppe hinauf, ging in ihr Schlafzimmer und trat an den Nachttisch. Sie öffnete die oberste Schublade, wo sie den Revolver aufbewahrte, mit dem sie Keith vor noch nicht gar so langer Zeit bedroht hatte, die .357 Magnum, die Reid ihr zurückgegeben hatte.

Der Revolver war verschwunden. Natürlich.

Reid war ihr aus der Küche gefolgt. Jetzt lehnte er mit der Schulter im Türrahmen und beobachtete sie. Sie hob den Kopf und sah ihm in die Augen.

Seine Stimme klang ein wenig ärgerlich. »Nein, ich habe ihn nicht genommen.«

Das hatte sie auch nicht angenommen. Oder vielleicht doch? Ohne bewußte Absicht fragte sie: »Wo warst du heute nachmittag?«

»Ich habe im Wald nach Bäumen gesehen, die geschlagen werden können«, kam seine Antwort sofort, ohne nachzudenken. »Und wo warst du, außer im Fort und im Gartencenter?«

Verdächtigungen. Es war eine häßliche Sache. Und ein zweischneidiges Schwert.

Schnell wandte sie den Blick von ihm. Sie schloß die Schublade wieder und machte ein paar Schritte in das Zimmer. Dann blieb sie unentschlossen stehen und schlang fröstelnd die Arme um ihren Körper gegen die plötzliche Kälte in ihrem Inneren.

Reid beobachtete sie schweigend. Nach einer Weile sagte er vorsichtig: »Selbst, wenn du es wirklich getan hast, obwohl es mir schwerfällt, das zu glauben, würde ich dir keinen Vorwurf machen. Ich würde annehmen, du hattest deine Gründe, nachdem Keith dich geschlagen hat.«

Sie blickte auf, und ihr erschrockener Blick blieb an seinen klaren Augen hängen. »Du hattest wohl auch deine Gründe«, erwiderte sie rauh.

»Und du erteilst mir dafür Absolution?« Er legte den Kopf schief.

»Ich bin mir nicht sicher.«

»Nein«, stimmte er ihr zu. »Im Gegensatz zu dir kann ich keine mildernden Umstände für mich geltend machen. Wenn ich es getan hätte, gäbe es für mich keine Entschuldigung.«

»Und wenn deine Gründe nun mehr damit zu tun hätten, was deiner Ansicht nach das beste für mich wäre, und weniger mit deinen eigenen Motiven?«

»Du glaubst, ich hätte ihn für dich umgebracht?« Seine Augen wurden schmal.

»Es scheint möglich.«

Schweigen breitete sich zwischen ihnen aus, während sie einander beobachteten. Dann senkte er in einer plötzlichen Bewegung zustimmend den Kopf. »Das hätte ich vielleicht getan, wenn du es gewollt hättest.«

Wahrheit. Sie erkannte die Wahrheit, wenn sie sie hörte. Aber war es die ganze Wahrheit oder nur ein Teil davon? Hatte er Keith ermordet oder nicht?

Das Schreckliche an der Sache war, daß seine Antwort nichts an ihrem unterschwelligen Gefühl der Dankbarkeit änderte. Cammie unterdrückte es, als ihr klar wurde, was es war, doch sie konnte es nicht verleugnen. Was war sie nur für eine Frau? Wie konnte sie sich darüber freuen, wenn ein Mann erklärte, er sei bereit, für sie zu töten? Sie wagte gar nicht, weiter zu denken.

»Für dich wäre es einfacher gewesen als für die meisten anderen«, sagte sie leise.

»Einfacher, einen Mord auszuführen«, gab Reid zu. »Aber schwerer, den antrainierten Widerstand zu überwinden.«

Sie beobachtete ihn, sah, wie sich Verletzlichkeit und Haß auf sich selbst auf seinem Gesicht spiegelten, und wußte ganz plötzlich, daß er ihr erlaubte, einen Teil von ihm zu sehen, den er vor allen anderen sorgfältig verbarg. Das bedeutete nicht, daß sie seine Mauer der Abwehr durchbrochen hatte. Er hatte sich ihr absichtlich geöffnet, aus Gründen, die sie nicht zu erforschen wagte.

»Wenn du also wirklich schuldig bist«, meinte sie mit leiser Ergebenheit, »dann muß ich diese Schuld mit dir teilen.«

»Aber nur«, lenkte er ein, »wenn du mir erlaubst, einen Teil deiner Schuld auf mich zu nehmen, was auch immer es sein mag.«

Gegenseitiges Mißtrauen, gegenseitige Zweifel an der Glaubwürdigkeit des anderen, gemeinsame Bereitschaft, darüber hinwegzusehen. Eine Sackgasse. Warum nur schmerzte es so sehr?

Reids Gesichtsausdruck veränderte sich, er machte einen Schritt auf sie zu. »Da gibt es noch etwas, das du wissen solltest. Etwas ist geschehen zwischen mir und Keith, in der Fabrik.«

»Das weiß ich schon«, wehrte sie schnell ab. »Es ... es tut nichts zur Sache. Es wäre mir lieber, du würdest nicht mehr davon sprechen, wenn es dir nichts ausmacht. Und ich möchte heute nacht allein sein.«

Er sagte nichts mehr, und in seinem Schweigen lag eine Nachdenklichkeit, als lauschte er auf den Widerhall von Bedeutung in ihrer Stimme, ein Echo, das sogar sie nicht hören konnte. Oder als wägte er Konsequenzen und Strömungen ab, die sie nicht benennen konnte.

Schließlich sagte er: »Schlaf, wenn du kannst. Verbanne alles aus deinen Gedanken. Denk an gar nichts mehr. Es hat keinen Zweck, sich Sorgen über etwas zu machen, was du sowieso nicht mehr ändern kannst.«

»Sprichst du aus Erfahrung mit gewalttätigen Todesfällen?«

Ein Anflug von Erschöpfung lag in seiner Stimme. »Wovon sonst?«

Sie hörte nicht, daß er ging, aber als sie sich einen Augenblick später umwandte, war er nicht mehr da.

Die Beerdigung fand zwei Tage später statt. Sie hätte schon früher sein können, wurde jedoch durch die Autopsie verzögert.

Keiths Familie war bemüht, alles so schnell wie möglich hinter sich zu bringen, um der Sensationsgier ein Ende zu bereiten. Die Anrufe und Besuche der neugierigen Menschen schienen nicht enden zu wollen. Mit jeder Stunde wurde die Menschenmenge größer, die sich um die Trauerhalle versammelt hatte. Wenigstens vier Zeitungen hatten um die Erlaubnis gebeten, bei der Beerdigung dabeisein zu dürfen.

Cammie hatte diese Information auf dem üblichen Weg bekommen, aus der Gerüchteküche. Sie war nicht sicher, ob sie sie glauben sollte. Sie überlegte, ob sie überhaupt an der Beerdigung teilnehmen sollte, das Letzte, was sie jetzt noch brauchte, war ein Reporter, der die trauernde Witwe befragen wollte. Doch am Ende konnte sie nicht gegen ihr Pflichtgefühl und gegen die Tradition ankämpfen. Wäre sie der Beerdigung ferngeblieben, wäre das sicher der Anlaß für weitere Gerüchte gewesen, und außerdem hatte sie das Gefühl, sie sei es Keith schuldig, für die Jahre, die sie zusammengelebt hatten.

Beinahe genauso schwer fiel es ihr, sich zu entscheiden, was sie anziehen sollte. Die schwarze Kleidung der Witwe schien eher wie ein Hohn zu sein, doch etwas Buntes anzuziehen, würde einen Mangel an Respekt beweisen oder vielleicht sogar als Auflehnung mißverstanden werden. Sie entschied sich schließlich für ein taubengraues Jackenkleid mit einer Seidenbluse und hoffte, es wäre unauffällig genug.

Eine Beerdigung in Greenley war ein eher förmliches gesellschaftliches Ereignis. Der Verstorbene lag aufgebahrt in einem Raum des Bestattungsunternehmers, ehe der Trauergottesdienst begann. Die nächsten Verwandten standen neben der Bahre, um die Beileidsbezeugungen entgegenzunehmen. Kurze Umarmungen, Schulterklopfen und leise Worte des Mitleides wurden ausgetauscht, Tränen und Trauer zeigte man nur leise, obwohl Papiertaschentücher bereitlagen. Die Anzahl und der Umfang der Blumengestecke und Kränze wurde als Anzeichen dafür gewertet, welche gesellschaftliche Stellung der Verstorbene eingenommen hatte, und man achtete sehr auf die Ausstattung und die Dekoration des Sarges.

Der Trauergottesdienst für Keith wurde begleitet von Gospelsongs, die seine Mutter ausgesucht hatte. Nach einer kurzen Würdigung seines Lebens folgte eine Predigt, die so inbrünstig war, daß man jeden Augenblick damit rechnete, der Prediger würde die Leute auffordern, seiner Kirche beizutreten.

Cammie kam absichtlich zu spät zum Gottesdienst, damit sie nicht gezwungen war, vorher mit den Leuten zu reden. Sie konnte jedoch nicht dem Fotografen ausweichen, der ihr in den Weg trat, als sie aus der Kapelle herauskam, noch gelang es ihr, sich den neugierigen Blicken und dem Flüstern zu entziehen. Sie bemühte sich um ein möglichst ausdrucksloses Gesicht und ertrug die Aufmerksamkeit der Leute, in der Hoffnung, daß bald alles vorbei war.

Aber das war es nicht. Der Grund dafür wurde ihr klar, als sich der Zug auf den Weg zum Friedhof machte. Reids Jeep stand in der Nähe des Eingangs zum Friedhof. Das war natürlich zu erwarten gewesen, immerhin waren die Huttons und die Sayers schon seit vielen Jahren Geschäftspartner, und außerdem waren Reid und Keith zusammen zur Schule gegangen. Zumindest hatte Reid genug Feingefühl besessen, um nicht an der Trauerfeier teilzunehmen, er begleitete den Sarg nur zum Grab.

Reid stand in Cammies Nähe, als sich die Menschenmenge unter dem Baldachin am Grab versammelte. Sie war ihm dankbar dafür, daß er sie nicht ansprach. Zwischen ihnen war ein kleiner Abstand, und um sie herum summten die Bemerkungen der Leute wie ein Schwarm Schmeißfliegen.

Endlich war alles vorbei. Cammie hatte es abgelehnt, sich auf einen der Stühle zu setzen, die für die Familienmitglieder reserviert worden waren, doch als Keiths Mutter unter dem Baldachin hervortrat, ging sie instinktiv auf die Frau zu.

Sekundenlang sah die ältere Frau durch sie hindurch, als existiere sie überhaupt nicht. Cammie ließ sich jedoch in ihrem Mitgefühl nicht beirren, es hinderte sie auch nicht daran, ihre Schwiegermutter in den Arm zu nehmen. Sie fühlte die starre Ablehnung in der Haltung ihrer Schwiegermutter und sah den unterdrückten Zorn in ihren tränenfeuchten Augen.

»Es tut mir so leid«, flüsterte Cammie ihr zu, es waren die einzigen Worte, die ihr angemessen erschienen.

»Wirklich?« fragte ihre Schwiegermutter mit mühsam aufrechterhaltener Höflichkeit. »Es fällt mir schwer, das zu glauben. Aber ich wollte sowieso mit dir sprechen, über Sachen von Keith, die vielleicht noch in deinem Haus sind. Ich erwarte, daß du sie ... zu mir nach Hause schickst.«

Vona Hutton, Gordons untersetzte und ein wenig linkische Frau, stand hinter Keiths Mutter. »Richtig«, meinte sie und nickte selbstgerecht. Gleichzeitig warf sie ihrem Mann, der noch mit dem Geistlichen sprach, einen Zustimmung heischenden Blick zu.

»Ja, natürlich«, antwortete Cammie und konzentrierte ihre Aufmerksamkeit auf die ältere Frau vor ihr. Keith hatte nichts in Evergreen zurückgelassen, bis auf einige verrostete Werkzeuge, ein altes Fahrrad und einige ausgebaute Ersatzteile seines Autos. Sie würde jeden einzelnen Schraubenzieher heraussuchen und jede verrostete Zündkerze.

»Das ist alles, was wir – sein Bruder und ich – von dir wollen.«

Das war ihr Hinauswurf, der endgültige Bruch. Zweifellos hatte ihre Schwiegermutter sie damit treffen wollen.

»Wie du möchtest«, antwortete Cammie ruhig.

Ihr Gegenüber wandte sich mit hoch erhobenem Kopf ab. Vona legte einen Arm um die Schultern ihrer Schwiegermutter und murmelte beruhigende Worte. Cammie ließ die beiden gehen und versuchte, nicht zu viel Erleichterung zu zeigen.

Jemand trat neben sie; sie wandte sich um, weil sie erwartete, Reid zu sehen. Doch es war Fred Mawley.

Der Anwalt lächelte sie mit fürsorglicher Zärtlichkeit an. »Ich hatte gehofft, wir könnten einen Augenblick miteinander reden.«

Cammie murmelte etwas Unverständliches und widmete ihm nur oberflächliche Aufmerksamkeit. Reid verließ gerade den Friedhof. Er war in einer Gruppe von Männern, die meisten von ihnen Angestellte der Fabrik, sie standen etwas abseits und sprachen miteinander.

»Ich möchte einen Termin mit Ihnen machen wegen des

Testaments«, sprach Fred Mawley weiter. »Je eher wir es hinter uns bringen, desto besser.«

Cammie warf ihm einen verständnislosen Blick zu und setzte ihren Weg in Richtung des Ausganges fort. »Finden Sie nicht, daß es dafür jetzt etwas zu spät ist?«

Er zog fragend eine Augenbraue hoch, doch dann lachte er leise. »Nicht über Ihren Teil des Testaments, Cammie, über Keiths Teil. Sie sind noch immer seine Erbin, da das gemeinsame Testament nie zurückgezogen wurde und auch durch keine andere Verfügung außer Kraft gesetzt wurde. Sein Nachlaß fällt an Sie – einschließlich seines Anteils an der Papierfabrik.«

Sie blieb plötzlich wie angewurzelt stehen, ihre Augen weiteten sich in ungläubigem Entsetzen.

Mawley sah sie belustigt an. »Ich kann nicht glauben, daß Sie daran noch gar nicht gedacht haben.«

»Das habe ich wirklich nicht.« Sie preßte die Lippen aufeinander und riß sich zusammen.

»Gordon Hutton hat aber daran gedacht. Er hat mich gestern morgen angerufen und wollte wissen, wie die Dinge stehen. Ich fand das sehr vergnüglich, denn er war doch derjenige, der ...« Der Anwalt hielt inne, er sprach nicht aus, was er hatte sagen wollen.

»Gordon war derjenige, der was getan hat?« fragte Cammie, mißtrauisch geworden.

Mawley sah verlegen aus, obwohl er noch immer lächelte. »Ach, nichts. Nichts, das irgendwelche Bedeutung hätte. Nun ja, wie wäre es, wenn wir uns beim Abendessen heute über die Sache unterhalten würden? Ich hätte gern viel Zeit, um alle Einzelheiten mit Ihnen durchzugehen.«

Möglicherweise war dies der Grund, warum Keiths Familie einen solchen Groll gegen sie hegte. »Ich glaube nicht, daß es Grund für besondere Eile gibt«, meinte sie.

»Dann vielleicht morgen? Oder übermorgen? Ich stehe immer zu Ihrer Verfügung.«

Über seine Schulter hinweg sah Cammie, daß Reid den Friedhof verließ. Seine Haltung hatte eine gewisse Starre, die sie beunruhigte. Sie erklärte Fred Mawley, sie würde ihn anrufen, dann verließ sie schnell den Friedhof.

Cammie war schon fast am Ausgang angekommen, als ihr klar wurde, was Fred beinahe über Gordon und das Testament verraten hätte. Es schien, als hätte Keiths Bruder etwas mit der Verzögerung bei der Neufassung des Testaments zu tun. Ein Witz, falls es tatsächlich stimmte! Aber warum sollte ihr das jetzt noch etwas ausmachen?

Sie konnte es kaum erwarten, Reid davon zu erzählen. Sie wollte wissen, wie er reagierte, sie mußte wissen, was er darüber dachte. Aber obwohl sie ihren Schritt noch mehr beschleunigte, war er schon verschwunden, als sie auf dem Parkplatz ankam.

Ihre Enttäuschung war so groß, daß ihr Hals ganz eng wurde. Sie stand da und starrte auf die Stelle, an der sein Jeep gestanden hatte. Erst in diesem Augenblick wurde ihr klar, wie eigenartig es war, daß sie diese Neuigkeit mit einem Menschen teilen wollte, der verdächtigt wurde, den Mann umgebracht zu haben, den sie gerade hier beerdigt hatten. Sie dachte auch daran, daß Reid ihre Neuigkeit vielleicht gar nicht so lustig fände.

Sie fuhr zurück nach Evergreen, schlüpfte in Jeans und ein korallenfarbenes Oberteil. Sie aß zu Mittag und ging dann hinaus und starrte blicklos auf die Fleißigen Lieschen, die sie gekauft hatte. In einem Anflug von Energie riß sie all die Stiefmütterchen und den Zierkohl aus, die mittlerweile verblüht waren, und setzte die neuen Pflanzen an ihre Stelle. Sie pflanzte sogar die Hibiskussträucher in die beiden Kübel zu beiden Seiten der Hintertreppe.

Doch sie verrichtete ihre Arbeit eher mechanisch. Während sie mit den Pflanzen beschäftigt war, wanderten ihre Gedanken.

Wie sie aus allen Berichten erfahren hatte, war Keiths Tod

das Werk eines Profis gewesen; er war mit einem einzigen Schuß in den Kopf getötet worden. Dennoch würde jeder vernünftige Mensch, der ihn hätte umbringen wollen, auf die Jagdsaison gewartet haben. Zu dieser Zeit waren die Wälder – auch das Wildreservat – voller Männer mit Gewehren, eine Schußwunde konnte leicht als Unfall angesehen werden. Aber die Art, wie der Mörder sich dieses Mannes entledigt hatte, schien darauf hinzudeuten, daß Wut ihn unvorsichtig gemacht hatte oder daß er darauf vertraute, nicht gefaßt zu werden.

Beide Dinge trafen auf Reid nicht zu. Wenn Reid Keith hätte umbringen wollen, so hätte er es heimlich und still getan, und er hätte seinen Körper dann an einem Ort verschwinden lassen, der so versteckt und unzugänglich war, daß er nie gefunden worden wäre, glaubte Cammie.

Aber vielleicht wollte er sie und alle anderen ja auch nur in diesem Glauben lassen. Es war möglich, daß er die Tat absichtlich so unbeholfen hatte erscheinen lassen, weil er wußte, daß ein zu perfekter Mord wie ein Pfeil auf ihn hingewiesen hätte.

Wieder und wieder dachte Cammie daran, wie Reid ihr versichert hatte, er hätte Keith nicht umgebracht. Sie wollte ihm glauben, aber es fiel ihr sehr schwer. Es ergab einen perfekten Sinn, daß er sie von Keith hatte befreien wollen, solange sie ihn für einen Mann hielt, der aus einem unbeugsamen Willen heraus handelte und innerhalb seiner eigenen dehnbaren Moralbegriffe.

Das Problem war, ihre Einschätzung seines Charakters kombiniert mit dem, was er ihr gesagt hatte, ließ es genauso wahrscheinlich erscheinen, daß sie ihn zu Unrecht verdächtigte. Und sie konnte sich nicht entscheiden, was schlimmer war: recht zu behalten oder im Unrecht zu sein.

Es machte sie verrückt, immer wieder darüber nachzugrübeln, schon seit Tagen war das so. Heute hatte sie ihn zum ersten Mal wiedergesehen, seit dem Abend, als er in Evergreen war. Reids Benehmen während der Beerdigung war keine Entscheidungshilfe für sie. Es mußte doch etwas geben, das ihr helfen konnte.

Sie entschied, daß es ihrem Verständnis für Reids Wesen nicht förderlich wäre, wenn sie von ihm wegblieb und einer Ausweitung ihrer Beziehung aus dem Weg ging. Um die Mauer der Abwehr zu durchbrechen, die er um sich herum errichtet hatte, und um die Wahrheit herauszufinden, mußte sie ihm so nahe wie nur möglich sein. Nur so würde sie ihren Frieden finden.

Cammie zog die Gartenhandschuhe aus und ließ sie zusammen mit der Hacke und den leeren Pflanzenschalen auf der Hintertreppe liegen. Kurze Zeit später bog sie in die Einfahrt zum Fort ein.

Reid war nicht im Haus. Lizbeth sah sie lange und nachdenklich an, dann deutete sie in die Richtung, in der er verschwunden war, als er in den Wald ging.

Der Pfad führte in die Big Woods, das Gebiet jungfräulichen Waldes, das hinter der Papierfabrik lag und dessen nördliche Grenze an das Wildreservat stieß, in dem das Fort lag. Der Weg war uneben, bis Cammie das Gebiet mit den alten Bäumen erreichte. Die riesigen hohen Kiefern und Eichen, die Lorbeer- und Gummibäume und die Eschen bildeten ein dichtes Dach über ihrem Kopf, das kein Sonnenlicht bis zum Boden scheinen ließ. Das Unterholz wurde dünner und verschwand nach einer Weile ganz. Ein brauner Waldboden blieb, auf dem Pilze und Moos wuchsen und dicke Lagen von verwelkten Blättern ein weiches Kissen bildeten. Es war ein weiter, offener Wald, in dem die Vögel sangen und die Eichhörnchen keckerten. Die Geräusche hallten wider zwischen den hohen Stämmen, sie vibrierten in der Luft wie in einem riesigen Klangraum.

Cammie blieb stehen und holte tief Luft. Sie war nicht nur sehr schnell gegangen, sie hatte auch einen weiten Weg zurückgelegt. Sekundenlang dachte sie, daß es nicht gerade sehr weise war, einem Mann in diesen Teil des Waldes zu folgen, den sie des Mordes für fähig hielt. Doch dann schob sie den Gedanken sehr schnell von sich und konzentrierte sich darauf, Reid zu finden.

Irgendwo in der Nähe hörte sie ein lautes Klopfen. Sie lächelte, als ihr klar wurde, woher dieses Geräusch stammte. Sie verließ den schmalen Pfad und ging auf das Geräusch zu.

Sekunden später sah sie den Ursprung des Geräusches: einen Indianerkopfspecht. Der kleine Hahn mit seinem graubraunen Körper und der roten Kokarde, die an seinen Schultern begann und den ganzen Kopf bedeckte, hing am Stamm einer Kiefer, die vom Borkenkäfer befallen war. Ein Sonnenstrahl fiel durch das Blätterdach, das Gefieder glänzte auf, während der Specht eine ganze Reihe von Löchern in den Stamm schlug. Er hielt lange genug inne, um den Kopf zu recken, als sie näher kam. Doch dann stellte er fest, daß keine unmittelbare Gefahr zu bestehen schien, und er wandte sich wieder der Suche nach Insekten und Larven zu.

Es war schon lange her, seit Cammie einen dieser seltenen Vögel gesehen hatte. Bei seinem Anblick fühlte sie wieder dieses kleine Wunder, es war, als hätte eine Frau aus dem Mittelalter ein Einhorn im Wald entdeckt. Die Welt würde ärmer sein, wenn es solch faszinierende Geschöpfe nicht mehr gab. Sie sah dem Vogel noch eine Zeitlang zu; als er dann tiefer in den Wald hineinflog, kehrte sie zum Pfad zurück.

Musik war es, die sie zu Reid führte. Sie hörte sie schon aus einiger Entfernung, eine sanfte, liebliche Melodie, gespielt auf einer Gitarre. Sie erinnerte sie an alte Volkslieder, wie ›Greensleeves‹ und ›Scarborough Fair‹, doch besaß sie eine unerwartete Kraft und hatte einen härteren Rhythmus.

Reid saß am Rande einer mit Farnen bewachsenen Lichtung auf dem dicken Stamm einer uralten weißen Birke, im Arm hielt er eine Gitarre. Hinter ihm wuchsen grüne Farnwirbel um eine Quelle, die von einem kleinen Hügel einen Bach speiste. Sie hoben ihre hellen Köpfe aus dem dicken Mulch des letzten Jahres.

Ein Sonnenstrahl ließ Reids Haar golden aufleuchten, als er sich über sein Instrument beugte. Sein Gesicht war konzentriert, als er ein Stück spielte, innehielt und es dann noch einmal versuchte. Dann änderte er die Melodie ein wenig und versuchte es erneut.

Es war eine Melodie, die eigentlich von Worten begleitet werden sollte, der Anfang eines Liedes, vielleicht einer Ballade über Liebe und Verlust. Musik, zu der man Bier trank. Das einzige Ventil für die Gefühle des kleinen Mannes, so hatte er es ausgedrückt.

Sie dachte daran, sich leise zurückzuziehen, ehe er überhaupt wußte, daß sie da war. Doch sie hätte es besser wissen sollen.

»Lauf nicht weg«, sagte er, ohne aufzusehen. »Komm und setz dich zu mir und sag mir, was du hier tust.«

Ihre Stimme klang ein wenig bissig, als sie zu ihm hinüberging und sich neben ihn auf den halb vermoderten Stamm setzte. »Ich suche dich natürlich.«

Er warf ihr einen schnellen, vorsichtigen Blick zu, ehe er sich wieder seiner Gitarre widmete. »Warum? Willst du noch jemanden umbringen lassen? Macht Mawley dir schon zu viele Probleme?«

»Ich dachte«, meinte sie gepreßt, »du wärst überzeugt, ich könnte so etwas allein erledigen.«

Die Musik endete mit einem plötzlichen, scharfen Akkord. Er legte die Gitarre zur Seite und starrte vor sich hin. Dann holte er tief Luft. Erst dann wandte er ihr den Kopf zu. »Vergiß, daß ich überhaupt etwas gesagt habe. Sag mir einfach, was du von mir willst.«

Wenn er wirklich persönliche Gefühle für mich hatte, dann hat er sie jetzt verdrängt, dachte Cammie. »Vor ein paar Tagen wolltest du mir etwas sagen über den Streit zwischen dir und Keith in der Fabrik. Damals habe ich dich zurückgehalten, aber ich glaube, das hätte ich nicht tun sollen. Würdest du es mir jetzt sagen?«

Seine Augen blitzten kurz auf, dann nickte er. In knappen Sätzen erzählte er ihr vom Besuch der beiden Männer in Keiths Büro und auch von seiner anschließenden Unterhaltung mit Gordon.

Mit gerunzelter Stirn saß Cammie neben ihm. Erst nach einer Weile sprach sie wieder. »Ich verstehe jetzt, wie es gewesen sein muß. Keith und Gordon haben versucht, mit den Dokumenten ein unredliches Spiel zu treiben, und du bist ihnen zuvorgekommen.«

»Was willst du damit sagen?« fragte Reid scharf.

»Du hast Janet Baylor dafür bezahlt, daß sie die Dokumente verschwinden lassen soll, und hast sie dann aus der Stadt gebracht. Ohne diese Beweise war alles wieder so wie zuvor, auch der Besitz der Papierfabrik. Du und die Huttons wart quitt.«

»Und du warst draußen?« sagte er. »Dann wäre es ja ein Fehler gewesen, Keith umzubringen, weil du damit ja wieder im Spiel bist.«

»Dann weißt du also über das Testament Bescheid.« Das war keine Frage. Als er nur mit den Schultern zuckte, sprach sie weiter. »Mit dem Testament ist mein Anteil aber nicht so groß, wie er sonst gewesen wäre. Du magst Gordon Hutton vielleicht nicht so sehr, aber offensichtlich habt ihr beide das gleiche Ziel. Wenn es um den Verkauf der Fabrik geht, könnt ihr mich überstimmen.«

»Das konnten wir schon immer.«

Er meinte damit ihren Kampf gegen den Verkauf und auch ihren Kampf um die öffentliche Meinung. »Immerhin ist das Geld dafür noch nicht bezahlt«, widersprach sie störrisch.

Darauf konnte er nichts erwidern. Mit ruhiger Stimme sagte er: »Was mich am meisten beschäftigt hat, waren Keiths Aktivitäten. Was er getan hat, hätte ernste Folgen haben können. Soweit ich es bis jetzt beurteilen kann, ist in seiner Abteilung in den letzten sechs Monaten beinahe eine halbe Million ausgegeben worden für angebliche Lieferungen von Tinte und Chemikalien – und wer weiß, wieviel es vorher schon gewesen ist. Die Zahlungen haben die Fabrik an den Rand der Wirtschaftlichkeit gebracht, es könnte für einen Käufer eine risikoreiche Investition werden.«

»Er hat gestohlen?« fragte sie erschrocken. »Aber ... aber warum denn, es war doch seine eigene Firma?«

»Sie gehörte ihm nicht allein«, antwortete Reid. »Sie gehörte auch Gordon, und ich glaube, es hätte ihm nicht gefallen, wenn sein Bruder dahintergekommen wäre. Oder auch ich, als ich begann, meine Nase in die Bücher zu stekken. Und was das ›Warum‹ betrifft – nun, du hast selbst gesagt, daß er ständig Geld brauchte. Offensichtlich hat der Grund dafür etwas mit dem Besuch der beiden Schläger zu tun. Hast du Keith schon einmal verdächtigt, sein Geld bei Wetten zu verspielen? Oder bei anderen Glücksspielen mit hohen Einsätzen?«

»Er fuhr regelmäßig zu den Louisiana Downs, aber das war viel zu nahe an Greenley.« Cammie runzelte konzentriert die Stirn. »Und er mochte Vegas. Aber ich hatte nie einen Anlaß zu der Vermutung, daß er über die Stränge schlägt. Allerdings bin ich in den letzten Monaten auch nicht oft mit ihm zusammengewesen.«

»Es wäre möglich, das herauszufinden, wenn du so weit gehen willst.«

Sie sah ihn einen Augenblick nachdenklich an. »Wie weit?« fragte sie dann.

»Bis nach New York.«

Ihr lautes Lachen überraschte sie selbst. »Oh, sicher. Einfach so.«

»Ich habe dir doch von Charles Meyer erzählt, von meinem Freund, der in New York lebt.« Reid beugte sich vor, sein Gesichtsausdruck war ernst. »Er ist ein Genie – und ich meine es im wahrsten Sinne des Wortes – mit Computern. Er arbeitet noch immer für die Firma und auch manchmal noch für den CIA, aber natürlich nur geheim. Seine Berufsbezeichnung ist ganz normal, aber sein wirklicher Job ist es, weltweit in Computernetze einzudringen, um sich dort Informationen zu verschaffen – und dafür zu sorgen, daß niemand den ›Gefallen‹ erwidern kann.«

Cammie wartete darauf, daß Reid weitersprechen würde, doch er schwieg. »Ich verstehe nicht, welche Verbindung es da geben sollte«, meinte sie schließlich.

»Seit einiger Zeit gibt es eine verstärkte staatliche Anstrengung, die organisierte Kriminalität zu unterdrücken. Louisiana ist eines der Zielgebiete wegen New Orleans und der kriminellen Marcellos-Familie, die Verbindungen nach Kuba und Südamerika unterhält. Seitdem es die Rennveranstaltungen gibt, ist die Überwachung noch intensiver geworden, auch wegen der Lotterie und der Spielkasinos. Wenn Keith wirklich in solche Sachen verstrickt gewesen ist, dann wird es darüber Unterlagen geben.«

»Warum rufst du also deinen Freund nicht an und bittest ihn, es herauszufinden?«

»Ich würde mir das Material lieber selbst ansehen. Er könnte es per Modem über die Telefonleitung an meinen Computer im Fort schicken, aber das ist ein wenig zu riskant. Außerdem will ich Charles nicht der Gefahr aussetzen, möglicherweise enttarnt zu werden.«

»Aber mir hast du doch auch davon erzählt.«

»Ja«, stimmte er zu und sah sie eindringlich an.

Es war ein Beweis seines Vertrauens in ihre Diskretion, ihre Integrität. Es erstaunte sie und gab ihr ein angenehm warmes Gefühl. Doch gleichzeitig fürchtete sie sich vor den möglichen Komplikationen, wenn sie zusammen mit Reid versuchte, solch schmutzige Machenschaften aufzudecken.

»Es gibt keinen Grund, warum ich nach New York fahren sollte«, meinte Cammie.

Er zog eine Augenbraue hoch. »Auch nicht, um dich mit eigenen Augen davon zu überzeugen?«

»Ich werde mich auf dein Wort verlassen.«

Reid hielt ihren Blick gefangen, während seine Augen erfreut aufleuchteten. Doch sie las noch mehr in seinen Augen, etwas, das sie nicht deuten konnte. »Wirklich?« fragte er leise.

Wo war ihr Vertrauen in ihn so plötzlich hergekommen? Cammie wußte es nicht, aber sie konnte es auch nicht ableugnen. »Warum denn nicht?«

Schweigen breitete sich aus, die Anspannung zwischen ihnen war Cammie beinahe schmerzhaft bewußt, während der Wald um sie herum den Atem anzuhalten schien.

Er streckte ihr die Hand hin. Und als sie ihre Finger in seine warme Hand legte, zog er sie mit einer raschen Bewegung an sich und ließ sich mit ihr auf das weiche Bett aus Farn und verwelkten Blättern sinken.

»Ich kann dir gar nicht sagen«, flüsterte er an ihrer Schläfe, »wie oft ich davon geträumt habe, genau das hier zu tun.«

Es war verrückt. Sie sollte sich von ihm zurückziehen, sollte sich aus seiner Umarmung befreien. Es war moralisch verdorben, einem Mann so nahe zu sein, der einen Mord begangen haben konnte. Doch selbst als ihr Verstand ihr diese Warnung eingab, schmiegte sich ihr Körper an ihn, nahm seine Wärme und seine Stärke in sich auf und seinen frischen männlichen Duft.

Cammie legte den Kopf an Reids muskulöse Schulter und beobachtete, wie sich Licht und Schatten auf seinem Gesicht spiegelten, schaute zu, wie der Wind mit seinem Haar spielte und die Sonne es golden aufleuchten ließ. Sie sah ihr Spiegelbild in den dunklen, großen Seen seiner Augen. Und als er sich zu ihr beugte und seine Lippen auf ihre legte, schloß sie die Augen und seufzte leise auf.

Süß, fest und hingebungsvoll, all das war sein Kuß und noch viel mehr. Er forderte sie heraus, neckte sie und ermutigte sie mit seinen warmen Lippen und dem Spiel seiner Zunge, seinem sanften Saugen. Ohne Eile strich er mit seiner Zungenspitze über die Umrisse ihrer Lippen, über die seidige Innenfläche ihres Mundes, über die glatten Geschmacksknospen auf ihrer Zunge. Es schien fast so, als wäre sein Bedürfnis, sie kennenzulernen, grenzenlos, als legte er sich keinerlei Zurückhaltung auf, als wäre ihm keine Einzelheit zu unwichtig, erforscht und erfahren zu werden.

Sein eigenes Vergnügen bezauberte Cammie. Es erweckte in ihr den Wunsch, auch ihn zu genießen. Sie hob ihre freie Hand und legte sie an seine Wange, fühlte die Wärme seiner Haut und das schwache Kratzen seines Bartwuchses. Sie streichelte sein Ohr und fuhr mit den Fingernägeln in sein dichtes Haar, dann schloß sie die Hand um seinen Nacken und zog ihn noch näher an sich.

Reid sog scharf den Atem ein, dann glitt seine Hand von ihrer Taille zum Ausschnitt ihres Oberteils. Mit ein wenig zittrigen Fingern öffnete er langsam, aber ohne zu zögern, die Knöpfe und schob den störenden Stoff beiseite. Er beugte den Kopf, um die sanfte Rundung ihrer Brust über ihrem Büstenhalter zu küssen. Sein warmer Atem strich über die Brustspitzen unter dem dünnen Stoff, und als er mit der Zungenspitze über die dünne Seide glitt, richteten sie sich auf und streckten sich ihm verlangend entgegen. Cammie bog den Rücken, um ihm noch näher zu kommen, und fühlte die Sonnenstrahlen auf ihren geschlossenen Augenlidern; sie schienen sie bis in ihr Innerstes zu wärmen.

Ein leises Knistern, ein Rascheln von trockenen Blättern ließ Reid aufhorchen. Seine Finger schlossen sich mit schmerzhafter Plötzlichkeit um ihren Arm.

Abrupt löste er sich von Cammie, brachte mit raschen Handgriffen ihre Kleidung in Ordnung, und noch ehe sie ihrer Überraschung Ausdruck verleihen konnte, hatte Reid sie schon hinter sich geschoben und hockte in Abwehrstellung vor ihr auf dem Boden.

Cammie riß sich zusammen, sie stützte sich auf einen Ellbogen und schob sich das Haar aus dem Gesicht, damit sie etwas sehen konnte.

Ein Junge von vielleicht siebzehn oder achtzehn Jahren stand weniger als fünfzehn Meter von ihnen entfernt. In der rechten Hand hielt er ein .22er Gewehr, um seinen Hals hing ein Fernglas. Er schien genauso überrascht zu sein wie sie beide, und auch verlegen, hatte jedoch bald begriffen, was hier vor sich ging.

»Was zum Teufel hast du hier zu suchen?« fragte Reid drohend. »Das Land hier ist Privatbesitz, verschwinde.«

Eine heiße Röte stieg in die Wangen des Jungen. Er stolperte einen Schritt zurück, dann drehte er sich um und ging mit großen Schritten davon, nach einem kurzen Stück begann er zu laufen. Minutenlang hörte man noch, wie er sich seinen Weg durch den Wald bahnte, dann war wieder alles still.

Reid seufzte und entspannte sich. Er fuhr sich verärgert mit der Hand durchs Haar. »Das war ein Fehler«, meinte er rundheraus.

»Ja.«

Cammie mußte zugeben, daß man die Sache geschickter hätte handhaben können. Er hätte den Vorfall mit einem Lächeln und einem freundlichen Gruß herunterspielen sollen. Dem Jungen zu drohen, würde nur böses Blut machen und die ganze Sache viel schlimmer aussehen lassen, als sie war. Es wäre ein Wunder, wenn die Geschichte nicht bis zum Abend die Runde durch die ganze Stadt gemacht hätte. Cammie wußte nicht, ob sie das würde ertragen können, nicht noch zusätzlich zu all den anderen Problemen, die sie beschäftigten.

»Ich habe einen Fehler gemacht, dafür gibt es keine Entschuldigung.« Reid vermied es, sie anzusehen. »Ich wollte nur … ich hasse es, dich in eine solche Lage gebracht zu haben.«

»Das hast du schließlich nicht allein getan«, meinte sie bedrückt. Sie schloß die Augen, dann öffnete sie sie wieder. Als er sich zu ihr umwandte, sah er die Entschlossenheit in ihrem Gesicht.

»Was die Reise nach New York betrifft … wann können wir fahren?«

16. Kapitel

Cammie genoß es immer, in New York zu sein, ganz gegen ihren Willen. Sie hätte der Stadt lieber gleichgültiger gegenübergestanden, wenn schon aus keinem anderen Grund, dann wenigstens ihrer Tradition wegen. Eigentlich gab es eine ganze Menge an dieser Stadt, was sie nicht mochte: die schlechte Luft, die schon Millionen Male eingeatmet gewesen zu sein schien, die schmutzigen, verräucherten Fassaden, die keine anderen Farben als schwarz oder grau zeigten, die riesigen, monströsen Gebäude aus Glas und Stein, die den Blick auf den Himmel verwehrten. Der Witz und Humor der Menschen, ihre unhöfliche Energie, die sie ausschließlich sie selbst sein ließen, appellierten an etwas Grundlegendes in ihrer Existenz. Le Corbusier, so dachte sie, kommt dem, was ich fühle, am nächsten, wenn er die Stadt beschreibt als »Katastrophe, die ein unfreundliches Schicksal über mutige und zuversichtliche Menschen gebracht hat, aber eine grandiose und herrliche Katastrophe«.

Sie und Reid genossen einen freien Tag. Nachdem sie vom LaGuardia-Flughafen mit dem Taxi in die Stadt gefahren waren, nahmen sie sich ein Zimmer im Roosevelt, einem Hotel, das Cammie wegen seiner zentralen Lage mochte und auch deshalb, weil es die gleiche Anlage und auch die gleiche verblichene Vornehmheit besaß wie das Fairmont in New Orleans. Sie bestellten Karten für eine Show und reservierten einen Platz zum Essen im La Perigord. Danach machten sie einen langen Spaziergang, hauptsächlich, um nach dem langen

Flug ihre Muskeln zu entspannen, aber auch, um sich an dem Gewühl auf den Straßen zu erfreuen.

Sie machten einen Schaufensterbummel auf der Fifth Avenue und sahen einer obdachlosen Frau zu, die die Tauben auf den Stufen der St.-Patrick's-Kirche fütterte. Sie kauften sich von einem Straßenhändler eine riesige Brezel mit Senf, drängten sich vor seinem Stand zusammen mit einem zukünftigen Model, einem arabischen Potentaten, seinem Leibwächter und einem Rastafari. Sie wichen einem Rudel Spielzeuglöwen aus, die vor ihrem Teenager-Verkäufer auf dem Bürgersteig umherliefen und gefährlich brummten, umgingen eine Baustelle und tranken Kaffee im Rockefeller Plaza, während sie sich darüber stritten, ob die glänzende Bronzestatue inmitten des Centers wirklich Prometheus war oder ob sie mehr Ähnlichkeit mit Apollo hatte.

Die Show war nicht so gut wie erwartet, das Essen war besser. Danach gingen sie in ihr Hotel zurück, nahmen ein Bad und dachten sich dann im Bett die schlimmsten Geschichten aus über Hochzeitsnächte, Nachmittagsaffären und bezahlte Liebesdienste, die in all den Jahren in diesem Zimmer schon stattgefunden hatten.

Reids Geschichten waren so einfallsreich und so schändlich, daß Cammie sich im Bett aufsetzte und auf ihn losging. »Ich glaube«, sagte sie mit einem Anflug von Enttäuschung in ihrer Stimme, die trotz ihres Humors nicht zu überhören war, »daß Hotelzimmer dich anmachen.«

»Falsch.« Seine Antwort war eindeutig, sein Lächeln sinnlich.

»Das glaube ich dir nicht.«

Er wurde plötzlich ganz ernst, als er die Herausforderung in ihren Augen sah. Er setzte sich auch auf und lehnte sich gegen das Kopfteil des Bettes. Dann hob er beide Arme und verschränkte die Hände hinter dem Kopf. Ganz leise und bedächtig sagte er: »Ich will dir sagen, was mich wirklich anmacht.«

»Abgesehen von Hotelzimmern?« gab sie zurück. Sie fühlte eine eigenartige Anspannung in ihrem Unterleib.

Er schüttelte den Kopf. Seine Augen wurden ganz schläfrig, dennoch sah er sie eindringlich an. »Verregnete Nächte machen mich an. Und rote Sonnenuntergänge. Tiefe Wälder machen mich an, das müßtest du eigentlich wissen. Auch gewisse Musik und einige Poesie. Das lange, feine Haar einer Frau kann mich anmachen, ganz besonders, wenn der Wind durchbläst.«

»Typisch«, schnaufte sie.

Er hielt inne, dann griff er nach ihren Armen und zog sie an sich. Er drehte sie auf den Rücken und hob sich dann über sie. Ganz leise fuhr er fort: »Mehr als alles andere erregt es mich, wenn ich sehe, wie dein Haar bis zur Mitte deines Rückens fällt. Der sanfte Ausdruck deines Gesichts, ehe ich dich küsse, erregt mich. Die Form deiner Brüste und die Art, wie dein Hemd sich an sie schmiegt – ganz zu schweigen von dem V-förmigen Schatten, der sich zwischen ihnen versteckt. Deine Gewohnheit, dein Höschen immer bis zum Schluß anzulassen, wenn du dich ausziehst, macht mich an, und auch die Art, wie du es über deine Hüften hinunterstreifst; ganz sorglos, ohne schüchterne Blicke, als wüßtest du überhaupt nicht, daß ich dir zusehe.«

»Das ist nicht fair«, protestierte Cammie mit bebender Stimme.

Es schien, als habe er sie gar nicht gehört. Er lockerte seinen Griff ein wenig, dann benetzte er seine Fingerspitze mit der Zunge und fuhr damit über ihre hart aufgerichtete Brustspitze, die zwischen dem langen Haar hervorlugte, das ihr über die Schultern hing. »Die kleinen Geräusche, die du beim Einatmen machst, wenn ich dich berühre – so. Deine nackte Haut an meiner zu fühlen, erregt mich. Und der Gedanke, dich unter mir zu fühlen und tief in dich einzudringen, bringt mich zur Raserei.« Er hielt inne, dann flüsterte er mit rauher Stimme. »Du machst mich an. Du allein.«

Seine Augen leuchteten unbeirrt, als er ihre Blicke gefangenhielt. Sie wich seinem Blick nicht aus, während gleichzeitig eine tiefe innere Befriedigung durch ihren Körper strömte. Er hatte ihr mehr gegeben, als sie sich erhofft hatte, aber nicht mehr, als sie brauchte.

Ihr sanfter Seufzer strich warm über seine Schulter, und wo ihr Atem ihn berührte, bildete sich eine Gänsehaut. Sie senkte die Lider, hob die Hand und berührte die ein wenig rauhe Stelle. »Ich auch«, hauchte sie. »Oder wenigstens, ich meine, daß du ...«

»Ich weiß, was du meinst«, sagte er, und nur ein leiser Hauch von Selbstgefälligkeit war aus der Freude über ihre Worte herauszuhören.

Sie legte einen Arm um seinen Hals und zog ihn zu sich hinunter, bis ihre Lippen einander berührten. An seinem Mund flüsterte sie: »Bist du jetzt fertig?«

»Ich habe ja gerade erst begonnen«, antwortete er und machte sich daran, es ihr zu beweisen.

Später glaubte Cammie, Reid wäre eingeschlummert, während sie mit dem Kopf auf seiner Brust neben ihm lag und darauf wartete, daß ihre Erregung verebbte. Sie lag ganz still und starrte blicklos in das Zimmer, das zu hell war von dem Licht, das durch die Vorhänge fiel. All die Probleme, die sie bis jetzt weit von sich geschoben hatte, drängten sich nun langsam wieder in ihre Gedanken. Ihre Finger, die auf Reids Brust lagen, zogen sich ungewollt zusammen.

»Du sollst nicht nachdenken«, schalt er leise, griff nach ihrer Hand und drückte sie.

»Ich kann nicht anders«, antwortete sie.

»Laß dich von mir ablenken«, schlug er vor.

Es gelang ihm – beinahe.

Charles Meyer lebte in Queens, in einer dieser langen Straßen mit roten Backsteinhäusern, die alle den gleichen Eingang und auch das gleiche Treppengeländer besaßen. Die Eingangstür war waldgrün gestrichen, so dunkel, daß sie beinahe schwarz aussah, und besaß einen antiken viktorianischen Messingtürklopfer. Ein schwarzer Marmorkrug mit leuchtend roten Tulpen und weißem Alyssum stand neben der Tür.

Reids Freund war genauso wie sein Haus, ordentlich, freundlich, doch mit einer Eleganz, die ihn von anderen Männern unterschied. Mit seinem langen, schmalen Gesicht, dem Bart, der mit weißem Haar durchsetzt war, seinem schlanken Körper und den geschickten Händen sah er aus, als gehöre er in eine der Seitenstraßen des linken Seineufers in Paris, zusammen mit seinen Künstlerfreunden in Hemdsärmeln und Baskenmützen. Er klang auch so, wenn man seinen Akzent hörte, ganz anders als seine Frau Michelle.

Sein vierjähriger Sohn André war Charles sehr ähnlich, allerdings hatte er die riesigen, feucht-braunen Augen, wie man sie von den Gemälden des fünfzehnten Jahrhunderts kannte, und die Hände eines Violinvirtuosen. Er war das lebende Beispiel dafür, wie die Gene wirkten, denn seine Mutter besaß dunkle Augen und die Anmut und Eleganz, wie man sie in New York kannte.

Das kleine Mädchen, Reina, war sieben Monate alt und schien aus dem gleichen Holz geschnitzt wie ihr Bruder, doch hatte ihr Wesen etwas Engelhaftes.

Im ersten Augenblick fühlte Cammie sich ein wenig unbehaglich im Haus der Meyers, weil sie fürchtete, vielleicht etwas Falsches zu sagen oder zu tun. Religion spielte in ihrem Leben keine große Rolle. Sie war als Methodistin erzogen worden, doch in ihrer Familie war der Kirchgang und der Glaube eine eher private Angelegenheit, nichts, um öffentliche Aufmerksamkeit damit zu erregen. In Greenley gab es eine oder zwei jüdische Familien, doch sie zählten nicht zu den orthodoxen Juden; Cammie war schon beinahe zwanzig gewesen, ehe ihr aufgefallen war, daß sie anders waren als die Familien, die sie sonst kannte. Damals hatte sie sich für dieses Anderssein interessiert, aus Neugier, doch ihr Wissen von jüdischen Vorschriften und Bräuchen war erschreckend unklar.

Sie hätte sich gar keine Sorgen machen müssen. Charles und Michelle Meyer nahmen sie in ihrem Haus mit offenen Armen auf und schenkten ihr Vertrauen. Sie lachten und neckten einander, und ihre lebhafte Unterhaltung mit den schnellen Fragen und den ebenso schnellen und geistreichen Kommentaren war ein Ohrenschmaus und gleichzeitig eine Herausforderung zum Mitmachen, sie ließ ihr keinen Raum, sich ungemütlich zu fühlen.

Michelle Meyer, so schien es, arbeitete auf der Wall Street, ihre Tätigkeit hatte etwas mit der Verwaltung eines Fonds zu tun. Ihre Erfahrung in Geldanlagen gab ihnen den finanziellen Rückhalt, der es Charles erlaubte, zu Hause zu arbeiten. Nach außen hin schien er an der Entwicklung von Computer-Software zu arbeiten, und er hatte bereits eine beträchtliche Anzahl neuer Programme für Geschäftsleute entwickelt und vermarktet. Doch seine Hauptbeschäftigung war, wie Reid es angedeutet hatte, die Arbeit für staatliche Stellen.

In weltweite Computer-Netzwerke einzudringen war für ihn ein Spiel, die Herausforderung reizte ihn. Sein größtes Interesse war es jedoch, die Sicherheit von regierungseigenen Computern zu testen. Es war eine Freude für ihn und wurde beinahe schon zur Besessenheit, den Hackern und anderen interessierten Gruppen, die versuchten, in die riesigen Datenspeicher der verschiedenen staatlichen Stellen einzudringen und an vertrauliche Informationen heranzukommen, immer einen Schritt voraus zu sein.

Demzufolge gab es nicht viel, was Charles über Computersicherheit nicht wußte, es gab nur wenige Systeme, in die selbst er nicht eindringen konnte, wenn er sich dazu entschlossen hatte. Er war gern bereit, seine Erfahrung für Cammie einzusetzen, da es Reid war, der ihn darum bat.

Das Essen war großartig, es wurde begleitet von fröhlichem Wortgeplänkel, und die Herzlichkeit floß so großzügig wie der

Wein. Hinterher halfen Reid und Charles dabei, die Küche aufzuräumen, danach hockten sie vor dem Computer in dem kleinen Büro, das durch einen Türbogen vom Wohnzimmer abgetrennt war. Es schien, als würden sie ein Warnsystem testen, immer wieder überprüften sie die Zeit und die Bedingungen. Es war anscheinend eine persönliche Sache.

Cammie und Michelle saßen zusammen und unterhielten sich. Cammie ertappte sich mehrmals dabei, wie ihre Aufmerksamkeit von Michelles Erzählungen abschweifte und wie sie statt dessen auf die leisen Bemerkungen der Männer horchte.

Michelle Meyer hielt inne in ihrer Schilderung der Schwierigkeiten, mit öffentlichen Verkehrsmitteln Manhattan zu erreichen, und folgte Cammies Blick. Ein Lächeln spielte um ihren breiten, lebhaften Mund. »Sie haben recht, die beiden sind wirklich ein bißchen paranoid – offenbar wird man so, wenn man in geheimer Mission arbeitet. Das ist ihr eigenes Sicherheitssystem, das sie testen. Hat Reid Ihnen davon erzählt?«

Cammie zog fragend eine Augenbraue hoch und schüttelte den Kopf.

»Es ist eigentlich ganz einfach. Beide haben ihre Computer rund um die Uhr in Betrieb, beide haben Zugang zu den Computern in dem Raum, in den sie sich im Falle eines Angriffs zurückziehen. Es ist ein Code aus zwei Wörtern, wenn er je über den Computer geht, wird der andere sofort die Marines einschalten – oder wenigstens die Polizei.«

»Über diese ganze Entfernung hinweg?«

»Wenn man mit Computersignalen arbeitet, gibt es keine Entfernung.«

»Sie … Sie machen doch nicht etwa Spaß, oder?«

Michelle schüttelte den Kopf. »Es ist mir todernst. Heutzutage scheint sich so etwas auszuzahlen, mit all den Diebstählen und der Drogenkriminalität, ganz zu schweigen von den Leuten, die an Charles' Spezialwissen herankommen wollen – oder an das von Reid. Es ist einfach nur ein Alarmsystem, nur ein wenig intelligenter als die meisten anderen.«

Cammie mußte zugeben, daß es einen Sinn ergab. »Ich hoffe nur, Charles bekommt wegen seiner Nachforschungen keine Schwierigkeiten. Ich würde mich schrecklich fühlen, wenn ich schuld daran wäre«, meinte sie.

»Es gibt kein besonderes Risiko, obwohl Charles so etwas nicht für jeden tun würde. Auf der anderen Seite sind er und Reid viel zu erfahren in solch verdeckten Ermittlungen; sie handeln nur ein ganz klein wenig am Gesetz vorbei, deshalb machen sie sich keine großen Gedanken.«

»Sie haben offensichtlich auch noch ihren Spaß daran.«

»Zweifellos. Ihr Verstand arbeitet auf die gleiche Weise – peinlich genau, aber sie lassen ihm auch freien Lauf. Schade, daß Louisiana so weit weg ist«, fuhr Michelle fort, lehnte sich auf der weich gepolsterten Couch zurück und zog die Füße unter sich. »Charles hat Reid vermißt; es gibt hier nicht viele Menschen, mit denen er über seine Tätigkeit reden kann, und nur wenige von denen, mit denen er reden kann, verstehen, worum es geht.«

Es war verwirrend, diesen Einblick in das Leben zu bekommen, das Reid geführt hatte, als er von Greenley weggegangen war. Vorsichtig meinte Cammie: »Vielleicht wird er näher hierher ziehen, wenn der Verkauf der Papierfabrik klappt.«

Michelle schüttelte den Kopf. »Das bezweifle ich; er scheint zufrieden zu sein, dort, wo er ist. Charles wäre natürlich begeistert. Die beiden kennen einander schon sehr lange. Reid hat Charles einmal das Leben gerettet, müssen Sie wissen.«

»Das hat er mir gar nicht erzählt.«

»Das überrascht mich nicht; seiner Ansicht nach ist das eine Sache, die Männer in einem Krieg nun mal tun. Es war während eines Grenzzusammenstoßes, eines dieser täglichen PLO-Scharmützels, die in Israel in den Monaten vor dem Golfkrieg stattfanden. Charles und Reid arbeiteten zusammen in einem behelfsmäßig eingerichteten Kommunikations-

Hauptquartier. Es wurde durch eine Bombe in die Luft gejagt. Vier Israelis wurden sofort getötet, ein anderer erlitt eine Gehirnerschütterung. Charles war eingeklemmt, ein Dachbalken lag über seinem Rücken, und ein Knochen in seinem Bein war zerschmettert. Reid blutete aus verschiedenen Wunden, er hatte auch innere Blutungen. Und dann wurde das Haus angegriffen, Charles und Reid und noch ein anderer Mann waren vier Stunden lang von palästinensischen Eindringlingen umzingelt. Reid war der einzige, der sich noch verteidigen konnte, und als dann endlich Hilfe kam, waren von den ursprünglich sechzehn Palästinensern nur noch vier übrig, so habe ich es wenigstens gehört. Ich habe allerdings nie die ganze Geschichte erfahren – absichtlich nicht, glaube ich.«

Mit gepreßter Stimme meinte Cammie: »Reid kann offensichtlich sehr ... tödlich sein.«

Ihr Gegenüber warf Cammie einen fragenden Blick zu. »Aber er ist auch der sanfteste Mann, den ich je gesehen habe. Es ist ein Rätsel. Ich habe mich schon oft gefragt, ob es etwas damit zu tun hat, daß er aus dem Süden kommt.«

»Der legendäre Gentleman aus den Südstaaten?« fragte Cammie spöttisch. »Das glaube ich nicht.«

»Dann liegt es eben in seiner Persönlichkeit, ich hätte es mir eigentlich denken können. Er ist mehr völlig er selbst, selbstsicherer als jeder andere Mann, den ich kenne. Er ist so stark, daß er offensichtlich nie sehr viel Wert auf die Verteidigung seiner Gefühle gelegt hat. Das macht die Ereignisse in Israel, kurz bevor er die Firma verließ, nur um so schrecklicher für ihn ...«

Michelle hielt inne, als aus dem Nebenzimmer das Weinen des Babys an ihre Ohren drang. »Ich bin in einer Sekunde wieder da«, meinte sie, sprang vom Sofa auf und verschwand im Kinderzimmer.

Ein paar Minuten später kam sie mit dem verdrießlichen Baby auf dem Arm ins Zimmer zurück. Michelle versuchte, das kleine Mädchen zu beruhigen, sie bot ihm die Flasche an und den Schnuller, schaukelte es auf ihrem Knie, rieb ihm den Rücken und versuchte es mit Spielsachen und einem Keks. Nichts half.

Charles erwachte aus seiner Versunkenheit und schaute zu ihnen hinüber. »Was hältst du davon, wenn du sie zu mir bringst?«

Sofort leuchtete Michelles Gesicht erleichtert auf. Sie trug das Baby zu ihrem Mann und reichte es ihm. Sofort war es still.

Michelle schien ein wenig verärgert, als sie zu Cammie zurückkam. »Die Kleine ist ein Baby für Männer. Kein Wunder, denke ich, denn Charles hat sie, seit sie sechs Monate alt war, tagsüber versorgt, weil ich damals wieder angefangen habe zu arbeiten.«

Cammie lächelte und sah zu, wie Charles sich wieder seiner Arbeit widmete; er hob das Baby an seine Schulter und drückte mit einer Hand geschickt die Tasten des Computers. Reid saß neben ihm und blickte auf das Kind, dann sah er schnell wieder weg.

Charles warf Reid einen nachdenklichen Blick zu. Abrupt nahm er das zufriedene Kind, das am Daumen lutschte, und drückte es Reid in den Arm.

Reid erstarrte. In seinen Augen lag die gleiche unerträgliche Qual, die Cammie schon einmal darin gesehen hatte. Im nächsten Augenblick jedoch waren sie schon ausdruckslos, und er gab einen rauhen, unverständlichen Protestlaut von sich. Charles ließ sich aber nicht erweichen, er sah seinen Freund mit festem Blick an und bettete den Kopf des schläfrigen Kindes an Reids Schulter. Ganz langsam zog er seine Hände zurück.

Neben Cammie war Michelle erstarrt. Sie zog scharf den Atem ein, das einzige Geräusch in der angespannten Stille.

Reid hob schnell eine Hand, um das Baby festzuhalten, ehe es fiel. Dann hob er zögernd die andere, als sträubte er sich innerlich dagegen, und legte sie dem Kind in den Rücken. Das

Baby seufzte, entspannte sich und schmiegte das Gesicht in Reids Halsbeuge.

Reid schloß die Augen und holte tief Luft. Er leckte sich über die Lippen, als seien sie ungewöhnlich trocken. Als er die Augenlider hob, starrte er blicklos vor sich hin, seine Augen hatten einen feuchten Schimmer.

»O Gott«, flüsterte Michelle und sank auf die Couch zurück.

»Was ist denn?« fragte Cammie verwirrt. Eine beinahe unerträgliche Angst hatte sich ihrer bemächtigt.

»Kaffee.« Michelle streckte sich und sprang auf. »Ich werde Kaffee machen. Und ich habe auch noch etwas Käsekuchen. Kommen Sie, Cammie, helfen Sie mir.«

Cammie wußte, daß dies ein Vorwand sein sollte. Sie folgte der anderen Frau in die Küche. Sie war gar nicht überrascht, als sich Michelle zitternd an die Anrichte lehnte und die Arme um ihren Körper schlang.

»Sie haben doch sicher nicht erwartet, daß Reid Ihrem Baby etwas antut«, fuhr Cammie sie an.

»Nein, nein; es war nur so … so wundervoll, ich konnte es kaum ertragen.«

Michelle lächelte ein wenig zittrig.

Cammie starrte sie sprachlos an. »Was ist los? Was ist dort drinnen eben passiert?«

»Für einen Augenblick habe ich angenommen, Reid würde die Kleine meinem Mann so schnell zurückgeben, als sei sie eine tickende Zeitbombe. Er war hier in New York, als sie geboren wurde. Als er mich besuchte, habe ich den Fehler gemacht, sie ihm zu geben, damit er sie hält. Ich dachte, er würde ohnmächtig werden, so kalkweiß war er. Damals wußte ich allerdings noch nicht Bescheid, Charles hatte mich noch nicht gewarnt.«

»Warum? Mir ist schon klar, daß da etwas vorgefallen sein muß, aber … aber ich kenne die Einzelheiten nicht.«

Michelle sah sie lange schweigend an, dann blickte sie zu Boden. »Wenn Reid es Ihnen nicht gesagt hat, dann sollte ich das besser auch nicht tun. Sie müssen ihn schon selbst danach fragen.«

»Und wenn er nicht darüber reden will, was dann?« Doch Michelle schien nicht nachgeben zu wollen, deshalb drängte Cammie: »Bitte, ich muß es wissen.«

Michelle runzelte nachdenklich die Stirn, dann wandte sie sich zum Kühlschrank, holte den Käsekuchen heraus und stellte Teller bereit. Sie ging zur Anrichte und füllte die Kaffeemaschine mit Wasser. Sie griff nach einer Tüte mit Feinschmecker-Kaffee und einer elektrischen Kaffeemühle. Als sie die Kaffeemühle öffnete, stieg der Duft frisch gemahlener Kaffeebohnen in Cammies Nase. Michelle gab die Kaffeebohnen in die Mühle und mahlte sie, danach schüttete sie den Kaffee in die Kaffeemaschine und stellte sie an.

Erst dann wandte sie sich endlich zu Cammie um. »Ich werde es vielleicht bereuen, aber ...« Sie zuckte mit den Schultern. »Es ist einfach so, daß er ... nun ja, diese Sache mit den Kindern hat ihn beinahe um den Verstand gebracht. Es war der Grund, warum er aufgehört hat, als Undercover-Agent zu arbeiten, der Hauptgrund dafür, daß er nach Hause zurückgekehrt ist und sich in seinen Wäldern im Süden vergraben hat. Er ... er hat ein kleines Mädchen umgebracht, verstehen Sie?«

Cammie legte das Messer, mit dem sie den Käsekuchen schneiden wollte, beiseite. Ungläubig blickte sie auf. »Nein«, sagte sie leise. »Nein, das verstehe ich nicht.«

Es war in einer kleinen Siedlung auf den Golan-Höhen. Reid arbeitete bei einer israelischen Eliteeinheit als Berater, er kommandierte eine Einsatztruppe von einem Dutzend Männern. Es hatte in diesem Gebiet Aufstände unter den Palästinensern gegeben, aber die Lage hatte sich wieder stabilisiert. Die Einsatztruppe verbrachte ihre Tage mit Routinepatrouillen und Bereitschaftsübungen, sie hatten viel freie Zeit. Ihr Hauptquartier war mitten in der Stadt, in der Nähe des Marktes. Einige palästinensische Familien lebten in der gleichen Straße. Eines der Mädchen, nicht älter als fünf oder sechs Jahre, spielte immer vor ihrer Tür, fast den ganzen Tag. Jeder der Männer hatte sie zu seinem Liebling erkoren, ganz besonders Reid. Sie gaben ihr Süßigkeiten und Kaugummi, fertigten Spielzeug für sie und brachten ihr ein wenig Jiddisch und Englisch bei.

Cammie legte eine Hand an die Lippen, als ihr klar wurde, in welche Richtung sich diese Geschichte entwickeln würde. Sie konnte es sich nur zu gut vorstellen.

»Vielleicht wissen Sie etwas über das jüdisch-palästinensische Problem«, fuhr Michelle fort, und aus ihrer Stimme klang Erschöpfung. »Es ist ein endloser, blutiger Kampf wegen eines schmalen Streifen Landes, ein tiefer Haß, der schon seit Generationen schwärt, und die Gewalttätigkeit der Intifada. Vielleicht haben Sie davon gehört oder gelesen, wie wenig ein Menschenleben wert ist im Mittleren Osten, ganz besonders das Leben einer Frau.«

»Dieses kleine Mädchen ...«, begann Cammie.

»Ihr Vater war einer der Führer der Intifada, er wurde bei einem Aufstand getötet. Das Mädchen, ihr kleiner Bruder und ihre Mutter lebten bei dem Bruder ihres Vaters. Dieser Mann, der Onkel des Mädchens, war ein fanatischer Anhänger der Bewegung. Kampf bis zum Tod, kein Opfer zu groß, das waren seine extremistischen Gedanken. Er hatte das Mädchen natürlich zu der Truppe geschickt.«

»Sie meinen ...«

Michelle starrte blicklos vor sich hin. »Als das Einsatzkommando sich daran gewöhnt hatte, daß sie vor ihrer Tür spielte, als sie sie bei sich aufgenommen hatten, wurde sie ein letztes Mal zu ihnen geschickt. Sie wurde geschickt mit Sprengstoff, der scharf gemacht und dann an ihrem Körper befestigt worden war.«

»Nein.« Cammie schüttelte voller Schrecken den Kopf.

Michelle nickte nur. »Sie kam eines Morgens früh fröhlich in das Hauptquartier und brachte eine Schale Obst mit. Reid entdeckte den Sprengstoff, als er sie zum Dank dafür in den Arm nehmen wollte. Er wußte, was es bedeutete, wußte, daß ihm nur noch Sekunden blieben, um zu handeln. Er hatte keine Wahl zwischen seinem Leben oder ihrem, es gab nicht einen Funken Hoffnung, sie retten zu können, das müssen Sie verstehen. Alles, was er noch tun konnte, war, sie von seinen Männern wegzubringen, um deren Leben zu retten. Das war seine Pflicht, seine Verantwortung. Er hat das Mädchen gepackt und nach draußen auf die Straße geworfen. Und später hat er Charles erzählt, es sei der Schrecken in ihren Augen gewesen, das Wissen, was man ihr angetan hatte, das ihn noch immer verfolgt. Das und ihr schreckliches Begreifen.«

Es dauerte lange, ehe Cammie die Sprache wiedergefunden hatte, ein dicker Kloß saß in ihrem Hals. »Ihr Onkel hat sie umgebracht, nicht Reid.«

»Ja. Aber Reid meint, er hätte wissen müssen, was passieren würde, er hätte es kommen sehen müssen und hätte etwas dagegen tun müssen. Oder wenn ihm das schon nicht gelungen war, so hätte er das Mädchen wenigstens in seinen Armen halten müssen, während sie starb.«

Reids Schmerz wurde zu Cammies Schmerz. Er traf sie tief in ihrem Inneren, als ein alles umfassendes Entsetzen, mit blutroten Bildern, die sich auch in sein Gedächtnis eingebrannt haben mußten. Jetzt verstand sie seinen düsteren Blick, den sie an dem Abend im Fort gesehen hatte, als sie ihm vorgeworfen hatte, Kinder zu mißhandeln. Verstand, wie ihn das kleine Mädchen mit dem Teller voll Essen und dem dankbaren Lächeln abrupt dazu veranlaßt hatte, sich zurückzuziehen. Und sie begriff auch den Ursprung für seine beinahe schmerzliche Zärtlichkeit, wenn er sie berührte. Tränen traten in ihre Augen, und ihr Herz schlug schmerzlich in ihrer Brust.

»Tun Sie das nicht, sonst breche ich auch noch in Tränen aus«, wehrte Michelle ab. Sie drehte sich schnell um, riß ein Papiertuch von der Rolle und reichte es Cammie, dann nahm sie sich selbst auch eines.

Cammie wollte Reid nicht wissen lassen, daß sie Bescheid wußte, nicht hier, nicht jetzt. Sie putzte sich die Nase und holte dann tief Luft. Sie versuchte, die Gedanken von sich zu schieben, wie Reid es ihr vorgemacht hatte, und fragte sich, ob er diese schmerzliche Lektion bei jenem schrecklichen Ereignis gelernt hatte. Und sie fragte sich auch, ob es ihm wohl immer wieder gelang, seine Erinnerungen zu verdrängen.

»Nun«, fuhr Michelle mit unsicherer Stimme fort. »Es sieht so aus, als würde er endlich beginnen, darüber hinwegzukommen, weil er Reina jetzt endlich auf den Arm genommen hat.« Sie warf Cammie einen tränenfeuchten und zugleich auch neckenden Blick zu. »Möglicherweise hat es ihm geholfen, ein großes Mädchen zu finden, das er zuerst einmal in den Arm nehmen konnte.«

Cammie versuchte vergeblich, ihr Lächeln zu unterdrücken. »Ich bezweifle, daß das je für ihn ein Problem war.«

»Reid war nicht sehr empfänglich für diese Dinge, wenn ich Charles glauben kann. Es hat einmal eine Frau gegeben, vor langer Zeit, die ihn sehr verletzt hat. Ich glaube zwar nicht, daß sie ihn zum Fall für den Psychiater gemacht hat oder zum Mönch, aber sie hat ihn immerhin dazu gebracht, eine gewisse Immunität zu entwickeln.«

Ich habe heute eine ganze Menge über Reid erfahren, dachte Cammie, mehr, als ich eigentlich wissen wollte. Sie wandte sich von Michelle ab und widmete ihre Aufmerksamkeit dem Käsekuchen.

Die beiden Männer starrten noch immer auf den Computerbildschirm und unterhielten sich so leise, daß man sie nicht verstehen konnte, als Cammie und Michelle ins Wohnzimmer zurückkamen. Das Baby schlief mittlerweile, wie eine Puppe lag es entspannt an Reids Schulter, der es mit seiner großen Hand hielt. Der zärtliche Ausdruck in seinem Gesicht, als er sich jetzt zu ihnen umdrehte, hätte sie beinahe wieder zu Tränen gerührt.

»Komm, sieh dir das mal an«, rief Charles. »Ich glaube, wir haben in der Lotterie gewonnen.«

Durch Methoden, die besser unerwähnt blieben, war es ihm

gelungen, in den Zentralcomputer der FBI-Abteilung für organisiertes Verbrechen in den südöstlichen Landesteilen einschließlich New Orleans einzudringen. Er hatte schon zuvor mit dem FBI zusammengearbeitet, deshalb hatte er eine gewisse Ahnung, wo er das finden würde, wonach Reid suchte. Es war allerdings wesentlich schwieriger, als forschte man nach den Aktivitäten der örtlichen Mafia-Familien.

»Sie müssen verstehen«, erklärte Charles, »daß in New Orleans vieles anders ist als anderswo, was auch für das organisierte Verbrechen gilt.«

Cammie nickte zustimmend. »Ich habe einmal jemanden sagen hören, wenn in Louisiana das Verbrechen organisiert wäre, dann wäre es das einzige, was dort organisiert ist.« Sie lächelte schief.

»Das bringt es so ungefähr auf einen Nenner«, stimmte ihr Charles lächelnd zu. »Die Marcello-Familie ist die älteste Mafia-Familie in den Vereinigten Staaten. Carlos Marcello, der Pate, bekannt für seine quasi Verbindung zum tödlichen Anschlag auf Kennedy, lebt nicht mehr, aber dennoch laufen die Dinge weiter wie zuvor. Die Marcello-Version der Cosa Nostra, wie sie sich selbst am liebsten nennen, ist gegenüber den Familien im Norden etwas lockerer. Sie haben auch ihre Blutrache und ihre Schwüre und Loyalitäten, aber sie behaupten nicht von sich, die gesamte Kriminalität in New Orleans zu kontrollieren; für Neulinge gibt es noch immer ein breites Betätigungsfeld, solange sie den Alteingesessenen nicht auf die Füße treten. Es gibt auch keine festgefügte Hierarchie von Hauptleuten und Soldaten. Fehden und Kämpfe um das Territorium gehören nicht zum Stil der Marcellos, auch keine Schießereien in Restaurants oder Tote auf offener Straße. Wenn man wirklich einmal jemanden aus dem Weg schaffen muß, so geschieht das im stillen, mit einer anständigen Beerdigung, oder man entledigt sich der Leiche in den Alligatorsümpfen.«

Diese verschwommene Struktur des verbrecherischen Familienverbandes, so erklärte er weiter, mache es schwierig, die Verbrechen zu verfolgen, und beinahe unmöglich, die Organisation zu zerschlagen. Der FBI überwache jedoch die Situation, wie Reid ihr schon erklärt hatte, da das Glücksspiel in dem Staat legalisiert werden sollte.

Keith Huttons Name erschien auf einer Liste von Spielern, deren Schulden einer Inkasso-Agentur übertragen worden waren, die im Auftrag eines weniger radikalen City-Shreveport-Zweiges der Cosa Nostra die Schulden eintreiben sollte. Er schuldete ihnen eine Summe, die eine viertel Million Dollar noch überstieg.

Reid streckte vorsichtig die Hand aus, um das schlafende Baby an seiner Schulter nicht aufzuwecken, und deutete auf die Summe neben dem blinkenden Cursor auf dem Bildschirm. »Ich würde sagen, eine solche Summe Geldes zu veruntreuen müßte reichen, um ihm eine heimliche Fahrt aus der Stadt heraus einzubringen und von einem Profi beseitigt zu werden, um ein Exempel zu statuieren.«

»Dann hattest du also recht«, meinte Cammie und legte ihm eine Hand auf die Schulter, weil sie sich schmerzlich danach sehnte, ihn zu berühren.

»Aber es gibt keine Beweise«, antwortete Reid. »Es gibt nichts, womit man beweisen könnte, daß die Schläger in seiner Nähe waren oder daß sie einen bestimmten Auftrag hatten.«

»Glaubst du denn, es wäre so einfach?« fragte sie.

Er lächelte, vermied es aber, sie anzusehen. »Vielleicht nicht, aber es wäre trotzdem schön gewesen.«

»Und was tun wir jetzt?«

»Das ist die Frage«, antwortete er leise.

In New York würden sie nicht mehr herausfinden, deshalb gab es auch keinen Grund, noch länger zu bleiben. Als sie am Flughafen waren, erwachte in Cammie der beinahe unwiderstehliche Wunsch, das nächste Flugzeug nach Paris oder Venedig zu besteigen – einfach irgendwo hinzufliegen, nur nicht zurück nach Hause. Doch sie mußte diesen Wunsch unterdrücken. Wegzulaufen, ganz gleich wie verführerisch dieser Gedanke auch war, würde ihr nicht helfen. Sie stiegen in ihr Flugzeug nach Hause.

Die Geschichte, die Michelle ihr erzählt hatte, ging Cammie nicht aus dem Kopf. Sie wollte mit Reid darüber sprechen, doch jetzt schien nicht die richtige Zeit dafür zu sein, es gab keine Möglichkeit, das Gespräch ganz zwanglos auf dieses Thema zu bringen. Sie wollte auch nicht, daß er dachte, sie empfände Mitleid mit ihm, er sollte nicht wissen, daß sie und Michelle hinter seinem Rücken über ihn gesprochen hatten. Und außerdem glaubte sie nicht, daß sie über das kleine Mädchen würde sprechen können, ohne in Tränen auszubrechen.

Während sie dem Dröhnen der Flugzeugmotoren lauschten und die Vibrationen fühlten, dachte sie an die Frau, von der Michelle gesagt hatte, sie hätte Reid damals verletzt. War es möglich, daß sie, Cammie, diese Frau gewesen war? Dieser Gedanke schmerzte sie. Sie konnte sich nicht vorstellen, seine Liebe nicht zu erwidern, falls er sich je entscheiden würde, sie ihr zu schenken. Er hatte einer Frau so viel zu bieten.

Ich bin überaus beständig.

Er hatte ihr diese Worte vor gar nicht so langer Zeit gesagt. Sie fragte sich, was er wohl damit gemeint hatte, wie weit in die Vergangenheit sie sich erstreckten. Sie würde viel darum geben, das zu wissen.

Er war so besorgt um sie, bemüht, sie zu beschützen. Keine Frau konnte sich einen besorgteren, aufmerksameren Geliebten wünschen. Wieviel hatte das zu bedeuten, wenn es überhaupt etwas zu bedeuten hatte?

Sie liebte ihn. Schon seit Tagen hatte sie das vermutet, aber als sie sah, wie er Michelles Baby so vorsichtig auf dem Arm hielt, hatte sie es mit absoluter Sicherheit gewußt.

Es war eigenartig, das vor sich selbst zuzugeben, wo sie ihn doch eines Mordes für fähig gehalten hatte. Doch das Herz handelte nicht nach Logik und auch nicht aus intelligenten Gründen heraus. Mit einem Blick, einem Lächeln oder einem einzigen Wort konnte man es lenken. Es hatte nur wenig Prinzipien und noch weniger Verstand.

Eine Glocke läutete, die Stewardeß meldete sich über die Sprechanlage und kündigte die Landung in Monroe an. Cammie sah nach ihrem Sicherheitsgurt. Monroe war nur ein kleiner Flughafen, mit einer kurzen Landebahn und einem Anflug durch die Turbulenzen über dem Ouachita River. Die Landung war hier immer sehr steil und holprig und ein wenig schwierig. Sie griff nach Reids Hand, und er wandte ihr den Kopf zu. Seine Augen blickten warm und fest und beruhigend.

Cammie wünschte, sie hätten doch das Flugzeug nach Paris genommen.

17. Kapitel

Als Cammie und Reid auf ihrem Weg nach Evergreen durch die Stadt fuhren, sahen sie Bud Deerfield in seinem Streifenwagen in der Nähe der Pizzeria. Cammie hob die Hand und winkte ihm zu, Sekunden später startete ihr Cousin den Wagen und fuhr hinter ihr her. Er folgte ihnen bis vor das Haus. Cammie stieg aus und ging auf den Sheriff zu, während Reid ihre Reisetasche aus dem Wagen holte.

»Ich will dir ja nicht sagen, was du zu tun hast, Cammie«, meinte Bud, als er auf sie zukam. »Aber ich muß schon sagen, ich habe dich für klüger gehalten.«

Cammie zog eine Augenbraue hoch, als er mit einem Kopfnicken auf Reid deutete, der gerade ihren Koffer auf die Hintertreppe stellte. »Ich verstehe nicht, was Intelligenz damit zu tun haben sollte«, entgegnete sie scharf.

»Nun, dann werde ich es dir sagen. Die Leute zerreißen sich den Mund über deinen kleinen Ausflug mit Sayers, seit du weggefahren bist. Sie finden es offenbar recht eigenartig, daß du schon so bald nach Keiths Beerdigung verschwunden bist. Es stört sie und läßt sie an alle möglichen Dinge denken.«

»Um Himmels willen, Bud! Meine Scheidung war ja schon beinahe rechtskräftig!«

»Beinahe ist nicht genug, wenigstens nicht in dieser Gegend hier. Sie wissen, daß Keith die Absicht hatte, sich wieder mit dir zu versöhnen, weil er allen davon erzählt hat. Sie glauben, daß er sich geweigert hat, in die Scheidung einzuwilligen, und daß du deshalb wütend geworden bist. Die Leute sehen all diese Filme im Fernsehen über Männer, die ihre Frauen umbringen, und über Frauen, die einen Killer anheuern. Sie fragen sich, ob dieses große Theater zwischen dir und Sayers über den Verkauf der Fabrik vielleicht nur ein Versuch war, allen Sand in die Augen zu streuen. Und sie fragen sich, ob ihr beide nicht vielleicht den armen alten Keith beseitigt habt.«

Es war eine so unwahrscheinliche Anschuldigung, daß Cammie sekundenlang mit offenem Mund dastand. Schließlich fragte sie mit hoffnungsloser Stimme: »Wo kommt das alles her?«

»Das weiß der Himmel allein, ich habe keine Ahnung«, erwiderte Bud und stützte die Hände in die Hüften.

Sie wich seinem Blick nicht aus. »Du glaubst das doch nicht, oder?«

Er wiegte den Kopf langsam hin und her. »Was ich denke, tut nichts zur Sache, ich muß nur aufpassen. Und ich sage dir, du hättest wissen müssen, was passiert, du hättest auf keinen Fall inmitten all dieses Aufruhrs mit Sayers verschwinden dürfen, wenn du überhaupt noch einen Funken Verstand besitzt.«

Reid war neben Cammie getreten. »Es war mein Fehler, ich hatte die Idee«, mischte er sich jetzt in das Gespräch ein.

»Nein, so war es gar nicht«, unterbrach Cammie ihn verärgert. »Wir hatten einen sehr guten Grund für unsere Reise.«

Der Himmel spiegelte sich in Buds Sheriffstern, als er auf seinen Absätzen hin und her wippte. »Ich hoffe nur, daß ihr das auch den Leuten erklären könnt, denn mir macht man deswegen die Hölle heiß. Die Leute fragen sich, warum ich noch keinen von euch beiden einbestellt habe für eine Aussage und eine Vernehmung.«

»Leute wie zum Beispiel Gordon Hutton?« Cammie gab sich gar nicht erst die Mühe, ihren Zynismus zu verbergen.

»Unter anderem. Ich möchte das alles auf einer netten, friedlichen Basis erledigen, aber es würde mir helfen, wenn du auch dazu beitragen würdest, Cammie. Denn sonst muß ich ziemlich unfreundlich werden.«

Nachdem er gesagt hatte, was zu sagen war, gab es für Bud keinen Grund, noch länger zu bleiben. Er stieg in seinen Streifenwagen und fuhr davon, und Cammie starrte ihm nach, mit einer scharfen Falte zwischen den Augenbrauen.

Reid fuhr mit der Hand durchs Haar. »Mir scheint, es wird besser sein, wenn ich hier verschwinde.«

»Warum?« wollte Cammie wissen. »Wir haben doch nichts Unrechtes getan.«

»Aber auch nichts Rechtes. Wir wissen doch beide, wie die Dinge in Greenley stehen.«

Cammie grinste schief, dann seufzte sie ergeben. »Weißt du, ich glaube, ich könnte mich an eine Stadt wie New York gewöhnen, wo einen niemand kennt und sich nicht darum kümmert, was man tut.«

»Aber inzwischen müssen wir mit dem Hier und Jetzt zurechtkommen.« Reid kam zu ihr und gab ihr einen schnellen Kuß auf den Mund. »Ich rufe dich an«, meinte er. »Und vergiß nicht, deine Türen abzuschließen.«

Cammie sah ihm nach, als er wegfuhr, erst dann ging sie ins Haus. Nie zuvor in ihrem Leben hatte sie sich so allein gefühlt.

Sie beschäftigte sich damit, ihren Koffer auszupacken, die schmutzige Wäsche in die Waschmaschine zu stecken und die anderen Sachen in den Schrank zu hängen. Persephone, die nicht genau gewußt hatte, wann sie zurückkommen würde, hatte ihr nichts zu essen dagelassen. Sie holte ein Stück Rindfleisch aus der Gefriertruhe und ließ es auftauen, später würde sie Spaghetti dazu kochen.

Unentschlossen wanderte sie dann durch das Haus, goß die Blumen, nahm eine halbfertige Stickarbeit zur Hand und legte sie wieder weg, blätterte nervös in einer Gartenzeitschrift. Sie war so unruhig, auch in ihren Gedanken, daß sie sich auf nichts konzentrieren konnte. Es war eine Erleichterung, als schließlich das Telefon läutete.

Die Stimme ihrer Großtante Beck drang laut und deutlich

durch den Hörer an ihr Ohr. »Wo um Himmels willen bist du gewesen? Ich habe dauernd bei dir angerufen, aber du warst nie zu Hause.«

»Der Anrufbeantworter war doch angestellt, du hättest mir eine Nachricht hinterlassen können.«

»Ich hasse diese dummen Maschinen, man fühlt sich wie ein Idiot, wenn man mit jemandem reden muß, der gar nicht da ist. Ich möchte gern Antworten haben, wenn ich Fragen stelle.«

»Jawohl, Ma'am«, erwiderte Cammie und grinste. »Was kann ich für dich tun?«

»Du kannst machen, daß du hierherkommst. Es gibt da etwas, das ich dir schon seit einer Ewigkeit erzählen will. Und wenn ich es nicht bald tue, werde ich noch senil werden und es vergessen. Oder ich sterbe vorher.«

»Das möchte ich sehen.«

»Naseweis«, entgegnete Tante Beck und legte den Hörer auf.

Die alte Dame war besser gelaunt, nachdem Cammie die acht Meilen Landstraße zu ihrem Haus gefahren war. Das einzige, was ihr noch mehr gefiel, als ihre Verwandten auf einen Sprung zu besuchen, war, selbst Besuch zu bekommen.

Tante Beck hatte ihre kleinen Rituale. Sie liebte heißen Tee, eine seltene Gewohnheit in Greenley, wo Eistee bevorzugt wurde. Sie servierte ihn in ihrer antiken georgianischen Silberkanne in Teetassen, die so dünn waren wie Eierschalen. Etwas Leckeres zu essen gehörte dazu, die Damastservietten mit der Stickerei hatte sie selbst genäht.

Cammie genoß normalerweise diese kleine Zeremonie; manchmal, wenn sie den Zauber der alten Familientradition wachrufen wollte, kopierte sie ihre Großtante. Doch jetzt brauchte sie all ihre Geduld, denn Tante Beck weigerte sich, mit ihrer Erzählung zu beginnen, ehe sie nicht ihren besonderen exotischen Tee hervorgeholt, das kochende Wasser darübergegossen hatte und der Tee endlich in den Tassen dampfte.

Schließlich lehnte sie sich in ihrem Sessel zurück. Sie unterhielten sich über Nebensächlichkeiten, dann wollte Tante Beck Cammies Version von Keiths Tod hören. Sie lauschte besonders aufmerksam dem, was Cammie dazu zu sagen hatte. Danach saß sie einen Augenblick schweigend da und betrachtete Cammie, wobei ihre Augen scharfsinnig blitzten. Als sie dann endlich sprach, hatte ihre Stimme einen ganz anderen Ton.

»Ich habe dir doch erzählt, daß ich Reids Großvater Aaron gekannt habe, nicht wahr? Er war der Sohn von Justin Sayers.«

Cammie fühlte, wie plötzlich eine eigenartige Ruhe über sie kam, wie eine Wolke. »Ich glaube, du hast davon gesprochen.«

»Er war ein so gutaussehender Junge. Ich habe ihm einmal erlaubt, mich zu küssen, draußen hinter dem Schuppen, als ich noch ein leichtsinniges Mädchen war. Aber dann traf ich deinen Großonkel, und aus meiner Beziehung zu Aaron ist nichts geworden.«

Cammie zeigte nur ein oberflächliches Interesse an dem, was ihre Tante zu erzählen hatte. Sie griff nach einem der kleinen Sandwiches und fürchtete schon, ihre unberechenbare Tante würde das Thema wechseln, wenn sie vermutete, daß Cammie sich zu sehr für ihre Schilderung interessierte.

»Ja, also, meine Schwester Maybelle war älter als ich, sie heiratete zuerst, deinen Großvater Greenley. Aber was du vielleicht nicht weißt, ist, daß sie es tat, weil unsere Mutter Lavinia Greenleys beste Freundin war und einer der wenigen Menschen, die zu ihr gestanden haben in den schwierigen Zeiten, nachdem ihr Mann umgebracht worden war. Es war nur natürlich, daß die Kinder dann auch miteinander Umgang hatten.«

»Davon habe ich nie etwas gehört.« Cammie, die gerade in ihr Sandwich beißen wollte, hielt mitten in der Bewegung inne. »Ist es möglich ... erinnerst du dich an Lavinia?«

Ihre Großtante lächelte sehr geheimnisvoll. »Als wäre es

gestern gewesen. Meine Mutter wurde schon früh Witwe, sie hat nie wieder geheiratet. Sie und Lavinia hatten viele Gemeinsamkeiten, später sind die beiden viel gereist, durch den ganzen Süden und den Südwesten, sogar bis nach Mexico, in einem zerbeulten alten Ford Coupé. Sie besuchten die alten Plantagen, die damals bereits im Verfall begriffen waren, noch ehe sie unter Schutz gestellt wurden. Sie waren eng befreundet mit Cammie Garrett unten in Melrose, in der Nähe von Natchitoches, du weißt doch, die Frau, die all die Schriftsteller und Künstler aufgenommen hat. Du bist nach dieser Cammie genannt worden, wußtest du das?«

»Nein, das habe ich nicht gewußt.«

Die alte Dame nickte entschieden. »Alles hat seinen Sinn, das sage ich immer.«

»Also hat Lavinia sich ihr eigenes Leben aufgebaut, als der Skandal endlich vorüber war«, meinte Cammie, um nicht vom Thema abzukommen.

»Oh, sie war schon eine tolle Frau. Es gab kaum einen Politiker damals, den sie nicht kannte, und es passierte auch nicht viel in der Regierung in Baton Rouge, ohne daß sie nicht auch etwas zu sagen hatte. Sie unterstützte Huey Long, als er noch in den Anfängen war – und sie hat jahrelang Verbindung gehalten zu den anderen Mitgliedern seines politischen Stabes. Damals hat sie auch das Land für das Wildreservat zur Verfügung gestellt.«

Cammie beugte sich vor. »Du weißt von der Transaktion mit dem Land?« Tante Beck lachte sie verschmitzt an. »Was glaubst du wohl, warum ich dich heute zu mir bestellt habe?«

»Wegen des Landes, auf dem die Papierfabrik steht?«

»Besonders deswegen. Ich habe noch nie etwas so Lächerliches gehört wie das, was Wen Marston mir erzählt hat. Sie meinte, das Land, auf dem die Fabrik steht, würde dir gehören. Allein der Gedanke, daß Lavinia gar nicht das Recht hatte, das Land wegzugeben, ist absurd. Lavinia war so intelligent wie sonst kaum eine Frau, und Justin Sayers war auch nicht gerade dumm. Warum sollte sie die ganze Sache auf eine so ungeschickte Weise angestellt haben? Das ergibt doch gar keinen Sinn!«

»Ich stimme dir zu, aber wie es scheint, gibt es da ein gesetzliches Problem, wegen einer heimlichen Scheidung.«

»Heimliche Scheidung, von wegen; in meiner Familie war das kein Geheimnis. Gerade du, Cammie, solltest das besser wissen. Um noch einmal zu dem Land zu kommen, ich habe keine Geduld mit all diesen Menschen, die glauben, alles, was Lavinia besessen hätte, stammte von Horace. Ist eigentlich keinem von euch eingefallen, daß dieses Land ihr gehörte?«

Cammie stellte mit einem leisen Klirren ihre Teetasse auf die Untertasse zurück, weil sie fürchtete, sie würde ihr aus der Hand fallen. Sie war benommen, nicht so sehr von der Eröffnung, die ihre Großtante ihr gemacht hatte, als von der Tatsache, daß sie sich wie all die anderen so hatte irren können. »Wenn du sagst, daß das Land Lavinia gehört hat, dann muß sie es ja schon vor ihrer Ehe mit Horace besessen haben, oder sie hat es erst nach ihrer Scheidung gekauft. Aber falls sie es gekauft hat, müßte es darüber irgendwelche Unterlagen geben …«

Mit hoch erhobenem Kopf saß ihre Tante vor ihr, ihre Augen blitzten geringschätzig. »Sie hat das Land geerbt, als ihre Mutter starb – die Familie ihrer Mutter hat in dieser Gegend genauso lange gelebt wie die Greenleys, vielleicht sogar noch länger. Also machte es keinen großen Unterschied, als Horace sich von ihr auf eine solch hinterhältige Art scheiden ließ. Sie hatte das absolute Recht, ihren Besitz und auch alles andere Justin Sayers zu schenken!«

Cammie nahm die Tasse wieder in die Hand. Sie hielt sie fest und fuhr mit dem Finger der anderen Hand über den Rand. Ihre Stimme klang nachdenklich, als sie sprach. »Ich habe in den letzten Tagen viel über die Affäre der beiden nachgedacht, die Gründe dafür sind wohl offensichtlich. Ich nehme an, niemand weiß heute noch, was damals wirklich passiert ist. Aber da du sie gekannt hast, was glaubst du, warum ist sie zurückgekommen, nachdem sie damals mit Justin weggegangen war?«

»Ich glaube, Lavinia war ihres Sohnes wegen zurückgekommen. Er war noch so klein, noch nicht einmal drei Jahre alt. Es ist schwer für eine Mutter, ein Kind zu verlassen, auch wenn es eines anderen Mannes wegen ist. Natürlich hat Horace den Jungen behalten, er hat ihr nicht einmal erlaubt, ihn zu sehen. Er war kein Mann, der so leicht vergeben konnte.«

»Er hat seine Rache bekommen.«

»Das kann man sagen, obwohl ich nicht glaube, daß er sich daran hat erfreuen können. In diesen Zeiten damals war eine Scheidung eine Sünde, und er war ein gottesfürchtiger Mann.«

»Glaubst du, daß Lavinia ihn deswegen umgebracht hat?«

Tante Beck schwieg so lange, daß Cammie schon glaubte, sie habe ihre Frage gar nicht gehört. Sie wollte sie gerade wiederholen, als die alte Dame weitersprach.

»Damals war alles ganz anders, immerhin ist es schon ungefähr siebzig Jahre her. Es gab keine Krisenzentren, niemand wußte es, wenn ein Mann seine Frau schlug, ganz besonders dann nicht, wenn sie ihn beschämt hatte, weil sie mit einem anderen Mann weggelaufen war. Ich habe meine Mutter oft sagen gehört, Lavinia habe ihren Frieden verdient, denn ihr Leben als verheiratete Frau sei die Hölle auf Erden gewesen. Ich glaube, wenn sie Horace Greenley wirklich umgebracht hat, so hatte sie gute Gründe dafür.«

Cammie dachte eine Weile über die Worte ihrer Tante nach. »Und später?« fragte sie dann. »Warum sind sie und Justin denn nie wieder zusammengekommen? Ich meine, ich weiß, daß er damals schon verheiratet war, aber er hätte sich von seiner Frau scheiden lassen können, wenn er sich überhaupt etwas aus Lavinia gemacht hat. Sie hätten beide zurückgehen können in den Osten und hätten ein neues Leben beginnen können, wenn ihre Liebe zueinander wirklich so groß war.«

»Ich denke, sie hatten eine Menge Gründe. Lavinia ist nie des Mordes angeklagt worden, aber es gab immer den Verdacht. Damals konnte eine anständige Frau sich eine ganze Menge leisten, aber es hätte sicher genauere Untersuchungen gegeben, wenn sie ihren Geliebten geheiratet hätte, noch ehe ihr Mann in seinem Sarg ganz kalt war. Außerdem, die Frau, die Justin geheiratet hatte, war eine nette, liebe Frau, die ein Kind erwartete, sie hatte es nicht verdient, daß ihr Leben zerstört wurde, weil Lavinia einen Fehler gemacht hatte. Aber hauptsächlich, glaube ich, hat Lavinia sich geschämt; sie hat sich geschämt, daß sie Mann und Kind verlassen hatte, daß sie ihr Eheversprechen gebrochen und ein Menschenleben zerstört hatte. Sie hat sich geschämt, daß sie ihre Liebe verraten hat, um zu ihrem Mann zurückzukehren. Sie hatte alles verdorben, verstehst du, deshalb hatte sie es verdient, alles zu verlieren.«

»Glaubst du, daß sie es war, etwas in ihrem Inneren, daß die beiden trennte?«

»Na ja, wenigstens meine Mutter hat das geglaubt. Sie hat immer gesagt, Justin Sayers wäre für Lavinia durch das Feuer gegangen. Es ist wahrscheinlich, daß er seine Ehe aufgegeben hätte, wenn sie es von ihm verlangt hätte. Aber sie hat es nicht getan. Und dann bekam er einen Sohn, und sie konnte nicht von ihm verlangen, sein Kind zu verlassen, weil sie das gleiche nicht für ihn hatte tun können.«

»Ich glaube, ich beginne zu verstehen«, meinte Cammie. »Aber was ist jetzt mit dem Land, auf dem die Papierfabrik steht? Wie paßt das in die ganze Geschichte hinein?«

»Wer weiß? Das war etwas, das offensichtlich nur die beiden wußten. Obwohl ich mich eigentlich auch schon gefragt habe, ob das nicht so eine Art Wiedergutmachung sein sollte, man könnte vielleicht sagen, es war ein Traum, der einen Traum ersetzen sollte.«

Cammie wechselte einen langen, nachdenklichen Blick mit ihrer Tante. »Dann glaubst du also, daß Reid der rechtmäßige Besitzer der Papierfabrik ist?« fragte sie schließlich.

»Daran gibt es meiner Meinung nach überhaupt keinen Zweifel.«

Cammie trank ihren Tee und stellte die Tasse dann auf den Tisch zurück. Sie beugte sich vor, die verschränkten Hände zwischen ihren Knien. »Ich glaube, ich habe nie etwas anderes erwartet«, sagte sie.

»Hast du schon einmal überlegt ...«, begann Tante Beck, hielt dann aber inne, als müsse sie erst ihre Gedanken sammeln. Dann fuhr sie fort: »Wenn man genauer darüber nachdenkt, Cammie, dann gibt es eine Menge Parallelen zwischen dem, was damals mit Lavinia passiert ist, und deinen Problemen. Ist dir das schon mal aufgefallen?«

»Weil Keith und Justin beide erschossen wurden? Ich glaube kaum ...«

»Ihr beide wart im gleichen Alter, beide hattet ihr euer eigenes Einkommen, beide wart ihr verheiratet und hattet Probleme mit euren Ehemännern. Außerdem habt ihr euch beide mit anderen Männern eingelassen, eure Männer sind beide erschossen worden, und ihr wurdet beide des Mordes verdächtigt. Berührt dich das nicht auch eigenartig?«

»Was willst du damit sagen?«

»Ich mag ja eine zynische und mißtrauische alte Frau sein, aber ich frage mich manchmal, ob das nicht jemand absichtlich so geplant hat.«

»O nein, ganz sicher nicht«, widersprach Cammie. Sie glaubte an Reids Vermutung, daß Keiths Spielschulden für seinen Tod verantwortlich waren.

»Es sind schon eigenartigere Dinge geschehen. Du wirst doch vorsichtig sein, nicht wahr? Du darfst keine dummen Risiken eingehen.«

Cammie blickte auf ihre Hände. »Diese ganze Sache ... dieses Problem mit der Papierfabrik, das Verschwinden von Janet Baylor, die fehlenden Unterlagen, Keiths Tod – es ist alles so unglaublich. Aber weißt du, was mich am meisten bedrückt, ist die Art, wie die Leute reden, die Dinge, die sie über mich sagen.«

Das weiße Haar ihrer Tante blitzte silbern auf im Licht, als sie zustimmend nickte. »Reden, das können die Leute am besten. Aber ich habe auch selbst schon gemerkt, mit welcher Gemeinheit darüber gesprochen wird. Es ist nicht normal, das kann ich dir sagen – wie zum Beispiel diese Geschichte, die ich gestern gehört habe, daß du und Reid nackt beim Geschlechtsverkehr im Wald überrascht worden seid, von einem Jäger, der zufällig vorbeikam.«

»Lieber Gott.« Cammie wurde schlecht, als sie hörte, auf welch absurde Weise dieser kleine Anlaß hochgespielt worden war.

»Ich habe der Frau, die solche Sachen weitererzählt hat, erklärt, sie hätte einen Verstand wie eine Sickergrube«, erzählte Tante Beck mit höhnischer Stimme. »So etwas kann nicht wahr sein, habe ich gesagt, meine Cammie würde das nicht tun. Aber mir scheint, daß vielleicht jemand absichtlich solche Geschichten verbreitet, aus Gründen, die wir vielleicht noch gar nicht durchschauen können.«

»Du meinst, das alles hängt irgendwie zusammen?«

»Du kannst von mir behaupten, ich sei ein geistesgestörtes altes Frauenzimmer, aber ich verrate dir nur, was ich denke.«

»Manchmal«, meinte Cammie erschöpft, »verspüre ich den Wunsch, mich von der menschlichen Rasse zurückzuziehen.«

»Um die Dinge den Perversen zu überlassen? Das würde denen gefallen. Ich ziehe es eher vor, sie in die Hölle zu schikken.«

Cammie beobachtete ihre Tante, die ganz ruhig ihren lauwarmen Tee aus der dünnen Porzellantasse trank, und sie mußte lachen. Es war besser, als in Tränen auszubrechen.

Auf der Fahrt nach Hause wirbelten die Gedanken in ihrem Kopf. Es gab einige Dinge, über die sie mit ihrer Großtante nicht gesprochen hatte. Nicht, weil die alte Dame sich vielleicht nicht dafür interessiert hätte, sondern weil Cammie nur zu gut wußte, wie sie darauf reagieren würde. Und das wollte sie lieber vermeiden.

Zunächst einmal war da der Klatsch. Tante Becks Vermutung, daß absichtlich Gerüchte ausgestreut wurden, ergab einen Sinn. Unter normalen Umständen wurden solche Geschichten von einem zum anderen weitererzählt, aber die Einzelheiten hatten sich mit solcher Geschwindigkeit weiterverbreitet, daß es wirklich erstaunlich war. Und obwohl diese Geschichten natürlich sehr verzerrt wiedergegeben wurden, so besaßen sie doch alle einen Funken Wahrheit. Es schien gut möglich, daß derjenige, der diese Sachen verbreitete, kein Fremder war. Sie haßte diesen Gedanken zwar, aber sie mußte sich ihm stellen.

Es mußte einen Menschen geben, der zu jeder Zeit in ihrer Nähe war und ganz genau wußte, was sie tat, wann und wie.

Und dann war da die verblüffende Ähnlichkeit zwischen ihren Schwierigkeiten und den Problemen, die ihre Urgroßmutter zu erdulden hatte. Sie bekam eine Gänsehaut, wenn sie daran dachte, daß jemand ihr Leben manipulierte, daß jemand Ereignisse und Umstände so arrangierte, daß das gleiche, tödliche Ergebnis dabei herauskam. Welchen Grund konnte dieser Mensch nur haben?

Ihr fielen auf den ersten Blick nur zwei Gründe ein. Der erste war Arroganz, ein Bedürfnis, Gott zu spielen, um einen überspannten Trieb zu befriedigen, ihr angst zu machen, wenn sie die Gemeinsamkeiten erkannte. Der zweite Grund war, es so aussehen zu lassen, als würde sie in Lavinias Spuren treten und versuchen, den Mord, den man Lavinia nie hatte nachweisen können, nachzuahmen.

Es gab nur einen Menschen, der eine bessere Möglichkeit hatte als alle anderen, die Ereignisse zu lenken und die Parallele zu schaffen, auf die ihre Tante Beck sie aufmerksam gemacht hatte.

Es gab einen Mann, der den triftigsten Grund hatte, die öffentliche Meinung gegen sie aufzuwiegeln, der es darauf anlegen würde, sie in der Öffentlichkeit als unmoralisch und eines Mordes schuldig dastehen zu lassen.

Der Grund dafür war Geld.

Der Mann war Reid.

Cammie fuhr nicht nach Hause, sie lenkte ihren Wagen in Richtung auf das Fort. Sie würde keine Ruhe geben, bevor sie nicht eine Antwort auf ihre Vermutungen gefunden hatte. Und wenn diese Antwort ihr Herz beruhigen würde, so gab es einige Dinge, die Reid über Lavinia und Justin erfahren sollte.

Niemand öffnete ihr, als sie an der Tür läutete. Sie ging um das große Haus herum, um nachzusehen, ob Reids Jeep in der Garage stand. Erst dort bemerkte sie den Geruch nach Rauch, der in der Luft lag, wie ein graublauer Nebel stieg er in der Dämmerung auf.

Sie blieb stehen und sah sich um. Im Haus schien alles in Ordnung zu sein, auch in der Garage und der angrenzenden Werkstatt. Der dicke Rauch schien von einer Stelle im hinteren Teil des Grundstückes aufzusteigen, in der Nähe des Waldes. Mit besorgt gerunzelter Stirn ging Cammie in diese Richtung.

Die Luft war kühl, doch aus dem Boden stieg noch eine Woge duftender Wärme auf, eine Erinnerung an die Sonne des Tages. In der Stille hörte man das Summen der Insekten und den Frühlingsgesang der Baumfrösche. Der Wald war voller Schatten in der aufkommenden Dunkelheit. Tief atmete Cammie den Duft von Geißblatt und feuchter Erde ein, von Gras und Büschen und auch den beißenden Geruch nach Rauch. Es war beinahe genug, um ihr den Frieden zurückzugeben. Beinahe.

Zuerst sah sie den roten Feuerherd. Es war eine ziemlich große Flamme, die hell brannte. Der Boden um das Feuer herum war freigemacht worden, um zu verhindern, daß sich das Feuer durch Funken und kleine brennende Holzstücke ausbreitete. Ein Mann trat aus dem Schatten und warf einen Armvoll trockener Äste ins Feuer. Als die Flamme aufleuchtete und das Holz knisterte und Funken zum Himmel stiegen, warf das Feuer einen goldenen Schein auf Reids Gesicht, seine Arme und seinen nackten Oberkörper.

Er räumte das Unterholz unter einer Baumreihe weg, die um das Fort herum gepflanzt worden waren. Eine Axt und eine kleine Kettensäge lagen neben ihm. Sie hätte wissen sollen, daß er Kontrolle hatte über das, was hier geschah.

Mit schnellen Schritten ging sie weiter, bis sie im Schein des Feuers stand. Dort blieb sie stehen und wartete.

»Ich dachte«, sagte er halb belustigt, während er nach noch mehr Ästen griff, »daß wir vernünftig handeln sollten und nicht zusammen gesehen werden wollten. Wenn ich gewußt hätte, daß du kommst, hätte ich mich vorher gewaschen.«

Cammie hatte ihre Abmachung beinahe vergessen, oder eher, sie war von anderen Dingen verdrängt worden. »Ich werde nicht lange bleiben, ich mußte nur mit dir reden.«

»Ich beklage mich doch gar nicht.« Mit einem Arm deutete er auf die freie Fläche hinter sich. Er warf den Armvoll Holz ins Feuer, dann ging er zu dem Baum hinüber, an dessen Ast er sein Hemd gehängt hatte. Er schlug es aus, dann legte er es auf den Boden unter eine große Kiefer. Als sie zögernd näher trat, meinte er: »Wir könnten auch ins Haus gehen, aber ich möchte lieber in der Nähe des Feuers bleiben, bis es ganz heruntergebrannt ist.«

»Wird es dir nicht zu kalt?« Sie ließ ihre Blicke für einen Augenblick auf seinem muskulösen Oberkörper ruhen, auf dem eine dünne Schweißschicht glänzte. Das feine krause goldene Haar leuchtete im Feuerschein rötlich auf.

Er lächelte ein wenig traurig, als sich ihre Blicke trafen. »Ich habe gearbeitet«, meinte er. »Außerdem ...«

»Was?«

»Ach, nichts.« Er vermied es, sie noch weiter anzusehen, sekundenlang legte er eine Hand auf ihren Arm, um ihr anzudeuten, daß sie sich auf den Boden setzen sollte. Er hockte sich neben sie, ließ jedoch einen kleinen Abstand zwischen ihnen, nicht zu offensichtlich, doch groß genug, damit sie sich nicht aus Versehen berührten.

Reid hatte sagen wollen, daß sie ihn wärmte. Es war nett,

das zu wissen, da sie die körperliche Anziehungskraft zwischen ihnen fühlte, die wie eine unterschwellige, elektrische Spannung war. Sie riß sich zusammen und erzählte ihm von ihrer Unterhaltung mit Tante Beck, dann wartete sie, was er dazu zu sagen hatte.

»Sie ist eine schlaue alte Lady.« Seine Stimme verriet nichts von seinen Gedanken.

»Ja, aber hat sie recht?«

Er nahm einen abgestorbenen Zweig in die Hand und brach kleine Stückchen davon ab und warf sie auf den Boden. Dann blickte er zum Feuer und wandte schließlich seine Aufmerksamkeit wieder dem Zweig zu. »Wie kannst du von mir eine Antwort darauf erwarten, Cammie? Ich weiß es nicht.«

Sie wußte es auch nicht. Warum war sie dann überhaupt gekommen?

Weil sie nicht von ihm wegbleiben konnte. Weil sie sich weigerte, sich von anderen Menschen vorschreiben zu lassen, was sie zu tun hatte. Weil sie den unwiderstehlichen Drang verspürte, gefährlich zu leben, weil sie bisher immer so sicher gewesen war.

All das und noch viel mehr.

Was sie wollte, das wurde ihr jetzt klar, war viel mehr eine Bestätigung als Antworten. Und sie war nicht sicher, ob er ihr diese Bestätigung mit Worten überhaupt würde geben können.

Ein abgestorbenes, zusammengerolltes Blatt steckte in seinem Haar, Cammie hob die Hand und wischte es weg, dann fuhr sie mit den Fingerspitzen über die feinen blonden Haare über seinem Ohr, die feucht und dunkel waren vor Schweiß. Das schmerzliche Verlangen, das sie fühlte, war so eindringlich, auch wenn sie nicht sagen konnte, ob es körperlichen Ursprungs war oder nur von ihren Gefühlen diktiert wurde.

An seinem Gesicht war deutlich abzulesen, daß er verstand, was sie zu ihm geführt hatte. Er nahm ihre Hand und drückte einen schnellen Kuß auf ihre Finger, dann legte er sie an seine Brust. Unter seiner erhitzten Haut fühlte sie seinen gleichmäßigen Herzschlag. »Ich möchte dich in meine Arme nehmen«, flüsterte er rauh. »Aber ich bin viel zu schmutzig.«

Auf seinen Schultern lag ein feiner Staub aus Asche, und er roch nach Rauch und gesunder warmer Männlichkeit. Der Duft nach frischer Luft und frischem Eichenholz und Gras war beinahe wie ein Liebeselixier.

»Das macht mir nichts«, erklärte sie und legte beide Hände gegen seine Brust, nahm seine Wärme in sich auf und das Gefühl, ihm nahe zu sein, ehe sie sich vorbeugte und ihm ihren Mund zum Kuß bot.

Es war nur eine kurze Berührung, doch fühlte sie sie in ihrem ganzen Körper. »Du schmeckst nach Tee und Kuchen, ich könnte dich mit einem einzigen Happen aufessen.«

»Tu es doch«, murmelte sie und strich mit der Hand über seine Schulter, um ihn an sich zu ziehen.

Er setzte sich auf den Boden neben sie. Es lag noch etwas mehr als nur Humor in seiner Stimme, als er sie warnte: »Vorsicht. Wir haben an einem solchen Ort noch etwas zu Ende zu bringen.«

»An mehreren solcher Orte«, stimmte sie ihm zu und dachte wieder an die wilde Anziehungskraft, die sie an ihrem ersten Abend gefühlt hatte, als sie vor Keith davongelaufen war, und auch später, als sie ihn im Wald hinter ihrem Haus entdeckt hatte und sie im Dunkeln gesessen und geredet hatten. An all das erinnerte sie sich noch genausogut wie an den Nachmittag, an dem sie im Wald entdeckt worden waren.

»Du auch?« fragte er und lachte leise, dann legte er eine Hand um ihre Taille. »Was für eine Verschwendung.«

»Dann solltest du jetzt lieber keine Zeit mehr verschwenden«, flüsterte sie und schmiegte sich an ihn. Sie mußte ihn einfach berühren, wollte seinen starken Körper an ihrem fühlen.

Er kam zu ihr, rollte sie auf den Rücken und gab ihr das, was sie brauchte. Als sie seine Erregung fühlte, sein Gewicht auf ihrem Körper, schlug das Verlangen heiß über ihr zusammen.

Sie weigerte sich, an die Folgen zu denken, schob alle Zweifel weit von sich und vergrub ihr Gesicht an seiner Schulter, hielt ihn eng umschlungen und legte die Beine um seine muskulösen Schenkel. Die Sehnsucht, daß er all das sein möge, was sie sich vorstellte, alles, was sie brauchte, saß wie eine große Leere tief in ihrem Inneren, und nur er konnte diese Leere füllen.

Besorgnis klang aus seiner Stimme, als er ihr zuflüsterte: »Cammie, was ist los?«

»Nichts, alles. O Reid … bitte küß mich und hör nicht mehr auf. Hör nie wieder auf.«

Sie fühlte, wie er zögerte, und wußte, er ahnte, welchem Mißtrauen sie zu entfliehen versuchte. Und sie fühlte auch, wie sich seine wütende Verzweiflung in Leidenschaft verwandelte.

Er stützte sich auf, seine breiten Schultern hielten das schwindende Licht ab und verwehrten ihr auch die Aussicht auf das Fort.

Seine Hände waren fest und bestimmt. Er kannte sie jetzt, wußte, welche Zärtlichkeiten die Leidenschaft in ihr weckten, wußte, wie er sie berühren mußte, damit ihre Knie weich wurden und sie in seinen Armen nachgiebig und sorglos wurde. Doch das galt auch für sie. Sie wußte, wie sie ihn necken und quälen konnte, wie sie ihn bis an den Rand seiner mühsam aufrechterhaltenen Kontrolle bringen konnte.

Er schob eine Hand unter den Jeansrock, den sie zu ihrem grünen Pullover trug, und legte sie auf die sanfte Erhebung, die er dort fand. Mit einem Finger strich er darüber, dann schob er ein Knie zwischen ihre Schenkel, um besseren Zugang zu finden. Cammie gab ohne zu zögern nach und keuchte dann voller Lust auf, als er seinen Finger unter das Gummiband ihres Höschens schob, um sie noch intimer berühren zu können.

Sie hob den Kopf ein wenig und suchte mit den Lippen den harten Kegel seiner Brustwarze. Mit der Zunge strich sie darüber, dann saugte sie sanft daran. Gleichzeitig öffnete sie mit einer Hand den Knopf seiner Jeans und zog den Reißverschluß herunter. Dann schob sie ihre Hand unter das Gurtband seiner Unterhose, umschloß seine warme, harte Erregung, streichelte und rieb sie.

Er schob einen Finger in ihre feuchte Weichheit. Die Muskeln ihres Unterleibes zogen sich zusammen, schlossen sich um den Finger, der sie streichelte und erregte. Seine Handfläche drängte sich fest und rhythmisch gegen sie.

Sie hob den Kopf. Er legte seine Lippen auf ihre, küßte sie, streichelte sie mit der Zungenspitze, bis ihre Lippen prickelten. Dann schob er ganz langsam seine Zunge in ihren Mund, zog sich wieder zurück, in einem Rhythmus, der sie heiß erregte und ihr alles versprach.

Sie stöhnte leise auf, hob ihre Hüften seiner streichelnden Hand entgegen. Er brummte, dann lösten sich seine Lippen von ihren, und er küßte eine ihrer Brustspitzen, nahm sie zwischen seine Zähne, und sie fühlte seinen warmen Atem durch die dünne Seide ihres Büstenhalters.

Und dann war es ihnen plötzlich zuviel und dennoch nicht genug. Voller Ungeduld zerrten sie die störenden Kleidungsstücke beiseite. Heiß und hart und voller Leidenschaft gaben sie sich einander hin. Er bewegte die Hüften, drang tief in sie ein, immer noch tiefer, bis in ihr Innerstes. Sie öffnete sich ihm, nahm ihn auf in das sanfte Herz ihres innersten Wesens.

Es war ein leidenschaftliches Ringen, eine wilde, kämpferische Ekstase, eine flehende, sinnliche Begierde, eine schmerzliche Sehnsucht, die Dinge mit Gewalt in Ordnung zu bringen. Fleisch an Fleisch trieben sie einander zum Höhepunkt, auf der unerbittlichen Suche nach Antworten, die sich ihnen entzogen.

Und dennoch war es eine herrliche Vereinigung, eine wunderbare Verstrickung von Körper und Geist.

Es war großartig. Es war Fleisch gewordene Sinnlichkeit. Es war eine Verbindung, aus der es kein Entkommen gab, keine Erlösung.

Und auch kein Zurück.

18. Kapitel

Cammie war getröstet und zugleich bedrückt, als sie vom Fort nach Hause fuhr. Sie hatte Reid geliebt und hatte die Liebe angenommen, die er ihr geschenkt hatte, als gäbe es kein Morgen. Aber es gab immer ein Morgen.

Vielleicht war es ja das, wovor sie sich fürchtete: Sie wollte nicht, daß es ein Morgen gab.

Sie hatte nicht nach Hause fahren wollen, aber Reid hatte darauf bestanden. Er glaubte, es sei das beste, wenigstens für ihren Schutz. Als ob das etwas ausmachte.

Er hatte seinen Job, sie zu beschützen, viel zu gut gemacht. Sie fühlte sich nicht mehr sicher, es sei denn, er war in ihrer Nähe.

Was sagte das über ihren gesunden Menschenverstand aus?

Sie hatte von Reid noch immer keine Antwort auf ihre Frage nach Janet Baylor bekommen. Angst war der Grund dafür, warum sie nicht noch mehr in ihn gedrungen war. Was würde sie tun, wenn er zugab, die Anwaltsgehilfin aus der Stadt gebracht zu haben, entweder durch Drohungen oder durch Bestechung?

Und dann war da noch Keith. Die Vorstellung, wie entsetzt er gewesen sein mußte, als er wußte, daß er sterben würde, verfolgte sie. Mut war nie eine seiner Tugenden gewesen; er hatte sicher um sein Leben gebettelt. Oder vielleicht auch nicht, es war unmöglich, das zu beurteilen, und wahrscheinlich auch ein wenig vermessen.

Schon kurz nachdem sie den Privatweg verlassen hatte, der

zu Reids Haus führte, entdeckte sie hinter sich die Scheinwerfer eines Wagens. Wer auch immer diesen Wagen fuhr, näherte sich ihr mit erstaunlicher Geschwindigkeit und fuhr so dicht auf sie auf, daß sich beinahe ihre Stoßstangen berührten.

Eine solche Fahrweise war überall gefährlich, aber hier, auf dieser schmalen und kurvenreichen Straße durch das Wildreservat, mit den vielen unübersichtlichen Kurven und den Wildwechseln, kam es schon beinahe einem Selbstmord gleich. Es war mit nichts zu entschuldigen, und Möglichkeiten, sie zu überholen, gab es kaum. Es mußte ein Verrückter sein, oder vielleicht ein Teenager, der seinen Freunden oder seiner Freundin imponieren wollte.

Cammie versuchte, schneller zu fahren, aber das nützte nichts, der andere Wagen klebte an ihrer Stoßstange. Sie trat ein paarmal auf die Bremse, der Wagen hinter ihr fiel für einen kurzen Augenblick etwas zurück, doch dann kam er wieder hinter ihr her.

Sie war erleichtert, als der Highway nach Greenley in Sicht kam. Sie erwartete, daß ihr Verfolger bei der nächstmöglichen Gelegenheit an ihr vorbeiziehen würde, nachdem sie auf den Highway eingebogen war. Sie fuhr etwas langsamer und machte ihm Platz.

Doch nichts geschah. Der andere Wagen fuhr weiter hinter ihr her, beinahe berührte er ihre Stoßstange. Sie gab Gas.

Zum ersten Mal verspürte sie so etwas wie Furcht. Es schien, als hätte ihr Verfolger es auf sie abgesehen. Aber wer würde so etwas tun? Wenn sie genauer darüber nachdachte, gab es eine ganze Menge Möglichkeiten. Es könnte der gleiche Mensch sein, der Keith umgebracht hatte. Oder er gehörte zu der großen Gruppe von Leuten, die etwas gegen ihre Einstellung zum Verkauf der Papierfabrik hatten. Sie fuhr mit der gleichen Geschwindigkeit weiter und überlegte angestrengt, was sie tun sollte.

Nach einer Weile wurde ihr klar, daß sie keinen Grund zur

Panik hatte. Schon bald würde sie die Außenbezirke von Greenley erreichen mit den Straßenlaternen und den Geschäften. Sie würde sehen können, was für ein Wagen sie verfolgte. Wenn der Fahrer des anderen Wagens weiter hinter ihr herfuhr, würde sie ihn erkennen können.

Es sei denn, der Fahrer entschied sich, ein Stück hinter ihr zu bleiben und ihr erneut zu folgen, wenn sie den Ort hinter sich gelassen hätte.

Das große Einkaufszentrum mit dem Fernfahrerlokal am Ende des Ortes war hell wie ein Flughafen am Weihnachtsabend. Cammie betätigte den Blinker, trat auf die Bremse und fuhr in die Einfahrt zum Parkplatz. Zwischen den Tanksäulen und der Eingangstür hielt sie an.

Hinter ihr quietschten Bremsen, dann schoß der andere Wagen an den Tanksäulen vorbei, machte einen großen Bogen und hielt dann an. Der Fahrer zwängte sich hinter dem Lenkrad hervor und kam auf sie zu.

Cammie war schon aus dem Wagen ausgestiegen und auf halbem Weg zur Eingangstür des Einkaufszentrums, als sie erkannte, wer den anderen Wagen gefahren hatte.

Gordon Hutton.

Wut stieg in ihr auf, so heiß wie ein Feuer in einem trockenen Wald. Sie wartete nicht erst, bis ihr Schwager sie erreicht hatte, sondern strebte mit großen Schritten auf ihn zu. »Was um alles in der Welt hast du dir eigentlich dabei gedacht? Du hättest uns beide umbringen können!«

»Ich wollte dich nur verfolgen«, entgegnete Gordon verächtlich. »Seit Tagen schon will ich mit dir reden, aber du fliegst inzwischen durch das halbe Land. Ich habe gesehen, daß du gerade von Sayers gekommen bist, und habe mich entschieden, an dir dranzubleiben, bis du anhältst.«

»Du hättest mich anrufen können, dann hätten wir einen Termin vereinbart«, fuhr Cammie ihn voller Verachtung an.

»Ich habe ein halbes Dutzend Nachrichten bei deiner Haushälterin hinterlassen, und es hat nichts genützt. Ich bin davon überzeugt, daß sie dir nur das sagt, was sie für richtig hält.«

Cammie hatte noch nicht mit Persephone gesprochen, aber sie sah keinen Grund, ihm das zu sagen. »Was willst du von mir?«

Er kam näher und ballte seine großen weißen Hände zu Fäusten. Der Geruch nach Bourbon mischte sich mit seinem unangenehmen Körpergeruch und einem bittersüßen Duft nach billigem Männerparfüm. Cammie mußte sich zusammenreißen, um nicht einen Schritt zurück zu machen.

»Es ist an der Zeit«, meinte er, »daß wir zu einer Einigung kommen, da du jetzt in der Fabrik die Finger mit im Spiel hast. Deine Einmischung in den Verkauf hat mich schon vorher geärgert, aber ich war bereit, darüber hinwegzusehen, weil ich wußte, daß es nur eine dumme Art war, dich an Keith zu rächen wegen der Scheidung. Aber jetzt verlange ich von dir, daß das aufhört.«

Die Verachtung in seiner Stimme machte sie wütend, die Annahme, daß er glaubte, ihr sagen zu können, was sie zu tun hatte, nahm ihr alle Hoffnung, daß er ihr vielleicht zuhören würde. Mit einem Blick eisiger Mißbilligung sagte sie: »Es mag vielleicht ein Schock für dich sein, Gordon, aber es hat mich noch nie sonderlich interessiert, was du möchtest.«

»Biest«, zischte er und biß die Zähne so fest zusammen, daß seine Kinnbacken hervortraten. »Du warst schon immer selbstsüchtig, du hast noch nie etwas um einen anderen Menschen gegeben. Kein Wunder, daß Keith dich verlassen hat, um die Frau zu finden, die er brauchte.«

Cammie fragte sich sekundenlang, ob er vielleicht recht hatte, ob ihr Mangel an Zuneigung Keith vertrieben hatte. Dann aber schaltete sich ihr Verstand wieder ein. Sie lächelte grimmig. »Du kannst gleich wieder umdrehen. Vielleicht habe ich gelernt, an mich selbst zu denken, weil es sonst niemand getan hat.«

»Das ist ein Witz. Die Hälfte der Männer aus der Stadt sind

schon seit Jahren hinter dir her. Und das weißt du ganz genau.«

Etwas lag in seinem Gesichtsausdruck, das ihr eine Gänsehaut über den Rücken laufen ließ. Nicht zum ersten Mal sah sie diesen Ausdruck an ihm, doch zum ersten Mal wurde ihr klar, woher er kam. Gordon Hutton begehrte die Frau seines Bruders, er hatte sie schon immer begehrt. Sie hob hochmütig das Kinn. »Das ist nicht das gleiche.«

Er schnaufte. »Aber du hast ja dein kleines Problem gelöst, nicht wahr? Du hast Sayers, wo du ihn haben willst – in deiner Lieblingsposition, auf seinen Knien.«

Keith war mürrisch gewesen, wenn er getrunken hatte, Gordon dagegen schien grob zu werden, wenn er zuviel Alkohol im Blut hatte. Alkohol veränderte den Charakter nicht, es brachte nur die Charakterzüge ans Licht, die sonst sorgfältig verborgen blieben. Das Ergebnis konnte sehr lehrreich sein.

»Ich muß mir das nicht anhören«, meinte sie verächtlich. »Wenn du mit mir über die Fabrik sprechen willst, dann ruf Fred Mawley an, wenn du wieder nüchtern bist. Ich werde mich dann mit dir in seinem Büro treffen.«

Gordon riß erschrocken die Augen auf. »Das ist doch wohl ...«

Cammie blieb nicht stehen, um sich anzuhören, was er noch zu sagen hatte. Sie stieg in ihren Wagen, schlug die Tür hinter sich zu und legte den Gang ein. In einem weiten Bogen fuhr sie rückwärts aus der Parklücke, dann gab sie Gas.

Das Quietschen von Reifen hinter ihr sagte ihr, daß Gordon ihr folgte. Daß er wirklich glaubte, er könne sie so einfach belästigen, verstärkte ihre Wut nur noch; so zornig war sie schon lange nicht mehr gewesen. Sie würde seinetwegen nicht noch einmal anhalten. Aber sie würde auch nicht vor ihm davonlaufen. Und wenn er die Unverschämtheit besaß, ihr bis nach Evergreen zu folgen, dann würde Keiths Bruder ein paar Wahrheiten erfahren, die er sicher nicht gern hörte.

Noch immer sah sie Gordons Scheinwerfer in ihrem Rückspiegel, als sie in die Einfahrt zu ihrem Haus einbog. Obwohl sie ihren Wagen gleich in die Garage fuhr, befürchtete sie, er würde auf ihren Wagen auffahren, ehe sie aussteigen konnte.

Er stieg aus und versperrte ihr den Weg aus der dunklen Garage. Seine Beine hatte er leicht gespreizt, die Hände in die Hüften gestützt.

»Niemand redet so mit mir, Schwester«, begann er mit häßlich verzerrtem Gesicht.

»Das hätte ich auch nicht getan, wenn du mich nicht dazu getrieben hättest«, antwortete Cammie und weigerte sich, sich von ihm einschüchtern zu lassen. »Da wir aber nun schon einmal dabei sind, gibt es noch einige andere Dinge, die ich dir sagen möchte. Zunächst einmal gefällt es mir nicht, daß du hier herumschleichst und mich bespitzelst oder daß du mich verfolgst.«

»Das ist lächerlich. Ich kam zufällig am Fort vorbei ...«

»Sicher«, entgegnete sie schneidend. Er hatte den taktischen Fehler begangen, sich zu verteidigen, sie würde ihm nicht erlauben, sich davon wieder zu erholen. »Zum anderen hast du vielleicht geglaubt, es sei sehr schlau von dir, Keith zu ermuntern, mich mit Gewalt zu nehmen, damit die Scheidung nicht rechtskräftig wurde, aber dadurch wäre dein Bruder beinahe umgebracht worden. Aber das interessierte dich ja nicht. Du wolltest nur sichergehen, daß du dein Geld für die Fabrik bekamst. Geld, das ist das einzige, was du liebst, und Keith wußte das. Deshalb hatte er auch Angst davor, dir zu gestehen, daß er bis zum Hals in Spielschulden steckte. Deshalb war er so verzweifelt, daß er Geld aus der Fabrik unterschlagen hat, anstatt dich um Hilfe zu bitten.«

Alle Farbe wich aus Gordon Huttons Gesicht, schockiert und wie betäubt starrte er sie an. »Er hat was?«

»Unterschlagen hat er. Mindestens eine halbe Million. Und dir ist das nie aufgefallen, du hast nicht einmal geahnt, daß das Geld verschwunden war. Reid hat es entdeckt.«

Er schnappte nach Luft. »Das glaube ich nicht. Keith würde

so etwas nicht tun. Das Geld aus der Fabrik zu unterschlagen ist doch genauso, als würde er es aus der Tasche seines eigenen Bruders stehlen.«

»Aus Reids Tasche auch, falls du dich richtig erinnerst«, rief sie ihm ins Gedächtnis.

Er blinzelte, als müsse er erst verdauen, was er gehört hatte. »Deshalb war Sayers hinter ihm her ...«

»Wenn du den Tag meinst, an dem Keith verprügelt wurde, das war nicht Reid. Ich würde sagen, das war eine kleine Ermahnung der Leute, denen er das Geld schuldete.«

»Großer Gott!« Gordons Gesicht war so weiß wie eine Wand, er sank in sich zusammen. »Ich hätte ihm doch geholfen«, das Geld zusammenzubekommen, wenn er zu mir gekommen wäre. Warum sollte er ... die Huttons tun so etwas nicht. O Gott, es wird Mama umbringen, wenn sie das hört.«

Cammie fühlte einen Anflug von Gewissensbissen. Wie es schien, machte er sich doch etwas aus seinem Bruder. Und er besaß auch einen gewissen Stolz: auf seine Familie, die Fabrik und auf eine lange Tradition fairer Geschäftsabschlüsse. Nie hatte es einen Hinweis darauf gegeben, daß er oder sein Vater oder sein Großvater nicht ehrliche Männer gewesen wären. Zu wissen, daß sein Bruder sich nicht daran gehalten hatte, mußte ein Schlag für ihn sein.

Abrupt reckte er sich. »Wenn Keith wirklich das Geld genommen hat, dann war das deine Schuld, weil er es nicht ertragen konnte, daß du mehr Geld hattest als er.«

»Ich bin nicht schuld daran, daß er Probleme mit seinem Ego hatte.«

»Du hast ihm das Gefühl gegeben, nur ein halber Mann zu sein. Aber ich glaube dir das alles nicht, was du über meinen Bruder sagst. Du bist ein verlogenes Biest. Es genügt dir nicht, ihn dazu zu zwingen, sein Zuhause zu verlassen, ihn zu zerstören, jetzt mußt du auch noch seinen guten Namen ruinieren.«

Cammie ließ sich nicht so schnell einschüchtern. »Keith hat

es großartig geschafft, sich selbst zu ruinieren, ganz ohne meine Hilfe.«

Gordon hob eine Faust und schüttelte sie vor ihrem Gesicht. »Halt den Mund! Halt deinen verlogenen Mund. Wenn ich höre, daß du diese Geschichten weitererzählst, dann wird es dir so leid tun wie nichts zuvor. Du versuchst nur, den Verkauf der Fabrik zu verhindern, indem du behauptest, daß es finanzielle Schwierigkeiten gibt. Ich werde mir das nicht anhören. Hast du verstanden? Eher bringe ich dich um.«

»Sei sehr vorsichtig«, sagte sie gefährlich leise. »Der letzte Mann, der gedroht hat, mich umzubringen, hat nicht sehr lange gelebt.«

Sein Kopf fuhr hoch. »Du meinst ... Keith?«

Sie antwortete nicht, sah ihn nur unverwandt an.

Er machte einen Schritt zurück, dann stieß er einen leisen Fluch aus, wandte sich um und stieg in seinen Wagen. Er fuhr so schnell los, daß der Geruch nach verbranntem Gummi noch in der Luft lag, als er schon weg war. Sekunden später waren die Rücklichter seines Wagens in der Dunkelheit verschwunden, und man hörte kein Motorengeräusch mehr.

Cammie ließ den Atem entweichen, den sie insgeheim angehalten hatte. Sie wandte sich um und fuchtelte mit den Schlüsseln in der Hand herum, ihre Finger zitterten so sehr, daß sie den Haustürschlüssel nicht zu fassen bekam.

Ein Schatten bewegte sich neben der Hintertreppe. Sie erstarrte, ein leiser Schrei erstickte in ihrer Kehle.

»Ich bin es nur«, sagte Reid.

Etwas lag in seiner Stimme, eine Wachsamkeit, die sie zuvor noch nicht gehört hatte. Er lächelte nicht, sein Gesicht wirkte angespannt. Seine Brust hob und senkte sich, als sei er gelaufen. Sie hatte ihn doch erst vor so kurzer Zeit verlassen, er mußte durch den Wald nach Evergreen gelaufen sein, in dem Augenblick, als sie losgefahren war.

Als sie nicht antwortete, meinte er: »Ich habe den Wagen gesehen und Stimmen gehört, als ich meine übliche Patrouille machte. Ich dachte, du brauchtest vielleicht Hilfe, aber das war nicht so.«

Seine übliche Patrouille. Natürlich hatte sie das gewußt, auch wenn sie es vor sich selbst nicht zugegeben hatte. Doch diese Überlegung schob sie schnell beiseite, als ihr klar wurde, was er alles gehört haben mußte.

Was sie zu Gordon gesagt hatte, hatte wohl eher wie eine Drohung geklungen und nicht wie eine Warnung, wie sie es beabsichtigt hatte. Und Reid glaubte schon jetzt, daß sie vielleicht Keith umgebracht hatte. Wenigstens hatte er sie in diesem Glauben gelassen.

»Du irrst dich«, sagte sie. »Ich brauchte dich wirklich.«

»Warum?« fragte er und legte den Kopf schief. »Möchtest du vielleicht, daß ich ihn für dich umbringe? Ist das der Grund dafür, daß du mich in deiner Nähe behältst?«

Das war kein Angebot, aber es sollte auch kein Spaß sein. Er hatte sie wirklich fragen wollen, ob er Gordon Hutton umbringen sollte oder ob sie es lieber selbst tun wollte. Schon einmal hatte er ihr einen solchen Vorschlag gemacht, um sie zu einer Antwort zu provozieren, als Vergeltung dafür, daß sie ihn dazu gebracht hatte zuzugeben, daß er zu einer solchen Tat fähig war. Doch diesmal war er todernst, er glaubte wirklich, sie wollte, daß Gordon Hutton starb.

Cammie warf ihm einen Blick schmerzlicher Ungläubigkeit zu, dann wandte sie sich von ihm ab. Sie stolperte, als sie die Treppe hinauf und über die Veranda zur Tür lief. Nach drei vergeblichen Versuchen gelang es ihr endlich, den Schlüssel ins Schloß zu stecken. Sie stürmte ins Haus und schlug die schwere Tür hinter sich zu.

Sie hätte sich gar nicht zu beeilen brauchen, Reid war ihr nicht gefolgt. Als sie aus dem Fenster sah, konnte sie niemanden entdecken. Er war weg.

Es dauerte lange, bis Cammie in dieser Nacht einschlief. Bilder erstanden vor ihren geschlossenen Augen. Sie veränderten sich wie unter einem Kaleidoskop. Keith und Reid in der Dunkelheit am See, Reid mit dem kleinen Mädchen auf dem Familientreffen, der Schatten eines Mannes, der Evergreen beobachtete und der nicht Reid war, Wen in ihrem Boot auf dem See, Reverend Taggart, der über die Ehe sprach, Reid und Charles, die die Köpfe vor dem Computer zusammensteckten, Gordon und seine Mutter auf Keiths Beerdigung, Bud, der ihr Dummheit vorwarf, Tante Beck, die von Skandalen sprach, von alten und neuen, Gordon, wie er aus seinem Wagen stieg. Es schien, daß allen diesen Bildern ein bestimmtes Muster zugrunde lag, Antworten, die sie brauchte, aber die sie nicht erkennen konnte.

Sie fragte sich, als ihr Reids Worte noch einmal durch den Kopf gingen, ob ihn ihre Zweifel an seiner Unschuld wohl ebenso verletzten, wie seine Zweifel ihr weh taten. Ein eigenartiger Gedanke, denn das wäre wohl nur möglich, wenn er wirklich unschuldig war. Aber wenn er an ihre Schuld glaubte, war das denn nicht der Beweis dafür, daß er unschuldig war? Er konnte sie nicht eines Verbrechens verdächtigen, das er selbst verübt hatte. Ach, wenn es doch nur möglich wäre, ihm zu vertrauen.

Soll ich ihn für dich umbringen?

Sie war sich der Bedeutung seiner Worte so sicher gewesen, als sie zusammen mit ihm an der Treppe gestanden hatte. Doch jetzt, in den dunklen Stunden der Nacht, kamen ihre Zweifel zurück. Es war möglich, daß sie ihn mißverstanden hatte, daß seine Worte dennoch ein Angebot gewesen waren. War das nicht die Art, wie er sich ihr gegenüber von Anfang an gegeben hatte: unnachgiebig, selbstlos und immer zu entsprechenden Diensten bereit?

Als sie früh am nächsten Morgen aufstand, lagen dunkle Schatten unter ihren Augen, und Kopfschmerzen bohrten hinter ihrer Stirn. Der Gedanke, zu Hause zu bleiben, nichts anderes zu tun zu haben, als nachzudenken, hier zu sitzen, wo man sie finden könnte, um sich zu beklagen oder sie anzuklagen, war unerträglich.

Cammie entschloß sich, daß es an der Zeit war, ihrem Tagesablauf wieder eine gewisse Regelmäßigkeit zu geben. Sie hatte den Antiquitätenladen sträflich vernachlässigt. Es war unfair, Wen so lange allein arbeiten zu lassen. Sie holte einen weiten Rock aus grasgrünem Twill aus ihrem Schrank, dazu einen passenden Pullover, dann zog sie sich an.

Cammie verbrachte den Morgen im Laden, sie half mit, die neuesten Errungenschaften aus der Auflösung eines Herrenhauses auszupacken. Es war eine ganze Menge unnützer Kram dabei, rostige Silberplatten, Drucke aus Möbelgeschäften, in fleckigen, vergoldeten Rahmen, Kisten mit alten Büchern, aus denen bei jeder Berührung Silberfische herauskrochen, eine Sammlung Salz- und Pfefferstreuer in Form von Tieren aus dem Bauernhof. Aber es gab auch einige Rockingham- und Majolika-Töpferwaren, ein Limoges-Porzellanservice und Rosenholzmöbel aus den sechziger Jahren des vorigen Jahrhunderts, die noch immer ihre ursprüngliche Polsterung aus Seidenbrokat hatten.

Die schmutzige Arbeit und die Beschäftigung mit anderen Dingen, ganz zu schweigen von Wens bissigen Kommentaren darüber, was die Leute heutzutage alles aufhoben, besserte Cammies Laune zusehends. Sie fühlte sich schon wieder halbwegs normal, als es Zeit zum Mittagessen war.

Wen war in die Küche im hinteren Teil des Ladens gegangen, um die selbstgemachte Gemüsesuppe aufzuwärmen, Cammie blieb mit einer Kundin im Laden zurück. Sie packte gerade einen Britannia-Kerzenhalter ein, den die Kundin gekauft hatte, als die Türglocke läutete.

Die schlanke Gestalt und das dünne blonde Haar der Frau, die den Laden betrat, erkannte Cammie sofort. Keiths Freundin, Evie Prentice, lächelte ihr ein wenig angespannt zu, doch sie kam nicht näher. Sie ging statt dessen zu einer Gruppe alter Teddybären hinüber, nahm einen davon hoch, streichelte ihn sanft und hielt ihn gegen ihren hoch gewölbten Leib unter dem übergroßen T-Shirt. Als sie ihn zurücklegte, waren ihre Augen feucht.

Cammie bediente die Kundin weiter, und als sie die Tür hinter sich geschlossen hatte, ging sie langsam zu Evie hinüber. Sie sah die dunklen Schatten unter ihren Augen. »Wie geht es Ihnen, Evie?« fragte sie leise.

»Gut, ganz gut.« Evies Lächeln war eine Spur zu strahlend.

»Ich habe Sie auf der Beerdigung vermißt.«

Das Lächeln verschwand von dem Gesicht des Mädchens. »So etwas ist doch nur für die Familie. Ich kenne Ed, von dem Beerdigungsinstitut. Er hat mich reingelassen, nachdem die anderen alle gegangen waren. Ich habe mich von Keith verabschiedet, und das war ... die Hauptsache.«

»Und das Baby? Fühlen Sie sich gut?«

»Ja, aber ... ich habe Ihren Wagen vor der Tür gesehen, und Sie waren beim letzten Mal so nett zu mir. Da dachte ich ...«

Cammie legte für einen Augenblick ihre Hand auf die des Mädchens. »Also stimmt doch etwas nicht, ich dachte es mir schon. Vielleicht möchten Sie sich hinsetzen. Kommen Sie hier herüber, und dann erzählen Sie mir alles.«

In einer Ecke des Ladens stand eine bunt gemischte Gruppe alter Stühle um einen Kanonenofen mit einer verchromten Verzierung. Heute brannte kein Feuer in dem Ofen, aber in der Ecke war es ruhig, und niemand störte sie hier. Cammie deutete auf einen Schaukelstuhl, während sie sich in einen Lehnstuhl setzte.

»Ich denke, so ungefähr alles stimmt nicht«, meinte Evie, nachdem sie in dem Schaukelstuhl saß. Sie sah Cammie an, doch dann wandte sie schnell den Blick ab, und eine leichte Röte stieg in ihre blassen Wangen. »Ich will ja nicht schlecht über Keith reden, wirklich nicht. Ich habe ihn geliebt, und ich ... ich glaube, ich wäre gut gewesen für ihn. Aber er hat mich in einem ziemlichen Durcheinander zurückgelassen.«

»Wie soll ich das verstehen?« Cammie versuchte, so ermutigend zu klingen, wie es ihr nur möglich war.

»Nun, er hat die Rechnungen für mein Wohnmobil bezahlt und auch für Strom und Wasser, er hat die Lebensmittel gekauft. Er wollte, daß ich meinen Job aufgab, also habe ich kein anderes Geld gehabt als das, was er mir gegeben hat. Mir hat das nicht gefallen, bei meinen anderen Freunden, die ich hatte, habe ich immer noch gearbeitet und war deshalb auch unabhängig, verstehen Sie? Es waren nicht sehr viele Freunde, die ich hatte, nur einer oder zwei. Aber Keiths Scheidung stand vor der Tür, und ihm schien es wichtig zu sein, mich unterstützen zu können. Wenigstens bis in der letzten Zeit. Nun, er kam mit den Zahlungen für das Wohnmobil in Rückstand, und ich mußte ihn immer wieder daran erinnern, wenn wir nichts mehr zu essen hatten. Ich hatte zwar ein wenig Geld gespart, aber es ... es hat nicht lange ausgereicht. Und jetzt, wo er nicht mehr da ist, habe ich kein Geld mehr. Und niemand gibt mir jetzt noch einen Job, nicht so, wie ich aussehe, und erst recht nicht in dieser Stadt.«

»Das kann ich mir vorstellen.« Die Bitterkeit aus den Worten des Mädchens hatte Cammie verraten, daß sie es in der letzten Zeit sicher nicht leicht gehabt hatte, als sie versucht hatte, sich einen Job zu suchen.

»Ich hasse den Gedanken, zum Sozialamt gehen zu müssen, obwohl ich glaube, daß ich darauf genauso einen Anspruch habe wie alle anderen auch. Ich habe mich schon darum gekümmert, im Medizinischen Zentrum in Shreveport zu entbinden, weil es da nichts kostet. Aber ich möchte wirklich weg aus Greenley, weg von allem, was hier geschehen ist. Aber so wie die Dinge stehen, habe ich wohl keine großen Chancen.«

Hinter Evies Platz öffnete sich die Tür, und Wen steckte den Kopf heraus. Als sie sah, mit wem Cammie sprach, riß sie überrascht die Augen auf. Cammie schüttelte beinahe unmerklich den Kopf, und Wen rollte mit den Augen. Sie zog sich wieder zurück, ließ aber die Tür einen Spalt weit offen.

Evie Prentice, die von all dem nichts gemerkt hatte, starrte auf ihre Hände, die auf ihrem Leib lagen. »Ich wollte Sie nicht noch einmal belästigen, aber ich wußte nicht, mit wem ich sonst hätte reden können. Meine letzte Hoffnung war Reverend Taggart. Ich dachte, es gäbe vielleicht Kirchenmittel ...« Sie hielt inne, als müsse sie sich fangen, dann sprach sie mit zitternder Stimme weiter. »Man sollte glauben, ein Priester würde Bescheid wissen über die Vergebung der Sünden und christliche Nächstenliebe, nicht wahr? Aber er hatte gar nichts für mich, nur eine Predigt. Er meinte, ich hätte mein Bett gemacht, und ich könnte darin liegen mit all denen, die bereit wären, dafür zu bezahlen. Das einzige, was ich noch mehr hasse als Sozialhilfe, ist ein Heuchler.«

Schmerz und Verzweiflung lag in der Stimme des Mädchens. In ihrem Bemühen, ihr zu helfen und ihr die Scham zu ersparen, um Geld bitten zu müssen, fragte Cammie: »Sagen Sie mir, wieviel Sie brauchen.«

Evie sah sie zweifelnd und doch voller Hoffnung an, Tränen glänzten in ihren hellen, blauen Augen. »Ich könnte kein Geld von Ihnen nehmen, ehrlich nicht. Aber Keith hat gesagt ... er hat mir versprochen, daß er für mich und das Baby sorgen würde, ganz gleich, was auch geschieht. Ich weiß, es ist verrückt, Sie danach zu fragen, aber ich dachte, Sie wüßten vielleicht etwas von einem Bankkonto oder sonst etwas, das er für uns eingerichtet hat.«

So etwas gab es nicht, das wußte Cammie mit absoluter Sicherheit. Das einzige, was Keith auf der Bank hinterlassen hatte, war ein überzogenes Konto. »Ich bin nicht sicher, in welcher Weise er vorgesorgt hat«, meinte sie. »Aber ich kann mich gern einmal darum kümmern.«

»Würden Sie das tun? Wirklich?« Jetzt flossen Evies Tränen doch noch, sie liefen ihr über die Wangen. »Ich habe mich so geschämt, mit meinen Problemen zu Ihnen zu kommen, weil ich ja mit Keith ... nun ja, ich dachte ...«

»Ist schon gut«, beruhigte Cammie sie. »Ich werde mich um die finanzielle Situation kümmern und rufe Sie dann an, in ein oder zwei Tagen. Einverstanden?«

»Ich kann Ihnen nicht genug danken. Ich ... ich habe Keith

geliebt, und ich war wütend, als er mir erklärte, daß er zu Ihnen zurückgehen wollte. Aber ich habe ihm deshalb nie einen Vorwurf gemacht, wirklich nicht. Jetzt verstehe ich, worauf er es abgesehen hatte.«

»Das glaube ich kaum«, wehrte Cammie ab. »Wenn es Sie irgendwie beruhigt, dann würde ich eher sagen, sein plötzlicher Sinneswandel hatte mit Geld zu tun.«

Evie sah Cammie zweifelnd an, dann wurde ihr Blick nachdenklich, und schließlich überkam sie Verzweiflung. »Nein ...«, brachte sie erstickt hervor. »Ich glaube nicht, daß es ... daß es mich beruhigt, meine ich.«

Cammie brachte Keiths Freundin zur Tür. Als Evie wegfuhr, kam Wen aus der Küche und stellte sich neben sie.

»Also wirst du Geld lockermachen, um Keiths Schätzchen zu helfen.«

»Sie war mehr als nur das«, antwortete Cammie abwesend.

»Ja, sie war die andere Frau, die, mit der er sich zusammengetan hat, die er dazu benutzen wollte, dich lächerlich zu machen, sobald er das hatte, was er wollte.«

»Vielleicht.«

»Also, tust du das, weil sie dir leid tut oder weil du sie dir vom Hals schaffen willst?«

»Vielleicht bin ich ihr ja auch dankbar, weil sie mich von Keith befreit hat.«

»Oh, sicher.«

»Es könnte schon möglich sein«, protestierte Cammie.

»Ja, und vielleicht bist du ja ein weichherziger Idiot.«

»Ein Idiot mit einem weichen Gehirn, meinst du doch sicher.«

»Das auch.« Wen fluchte leise. »Cammie, mein Schatz, du kannst nicht die ganze Welt verbessern.«

»Doch, das kann ich«, antwortete sie und hob trotzig das Kinn. »Wenigstens meinen Teil der Welt.«

19. Kapitel

Ich brauchte dich wirklich.

Diese Worte machten Reid verrückt.

Beinahe genauso beunruhigend war die Antwort, die er ihr darauf gegeben hatte.

Diese beiden Sätze waren ihm die ganze Nacht lang nicht aus dem Kopf gegangen, und auch am Morgen dachte er noch darüber nach, genauso wie über die Konfrontation zwischen Cammie und Gordon Hutton, deren Zeuge er gewesen war. Er hatte nicht geschlafen, allein bei dem Gedanken, etwas zu essen, wurde ihm schlecht. Schon vor langer Zeit hatte er gelernt, daß Schlaf und Essen Bedürfnisse waren, die man nicht beiseite schieben durfte, wenn man überleben wollte. Nichts, nicht einmal die Explosion auf dem Golan, wie er sie in Gedanken nannte, hatte seine Abwehr so weit geschwächt, daß er diese grundlegenden Dinge vergessen hatte. Bis jetzt.

Er drohte seine sorgsam aufrechterhaltene Gefühllosigkeit zu verlieren. Stück für Stück wurde sie ihm entrissen, sie ließ seine Nerven und Gefühle so offen zutage treten wie Würmer unter einer dicken Schicht von Mulch. Sosehr er es auch versuchte, er fand keinen Schutz davor, es gab kein Entrinnen vor dem unbarmherzigen Schmerz.

Auf dem Golan hatte es begonnen, natürlich, das konnte er nicht abstreiten. Aber es war Cammies Nähe, die ihn so sehr verwundbar machte.

Das Fort schien ihm wie ein Gefängnis, und Lizbeths Augen, die ihm überallhin folgten, schienen viel zuviel zu wissen.

Sie hatte ihn schon immer viel besser verstanden als die meisten anderen Menschen. Sie hatte einen Mann und eine eigene Familie und eine Farm im Norden der Stadt, aber in seiner Erinnerung an seine Kindheit war sie immer im Haus gewesen.

Er erinnerte sich noch an einen heißen Sommer, als er vielleicht vier oder fünf Jahre alt gewesen war und neben ihr in der Küche gestanden hatte, wo sie auch jetzt gerade waren, und ihr zugesehen hatte, wie sie ein Glas Wasser trank. Die Innenseite ihres Mundes, so hatte er damals festgestellt, war genauso rosig wie die seine. Danach hatte er immer gewußt, daß sie genauso war wie er unter ihrer sanften braunen Haut.

Sie war gerade dabei, grüne Zwiebeln zu schneiden, für einen Eintopf. Jetzt wandte sie ihm den Kopf zu und sah ihn fragend an. »Was ist los, Mr. Reid? Ist Ihnen eine Laus über die Leber gelaufen?«

»Das könnte man sagen«, antwortete er, stützte den Ellbogen auf den Tisch und legte den Kopf in die Hand. Er blickte in seine Kaffeetasse, die er mit der anderen Hand langsam schwenkte. »Sag mir, Lizbeth, was muß man tun, um einer Frau zu gefallen?«

Sie legte den Kopf schief und sah ihn unter zusammengezogenen Augenbrauen an. »Nun, das wissen Sie doch genauso gut wie ich.«

»Ich meine es ernst«, protestierte er. »Und ich rede nicht von Sex oder Geld oder Muskeln und solchen Dingen.«

»Sprechen wir vielleicht zufällig von einer ganz bestimmten Frau in dieser Stadt oder nur von Frauen im allgemeinen?«

Er sah sie nur an, ohne zu antworten.

»Das dachte ich mir.« Sie nickte verstehend. »In diesem Fall würde ich sagen, Sie können nicht mehr tun, als sie zu lieben. Sie wird sich entweder eines Besseren besinnen oder aber nicht.«

»Ich hatte so das Gefühl, als ob du genau das sagen würdest.«

»Warum haben Sie mich dann gefragt? Mir scheint, Sie sollten sich ein wenig ablenken, vielleicht fischen gehen.«

»Und dir aus dem Weg bleiben?«

Sie schüttelte den Kopf, dann kehrte sie ihm wieder den Rücken zu und machte sich an ihre Arbeit. »Das wissen Sie doch besser.«

»Vielleicht«, antwortete er ihr mit einem Anflug von Humor. Er hielt einen Augenblick inne und dachte über ihren Vorschlag nach, dann fragte er: »Ist Ty noch immer auf Urlaub zu Hause?«

»Er hat noch eine Woche, ehe er wieder zur Air Force zurück muß«, sagte sie, nahm die grünen Zwiebeln und schüttete sie zu der brutzelnden Butter in die Pfanne. Über ihre Schulter warf sie ihm einen Blick zu. »Soll ich ihn anrufen?«

»Sag ihm, er soll sich mit mir am See treffen«, antwortete er und lächelte sie dankbar an, weil sie ihn verstand.

Er und Ty hatten viele Gemeinsamkeiten. Sie waren gleich alt, und sie hatten zusammen gespielt, seit der Zeit, als Lizbeth ihn mitbrachte, wenn sie im Sommer zur Arbeit kam. Zusammen waren sie durch das Wildreservat gestreift, zwei Jungen, die so taten, als seien sie mächtige Jäger, Höhlenmenschen oder Soldaten. Sie waren in die gleiche Schule gegangen, in den ersten Tagen der örtlichen Rassenzusammenführung, und sie hatten auch beide in Greenleys erstem gemischten Footballteam zusammen gespielt. Ty hatte als Halfback gespielt und hatte es sich zur Aufgabe gemacht, Reid, der als Quarterback spielte, in gefährlichen Spielsituationen zu schützen. Reid erkannte das nicht nur an, er zollte seinem Halfback auch volle Anerkennung in den meisten wichtigen Spielen.

Ty war nach der Schule in die Air Force eingetreten und Hubschrauberpilot geworden. Er hatte sich hochgearbeitet bis zum Oberst, und er war noch nicht am Ende seiner Laufbahn angekommen. Während der letzten Jahre hatten er und Reid sich an den verschiedensten Orten in der Welt getroffen, um zusammen einen Drink zu nehmen und die letzten Neuigkeiten von zu Hause auszutauschen. Das letzte Mal hatten sie sich vor zwei Jahren in Kalifornien getroffen. Reid hatte die Absicht gehabt, sich mit Ty zu treffen, solange er noch in der Stadt war, aber diesmal war er zu sehr mit anderen Dingen beschäftigt gewesen.

Der Tag war perfekt zum Fischen, es war ungefähr zwanzig Grad warm, windstill, die Sonne kam immer wieder durch die schmutziggrauen Wolken hervor. Reid und Ty schoben das Fiberglasboot ins Wasser und fuhren dann durch den Kanal zum See. Nach ein paar Minuten erreichten sie den langen, baumbestandenen Seitenarm des Sees, weit weg von jeglichem Verkehr.

Sie benutzten Köder, die auf dem Wasser schwammen, und warfen gekonnt die Angeln aus, holten sie mit knappen Bewegungen wieder ein, ohne Hast und Eile. Beiden war es gleichgültig, ob sie etwas fingen oder nicht. Es genügte, langsam über das braune Wasser zu gleiten, in dem der Himmel sich blau spiegelte, ab und zu den Motor anzuwerfen, um dorthin zu gelangen, wohin die Angelleinen nicht reichten.

Sie fanden Barsche, große Monster, die zwischen vier und acht Pfund wogen. Sie fingen so viele sie konnten und legten sie dann auf Eis. Danach waren sie vorsichtig mit ihren Ködern, denn sie wußten, sie mußten die Fische, die sie jetzt noch fingen, wieder in die Freiheit entlassen.

Reid fühlte, wie die Anspannung ganz langsam aus seinem Körper wich. Schon so lange hatte er mit dieser Anspannung gelebt, daß er jetzt ein unangenehm prickelndes Gefühl verspürte.

Als der Tag heißer wurde, tranken sie beide ein Bier oder auch zwei. Dabei unterhielten sie sich zusammenhanglos, schimpften über Politiker und die Politik, analysierten die letzte Spielsaison der Saints und der Cowboys und verweilten flüchtig beim letzten Aufruhr im Pentagon. Es war die Art der alles umfassenden, unpersönlichen Unterhaltung, wie sie die meisten Männer pflegten. Als es nichts mehr zu sagen gab, schwiegen sie.

Nach einer langen Weile betrachtete Reid eine blaugrüne Libelle, die sich auf der Spitze seiner Angel niedergelassen hatte. »Hast du je daran gedacht zu heiraten, Ty?« fragte er plötzlich.

Der andere Mann grinste und legte den Kopf zurück. »Ab und zu. Richtige Zeit, falsche Frau. Richtige Frau, falsche Zeit. Denkst du etwa daran?«

»Flüchtig«, gab er zu.

»Wie man hört, bist du oft mit Cammie Greenley zusammen.«

Es war eine Feststellung, auf die Reid antworten konnte oder auch nicht.

»Hutton«, korrigierte Reid ihn ausdruckslos. »Cammie Hutton.«

»Richtig. Du hattest schon immer etwas übrig für sie, nicht wahr? Ich erinnere mich noch, einmal nach einem Footballspiel, als ein paar Jungen einen Kerl ausfragten, der mit ihr ausgegangen war. Sie wollten von ihm wissen, wie weit er bei ihr gekommen war. Einer der Jungen stellte ein paar ziemlich schmutzige Fragen, und du hast ihn auseinandergenommen.«

Reid zuckte mit den Schultern und vermied es, Ty anzusehen. »Mir schien es damals nötig zu sein.«

»Aha. Und wenn ich mich richtig erinnere, sind wir so oft durch das Wildreservat um das Greenley-Haus geschlichen, daß wir einen Trampelpfad hinterlassen haben, so breit wie ein Highway.«

Reid warf ihm einen schnellen Blick zu. »Ich habe das Gefühl, du erinnerst dich viel zu gut.«

»Ja, zum Beispiel, als damals die Feldmaus ins Haus kam und alle Mädchen schreiend auf Stühlen und Tischen standen. Du hast die kleine Maus mit bloßen Händen gefangen, ganz der große Macho, und sie hat dich fürchterlich gebissen.

Aber als Cammie Greenley dich bat, sie nicht zu töten, hast du sie rausgetragen und sie hinter dem Baseballfeld freigelassen. Dann bist du herumstolziert mit einem schrecklich blödsinnigen Ausdruck im Gesicht, nur weil sie gesagt hatte, du wärst ein netter Kerl. Ja, Mann, daran erinnere ich mich auch noch.«

Ty neckte ihn, doch Reid machte das nichts aus. Er ließ die Erinnerung, die der andere heraufbeschworen hatte, hell und süß wieder in sich aufsteigen. Dann fühlte er plötzlich, wie eine eisige Hand nach seinem Herzen griff.

Cammie konnte auf keinen Fall jemanden umgebracht haben. Trotz ihres Mutes, ihrer Prahlerei, besaß sie nicht den harten inneren Kern, der dazu nötig war.

Ihre Drohung gegen Keiths Bruder gestern abend war eine leere Drohung gewesen, wenn überhaupt. Gerade er sollte Cammies Fähigkeit verstehen, die Menschen zurückzustoßen, sie mit einer Salve scharfer Worte zu verletzen.

Es gab nur eine mögliche Art, wie sie den Tod eines anderen Menschen hätte verursachen können: Wenn man ihr keine andere Wahl gelassen hätte.

Diese schlichte Wahrheit hatte Reid auch schon vorher gewußt. Wie hatte er sie nur vergessen können?

Die Antwort darauf war, er hatte sie nicht vergessen. Er hatte sie ganz einfach nur ignoriert.

Er hatte sie ignoriert, weil er ein Idiot war. Er hatte gehört und gesehen, wie sie Gordon Hutton in die Flucht geschlagen hatte, und er war beleidigt gewesen, weil er geglaubt hatte, daß sie seinen Schutz nicht länger brauchte.

Er wollte, daß Cammie ihn brauchte, denn nur das konnte er als Entschuldigung dafür gelten lassen, sie festzuhalten. Er wollte sie festhalten, verzweifelt sehnte er sich danach.

Ich brauchte dich wirklich.

Ihre Worte waren ihm nicht aus dem Gedächtnis gegangen, denn sie hatten ihn ahnen lassen, daß es noch weit mehr war als nur ein starker Arm und ein warmer Körper, was sie brauchte. Es war ihm beinahe entgangen, weil er sich so sehr auf seine eigenen Bedürfnisse konzentriert hatte.

Beinahe.

Und wenn er sich nun irrte? Wenn ihre Worte nun wirklich nichts anderes zu bedeuten hatten, wenn er die Bedeutung nur selbst hineingelegt hatte und seine eigene Hoffnung?

Er liebte Cammie; seit Jahren schon liebte er sie. Es schien ihm, daß es nie eine Zeit gegeben hatte, in der er sie nicht geliebt hatte.

Und es war auch nie die richtige Zeit gewesen, es ihr zu sagen. Vielleicht war jetzt der Zeitpunkt dafür gekommen.

Er hatte es einmal versucht, und er hatte versagt. Und dieses Versagen hatte es ihm jahrelang unmöglich gemacht, sie zu sehen.

Was, wenn er es nun genauso unmöglich machte, die körperliche Beziehung fortzusetzen, die sie verband? Es bereitete ihm ein beinahe unerträgliches Vergnügen, ihre nackte Haut zu berühren, ihr Gesicht zu sehen, wenn sie die Erlösung fand, die er ihr schenkte. Es war eine alles übersteigende Herrlichkeit, in den Tiefen ihres Körpers seine eigene Vergänglichkeit zu fühlen. Würde er es ertragen können, wenn ihm all das genommen wurde?

Was, wenn er es unmöglich machte, sie je wiederzusehen?

Es war ein Risiko, das er eingehen mußte. Er war schon zuvor in seinem Leben größere Risiken eingegangen, und er hatte gewonnen.

Aber er hatte auch verloren. Und wenigstens einmal hatte er Liebe verloren, auch wenn es eine andere, sanftere Art der Liebe gewesen war. Und war nicht er es gewesen, der den Preis dafür bezahlt hatte? Konnte er dieses Risiko noch einmal eingehen? Würde er es ertragen und trotzdem weiterleben können?

Was gab es denn sonst noch? Nach all dieser Zeit?

Es war später Nachmittag, als Reid sich von Ty verabschiedete, seinen Anteil an dem Fisch säuberte, duschte und dann alles zusammensuchte, was er brauchte. Er hoffte, Lizbeth würde nicht allzu sehr darüber schimpfen, daß er ihre Küche in Unordnung gebracht hatte, dann machte er sich auf den Weg nach Evergreen.

Cammie war nicht zu Hause, aber das war kein großes Problem für ihn. Mit den Werkzeugen, die er bei sich hatte, gelangte er ins Haus, dann ging er gleich in die Küche.

Er konnte es kaum erwarten, ihr Gesicht zu sehen, wenn sie ihn hier fand. Die Friteuse, die er mitgebracht hatte, stellte er auf die Anrichte, steckte den Stecker ein und griff dann nach der Flasche mit dem Erdnußöl, um es hineinzuschütten. Voller Ungeduld malte er sich aus, was sie wohl sagen würde. Es war gut möglich, daß sie ihm gehörig die Meinung sagen würde. Aber das war ihm gleich, er würde hinnehmen, was sie austeilen würde.

Es hatte eine Zeit gegeben, da war er nicht dazu fähig gewesen. Doch damals hatte er Cammie noch nicht so gut gekannt. Und auch sich selbst nicht.

Es wäre eine Erleichterung, sich nicht länger verstecken zu müssen, endlich ... wie war doch gleich die Phrase, die die Schriftsteller in Spionagegeschichten benutzten? Aus der Kälte kommen? Reid hatte nie gehört, daß jemand diesen Satz je benutzt hatte, in den ganzen Jahren seiner Zugehörigkeit zur Firma nicht. Doch es war eine sehr bildhafte Redensart. Allein zu sein, war eine kalte und einsame Sache.

Immer wenn er an Cammie gedacht hatte, hatte es ihm ein angenehm warmes Gefühl gegeben, selbst, als er gewußt hatte, daß sie mit einem anderen Mann verheiratet war. Das mußte er zugeben.

Sie in seinen Armen zu halten, nachdem sie einander geliebt hatten, oder nur sie an sich zu fühlen – mit einer Leidenschaft, die eher geistig war, doch ohne Lust –, hatte einen verborgenen Winkel in seinem Inneren erwärmt, der schon seit Jahren zu Eis erstarrt gewesen war. Er liebte es auch, ruhig neben ihr zu sitzen, zu lesen oder fernzusehen.

Er liebte es, ihr zuzusehen, wenn sie sich über etwas freute, so wie es in New York gewesen war. Vielleicht konnten sie zusammen reisen. Es wäre ein großartiger Zeitvertreib für die Winterabende, Reisen zu planen, Ziele auszusuchen und darüber zu streiten, welche Sehenswürdigkeiten sie sich ansehen sollten, nur wegen der Freude, sich dann wieder zu versöhnen. Er wußte genau, wieviel – oder wie wenig – nötig war, damit er zustimmte, mit ihr überall dorthin zu fahren, wohin sie wollte.

Das Erdnußöl wurde langsam heiß. Er wickelte die Barschfilets aus und wusch sie unter kaltem Wasser ab, ehe er sie zum Abtropfen auf Küchenpapier legte. Dann gab er einige Tassen Maismehl in eine Schüssel und suchte in Cammies Schränken nach Pfeffer und Salz. Er hoffte, daß seine Art den Fisch zu würzen Cammie schmeckte, denn er kannte nur diese eine Art.

Er stellte fest, daß Persephone heute hiergewesen war. Sie hatte das Essen für Cammie in den Kühlschrank gestellt, Schweinekotelett und frisches Senfgemüse. Vielleicht konnte er das Gemüse aufwärmen, damit sie es zu dem Fisch essen konnten, das wäre lecker. Zum Nachtisch war noch ein Kokoskuchen da. Persephone gehörte wirklich zu einer aussterbenden Rasse, genau wie Lizbeth. Sie beide würden schon sehr bald in Pension gehen, und es war unmöglich, sie zu ersetzen.

Cammie und ich werden uns später darum kümmern, überlegte er, wenn es an der Zeit ist. Es machte ihm nichts aus, das Haus zu putzen, und er kochte gern. Nun ja, wenigstens einige Dinge kochte er gern, er war kein Experte auf diesem Gebiet.

Wo würden sie beide leben? Es war ihm egal. Jedes der beiden Häuser würde ein großartiges Museum abgeben, wenn die Stadt diese Schenkung annehmen würde. Oder sie konnten das eine Haus für ihre Kinder behalten.

Ein Lächeln spielte um seine Mundwinkel. Er ließ seinen

Gedanken vielleicht ein wenig zu freien Lauf, aber es machte auf alle Fälle Spaß.

Das Öl war kochendheiß, gerade richtig. Der Fisch war vielleicht noch ein wenig zu naß, denn das Öl zischte und spritzte wie das Sperrfeuer eines Artilleriebataillons, als er den Fisch in die Friteuse legte.

Was jetzt? Kartoffeln schälen. Persephone war eine gute Köchin, ihre Messer waren sehr scharf, mit kleinen Schälmessern konnte sie nichts anfangen und auch nichts mit schlechten Klingen.

Erwarte ich vielleicht zuviel von Cammie, fragte er sich, weil ich einfach so hierhergekommen bin? Es war nicht fair, einen einzelnen Menschen für sein ganzes Glück verantwortlich zu machen. Natürlich hatte sie keine Ahnung, wieviel sie ihm bedeutete, wieviel Macht sie über ihn hatte.

Sie würde es verstehen, wenn er ihr sagte, was er für sie fühlte. Teufel, so wie er Cammie kannte, zweifelte er nicht daran.

Würde er es ertragen können, wenn sie sich anhörte, was er zu sagen hatte, und dann seine Worte gegen ihn benutzte? Vielleicht. Was er nicht ertragen könnte, wäre, wenn sie ihn anhörte und ihm dann lediglich aus selbstlosem Mitleid heraus gab, was er haben wollte. Er nahm an, daß dies im Bereich des Möglichen lag.

Er hörte nicht, wie hinter ihm die Tür geöffnet wurde. Das erste, was er fühlte, war ein Schwall kühler Luft in seinem Nacken und der Hauch einer Berührung an seinem Rücken. Es war so wenig, und doch war es genug.

Instinkte, die er zum ersten Mal in langen Jahren unterdrückt hatte, während er sich auf seine Arbeit und seine Pläne konzentriert hatte, erwachten im Bruchteil einer Sekunde wieder zum Leben. Sie hatten nur einen einzigen, in langem Training erlernten Zweck.

Das Messer drehte sich in seiner Hand, als er herumwirbelte. Die scharfe Kante nach oben, die Spitze nach vorn, stieß er es mit aller Kraft in den weichen Körper des Menschen, der ihn bedrohte. Perfekt abgestimmt, blitzschnell in der Ausführung, gab es für den anderen keine Möglichkeit, sich zu verteidigen.

Ein Hauch von Gardenienparfüm, vermischt mit dem Geruch nach Fisch und heißem Erdnußöl, stieg ihm in die Nase. Eine vertraute, absolut notwendige Anwesenheit, die er mehr fühlte als sah.

Eine Warnung zuckte ihm durch den Kopf wie ein glühendheißer Schmerz. Verstand und Instinkt kollidierten, Muskeln verkrampften sich, Sehnen protestierten. Sein ganzer Körper versteifte sich unter den gegensätzlichen Kräften. Der Schrei, der aus seiner Kehle kam, mischte sich mit dem leisen, weiblichen Aufschrei voller Schrecken und Bedauern.

Zu spät. Krank bis in seine Seele sank Reid in sich zusammen und fühlte, wie der scharfe Stahl durch die Kleidung drang und dann in das warme, nachgiebige Fleisch.

Cammie.

Sie wirbelte von ihm weg und fiel, halb durch seinen Stoß, halb durch ihre Reaktion auf die Gefahr. Ihre Augen waren weit aufgerissen und vor Schmerz ganz dunkel. Das Blut, das sich sofort auf ihrer Kleidung ausbreitete, hinterließ auf ihrem zartgrünen Pullover einen hellroten Fleck.

Er reagierte blitzschnell, noch ehe sie fallen konnte, fing er sie auf. Das Messer warf er in einem großen Bogen gegen die Wand und zog sie dann in seine Arme. Eine rauhe Stimme murmelte unverständliche Worte, seine eigene, stellte er fest, obwohl er selbst nicht verstehen konnte, was er sagte.

»Nicht ... deine Schuld«, flüsterte sie an seiner Brust. Er fühlte ihren heißen Atem durch sein Hemd, und er begann zu zittern. Dann schloß sie die Augen, und er hörte auf zu leben.

Er war zwar anwesend, aber er wußte nicht, was danach geschah. Er zog den Stecker der Friteuse aus der Steckdose und trug Cammie dann in seinen Jeep. Die Schwester in der Notaufnahme des Krankenhauses schrie er an, weil sie zu langsam war, weil sie Cammie weh tat, als sie sie auszog, weil sie wartete, bis sie die Wunde freigelegt hatte, ehe sie nach einem Arzt schickte. Er weigerte sich, Cammie loszulassen, während der Arzt die Wunde untersuchte und sie dann nähte. Er hörte kaum, daß man ihm sagte, es seien keine lebenswichtigen Organe verletzt, die Wunde sei sauber – er hörte nur, daß die Messerklinge nur den Bruchteil eines Zentimeters an der Hauptschlagader des Körpers vorbeigegangen war.

Er hatte das gewußt, der Himmel helfe ihm, das war ja sein Ziel gewesen.

Zu der Zeit war Cammie wieder wach, sie versuchte, ihn zu entschuldigen, während er erklärte, was geschehen war. Sie hatte keine schmerzstillenden Medikamente haben wollen. Sie hatte versucht, sich dagegen zu wehren. Er hatte der Schwester die Spritze aus der Hand gerissen und hatte sie selbst in ihren weichen Körper gestoßen.

Er fuhr sie nach Hause. Auf der Fahrt preßte er die Lippen zusammen, um ihr nicht all die Dinge zu sagen, die er ihr so sehnlich hatte sagen wollen. Und er beobachtete sie, prägte sich das Bild ihres kreidebleichen Gesichtes ein, hielt die Erinnerung daran in seinem Inneren und in seinem Herzen, wo sie nie wieder ausgelöscht werden würde. Für alle Ewigkeit.

Sie wollte nicht, daß jemand bei ihr blieb. Er war alles, was sie brauchte, hatte sie ihm versichert. Dennoch rief er ihre Tante Sara an.

Sie schimpfte ihn aus und erklärte, er sei ein Tyrann. Er antwortete ihr nicht. Sie hatte recht.

Das Schmerzmittel wirkte schließlich, dennoch zuckte Cammie im Schlaf zusammen, als sie versuchte, sich zu bewegen. Erst jetzt kam er in ihre Nähe, er kniete neben dem Bett, zog ihre Hand an seine Lippen und sah, wie sich ihre Brust unter dem Verband hob und senkte. Er zählte den Pulsschlag unter seinen Fingern, berührte leicht ihr weiches, goldbraunes, seidiges Haar. Mit den Fingerknöcheln strich er über ihre Wange und sah, wie die Schatten ihrer Wimpern sich mit den tiefen Schatten unter ihren Augen mischten.

Bis ihre Tante kam. Reid ließ sich von der geschäftigen, verängstigten alten Glucke aus dem Zimmer treiben. Er war ihr sogar dankbar, weil sie ihn davon abhielt, etwas Dummes zu tun, zum Beispiel, Cammie einen Abschiedskuß zu geben.

Sein Jeep stand vor dem Haus, doch er vergaß ihn. Er verließ das Haus durch die Hintertür und wandte sich automatisch dem Wald zu.

Die Dunkelheit, die ihn aufnahm, war irgendwie tröstlich. Er blieb nicht stehen, er ging zwischen den Bäumen hindurch, überquerte Bäche, scheuchte wilde Tiere auf, die sich im Dickicht versteckt hatten, und stürmte tiefer und tiefer in die kühle, alles überdeckende Dunkelheit.

Schließlich hielt er erschöpft an. Jeder Atemzug schmerzte in seinen Lungen, die keuchenden, mühsamen Atemzüge dröhnten in seinen Ohren. Sein Herz schlug heftig in seiner Brust, Schweiß drang aus jeder Pore. Seine Schritte waren nicht mehr sicher, seine Knie gaben nach.

Er stolperte. Mit beiden Händen versuchte er sich zu halten und griff nach einer Ranke des Sägedornstrauches. Der Schmerz in seiner Hand drang durch den Nebel in seinem Gehirn.

Er sank zu Boden, als sei er es gewesen, den das Messer getroffen hatte. Es hatte keinen Zweck, noch weiterzugehen, er konnte nicht vor dem Schrecken davonlaufen, genausowenig, wie er ihn vergessen konnte.

Seine Brust schmerzte, als würde sein Herz sich auflösen in dem brennenden Strom ungeweinter Tränen. Er würde sie nicht rinnen lassen, dafür war es zu spät. Er würde sie in seiner Brust verschließen, genauso wie all seine Pläne, all seine liebevollen Träume.

Es war sein Fehler gewesen, das wußte er nur zu gut.

Er hätte nie versuchen dürfen, einem Menschen so nahezukommen, hätte nie daran denken dürfen, mehr zu wollen, als man ihm gewährt hatte.

Töten, verletzen, das war alles, was er konnte. Vielleicht war er wirklich zu nichts anderem nütze.

Das, was er sich am meisten gewünscht hatte, war, Cammie zu lieben und sie zu beschützen. Doch die beste Art, das zu bewerkstelligen, war, sich von ihr fernzuhalten, weit weg von ihr zu bleiben.

Diesmal würde er es schaffen, und wenn es ihn umbrachte.

Und das lag durchaus im Bereich des Möglichen.

20. Kapitel

Im Schlafzimmer war es dämmrig, als Cammie die Augen öffnete. Lange lag sie ganz still und erlaubte es ihren Gedanken, ihren Körper einzuholen. Sie erinnerte sich daran, immer wieder aufgewacht zu sein, man hatte ihr Medizin gegeben, Tabletten, die sie mit Wasser hatte schlucken müssen. Ihre Tante Sara war dagewesen. Eigenartig.

Abrupt kam die Erinnerung zurück. Sie wandte den Kopf und erwartete, Reid neben sich sitzen zu sehen. Doch niemand war im Zimmer. Er war hiergewesen, das wußte sie, es schien, als fühle sie noch immer den Druck seiner Hand auf ihrer.

Doch das konnte nicht sein. Sie hatte die ganze Nacht geschlafen und auch den größten Teil des Tages. Als sie Reid zum letzten Mal gesehen hatte, war es draußen dunkel gewesen.

Langsam hob sie die Hand und legte sie auf den Verband auf ihrer Brust. Die Berührung schmerzte, doch war es kein Grund, einen solchen Aufruhr um sie zu machen. Ihr Rücken schmerzte vom Liegen.

Sie rollte auf die Seite und setzte sich auf. Die Wunde schmerzte ein wenig, doch nichts Dramatisches geschah. Sie stand auf und ging vorsichtig zum Fenster hinüber. Sie war zwar nicht sehr sicher auf den Beinen, aber das schien eher die Wirkung des Schmerzmittels zu sein. Sie war nicht an starke Tabletten gewöhnt, das höchste, was sie nahm, war Aspirin.

Hinter den weißen Gardinen war der Abend schwül und ruhig. Eine graublaue Wolkenbank schob sich über die Bäume hinweg, das schwindende Licht hatte einen grünlichen Schein, als würde sich das satte Grün des Grases und der Blätter in der feuchten Luft wie durch ein Prisma spiegeln. Es würde bald regnen, vielleicht würde es sogar ein Gewitter geben.

Als sie auf die Bäume des Wildreservates starrte, überkam sie eine eigenartige innere Unruhe. Wo war Reid? Warum hatte sie ihn heute noch nicht gesehen? Er war so verstört gewesen, so verzweifelt und in sich zurückgezogen.

Sie war schuld an dieser ganzen Sache. Er hatte ihr die Regeln erklärt, und sie hatte sie nicht befolgt. Sie war so überrascht gewesen, ihn zu sehen, so fasziniert von dem, was er in ihrer Küche tat. Und sie hatte es irgendwie als selbstverständlich hingenommen, daß ihm nicht das kleinste Geräusch und keine Bewegung in seiner Umgebung entging. In ihrer Einbildung hatte sie sich vorgestellt, daß er immer wissen würde, wann sie in seiner Nähe war. Wie töricht von ihr.

Sie hatte versucht, ihm das zu sagen, oder vielleicht hatte sie es ja auch nur geträumt. Sie wußte es nicht wirklich, ihr Kopf fühlte sich an, als wäre er in Watte gehüllt.

»Um Himmels willen, Cammie! Warum bist du aufgestanden?«

Cammie wandte sich um, als ihre Tante ins Zimmer kam und den Duft von Zwiebeln und gebratenem Hähnchen mit sich brachte. Sie zwang sich zu einem Lächeln. »Es geht mir gut, ich war es leid, immer im Bett zu liegen.«

»Du bist verletzt. Du hast einen großen Schnitt in deinem Körper.«

»Ich glaube, so schlimm war es gar nicht«, wehrte Cammie ab.

»Es war schlimm genug! Und das hast du Reid Sayers zu verdanken«, gab ihre Tante empört zurück. »Wenn ich daran denke, daß er so auf dich losgegangen ist, dann stockt mir das Herz. Dein Onkel hat versucht, dich zu warnen. Hoffentlich wirst du wenigstens jetzt auf ihn hören.«

»Es war ein Unfall, das ist alles.«

»Er hätte dich umbringen können! Du weißt nicht einmal, ob er das nicht absichtlich getan hat, nicht, nachdem Keith so kaltblütig erschossen worden ist.«

»Reid würde mir niemals absichtlich weh tun«, protestierte Cammie und versuchte, ihrer Stimme einen überzeugenden Klang zu geben.

»Wie du ihn auch noch verteidigen kannst, ist mehr, als ich je begreifen werde. Ich war wirklich froh gestern abend, als er endlich verschwunden war. Ich bekam eine Gänsehaut, wenn ich im selben Zimmer sein mußte wie er.«

»Mach dich doch nicht lächerlich«, fuhr Cammie sie scharf an.

»Du wirst es nicht mehr lächerlich finden, wenn er noch einmal hinter dir her ist. Solche Sachen passieren, Cammie, man sieht es immer wieder im Fernsehen und liest es in den Zeitungen. Es gibt Menschen auf dieser Welt, die würden dich kaltblütig umbringen, so einfach, wie sie dich ansehen!«

»Reid gehört nicht zu diesen Menschen.« Sie kehrte ihrer Tante den Rücken zu und ging zum Schrank, aus dem sie das erste Kleidungsstück hervorholte, das ihre Finger griffen, eine Jeans.

Ihre Tante folgte ihr. »Was tust du da? Geh sofort wieder in dein Bett!«

Cammie holte ein blaues Hemd aus dem Schrank und wandte sich dann zu ihrer Tante um. Mit entschlossenem und gleichzeitig traurigem Blick sagte sie: »Du bist die Schwester meiner Mutter und meine einzige Blutsverwandte, Tante Sara, und ich liebe dich. Aber ich bin schon längst aus dem Alter heraus, in dem ich mir sagen lasse, was ich tun soll. Es geht mir gut. Warum gehst du nicht nach Hause?«

Das Gesicht ihrer Tante fiel in sich zusammen, sie ging zum Bett, setzte sich und starrte dann auf ihre Hände.

Cammie schloß die Augen. Als sie sie wieder öffnete, warf sie die Sachen auf das Bett und setzte sich dann neben ihre Tante. Sie legte ihr den Arm um die Schultern. »Ich wollte dir nicht weh tun«, versicherte sie ihr. »Du kannst bleiben, wenn du es möchtest.«

Sara Taggart riß sich zusammen, sie hob den Kopf und versuchte zu lächeln, obwohl ihre Augen ganz rot waren. »Das ist es nicht. Es ist ... ach, es ist nicht so wichtig. Ich bin ganz einfach nur dumm.«

Cammie zögerte, unsicher, weil sie nicht wußte, ob ihre Tante die Wahrheit sagte. Doch es war nie ihre Art gewesen, neugierig zu sein, und sie war auch nicht sicher, ob sie sich jetzt noch mit einem anderen Problem würde beschäftigen können, wie klein es auch immer sein mochte.

»Ich bin wirklich eine Hexe, so auf dich loszugehen, wo du mich so gut versorgt hast. Sag bloß, dieser wundervolle Duft, der von unten aus der Küche kommt, ist dein berühmtes Hähnchen! Ich bin halb verhungert!«

Sie hatte ihre Tante ablenken wollen, doch als sie sich angekleidet hatte und dann nach unten ging, verspürte sie wirklich Hunger. Das Hähnchen mit der Garnelensauce, Spargel und Krautsalat, die ihre Tante auf den Tisch gestellt hatte, rochen köstlich. Sie nahm ihre Gabel, um die Speisen in Angriff zu nehmen.

Dann erst fiel ihr Blick auf ein Küchenutensil, das ganz an den Rand der Anrichte geschoben worden war, mit einer Anzahl Tüten und Dosen drumherum. Sie starrte sekundenlang darauf, ehe ihr klar wurde, was sie sah.

Eine Friteuse.

Ihr Appetit schwand ganz plötzlich, als ihr in der Erinnerung wieder der Geruch von Erdnußöl, gebratenem Fisch und frisch geschälten Kartoffeln in die Nase stieg. Ihre Bauchmuskeln zogen sich zusammen, und die Wunde begann zu schmerzen.

Die Unterhaltung zwischen ihr und ihrer Tante erstarb vollständig. Sie aßen beide schweigend. Cammie bestand darauf, beim Abräumen des Tisches zu helfen, sie stellte die Überreste des Essens in den Kühlschrank und räumte das Geschirr in die

Spülmaschine. Später, als ihre Tante dann zögernd davon zu sprechen begann, daß sie vielleicht doch nach Hause gehen würde, protestierte sie nur halbherzig. Wahrscheinlich fühlte Tante Sara es, denn sie begann, ihre Sachen zusammenzusuchen.

Der Wind zerzauste ihr Haar und wehte ihr den Hemdkragen gegen die Wange, als Cammie mit ihrer Tante auf die Veranda trat. Sie sah, wie sich die Äste der Bäume rastlos hin und her bewegten; die Wolkenfront, die sie schon zuvor bemerkt hatte, stand jetzt beinahe senkrecht über ihnen. Ein Gewitter braute sich zusammen, es wurde immer dunkler. Die Lampe am Ende der Einfahrt hatte sich schon eingeschaltet.

Es war dieses Licht, das sich auf der glatten Oberfläche von Reids Jeep widerspiegelte und so ihre Aufmerksamkeit erregte. Der Wagen stand noch immer in der Einfahrt, vor dem zerbeulten Oldsmobile ihrer Tante.

Cammie warf ihrer Tante einen fragenden Blick zu. »Ich dachte, du hättest gesagt, Reid sei gegangen?«

»Er ist zu Fuß nach Hause gegangen.« Ihre Tante preßte die Lippen zusammen, doch dann schien sie nachgiebiger zu werden. »So etwas habe ich noch nicht gesehen. Er ist im Wald verschwunden wie ein verwundetes Tier. Ich habe Lizbeth daran erinnert, als sie anrief, um sich nach dir zu erkundigen, daß der Jeep noch immer hier steht. Aber niemand hat ihn abgeholt.«

»Lizbeth hat angerufen?«

»Viermal. Aber ich habe Reid im Hintergrund gehört, er hat ihr gesagt, was sie fragen soll.«

Die Angst, die Cammie die ganze Zeit verspürt hatte, ließ ein wenig nach. »Dann ist er also zu Hause angekommen.«

»So scheint es. Der Schlüssel steckt im Jeep, ich habe nachgesehen. Ich kann Jack fragen, ob er rauskommt und den Wagen zu Reids Haus fährt, damit er dich hier nicht länger stört.«

Cammie schüttelte den Kopf, das Haar wehte dabei über ihren Rücken. »Laß nur, Reid wird ihn schon holen, wenn er ihn haben will, nehme ich an.«

Tante Sara warf ihr einen nachdenklichen Blick zu, als wisse sie ganz genau, was Cammie vorhatte. Doch sie sagte nichts. Sie nahm Cammie noch einmal in den Arm, ermahnte sie, vorsichtig zu sein, und dann war sie weg. Cammie sah ihr nach, wie sie mit dem Wagen davonfuhr.

Cammie ging ins Haus zurück. Sie trat in die Küche und sah lange auf die Friteuse auf der Anrichte. Schließlich hob sie den Glasdeckel hoch. Kaltes Öl, mit Maismehl gemischt, schwamm darin herum, auf dem Boden lagen einige Stücke schwammigen, halbgaren Fisches.

In einer der Papiertüten waren Kartoffeln, halb geschält, Kohl und Möhren für Krautsalat, Zwiebeln, Pickles und eine Plastikdose mit einem Deckel, in der sich Teig für Maismehlkrapfen befand. Es waren alles Zutaten für ein richtiges Fest nach Südstaatenart.

Reid hatte sich so viel Mühe gemacht, und jetzt war alles ruiniert. Cammie tat das Herz weh bei diesem Anblick.

Woran hatte er gedacht, als er den Fisch briet, als er das Essen vorbereitete? Wie gern hätte sie das gewußt.

Keith wäre nie im Leben auf die Idee gekommen, so etwas für sie zu tun. Nicht ein einziges Mal hatte er seine eigene Bequemlichkeit und seine Bedürfnisse ihr zuliebe zurückgestellt. Dergleichen hatte er immer nur von ihr erwartet.

Aber Keith hatte einen schweren taktischen Fehler gemacht. Er hatte ihr gezeigt, wenn auch unbeabsichtigt, daß sie durchaus allein leben konnte, ohne sich zu ängstigen, ohne einen Mann – ganz besonders ohne ihn – ganz ohne Schwierigkeiten. Danach war alles andere ganz einfach gewesen. Als er zurückgekommen war und noch einmal von vorn hatte anfangen wollen, hatte sie entdeckt, daß all ihr Vertrauen zu ihm geschwunden war, daß sie seinen Beteuerungen nicht länger glauben konnte und wollte. Und sie hatte ganz ohne Zweifel gewußt, daß sie ihn nicht liebte, daß sie ihn nie geliebt hatte.

Was zwischen ihr und Reid geschehen war, war um so vieles komplexer. Sie hatten so viel zusätzliche Belastung in ihre Beziehung mit eingebracht: das alte Familienproblem, die kurze Teenager-Schwärmerei zwischen ihnen, die Schwierigkeiten mit ihrer Scheidung, Reids Vergangenheit, das Problem mit den Eigentumsverhältnissen der Fabrik und der Entschluß zu verkaufen, und später Keiths Tod. Das Gewicht, das all diese Dinge hatten, mußte zwangsläufig zur Katastrophe führen. Es war erstaunlich, daß es ihnen gelungen war, aus diesem Durcheinander noch einige wenige wundervolle Augenblicke zu retten.

Und dennoch, war es wirklich so kompliziert? War es nicht möglich, das ganze Durcheinander mit einer einfachen Formel zu lösen?

Drei Fragen, drei Prüfsteine für zukünftiges Glück. Einige Kriterien, nach denen sie eine Beziehung beurteilen konnte.

Jetzt brauchte sie sich nur noch zu fragen, was sie fühlte, und nicht, was sie nicht fühlte.

Vertraute sie Reid? Liebte sie ihn? Konnte sie ohne ihn leben?

Sie brauchte nur die Antworten auf diese drei Fragen zu finden.

Cammie wanderte unruhig durch das Haus, ihre Gedanken und Gefühle waren genauso in Aufruhr wie das Wetter draußen. Sie starrte aus dem Fenster und dachte an Keith und an Reid und an die Unterschiede zwischen den beiden Männern. Dann ging sie zum hinteren Teil des Hauses, blickte aus dem Fenster zum Wald und dachte an Reid auf der anderen Seite des Waldes im Fort und fragte sich, was er wohl gerade tat, ob er auch an sie dachte.

Sie streckte sich auf der Couch im Wohnzimmer aus, preßte die Hand auf ihre Wunde und erinnerte sich an Reids Gesicht, als er neben ihr auf dem Boden gekniet hatte. Sie wußte jetzt, daß sie ihn zurückgestoßen hatte in dem unaufhörlichen Schmerz seiner Vergangenheit, und sie haßte diesen Gedanken, bedauerte ihn mit all ihrer Leidenschaft.

Sie stand wieder auf, ging in den Wintergarten, stand lange

dort und blickte auf ihr eigenes Porträt mit dem vorsichtigen Lächeln und den Augen voll wilder Sehnsucht. Sie kletterte die Treppe hinauf und betrat das Gästezimmer, wo sie und Reid zum ersten Mal miteinander geschlafen hatten. In der Dunkelheit strich sie über die Bettdecke und war überrascht von den Bildern, die sich wild und erotisch in ihre Erinnerung drängten.

Schließlich ging sie hinaus in die stürmische Dunkelheit und öffnete die Tür von Reids Jeep. Sie kletterte hinein und atmete tief den Duft nach Öl und Leder und Reid ein. Sie schlug die Tür hinter sich zu und schloß die Hände um das Lenkrad, das er in seinen Händen gehalten hatte. In ihren Gedanken erlebte sie noch einmal all die Augenblicke, in denen sie sich an ihn geschmiegt, in denen er sie in seinen Armen gehalten hatte. Und sie starrte durch die Windschutzscheibe ins Nichts und sah doch alles.

Sie traf keine bewußte Entscheidung. Sie griff ganz einfach nach dem Zündschlüssel und drehte ihn herum. Der Motor erwachte zum Leben, sie lenkte den Jeep in Richtung des Forts.

Über ihr zuckten blaue Blitze über den Himmel, sie waren ein schwacher Schein außerhalb des hellen Scheinwerferlichtes. Der Wagen holperte dahin, er schwankte leicht im Sturm. Bei jeder Bewegung schmerzte ihre Wunde, jedes Holpern des Wagens tat ihr weh, doch war dieser Schmerz nichts, verglichen mit dem in ihrem Herzen.

Sie hatte ihre Antworten, jetzt blieb ihr nichts anderes, als Reid dazu zu zwingen, ihr zuzuhören.

Eine einzelne Lampe brannte in dem alten Holzhaus. Sie schien durch das schmale Fenster von Reids Büro. Für Cammie bedeutete es, daß er zu Hause war, sehr wahrscheinlich allein.

Der Wind riß ihr beinahe die Tür des Jeeps aus der Hand, als sie sie öffnete. Welke Blätter wirbelten durch die Luft, trockene Zweige und Rindenstückchen. Wie Spinnweben zuckten die Blitze über den Himmel, es krachte. Sie senkte den Kopf und lief zur Haustür.

Sie hörte die Türglocke irgendwo im Inneren des Hauses, als sie auf den Knopf drückte. Dennoch schien es eine Ewigkeit zu dauern, ehe sich die Tür plötzlich öffnete.

Reid stand vor ihr, das Licht hinter ihm lag wie ein Glorienschein über seinem wild zerzausten goldenen Haar, sein Gesicht war im Schatten. Als er sprach, klang Ärger in seiner Stimme mit. »Was in Teufels Namen tust du hier? Du solltest zu Hause sein, im Bett.«

»Ich muß mit dir reden. Es ist sehr wichtig.«

Lange sah er sie schweigend an. Dann riß er seine Blicke von ihrem Gesicht los, starrte auf ihr Haar, das der Wind ihr ins Gesicht wehte. Und dann, als könne er nicht anders, ging sein Blick zu ihrer Hand, die sie auf ihren Verband gepreßt hatte. Er erstarrte. Mit einer Stimme, die so hart war wie Stahl, sagte er: »Geh nach Hause, Cammie. Vergiß es. Vergiß alles.«

Er wollte die Tür schließen. Cammie sah, wie sie sich bewegte, sie hob eine Hand, um sie aufzuhalten. »Wie kann ich das vergessen?« wollte sie wissen. »Sag es mir, dann werde ich gehen.«

Er holte tief Luft, sie wußte nicht, ob er ihr antworten wollte oder ob er sie nur loswerden wollte. Genau in diesem Augenblick erlosch das Licht hinter ihm.

Es war ein Stromausfall, vielleicht war ein umstürzender Baum auf die Stromleitung gefallen; in solch einem Gewitter konnte so etwas schon einmal passieren. Der Stromausfall würde nur zwei Minuten dauern oder auch zwei Tage, das hing ganz vom Ausmaß des Schadens ab und davon, ob auch dichter besiedelte Gebiete davon betroffen waren. Auf eine Weise war Cammie froh über die Dunkelheit, sie würde sich bei dem, was sie ihm zu sagen versuchte, nicht so bloßgestellt fühlen.

Sie zog ihre ausgestreckte Hand von der Tür zurück und legte sie gegen Reids harten, warmen Oberkörper. Sie fühlte, wie er vor ihrer Berührung zurückwich. »Bitte«, begann sie.

»Es gibt so viel, was ich dir sagen muß. Ich weiß, dies ist vielleicht nicht der richtige Zeitpunkt und auch nicht der richtige Ort, aber wenn ich es jetzt nicht sage, finde ich vielleicht nie wieder den Mut dazu.«

»Nein.« Seine rauhe Stimme unterbrach ihre Bitte. Er schloß eine Hand um ihr Handgelenk und zog ihre Hand von seinem Körper weg, als könne er die Berührung nicht ertragen.

Sie schwankte auf ihn zu, weil sie ein wenig die Balance verlor. Und dann, in dem plötzlichen Licht des nächsten Blitzes, sah sie den Koffer und die Reisetaschen, die neben der Tür standen.

»O Reid, das kannst du nicht tun!« rief sie verzweifelt. »Du darfst nicht wieder weggehen. Ich habe nicht die Absicht, dich zu irgend etwas zu drängen, und ich werde auch nichts sagen, was du nicht hören willst. Aber ich kann es nicht ertragen, wenn du weggehst.« Sie streckte die Hand aus, griff nach seinem Hemd und trat einen Schritt näher an ihn heran. »Was gestern abend passiert ist, war ein Unglück, nicht mehr. Ich werde nicht zulassen, daß du ...«

Der Schuß detonierte mit einem dumpfen, lauten Knall. Über Cammies Kopf ertönte ein zischendes Pfeifen, und der Türrahmen zersplitterte.

Sie wurde heftig nach vorn gerissen, in einer groben Umarmung aufgefangen. Unmittelbar darauf war sie wieder frei. Sie stolperte über eine der Reisetaschen und stieß mit einer Wucht gegen die Wand, die ihr den Atem nahm. Im gleichen Augenblick wurde die Tür des Forts zugeschlagen.

»Runter«, keuchte Reid.

Das Geräusch eines Riegels, der hastig vor die Tür geschoben wurde, mischte sich mit einer erneuten Gewehrsalve. Die Kugeln blieben in der dicken, schweren Tür stecken. Reid duckte sich und bewegte sich schnell von der Tür weg, ein beweglicher Schatten zwischen den vielen anderen Schatten im Raum.

Cammie sank zu Boden, froh, daß ihre zitternden Knie sie nicht länger halten mußten. Sie flüsterte angestrengt: »Warum? Um Himmels willen, warum?«

»Er will uns umbringen.«

Sie bemerkte das Zögern in seiner Stimme, weil er dazu gezwungen wurde, das auszusprechen, was doch offensichtlich war. »Ja, aber aus welchem Grund? Und wer kann das sein?«

Reid bewegte sich schnell von einem Raum zum anderen, es schien, als schlösse er die Läden vor den Fenstern. »Bis jetzt ist er nur ein Heckenschütze, aber einer, der einen schlimmen Fehler begangen hat.«

Reids Stimme schien körperlos, als er in der Dunkelheit kam und ging. Gleichzeitig aber war sie so gefährlich ruhig, daß ihr ein Schauer über den Rücken lief. Sie leckte sich über die Lippen. »Was willst du damit sagen?«

»Er schleicht auf meinem Territorium herum, und er hat deutlich gezeigt, mit welcher Absicht er gekommen ist. Und dazu hat er sich auch noch das falsche Ziel ausgesucht: dich statt mich.«

»Mich?«

»Du hast dich bewegt, sonst hätte er dich erwischt.« Reids Stimme erstarb plötzlich, als hätte er keine Luft mehr. Als er wieder sprach, war er viel näher, beinahe neben ihr.

»Das wird nicht noch einmal passieren, nie wieder«, versprach er grimmig und mit unerbittlicher Stimme. »Wer immer er auch ist, er weiß es vielleicht noch nicht, aber jetzt gehört er mir.«

21. Kapitel

Reid machte kehrt und glitt wieder aus dem Zimmer. Cammie lauschte seinen schnellen, beinahe lautlosen Bewegungen. Wenn es für ihn jetzt sicher war, sich zu bewegen, wo alle Fenster verschlossen waren, so sollte es auch für sie sicher genug sein. Sie stand auf und folgte seinem Schatten. Mit leiser, drängender Stimme rief sie: »Wir müssen Bud anrufen, er kann dafür sorgen, daß in zehn Minuten ein Streifenwagen hier draußen ist.«

»Das glaube ich nicht.«

Sie hatte befürchtet, daß er das sagen würde. »Du kannst nicht allein rausgehen, du weißt nicht, was für ein Irrer dort auf dich wartet.«

Reid blieb vor der Tür seines Büros stehen. Es dauerte einen Augenblick, ehe er sprach. »Wer auch immer dort draußen ist, er hat schon einen Menschen umgebracht, vielleicht auch mehr. Jetzt ist er hinter dir her, und ich nehme an, ich bin der nächste auf seiner Liste. Wenn die Polizei ihn erwischt, wird er sich auf einen Handel mit ihnen einlassen, er wird versuchen, damit davonzukommen, daß es nur ein versuchter Mord war, oder er wird sich sogar damit verteidigen, daß er nicht zurechnungsfähig ist. Er wird sieben Jahre bekommen, und in weniger als vier Jahren ist er dann schon wieder auf freiem Fuß. Der Gedanke, daß er dann so bald vielleicht schon wieder hinter mir her ist, daß ich immer über meine Schulter hinweg Ausschau nach ihm halten muß, gefällt mir gar nicht.«

»Die Polizei ist aber heutzutage gar nicht damit einverstanden, wenn du versuchst, das Gesetz in die eigene Hand zu nehmen. Dann wirst du nämlich derjenige sein, der im Gefängnis landet.«

»Vielleicht.«

Er ging wieder von ihr fort, in sein Büro. Sie sah einen plötzlichen Lichtschein, als hätte er eine Taschenlampe angeknipst. In diesem Licht sah sie, daß er sich über eine Ansammlung elektronischer Ausrüstungsgegenstände auf dem Schreibtisch vor ihm beugte.

Cammie hatte die Hände zu Fäusten geballt, als sie jetzt neben ihn trat. »Das ist doch noch nicht alles. Du willst denjenigen loswerden, der da draußen ist, weil es dir dann leichter fallen wird, wegzugehen, weil du dann nicht länger auf mich aufpassen mußt. Glaubst du, ich weiß nicht, warum du mich ständig beobachtet hast? Ich bin nicht blind.«

»Ganz besonders jetzt nicht, wo sich derjenige gezeigt hat, wer immer es auch sein mag.« Seine Worte klangen bitter.

»Ich habe es gewußt, seit du über Keith hergefallen bist, im Wochenendhaus«, korrigierte sie ihn. »Sogar schon vorher habe ich es vermutet, als ich dich im Wald hinter meinem Haus fand. Was ich allerdings nicht so recht verstehe, ist, warum?«

Sie wartete mit angehaltenem Atem auf seine Antwort. Doch sie kam nicht. Seine Konzentration schien ganz auf das Ding gerichtet zu sein, das er aus einer Tasche mit einem Reißverschluß hervorgeholt hatte. Sie preßte die Lippen zusammen, dann versuchte sie es noch einmal.

»Du hast also jetzt entschieden, daß du nicht länger mein Leibwächter sein willst, und du glaubst, eine endgültige Lösung des Problems wird dir deinen Frieden wiedergeben. Da ist nur noch eines, was nicht stimmt. Ich kann es nicht zulassen, daß du dieses Risiko eingehst.«

Er hielt inne in seiner Arbeit und richtete den Strahl der Taschenlampe einen Augenblick auf ihr Gesicht.

Dann schwenkte er den Lichtstrahl zur Seite. »Wenn es jemanden gibt, der mich aufhalten könnte, Cammie, dann wärst du das. Aber da ich im Augenblick mein Bestes tue, um dich am Leben zu halten, muß ich mich ganz auf mein eigenes Urteil verlassen.«

Sie biß die Zähne zusammen, um ihre Entrüstung zurückzudrängen. Ohne ein Wort wandte sie sich von ihm ab und ging durch die Dunkelheit in den Flur, zu der rustikalen Treppe. Unter der Treppe gab es noch eines der alten Telefone, die damals in einigen der Häuser üblich waren. Mittlerweile gab es in dem Haus auch noch andere Telefonanschlüsse, das wußte sie, aber diese Stelle lag besonders geschützt. Sie war überrascht, daß Reid ihr nicht folgte. Als sie jedoch den schweren Hörer von der Gabel nahm, wußte sie, warum.

Der Anschluß war tot. Zusammen mit der Elektrizität war auch die Stromversorgung für das Telefon ausgefallen. Oder das Kabel war absichtlich durchgeschnitten worden.

Cammie legte den Hörer wieder auf die Gabel. Noch während sie dort stand, hörte sie ein leichtes Trommeln von oben. Es hatte zu regnen begonnen. Heftig und stark strömte der Regen vom Himmel und hüllte das Haus ein, wie eine vom Wind gepeitschte Woge.

Irgendwo dort draußen wartete der Heckenschütze. Vielleicht war er gerade dabei, den Jeep oder den Lincoln außer Gefecht zu setzen, damit sie nicht entkommen konnten; sicher schlich er um das Haus herum und suchte nach einem Zugang. Oder er baute eine Falle für sie draußen auf, an dem Ausgang, von dem er glaubte, daß sie ihn zur Flucht benutzen würden.

Eines würde er wohl nicht tun – still sitzen, dort wo er sicher und trocken war. Er war wahrscheinlich überzeugt, den Zeitpunkt und den Ort so gewählt zu haben, daß sie kaum Chancen hatten, ihm zu entkommen, aber er mußte bald handeln, in den nächsten Stunden. Das Gewitter würde sich irgendwann verzogen haben, die Menschen würden wieder aus ihren Häusern kommen, es würde hell werden. Das Fort lag zwar isoliert, aber auf der Straße in der Nähe würde es Verkehr geben, Menschen, die noch tiefer im Wildreservat lebten, würden zur Arbeit fahren. Er konnte es nicht riskieren, Aufsehen zu erregen.

Was würde Reid tun? Es würde ihm nichts nützen, im Haus zu bleiben, wie Cammie erkannte.

Er mußte planen, unbemerkt aus dem Haus zu schlüpfen, um den Heckenschützen zu verfolgen. Das hieß, daß er die Sicherheitsvorkehrungen, wie zum Beispiel den Riegel vor der Tür und die Läden vor den Fenstern, ihretwegen getroffen hatte. Er würde sie hier im Haus eingesperrt zurücklassen.

Noch während sie im Flur stand und nachdachte, begriff sie plötzlich, was er in seinem Büro machte. Der Gegenstand, den er aus der Tasche mit dem Reißverschluß geholt hatte, war eines dieser tragbaren Telefone. Zu der Ausstattung in seinem Büro gehörte unter anderem auch der Computer auf dem Schreibtisch. Zweifellos besaß dieser eine batteriebetriebene Stromversorgung, damit er auch während eines Stromausfalles einsatzfähig war. Das Telefon konnte durch ein Modem mit dem Computer von Charles Meyer in New York verbunden werden und so die Verbindung herstellen, um das Signal durchzugeben, von dem Michelle Meyer ihr erzählt hatte.

Reid traf also letzte Sicherheitsvorkehrungen, ehe er sie allein im Haus zurückließ. Sobald er damit fertig war, würde er in der Dunkelheit der Nacht verschwinden. Deshalb hatte es ihn auch nicht gestört, daß sie ihn für einen Augenblick allein gelassen hatte: Er hatte gewußt, daß sie das Telefon nicht benutzen konnte, und er hatte auch nicht gewollt, daß sie sah, was er tat.

Cammie wirbelte herum und lief in sein Büro zurück. Sie hörte das Summen des Computers, noch ehe sie an der Tür war. Er stand auf dem Schreibtisch, die Nachricht leuchtete neonblau und weiß auf dem Bildschirm, während die Anzeigelämpchen an dem Telefon blinkten und bestätigten, daß die Verbindung hergestellt war. Reid stand vor dem Waffenschrank am anderen Ende des Zimmers und lud sorgfältig ein großkalibriges Gewehr mit einem Restlichtverstärker.

»Warum?« fragte sie. »Was macht es denn für einen Unterschied, ob du das Signal durchgibst oder ob ich Bud anrufe?«

»Zwei Dinge«, erklärte er angespannt. »Zunächst einmal verschafft es mir zusätzliche zehn Minuten, wenn Charles diesen Anruf macht, und die brauche ich, um den Heckenschützen aufzuspüren. Und zweitens wird er einen wesentlich umfangreicheren Polizeischutz erreichen, als Bud ihn uns bieten könnte, nur für den Fall.«

»Für den Fall, daß du es nicht schaffst? Oder für den Fall, daß es Bud selbst ist, der dort draußen wartet?«

Sein Ausdruck war grimmig, als er sie in dem schwachen Licht des Computerbildschirms ansah. »Für den Fall, daß es nötig ist, Punkt. Ich ziehe es vor, mich gegen alle Eventualitäten abzusichern.«

Er war fertig mit dem Laden des Gewehrs. Er zog den Reißverschluß seiner dunklen, eng anliegenden Jacke zu und schob einige Dosen mit zusätzlicher Munition in seine Tasche. Er war beinahe fertig. Seine Haltung drückte eine gewisse Distanz aus. Auf eine eigenartige Weise war er nicht nur bereit, sie zu verlassen, es war, als sei er schon gegangen.

Während sie ihn beobachtete, ging er noch einmal zu dem Waffenschrank zurück und holte eine kleine, kompakte Pistole vom obersten Regal. Er kam zum Schreibtisch zurück und legte sie auf die polierte Oberfläche.

Ohne jegliche Gefühlsregung wandte er sich zu ihr. »Die ist für dich«, meinte er. »Sie ist nicht sehr groß, und du mußt den Hahn zurückziehen, um damit zu schießen, aber sie ist mit .22er Hohlmunition geladen, die einen Mann garantiert aufhalten wird. Wenn du dich entscheidest, sie zu benutzen, dann mach keinen Fehler, indem du über das Ziel hinwegschießt oder auf den Boden hältst. Ziel auf den Körper und drück ab, um zu töten.«

»Du glaubst doch sicher nicht ...«

»Ich weiß es nicht«, unterbrach er sie hart. »Stell keine Fragen, hör mir aufmerksam zu. Dies hier ist ein Sicherheitsraum: von innen verschließbar, dicke Wände, nur ein Ausgang, kein Fenster, durch das man eindringen kann, ein Telefon, um Hilfe herbeizurufen, wenn es nötig sein sollte. Ich möchte, daß du hierbleibst und die Tür von innen verschließt, bis ich zurückkomme.«

Er war ein Fremder, ein Kommandant, der Befehle erteilte und Gehorsam erwartete. Es war, als hätte er schon beim ersten Schuß jegliches Gefühl beiseite geschoben und die Leistungsfähigkeit einer Maschine angenommen. Wenn es noch eine Spur von dem Mann gab, mit dem sie gelacht hatte, den sie geliebt hatte, so war er jetzt verschwunden. Es schien beinahe, als hätte Reid ihn mit ruhiger und überlegener Absicht umgebracht.

Cammie fühlte einen schmerzlichen Verlust, sie war einsamer als je zuvor in ihrem Leben. Und dennoch konnte sie jetzt nicht aufgeben. Wenn er sich mitten in einem Kampf befand, so galt das auch für sie.

»Du tust das, weil du mich verletzt hast, nicht wahr?« begann sie langsam. »Deshalb bist du so. Es ist passiert, trotz all deiner Anstrengungen, es zu verhindern, und das kannst du nicht ertragen. Irgendwo in deinem Kopf hast du mich verwechselt mit dem kleinen Mädchen, das in Israel gestorben ist. Du mußt mich retten, weil du sie nicht retten konntest. Ich weiß – wenigstens glaube ich zu wissen – wie sehr ihr Tod dich geschmerzt hat. Aber du hast es dir nicht ausgesucht, sie sterben zu sehen, genausowenig, wie es dein freier Wille war, mich zu verletzen. Diese Dinge sind passiert wegen der Menschen, wegen der Umstände. Dir kann man deswegen keinen Vorwurf machen.«

Reid machte eine kleine abwehrende Bewegung, doch sie fuhr entschlossen fort. »Abgesehen davon, Reid, ich bin kein Kind. Ich bin niemandes Opfer, und ich bin nicht tot. Du hast mich nicht umgebracht, weil du es nicht konntest. Du hast deine Hand zurückgezogen, das habe ich gefühlt. Du hast mich gerettet, nicht nur vor Keith oder vor demjenigen, der dort draußen ist, sondern auch vor dir selbst. Du bist kein Tier, das ohne Gnade tötet, das bist du niemals gewesen.«

Aber er war schon weg, er floh vor den Worten, die sie aussprach, als bedeuteten sie eine Gefahr für ihn. Im einen Augenblick noch stand er an der Schwelle, sein Gesicht blaß und angespannt, seine Augen dunkle Höhlen voller Schmerz. Im nächsten war er lautlos verschwunden, und alles war still.

Cammie biß sich auf die Lippen und preßte die Augen zusammen. Nichts. Sie hatte nichts erreicht.

Oder sie hatte vielleicht genau das Falsche erreicht. Wenn Reid je ein Killer hatte sein müssen, dann jetzt. Wenn er es nicht war, oder wenn sie ihn mit ihren Worten entwaffnet hatte, dann könnte es gut möglich sein, daß er jetzt dort draußen in der Dunkelheit sterben mußte.

Die Pistole war wirklich sehr klein. Langsam ging sie zum Schreibtisch, um sie an sich zu nehmen; sie schmiegte sich in ihre Handfläche, der Lauf war nicht einmal so lang wie ihr Mittelfinger.

Sie umklammerte die Pistole und stand angestrengt lauschend im Zimmer, ihre Brust schmerzte vor Entsetzen. Einer der Augenblicke größter Gefahr für Reid würde der Moment sein, wenn er das Haus verließ. Der Heckenschütze würde auf ihn warten, er würde annehmen, daß er irgendwann den Schutz des Hauses verlassen würde.

Die Minuten vergingen. Alles blieb still draußen, bis auf das stetige Rauschen des Regens und das gelegentliche Grollen des Donners. Sicher war Reid inzwischen draußen.

Cammie schob die kleine Pistole in die Tasche ihrer Jeans, eher, weil Reid sie für sie dagelassen hatte, als aus einem Gefühl der Notwendigkeit heraus, sie bei sich zu haben. Langsam ging sie zur Tür und legte dann eine Hand auf den Riegel.

Reid hatte gesagt, sie solle hinter ihm die Tür verriegeln.

Alles ihn ihr drängte danach, ihm zu folgen. Sie wollte nicht hier eingeschlossen sein, wo sie weder etwas sehen noch hören konnte, alle ihre Instinkte lehnten sich dagegen auf. Es war immerhin möglich, daß sie ihm von hier nicht würde helfen können. Andererseits wäre sie ihm draußen nur im Weg, ganz besonders, wenn er nicht wußte, daß sie in seiner Nähe war. Und auch wenn er es wußte, so würde es ihn ablenken, wenn er auch noch auf sie aufpassen mußte, und das konnte er jetzt am wenigsten gebrauchen. Wenn überhaupt jemand in der Lage war, die Situation in den Griff zu bekommen, dann Reid.

Es war die gleiche Überlegung, die Frauen normalerweise aus Prügeleien heraushielt, die Cammie jetzt zögern ließ. Daß diese Überlegungen durchaus gerechtfertigt waren, machte sie jedoch nicht erträglicher.

Sie schob den Riegel vor, dann ging sie wieder nach hinten. Ihr Blick fiel auf das Telefon und den Computer. Die Botschaft war durchgegeben, die Worte auf dem Bildschirm verrieten es ihr. Die Telefonleitung war frei.

Reid hatte darauf vertraut, daß sie es nicht benutzen würde. Er hatte es zwar nicht wörtlich gesagt, aber es hatte unmißverständlich in seiner Erklärung mitgeklungen. Sie trat einen Schritt vor und legte die Hand auf den Hörer.

Sie zog die Hand wieder zurück. Sie durfte sich nicht in seine Aktionen einmischen. Wenn er recht hatte und ihm ihretwegen etwas zustieß, sie würde es nicht ertragen können.

Auf dem Schreibtisch neben dem Computer lag eine Aktenmappe. Sie war etwas länger als die genormten Mappen, vom Alter vergilbt zu einem dunklen goldenen Braun. Die Ecken waren geknickt und abgegriffen, ein schwacher Duft nach Zigarren mischte sich mit einem etwas muffigen Geruch.

Cammie hatte in ihrem Antiquitätenladen schon genug Akten aus der Jahrhundertwende gesehen, um zu wissen, was da vor ihr lag. Neugier war es, die sie die Hand ausstrecken ließ, um nach der Mappe zu greifen.

Ein einzelnes handgeschriebenes Dokument befand sich

darinnen. Die Schrift war verschnörkelt und elegant, mit schwarzer Tinte und einem spitzen Federkiel geschrieben. Die Sprache war formell, mit vielen juristischen Formulierungen, obwohl die Absicht des Schreibers deutlich zum Ausdruck kam. Es handelte sich um eine Übertragung von Eigentum. Nicht nur um ein Grundstück ging es dabei, sondern um zwei, und beide waren bis ins Detail beschrieben. Die Unterschriften waren vor Zeugen getätigt und notariell beglaubigt worden. Die Namen unter dem Dokument waren deutlich lesbar.

Lavinia A. Wiley Greenley.

Justin M. Sayers.

Cammie schloß die Mappe wieder. Wie lange besaß Reid diese Dokumente schon? Wo waren sie hergekommen? Warum um Himmels willen hatte er sie nicht vorgelegt? Oder sie nicht wenigstens erwähnt?

Aber was machte das alles jetzt schon? Cammie ballte die Hände zu Fäusten und wandte sich ab.

Der Raum war viel zu klein und auch zu vollgestellt, um darin auf und ab laufen zu können. Die Wände schienen sie zu erdrücken. Wenn nun der Heckenschütze draußen sich entschied, das Haus in Brand zu setzen? Sie würde es vielleicht gar nicht bemerken, bis es zu spät war. Wenn sie dann in der letzten Minute aus dem Haus rannte, wäre es keine Schwierigkeit, sie mit einem einzigen Schuß zu erledigen.

Würde Charles Meyer die Anrufe erledigen, die ihnen Hilfe brachten, oder blinkte in New York die Botschaft auf dem Computer in einem leeren Zimmer? Wenn er sie bekommen hatte, wen würde er benachrichtigen, wenn nicht Bud? Würde die Staatspolizei mit heulenden Sirenen angefahren kommen oder mit einem Hubschrauber auf der Wiese vor dem Haus landen? Würden seine und Reids Freunde aus dem CIA oder vielleicht die örtlichen FBI-Agenten in einer Eskorte mit dröhnenden Hupen herangebraust kommen? Und wie lange würde es dauern, bis sie hier waren? Wie lange hatte Reid Zeit, seine Angelegenheit zu erledigen?

Wo war Reid jetzt? In Gedanken sah sie ihn, wie er durch die nasse, dunkle Nacht schlich, sich unter Ästen hindurchduckte und immer wieder anhielt, um zu lauschen. Hatte er aus seinen früheren Erfahrungen heraus eine Ahnung, wo er den Mann mit dem Gewehr finden konnte? War er ihm schon nahe? Würde er dem Heckenschützen gegenübertreten, oder würde er versuchen, in einem großen Kreis um ihn herumzuschleichen und ihn dann von hinten überraschen? Würde er den Mann durch das Nachtsichtgerät anvisieren, oder würde er sich anschleichen, um ihm den Gnadenstoß zu versetzen?

Als sie das leise Klopfen hörte, zuckte sie zusammen und wandte sich dann zur Tür um. Doch so nahe war das Klopfen nicht gewesen, es hörte sich an, als käme es aus einiger Entfernung, vielleicht von der Eingangstür.

Sollte sie es ignorieren, oder sollte sie nachsehen? Sollte sie bleiben, wo sie war, oder sollte sie das Zimmer verlassen, um festzustellen, was los war?

Es könnte Reid sein, der da geklopft hatte, er könnte ins Haus zurückwollen. Damit sie sicher war, hatte er die Tür, durch die er das Haus verlassen hatte, hinter sich zugesperrt. Wenn er nun verletzt war und nicht in der Lage, auf dem gleichen Weg wieder ins Haus zu gelangen, auf dem er es verlassen hatte?

Sie schob den Riegel zurück und öffnete die Tür einen kleinen Spalt.

Das Klopfen war von der Vordertür gekommen. Leise schlich sie über den Flur und durch das Wohnzimmer. Sie zitterte am ganzen Körper. Dann ertönte eine besorgte Stimme hinter der Tür. Eine bekannte Stimme.

»Camilla? Bist du da drin? Ich dachte, ich hätte Schüsse gehört.«

»Onkel Jack.« Sie beugte den Kopf zum Türspalt vor. »Bist du das?«

»Jemand hat mir erzählt, er hätte gesehen, wie du in diese Richtung gefahren bist, in Sayers' Jeep. Es war schon so spät, deshalb dachte ich, ich sollte vielleicht besser mal nachsehen, ob alles in Ordnung ist. Laß mich rein, Camilla.«

Es gab Zeiten, wo selbst ein Wichtigtuer, der sich in die Angelegenheiten anderer einmischte, nützlich sein konnte. Er war in Vietnam gewesen, er mußte also Bescheid wissen über Heckenschützen. Außerdem konnte sie ihn nicht draußen lassen, wo er vielleicht aus Versehen erschossen würde. Sie schob den Riegel zurück und schloß dann die Tür auf.

Er war in Vietnam gewesen, er mußte Bescheid wissen über Heckenschützen ...

Die Erkenntnis kam ihr mit plötzlicher Klarheit. Der Heckenschütze war ihr Onkel. Sie stemmte sich gegen die Tür, um sie zuzudrücken, versuchte hastig, den Schlüssel wieder herumzudrehen.

Die schwere Tür wurde aufgedrückt. Cammie flog zurück und stieß gegen die Wand. Todesangst stieg in ihr auf, breitete sich in heißen Wogen von ihrem Unterleib her aus. Sie schrie auf, doch schnell unterdrückte sie den Schrei. Sie stolperte und versuchte, die Balance zu halten, konnte sich jedoch nicht mehr fangen und stürzte auf den Boden.

Benommen, wie durch einen Nebelschleier hindurch, sah sie die massige Gestalt ihres Onkels auf sich zukommen. Es war so dunkel in dem Haus, in dem alle Fenster geschlossen waren, daß sie nur seine Silhouette vor dem etwas helleren Hintergrund draußen erkennen konnte. Er trug eine lange Waffe in der Hand, ein Gewehr.

Er folgte dem Geräusch, das sie gemacht hatte, und trat nach ihr. Verzweifelt versuchte sie, vor ihm wegzurollen. Er verfehlte sie, obwohl sie einen heftigen Schmerz an ihrer Hüfte verspürte, dort, wo die kleine Pistole in ihrer Jeanstasche steckte. Sie griff danach, zog ihr lose hängendes Hemd beiseite, und noch während sie über den Fußboden rollte, umfaßte sie den Pistolengriff.

Die Tür zum Wohnzimmer war gleich hinter ihr, so glaubte sie wenigstens; sie fühlte einen leichten Luftzug hinter sich.

Sie stützte sich auf Hände und Knie und kroch hinter die schützende Wand, ehe sie auf die Füße kam. Sie blickte sich in dem Raum um, versuchte, sich exakt an die Aufteilung der Räume zu erinnern. Ihr größter Vorteil im Moment war, daß sie den Weg durch das Haus heute abend schon zweimal im Dunkeln gemacht hatte und daß ihr Onkel das Haus gar nicht kannte.

Sie ging um das Sofa herum, wich dem Schaukelstuhl aus. Sie war ziemlich sicher, daß irgendwo vor ihr die Tür zum Eßzimmer sein mußte.

»Komm zurück«, brummte Jack Taggart voller Wut.

Ein Schuß ertönte, er traf die Wand, an der Cammie noch Sekunden zuvor gestanden hatte. Er feuerte auf Schatten, orientierte sich allein nach dem Geräusch, denn er konnte sie nicht wirklich sehen.

Die kleine Pistole kam aus ihrer Tasche. Taggart gab kein besseres Ziel ab als sie, und wenn sie schoß, würde er wissen, daß sie bewaffnet war. Wenn sie es schaffte, in den Sicherheitsraum zurückzukommen, ehe er sie erwischte, dann wäre alles in Ordnung. Sie mußte nur noch durch das Eßzimmer und dann zurück in den Flur, zwei Türen weiter lag Reids Büro.

Cammie blieb ganz still stehen und versuchte, so leise wie möglich zu atmen. Sie fühlte etwas Feuchtes auf ihrem Hemd, das bis zum Gurt ihrer Jeans lief; ihre Wunde mußte bei dem Sturz wieder aufgeplatzt sein.

Doch das war jetzt völlig nebensächlich. Sie mußte sich wieder daran erinnern, wo der Tisch stand und wie die Stühle darum gruppiert waren. Ganz vorsichtig ging sie weiter, hob einen Fuß, machte einen Schritt vorwärts, dann hob sie den anderen Fuß.

Sie war schon beinahe an der Tür zum Flur, als sie gegen den Geschirrschrank stieß. Teller kippten mit dumpfem Klirren um, Kristall sang melodisch, als Gläser gegeneinanderstießen. Orangefarbenes Feuer explodierte auf der anderen Seite des Zimmers.

Cammie wirbelte herum, weg von dem zerspringenden Geschirr und den splitternden Gläsern, machte einen Satz auf die Tür zu. Es gelang ihr, hindurchzukommen, dann rannte sie den Flur hinunter. Sie fühlte Wind auf ihrem Gesicht, hörte das Rauschen des Regens. Und dann sah sie eine schattenhafte Bewegung, und blindes Entsetzen überkam sie.

Sie lief auf das hintere Ende des Hauses zu, weg von der offenen Eingangstür. Wenn sie hier Wind fühlte, dann mußte die Hintertür offen sein, denn von dort kam der Luftzug. Vor sich sah sie das graue Rechteck der offenen Tür, sie sah auch den sich bewegenden Schatten eines Mannes mit einem Gewehr.

Der Mann hob das Gewehr an seine Schulter. Mit leiser Stimme, die aber dennoch voller wilder Entschlußkraft war, sagte er: »Stehenbleiben, sofort.«

Cammie schlitterte noch ein Stück weiter, dann blieb sie stehen. Hinter sich hörte sie die Schritte ihres Onkels, einen Schritt, zwei, ehe er anhielt. Er fluchte, und es war erschrekkend zu hören, daß er den gleichen Tonfall benutzte wie bei seinen Predigten.

Der Mann mit dem Gewehr an der Schulter war Reid. Sein Befehl war nicht für sie bestimmt gewesen.

»Mein Gewehr zielt auf Camilla«, brummte ihr Onkel bissig. »Wenn du abdrückst, werde ich sie mit mir nehmen.«

Sekundenlang war alles still. Draußen blitzte es, ein blasser blauer Schein fiel durch die offene Tür und erhellte die erstarrten Körper im Flur. Cammie sah, daß beide Männer mit erhobener Waffe voreinander standen, bereit, abzudrücken. Reid war ein paar Schritte näher gekommen, er stand jetzt genau gegenüber der Tür zu seinem Büro. Im Schein des Computerbildschirms sah sein Gesicht unnachgiebig aus. Ihr Onkel hielt den Arm mit dem Gewehr eng an den Körper gedrückt, er zielte genau auf sie.

Die kleine Pistole in ihrer Hand war schwer.

»Also«, meinte Reverend Taggart mit hämischer Stimme.

»Wirf die Waffe weg, Sayers, denn sonst werde ich Cammie umbringen.«

Reids Augen zogen sich zusammen, das einzige Anzeichen, daß er gehört hatte, was ihr Onkel gesagt hatte. »Ganz gleich, was ich tue, du wirst sie sowieso umbringen«, sagte er tonlos. »Du kannst sie nicht am Leben lassen, weil sie dir im Weg ist.«

»Genau wie du«, stimmte Cammies Onkel ihm zu. »Aber ich dachte, da du ja solch ein Gentleman bist, würdest du es vielleicht vorziehen, zuerst abzutreten.«

Wieder herrschte Schweigen. Reid sah Cammie zwar nicht an, aber sie war sicher, daß ihm trotzdem keine Einzelheit entging, angefangen von dem roten feuchten Fleck auf ihrem Hemd bis hin zu der Pistole, die halb in ihrer Hand verborgen war. Er machte eine winzige Bewegung, als wollte er das Gewehr von seiner Schulter nehmen.

»Nein!« rief Cammie.

Reid wandte den Blick in ihre Richtung. Seine Stimme klang erschöpft. »Es gibt nichts, was ich sonst noch tun könnte.«

Es war so gar nicht seine Art, so schnell aufzugeben, das wußte sie. Und in der nächsten Sekunde schon sah sie, was er vorhatte.

Es war kein Aufgeben, es war ein Opfer.

»Nein«, rief sie noch einmal, doch es war schon zu spät. Er senkte die Waffe in seiner Hand.

»Auf den Boden«, befahl Taggart, den Lauf seines Gewehres noch immer auf Cammie gerichtet.

Reid ließ seine Waffe fallen. Noch ehe sie den Boden berührt hatte, zielte Cammies Onkel mit seinem Gewehr auf ihn.

»Hör auf!« sagte Cammie und hob die Pistole.

Die Augen des großen schweren Mannes weiteten sich, sein Mund verzerrte sich, er hielt inne. Doch schon im nächsten Augenblick verzog sich sein Gesicht zu einem sarkastischen

Lächeln. »Du wirst nicht abdrücken, dazu bist du viel zu sanftmütig.«

Hatte er recht? Cammie wußte es nicht. Hätte sie die Pistole in der Hand gehabt, als er zuvor auf sie losgegangen war, sie hätte vielleicht automatisch geschossen. Dies hier war etwas anderes.

Sie hatte den Revolver auf Keith gerichtet und abgedrückt. Doch damals hatte sie nur auf die Scheinwerfer des Rovers geschossen, auf den Boden vor seinen Füßen, nicht auf ihn selbst. Seine Verletzungen, auch wenn sie noch so geringfügig gewesen waren, waren ein Unfall.

Alles, was sie jetzt noch fühlte, war eine Todesangst um Reid und das verzweifelte Bedürfnis, den Lauf der Ereignisse zu verlangsamen, bis sie entschieden hatte, was sie tun sollte.

»Warum?« fragte sie und hob auch die andere Hand, um die Pistole festzuhalten, die in ihrer Hand zitterte. »Warum versuchst du, mich umzubringen?«

»Stell dich nicht so dumm an.«

»Es ist ganz einfach«, antwortete Reid für ihn. »Seine Frau ist deine nächste Verwandte. Sie ist auch deine rechtmäßige Erbin, da dein gemeinsames Testament, das du mit Keith gemacht hattest, ungültig ist. Es macht keinen Unterschied, ob das Land, auf dem die Papierfabrik steht, dir gehört und du zusätzlich dazu noch einen Anteil an der Fabrik besitzt oder ob dir nur Keiths Anteil alleine gehört; er wird einen beachtlichen Anteil der Fabrik kontrollieren können, da seine Frau unter seiner Knute steht. Obwohl es mich gar nicht überraschen würde, wenn man später erfährt, daß deine Tante Sara einen hübschen kleinen Unfall hatte, sobald du aus dem Weg geräumt bist.«

»Aber was ist mit dir?« fragte sie. »Warum sollte er versuchen, mich hier in deiner Gegenwart umzubringen, wenn es doch viel einfacher gewesen wäre, es anderswo zu tun.«

»Soll ich es ihr verraten?« fragte Reid Taggart voller Spott.

»Warum nicht? Bis jetzt hast du dich gar nicht so ungeschickt angestellt.«

Reid nickte grimmig. »Ich glaube«, begann er und ließ den Blick nicht von dem anderen Mann, »daß ich als der Sündenbock vorgesehen bin. Ich nehme an, unsere Leichen sollen in der klassischen Mord-Selbstmord-Position gefunden werden – alle werden denken, ich hätte Keith umgebracht und wäre in eine schmutzige, hoffnungslose Affäre mit dir verwickelt gewesen. Der Verkauf der Fabrik wird ohne mich ganz glatt vonstatten gehen.«

»Du hast Keith …«, begann Cammie, doch dann hielt sie inne. »Nein, das kannst du nicht getan haben.«

»Nein«, stimmte Reid ihr leise zu, glücklich darüber, daß sie zu dem gleichen Schluß gekommen war. »Ich glaube, Keiths Fehler war, daß er versucht hat, sich von deinem Onkel hier Geld zu leihen – genauso wie von einer Finanzierungsgesellschaft, die von der Unterwelt kontrolliert wurde. Und dann hat er sich auch noch in das Vergnügen des Priesters mit dem Chormädchen gedrängt.«

Cammie begriff, was Reid zu tun versuchte. Er wollte Zeit schinden, er redete lange genug, bis … bis was? Bis sich ihre Nerven ein wenig beruhigt hatten? Bis er selbst eine Möglichkeit sah? Oder wartete er darauf, daß jemand kam, als Antwort auf seine Botschaft an Charles? Wenigstens dabei konnte sie ihm helfen.

»Chormädchen?« fragte sie.

»Evie, als wenn du das nicht wüßtest«, antwortete ihr Onkel bissig. »Mein Gott, sogar Sayers hat die Gerüchte gehört. Und vergiß nicht, ich habe sie in deinem Haus getroffen, ihr beide habt die Köpfe zusammengesteckt und über mich geflüstert. Warum hast du auf das kleine Luder gehört anstatt auf deinen eigenen Onkel …«

»Du«, flüsterte Cammie. »Du warst der Mann, der sie verfolgt hat, als sie dich verlassen hat, der Mann, der immer versucht hat, sie zurückzubekommen.«

»Sie war das einzig Erregende, was mir in meinem ganzen Leben passiert ist. Ich habe alles getan, was ich konnte, um sie zu behalten, ich habe sogar versucht, dich dazu zu bringen, es noch einmal mit Keith zu versuchen, damit er sie verließ und ich sie zurückbekommen konnte. Dieser Schlaumeier hat das vermutet, als wir auf der Familienfeier waren, er hat mich gezwungen, mich im Reservat mit ihm zu treffen. Er wollte Geld von mir, und als Gegenleistung wollte er mir Evie auf einem silbernen Tablett liefern. Der Schuft. Aber er hat sich alles verdorben, als er mir die Sache mit eurem Testament verraten hat. Da ist mir alles klargeworden, während er sich über mich lustig gemacht hat.«

»Geld und Eifersucht«, sagte Reid leise. »Eine tödliche Kombination.«

»Es war so einfach. Ich bringe Keith um, und Cammie erbt alles. Ich bringe Cammie um, und Sara bekommt das ganze Geld.«

»Und dann bringst du Tante Sara um«, fuhr Cammie in plötzlicher Erkenntnis fort. »Und alles gehört dir. Und inzwischen ist Evie allein und ohne Geld, und wenn alles vorbei ist ...«

»Dann bin ich für sie da, um sie zu trösten und für sie zu sorgen, und wenn ich dann all das Geld vom Verkauf der Fabrik habe, wird sie sich schon besinnen.«

»Wieso kannst du da so sicher sein? Wenn du keinen Finger rührst, um ihr schon jetzt zu helfen?«

»Dazu ist es noch zu früh«, wehrte der Reverend ärgerlich ab. »Ich kann es mir nicht leisten, daß die alten Klatschweiber sich über sie und mich den Mund zerreißen, wie sie es im vergangenen Jahr getan haben. Ich muß sie alle auf meine Seite ziehen, muß dafür sorgen, daß sie über dich und Sayers klatschen und über die alten Geschichten, die ich über Justin und Lavinia verbreitet habe. Sie lieben Sexskandale, je saftiger, desto besser.«

»Augenblick.« Cammie runzelte nachdenklich die Stirn. »Dann warst du das also, der nachts um mein Haus geschlichen ist; ich weiß, daß du es warst, denn ich habe dich gesehen. Und das war noch vor Keiths Tod.«

»Ich und Sayers. Ich hätte mich halbtot lachen können, als ich ihn beobachtet habe, wie er hier herumgelungert ist. Er hat geglaubt, er sei der einzige, der Erfahrung im Anschleichen hat. Er wußte nicht, daß ich schon hinter die feindlichen Linien geschlichen bin, als er noch nicht einmal trocken hinter den Ohren war. Er hat nicht einmal geahnt, daß ich überhaupt da war.«

»Falsch«, mischte sich Reid ein. »Mein Fehler war es zu glauben, daß du nur ein schmutziger alter Mann bist. Und als ich gerade der Überzeugung war, daß man dir besser einmal eine Lektion erteilen sollte, hast du aufgehört.«

Der andere Mann warf ihm einen bösen Blick zu. »Ich mußte doch zuerst einmal wissen, ob ihr Mann es schaffte, sich wieder mit ihr zu versöhnen. Später schien es mir eine recht gute Idee zu sein herauszufinden, um welche Uhrzeit sie gewöhnlich ins Bett ging. Und vielleicht auch mit wem.«

»Und genau zu dem Zeitpunkt hast du mich als Opfer auserkoren«, sagte Reid leise.

»Du hattest es nicht anders verdient. Es war dein Fehler, daß das Baylor-Mädchen verschwunden ist. Sie kam zu mir, völlig verstört, und fragte mich als ihren Seelsorger, wie sie mit ihrer Entdeckung umgehen sollte. Ich sagte ihr, sie sollte Stillschweigen bewahren und abwarten, aber du hast ihr geholfen davonzulaufen, und das hat die Summe, die Camilla hätte erben können, beträchtlich verringert. Du wolltest nicht, daß meine Nichte das ganze Geld bekam, genausowenig wie du es Keith oder Gordon Hutton gegönnt hast, nicht wahr, Sayers? Du bist genauso schmutzig wie alle anderen auch.«

»Das stimmt«, gab Reid mit fester Stimme zu.

Cammie hätte sich am liebsten umgedreht, hätte Reid dazu gezwungen, sie anzusehen, damit sie selbst beurteilen konnte, wie seine Worte gemeint gewesen waren. Doch das ging jetzt nicht, sie mußte ihren Onkel im Auge behalten. Die Anspannung in ihrem Arm, in ihrem Kopf, war beinahe unerträglich. Das feine Zittern, das ihren Körper durchlief, wurde beinahe zum Schüttelfrost. Sie mußte handeln, und zwar bald.

Ihr Onkel lachte, sein Blick ruhte noch immer auf Reid. »Ich bin sicher, der liebe Gott wird es mir verzeihen, wenn ich einen Sünder wie dich umbringe. Deine Seele ist schwarz, die Hölle wartet schon auf dich, und ich bin nur ein Instrument Seines Willens. Wenn Er dich retten wollte, hätte Er es schon getan. Möchtest du noch vorher um ein Wunder beten, ehe du stirbst?«

»Tu das nicht«, warnte Cammie ihn mit gepreßter Stimme.

»Camilla ... Cammie, mein Schatz.« Ihr Onkel lächelte sie an. »Ich bin der Mann, der dich auf seinem Schoß gehalten hat, der dich mit Kuchen von seinem Teller gefüttert hat. Ich bin der Mann, hinter dem du dich versteckt hast, damit deine Mutter dir keinen Klaps geben konnte. Ich bin derjenige, der dir beigestanden hat, als deine Mutter und dein Vater starben, an meiner Schulter hast du dich ausgeweint. Du weißt, daß du nicht auf mich schießen kannst.«

»Ich werde es tun.« Sie spannte den Hahn mit dem Daumen, um ihm zu zeigen, daß sie es ernst meinte.

»Leg das Spielzeug weg und sei ein gutes Mädchen.«

»Es heißt hier entweder Reids Leben oder deines, mein Leben oder deines. Ich habe keine andere Wahl«, erklärte sie ihm mit einer Stimme, die selbst in ihren eigenen Ohren wie eine Bitte klang.

»Cammie«, flüsterte Reid hinter ihrem Rücken. »Wenn du ganz langsam zurückgehst, in meine Richtung, dann werde ich die Pistole nehmen.«

Hatte er die Absicht, die Dinge voranzutreiben? Oder versuchte er nur, sie von dem Druck zu befreien, unter dem sie stand, ihr die Verantwortung abzunehmen? Im Bruchteil einer Sekunde schossen ihr diese Gedanken und ihre Möglichkeiten durch den Kopf. Sie konnte tun, was Reid von ihr verlangte, aber wenn er ihren Onkel erschoß, wer würde ihm dann glauben, daß er keine andere Wahl gehabt hatte? Bei ihr war das etwas anderes. Wenn sie ihn umbrachte, würde Bud ihr glauben, daß sie keine andere Wahl gehabt hatte. War es so vielleicht auch bei Lavinia und Justin gewesen?

»Ich würde das nicht versuchen«, warnte Reverend Taggart sie. Seine Stimme hatte etwas Endgültiges. Er hob das Gewehr noch ein wenig höher und zielte genau auf Reids Brust. Die Muskeln in seinem Gesicht spannten sich an.

Das genügte ihr als Warnung. Sie hatte keine Zeit mehr, etwas zu sagen, keine Zeit, sich zu entscheiden.

Cammie fühlte, wie eine eisige Ruhe sie überkam. Sie verdrängte ihre Angst, beruhigte ihre Wut und löschte alle Zweifel aus. Sie zielte auf seinen Körper. Sie schloß die Augen nicht.

Der Knall war laut und heftig. Die Pistole wurde schmerzhaft in ihre Hand gedrückt, ihr Arm nach oben gerissen. Ihr Onkel sank zu Boden, ungeschlacht und mit verrenkten Gliedern lag er vor ihr.

Aber das Gewehr in seiner Hand ging dennoch los, entlud sich in einem donnernden Knall. Das Mündungsfeuer war in der Dunkelheit deutlich zu sehen, es zielte genau auf Reid. Er wurde zurückgeworfen, im Blitz des Mündungsfeuers war sein Gesicht kreidebleich und ausdruckslos, seine Augen vor Schreck weit aufgerissen. Er fiel der Länge nach zu Boden und blieb bewegungslos liegen.

Und in der Ferne, über dem stetigen Rauschen des Regens, hörte man das gleichmäßige Geräusch der Rotoren eines Hubschraubers, das immer näher kam.

22. Kapitel

»Nein. Bitte, nein ...«

Die Worte waren nicht mehr als ein Flüstern. Cammie ließ die Pistole fallen, eiskaltes Entsetzen stieg in ihr auf. Sie stolperte auf Reid zu, fiel neben ihm auf die Knie. Mit zitternden Händen suchte sie auf seiner Brust, seinem Bauch nach der Feuchtigkeit einer Wunde. Sie fand keine, obwohl seine Jacke zerrissen war und Schmauchspuren hatte.

Sie beugte sich näher zu ihm, legte die Hände um sein Gesicht und strich mit zitternden Fingern zärtlich über seine Wangen. Sie drehte seinen Kopf vorsichtig zum Licht des Bildschirms, das über ihre Schulter schien. Reids Gesicht war blaß und schlaff. Aber sie konnte keine Anzeichen einer Verletzung entdecken.

Seine Brust hob sich unter einem tiefen, zitternden Atemzug. Sein Gesicht verzog sich, er öffnete den Mund, um besser atmen zu können. Ganz plötzlich riß er die Augen auf. Lange blickte er schweigend in ihr Gesicht, das dem seinen so nahe war, versuchte in ihren tränenfeuchten Augen zu lesen, die ihn mit liebevollem Mitleid, aber auch noch immer voller Schrecken ansahen.

Mit einer plötzlichen Kraftanstrengung löste er sich aus ihren Armen und zog sich in eine sitzende Position hoch, wobei er die Wand hinter sich als Stütze benutzte. »Spar dir dein Mitleid«, meinte er mit rauher Stimme. »Es hat mir nur den Atem ... verschlagen. Die Jacke ...«

»Schußsicher?« erriet Cammie, als er innehielt, um noch

einmal tief Luft zu holen. Sie hatte gefühlt, daß er unter seiner Jacke etwas Schweres, Dickes trug.

Er nickte. »Glücklicherweise habe ich mich gerade umgedreht ... als er mich erwischt hat. Einen direkten Schuß ... hätte ich vielleicht nicht überlebt.«

Mit Glück hatte das wenig zu tun, soviel wußte Cammie. Sie hatte gesehen, wie Reid sich bewegt hatte, er hatte versucht abzuschätzen, von wo der Schuß kommen würde. Sie wußte auch, daß es ein letzter Versuch von ihm gewesen war, sein eigenes Leben zu retten, während das ihre noch an einem seidenen Faden hing, sein Gesichtsausdruck hatte ihr das verraten. Dieses Bewußtsein gab ihr ein Gefühl von Macht. Sie betete, daß sie sich nicht irrte.

Für eine weitere Unterhaltung blieb keine Zeit mehr. Das Heulen einer Sirene, das rasch näher kam, wurde überdeckt von dem Geräusch des Hubschraubers. Auf der Einfahrt quietschten Reifen, dann hörte man Stimmen, Befehle wurden gerufen. Durch die offene Tür erkannte Cammie Männer in Uniformen und Regenmänteln, die auf das Haus zukamen. Sie rannten durch den Regen, der wie ein silberner Vorhang fiel, in das grelle weiße Licht des Hubschraubers und winkten ihn ein.

Sie stand auf, strich sich das Haar aus dem Gesicht. Das grelle Licht von draußen erhellte auch den Flur. In seinem Schein sah sie ihren Onkel reglos auf dem Boden liegen, ein roter Fleck breitete sich aus von dem dunklen Loch in seiner Brust, sie sah, daß seine offenen Augen ins Nichts starrten. Benommen dachte sie, daß sie sich um ihn kümmern sollte, daß sie sich vergewissern sollte, daß er nicht länger lebte, aber sie fürchtete sich, ihm nahe zu kommen, sie verspürte eine absurde Furcht, daß er plötzlich wieder lebendig werden könnte, um sie noch einmal zu bedrohen.

Reid folgte ihrem Blick, dann stand er ganz langsam auf. Er trat zu dem auf dem Boden liegenden Mann und beugte sich über ihn, legte einen Finger auf den Puls an seinem Hals. Er blickte zu Cammie und schüttelte leicht den Kopf, dann bückte er sich und nahm das Gewehr, das quer über Reverend Taggarts Hals lag.

»Stehenbleiben! Rühren Sie sich nicht!«

Der Ruf kam von der Tür. Im nächsten Augenblick schon waren sie von Männern umringt. Reid wurde vom Strahl einer starken Taschenlampe erfaßt und sah in die Mündungen von etwa einem halben Dutzend Gewehre.

Er erstarrte mitten in der Bewegung, nicht einmal seine Augenwimpern zuckten.

»Lassen Sie das Gewehr fallen!«

»Nein«, rief Cammie und ging auf die Männer zu.

»Ist schon in Ordnung, Ma'am. Treten Sie bitte zurück.« Ein Mann in der Uniform der Staatspolizei hatte zu ihr gesprochen, ohne ihr große Beachtung zu schenken.

»Laß nur, Cammie«, versicherte Reid ihr. »Ich kann das schon allein erledigen.«

Er wollte ihre Tat auf seine Schultern nehmen, um sie vor den Konsequenzen einer Mordanklage zu schützen. Es war sogar möglich, daß er damit durchkam, denn er hatte die Meldung durchgegeben, die die Behörden hergebracht hatte. Für ihn würde es nur ein weiterer Mann von vielen sein.

Aber es war nicht fair, und es war auch nicht richtig.

Ein untersetzter Mann drängte sich zwischen den anderen hindurch, jemand, den Cammie kannte. Sie ging auf ihn zu und legte beide Hände auf seinen Arm. »Bud«, sagte sie mit fester, sicherer Stimme. »Sag ihnen, sie sollen aufhören. Ich habe ihn erschossen. Ich habe meinen Onkel getötet.«

Bud warf ihr einen durchdringenden Blick zu. Er starrte auf den Toten am Boden und auf Reid, der noch immer über ihm stand. Dann befreite er sich von Cammies Griff, ging auf Reid zu und zog ein Taschentuch aus seiner Tasche. Er nahm Reid vorsichtig mit dem Taschentuch das Gewehr ab und wandte sich dann an die anderen.

»Entspannt euch, Jungs«, versicherte er ihnen zuversichtlich. »Hier geht es um viel mehr, als auf den ersten Blick zu erkennen ist. Laßt uns hier erst mal etwas Licht hereinbringen, dann können uns die beiden hier alles erzählen.«

Es dauerte eine Weile, bis Reid und Cammie ihre Aussagen gemacht hatten; es gab so viel zu erzählen, so viele Einzelheiten zu erklären.

Einige Dinge ließen sie aus; Cammie verschwieg gewisse Einzelheiten und Reid ebenfalls, als hätten sie sich insgeheim abgesprochen. Wenn Bud es bemerkte, und das war ziemlich wahrscheinlich, so sagte er jedenfalls nichts. Die Fragen, die er stellte, waren scharfsinnig, sie zeigten, daß er die Situation und die vorangegangenen Ereignisse durchaus im Griff hatte. Er war sogar in der Lage, einige Dinge aus eigener Anschauung hinzuzufügen, da er sowohl offizielle als auch inoffizielle Untersuchungen betrieben hatte.

Alles hatte mit dem beabsichtigten Verkauf der Papierfabrik begonnen. Reids Vater hatte die Bücher durchgesehen, in dem guten Glauben, alles wäre in Ordnung, und dann hatte er die Unstimmigkeiten in Keiths Abteilung entdeckt. Der Streß hatte zu dem Herzinfarkt beigetragen, der ihn schließlich umgebracht hatte. Unmittelbar vor seinem Tod hatte er nach seinem Sohn telefoniert, und Reid war nach Hause gekommen. Doch sein Vater war gestorben, ehe er ihm eine vollständige Erklärung der Dinge hatte geben können.

Keith war entweder von Reids Vater auf seine betrügerischen Machenschaften angesprochen worden, oder ihm war klargeworden, daß eine Überprüfung der Bücher, die bei einem Verkauf unerläßlich war, alles ans Tageslicht bringen würde. Er hatte sich von allen Seiten Geld geborgt, um den Fehlbetrag auszugleichen, aber es hatte nicht gereicht. Mit der üblichen Zuversicht des Spielers hatte er versucht, die geborgte Summe am Spieltisch zu vermehren, und war dadurch schließlich in noch größere Schwierigkeiten geraten.

Das Ergebnis der Suche nach dem Eigentumsdokument, die es wahrscheinlich machte, daß Cammie nach dem Verkauf der

Fabrik eine reiche Frau wäre, hatte Keith dazu ermuntert, zu ihr zurückzukehren. Er war sicher, daß er sie mit schönen Worten dazu bringen würde, ihn wieder aufzunehmen, dann würde sie ihm das Geld geben, und all seine Probleme wären gelöst.

Cammie machte Keith mehr Schwierigkeiten, als er erwartet hatte. Gordon, der die Motive seines Bruders mißverstanden hatte, hatte Keith dazu ermuntert, härtere Maßnahmen zu ergreifen, um die Scheidung aufzuhalten. Cammies Mann war nur zu gern bereit gewesen, seinen Rat in die Tat umzusetzen. Reids Eingreifen war nötig gewesen, um Keith dazu zu bringen, nach einem anderen Ausweg zu suchen.

Sein größter Fehler war es jedoch gewesen, Reverend Taggart um Geld zu bitten.

Als sie an diesem Punkt der Befragung angekommen waren, senkte sich ein kurzes Schweigen über sie. Sheriff Bud Deerfield sah Reid mit gerunzelter Stirn an. »Dieser Handel mit dem Baylor-Mädchen – du warst es doch, der sie aus der Stadt geschafft hat, nicht wahr?«

»Nicht gerade eine meiner erfolgreicheren Unternehmungen«, meinte Reid und verzog grimmig den Mund. »Ich hatte vergessen, wieviel Augen und Ohren eine so kleine Stadt haben kann. Aber ich hatte den Eindruck, daß zu viele Leute ein gefährliches Interesse an dem haben könnten, was Janet herausgefunden hatte. Ich habe sie überredet, sich mit mir in Monroe zu treffen, dann habe ich sie über die Staatsgrenze nach Little Rock gebracht. Von dort aus habe ich ihr ein Flugticket gekauft, mit so vielen Umsteigeflughäfen wie nur möglich, um ihre Spur zu verwischen. Sie genießt im Augenblick eine Strandwohnung in Florida, die einem Kumpel von mir gehört, mit dem ich zusammen in der Armee war.«

Bud brummte unwillig. »Du hättest mir sagen können, was du vorhattest, dann hättest du uns allen viel Ärger erspart.«

»Das hatte ich auch vor, bis Keith umgebracht wurde«, antwortete Reid, ohne dem Blick des anderen auszuweichen. »Sein Tod ... der eine saubere Schuß, die gestohlene Waffe ... all das deutete auf einen professionellen Mord hin. Es gab drei Möglichkeiten, an die ich dachte: organisiertes Verbrechen, Militär oder ...«

»Oder Polizei? Ich verstehe, was du geglaubt haben mußt«, meinte Bud. »Aber welche Gründe sollte ich dafür gehabt haben?«

»Keith machte ziemlichen Lärm über deine Familiengeschichte, und das hätte dir bei der nächsten Wahl Schwierigkeiten einbringen können. Außerdem belästigte er Cammie, und es wäre ja möglich, daß du ihn warnen wolltest, dann aber die Kontrolle über die Sache verloren hattest. Wenn man dann noch bedenkt, daß es nicht das erste Mal wäre, daß jemand, der Spielschulden und Unterschlagungen auf dem Gewissen hat, die Polizei im Würgegriff hält ...«

»In einem Würgegriff, der unbedingt gebrochen werden mußte? Auf eine verrückte Art und Weise ergibt das sogar einen Sinn. Auch wenn nichts dran ist, vergiß das nicht.«

Reid nickte zustimmend. Die beiden Männer schienen einander zu verstehen.

»Richtig.« Bud sammelte die Papiere zusammen, die auf dem Küchentisch verstreut lagen. »Sieht ganz so aus, als wäre dies ein klarer Fall von Totschlag in Notwehr, und ich denke, der Staatsanwalt wird das auch so sehen. Mir scheint, die Jungs da draußen im Flur sind bereit, wieder abzuziehen. Es wird auch Zeit, daß wir alle von hier verschwinden und euch beide mit dem Rattenkillen weitermachen lassen.«

Es war zwar nicht die beste Umschreibung für diesen Augenblick, obwohl sie ganz natürlich geklungen hatte. Bud schien es zu bemerken, denn er zuckte zusammen und öffnete den Mund, als wollte er sich entschuldigen. Doch noch ehe er etwas sagen konnte, schrillte das Telefon in Reids Büro.

»Das wird Charles sein«, meinte Reid. »Ich werde ihm sagen, daß die Kavallerie rechtzeitig eingetroffen ist, wenn du nichts dagegen hast.«

Der Sheriff hob zustimmend die Hand. Reid verließ die Küche, nach einer Weile hörte man leise seine Stimme, gefolgt von Pausen, während er dem Teilnehmer am anderen Ende der Leitung lauschte.

»Nun, Cammie.« Bud steckte sein Notizbuch wieder ein. »Ich muß dir sagen, daß mir das alles sehr leid tut.«

Sie versuchte zu lächeln, doch es gelang ihr nicht. »Es gibt nichts, was du sonst noch für uns hättest tun können«, wehrte sie ab.

»Dann werde ich wohl besser zu deiner Tante fahren und ihr vorsichtig beibringen, was passiert ist. Kein sehr angenehmer Job, das kann ich dir sagen.«

»Tante Sara ist stärker, als du vielleicht glaubst«, meinte Cammie. »Ich werde mit dir kommen, falls jemand bei ihr bleiben sollte.«

Bud spitzte die Lippen und sah sie unter zusammengezogenen Augenbrauen her an. »Ich finde, das ist keine sehr gute Idee. Meinst du nicht auch? Ich meine, wenn man die Umstände bedenkt?«

Es dauerte einen Augenblick, ehe Cammie in ihrer Sorge um die Schwester ihrer Mutter begriff, worauf er hinauswollte. Auch wenn Tante Sara ihre Nichte noch so sehr liebte, so wollte sie doch sicher in ihrer Trauer um ihren Mann nicht ausgerechnet von der Frau getröstet werden, die ihren Mann umgebracht hatte.

»O ja, ich denke, du hast recht.«

Bud streckte den Arm aus und tätschelte ihre Hand. »Bist du sicher, daß ich nicht lieber den Arzt anrufen soll, damit er dir etwas zur Beruhigung verschreibt, Pillen oder so?«

Sie schüttelte den Kopf. »Es geht mir gut, wirklich.«

»Ich könnte auch Wen anrufen. Sie wird sicher gern kommen, um dich nach Hause zu bringen; sie wird auch bei dir bleiben, wenn du es möchtest.« Lächelnd fügte er dann noch hinzu: »Sie würde sicher liebend gern alles aus erster Hand hören.«

»Du kannst sie anrufen und sie bitten, sich um Tante Sara zu kümmern. Die braucht sie sicher nötiger als ich.«

Er drückte ihre Hand und ließ sie dann wieder los. »Wie du willst. Aber mach keine Dummheiten, wie zum Beispiel, allein in dein großes Haus zurückzugehen. Du bist ein verdammt tapferes Mädchen, und ich ziehe den Hut vor dir, aber alles hat seine Grenzen.«

»Mach dir keine Sorgen um Cammie«, meinte Reid, der plötzlich an der Tür erschien. »Ich werde mich um sie kümmern.«

Der Sheriff sah ihn einen Augenblick prüfend an, dann nickte er. »Dann ist also alles in Ordnung. Wenn einem von euch beiden noch etwas Wichtiges einfällt, was ich vielleicht wissen sollte, dann sagt mir Bescheid.«

Es dauerte noch eine halbe Stunde, ehe die Ambulanz den Toten abtransportiert hatte und alles wieder in Ordnung gebracht worden war. Schließlich startete auch der Hubschrauber wieder und verschwand dann hinter den Bäumen. Die Rücklichter der Polizeiwagen wurden immer kleiner in der Ferne. Reid schloß die Tür und verriegelte sie hinter sich.

Er wandte sich zu Cammie um, die noch immer im Flur stand. Er ging in die Küche, holte eine Flasche Brandy und zwei Kaffeetassen und goß in jede Tasse einen großzügigen Schluck. Dann füllte er die Tassen mit heißem Kaffee aus der Kaffeemaschine auf, die in den letzten beiden Stunden beinahe ununterbrochen gelaufen war.

Cammie folgte ihm und sah ihm zu, wie er die beiden Tassen auf den Tisch stellte. Noch immer hatte es den Anschein, als sei er unverwundbar. Ihre Hoffnung schwand.

Schließlich blickte er auf, seine Augen hatten einen unerbittlichen Ausdruck. »Also gut«, meinte er. »Ich weiß, daß da noch etwas ist, was dich beschäftigt, etwas, was du Bud nicht gesagt hast.«

»Einige Dinge«, stimmte sie ihm vorsichtig zu.

»Raus damit.« Er zog einen Stuhl für sie heran und bedeutete ihr mit einer Handbewegung, sich zu setzen.

»Ich glaube nicht, daß jetzt der richtige Zeitpunkt dafür ist«, wehrte sie leise ab.

»Jetzt oder nie. Komm schon, sag es mir und bring es hinter dich.«

Cammie hörte den Schmerz unter seinem etwas rauhen Ton. Sie kehrte ihm den Rücken zu, ging durch den Flur in sein Büro und holte den alten, verblichenen Hefter. Dann kam sie in die Küche zurück, setzte sich und legte ihn vor sich auf den Tisch.

Reid machte ein Geräusch, das halb Lachen und halb Stöhnen war. »Ich hätte es wissen müssen.«

»Daß ich dies hier finden würde oder daß ich es irgendwann doch einmal erfahre?«

»Beides und natürlich zur unpassendsten Zeit.« Er sah müde aus, aber dennoch versöhnlich.

»Und wann wäre der passende Zeitpunkt gewesen?« fragte sie so höflich, wie es ihr möglich war.

»Wenn ich auf der anderen Seite der Welt wäre.«

Sie hatte es gewußt, dennoch stockte ihr jetzt der Atem. Mit angespannter Stimme fragte sie: »Wo hast du das gefunden? Oder hattest du es schon die ganze Zeit?«

»Ich habe mir die Geschäftsbücher der Fabrik angesehen. Der Safe, in dem sie liegen, ist schon uralt, ein richtiges Ungetüm, das schon seit Gründung der Fabrik dort steht. Ganz hinten in dem Safe habe ich einige von Justins alten Geschäftsunterlagen gefunden. Ich denke, sie wurden eher aus sentimentalen Gründen dort aufgehoben, als Andenken oder so, oder jemand hat sie dort hineingelegt und dann vergessen. Auf jeden Fall habe ich sie mir angesehen, und diese Mappe fiel plötzlich heraus.«

Cammie sah ihn lange schweigend an. Sie hatte keinen Grund, an dem zu zweifeln, was er ihr gesagt hatte. »Ich verstehe, worum es in dem Dokument geht«, sagte sie und holte das muffig riechende Schriftstück aus der Mappe. »Meine Urgroßmutter hat sich bereit erklärt, dreihundert Morgen Land an Justin Sayers zu verkaufen, im Tausch für die Summe von einem Dollar plus erhaltener Güter, nämlich ein Grundstück von dreitausend Morgen Land. Und für geleistete Dienste, das darf ich nicht vergessen. Aber ich möchte wissen, was das zu bedeuten hat.«

Reid fuhr sich mit der Hand durch das Haar und massierte dann seinen Nacken. Er vermied es, sie anzusehen, blickte stattdessen auf den Tisch. »Ein solches Dokument nennt man auch einen Titel auf Gegenseitigkeit. Es ist eine bindende Vereinbarung zwischen zwei Menschen für die private Übertragung von Eigentum; Louisiana ist einer der wenigen Staaten, in dem so etwas noch gesetzlich ist. Mit diesem Vertrag hat Lavinia Justin dreihundert Morgen Land übertragen im Tausch für dreitausend Morgen, die er anderswo besaß. Der Preis von einem Dollar war nur eine Formsache. Und was die erwiesenen Dienste betrifft, da fragst du mich besser nicht, denn ich habe keine Ahnung.«

»Wenn man danach geht, wie diese dreihundert Morgen in diesem Dokument beschrieben werden, gehörte das Land zu dem, was Lavinia beim Tod ihrer Mutter geerbt hat; es war ein Teil des Landes, das an dem damals einzigen Highway nach Greenley lag. Es besteht gar kein Zweifel daran, daß das Land ihr gehörte und daß sie demnach das Recht hatte, es weiterzugeben.«

»Das Land, das sie als Gegenwert dafür bekommen hat, war unberührtes Waldland, mit einem Flußufer und einigen kleinen Bächen, obwohl zur damaligen Zeit keine Straßen dorthin führten. Alles in allem war das kein so schlechter Tausch, glaube ich.«

Sie warf ihm einen erbitterten Blick zu. »Es war ein ausgezeichneter Tausch, aus geschäftlicher Sicht. Ist dir eigentlich klar, daß aus diesen dreitausend Morgen schließlich das Wildreservat wurde? Hast du eine Ahnung, was dieses Land heute wert ist?«

»Ich weiß es, und ja, ich kann mir vorstellen, was es heute wert ist«, antwortete er.

»Also haben meine Urgroßmutter und dein Urgroßvater, die einander einmal geliebt haben, auf genau entgegengesetzten Seiten des Wildreservates gewohnt, mit nichts zwischen sich außer einer Menge Bäume.«

Reid stützte einen Ellbogen auf den Tisch und legte sein Kinn in die Hand. »Und mit einem gut ausgetretenen Pfad zwischen den beiden Häusern, einem Pfad, den man noch immer sehen konnte, als ich ein kleiner Junge war.«

»Du machst Spaß«, meinte sie.

»Ich schwöre.«

Cammie sah ihn lange an, dann blickte sie in ihre Kaffeetasse. Sie nahm einen Schluck von dem Kaffee mit dem Brandy und fühlte, wie er warm durch ihren Körper lief. Sie stellte die Tasse ab und legte dann die Hand auf das alte Dokument. »Da steht nichts drin, was wir nicht auch hätten erraten können, wenn wir es versucht hätten«, meinte sie. »Warum hast du es mir also nicht gezeigt?«

Er zuckte mit den Schultern und wich ihrem Blick aus. »Du schienst so sicher zu sein, was du mit der Fabrik anfangen wolltest. Vielleicht dachte ich, du solltest diese Möglichkeit haben.«

»Und was ist aus all deiner Besorgnis um die Menschen geworden, die du den Spechten vorziehen wolltest?«

»Ich bin also kein Mann von hohen Grundsätzen. Ist das schlimm?«

»Ich glaube, das bist du doch«, meinte sie nüchtern. »Und ich glaube, du warst der Meinung, daß Lavinia vor all diesen Jahren den kürzeren gezogen hatte. Und das wolltest du in dieser Generation ausgleichen, nämlich bei mir. Du hast nicht bedacht, daß es dein Urgroßvater war und danach sein Sohn und danach dessen Sohn, die diese Fabrik aufgebaut haben und die dafür gearbeitet haben, daß sie erfolgreich war. Ganz zu schweigen davon, daß es dein Erbe ist.«

»Du irrst dich«, wehrte Reid gepreßt ab.

»Wirklich? Dann sag mir, daß du nicht weglaufen und die Fabrik im Stich lassen wolltest. Sag mir, daß du nicht die Absicht hattest, mir dein Erbe zu überlassen, um ... um einer vergangenen Liebe willen und wegen erwiesener Dienste. Sag mir, wieso du glauben konntest, daß ich dieses Geschenk annehmen würde, wo ich doch wußte, daß es rechtmäßig gar nicht mir gehört!«

»Also, Cammie ...«, begann er und hob alarmiert den Kopf.

Doch sie sprach weiter, ließ sich nicht unterbrechen. »Ich bin nicht wie Lavinia, Reid. Ich brauche mehr als nur Großzügigkeit und Erinnerungen. Ich habe nicht die Absicht, mich zurückzuziehen, wenn es Schwierigkeiten und Tratsch gibt, um mein Leben der Wohltätigkeit zu widmen. Ich schäme mich nicht der Dinge, die wir getan haben. Und ich werde mich nicht mit weniger zufriedengeben als mit Liebe.«

Er starrte sie mit großen Augen blicklos an. Abrupt sprang er von seinem Stuhl auf und wandte sich ab. Über seine Schulter hinweg sagte er mit gepreßter Stimme: »Du kennst mich nicht, Cammie.«

»Was gibt es denn da zu kennen? Du bist ausgebildet worden, um einen Job zu erledigen, aus vielen guten Gründen, und du hast diesen Job getan, so gut du konntest. Männer vor dir haben das auch schon getan, und sie sind deshalb nicht als Killer oder als Tiere gebrandmarkt worden.«

»Freundlichkeit«, sagte er leise, beinahe wie zu sich selbst. »Weißt du eigentlich, daß das das erste war, was mir an dir aufgefallen ist? Du warst damals vielleicht fünf oder sechs, und wir waren in der Ferien-Bibelschule. Ein kleiner Junge, ein Säugling beinahe noch, fiel hin und schlug sich das Knie auf. Du hast seine Tränen getrocknet, ihn getröstet und den Schmutz und das Blut von seinem Knie mit dem Saum deines Kleides abgewischt. Und dann hast du ihn auf den Arm genommen, obwohl er beinahe so groß war wie du, und hast ihn zu seiner Mutter gebracht. Ich weiß noch …«

Er hielt inne, dann begann er von neuem, seine Stimme klang noch sanfter. »Und ich habe dich immer beobachtet, wie du um die Wildblumen herumgegangen bist, anstatt draufzutreten, und du hast Spinnen in die Hand genommen und sie vor das Fenster gesetzt, statt sie zu töten. Ich habe dich jahrelang beobachtet, weil es mir Freude machte und weil du mir das Gefühl gabst … glücklich zu sein, in meinem Inneren. Und ich habe immer so getan, als seist du meine Schwester. Ich habe dir all meine Lieblingsplätze gezeigt, wenn ich draußen gezeltet oder geangelt habe, ich habe mit dir geredet, dir alle möglichen Dinge erzählt. Durch meine Beobachtungen wußte ich, daß du die Menschen verstanden hast, daß du ihre Stärken und Schwächen kanntest und auch die Eigenschaften, die sie an sich selbst am wenigsten mochten. Ich wußte, du hast sie bewußt auf Abstand gehalten, um zu vermeiden, daß sie deine verwundbarsten Seiten berührten, indem du ihre Schwächen gegen sie verwendet hast.«

»Das war aber gar nicht so freundlich«, widersprach Cammie.

»Es war eine Art Selbstschutz. Wenn du nicht Worte und Zorn benutzt hättest, um dich zu verteidigen, dann wäre nichts übriggeblieben von dir, sie alle hätten dich zerstört. Dennoch war ich irgendwie immer überzeugt, daß du mir nicht das gleiche antun würdest.«

»Aber das habe ich getan.«

Er senkte den Kopf. »Ich habe in meiner Arroganz als Teenager damals entschieden, daß ich dich als Schwester gar nicht haben wollte, daß ich mehr von dir wollte. Deshalb habe ich dich damals dort erwischt, wo du mir nicht so leicht entkommen konntest, und habe versucht, dir das begreiflich zu machen. Und du hast es benutzt, um mich von dir fernzuhalten. Doch war ich dir schutzlos ausgeliefert, ich hatte dir gegenüber keine Verteidigung. Und deshalb hat es mich … innerlich zerrissen.«

»Nein«, widersprach sie. »So kann es nicht gewesen sein.«

Reid lachte bitter auf, es klang beinahe wie ein Stöhnen. »Nun, ich habe das aber so gesehen, obwohl ich wahrscheinlich selbst dafür verantwortlich war. Ich bin weggegangen, war in der Armee und habe mich geweigert, Gefühle für andere Menschen zu entwickeln, selbst für die Frau, die unglücklicherweise da war, als ich entschied, daß ich eine andere heiraten wollte, wenn ich dich schon nicht haben konnte. Und es hat geklappt, eine lange Zeit sogar.«

Er schwieg so lange, war so in Erinnerungen versunken, an denen sie keinen Anteil hatte, daß Cammie fürchtete, er würde nicht weitersprechen wollen oder nicht können. Sie zwang sich, etwas zu sagen. »Bis Israel«, brachte sie mühsam hervor.

»Ja«, flüsterte er seufzend. »Bis Israel. Soll ich dir davon erzählen? Möchtest du es wirklich hören?«

»Bitte«, antwortete sie, und dieses eine Wort war nicht mehr als ein Hauch.

Er legte den Kopf in den Nacken. »Da war dieses kleine Mädchen. Wir nannten sie A. J., weil niemand ihren richtigen Namen kannte. Sie war fünf oder sechs, und ihr Haar war von einem sanften Braun, in der Sonne leuchtete es rotgolden auf. Manchmal, wenn ihr kleiner Bruder hinfiel, hob sie ihn auf, trocknete seine Tränen und tröstete ihn und säuberte seine Wunde dann mit dem Saum ihres Rocks. Dann trug sie ihn nach Hause, zu ihrer Mutter, obwohl er fast so groß war wie sie. Sie hatte ein Lächeln wie ein Sonnenaufgang, und sie liebte es zu lachen. Sie war so freundlich, in so vielen Dingen erinnerte sie mich an dich. Und sie vertraute mir.«

»Reid«, flüsterte Cammie, und das Wort schmerzte sie.

»Nein, warte.« Sie sah, wie ein leiser Schauer durch seinen Körper lief, seine Stimme klang rauh. »Ich fühlte den Sprengstoff, der an diesem Tag mit endlosen Metern von Klebeband an ihrem Körper befestigt war, viel zuviel, um es noch lösen zu können, und viel zu eng angeklebt, als daß man es hätte aufschneiden können. Sie wußte, was ihr Onkel ihr angetan hatte, Cammie. Sie wußte es. Und auch ich wußte es, denn ich hatte gerade erst am Vorabend den Bericht über ihn bekommen. Zu spät, um sie noch davon abhalten zu können, uns zu besuchen. Zu spät, um die Freude zu beenden, die sie mir schenkte. Und ich mußte wählen, ich mußte ...«

»Du hast das Richtige getan«, sagte Cammie voller Verzweiflung, als sie den Schmerz aus jedem seiner Worte hörte. »Du hättest gar nichts anderes tun können.«

»Wirklich, Cammie? Habe ich wirklich das Richtige getan? Ich habe den Sprengstoff gefühlt, und ich wußte, daß ich nur Sekunden Zeit hatte, etwas zu tun. Sekunden können so lang sein wie ein ganzes Leben, Cammie. Himmel ... erinnerst du dich, wie ich dich in Evergreen in meinen Armen gehalten habe, wie einfach es für mich gewesen wäre, dir den Hals zu brechen?« Er hielt inne, und als er dann weitersprach, war seine Stimme so leise, daß sie seine Worte nur noch ahnen konnte. »Ihr Hals war viel kleiner, viel zerbrechlicher. Sie war schon tot, ehe der Sprengstoff losgegangen ist. Ich habe sie umgebracht, Cammie, als ich sie in meinen Armen hielt.«

Cammie schnappte entsetzt nach Luft. Es war das einzige Geräusch in der Stille. Doch er sprach schon weiter.

»Vielleicht – wirklich nur vielleicht – hätte es noch eine winzige Chance gegeben, den Sprengstoff von ihrem Körper zu lösen, eine unendlich kleine Möglichkeit, daß sie hätte überleben können. Aber ich hatte die Wahl, und ich habe mein Leben gewählt und das Leben meiner Männer und habe ihr den Tod gebracht. Ich habe sie umgebracht, ich habe es getan, niemand anders. Und ich weiß nicht, werde es nie wissen, ob ich das Richtige getan habe.«

Cammie war schon auf den Füßen und lief auf ihn zu, noch ehe er zu Ende gesprochen hatte. Sie griff nach seinem Ellbogen und drehte Reid zu sich herum. Sie blickte in seine Augen, sie waren fiebrig, und Tränen glänzten darin. Dann schlang sie die Arme um ihn, hielt ihn ganz fest und drückte ihr Gesicht an seinen Hals. Er holte tief Luft, sie wußte, daß ihre Umarmung ihn schmerzte, weil seine Brust verletzt war von der Kugel, die ihn getroffen hatte, auch wenn er es nicht zugeben wollte. Sofort lockerte sie ihre Umarmung ein wenig, doch sie ließ ihn nicht los.

»Hör mir zu«, bat sie, und ein Schluchzen klang in ihrer Stimme. »Du bist nur ein Mensch und kein Gott, der Macht über Leben und Tod hat. Menschen tun anderen Menschen schreckliche Dinge an, aus Gedankenlosigkeit, aber dafür bist du nicht verantwortlich. Du hast das getan, wozu man dich ausgebildet hatte und was Mitleid und Liebe von dir verlangten. Du hast dem Kind den Schmerz erspart, aber du warst für diesen Schmerz nicht verantwortlich. Du kannst den Tod eines kostbaren menschlichen Wesens betrauern, wenn es nicht anders geht, aber du darfst dich deswegen nicht selbst zerstören. Das kannst du nicht, denn ich werde es nicht zulassen.«

Sie trat etwas zurück, um ihn ansehen zu können, und in ihrem Blick lag all die Hingabe, die sie für ihn fühlte. Dann nahm sie den Saum ihres Hemds und wischte die salzigen Tränen aus seinen Augen. Mit fester und sicherer Stimme sprach sie weiter: »Ich liebe dich, Reid, für all das, was du in dir verborgen trägst, für all deine Zärtlichkeit und deine Fürsorge und, ja, auch für deine Willenskraft, die es dir ermöglicht, zu töten – oder die dich dem Tod ins Auge sehen läßt, aus einem so dummen Grund wie Tapferkeit. Liebe kann heilen, das verspreche ich dir, wenn du es nur zulassen würdest.«

»Cammie ...«, flüsterte er.

»Nein, jetzt bin ich dran. Ich weiß, daß du mich beobachtet hast, und ich habe es auch gewollt, all diese Jahre über. Ich war nur viel zu verängstigt, bis in meine Seele aufgewühlt wegen der Dinge, die ich dabei fühlte, um dich näher an mich heranzulassen. Ich habe Keith geheiratet, weil du weggegangen warst und ich glaubte, du würdest nie wieder zurückkommen. Doch wenn du jetzt wieder fortgehst, werde ich dir folgen, und ich werde jammern bei jedem Schritt, den du machst, bei jeder Meile, jeder Seemeile, über jedes Meer hinweg. Du wirst dich nicht in einem sadistischen Wettstreit vergraben für eine Sache, die sowieso verloren ist. Nein, und du wirst auch nicht irgendwo einen frühen Tod suchen. Ehe ich das zulasse, bringe ich dich lieber selbst um. Ich werde es mit Liebe und mit Mitleid tun, weil es die bessere Möglichkeit ist, wenn auch nicht die einzige.«

Das alte Haus knarrte in dem atemlosen Schweigen, das ihren Worten folgte. Draußen blies der Wind, und der Regen trommelte gleichmäßig auf das Dach.

»Ich glaube, du würdest das wirklich tun«, meinte Reid, und sein Gesicht verzog sich zu einem belustigten Lächeln. Er berührte ihr Haar, strich darüber und beobachtete den rotgoldenen Schein, den das Licht darauf warf. Eine tiefe Falte erschien zwischen seinen Augen. »Himmel, ich hatte solche Angst, daß du es nicht schaffen würdest abzudrücken. Ich dachte, es gäbe nur zwei Dinge, die dich dazu bringen würden. Selbstverteidigung oder ...«

»Oder was?« Cammie konnte nicht anders, sie mußte ihn zu der Antwort zwingen.

»Angst um einen geliebten Menschen.« Seine Worte waren voller Zweifel.

Sie umklammerte ihn fester. »Du hast recht.«

»Hast du überhaupt eine Ahnung, was ich für dich fühle? Kannst du überhaupt begreifen, was es mir bedeutet hat, als du damals in meiner ersten Nacht in Evergreen zu mir gekommen bist? Du warst mein nackter Engel, der all meine Alpträume vertrieben hat. Du bist alles für mich, was hell und gut und perfekt ist. Aber ich werde es nicht zulassen, daß du dein Leben damit verbringst, zwischen mir und meinen Dämonen zu stehen, und ich werde auch nicht zulassen, daß die Leute in Greenley das, was zwischen uns ist, in etwas Häßliches verwandeln.«

Sie versteifte sich.

»Mein Leben gehört nur mir selbst, und wie ich es verbringe, ist einzig und allein meine Sache. Und was das Gerede der Leute betrifft ... ich bedauere sie, daß sie keine anderen Interessen haben, aber sie können keine Regeln für mein Tun aufstellen. Ebensowenig, wie du mir vorschreiben kannst, was ich tun oder lassen soll.«

»Das würde ich auch nie versuchen«, widersprach er. »Aber ich muß für mich leben, mit mir.«

Sie stieß ihn leicht gegen die Brust, vermied jedoch die Stelle, wo die Kugel ihn getroffen hatte. »Und was ist mit der Papierfabrik?«

»Behalte sie, verkauf sie, tu damit, was du für das beste hältst.«

»Sie gehört mir nicht.«

»Dann laß Gordon sie verkaufen. Aber sorge dafür, daß er alle Umweltschutzvorschriften einhält.«

»Fein, dann wäre das also geregelt.«

»Was denn, kein Plädoyer für Bäume und Vögel?« fragte er sanft.

»Für die Spechte. Und ja, sie liegen mir noch immer sehr am Herzen, und am liebsten würde ich jeden Sämling und jede einzelne Feder jedes einzelnen Vogels retten und auch jedes Kaninchen, jedes Eichhörnchen und jeden Waschbär oder jedes Gürteltier. Aber ein weiser Mann hat mir einmal verraten, daß Menschen wichtiger sind.«

»Aus dem Verkauf der Fabrik wird eine ganze Menge Geld herausspringen. Du kannst das Geld nehmen und all die alten Flächen Mischwaldes, die du findest, damit wieder aufforsten lassen. Und dann soll mal einer kommen und versuchen, einen Baum zu fällen oder irgendeiner Kreatur etwas zuleide zu tun.«

»Das könnte ich tun, aber ich werde nicht hier sein.«

Er starrte sie an, seine blauen Augen wurden langsam dunkler. »Nicht?« Er hielt inne, dann legte er den Kopf schief, ein kleines Lächeln spielte um seinen Mund. »Du wirst mir folgen? Bei jedem Schritt? Und du wirst jammern?«

»Eher schon schreien.«

»Bist du ganz sicher?«

Daß Reid nicht sicher war, hörte man an seiner Stimme. »Wann reisen wir ab?« fragte Cammie energisch.

Lange sah er sie an, ein Ausdruck von ehrfürchtiger Scheu und Sehnsucht lag in seinem Gesicht. Er holte tief Luft. »Ich habe dich nur für einen Augenblick allein gelassen, vor ein paar Stunden, und du wärst beinahe gestorben. Angenommen, ich würde dir jetzt gestehen, daß ich in dem Augenblick fast meine Meinung geändert hätte, als ich sah, wie dein Onkel mit dem Gewehr genau auf dein Herz zielte? Angenommen, ich hätte mich in diesem Augenblick zu der Erkenntnis durchgerungen, daß du einen ständigen Leibwächter brauchst? Würdest du verstehen, daß ich mich davor fürchte, daß dir etwas zustößt, wenn ich nicht bei dir bin, weil das dann auch meine Schuld wäre? Würdest du verstehen, daß ich, wenn ich diesen Job annehmen will, es genausogut auch gleich hier tun könnte?«

Ein strahlendes Lächeln erschien auf ihrem Gesicht, auch wenn sie es vermied, ihn anzusehen, und statt dessen auf den obersten Knopf seines Hemdes sah. »In meinen Augen ergibt das vollkommen einen Sinn«, flüsterte sie rauh.

Er zog sie in seine Arme, hielt sie ganz fest, während er leise, unverständliche Liebesworte in ihr Haar flüsterte.

»Reid, deine Brust«, protestierte sie. »Ich tue dir weh.«

»Niemals«, versicherte er ihr und lachte rauh. Dann ließ er sie abrupt los und hielt sie ein Stück von sich weg. »Aber du, deine Wunde? Habe ich dir weh getan?«

Sie hob den Kopf und sah ihn mit einem Blick voller Liebe an. »Niemals. Wir können einander niemals weh tun.«

Sein Ausdruck verhärtete sich eine Spur. »Vielleicht doch, aber es wird nicht körperlich sein oder auch nicht mit Absicht oder für längere Zeit.«

Das reichte. »Soll ich dich zu mir nach Hause mitnehmen?« fragte Cammie leise.

»Oder kann ich dich nach Hause bringen, denn du bist doch in meinem Jeep gekommen?«

»Ja.« Sie hielt inne. »Weißt du, wir werden heiraten müssen. Greenley wird das von uns erwarten, und ich ... ich kann mich nicht so sehr darüber hinwegsetzen, ganz besonders dann nicht, wenn wir beabsichtigen, eine Greenley-Sayers-Dynastie zu gründen.«

»Oder eine Sayers-Greenley-Dynastie. Ganz gleich, wie sie heißen wird, mir gefällt der Klang. Wann? Morgen?«

Sie lachte erstickt. »Nächste Woche ist auch noch früh genug. Oder nächsten Monat.«

»Dann also nächste Woche. Ich kann es kaum erwarten, meine Dienste als dein Aufpasser zu beginnen.«

Unter halb gesenkten Augenlidern warf Cammie ihm einen Blick zu, dann runzelte sie die Stirn. »Ich kann einfach nicht glauben, daß du mich hast reden und reden lassen, daß du mich dazu gebracht hast, dir einen Antrag zu machen wie ein ganz schamloses Frauenzimmer.«

»So mag ich die Frauen am liebsten.«

»Ich sollte etwas ganz Gemeines tun, um mich an dir zu rächen.«

»Meinst du?« fragte er, und seine Stimme klang nicht sehr fest. »Vielleicht bin ich ja derjenige, der einen Leibwächter braucht.«

»Schon möglich.« Sie warf ihm einen vielversprechenden Blick zu.

Er erwiderte ihren Blick, sein Lächeln war voller Vorfreude. »Jetzt kann ich es wirklich nicht mehr erwarten«, meinte er. »Komm, laß uns nach Hause gehen.«